HEYNE

Das Buch

Eine Stadt in der Stadt: Das virtuelle Deeptown eröffnet den Bewohnern Sankt Petersburgs eine völlig neue Welt. Hier gehen Träume in Erfüllung, nichts ist verboten, alles erlaubt. Doch dieses Paradies kann schnell zum Alptraum werden, denn die User können Deeptown ohne die Hilfe eines in der Realität verankerten Timers nicht wieder verlassen. Sollte dieser versagen, schweben sie in höchster Gefahr. Leonid, Mitte Dreißig und ein genialer Hacker, ist einer der wenigen, die das außergewöhnliche Talent besitzen, den virtuellen Raum einzig und alleine mit Hilfe ihres Bewusstseins wieder verlassen zu können. Als ein User sich in den Wirren Deeptowns verirrt, wird Leonid von den Betreibern der Stadt beauftragt, diesen zu retten. Doch im Laufe seiner Mission muss Leonid feststellen, dass ihn in der Tiefe des virtuellen Raumes etwas erwartet, das nicht nur sein Leben für immer verändern wird ...

Der Autor

Sergej Lukianenko, 1968 in Kasachstan geboren, studierte in Alma-Ata Medizin, war als Psychiater tätig und lebt nun als freier Schriftsteller in Moskau. Er ist der populärste Fantasy und Science-Fiction-Autor der Gegenwart, seine Romane und Erzählungen wurden mehrfach preisgekrönt. Die Verfilmung von *Wächter der Nacht* war der erfolgreichste russische Film aller Zeiten.

Von Sergei Lukianenko sind im Wilhelm Heyne Verlag erschienen: *Wächter der Nacht, Wächter des Tages, Wächter des Zwielichts, Wächter der Ewigkeit, Der Herr der Finsternis, Weltengänger, Weltenträumer, Sternenspiel, Sternenschatten, Spektrum, Drachenpfade, Das Schlangenschwert, Die Ritter der vierzig Inseln.*

Sergej Lukianenko

LABYRINTH DER SPIEGEL

Roman

Aus dem Russischen von
Christiane Pöhlmann

Deutsche Erstausgabe

WILHELM HEYNE VERLAG
MÜNCHEN

Titel der russischen Originalausgabe
Лабиринт отражений

Verlagsgruppe Random House FSC-DEU-0100
Das für dieses Buch verwendete
FSC®-zertifizierte Papier *Super Snowbright*
liefert Hellefoss AS, Hokksund, Norwegen.

Deutsche Erstausgabe 01/2011
Redaktion: Hana Hadas
Copyright © 2009 by Sergej W. Lukianenko
Copyright © 2011 der deutschsprachigen Ausgabe
by Wilhelm Heyne Verlag, München,
in der Verlagsgruppe Random House GmbH
Printed in Germany 2011
Umschlaggestaltung: Animagic, Bielefeld
Satz: C. Schaber Datentechnik, Wels
Druck und Bindung: GGP Media GmbH, Pößneck

ISBN 978-3-453-52775-1

www.heyne-magische-bestseller.de

St. Petersburg,
kurz vor der Jahrtausendwende ...

Wir arbeiten im Dunkeln –
Wir tun, was wir können,
Wir geben, was wir haben,
Wir arbeiten im Dunkeln.

Aus Zweifeln wurde Leidenschaft,
Aus Leidenschaft dann Schicksal.
Der Rest – das ist die Kunst,
Im Wahnsinn du selbst zu bleiben.

Hacker-Hymne,
russische Variante

ERSTER TEIL

Der Diver

00

Am liebsten würde ich die Augen zukneifen. Aber das ist normal. Das bunte Kaleidoskop, der Flitter, der funkelnde Sternenwirbel – alles sehr schön, doch ich weiß, was hinter dieser Schönheit steckt.

Die *Tiefe*. Eigentlich heißt sie Deep, aber das russische Wort trifft die Sache meiner Ansicht nach genauer. Kein schickes Icon, sondern eine Warnung. *Tiefe!* Hier lauern Haie und Polypen. Hier ist alles ruhig – nur dass der unendliche Raum, den es eigentlich gar nicht gibt, auf dir lastet. Schwerer und immer schwerer.

Dabei ist sie im Grunde gut, die *Tiefe*. Auf ihre Art natürlich. Sie weist keinen zurück. Du brauchst nicht mal besonders viel Kraft, um in sie einzutauchen. Um den Boden zu erreichen und wieder nach oben zu gelangen, allerdings schon. Vor allem aber darfst du eins nie vergessen: Ohne uns ist die *Tiefe* tot. Du musst an sie glauben – und darfst auf keinen Fall an sie glauben. Sonst wirst du eines Tages nämlich nicht mehr auftauchen.

01

Die ersten Bewegungen sind am schwierigsten. Das Zimmer ist ziemlich klein, in der Mitte steht ein Tisch, vom Computer ziehen sich Kabel zur unterbrechungsfreien Stromversorgung in der Ecke, von dort aus weiter zur Steckdose. Ein dünnes Kabel führt zur Telefonbuchse. Unter einem bunten Wandteppich steht ein Sofa, vor der offenen Balkontür ein kleiner Kühlschrank. Mehr brauche ich nicht. Vor fünf Minuten habe ich die Vorräte im Kühlschrank überprüft, verhungern werde ich in den nächsten vierundzwanzig Stunden garantiert nicht.

Als ich den Kopf nach rechts und nach links drehe, wird mir kurz schwarz vor Augen, aber das ist gleich wieder vorbei. Kein Grund zur Panik. So was kommt vor.

»Alles in Ordnung, Ljonja?« Die Kopfhörer sind voll hochgedreht. Ich verziehe das Gesicht.

»Ja«, antworte ich, »den Ton leiser.«

»Den Ton leiser«, wiederholt Windows Home. »Leiser, leiser ...«

»Das reicht, Vika«, befehle ich. Es ist ein gutes Betriebssystem. Verlässlich, intelligent und kooperativ.

Etwas von sich eingenommen, wie alle Produkte von Microsoft, aber damit musst du dich abfinden.

»Viel Glück«, wünscht mir Vika. »Wann soll ich bereit sein?«

Ich blicke auf den Bildschirm, auf die Stelle, in der in einer Aureole aus orangefarbenen Funken ein Frauengesicht prangt, jung und ganz hübsch, aber nichts Besonderes. Außerdem habe ich von Schönheit inzwischen genug.

»Ich weiß nicht.«

»Ich bräuchte zehn Minuten für den Selbsttest.«

»Gut. Aber nicht länger. In zehn Minuten müssen alle Ressourcen zur Verfügung stehen.«

Das Gesicht auf dem Bildschirm runzelt die Stirn, während die Software die Schlüsselwörter herausfiltert.

»Nur zehn Minuten«, wiederholt Windows Home brav. »Ich mache dich jedoch erneut darauf aufmerksam, dass mein Arbeitsspeicher häufig nicht ausreicht, um die mir gestellten Aufgaben zu bewältigen. Eine Erweiterung auf ...«

»Klappe!« Ich stehe auf. *Klappe* – das ist ein kategorischer Befehl, danach traut sich Vika nicht mehr zu widersprechen. Ich mache einen Schritt nach links, einen nach rechts ... bestens. O nein, ich will keinesfalls fliehen – eher kerkere ich mich freiwillig ein. Ich gehe zum Kühlschrank, hole mir eine Dose Sprite raus und öffne sie. Die Limo rinnt mir kalt durch die Kehle. Das ist schon eine Art Ritual, denn in der *Tiefe* bekomme ich immer einen trockenen Mund. Mit der Dose in der Hand trete ich auf den Balkon, in den warmen Sommerabend hinaus.

In Deeptown ist fast immer Abend. Leuchtreklamen überfluten die Straßen mit ihrem Licht, die dahinschießenden Autos brummen leise. Die Menschen bewegen sich in einem gewaltigen Strom vorwärts. Fünfundzwanzig Millionen ständige Einwohner, die größte Metropole der Welt. Von meinem zehnten Stock aus kann ich die Gesichter natürlich nicht erkennen. Ich trinke die Sprite aus, werfe die Dose nach unten und kehre zurück ins Zimmer.

»Wie unfein«, brummt der PC. Ohne auf ihn zu reagieren, gehe ich in die Diele, ziehe mir Schuhe an und öffne die Wohnungstür. Das Treppenhaus ist leer, hell und sehr, sehr sauber. Während ich am Schloss herumhantiere, versucht eine winzige Wanze durch die noch halboffene Tür in die Wohnung zu kriechen. Ach ja, amüsieren sich die Lamer mal wieder! Ich habe für das dreiste Insekt bloß einen ironischen Blick übrig, denn in meiner Wohnung zieht es – so dass es immer wieder zurückgetragen wird. Als ich endlich die Tür schließe, knallt die Wanze bereits völlig ausgelaugt dagegen. Es gibt eine kurze Explosion, und das Ding trudelt zu Boden.

»Soll ich beim Hausbesitzer Beschwerde einlegen?«, fragt Windows Home. Die Stimme kommt nun aus silbernen Nadeln am Revers meines Hemdes.

»Ja«, antworte ich. Ich vergesse ständig, Vika klarzumachen, dass ich selbst der Hausbesitzer bin.

Der Fahrstuhl wartet in meinem Stockwerk. Normalerweise nehme ich die Treppe ... und schiele dabei in fremde Wohnungen rein. Da wohnt sowieso niemand. Aber jetzt habe ich es eilig. Der Aufzug bringt mich im null Komma nichts nach unten. Als ich aus dem Haus trete, spähe ich die Straße hinunter. Ob sich der Insektenfan noch hier herumdrückt? Aber nein, nirgends entdecke ich eine verdächtige Person, alle haben es verdammt eilig. Die Wanze ist ohne Frage importierte Massenware. Auf der Straße werden die Dinger vergiftet, in den Wohnungen erschlagen – trotzdem sterben diese Viecher nicht aus.

Früher habe ich mich selbst mal mit solchem Quatsch beschäftigt. An wirklich interessante Informationen bin ich durch meine Wanzen jedoch nur selten rangekommen.

»Ljonja, die Immobiliengesellschaft Poljana hat eine Beschwerde vom Mieter Nr. 1 erhalten.«

»Ignoriere sie«, knurre ich, während ich einen Kerl beobachte, der die Straße hinunterläuft, eine echt abgefahrene Type. Der junge Arnold Schwarzenegger gekreuzt mit dem älteren Clint Eastwood. Sieht zum Brüllen komisch aus. Als er meinen spöttischen Blick auffängt, legt er einen Zahn zu.

Ich hebe den Arm, kurz darauf hält ein gelber Wagen am Straßenrand.

»Ljonja, die Immobiliengesellschaft Poljana hat deine Beschwerde ignoriert!«

»Schon gut, macht nichts.«

Das könnte ewig so weitergehen, nur habe ich im Moment keine Lust auf diese Spielchen. Ich steige ins Auto, der Fahrer – ein lächelnder Mann mit tadellosem Haarschnitt und gestärktem Oberhemd – dreht sich zu mir um. Mit solchen Leuten fahre ich gern, sie sind gut ausgebildet und reden nicht viel.

»Die Gesellschaft Deep-Explorer freut sich, Sie begrüßen zu dürfen!«

Meinen Namen nennt er nicht, denn die Software hat das Taxi anonym gerufen.

»Wie wollen Sie zahlen?«

»So«, sage ich und ziehe einen Revolver aus der Tasche. Ich ramme dem Typen die Mündung gegen die Schläfe. Er will sich wehren, doch das bringt nichts. Ich beobachte sein kreidebleiches Gesicht und packe ihn am Kragen. »Ins Viertel Al Kabar«, befehle ich.

»Die genannte Adresse existiert nicht«, presst der Fahrer heraus. Er ist geradezu ausgeknockt und leistet keinen Widerstand mehr.

»Al Kabar. Acht-Sieben-Sieben-Drei-Acht.« Der einfache Code öffnet den Zugang zu den Dienstadressen des Deep-Explorers. Ich hätte den Fahrer nicht zu schlagen brauchen, aber dann wäre meine Fahrt in den Logs der Gesellschaft aufgetaucht.

»Wird erledigt.« Der Fahrer lächelt, er ist jetzt wieder genauso freundlich und zuvorkommend wie vorher. Wir fahren los. Ich sehe aus dem Fenster, die Wohnviertel Deeptowns mit ihren Wolkenkratzern, die bis unters Dach mit kleinbürgerlichem Gesindel vollgepfercht sind, die pompösen Firmenbüros ziehen vorbei. Ich mache die langen grauen Kästen von IBM, die prachtvollen Paläste von Microsoft, die filigranen Türme von AOL und die bescheideneren Niederlassungen anderer IT-Konzerne aus.

Klar, es gibt auch Möbelhäuser, Lebensmittelfirmen, Immobiliengesellschaften, Reisebüros, Transportunternehmen oder Krankenhäuser, schließlich legt es jedes halbwegs solvente Unternehmen darauf an, eine Dépendance in Deeptown zu eröffnen.

Gerade dieser Überfluss lässt Deeptown ja boomen. Im Grunde hätte ich mich auch zu Fuß durch die Stadt bewegen können, nur würde das viel zu lange dauern. Stattdessen rasen wir nun durch die Straßen, bremsen an Kreuzungen, nehmen Tunnel und brettern über Autobahnkreuze. Von mir aus. Ich hätte den Fahrer anweisen können, den kürzesten Weg zu wählen, doch in dem Fall hätte er sich mit der Zentrale in Verbindung setzen müssen. Und ich hätte eine Spur hinterlassen ...

Die Stadt endet abrupt, als sei die Wand aus Palästen und Wolkenkratzern mit einem riesigen Messer abgesäbelt worden. Direkt hinter der Ringautobahn liegt Wald. Dichter, dunkler Wald – der alle, die sich nicht unbedingt auf dem Präsentierteller wiederfinden wollen, abschirmt.

»Halt an!«, sage ich, als wir die Mangobäume hinter uns haben und durch und durch mittelrussische Sträucher erreichen. »Beim nächsten Pfad.«

»Bis zum Viertel Al Kabar ist es aber noch weit«, gibt der Fahrer zu bedenken.

»Stopp!«

Das Auto bleibt stehen. Ich steige aus und trete einen Schritt vom Taxi weg. Der Fahrer wartet. Ich ebenfalls, denn auf der Straße nähern sich Lichter. Und wozu Zeugen? Doch irgendwann ...

Ich ziele auf das Auto und drücke ab. Der Schuss ist kaum zu hören, der Rückstoß nur schwach. Trotzdem geht die Karre in Flammen auf. Der Fahrer sitzt da und stiert vor sich hin. Kurz darauf hat Deep-Explorer einen Wagen weniger.

Bestens. Soll nur alles aussehen, als hätten sich ein paar Rowdys einen Scherz erlaubt. Ich verdrücke mich in den Wald.

»Wie unfein«, brummt Windows Home aus der Nadel.

»Sind alle Einstellungen optimal?«

»Ja.«

»Dann brauche ich jetzt deine Hilfe. Such das Versteck! Codename Iwan.«

»Der leuchtende Baum«, teilt mir Vika mit.

Ich sehe mich um. Aha. Da drüben, da leuchtet eine riesige Eiche mit einem magischen blauen Feuer. Und zwar nur für mich. Zu ihr gehe ich, stecke die Hand in eine Aushöhlung und hole eine große, schwere Rolle heraus. Ich ziehe mich um und stehe schließlich in Hosen, einem weißen Leinenhemd und einem gemusterten Gürtel da. Ein Kurzschwert in einer Scheide, ein paar Sachen in meinen Hosentaschen. Das Versteck habe ich vor ein paar Tagen illegal angelegt, von einem Rechner in der Zentrale der transkaukasischen Eisenbahn aus. Bei den schwachen Admins, die die haben, werden sie den kleinen Hack nicht so schnell bemerken.

»Wo ist der Bach?«, frage ich.

»Rechts.«

Über das sprudelnde Wasser gebeugt betrachte ich mein Spiegelbild. Ein paarmal schlage ich mit der flachen Hand darauf, dann ziehe ich die Konturen mit dem Finger nach und lösche es damit. An seiner Stelle zeichnet sich in dem vibrierenden Spiegel nach und nach ein kräftiger, dunkelblonder Mann ab. Das Gesicht ist so gutmütig und naiv, dass ich kotzen könnte.

»Danke«, sage ich Vika und richte mich auf. Ein Weilchen genieße ich einfach den Wald. Teufel auch, ich bin verdammt lange nicht aus der Stadt mit ihrer verpesteten Luft herausgekommen!

»Sag, edler Prinz, wartest du gar auf mich?«, fragt da jemand hinter mir. Als ich herumfahre, tritt aus den dichten Büschen ein stattlicher, mir bis an die Brust reichender Wolf heraus.

»Kann schon sein«, antworte ich und betrachte voller Faszination den Wolf. Was für ein prächtiges Tier! Er ist nicht einfach grau, sondern hat ein fast schwarzes Fell, mit einem Schuss Wolfsfarbe. An einigen Stellen ist es verfilzt, an der rechten Vorderpfote klebt eine Klette.

»Wie du mir wohl munden würdest, edler Prinz?«, sinniert der Wolf und fletscht die Zähne. Die gelben Fänge wirken wie die Zähne eines Rauchers, einer ist völlig abgebrochen. Ein ausgewachsenes, erfahrenes Tier.

»Hüte deine Zunge, so du mein Ritterschwert nicht kennenlernen willst«, improvisiere ich. »Zeig mir, dass du deines Futters würdig bist!«

Lächelnd lässt sich der Wolf nieder. »Und wie entlohnst du mich, Recke?«

»Mit dreitausend Dollar«, antworte ich. Der Wolf nickt zufrieden und reibt sich mit der Pfote über die Schnauze. »Al Kabar?«, erkundigt er sich.

»Richtig geraten.«

»Unsere Mission?«

»Diebstahl.«

»Wer ist der Auftraggeber?«

Ich zucke die Achseln. Welche Antwort erwartet er auf diese Frage? Solche Auftraggeber werfen nicht gern mit Visitenkarten um sich.

»Versuchen wir es!«, sagt der Wolf. »Du bist bereit?«

»Ja.«

»Dann steig auf!«

Sobald ich auf dem Rücken des Wolfs sitze, trottet er in leichtem Trab los. Instinktiv ducke ich mich vor den Zweigen weg, was den Wolf zu einem leisen Kichern veranlasst. Gut, der Spaß sei ihm gegönnt!

Schon nach ein paar Minuten preschen wir aus dem Wald heraus. Unter uns liegt jetzt gelber Wüstensand. Es ist heiß, verdammt heiß sogar, und Windböen zwingen mich, die Augen zusammenzukneifen. Vor mir klafft eine hundert Meter breite Schlucht, auf der anderen Seite erhebt sich eine orientalische Stadt. Minarette, Kuppeln, alles in orangefarbenen, gelben und grünen Tönen. Sieht ziemlich gut aus. Ganz in der Nähe führt eine ... mhm ... na, sagen wir mal, eine Brücke über die Schlucht. Ein feiner Faden, zart wie eine Saite. Das eine Ende führt zur Stadtmauer, das andere hält eine monströse, zehn Meter hohe Steinfigur in der Hand. Ihre Fratze ist einfach widerlich.

»Na, da wartet ja ein ordentliches Stück Arbeit auf uns«, bemerkt der Wolf. »Meinst du nicht, du hättest mehr für den Job verlangen sollen, Iwan Zarewitsch?«

»Ist wahrscheinlich nur halb so wild«, murmele ich, während ich die Statue mustere. »Außerdem hat man mir gesagt, dass es hier eine Brücke gibt.«

»Was willst du eigentlich klauen?«

»Ein paar güldene Äpfelchen.«

»Deshalb also die Maskerade als Märchenprinz.« Abermals kichert der Wolf. »Und womit sind diese Äpfelchen gefüllt?«

»Keine Ahnung.« Ich springe vom Rücken des Wolfes, stelle mich neben ihn und halte ihn mit der Hand am Fell fest. »Du, ich bin gleich wieder da, ich will nur schnell eine Limo trinken.«

»Tu dir keinen Zwang an«, erwidert der Wolf und sieht sich um.

Ich schließe die Augen.

Tiefe, Tiefe, ich bin nicht dein ... Tiefe, Tiefe, gib mich frei ...

Ich zuckte zusammen und stand auf. Auf den winzigen Displays erkannte ich die Wüste, die Schlucht, die Statue und im Hintergrund die Stadt. Alles war recht nett designt. Al Kabar hatte gute Designer.

Der VR-Helm, ein aufgemotztes Serienprodukt von Sony, war schwer. Es besaß exzellente Farbdisplays, Top-Kopfhörer samt eingebautem Mikro und einen Ventilator, der mir Luft in der adäquaten Temperatur ins Gesicht pustete. Gerade in der Hitze der Wüste. Ich nahm den Helm ab, legte ihn auf den Tisch, neben die Tastatur. Auf dem Bildschirm erschien das vertraute Frauengesicht. »Willst du die Verbindung trennen, Ljonja?«, erklang es aus den Kopfhörern.

»Nein, warte!«

In der realen Welt sah mein Zimmer genauso aus wie im virtuellen Raum. Nur dass draußen kein Sommerabend in Deeptown war, sondern ein verregneter Herbstabend in St. Petersburg. Der feine Regen brachte Kälte mit, in der Ferne hupte ein Auto. Ich öffnete den Kühlschrank und nahm mir eine Dose Sprite. Diesmal würde ich in der realen Welt trinken! Ich machte mir den Spaß und schaute vom Balkon auf die Straße. Die leere Dose, die ich im virtuellen Raum hinuntergeworfen hatte, gab es natürlich nicht. Dann wollen wir die Unterschiede mal beseitigen!

Meine Haare waren nass, ich rubbelte sie mit einem Hemd, das überm Stuhl lag, trocken, setzte mich an den Rechner, überprüfte die Kabel, die von meinem Sensoranzug zur Deep-Platine führten. Alles bestens, auch wenn meine Bewegungen leicht verlangsamt waren, als liefe ich durch Sand. Mein linkes Bein musste ich stärker nachziehen, weil die Feinabstimmung mal wieder zu wünschen übrigließ. Egal, darum würde ich mich später kümmern!

Als ich mir den Helm wieder aufsetzte, kam es mir vor, als würde ich den Kopf in einen Backofen stecken. Diese Schweine aus Al Kabar! Verschanzten sich hinter den miserabelsten Bedingungen!

Nun hatte ich wieder die virtuelle Welt vor Augen, die aber noch genauso unrealistisch wirkte wie ein billiger Trickfilm. Eine körnige Darstellung, eine schöne, aber grobe Grafik eben. Mehr brachte der Rechner nicht.

Aber das verlangte auch niemand von ihm. Die *Tiefe* ohne den Menschen – wo kämen wir denn da hin?

Ich blinzelte und entspannte mich, versuchte aus eigener Kraft in den virtuellen Raum einzudringen. Natürlich klappte das nicht. Statt in der Wüste hockte ich immer noch zu Hause, vor meiner Kiste ... Mir blieb nichts anderes übrig, als den Arm auszustrecken und den Befehl einzugeben.

Deep.

Enter.

Prompt explodiert in der Wüste die Farbenpracht des Deep-Programms. Eine Sekunde lang sehe ich noch die winzigen Displays, spüre ich das weiche Polster des Helms, dann driftet mein Bewusstsein ab. Mein Hirn will Widerstand leisten – aber es ist zu schwach. Die Deep-Software wirkt auf alles.

Allerdings gibt es Menschen – und zwar einen von dreihunderttausend –, die die Beziehung zur Realität nicht vollständig verlieren. Die selbstständig aus der *Tiefe* auftauchen können. Die Diver.

Mich zum Beispiel.

Der Wolf grinst mich an.

»Hast du dir die Kehle befeuchtet, Recke?«

»Ja.«

Ich überzeuge mich rasch, dass alles in Ordnung ist. Im virtuellen Raum ist mein Körper eine simple Zeichnung, die vom Rechner an jeden x-beliebigen Punkt in Deeptown oder seiner Umgebung übertragen wird. Aber das Schwert an meinem Gürtel und die Sachen in meiner Tasche, das sind nicht einfach nur Zeichnungen. Es sind Icons, mit denen ich weitere Anwendungen starten kann. Und ohne die wäre ich jetzt aufgeschmissen.

»Also, pass auf«, sage ich. »Ich geh allein über die Brücke, schnappe mir die Trophäen, und dann hauen wir ab.«

»Wie du meinst«, erwidert der Wolf.

Ich gehe über den Sand, der heiße Wind gibt immer noch keine Ruhe, ja, ich meine sogar, die Sandkörner würden mir in den Augen pieksen. Dieser Eindruck ist bereits nicht mehr dem Helm zu verdanken. Das ist mein Hirn, das wahrnimmt, was es in einer echten Wüste wahrnehmen müsste.

Die Statue kommt immer näher, wirkt immer realer. Der gehörnte Kopf mit den gefletschten Zähnen, die Pfoten mit den steinernen Muskelbergen. Ein Ifrit, nehme ich an. In der arabischen Mythologie kenne ich mich nicht sonderlich gut aus. In der linken Hand hält er den dünnen Faden.

Eine Brücke aus *einem* Pferdehaar.

Ich mache mich daran, den Fuß des Monsters hochzukraxeln. Wie dämlich mein Körper jetzt in der leeren Wohnung aussehen muss, wenn er Klimmzüge in der Luft macht! Aber ich sollte besser bei der Sache bleiben!

Der letzte Meter ist der schwerste. Ich stemme mich an dem stacheligen Steinknie ab und versuche, die Hand zu erreichen, aber Fehlanzeige. Ich nehme an, für die legalen Besucher von Al Kabar ist ein anderer Weg vorgesehen.

Jedenfalls muss ich erst mal den Granitphallus dieses Monstrums erklimmen. Ich höre den Wolf kichern. Der Mistkerl. Der hat gut lachen.

Endlich stehe ich auf dem Handteller. Ich teste den Faden mit dem Fuß aus, er schwankt leicht. Wie eine Saite. Unten, weit, weit unter mir, sind Felsen und die blaue Schlange eines Flusses zu erkennen.

»Nur Mut, mein Held!«, feuert mich der Wolf an.

Normale VR-Besucher können nicht über diese Brücke gehen, irgendwas stimmt mit dem Ding nämlich nicht.

Mit einem Mal bewegt sich die Hand, auf der ich stehe, und ballt sich langsam zur Faust. Die Haarbrücke zittert und droht zu reißen. Über mir lauert die Fratze mit den gebleckten Zähnen des zum Leben erwachten Monsters.

»Wer bist du?«, brüllt der Kerl so laut, dass ich fast taub werde. Übrigens brüllt er auf Russisch!

»Ein Gast!«, schreie ich und setze alles daran, meine Beine aus der Umklammerung der Granitfinger zu befreien.

»Ein Gast bringt keine verbotenen Dinge mit«, lacht das Monster.

Der Zeigefinger der rechten Hand schießt auf mich zu, als wolle er mich zerquetschen. Ob ich will oder nicht, ich kneife die Augen zusammen. Aber das Monster zeigt nur auf das Schwert.

O nein, hier habe ich es nicht mit einem schlichten und wehrlosen Programm zu tun, wie es hinter dem Fahrer vom Deep-Explorer gesteckt hat. Hier habe ich es mit einer hervorragenden, pseudointelligenten Sicherheitssoftware zu tun, die Windows Home weit überlegen ist. Wie hätte es sonst meine Muttersprache rausgekriegt?

»Ein Gast kommt nicht ungebeten.«

»Aber man hat mich hergebeten!«

»Wer?«

Jetzt muss ich alles auf eine Karte setzen.

»Du hast nicht das Recht, mich nach seinem Namen zu fragen.«

»Ich habe jedes Recht«, teilt mir das Monster mit.

Und damit schließt sich die Faust.

Eigentlich müsste ich jetzt, nach diesem »tödlichen Angriff«, in die Realität zurückkatapultiert werden. Sonst könnte mein Hirn nämlich einen echten Schmerzschock imaginieren, mit allen Folgen.

Genau deshalb blockiert auch nur ein Selbstmörder die Sicherheitsvorrichtung des Deep-Programms.

Oder ein Diver.

Mein zermatschter Körper liegt auf der Hand des Monsters. Mein Schädel ist platt wie eine Flunder, ein Auge starrt in den staubigen, heißen Himmel, das andere auf den steinernen Fußnagel. Der Ifrit bricht in schallendes, hochzufriedenes Gelächter aus. »Du, der du in Gestalt eines Wolfs gekommen bist!«, schreit er. »Präge dir das Schicksal deines Freundes ein!«

So hat er also meine Muttersprache herausgekriegt! Er hat unser Gespräch belauscht. Allerdings reicht sein »Verstand« nicht aus, um zu begreifen, mit wem er es zu tun hat ...

Das Monster versteinert wieder. Ich warte noch eine Sekunde, dann stehe ich auf. Mein Körper setzt sich langsam wieder zusammen. Ein normaler User käme jetzt in der Realität zu sich, vor einem vorwurfsvoll summenden Rechner.

Ob die Sicherheitssoftware von Al Kabar überhaupt etwas von Divern weiß?

Das Monster rührt sich nicht. Klar, ich bin ja tot, und zwar schon eine ganze Weile. Vorsichtig trete ich auf die Haarbrücke.

»Wer bist du?«

Schon wieder ...! Anscheinend reagiert er ausschließlich auf die Berührung der Brücke. Das zu wissen macht die Sache jedoch nicht leichter.

»Einer, der nicht in deiner Macht ist«, antworte ich.

»In wessen dann?«

Mal was Neues.

»In der Allahs«, sage ich auf gut Glück.

Diesmal schlägt das Monster mit der freien Hand zu, so dass ich halb über den Rand seines Handtellers schlittere. »Es steht dir nicht zu, den Namen des Allmächtigen im Mund zu führen, Dieb«, belehrt er mich.

Der Wolf wälzt sich lachend im Sand. Das nehme ich mit meinem unverletzten Auge immerhin noch wahr.

Ach ja, der Humor von Entwicklern ist nun mal eher amerikanisch als arabisch geprägt. Während ich auf der Hand liege, denke ich nach. Irgendwann stehe ich wieder auf. Noch rührt sich das Monstrum nicht.

»Gibt es einen anderen Weg, Vika?«, frage ich.

»Auf dieser Seite ist das der einzige Kanal«, teilt mir mein Rechner unverzüglich mit. Die Stimme leiert und hat jede Intonation eingebüßt. Ich muss mir wirklich mehr Speicherplatz zulegen. »Alle anderen Kanäle nach Al Kabar öffnen sich nur auf Befehl von innen.«

»Können wir mit Gewalt etwas ausrichten?« Ich fasse nach dem Schwertgriff. Das Viren-Programm zur Anwendung vor Ort ist winzig, ich müsste es nicht mal von zu Hause downloaden. Ich bräuchte bloß das Schwert zu ziehen, zuzuschlagen und ...

»Dann würde der Kanal zerstört werden.«

Klar. Das Monster hält die Brücke schließlich nicht umsonst in seiner Hand: Sobald ich die Sicherheitssoftware knacke, reißt das Haar über der Schlucht.

»Scheiße.«

»Das habe ich nicht verstanden.«

»Klappe!«

Nun betrachte ich das Monster genauer. Die steinernen Lider sind halboffen, aus dem Mund hängt ein kleiner Stalaktit aus Spucke. Das ist pure Show, logisch, eine Beigabe für Gäste mit schwachen Nerven. Der übliche Wachhund am Eingangsgate. Aber irgendwo im Haar liegt der Verbindungskanal, der ins Viertel Al Kabar führt. Und von eben da kommen die Signale, die regeln, ob man den ungebetenen Gast einlässt oder vernichtet.

»Hey, Iwan Zarewitsch, ich hab nicht ewig Zeit!«, schreit der Wolf.

Stimmt, ich muss endlich was unternehmen. Bisher hat mich das Programm automatisch ausgeknockt, aber nächstes Mal könnten sich durchaus die Systemadministratoren von Al Kabar einschalten. Und zwar sowohl die virtuellen wie auch die traditionellen.

»Belebe den Schatten!«, befehle ich Vika.

Die dunkle Silhouette auf dem Handteller fängt an sich zu bewegen, gewinnt Volumen, richtet sich auf, füllt sich mit Farbe. Ich schneide meinem Doppelgänger eine Grimasse, der bleibt mir nichts schuldig.

»Bewege den Schatten!«, kommandiere ich. »Finde das Passwort!«

Es dauert einen Moment, denn der Rechner muss erst auf die Dateien zugreifen, um dem Schatten alles zu überspielen, was er über Al Kabar weiß. Schließlich betritt mein Doppelgänger die Brücke. Natürlich bringt mir das rein gar nichts – bis auf Zeit.

»Wer bist du?«, brüllt das Monster und packt sich den Schatten. Als sich die Finger schließen, schaffe ich es gerade noch zu entwischen, über die geballte Faust zu kriechen und auf den Faden zu springen.

»Wer bist du?«, donnert es da hinter mir. Und sogleich schmeißt mich das Monster mit seiner rechten Hand zu Boden. Ich zersplittere in tausend kleine Scherben. Auf dem Rücken liegend beobachte ich meinen Doppelgänger, der auf der Hand herumzappelt.

Also, auf den kann ich mir wirklich was einbilden. Eine solide Arbeit.

»Wer bist du?«, wiederholt das Monster seine Frage.

»Einer, der nicht in deiner Macht steht.« Auch mein Doppelgänger versucht, den Ifrit auszutricksen.

»In wessen Macht befindest du dich?«

»In meiner eigenen.«

Wie viele Todesarten dieses Monster wohl noch für Diebe auf Lager hat? Immerhin wären da noch die Zähne, die Hörner ... auch mit dem Phallus könnte es bestimmt etwas anstellen ...

»Weshalb bist du hierhergekommen?«

»Um Macht über mich selbst zu erlangen.«

»Dann gehe und finde sie!«

Die Faust öffnet sich, das Monster versteinert. Ich bleibe liegen und ringe nach Atem. Mein Doppelgänger steht reglos am Rand des Handtellers.

»Vika, woher kriegt der Schatten seine Antworten?«

»Aus einer offenen Datei von Al Kabar, sie heißt *Die virtuelle Stellenbewerbung*.«

Der Wolf kommt näher. »Was ist passiert?«, flüstert er. Ich erkläre es ihm.

»Sag mal, Iwan Zarewitsch, du bist nicht eigentlich Iwan der Dumme?«, knurrt der Wolf.

Was soll ich darauf sagen? Klar, ich hätte mir erst mal alle Dateien ansehen müssen, und nicht nur die geklauten zur virtuellen Ausgestaltung des Viertels.

»Vika, verschmelze uns!«, befehle ich.

Der Schatten saugt mich förmlich auf. Jetzt übernimmt dieser Körper das Kommando. Und er ist bereits auf der Brücke.

Allerdings ist das ein Pyrrhussieg. Der Ifrit hat nämlich längst Meldung über den Besucher gemacht, der gerade die Brücke überquert. Also wird auf der anderen Seite ein Empfangskomitee auf mich warten.

Ein Einzelner, der es mit einer Gruppe aufnimmt, ist jedoch zum Tode verurteilt – in jedem Raum, selbst im virtuellen.

Okay, das lässt sich nicht ändern. Ich muss jetzt losgehen, muss diese Haarbrücke betreten.

Ehrlich gesagt, ist dieser Hochseilakt praktisch unmöglich, sogar für Profi-Akrobaten. Die Brücke ist wirklich nur ein Faden über einer Schlucht. Die Türme von Al Kabar in der Ferne locken, sind aber unerreichbar.

Tiefe, Tiefe, ich bin nicht dein ...

Ich kniff die Augen zusammen, öffnete sie aber gleich wieder. Vor meiner Nase sah ich die Schlucht, den Faden darüber, die Gebäude in der Ferne. Wäre doch gelacht, wenn ich das nicht schaffe! Den Blick nach unten geheftet setzte ich vorsichtig einen Fuß vor den anderen und balancierte über die Brücke.

Das ist bloß ein Bild!, rief ich mir in Erinnerung. Ohne Erdanziehung! Außerdem hat ein Avatar sowieso keinen Körperschwerpunkt! Tritt also ruhig auf den Faden, du wirst sehen, es klappt. Jetzt fiel mir übrigens auch auf, dass der Boden der Schlucht nur flüchtig designt war. Den Fluss hatte ich mir selbst ausgedacht. Ein anderer an meiner Stelle hätte vielleicht unter sich Baumkronen oder einen Lavastrom gesehen.

Jetzt, wo mein Bewusstsein nicht ins Spiel involviert war, schmolz der Abstand rasch. Eine halbe Minute – und schon hatte ich die Schlucht überquert.

Die Brücke mündete in die Zinnen der breiten Festungsmauer. Auf ihr standen bereits zwei Mann, die mit Gefolge auf mich warteten. Kompakt designte Muskelprotze mit Schwertern an den Gürteln, einer mit Turban, einer mit Glatze. Sobald ich auf die »Ziegel« der Mauer trat, flüsterte ich: »Vika, starte *Deep*.«

Feuerfunken tanzen vor meinen Augen. Heute treibe ich wirklich Missbrauch mit meinem Unterbewusstsein, indem ich es ständig ein- und ausschalte. Morgen sind mir Kopfschmerzen, Herzrasen und totale Erschöpfung garantiert. Sei's drum – heute ist heute, morgen ist morgen.

Inzwischen hat mein Empfangskomitee auch einen einwandfreien menschlichen Körper.

»Das ging ja schnell, Gast«, bemerkt der Kahle. Er hat das gutmütige Gesicht eines arabischen Wachpostens aus dem Märchen *Sindbad der Seefahrer*. Der andere ist genauso klischeehaft auf Araber getrimmt, sieht aber wesentlich gemeiner aus. Seine Augen funkeln, er nimmt nicht eine Sekunde die Hand vom Schwert. Ein Kampfvirus in meinem Rechner, das hätte mir echt noch gefehlt!

»Brauchen andere Besucher denn länger?«, frage ich.

»Diese Brücke hat noch nie jemand überwunden«, erklärt mir der kahle Posten freundlich. »Ein Mensch ist einfach außerstande, auf dem Pferdehaar das Gleichgewicht zu halten.«

»Dann muss das Paradies leer sein«, sage ich und seufze. Anscheinend lenke nicht ich das Geschehen, sondern das Geschehen mich. Solche Wendungen mag ich nicht.

»Dafür gibt es in der Hölle genügend Platz für alle.«

Schöne Aussicht.

»Gehen wir!«

Jetzt bloß keinen Widerstand leisten! Immer hübsch brav und freundlich. In einem fremden Kloster verlangt man nicht nach dem eigenen Gebetbuch.

Von der Mauer führt eine breite, steile Treppe nach unten. Die nehmen wir. Der gutmütige Wachposten geht voraus, der finstere schnaufend hinter mir her. Ich gebe mir alle Mühe, Letzteren zu ignorieren, und starre die ganze Zeit auf die Glatze des Gutmütigen. Mitten auf dem Scheitelpunkt prangt eine dicke Warze. Ob die tatsächlich designt ist oder mir mein Unterbewusstseins etwas vorgaukelt? Aber es wäre unklug, aus der *Tiefe* aufzutauchen, nur um eine solche Lappalie zu klären.

Das Viertel Al Kabar ist relativ klein, höchstens ein Quadratkilometer im virtuellen Raum. Das heißt allerdings gar nichts. Sicher, manche Firmen, so auch Microsoft, stellen ihren Mitarbeitern ganze Paläste für die Arbeit zur Verfügung. Das kostet ja nicht viel, ist dafür aber sehr eindrucksvoll. Andere dagegen geben sich mit billigen Standardbüros zufrieden, bei denen du dich fragst: Wozu bitte schön haben wir eigentlich die virtuelle Welt?!

Al Kabar gehört offenbar zur zweiten Kategorie. Ich spähe durch ein Fenster in einen der flachen Steinbauten hinein, an denen wir vorbeigehen.

Die Einrichtung kenne ich zu wenig, um Näheres darüber sagen zu können. Mehrere Tische, an denen Leute sitzen. Ein Typ hält ein Reagenzglas in der Hand. Ha! Chemische VR-Experimente! Mal was Neues. Auch wenn so was nur bei Versuchen mit hochgiftigen Stoffen sinnvoll ist. Oder mit Bakterienkulturen. Trotzdem werd ich's mir merken.

»Wohin bringt ihr mich?«, frage ich. Der Glatzkopf dreht sich nicht um, antwortet aber. »Zum Direktor des Konzerns.«

Den Namen nennt er nicht, aber auch so hat er mir genug verraten. Al Kabar ist ein multinationaler Konzern, spezialisiert auf die Herstellung von Pharmaka, auf Telefonverbindungen und, wenn ich mich nicht irre, Erdölgewinnung. Trotz der ganzen arabischen Aufmachung hat das Unternehmen seinen Sitz in der Schweiz. Ihr Direktor ist Friedrich Urmann, eine viel zu bedeutende Persönlichkeit, als dass sie mit jedem x-beliebigen Besucher sprechen würde.

Aber mir bereitet man diesen warmen Empfang ...

Wir bleiben an einer kleinen, von Weinreben umrankten Laube stehen. Als ich von hinten einen Schubs kriege, trete ich ein. Die beiden Wachen beziehen draußen Posten.

Drinnen ist es wesentlich geräumiger, als es von draußen den Anschein hat. Hier stellt sich die Laube als riesiger Pavillon dar, mit einem Becken in der Mitte, in dem funkelnde Fische träge ihre Bahnen ziehen. Neben einem Tisch stehen zwei Sessel. Überall gibt es Blumen, deren Duft ich mit der Zeit sogar wahrnehme.

Außer mir ist hier sonst niemand.

Dann wollen wir mal warten. Ich setze mich in einen der beiden Sessel.

Vor meine Augen schiebt sich ein zarter Schleier – womit ich allerdings gerechnet habe. Sie sondieren jetzt meinen Verbindungskanal, denn sie wollen herauskriegen, woher ich komme, wie viel Daten ich pro Sekunde empfangen und weiterleiten kann, welche Programme ich dabeihabe ...

Na, dann viel Spaß! Euch erwarten sechs Router, die ich nur heute benutzt habe. Einer reicht die Datenpakete an den nächsten weiter, und keiner von ihnen ist leicht zu knacken. Am Ende landet dann alles bei einem bezahlten Gateway in Österreich, über den ich in den virtuellen Raum gelangt bin.

Sicher, ich habe Spuren hinterlassen – nur führen sie ins Nichts.

Sie können die Verbindung natürlich auch jederzeit unterbrechen und mich aus dem Viertel werfen. In dem

Fall würden sich aber alle Programme, die ich bei mir habe, sofort schließen. Dann hätten sie nicht mehr viel, das sie untersuchen könnten. Darauf sind sie aber erpicht, und zwar extrem, das bezweifle ich nicht im Geringsten.

»*Der erste Router ist identifiziert*«, teilt mir Windows Home mit.

Das ging schnell. Ich schüttle den Kopf – und danach ist der Sessel mir gegenüber plötzlich nicht mehr leer.

Herr Friedrich Urmann hält nichts von arabischer Tracht. Er trägt Shorts und ein Hemd mit Blumenmuster. Ein älterer Mann, sehnig, ernst.

»Guten Tag ...«, begrüßt er mich. Auf Russisch. Doch seine Stimme klingt unnatürlich, durch das Übersetzungsprogramm verzerrt. »... Diver.«

Das also ist der Grund für die hohe Ehre.

»Ich fürchte, da irren Sie sich, Herr Direktor.«

»Als wir vor einem halben Jahr die Brücke gebaut haben, haben wir dabei nur ein Ziel vor Augen gehabt, Herr Diver. Jemanden wie Sie zu entdecken. Ein Mensch, der sich im virtuellen Raum befindet, könnte diese Brücke nämlich nie überqueren.« Urmann deutet ein Lächeln an. »Ich sehe zum ersten Mal einen echten Diver.«

Eins zu null. Gegen mich.

»Und ich sehe zum ersten Mal einen echten Multimillionär. Damit hat unser Gespräch also bereits erste Früchte getragen.«

»*Der zweite Router ist identifiziert*«, raunt Windows Home.

Urmann runzelt die Stirn: Anscheinend erhält er die gleiche Mitteilung. »Verzeihen Sie, aber über wie viele Computer sind Sie eigentlich hierhergekommen?«, fragt er mich.

»Ich habe sie nicht gezählt, tut mir leid.«

Urmann zuckt die Achseln. »Wie soll ich Sie nennen?«

»Iwan Zarewitsch.«

Eine kurze Pause, dann ein Lächeln. Man hat ihm das Ganze erklärt.

»Oh, ein russischer Märchenheld! Sie sind Russe?«

»Spielt das etwa eine Rolle?«

»Nein, natürlich nicht ... Herr Diver, wie die Dinge liegen, sind Sie illegal in unser Viertel eingedrungen ...«

»Ach ja?«, entgegne ich erstaunt. »Ehrlich gesagt, suche ich Arbeit. Und als ich Ihre Anzeige gelesen habe, bin ich einfach über die Brücke gegangen ... Aber dann habe ich doch gemacht, was diese merkwürdigen Wachposten von mir verlangt haben.«

Eins zu eins.

»Ja, ja, schon gut.« Friedrich Urmann fegt meinen Einwand buchstäblich beiseite. »Wir wollen Ihnen daraus gar keinen Strick drehen, Herr Diver. Selbst die etwas befremdlichen Dinge, die Sie bei sich haben ...«

Langsam und theatralisch leere ich meine Taschen. Ein Kamm, ein Taschentuch, ein kleiner Spiegel. »Bitte sehr. Wollen Sie das Schwert auch noch haben?«

»Ich bitte Sie, wozu denn das?« Urmann winkt bloß ab. »Keiner von uns will ja wohl ein Gemetzel, oder? Lassen Sie uns also in aller Ruhe miteinander reden.«

»*Der dritte Router ist identifiziert.*«

»Nur schade, dass uns immer weniger Zeit für dieses Gespräch bleibt«, erwidere ich und seufze.

»Wohl wahr, daran fehlt es ja immer. Also, Herr Diver, ich habe Grund zu der Annahme, dass einige Personen an verschiedenen unserer neuen Produkte interessiert sind. Diese Personen haben sogar einen Diver angeheuert … der die fremden Früchte ernten soll.«

»Die Äpfel«, konkretisiere ich.

»Ganz genau. Wir beschäftigen einen hervorragenden russischen Programmierer, der für unsere geschützten Daten ein sehr schönes Design gefunden hat.« Urmann klatscht in die Hände. Die Luft um uns herum trübt sich, verdichtet sich. Prompt materialisiert sich ein kleiner Baum voller Früchte. »Ich nehme an, am meisten interessiert Sie der hier, dieser kleine grüne Apfel am untersten Zweig.«

Ich betrachte die heiß begehrte Frucht. Der Apfel ist klein, unreif und wurmstichig.

»Was meinen Sie, Diver, wie viel die Konkurrenz wohl für diese Datei zahlen würde?«

»Zehntausend«, übertreibe ich ein wenig.

Urmann sieht mich an. »Zehntausend Dollar?«, hakt er nach.

»Ja.«

»Ehrlich gesagt, wären nicht einmal hunderttausend zu viel. Aber lassen wir das. Gehen wir einmal davon aus, dass ich demjenigen, der versucht, diese Datei zu stehlen, einhundertundfünfzigtausend anbiete. Unter der Bedingung, dass er mit uns kooperiert. Selbstverständlich gegen ein angemessenes Honorar.«

»Was ist das?«, frage ich. »Ein Mittel gegen Krebs?«

»Nein.« Urmann schüttelt den Kopf. »Das wäre unbezahlbar. Das ist lediglich ein Mittel gegen Erkältung. Allerdings ein sehr, sehr wirksames. Wir planen, es in die Produktion aufzunehmen, jedoch erst nachdem die Vorräte der weniger effizienten Medikamente verkauft sind. Was sagen Sie zu meinem Angebot?«

»Ich fürchte, ich muss Sie enttäuschen«, antworte ich und versuche, nicht an die Summe zu denken, die er mir genannt hat. »Aber der Ehrenkodex der Diver verbietet solche Deals.«

»In Ordnung.« Urmann erhebt sich. »Ich habe mit dieser Antwort gerechnet. Und ich respektiere Ihre Einstellung.«

Er tritt an den kleinen Baum heran und pflückt mit einer gewissen Anstrengung den Apfel. Seine Lippen bewegen sich dabei, offenbar spricht er das Passwort. »Bitte!«

Der Apfel wandert in meine Hand. Ein schweres Ding, bestimmt zwei Megabyte. Jeden Versuch, das Ding sofort zu kopieren, kann ich mir sparen. Mir wird nichts anderes übrigbleiben, als ihn mitzunehmen. Ich stecke den Apfel in meinen Ausschnitt, hefte die Datei also an mein Avatar. Dann sehe ich Urmann wieder an.

»Ich setze alles auf eine Karte«, sagt er sehr ernst. »Ich opfere eine überaus erfolgversprechende Entwicklung. Sie können sie Herrn Schöllerbach geben, mit den besten Grüßen von mir. Aber ich habe eine Bitte: Wenden Sie sich danach noch einmal an uns und verhandeln Sie mit uns über eine feste Anstellung. Ich will gar kein Geheimnis daraus machen, dass wir sehr dringend einen Diver bräuchten.«

»*Der vierte Router ist identifiziert ... der fünfte Router ist identifiziert ... Alarm! Alarm! Alarm!*«

»Einverstanden.« Jetzt stehe ich ebenfalls auf. Das alles kommt ziemlich überraschend. Außerdem hätte ich nie gedacht, dass führende Geschäftsleute zu derart großen Gesten fähig sind. »Ich verspreche wiederzukommen. Wenn Sie mich jetzt aber entschuldigen wollen ...«

»Nein, Herr Diver, jetzt müssen Sie schon mich entschuldigen. Sie werden unser Territorium ungehindert verlassen können, allerdings erst nachdem wir Ihre ständige Adresse eruiert haben. Gewissermaßen als Garantie für das Versprechen, das Sie uns eben gegeben haben.«

Die Gitterwände des Pavillons dunkeln ein, als habe man sie unter festem Stoff verhüllt. Ich mache einen Schritt, was mir nicht leichtfällt. Obwohl sie meine Verbindung noch nicht gekappt haben, dauert die Übertragung mittlerweile viel länger. Urmann macht nur noch abgehackte Bewegungen, vor meinen Augen verschwimmt alles, der Apfel droht, aus meinem Hemd auf den Boden zu fallen, Vikas Stimme holpert und hat die Intonation eingebüßt: »Alarm ... A ... larm ...«

Das war's dann wohl. Diese Multimillionäre sind verdammt gute Spieler.

Genauer gesagt, ihre Angestellten, zu denen man mich unbedingt auch stecken will.

»Vika, eine geringere Auflösung!«, flüstere ich, während ich mich weiter zum Tisch vorkämpfe. Wenn die Software mich jetzt bloß versteht, wenn sie jetzt bloß keine konkreteren Befehle verlangt!

Doch da verändert sich der Pavillon auch schon. Das gitterartige Muster verschwindet von den Wänden, die Blumen verlieren ihre Blüten und einen Teil der kleinen Blätter, Urmanns Hemd wird gröber.

Dafür komme ich nun aber an meine Sachen auf dem Tisch. Ich schnappe mir das Taschentuch. Ach ja, wie wichtig doch die Dinge der persönlichen Hygiene sind ...

Kaum wedel ich einmal mit dem Tuch – ganz langsam, als befände ich mich unter Wasser –, zerschneidet eine funkelnde Lichtsense die schlummernde kleine Welt des Pavillons. Die einen nennen diese Anwendung *Saugfisch*, die anderen *Weg*. Beide Bezeichnungen sind zutreffend. Die Software sucht mir fremde Verbindungskanäle, die ich nutzen kann.

Ein hypermodernes und seltenes Programm, das fast nie versagt.

Eine Wand stürzt teilweise ein, so dass der Weg nach draußen für mich frei ist. Offenbar greife ich auf Friedrichs persönliche Verbindung zurück. Bevor ich abhaue, schnappe ich mir noch den Spiegel und den Kamm.

Aus der Wand fahren gezahnte, spitze Lanzen heraus. Die Sicherheitssoftware von Al Kabar. Im verzweifelten Versuch, zwischen den Lanzen hindurchzuschlüpfen, setze ich zum Sprung an.

Tiefe, Tiefe, ich bin nicht dein ...

Der Helmventilator blies mir eisige Luft ins Gesicht. Auf den Displays sah ich einen langsam dahingleitenden

Streifen: Da wurden Daten übertragen. Unter ihm schloss sich rasant eine Öffnung, das war der Verbindungskanal, der immer enger wurde. So viel zur Schönheit erbitterter virtueller Kämpfe! Dahinter steckt nicht mehr als ein Mix aus Streifen, Buchstaben und Ziffern. Ein Kampf von Programmen, Modems und Bytes.

Das wollte ich gar nicht sehen. Das war ekelhaft und schmerzlich.

»Deep!«, befahl ich.

Sofort kriege ich Kopfschmerzen, aber das ist mir scheißegal. Ich hechte zwischen den Lanzen hindurch und lande auf dem Boden. Ein funkelndes Band schlängelt sich über die Straße und zerstört alles, was ihm in die Quere kommt. Die Gebäude krachen in sich zusammen, die Wand fliegt polternd auseinander. Das Band bewegt sich über die Schlucht und schießt weiter ...

Die zwei Posten von vorhin stürmen mir entgegen. Beide mit blanken Schwertern, aber auch ich habe meine Klinge bereits gezückt. Wessen Virus wohl perfider und schneller ist?

Meiner.

Maniac, ein Spezialist für Computerviren, hat ihn mir geschenkt. Ein tödliches kleines Geschenk: Unter dem Schlag meines Schwerts explodiert die Luft und donnert wie der Rülpser eines Drachen über die beiden Posten weg. Sie verbrennen im Handumdrehen, verwandeln sich in schwarze, verkohlte Knochengerüste.

Maniac liebt solche Effekte. Die Computer der Wachen sind jetzt bis über beide Ohren mit einer unglaublich wichtigen Arbeit beschäftigt: Sie berechnen die Zahl Pi, mit einer Genauigkeit von einer Million Stellen hinterm Komma. Sie haben nicht mal genügend Ressourcen, um Admins aus dem virtuellen Raum hinzuzuziehen. Bestens! Sollen sie ruhig noch ein wenig in der *Tiefe* hocken – statt sich über fremde Rechner herzumachen.

»Wie unfein«, flüstert Windows Home mit mitleidiger Stimme.

Ich sprinte über das Band. Die Verbindung ist nun wieder exzellent, bereits nach ein paar Sekunden erreiche ich die Mauer. Das Band unter mir federt, trägt mich weiter, schießt dahin. Ich lache und blicke mich immer wieder um.

Ha!

Da! In Al Kabar! Die Straßen sind plötzlich voller Menschen, über das Band verfolgen mich neue Wachposten, und aus einem der Häuser kriecht etwas Gigantisches, Schlangenartiges und Ekelhaftes heraus. Ich habe nicht die Absicht, mir das näher anzusehen.

Schneller!

Das Band setzt zum Sprung an. Es schlägt einen hohen Bogen über den Ifrit und will mich hinter ihm absetzen. Das Monster wird jedoch wieder lebendig, vibriert und reißt die Pfoten hoch, so dass die Haarbrücke birst. Trotzdem kriegt er mich nicht zu fassen. Außerdem kann er sich nicht von der Stelle rühren, da er fest mit seinem Verbindungskanal verankert ist.

Auf den letzten Metern fängt das Band allerdings mit einem Mal an zu wackeln und will mich zurückbefördern. Anscheinend haben es die Admins aus Al Kabar doch unter ihre Kontrolle gebracht.

Nur, dass es inzwischen zu spät ist, denn nun habe ich wieder festen Boden unter den Füßen, und der Wolf kommt auf mich zugelaufen.

»Sitz auf!«, ruft er. »Nichts wie weg hier!«

Ich springe auf den Wolf und sehe mich ein letztes Mal um. Die Posten katapultieren sich vom Band, über der Schlucht heult ein geflügelter Schatten.

»Suxx!«, stoße ich den Lieblingsfluch aller Hacker aus. Suxx – das ist ein Rechner, der abstürzt, ein Programm, das streikt, saures Bier oder die Straßenbahn, die dir vor der Nase wegfährt. Im aktuellen Fall ist es diese Hetzjagd. Sie lässt uns keine Zeit, die im Apfel gespeicherten Daten in aller Ruhe zu kopieren und uns in Luft aufzulösen. Stattdessen müssen wir fliehen und falsche Fährten auslegen.

Darauf versteht sich mein Partner im Wolfspelz nebenbei bemerkt bestens.

Wir preschen durch die Wüste und schlagen uns irgendwann wieder in den Wald. Uns jagen nur noch diffuse Schatten nach, da die Posten ihr imposantes Äußeres zugunsten ihrer Schnelligkeit aufgegeben haben.

»Wie sieht's aus, Iwan Zarewitsch?«, keucht der Wolf.

»Die erwischen uns gleich!«, rufe ich.

»Iwan, das schaff ich nie!«, brüllt der Wolf. Ich hole den Kamm heraus, zerbreche ihn in der Hand und werfe ihn hinter mich. Mit einem ohrenbetäubenden Knall fliegen die Zähne auseinander, bohren sich in die Erde und wachsen fest, verwandeln sich in überdimensionale Bäume. Die Posten werden daraufhin langsam und träge, da jetzt, wo der Raum mit wie aus dem Nichts auftauchenden Objekten überfüllt ist, die Rechner unserer Feinde in einer Flut banaler Informationen ertrinken.

Aber leider ist das ein uralter Trick, und die Gegenseite weiß längst, wie sie reagieren muss. Die meisten Wachen haben einfach ihr Gesichtsfeld verengt oder die Auflösung noch weiter herabgesetzt, um die riskante Strecke zu überwältigen. Und um ganz korrekt zu sein: Das haben nicht die Posten selbst getan, sondern die jeweilige Deep-Software. Mit dem Trick sind also bloß Amateure ausgesiebt worden, die sich aus purem Enthusiasmus in die Jagd gestürzt haben.

»Iwan, ich kann nicht mehr!«, jault der Wolf verzweifelt. Hat er wirklich Angst? Oder geht er nur voll in der Märchenhandlung auf? Ich weiß es nicht.

So oder so, jetzt muss der Spiegel her. Als ich ihn nach hinten werfe, jammert mein Windows Home: »Wie unfein!«

Natürlich ist das unfein. Und wie! Das ist keine kleine Gemeinheit mit rapide wachsenden Baobabs und auch kein lokaler Schwertvirus. Das ist eine logische Bombe von enormer Sprengkraft.

Da, wo der Spiegel aufgeschlagen ist, entsteht ein Teich, der schnell größer wird. Ein Teil der Verfolger landet in ihm und ertrinkt, verschwindet spurlos. Die anderen stoppen ratlos am Ufer.

In diesem Bereich des virtuellen Raums sind alle Verbindungen blockiert. Mindestens die nächsten paar Stunden führt hier kein Weg durch; den gibt es erst wieder, wenn der Teich ausgetrocknet ist.

»Wo hast du den Kram her?«, fragt mich der Wolf.

»Von Maria der Geschickten«, antworte ich nach kurzem Zögern. Ehrlich gesagt, bin ich nur wegen meiner heutigen Maskerade auf den Namen dieser weiteren Märchengestalt gestoßen. Aber der Wolf wird ihn nicht weitersagen. Und ihm könnten ein paar solcher Programme auch nicht schaden.

»Werd ich mir merken«, sagt der Wolf dankbar und sieht sich rasch um. »Was hast du als Drittes dabei, Recke?«

Inzwischen ist uns der Drache, ein aggressives Abfangprogramm erster Klasse, dicht auf den Fersen. Der Drache hat drei Köpfe – vermutlich stecken also drei Systemadministratoren hinter ihm – und verfügt mit Krallen, Zähnen und Feuer über das gängige Waffenarsenal. Hunderte von verschiedenen Viren samt solider Verteidigung! Natürlich braucht der Drache über dem Teich bloß leicht das Tempo zu drosseln.

»Das Dritte habe ich als Erstes vergeudet«, gestehe ich.

»Hättest du nicht mehr einpacken können? Warum musstest du unbedingt alles machen wie im Märchen – und nur drei Sachen mitnehmen?«, brüllt der Wolf. So stimmt das natürlich nicht. Niemand behängt sich mit zu vielen Kampfviren. Aber uns gehen gerade beiden die Nerven durch.

Da trifft der Wolf eine Entscheidung, biegt scharf ab und beschleunigt. Vor einem wuchtigen, bemoosten Baumstumpf stoppt er derart abrupt, dass ich auf den Boden fliege. Er sieht mich mit eindringlichem Blick an – und springt über den Stamm.

Ich ziehe ja Wasser vor, um mein Äußeres zu ändern. Einen Bach, einen Fluss, wenn es sein muss auch einen vollen Kochtopf. Aber Werwölfe sind konservativ.

Der Wolf wirbelt in der Luft herum und verwandelt sich in einen Menschen. In einen jungen Mann in einem schlichten grauen Anzug und mit Lackschuhen. In meinen stets eleganten Freund, ebenfalls ein Diver. Doch kaum auf dem Boden gelandet, setzt er wieder an, springt ein zweites Mal und wird zu einer exakten Kopie von mir.

»Vika, ich brauch einen Bach!«, befehle ich, sobald mir klarwird, was er vorhat.

Doch der ehemalige Wolf hat mich bereits bei den Schultern gepackt. »Dazu haben wir keine Zeit!«, schreit er und schleudert mich über den Baumstamm.

Von einem fremden Mimikry-Programm erfasst zu werden ist echt kein Vergnügen. Ich kann gerade noch flüstern: »Vika, sei friedlich!«, damit mein fürsorgliches Windows Home keinen Widerstand bei der Transformation leistet.

Mit einem Wolfspelz bin ich das letzte Mal vor sehr langer Zeit unterwegs gewesen. Damals war der virtuelle Raum noch ganz jung, und alle haben mit Metamorphosen herumexperimentiert. Zum Glück brauche ich nicht auf allen vieren zu stehen, ich verändere mich ja nur äußerlich. Ich schnalle das Schwert ab und übergebe es dem frischgebackenen Iwan Zarewitsch, der die Waffe an sich nimmt und mir auf die Schultern springt.

»Vorwärts, du lahmer Sack!«, ruft er und rammt mir die Hacken in die Seite. Ich stürme los, was höchste Zeit wurde, denn über den Bäumen taucht jetzt der Drache auf. Er schießt im Sturzflug auf uns zu und stößt drei Flammensäulen aus. Genau in unsere Richtung.

»Schneller!«, schreit mein Partner, um dann flüsternd hinzuzufügen: »Heute Abend, wie immer!«

Ich schüttle mich heftig, werfe ihn ab und laufe davon, während er mich mit Flüchen überschüttet.

Der Drache kreist kurz über uns, ehe er das Offensichtliche wählt und neben dem Märchenhelden runtergeht. Der feige Partner interessiert ihn nicht.

Genau darauf haben wir gehofft.

»Vika«, flüstere ich im Laufen, »überspiele die neuen Daten!«

Hinter mir tobt der Kampf. Nicht sehr lange, nebenbei bemerkt. Der Freund trifft den Drachen zwar mit dem Schwert, aber das Abfangprogramm ist viel zu gut gesichert, als dass das Virus etwas ausrichten könnte. Irgendwann schäumt um ihn eine weiße Schneewolke auf, und er erfriert.

Wird einfach tiefgefroren. Game over. Mein Freund ist ausgeschieden, inzwischen nimmt er zu Hause bereits seinen VR-Helm ab. Vor dem dreiköpfigen, zähnefletschenden Drachen steht bloß noch seine Kopie mit der Beute – falls er die hätte, logisch.

Der Drache hämmert sanft mit der Pfote auf den gefrorenen Körper, bis der in unzählige Eissplitter zerfällt. Alle drei Köpfe beugen sich hinunter, um den geklauten Apfel zu suchen.

Unterdessen renne ich weiter.

Der Apfel in meinem Ausschnitt wird in einem fort leichter, da sich inzwischen immer mehr Daten auf meinem PC befinden. Ich schlage noch ein paar Haken zwischen den Bäumen, bevor ich anhalte, damit Windows Home die Daten schneller übertragen kann.

Doch schon holt mich das Brüllen des Drachen ein. Der hat das Diebesgut nicht entdecken können und unser Spiel mittlerweile durchschaut.

Wer ist jetzt schneller?

Der Drache erhebt sich wieder in die Luft. Mich zu finden würde ihm nicht das geringste Problem bereiten, letztlich hinterlässt jede Bewegung im virtuellen Raum Spuren. Deshalb bleibe ich stehen und warte ab.

»Datenübertragung abgeschlossen.«

Ha! Triumph!

»Verlassen!«, befehle ich.

»Bist du sicher?«, hakt Windows Home nach.

»Ja.«

»Verlassen des virtuellen Raums«, erklärt der Computer. Vor meinen Augen flackern bunte Funken. Die Welt verliert ihre Schärfe, verwandelt sich in ein blasses, zweidimensionales Bild.

»Der Austritt aus dem virtuellen Raum ist erfolgreich abgeschlossen!«, teilte mir Windows Home freundlich mit. Die Stimme aus den Kopfhörern überrumpelte mich, außerdem war sie zu laut. Auf den Displays flog – genauer gesagt: fiel – vor blauem Hintergrund die kleine weiße Figur eines Menschen zu Boden: das allseits bekannte Logo von Deep, der *Tiefe*, der virtuellen Welt.

Nachdem ich den Helm abgenommen hatte, musste ich blinzeln. Als ich auf den Monitor blickte, sah ich dort das gleiche Bild.

»Danke, Vika«, sagte ich.

»Keine Ursache, Ljonja«, antwortete Windows Home. Diese winzige Höflichkeit hatte ich Vika vor einer Woche beigebracht. Es gefiel mir, wenn die Software menschlicher auftrat als unbedingt nötig.

»Und jetzt das Terminal!«

Das Blau löste sich auf, um dem Terminalfenster Platz zu machen. Ich loggte mich manuell beim sechsten, noch nicht identifizierten Router ein und löschte meinen Account, desgleichen meine temporäre Adresse in Österreich.

Die wesentlichen Fäden waren damit gekappt. Macht euch ruhig an die Arbeit, ihr Jungs von Al Kabar. Durchforstet alle Logs nach Iwan Zarewitsch! Denn der Diver ist nicht in eure Falle getappt!

Ich verzichtete auf die Sprachsteuerung, um Windows Home zu schließen und den dreidimensionalen Norton-Commander aufzurufen. Ich klickte Laufwerk D an, in dem meine gesamte Beute aus dem virtuellen Raum sowie eine kleinere Sammlung von Viren gespeichert war. Da war er auch schon, der Apfel, eine Datei von anderthalb Megabyte. Äußerlich ein stinknormales Dokument für den Textredakteur von Advanced Word, verknüpft mit zwei kleineren Dateien. Sicherheitssoftware? Ich startete den Virenscanner, der genau für solche Überraschungen gedacht war.

Eben! Richtig geraten. Das waren Identifikationsprogramme, die die Datei zerstören sollten, falls sie auf einem fremden Rechner landete.

Aber das kennen wir ja. Gegen solche Scherze sind wir seit langem geschützt. Die Identifikationsprogramme werden meine Festplatte einfach nie zu Gesicht kriegen. Die bleiben hübsch auf Laufwerk D.

Im Dokument selbst fand der Scanner eine weitere Überraschung, ein kleines Programm, das sich vermutlich starten würde, sobald ich die Datei lesen wollte. Auch damit hatte ich gerechnet. Ich kopierte die Datei erst auf eine Diskette, dann auf eine Laserdisc. Anschließend entkernte ich den Apfel aus den Gärten Al Kabars.

Wenn ich die beiden angehefteten Dateien löschen würde, würde ich allerdings auch den Text zerstören. Deshalb unterdrückte ich sie lediglich, verhinderte, dass sie sich starteten. Danach kümmerte ich mich um die eingebaute Überraschung. Ich zerlegte die Datei in zwanzig Teile und sortierte dabei das Identifikationsprogramm aus. Ich entdeckte ein mir absolut unbekanntes polymorphes Virus, das sich – und das war echt nicht komisch! – bereits auf meinem Rechner eingenistet hatte. Nach zwei Stunden intensiver Arbeit, die ich nur unterbrochen hatte, um ein Aspirin zu schlucken und aufs Klo zu gehen, musste ich einsehen, dass ich das Virus nicht knacken würde.

Es war schon reichlich spät – also genau die Zeit, wo Hacker sich an die Arbeit machen. Kurzentschlossen verpackte ich das Virus mit einem Stück Text und rief Maniac an.

Es dauerte zwei Minuten, bis er ranging. Damit hatte ich aber noch Glück, denn er hätte sich auch im virtuellen Raum rumtreiben können, und dann hätte er weder das Klingeln des Telefons noch Feuer, Überschwemmungen oder andere kleine Gemeinheiten des täglichen Lebens registriert. »Ja?«

»Maniac, ich bin's.«

»Hallo, Ljonja.« Jetzt klang Maniacs Stimme schon freundlicher. »Was gibt's?«

»Ich habe ein neues Virus für deine Sammlung.«

»Dann schick's mal rüber!«, verlangte Maniac und legte auf.

Ich schaltete das Modem ein und sandte die Überraschung aus Al Kabar meinem Virenbauer in die gierigen Hände. Anschließend holte ich mir Brot und Wurst aus dem Kühlschrank und setzte in der Küche Teewasser auf. Eine halbe Stunde würde Maniac bestimmt für das Virus brauchen. Zehn Minuten, um es zu knacken, dann zwanzig Minuten, um sich an seinem Aufbau zu ergötzen, sich über dämliche Entscheidungen zu amüsieren oder die Stirn zu runzeln, wenn er auf etwas stieß, worauf er selbst noch nicht gekommen war. Seit der Moskauer Konvention, die sich mit dem Unvermeidlichen abgefunden und die Herstellung harmloser Viren legalisiert hatte, beschäftigte er sich genau damit: Er kreierte zuverlässige Viren, die jeden Rechner abstürzen ließen, dabei aber keine Daten löschten.

Maniac rief jedoch schon nach drei Minuten zurück.

»Warst du eventuell in Al Kabar?«, fragte er mit honigsüßer Stimme.

»Ja.« Eine Lüge wäre sinnlos gewesen. »Hast du das Ding etwa schon geknackt?«

»Das war gar nicht nötig. Das ist nämlich mein Virus, Kumpel!«

»Tut mir leid«, sagte ich. Etwas Besseres fiel mir nicht ein.

Maniac – der im realen Leben schlicht Schura hieß – fuhr ziemlich ernst fort: »Hast du denen etwa ein Programm geklaut?«

»Nicht ganz. Aber ja, das Ding war in einer Datei versteckt.«

»Hast du schon mit jemandem über Modem Kontakt gehabt? Nachdem du diese Datei gekriegt hast, meine ich?«

»Nein.«

»Dann bist du nochmal glimpflich davongekommen«, erwiderte Maniac. »Das ist nämlich kein simples Virus, sondern eine Postkarte.«

Als ich nicht begriff, was er damit meinte, erklärte Maniac: »Eine Postkarte mit der Adresse des Absenders. Sobald das Virus feststellt, dass auf einem Rechner Kommunikationshardware angeschlossen ist, hängt er an jede Mail von dir noch eine winzige, unsichtbare ... Postkarte. Ohne jeden Text, dafür aber mit deiner Adresse. Diese Postkarte verschickst du zusammen mit deiner Mail – und von der Kiste des Empfängers aus wird sie direkt an den Sicherheitsdienst von Al Kabar weitergeleitet.«

Alles in mir drin gefror. »Dann habe ich mir also ein Virus eingefangen ...«

»Nein. Das, was du dir eingefangen hast, ist eigentlich kein Virus, das sind eher die Pseudo-Spiegelbilder, die es wirft. Damit will es den Rechner einlullen. Die meisten Scanner entdecken die Postkarte überhaupt nicht, dazu ist das Ding noch viel zu frisch.«

»Und was soll ich jetzt machen?«

»Mir ein Bier spendieren«, antwortete Maniac lachend. »Ich schick dir jetzt 'ne Mail, da ist die Medizin gegen dieses Virus drin. Ein spezielles Antivirus. Lange Erklärungen kann ich mir sparen. Starte das Programm einfach, es checkt dann automatisch deinen Rechner. Das dauert 'ne Weile, schließlich ist das kein kommerzielles Produkt, sondern ... mein persönlicher Schutz gegen mein eigenes Virus.«

»Danke.«

»Schon okay. Du hättest dir da beinahe gewaltig was eingebrockt, Ljonja.«

»Verdammter Hacker!«, brummte ich. »Warum hast du mir nie was von dem Ding erzählt?«

»Woher hätte ich denn wissen sollen, dass du in fremde Rechner einsteigst?«, gab Maniac gelassen zurück. »Frag mich halt beim nächsten Mal erst, bevor du dich an so ominöse Orte begibst. Okay, und jetzt schalt dein Modem ein!«

Nach ein paar Minuten war das Antivirus da. Sofort startete ich das Programm. Es brauchte wirklich lange, jede Minute teilte es mir mit, dass eine neue Postkarte entdeckt worden sei. Der Polymorph hatte sich bereits durch den ganzen Computer gefressen.

Damit hätte ich mir in der Tat gewaltig was eingebrockt.

Während ich immer wieder auf den Bildschirm linste, schmierte ich mir ein enormes Wurstbrot und goss mir Tee ein, um damit auf den Balkon hinauszutreten. Es war bereits dunkel, und ein feiner Regen hatte eingesetzt. Die Luft war feucht und kalt.

Selbstgefälligkeit wird uns Diver noch umbringen. Die Gefahren der virtuellen Welt jagen uns keine Angst ein – und genau das lullt uns ein.

Dabei sind wir, so peinlich das auch ist, noch nicht mal Profis. Aus irgendeinem Grund taugen Hacker nämlich nicht zum Diver; vermutlich weil sie den virtuellen Raum für bare Münze nehmen.

Ich dagegen – bis vor drei Jahren ein mittelmäßiger Designer bei einer Firma für PC-Spiele, die mir damals, als sie pleiteging, einen alten Rechner schenkte – war in die *Tiefe* eingetaucht und zum Diver geworden. Zu einem von Hundert auf der Welt.

Ich hatte Glück gehabt.

Wahrscheinlich hatte ich einfach Glück gehabt.

10

Noch vor fünf Jahren war die virtuelle Welt ein reines Fantasieprodukt von Science-Fiction-Schriftstellern. Es existierten zwar schon Computernetze, VR-Helme, Sensoranzüge, aber all das war noch reichlich banal. Es gab Hunderte von Spielen, in denen sich der Held frei im dreidimensionalen und bunten Cyberspace bewegen konnte, aber von einer virtuellen Welt konnte noch keine Rede sein.

Eine computergenerierte Welt ist nämlich viel zu primitiv. Sie hält noch nicht mal dem Vergleich mit einem Zeichentrickfilm stand, geschweige denn den mit einem Spielfilm. Wie sollte sie da gegen die reale Welt ankommen? Klar, man kann durch ein virtuelles Labyrinth oder Schloss rennen und gegen Monster oder gegen Freunde an anderen PCs kämpfen. Aber selbst im Eifer des Gefechts wird niemand Illusion und Wirklichkeit miteinander verwechseln.

Die Computernetze ermöglichten die Kommunikation mit Menschen in aller Welt. Aber das war nur ein Austausch von Zeilen auf dem Bildschirm, bestenfalls prangte neben dem Text eine Karikatur des Gesprächspartners.

Für echte virtuelle Realität waren leistungsstärkere Rechner, unglaublich gute Verbindungen und die Schwerstarbeit Tausender von Programmierern nötig. Trotzdem hätte man noch Jahrzehnte gebraucht, um eine Stadt wie Deeptown zu bauen.

All das änderte sich jedoch schlagartig, als Dmitri Dibenko, einst ein Moskauer Hacker und heute ein überaus erfolgreicher amerikanischer Geschäftsmann, die *Tiefe* erfand. Es war nicht mehr als ein kleines Softwarepaket und ein Film, der allerdings das Unterbewusstsein des Menschen beeinflussen sollte. Angeblich war er verrückt nach Castaneda, hatte ein Faible für Meditation und kiffte. Das glaube ich gern. Seine früheren Freunde versichern, er sei zynisch und faul gewesen, abgerissen und im Grunde keine große Leuchte. Auch das glaube ich gern.

Aber ihm ist die *Tiefe* zu verdanken. Ein Film von zehn Sekunden, der über den Bildschirm läuft und an sich völlig harmlos ist. Wenn man ihn im Fernsehen ausstrahlt (angeblich sind einige Länder dieses Risiko sogar eingegangen), spürt der Zuschauer nicht das Geringste, er wird nicht Teil des Films. Dmitri selbst wollte eigentlich nur einen stimulierenden Hintergrund für seine Meditationen auf den Bildschirm zaubern. Einzig und allein dafür hat er diesen Film gemacht, den er dann ins Netz stellte. Zwei Wochen lang schöpfte er nicht den leisesten Verdacht.

Dann jedoch stieß ein junger Typ aus der Ukraine auf die schillernden Farben des Deep-Programms. Völlig unbedarft startete er sein Lieblingsspiel, Doom. Da waren sie, die virtuellen Gänge und Gebäude, die widerlichen Monster und der kühne Held mit der Schrotflinte in der Hand. Jenes schlichte dreidimensionale Spiel, das am Anfang einer ganzen Epoche von PC-Spielen stand.

Und der Ukrainer stieg ins Spiel ein.

Das leere Büro (es war bereits spät am Abend) des Patentamts, wo er arbeitete, verschwand. Er sah den Rechner, an dem er saß, nicht mehr. Seine Finger hämmerten auf die Tastatur ein und brachten die designte Figur dazu, sich zu bewegen, sich umzudrehen und zu schießen. Dem Mann kam es vor, als renne er selbst durch die Gänge, bringe sich vor Feuerbeschuss und zähnefletschenden Monstern in Sicherheit. Er wusste, dass es ein Spiel war, aber er wusste nicht, warum es Realität geworden war und wie er es beenden konnte.

Ihm fiel nur eine Lösung ein: Er musste das Spiel zu Ende spielen. Und das tat er dann auch, selbst wenn es viel schwieriger war als bisher.

Eine leichte Verwundung setzte jetzt nämlich nicht nur die Lebenskraft der Figur auf dem Bildschirm herab, sondern wurde zu einer echten Wunde. Mit Schmerz, Schwäche und Angst. Der blutüberströmte Boden war mit einem Mal glitschig, die Steinplatte, hinter der das Versteck mit der Munition lag, richtig schwer, die Geschosshülsen glühten, und der Rückstoß des Granatwerfers riss ihn beinahe um. Das Elixier zur Wiederherstellung der Kräfte schmeckte abscheulich bitter. Nun bemerkte er auch, dass die aus feinen Metallplättchen gearbeitete, kugelsichere Weste zwar recht leicht war, ihm aber zu groß;

außerdem drückten die Bänder im Rücken. Nach gut drei Stunden hakte der Abzug der Flinte und konnte nur noch ganz langsam gezogen werden, indem er mit dem Finger daran ruckelte.

Um fünf Uhr morgens war er am Ziel. Die Monster waren alle vernichtet. Auf der Steinwand vor ihm baute sich das Menü des Spiels auf. Mit einem Triumphschrei stieß er den Lauf der Flinte auf das Wort »Exit«.

Die Illusion verpuffte. Er saß wieder vor dem friedlich brummenden Rechner, seine Augen tränten, die Tastatur war nach der Bearbeitung mit den steifen Fingern völlig im Eimer. Die Taste, die im Spiel als Abzughahn gedient hatte, klemmte.

Der Mann fuhr den Computer herunter und schlief direkt auf dem Stuhl ein. Als seine Kollegen zur Arbeit kamen, fielen ihnen blaue Flecken auf, die seinen ganzen Körper bedeckten.

Er berichtete ihnen, was geschehen war, aber natürlich glaubte ihm niemand. Erst am Abend, als er selbst noch einmal in Ruhe über alles nachdachte, fiel ihm das Meditationsprogramm von Dibenko wieder ein. Da kam ihm ein vager Verdacht.

Eine Woche später war die ganze Welt im Fieber. Mit Ausnahme der Hard- und Softwarefirmen mussten sämtliche Unternehmen Milliardenverluste einstecken, denn alle, von den Entwicklern angefangen bis hin zu den Sekretärinnen und Setzerinnen, wollten in den Cyberspace.

Dibenko stand bei der Namensgebung seines Programms Pate, und als »Deep« trat es seinen Siegeszug durch die ganze Welt an. Später gab es Untersuchungen, die belegten, dass circa sieben Prozent aller Menschen immun gegen die *Tiefe* sind und dass ein VR-Aufenthalt von mehr als zehn Stunden pro Tag zu Nervenstörungen und Pseudoschizophrenie führen konnte. Es verging ein Monat bis zum ersten Tod im virtuellen Raum: Ein älterer Mann, dessen Zerstörer bei einer Weltraumschlacht über einem von intelligenten violetten Reptilien bewohnten Planeten verbrannt war, erlag direkt an der Computertastatur einem Herzinfarkt.

Aber das konnte schon niemanden mehr aufhalten oder abschrecken.

Die Welt tauchte in die *Tiefe* ab.

Microsoft, IBM und das Internet schufen Deeptown.

Der entscheidende Vorteil von Deep war, dass es kaum Anforderungen stellte. Man brauchte die Häuser und Paläste, die Gesichter der Menschen und die Autos nicht in allen Einzelheiten zu designen. Grobe Umrisse und kleine, unverwechselbare Details reichten völlig. Eine braune, in Rechtecke unterteilte Wand – und fertig war das Ziegelmauerwerk. Blau oben, das war der Himmel, Blau an den Beinen – Jeans.

Die Welt tauchte ab. Und sie hatte nicht die Absicht, wieder an die Oberfläche zurückzukehren. Denn in der *Tiefe* war es weitaus interessanter. Mochte sie auch nicht allen offenstehen, die intelligente Elite schwor dem neuen Imperium ihren Treueid.

Schwor ihn der *Tiefe* ...

11

Als ich die Virus-Postkarte endlich von meinem Rechner runter und die geklaute Datei verpackt hatte – nun würde sie im virtuellen Raum wie eine normale Diskette aussehen –, war es Mitternacht. Meine Kopfschmerzen waren weg, schlafen wollte ich absolut nicht. Welcher Einwohner Deeptowns schläft schon nachts?

»Vika, einen Neustart«, befahl ich.

Das nachdenkliche Gesicht auf dem Bildschirm runzelte die Stirn. »Bist du sicher?«

»Ja.«

Der Monitor trübte sich leicht, die Darstellung verschwamm, das Lämpchen von der Festplatte flackerte beim Rebooten. Meine Kiste war zwar ziemlich lahm, ein Pentium, trotzdem konnte ich mich nicht dazu durchringen, mir einen neuen PC zuzulegen. Alte Besen kehren eben auch nicht schlecht.

»Guten Abend, Ljonja«, begrüßte Vika mich. »Ich bin bereit.«

»Vielen Dank. Dann logg dich mal in Deeptown ein, über die Standardverbindung.«

Das Modem klackerte, als es die Nummer wählte. Ich stülpte mir den Helm über und setzte mich an den Rechner.

»Anschluss über Achtundzwanzig-Achthundert, die Verbindung ist stabil«, teilte Vika mir mit.

»Starte *Deep*.«

»Wird erledigt.«

Auf dem blauem Bildschirm kam es in der Mitte zu einer weißen Explosion, bevor schließlich alles bunt wurde.

Wie hast du das Deep-Programm entwickeln können, Dima? Mit deiner zerrütteten Psyche, deinen dilettantischen Kenntnissen in Psychologie und deinem rudimentären Wissen im Bereich der Neurophysiologie? Was hat dir geholfen?

Und heute, wo du reich und berühmt bist, was steckst du dir da zum Ziel? Willst du deine eigene Erleuchtung begreifen? Oder dir etwas noch Faszinierenderes ausdenken? Oder frönst du dem Lotterleben und kiffst dir eins? Ziehst du vielleicht Tag und Nacht durch die Straßen Deeptowns, um dich an deinem eigenen Werk zu berauschen?

Das würde ich echt gern wissen. Was nicht heißt, dass ich gern mit dir tauschen wollte. Du bist nämlich nur ein stinknormaler Bewohner der virtuellen Welt, trotz all deiner Millionen und des Prototyps des allerneuesten Rechners bei dir zu Hause. Die *Tiefe* hält dich genauso fest wie einen Entwickler aus der tiefsten russischen Provinz, der sein Geld über Monate zusammenkratzen muss, um sich einen Besuch in Deeptown leisten zu können.

Du bist kein Diver, Dima. Und deshalb bin ich glücklicher als du.

Das Zimmer sieht unverändert aus, nur dass draußen Leuchtreklamen flimmern und Autos leise vorbeirauschen.
»Alles in Ordnung, Ljonja?«
Ich sehe mich um.
»Ja. Ich drehe noch 'ne Runde, Vika.«
Ich nehme die Diskette mit der geklauten Datei vom Tisch und stecke sie in die Tasche. Mein CD-Player liegt auf einem Regal, zwischen ein paar Büchern und einem Stapel CDs. Ich wähle eine Scheibe vom Electric Light Orchestra, stöpsel mir die Kopfhörer ein und schalte den Apparat an. *Roll over Beethoven.* Genau das, was ich jetzt brauche. Mit der Rockmusik im Ohr verlasse ich die Wohnung und schließe die Tür ab.

Diesmal gibt es keine Wanzen. Draußen hebe ich den Arm, um ein Taxi anzuhalten. Der Fahrer ist ein älterer, dicklicher, intelligent wirkender Mann.

»Die Gesellschaft Deep-Explorer freut sich, Sie begrüßen zu dürfen, Ljonja!«

Ich steige ein. »Zum Restaurant *Die drei kleinen Schweinchen*«, sage ich.

Der Fahrer nickt, die Adresse kennt er. Wir sind schnell am Ziel, nur ein paarmal abgebogen – und schon ragt dieses seltsame Gebäude vor uns auf: Es besteht zu je einem Drittel aus Stein, Holz und Strohmatten. Obwohl ich das Restaurant seit langem kenne, sehe ich mich beim Eintreten um.

Der Raum ist ebenfalls in drei Bereiche unterteilt: In dem Teil aus Strohmatten bietet man asiatische Küche an, in dem aus Stein europäische und in dem aus Holz – logisch – russische.

Hunger hab ich keinen. Das virtuelle Essen macht subjektiv durchaus satt, und immer wenn ich pleite bin, esse ich in den *Drei kleinen Schweinchen*. Aber momentan muss ich einfach meinen Kumpel treffen.

Ich steuere die Bar an. Hinterm Tresen steht ein korpulenter Typ.»Hallo, Andrej.«

Manchmal bedient der Restaurantbesitzer seine virtuellen Gäste selbst. Heute ist das jedoch nicht der Fall. Die Augen des Barkeepers blitzen zwar auf, aber die Höflichkeit ist lediglich einprogrammiert: »Hallo! Was darf's sein?«

»Ein Gin Tonic, mit Eis.«

Ich beobachte, wie er den Drink mixt. Das Tonic ist ein Schweppes, der Gin ein vorzüglicher Beefeater. Die Hersteller von alkoholischen Getränken bieten ihre Produkte in der virtuellen Welt zu einem rein symbolischen Preis an. Als Reklame.

Pepsi Cola gibt's ganz umsonst, das war ein PR-Schachzug. Dafür kostet eine Coke genauso viel wie in der realen Welt.

Und auch sie wird gekauft.

Ich nehme mein Glas, setze mich an einen freien Tisch direkt vor der Bar und beobachte die Gäste, was immer interessant ist.

Es sind etwa genauso viele Männer wie Frauen da. Die Frauen haben alle eins gemeinsam: Es sind echte Schönheiten. Es ist alles vertreten, von der Blondine skandinavischen Typs bis zur Afrikanerin mit anthrazitfarbener Haut. Die Männer dagegen sind fast ausnahmslos Monster. Okay, eigentlich ist dem nicht so. Mein Unterbewusstsein packt einfach sämtliche Dusseligkeiten in ihre Avatare, sowohl die viel zu muskulösen Körper wie auch die nur allzu bekannten Gesichter von Filmschauspielern, die auf diese Bodybuilderkörper gepappt sind.

Bei Frauen zeigt es sich dagegen mitleidig – was selten genug vorkommt: Sie sind eben alle sehr schön.

Ich nehme einen Schluck vom Gin und lehne mich entspannt gegen den Tresen. Wunderbar.

Keine reale Bar, kein reales Restaurant kann es mit einer virtuellen Einrichtung aufnehmen. Hier ist das Essen immer gut. Hier brauchst du nie auf den Kellner zu warten. Und selbst wenn du wie ein Schwein gesoffen hast, kriegst du keinen Kater.

Du kannst dich gepflegt betrinken, falls du entsprechende Erfahrung hast ... wird dein Unterbewusstsein gern in einen alkoholischen Nebel abtauchen. Vielleicht produziert der Organismus dafür körpereigene Narkotika wie Endorphine, keine Ahnung. Auf jeden Fall verfliegt der Rausch nach dem Auftauchen aus der *Tiefe* nicht gleich.

»Ist hier noch frei?« Eine Frau setzt sich zu mir. Blonde Haare, makellose, fast ein wenig blasse, matt glänzende Haut, ein schlichtes weißes Kostüm. Um ihren Hals baumelt an einer Goldkette ein Medaillon, wahrscheinlich irgendein Programm. Sie ist attraktiv und glücklicherweise ein Original. Entweder hat sie ihr Gesicht selbst designt, auf ein extrem seltenes Bild zurückgegriffen oder in irgendeinem Film ein hübsches, unverbrauchtes Gesichtchen entdeckt.

»Ja«, antwortete ich. Der Barkeeper stellt der Frau bereits ein Glas Weißwein hin. Chilenischen, Imperator. Sie hat Geschmack.

»Ich habe Sie hier schon öfter gesehen«, teilt mir die Frau mit.

Achtung!, heult die Alarmanlage in meinem Hirn los.

»Komisch«, erwidere ich. »So oft komme ich nämlich gar nicht her.«

»Ich ständig«, sagt sie.

Das ist eine Lüge.

Ich könnte den virtuellen Raum jetzt verlassen und mir die rund zwanzig Kontrollfotografien ansehen, die sich auf meinem Computer befinden. Die Gäste der Bar aus den letzten beiden Monaten. Es ist immer nützlich, neue Gesichter zu archivieren.

Aber wozu? Ich weiß auch so, dass ich diese Person noch nie getroffen habe.

»Normalerweise benutze ich andere Gesichter.« Die Frau muss meine Gedanken gelesen haben. »Aber Sie sind immer mit demselben unterwegs.«

»Es ist ein teures Vergnügen, das Äußere zu ändern«, fange ich an, mich selbst herabzusetzen. »So blöd, mich aus Schwarzenegger und Stallone zusammenzubasteln, bin ich nicht. Und einen Profi kann ich mir nicht leisten.«

»Die *Tiefe* ist ohnehin eine teure Angelegenheit.«

Die Frau nennt den virtuellen Raum *Tiefe*. Das gefällt mir.

Im Unterschied zu ihrem sonstigen Auftreten.

Ich zucke die Schultern. Was für ein merkwürdiges Gespräch!

»Sagen Sie, Sie sind doch Russe, oder?«, erkundigt sie sich.

Ich nicke. Die virtuelle Welt ist voll von Russen, denn nirgendwo sonst schert man sich so wenig darum wie bei uns, wie lange jemand am Rechner sitzt.

»Verzeihen Sie ...« Die Frau kaut auf der Lippe, sie ist offenbar ziemlich nervös. »Das ist vermutlich sehr indiskret – aber wie heißen Sie?«

Mir ist klar, worauf die Frage abzielt.

»*Nicht* Dmitri Dibenko. Und darum geht es doch, oder?«

Die Frau mustert aufmerksam mein Gesicht, ehe sie nickt. Mit einem einzigen Schluck leert sie ihr Weinglas.

»Das ist die Wahrheit«, füge ich in sanftem Ton hinzu. »Ehrenwort.«

»Ich glaube Ihnen.« Die Frau nickt dem Barkeeper zu, dann streckt sie mir die Hand hin. »Ich bin Nadja.«

Ich ergreife ihre Hand. »Leonid«, stelle ich mich ebenfalls vor.

Damit wäre das erledigt, jetzt können wir zum Du übergehen. Die *Tiefe* ist demokratisch. Übertriebene Höflichkeit kommt hier einer Beleidigung gleich.

Die Frau wirft die Haare nach hinten, eine natürliche und schöne Geste. Sie hält dem Barkeeper ihr Glas hin, der ihr unverzüglich nachschenkt. Ihr Blick schweift durch den Raum.

»Was glaubst du, besucht er die virtuelle Welt wirklich?«

»Ich weiß nicht. Vermutlich schon. Bist du Journalistin, Nadja?«

»Ja.« Sie zögert eine Sekunde, ehe sie ihre Visitenkarte aus der Tasche holt und mir hinhält. »Hier!«

Die Karte lässt nichts zu wünschen übrig, nennt außer ihrer IP-Adresse auch Voice over IP, Vor- und Zuname. Nadeshda Meschtscherskaja, Magazin *Dengi*. Journalistin.

Da Windows Home schweigt, ist die Karte sauber, das bedeutet, sie liefert mir wirklich nur eine Adresse und nicht noch eine böse Überraschung. Ich stecke sie weg. »Danke«, sage ich.

Leider muss ich ihr eine entsprechende Liebenswürdigkeit meinerseits schuldig bleiben, doch anscheinend hat Nadja damit sowieso gerechnet.

»Diese *Tiefe* ist schon seltsam«, bemerkt sie beiläufig und nippt am Wein. »Ich bin gerade in Moskau, du vielleicht in Samara, der Junge da drüben in Pensa …«

Der »Junge« sieht aus wie ein feuriger Mexikaner aus einer Daily Soap. Als er ihren Blick auffängt, reckt er stolz das Kinn vor. O ja, Nadja durfte sich auf ihre Beobachtungsgabe wirklich was zugutehalten. Der »Junge« ist in der Tat Russe.

»Der Haufen da hinten, das sind alles Amis«, fährt Nadja schonungslos fort. »Dieser komische Vogel ist eindeutig Japaner … Guck dir doch nur mal die kullerrunden Augen an, die er sich designt hat! Aber jede Nation hat eben ihre eigenen Komplexe. Nur dass wir dann am Ende *alle* inexistente Restaurants besuchen und uns bei einem Glas imaginierten Schnapses etwas vormachen, während Hunderte von Computern Energie fressen, Prozessoren heiß laufen und Megabytes von sinnlosen Informationen durch die Telefonverbindungen gejagt werden ...«

»Informationen sind nie sinnlos.«

»Von mir aus.« Nadja streift mich kurz mit ihrem Blick. »Dann einigen wir uns vielleicht darauf: von überholten Informationen. Und das soll das neue Zeitalter einer globalen Technologie sein?«

»Was hast du denn erwartet? Einen Austausch von Dateien und Gespräche über die Leistungsfähigkeit von Prozessoren? Ich bitte dich! Wir sind schließlich Menschen!«

»Wir sind Menschen einer neuen Epoche!«, hält Nadja dagegen. »Die Virtualität kann die Welt ändern, doch wir ziehen es vor, den alten Dogmen einen frischen Anstrich zu geben. Nanotechnologie, die genutzt wird, um Alkohol zu imitieren – das ist noch dämlicher, als mit einem Mikroskop einen Nagel einzuschlagen.«

»Du bist wohl eine Tjurinerin!«, vermute ich.

»Das bin ich!«, bestätigt sie trotzig.

Die Tjuriner hängen dem SF-Schriftsteller Alexander Tjurin aus Petersburg an. Sie treten für die Symbiose von Mensch und Computer ein und versprechen sich von der virtuellen Welt unvorstellbare Wohltaten.

»Was hast du dann in dieser blöden Bar verloren?«, will ich wissen.

»Ich suche Dibenko. Ich muss ihn unbedingt fragen ... wie er sich das alles vorgestellt hat. Ob er diese ganzen Entwicklungen für richtig hält.«

»Verstehe. Aber du willst doch wohl nicht allen Ernstes behaupten, dass dir diese Welt missfällt?«

Nadja zuckt die Achseln.

Ich strecke die Hand aus, um ihr Gesicht zu berühren. »Warme Hände, herber Wein, kühler Abendwind und duftende Blumen, das Plätschern warmer Wellen, der Mond am Himmel und der pieksende Sand unter den Füßen – willst du wirklich behaupten, das gefällt dir nicht?«

»Dafür gibt es bereits die Realität.« Sie sieht mir in die Augen.

»Aber wie oft triffst du all das in der Realität zusammen an? Hier brauchst du bloß eine Tür zu öffnen ...« Ich deute mit einer Kopfbewegung auf eine unauffällige Tür im »japanischen« Teil des Restaurants. »... und schon liegt dir das Paradies zu Füßen. Oder willst du vielleicht lieber an einem kalten Herbstmorgen am Waldrand stehen, am Steilufer eines Flusses, und einen heißen Glühwein aus einem bauchigen Becher trinken? Wenn um dich herum sonst niemand ist?«

»Der Besitzer dieses Restaurants ist ein Romantiker«, entgegnet Nadja.

»Was denn sonst?«

»Leonid, alles, was du sagst, stimmt. Aber für Vergnügungen dieser Art ist die Realität da.«

»Nur dass diese Vergnügungen in der Realität nicht allen offenstehen.«

»Als ob das für die *Tiefe* selbst nicht gilt, Ljonja. Ich weiß nicht, woher du das Geld für deine ständigen Besuche nimmst, und es geht mich auch nichts an. Aber Milliarden von Menschen sind noch nie in der *Tiefe* gewesen.«

»Millionen von Menschen haben auch noch nie einen Fernseher gesehen.«

»Die virtuelle Welt sollte kein Ersatz für die Realität sein«, verkündet Nadja kategorisch.

»Natürlich nicht. Machen wir doch stattdessen aus Armen und Erniedrigten lieber Datenträger, mutieren wir zu Impulsen im elektronischen Netz ...«

»Leonid, du kennst die Lehren Tjurins nur vom Hörensagen«, unterbricht mich Nadja in resolutem Ton. »Komm einmal in unsere Kirche.«

Ich zucke die Achseln. Vielleicht mache ich das tatsächlich mal. Andererseits gibt es in der *Tiefe* unzählige interessante Orte – alle kannst du sowieso nicht aufsuchen.

»Ich muss los.« Nadja steht auf. Sie knallt ein paar Münzen auf die Theke. »Ich habe heute nur noch eine halbe Stunde ... und will noch zu ein paar anderen Orten.«

»Um nach Dibenko zu suchen?«, frage ich. »Oder vielleicht um warmen Sand am hawaiianischen Strand und chilenischen Wein zu genießen?«

»In dem Fall wäre es keine Arbeit mehr«, erwidert Nadja lächelnd. »Ein Abend am Strand, Wein ... das schreit doch förmlich nach einer Fortsetzung. Und virtueller Sex ist eine feine Sache – aber nur wenn du zu Hause bist, allein in deinem Zimmer. Ich bin von der Arbeit aus hier. Sechs Rechner in einem Raum, an allen sitzen Leute. Glaubst du etwa, ich möchte meinen Kollegen ein solches Schauspiel liefern?«

Sie ist extrem direkt und intelligent. Eine klasse Frau. Bleibt ihr nur zu wünschen, dass sie auch in der Realität zu diesem Scharfsinn und dieser Direktheit imstande ist.

»Dann viel Glück«, verabschiede ich mich von ihr.

»Danke, du geheimnisvoller Unbekannter.« Nadja beugt sich zu mir vor und gibt mir einen Kuss auf die Wange.

Du bist markiert, Ljonja«, flüstern die Nadeln an meinen Schultern.

Ich hole das Virenfresser-Tuch heraus und wische mir den Lippenstift von der Wange. »Das würde ich auch gern bleiben, meine Liebe«, sage ich und drohe Nadja mit dem Finger. »Ein geheimnisvoller Unbekannter.«

Mit dieser Reaktion hat sie anscheinend nicht gerechnet. Immerhin verfügt sie über genügend Selbstbeherrschung, um nicht die Arme auszubreiten und Hals über Kopf davonzustürzen.

Schade! Da hast du dir deinen ganzen Auftritt vermasselt, du blöde Kuh!

Dabei haben wir uns doch so nett unterhalten ...

Ich leere mein Glas auf ex und schnippe mit den Fingern, um den Barkeeper auf mich aufmerksam zu machen. »Noch einen Gin Tonic, eins zu eins!«

Der Mann runzelt die Stirn, mixt mir den Drink aber. Was er wohl für ein Gesicht gezogen hätte, wenn ich einen Tequila mit Tomatensaft bestellt hätte?

»Ljonja?«

Ich sehe mich um.

Mein Freund, der Werwolf, ist gekommen. Er trägt einen weißen Anzug, Lackschuhe, eine etwas altmodische Krawatte. Sein Gesicht wirkt leicht nervös.

»Hallo, Romka. Setz dich!«

»Wer war die Lady?«

»Die war völlig uninteressant.«

Wir Diver neigen zu Paranoia, damit muss man sich abfinden.

Es gibt einfach zu viele Leute, die scharf auf unsere realen Namen sind.

Roman atmet geräuschvoll ein. »Sie hat versucht, dich zu markieren!«, empört er sich.

»Ich weiß. Aber keine Panik, das war bloß eine Journalistin.«

Romka setzt sich und nickt dem Barkeeper zu. Der schneidet ihm eine grauenvolle Grimasse, schiebt ihm aber ein Glas voll Absolut Pepper hin. Mir zieht sich schon alles zusammen, wenn ich nur sehe, wie Roman den Wodka hinunterstürzt. Er aber verzieht nur leicht das Gesicht, wischt sich über den Mund und hält dem Barkeeper das Glas nochmal hin.

Ob er im realen Leben ein Alkoholiker ist?

Ich weiß es nicht.

Wir verstecken uns voreinander genauso wie vor unseren Feinden. Wir sind eine zu wertvolle Ware. Tiefseefische, in magischem Licht funkelnde Monster, die jeder Hai gern mal kosten würde.

»Was ist mit dem Apfel?«, fragt Roman.

»Alles bestens.« Ich lüfte das Revers meines Jacketts und klopfe gegen die Brusttasche meines Hemdes, in der die Diskette steckt. »Hier ist die Ware.«

Daraufhin entspannt sich der Werwolf etwas. »Und wann kommt unser Kunde?«

Ich sehe auf die Uhr. »In zehn Minuten. Wir treffen uns gleich hier, am Fluss.«

»Wollen wir dann los?« Roman schnappt sich sein Glas.

Ich nehme mir meins, und wir verlassen das Restaurant durch die Tür in der Steinwand. In dem schmalen Windfang sage ich: »Einen individuellen Raum für uns beide! Zugang für den Mann, der das Passwort Grau-Grau-Schwarz nennt.«

»Zu Befehl«, schallt es aus der Decke. Nun konnten noch so viele Gäste der *Drei kleinen Schweinchen* durch den virtuellen Raum spazieren, wir würden sie nicht sehen. Zu uns würde bloß noch der Mann vorstoßen, der das richtige Passwort kannte.

Durch die Außentür kommen wir in den Wald. In den dichten, unberührten Wald des Nordens. Kalter Wind frisst sich bis auf die Knochen. Ich zittere. Meinem Begleiter macht die Kälte dagegen nichts aus. Ob er nur einen einfachen Helm hat, ohne Ventilator?

Wer weiß ...

Er verdient genauso viel wie ich, aber vielleicht hat er ja eine große Familie zu ernähren. Oder er ist wirklich Alkoholiker, und ein paar Hundert Dollar reichen ihm nur für wenige Tage?

Hinter uns steht ein bescheidenes Steinhaus. So sehen die *Drei kleinen Schweinchen* von dieser Seite aus. Wir gehen einen Pfad hinunter und nippen immer wieder an unseren Gläsern.

»Du magst Pfefferwodka?«, frage ich Romka beiläufig.

»Ja.«

Einsilbig und ohne jeden weiteren Kommentar. Ich wüsste wirklich gern, wer du eigentlich bist, Roman.

Aber ich werde es nie herauskriegen. Denn die virtuelle Welt bestraft alle, die unvorsichtig sind.

Schließlich erreichen wir den Fluss. Über den steilen Hang zieht sich eine dichte Decke aus flachen Sträuchern. Im starken Wind muss ich die Augen zukneifen. Am Himmel hängen Wolken. Der Fluss braust und hat etliche Stromschnellen, obwohl wir nicht in den Bergen sind. In der Ferne steigt ein Schwarm großer Vögel auf, keine Ahnung, was für welche, so nah kommen sie nie herangeflogen. Unmittelbar am Hang ist ein kleiner Tisch aufgebaut, auf ihm finden sich je eine Flasche Gin, Tonic und Absolut Pepper, außerdem eine vernickelte Thermoskanne, in der, wie ich weiß, Glühwein ist. Ein guter, mit Nelken, Vanille, Muskatnuss, Pfeffer und Koriander. Am Tisch stehen drei Korbstühle. Romka und ich setzen uns nebeneinander hin und sehen zum Fluss hinunter.

Es ist schön.

Die weiße Gischt auf den Steinen, der kalte Wind, das volle Glas in der Hand, die graublauen Wolken, die sich über uns zusammenballen – morgen schneit es bestimmt. Nur dass es in der virtuellen Welt kein Morgen gibt.

»Ich wüsste zu gern, woher dieser Fluss kommt«, bemerke ich und trinke einen Schluck.

»Einen schöneren Ort habe ich in meinem ganzen Leben noch nicht gesehen«, gesteht der Werwolf in seltsamem Ton.

So ist es immer. Jeder hat seine eigenen Assoziationen und Vergleiche. Roman verbindet mit dieser Landschaft offenbar etwas. Für mich ist sie bloß ein schöner Ort.

»Bist du schon mal hier gewesen?«

»In gewisser Weise.«

Interessant.

»Was sind das für Vögel, Roman?«

»Harpyien«, antwortet er, ohne hinzusehen. Ein Schluck – und sein Glas ist leer.

Trotzdem bleibt er stocknüchtern.

Wie ich die Geheimnisse hasse, die uns alle umgeben. Wir fürchten einander. Wir fürchten alles.

»Immerhin ist das Wetter schön«, stelle ich beiläufig fest.

»Was für ein verschneiter Sommer heute«, erwidert Roman. Und sieht mich mit ironischem Blick an. Er kennt diese Gegend. Sie spricht etwas in ihm an.

Aber ich werde nie erfahren, was.

Ich gieße mir ein wenig von dem Glühwein in einen dickwandigen Tonbecher und inhaliere den Duft. Ein verschneiter Sommer? Von mir aus. Es gibt nichts Besseres als schlechtes Wetter.

»Möchtest du einen rauchen, Ljonja?« Roman hält mir ein Zigarettenetui hin.

»Nein.«

Offenbar ist er tatsächlich ein Alkie und ein Kiffer.

»Gras soll längst nicht so schädlich sein wie Alkohol und Nikotin.«

»Und im Himmel ist Jahrmarkt.«

Roman zögert kurz, zündet sich dann aber doch einen Joint an.

Echt! Allmählich kommen mir Nadjas Argumente gar nicht mehr so abwegig vor.

Ich trinke den Glühwein, Roman raucht sein Hasch. Nach zwei Minuten schnippt er den nur halb aufgerauchten Joint zu Boden. »Kinderkram«, sagt er. »Gieß mir mal etwas Wein ein.«

»Das ist Glühwein.«

»Was zum Teufel spielt das für eine Rolle?«

Jetzt trinken wir beide von dem heißen Wein mit Kräutern.

»Rulez!«, prostet Roman.

Dem kann ich uneingeschränkt zustimmen. Rulez – das ist etwas Gutes. Kaltes Bier, ein neuer PC, eine scharfe Braut, ein erfolgreich ausgeknocktes Virus ... und Glühwein.

Wir sitzen hier an diesem Hang und lassen es uns gut gehen.

»Was war in dem Apfel?«

»Ein neues Medikament gegen Erkältung. Extrem wirksam.«

»Und das soll sechstausend Dollar wert sein?«, schnaubt Roman.

»Hunderttausend.«

»Oh!« Roman entgleiten die Gesichtszüge.

»Lass uns auf unsern Kunden warten.«

»Das ist deine Operation«, sagt Roman, »da triffst du die Entscheidungen.«

Unser Kunde kommt erst nach zehn Minuten, als ich schon langsam nervös werde. Ich kenne ihn unter dem Namen »Stino«, er mich als »Revolvermann«. Er ist eine gepflegte, unauffällige Erscheinung in einem schlichten Anzug und hat ein Gesicht, das man sofort wieder vergisst. Irgendein junger Typ mit einem Aktenkoffer in der Hand eben.

»Guten Abend, Revolvermann!«, begrüßt er mich. Bei der monotonen Stimme muss sich Stino über ein Übersetzungsprogramm mit mir verständigen.

»Guten Morgen«, erwidere ich nach einem Blick auf die Uhr. Das ist ein Spiel von uns. Wer die Ortszeit eines Divers und damit die Zeitzone, in der er lebt, herauskriegt, ist seinem Gegenüber schon mal im Vorteil.

»Ich weiß Ihren Humor zu schätzen ...« Stino setzt sich auf den dritten Stuhl und sieht mich fragend an. »Ist die Ernte reif?«

»Wir haben dieses Jahr große Äpfel.« Ich hole die Diskette heraus und lege sie auf den Stuhl. »Ehrlich gesagt, erwarte ich für diese Arbeit etwas mehr Dankbarkeit ...«

»Wir waren uns doch einig, oder? Sechstausend Dollar.«

Ich mache eine wegwerfende Handbewegung. »Weil *Sie* behauptet haben, das Ding sei nicht mehr wert.«

»Und *Sie* sehen das anders?«

»Sie müssen doch zugeben, Herr Schöllerbach ...«

Stino fährt zusammen.

»... dass Sie mindestens eine Null vergessen haben. Sicher, eine Erkältung ist keine große Sache. Aber wer liegt schon gern mit Fieber und Rotznase im Bett?«

»Das gefällt mir nicht.« Schöllerbach alias Stino verliert die Kontrolle über sich. Jetzt sieht er aus wie ein älterer Herr mit energischem, aber nervösem Gesicht. »Ich bin schließlich davon ausgegangen, dass auf das Wort eines Divers Verlass ist.«

»Das ist es auch. Ich überlasse Ihnen die Ware.« Ich schnippe die Diskette über den Tisch zu ihm hin. »Aber von heute an wird sich kein Diver mehr darum reißen, für Sie zu arbeiten. Sie haben unseren Ehrenkodex verletzt, Herr Schöllerbach. Dass die Arbeit nach dem Grad ihrer Schwierigkeit bezahlt wird.«

Schöllerbach nimmt die Diskette an sich und erstarrt. Während ich von meinem Glühwein trinke, behalte ich ihn fest im Auge. Der Werwolf schweigt. Richtig, das ist meine Operation.

Als Schöllerbach die Datei endlich öffnet, sehe ich in seinen Augen, dass er begreift, was er da an Land gezogen hat.

»Also?«, frage ich.

»Fünfzigtausend«, antwortet Stino.

»Jedem von uns?«

Er schweigt. Sehr, sehr lange. Hier geht es um viel Geld. Um viel echtes Geld, steuerfreies Geld, das wer weiß woher kommt und wer weiß wohin geht.

»Ihre Kontonummer?«

Ich reiche ihm einen Zettel, auf dem ich die Nummer meines Schweizer Kontos notiert habe.

»Stückzinsen ... Sie sind sehr vorsichtig, Herr Diver.«

»Anders geht es nicht ... Peter.«

Da kapituliert er. Ich kenne seinen vollen Namen, er meinen aber nicht. Und die Bank wird ihn niemals rausrücken. Selbst wenn ein internationales Gericht mich zum Kannibalen erklärt und des Genozids für schuldig befindet.

Genau dafür drücke ich nämlich *Stückzinsen* ab.

Für hundertprozentige Sicherheit.

»Einverstanden, fünfzigtausend für jeden. Als Geste des Goodwills, Herr Diver!«

»Bestens.«

In den nächsten Sekunden werden auf meinem Konto einhunderttausend Dollar eintrudeln. Das ist viel Geld. Sehr viel.

Damit kann ich jahrelang ruhig und zufrieden in der virtuellen Welt leben.

»Sind Sie an einer weiteren Zusammenarbeit interessiert?«

Ich hole mein Scheckheft heraus und betrachte voller Genuss die Zahl, bevor ich den Scheck über fünfzigtausend unterschreibe und ihn Roman gebe. »Schon möglich.«

»Und wie sieht es mit einer festen Stelle aus?«

»Nein.«

»Wovor haben Sie Angst, Diver?« Neugier spiegelt sich in Schöllerbachs Blick.

Wovor ich Angst habe?

»Vor Namen, Peter. Echte Freiheit setzt nun mal das Geheimnis voraus.«

»Verstehe«, erwidert Schöllerbach. Er sieht Roman an. »Sind Sie auch ein Diver? Oder nur eine wandelnde Virensammlung?«

»Ich bin auch ein Diver«, erklärt mein Partner.

»Also dann ... viel Erfolg, die Herren.« Schöllerbach tritt vom Tisch weg, bleibt dann aber noch einmal stehen. »Sagen Sie ... was braucht man, um Diver zu werden?«

»Nichts Besonderes«, antwortet Roman. »Man darf bloß nie vergessen, dass alles um einen herum ein Spiel ist. Fantasie.«

Schöllerbach nickt. »Genau das gelingt mir leider nicht.«

Als er den Pfad hinuntergeht, blicken wir ihm nach. Schließlich schenke ich uns erneut etwas ein. »Auf unseren Erfolg!«

Roman hat noch nicht ganz begriffen, wie viel Geld wir eingesackt haben, und dreht schweigend seinen Becher in der Hand hin und her. »Bist du glücklich, Ljonja?«

»Klar.«

»Ist 'ne Menge Geld ...« Er starrt auf den Scheck, ehe er den Becher mit einer energischen Bewegung hebt. »Auf den Erfolg!«

»Genau«, stimme ich zu.

»Du kommst doch weiter in die *Tiefe*?«

»Klar.«

Roman nickt, offenbar erleichtert. »Ich arbeite gern mit dir zusammen«, bemerkt er nach einem weiteren Schluck. »Du ... bist anders.«

Kurz glaube ich, wir würden jetzt jene unsichtbare Grenze überschreiten, die zwei Diver normalerweise daran hindert, mit ihrer Identität herausrücken.

»Dito, Roman.«

Der Werwolf steht auf. Abrupt, ungestüm. »Ich muss los ... ich hab Besuch ...«

Er löst sich in Luft auf, der Becher fällt zu Boden und rollt polternd und hüpfend davon.

»Viel Erfolg, Roman«, sage ich in diese Leere hinein.

Die Einsamkeit ist die Kehrseite der Freiheit.

Ich kann keinen Freund haben.

»Die Rechnung!«, verlange ich wütend. »Die Rechnung! Sofort!«

100

Blöderweise bin ich noch immer nicht müde. Liegt wahrscheinlich an diesem Tag, der einfach zu erfolgreich gewesen ist.

Deshalb gehe ich zurück ins Restaurant. Das Publikum ist nun zum Teil ein anderes, aber die Amis grölen nach wie vor über ihre Witze.

Vielleicht sollte ich spazieren gehen.

Beim Verlassen der *Drei kleinen Schweinchen* überlege ich kurz, nicht doch ein Taxi zu nehmen, entscheide mich aber dagegen. Nach und nach lasse ich die großen Straßen hinter mir und erreiche die russischen Chatquarters.

Das ist eine der interessantesten Gegenden in der virtuellen Welt, jedenfalls meiner Meinung nach. Eine Gegend, in der man sich einfach unterhalten kann.

Über alles Mögliche.

Die Gebäude – übrigens jedes von ihnen in einem eigenen Stil – ziehen sich in langen Reihen dahin, dazwischen liegen Grünanlagen und Plätze, die mal voller Menschen, mal leer sind. Ich betrachte die bizarren Schilder. Einige sind auf Anhieb verständlich, andere bleiben absichtlich nebulös.

Witze.
Gespräche über alles und nichts.
Erotische Abenteuer.
Anderort.
Wo der Hafer wächst.
Bücher.
Kampfkünste.

In diese Häuser geht man, um sich über konkrete Themen auszutauschen. Sie sind Echos aus prävirtuellen Zeiten. Weiter hinten liegen die seriöseren Clubs, in denen man sich Rat in technischen Fragen holen, über Programme streiten oder sogar geklaute Software für billiges Geld kaufen kann. Die interessieren mich nicht.

Ich biege zu einem kleinen Park ab, an dessen Eingangstor das Schild *Witze* hängt. Hier ist es immer voll, laut und chaotisch. Das Ganze erinnert an einen Rummelplatz aus den sechziger Jahren. In einer Ecke spielt leise ein kleines Orchester, ganz offensichtlich kein echtes. Leute sitzen auf Bänken, trinken Bier und unterhalten sich. Ich nehme etwas abseits Platz.

Ein Typ in Jeans und schneeweißem Hemd erklimmt die kleine Holzbühne. Die reinste Durchschnittsvisage, man nimmt kaum Notiz von ihm.

»Kommt Agent Stierlitz aus dem Haus …«, fängt er an.

Eine Frau neben mir pfeift und wirft eine Bierflasche auf den Typen. Ich verstehe sie. Neunzig Prozent aller Witze, die hier erzählt werden, sind alt. Diesen Club schätzen Frischlinge in unserer virtuellen Welt, die noch nicht dahinter gekommen sind, dass es nichts Neues unterm Mond gibt. Eine halbe Stunde genügt, und jeder Zweifel ist ausgeräumt: Kain hat Abel einzig und allein deshalb ermordet, weil er Witze mit meterlangem Bart erzählt hat.

Nachdem der Typ seinen Witz unter Gejohle und Gepfeife beendet hat, flieht er von der Bühne und sieht sich gehetzt um. Irgendwo klatscht jemand einsam Beifall. Damit hätte ich nun doch nicht gerechnet.

Ich halte nach der Bar Ausschau. Sie ist weit weg, am anderen Ende des Parks. Die Frau neben mir hält mir schweigend eine Bierflasche hin.

»Danke.« Ich nehme einen Schluck. Das kalte Heineken hebt meine Laune sofort.

Ein weiterer Typ betritt die Bühne. Er sieht wesentlich individueller aus und erinnert mich irgendwie an einen Balten. Kaum bemerke ich seinen durchtriebenen Gesichtsausdruck, verkrampfe ich mich.

»Herrschaften!«, ruft er mit einem Blick auf einen kleinen Kiosk am Rand der Bühne. Er ist wirklich ein Balte – falls mein Unterbewusstsein sich den Akzent nicht ausgedacht hat. »Die Firma Litocomp hat die Ehre, Ihnen zu absoluten Tiefstpreisen ...«

Alles klar.

Jetzt sehe ich ebenfalls zu dem Kiosk hinüber, dem Domizil des *Moderators*. In jedem Club gibt es jemanden, der auf Ordnung achtet und darauf, dass nur Gespräche zum erlaubten Thema geführt werden. Die alles entscheidende Frage ist nun, ob der Moderator vor Ort ist oder erst später reagieren wird.

Er ist vor Ort.

Die Tür seines Kiosks öffnet sich, und ein stämmiger Kerl mit einem riesigen, monströs aussehenden Apparat in der Hand stapft gemächlich heraus. Der Balte bemerkt ihn und rattert los: »Festplatten von *Quantum Lighting*, *Western digital* ...«

»Off-Topic!«, sagt der Moderator gedehnt, wenn auch mit einer gewissen Bosheit in der Stimme und legt die Waffe an. Alle Anwesenden verstummen und genießen das Schauspiel.

Der Lauf vibriert, und auf den Händler fliegt pfeifend ein purpurrotes, funkelndes Kreuz zu. Der Balte will sich ducken, aber das bringt nichts. Moderatoren schießen nie daneben. Das Feuerkreuz oder *Plus*, wie es auch heißt, schwillt auf dem Hemd des Händlers an. Drei solcher Pluszeichen, und ihm ist der Zutritt zum *Witze*-Club für immer verboten.

Die Menge johlt begeistert.

»Was, wenn das der Anfang von einem Witz war?«, ruft jemand. Der Moderator droht ihm mit dem Finger, dann richtet er den Lauf erneut auf den Balten. Der gibt den vergeblichen Versuch auf, sich das leuchtende Plus vom Hemd zu reiben, springt von der Bühne und sieht zu, dass er wegkommt.

»Mach ihn fertig!«, stachelt die Menge den Moderator an, doch der hat heute seinen großherzigen Tag. Er schiebt sich den Pluswerfer auf den Rücken und verschwindet wieder in seinem Kiosk, der aussieht wie ein Klo auf einer Datscha.

»Litocomp«, murmelt meine Nachbarin nachdenklich. »Mal hören, was die verlangen. Ich brauch nämlich 'ne neue Festplatte.«

Na bitte, kann der Händler doch einen Erfolg verbuchen.

Der nächste Witzbold betritt die Bühne. »Kommen Puh der Bär und Ferkel ...«

Langweiliger geht's nicht.

Warum bloß sind Witze über den Agenten Stierlitz und Puh den Bären in der virtuellen Welt derart beliebt? Das muss irgendein psychologischer Defekt sein ...

»Danke fürs Bier«, verabschiede ich mich von der Frau, stehe auf und verlasse den Park.

Ich habe zwar keine schlechte Laune, bin aber in einer merkwürdigen Stimmung. Ich schlendere an den Clubs vorbei. Durch die vergitterten Fenster der *Kampfkünste* ist ein schmächtiges, asiatisches Kerlchen zu sehen, das irgendwelche komplizierten Bewegungsabläufe vorführt. Im Freilichtkino *Filme* gestikuliert ein imposanter Hüne wild vor der Leinwand. »Schrott!«, höre ich den Typen sagen. »Dieser Film ist absoluter Schrott!«

Wie einfallslos ihr alle seid!

Vielleicht haben die Tjuriner Recht. In der virtuellen Welt parodieren wir doch lediglich das reale Leben.

Aber Parodien sind nie besser als das Original. Außerdem ist ihre Aufgabe eine ganz andere: Sie verspotten, führen uns die Banalität und Unzulänglichkeit des Originals vor Augen.

Aber im Grunde sind wir außerstande, die Welt zu ändern. Deshalb entbehrt diese Parodie hier jeden Sinns. Sie ist kein Sprung nach vorn, sondern nur ein Schritt zur Seite.

»Vika!«

»Ja, Ljonja.«

»Ruf mir ein Taxi!«

»Wird gemacht.«

Vielleicht sollte ich doch besser durch die Stadt fahren. Oder einen Vergnügungspark aufsuchen.

Der Wagen des Deep-Explorers hält vor mir, ich öffne die Tür und steige ein. Der Fahrer ist ein Typ, mit dem ich noch nie gefahren bin. Ein bärtiger Kerl in zerrissenem Muscle-Shirt und mit Tattoos auf beiden Oberarmen. Will der einen auf Knastbruder machen, oder was?

»Das Taxi ist gleich da«, teilt mir Vika mit.

In dem Moment wird mir bewusst, dass der Fahrer sich die traditionelle Begrüßungsfloskel geschenkt hat – und wir bereits fahren, obwohl ich noch gar keine Adresse genannt habe.

»Von hier gibt es nur einen Weg«, klärt mich der Typ auf und dreht sich grinsend zu mir um. Er hat eine Narbe auf der Wange und verfaulte Zähne. Das ist kein Programm, natürlich nicht, das ist ein *richtiger* Mensch.

»Halten Sie an!«

»Das darf ich nicht«, kanzelt mich der Kerl ab und fährt völlig cool weiter.

Das ist ja eine starke Nummer!

»Vika! Austritt aus dem virtuellen Raum!«, befehle ich.

Eine Antwort bleibt aus.

»Dein tolles Programm hört dich nicht mehr«, weiht mich der Fahrer ein. »Mach einfach keine Mätzchen, ja? Das ist für alle Beteiligten besser.«

Von einer VR-Entführung habe ich noch nie gehört.

»Wer sind Sie?«

Der Bartträger grinst bloß.

Klar, mir steht ein Fluchtweg offen. Einer, den ein Durchschnittsbewohner Deeptowns nicht nehmen kann.

Ich könnte selbstständig aus der *Tiefe* auftauchen und die Verbindung manuell trennen.

Nur was, wenn sie gerade darauf aus sind? Wenn sie wollen, dass ich mich als Diver oute. Und was, wenn ich hier im Taxi die Verbindung kappe – könnte das Transportprogramm meine Telefonverbindung dann zurückzuverfolgen?

Warum bin ich bloß ausgerechnet heute über meine Hauptadresse, über die mich jeder Dilettant identifizieren kann, hergekommen?

»Was wollen Sie von mir?«

Der Fahrer ignoriert meine Frage. Gleichzeitig behält er mich fest im Blick, mustert mich mit der Neugier eines Jägers, der gerade einen Feuervogel abgeschossen hat.

»Du hast es nicht anders gewollt«, sage ich und versuche, keine Panik zu kriegen, als ich den Revolver ziehe.

Sechs Schuss, sechs verschiedene Viren. Eine schwache Waffe, aber ich hoffe auf die Vielfalt der Ladung. Vielleicht sprenge ich damit den Schutz des Entführers ja doch.

Drei Kugeln gehen glatt durch ihn hindurch, schlagen nirgendwo ein. Ein gutes Antiviren-Programm, das den Computer perfekt abschirmt. Eine Kugel wird zerquetscht und landet auf dem Boden. Das Virus ist vernichtet. Zwei Patronen kann ich gar nicht erst abfeuern, sie krepieren direkt in der Trommel.

So viel also dazu.

Ohne allzu große Hoffnung ziehe ich dem Kerl daraufhin den Griff der Waffe über den Schädel. Auch das ist ein schwaches Virus, das simple Programme wie den Deep-Explorer recht zuverlässig ausknockt. Doch wieder nichts. Logisch.

»Sitz lieber still!«, rät mir der Fahrer, der beobachtet, wie ich an den Griffen der Tür herumfummle. Da sowieso alles fest verschlossen ist, gebe ich auf.

Okay, am Ende würde es nicht schaden, etwas mehr Informationen in Erfahrung zu bringen.

Wir fahren weiter, und ich versuche noch einmal, mich mit Vika in Verbindung zu setzen. Das klappt nicht, die Stimmsteuerung ist blockiert.

Tiefe, Tiefe, ich bin nicht dein ...

Die Displays des Helms zeigten das Innere des Taxis. Nicht schlecht! Der Sportwagen war eindeutig als Lancia zu erkennen.

Ich legte die Finger auf die Tastatur, gab einige Befehle ein und bestätigte sie.

Das funktionierte.

Deep.

Enter.

Ich bin wieder im Taxi. Der Fahrer sieht mich nervös an. Ich drehe den Revolver gedankenversunken in der Hand. Er ist jetzt wieder geladen. Und meine Tasche birgt eine Granate.

»Hast du die Datei?«, will der Fahrer wissen.

Jetzt ist es an mir, den Taubstummen zu mimen.

»Würd mich mal interessieren, wie du da rangekommen bist.«

»Du solltest eins wissen, mein Freund: Sobald ich keine Kugeln mehr habe, wird das Magazin automatisch nachgeladen.«

In meiner Stimme liegt die Selbstzufriedenheit des kleinen Hackers. Die Geschichte könnte stimmen. Und dass mein Computer dem Revolver eine Portion neuer Viren überspielt hat, enttarnt mich keineswegs als Diver.

»Verschieben wir die Schießerei auf später, ja?«, schlägt der Kerl vor.

Ich zucke vage die Schultern.

»Wir sind da«, informiert mich der Typ, um mich von etwaigen Dummheiten abzuhalten.

Das Taxi hat in der Tat bereits vor einem Gebäude gehalten, das ich nicht kenne. Ein grauer Würfel ohne Fenster. Die einzige Tür ist ziemlich breit, fast wie bei einer Garage, und so auffällig gepanzert, als wolle sie signalisieren: Hier kommst du nicht ohne weiteres rein. Hinter solchen Türen verstecken sich entweder banale Lager von Konsumgütern oder exklusive Appartements.

»Dann wollen wir mal«, murmelt der Fahrer.

Ich hülle mich in Schweigen.

Der Bartträger tritt wortlos aufs Gaspedal, worauf der Wagen förmlich vor die Tür springt. Eine Sekunde vor dem Zusammenstoß gleitet die Tür zur Seite und lässt uns ein.

Es ist tatsächlich ein Lager.

Regale an den Wänden, Kartons mit den bunten Etiketten bekannter Marken. Unmengen guter Ware. Das muss die Dépendance eines Zwischenhändlers oder, was wahrscheinlicher ist, ein Lager von Dieben sein.

Die Türen des Taxis sind bereits entriegelt. Von nun an übernehmen die Wände dieses Raums die Aufgaben des Autos. Nach wie vor erreiche ich Vika nicht.

»Und?«, frage ich, als ich aus dem Lancia steige. »Wie weiter?«

Der Fahrer stiert auf einen Punkt hinter mir. Obwohl es ein uralter Trick ist, drehe ich mich um.

In einer Ecke des Lagers steht ein Mann Ohne Gesicht.

Schwarzer, bodenlanger Mantel, auf der Brust eine silberne Spange in Form einer Rose, lockiges Haar, aschgrau, aber offenbar nicht gefärbt. Da, wo das Gesicht sein sollte, wabert eine Art kondensierter Nebel. Auf den Straßen Deeptowns sind solche Sachen verboten, aber in den eigenen vier Wänden ist natürlich alles erlaubt. Die Frage ist: wozu? Wenn du nicht erkannt werden willst, setz dir halt ein Dutzendgesicht aus dem Repertoire von Windows Home oder einem anderen Betriebssystem auf, an Auswahl mangelt es ja nun wirklich nicht.

Aber ein fehlendes Gesicht in Kombination mit derart auffälliger Kleidung – das ist doch idiotisch.

Wenn auch beeindruckend.

»Lass uns allein, Semjon«, verlangt der Mann Ohne Gesicht.

Der Fahrer nickt, dreht sich um und verschwindet im Labyrinth der Regale. Während seine Schritte allmählich verstummen, registriere ich das hervorragende Echo im Raum.

Wahrscheinlich sollst du dich hier gar nicht lautlos bewegen können.

»Sie sind ein Diver«, stellt der Mann Ohne Gesicht fest.

Ich hätt's mir ja denken können. Die Tradition des Tages! Nun versucht man bereits zum dritten Mal, mich dingfest zu machen.

Alle guten Dinge sind bekanntlich drei.

»Kann schon sein«, entgegne ich. »Und Sie sind wohl Bill Gates.«

Falls er lächelt, kriege ich es nicht mit.

»Kann schon sein.«

Will der mir etwa allen Ernstes weismachen, dass der Chef von Microsoft höchstpersönlich im Netz auf Fischfang nach Divern ist? Er, der erstens sein Geld auf traditionellerem Weg scheffelt, und zweitens kein Wort Russisch spricht. Obwohl: Was weiß ich, wie ausgefeilt die Übersetzungsprogramme heute sind? Ja, klar, die billige Massenware, die fällt noch mit ihrer hölzernen Intonation auf ...

»Verzichten wir doch auf diese Spielchen«, schlage ich vor. »Sie vermuten also, ich sei ein Diver? Und Sie haben mich hierhergebracht, um mich zu verhören. Ich fürchte, ich werde Sie enttäuschen müssen.«

»Heute Morgen haben zwei Hacker aus dem Viertel Al Kabar eine Datei gestohlen, die das Rezept für ein neues Medikament enthielt. Einer der beiden war mit Sicherheit ein Diver.« Der Mann Ohne Gesicht erweist sich als geduldig und pedantisch. »Ich habe keine Ahnung, was den beiden für diese Arbeit angeboten wurde, doch Herr Friedrich Urmann hat den Diver glücklicherweise darüber informiert, dass der adäquate Preis für diese Datei bei einhunderttausend Dollar liegt. Wie unser Diver auf diese

Neuigkeit wohl reagiert hat? Lassen Sie mich doch mal ein wenig spekulieren! Er könnte sich zum Beispiel umgehend von der heißen Ware trennen wollen. Oder aus heiterem Himmel von seinem Kunden besagte einhunderttausend verlangen. Oder das Geld auf ein sicheres Konto überweisen.«

Nein, das ist ein Bluff. Bei der Bank arbeiten Profis. Auf diesem Weg kann er mir nicht auf die Schliche gekommen sein.

»Nehmen wir weiter an, die beiden Hacker teilen das Geld fifty-fifty. Damit wird die Sache nämlich ausgesprochen interessant, mein Freund. In Deeptown wird sekündlich Geld von einer Bank auf eine andere transferiert. Aber eine Überweisung von Fünfzigtausend ... von einer Privatperson an eine andere ... Gut, die Kontonummern sind uns natürlich unbekannt, aber der Ort, an dem das Geschäft getätigt wurde, ließe sich recht einfach eruieren. Sie ahnen, worauf ich hinauswill?«

Wie auch nicht – so simpel wie das Ganze ist?!

Die haben sich bei den *Drei kleinen Schweinchen* an meine Fersen geheftet. Roman hat die *Tiefe* sofort nach unserem Treffen verlassen, aber ich wollte ja unbedingt noch ein bisschen durch die Gegend ziehen.

Und genau das ist mir zum Verhängnis geworden.

Wieso um alles in der Welt habe ich mit Roman bloß halbe-halbe gemacht?

»Wirklich eine recht interessante Geschichte. Nur was habe ich damit zu tun?«

Auch wenn mein Gegenüber kein Gesicht hat, weiß ich, dass er jetzt lächelt.

»Man muss mit Anstand verlieren können, Herr Diver.«

Ich habe aber noch nicht verloren – was er jedoch nicht weiß.

»Sicher, ein Diver ist eben deshalb ein Diver, weil es unmöglich ist, ihn im virtuellen Raum zu schnappen«, fährt der Mann Ohne Gesicht fort. »Was bedeuten für ihn schon Systembeschränkungen? Er konzentriert sich nur kurz – und mit einem Satz ist er bei sich zu Hause. Wo er manuell die Verbindung trennt.«

Oh, besten Dank für den Tipp. Da kriegt ihr uns also, in dem Moment, wenn wir das Programm beenden.

»In vierundzwanzig Stunden schaltet sich mein Timer ein«, schreie ich ihn an, »dann platzt Ihre umwerfende Geschichte wie eine Seifenblase. Dann werden Sie Ihre Dummheit noch bereuen! Ich bin ein ehrlicher Mann, der seine Steuern zahlt! Ich werde Ihnen die Polizei von ganz Deeptown auf den Hals hetzen!«

»Vielleicht sagen Sie ja die Wahrheit, was ich aber für höchst unwahrscheinlich halte«, entgegnet der Mann Ohne Gesicht. »Sollten wir allerdings zu der Überzeugung gelangen, dass Sie ein ehrlicher Hacker sind ...« Die letzten Worte triefen von Sarkasmus. »... dann werden wir Sie nicht weiter behelligen.«

»Damit kommen Sie nicht durch!«, drohe ich ihm. »Man wird Sie unwiderruflich exkommunizieren!«

Die Exkommunikation ist die schrecklichste Drohung für jeden Bewohner Deeptowns. Wenn du die virtuelle Welt einmal betreten hast, ist es schwer, ohne sie zu leben.

»Ich glaube nicht, dass das geschehen wird.«

Der Mann Ohne Gesicht lüftet mit der Geste eines erfahrenen Exhibitionisten seinen Mantel. Auf dem Futter prangt eine runde, regenbogenfarbene Scheibe. Eine kreisende, funkelnde Spirale in blauer Umrahmung.

Damit wäre auch das geklärt. Er *ist* die Polizei. Und bei der Plakette mindestens Kommissar.

»Also wenn die Sache so ist ...«, setze ich mit brechender Stimme an. »Ich wusste natürlich schon immer, dass Undercover-Agenten Schweine sind. Aber dass sie so schmutzige Tricks auf Lager haben ...«

»Jetzt hören Sie mir erst mal zu!«

»Habe ich denn eine Alternative?«, brülle ich. »Na?«

Ich ziehe meinen Revolver und feuere die sechs Kugeln in die Tür. Sechsmal prallen sie ab – und landen in den Kartons mit der Software, die daraufhin explodieren und abbrennen. Unter der Decke schalten sich fauchend die Sprinkleranlagen ein. Schon in der nächsten Sekunde sind die Viren unschädlich gemacht.

»Sparen Sie sich Ihre hysterischen Auftritte«, empfiehlt der Mann Ohne Gesicht. Trotzdem meine ich, einen leichten Zweifel aus seiner Stimme herauszuhören.

Ich schleudere die Waffe auf ihn, doch sie gleitet durch ihn hindurch und knallt gegen die Wand.

»Im Übrigen kann ich Sie beruhigen.« Die Stimme ist eiskalt und verspricht nichts Gutes.

Ich setze mich auf den Fußboden und umklammere meinen Kopf. »Ihr Mistkerle ... Schweine ...«, flüstere ich. »Ihr dreckigen Arschlöcher ...«

»Was Sie in der *Tiefe* treiben, ist uns völlig egal, Diver. Diebstahl ist eine miese Sache, aber Urmann hat schon lange eine Abreibung verdient.«

Ich brabbele leise vor mich hin und wiege meinen Oberkörper sanft.

Der Mann Ohne Gesicht ignoriert mein Schauspiel.

»Es gab, gibt und wird auch immer Verbrechen geben. Ich bin nicht Jesus Christus und verlange von niemandem, dass er ein Heiliger ist. Mich interessieren ganz andere Dinge.«

»Und ich bin nur ein kleiner Unternehmer, der nichts Ungesetzliches tut. Was wollen Sie also von mir?«

»Diese Töne gefallen mir schon besser. Haben Sie je vom Lost Point oder vom Unsichtbaren Boss gehört, Herr Diver?«

Ich habe mit allem Möglichen gerechnet – aber nicht mit ollen Kamellen. Ich hebe den Kopf. »Point, das ist doch die alte Bezeichnung für einen einfachen User eines Computernetzes, oder?«

»Ja. Genauer des FidoNets. So etwas gab es mal.«

»Ich glaube, vom Lost Point habe ich schon gehört. Das ist der Typ, der einen Stromschlag bekommen hat, als er im virtuellen Raum war, oder? Und dessen Bewusstsein seitdem auf irgendeine Weise im virtuellen Raum weiterlebt.«

»Ja. Der Junge rennt jetzt mit käseweißem Gesicht und verbrannter Kleidung durch die Gegend und bittet jeden, den er trifft, dem dreizehnten Moskauer Node mitzuteilen, dass sich Point 666 verlaufen hat. Wie sieht es mit dem Unsichtbaren Boss aus, haben Sie von dem auch schon gehört?«

»Gibt's hier auch einen Stuhl?« Ich stehe vom kalten Betonfußboden auf.

»Kommen Sie mit!«

Wir gehen nach rechts, an den Regalen mit Kartons für Macintosh-Software vorbei. Was für Ramsch! Wer benutzt denn heute noch einen Mac? Es hat Menschen und Neandertaler gegeben, dann kamen IBM und Apple. Morsche Zweige sind nicht lebensfähig.

Hinter den Regalen entdecke ich einen kleinen Tisch voller Papiere und zwei Stühle. Wir setzen uns.

»Der Unsichtbare Boss ist ein Märchen aus jener Zeit«, erklärt der Mann Ohne Gesicht. »Der Boss ist in der Hierarchie des FidoNets schon eine Stufe höher angesiedelt. Jeder, der ein Point oder ein Teil der virtuellen Welt werden will, wendet sich an ihn. Wobei – die virtuelle Welt als solche gab es damals noch gar nicht. Die Legende behauptet jedenfalls, ein paar Newbies hätten einmal einen ziemlich guten Boss gefunden ... der ihnen vorzügliche Bedingungen anbot: Netzzugang zu jeder Zeit, schnelle Datenübertragung, Mitgliedschaft in jedem Club ... damals hießen die Clubs übrigens Echokonferenzen.«

Ich nicke automatisch.

»So weit, so gut.« Anscheinend entgeht dem Mann Ohne Gesicht, welche Blöße ich mir gerade gegeben habe. »Doch irgendwann hat einer der Points herausgefunden, dass die Telefonnummer, über die er sich mit dem Boss in Verbindung setzte, gar nicht existierte und diesen Boss noch nie jemand zu Gesicht bekommen hat. Danach hat der Unsichtbare Boss all seinen Points eine Mail geschickt: ›Weshalb lasst ihr mich nicht in Ruhe?‹ – und ist von der Bildfläche verschwunden.«

»Ja, ja, wir verfügen über eine reiche Folklore«, bemerke ich. »Da gab es zum Beispiel auch noch das Märchen vom wahnsinnigen Moderator und das von der Echokonferenz *Gleich stirbst du!*«

»Ich bin ebenfalls beim FidoNet eingestiegen«, sagt der Mann Ohne Gesicht.

Worauf ich schweige.

»Herr Diver, im Unterschied zu Urmann will ich Ihre Identität nicht in Erfahrung bringen. Aber ... und das ist wirklich komisch, wissen Sie ... wir beide brauchen Sie für dieselbe Aufgabe.«

»Ich soll den Lost Point einfangen?«

»Das ist ein Kindermärchen.« Der Mann Ohne Gesicht lacht leise. »Entstanden am Wendepunkt der Zeiten, als Internet, FidoNet und andere Netzwerke sich zu einer einzigen virtuellen Welt zusammengeschlossen haben. Heute erinnert sich kaum noch jemand daran, wie es damals war. Nur fünf Jahre sind vergangen – aber wie viel haben wir in dieser Zeit vergessen?«

»Nichts ist vergessen. Sicher, es liegt unter frischeren Informationen begraben, aber es ist noch vorhanden.«

»Das läuft aufs selbe hinaus, Diver, das ändert nichts am Kern der Sache.«

»Dafür ist heute eine neue Legende entstanden.«
»Welche?«
»Die vom Mann Ohne Gesicht.«

»Sie dürfte kaum so faszinierend sein wie die von dem blassen Jungen in rauchender Kleidung«, wendet mein Gegenüber ein.

Wir stoßen beide ein leises Lachen aus.

»Also, Herr Diver ... Haben Sie schon einmal das Labyrinth des Todes gespielt?«

»Kann sein.«

»Sie wissen, dass fürs Labyrinth auch zwei Diver arbeiten?«

»Davon bin ich ausgegangen.«

Sogar zwei? Bisher habe ich vermutet, das Labyrinth komme mit einem Retter aus.

»Ich kann Ihnen ihre Adresse geben ... sowohl die Netzadresse wie auch die richtige.«

Was will man mehr?

»Der eine von ihnen ist Ukrainer, der andere Kanadier. Der Erste lebt in ...«

»Das ist nicht nötig«, schneide ich ihm das Wort ab, auch wenn es mir schwerfällt.

»Sie verblüffen mich! Ich habe gedacht, alle Welt träume davon, hinter die Identität eines Divers zu kommen. Die Diver selbst inbegriffen!«

»Dieser Traum stellt eines der widerwärtigsten Verbrechen dar ... jedenfalls in unserem Ehrencodex.«

Damit räume ich zum ersten Mal ein, dass ich ein Diver bin. Mein Gegenüber dürfte daran allerdings sowieso keine Sekunde gezweifelt haben.

»Im Labyrinth ist ein Problem aufgetaucht ... und diese beiden werden damit nicht fertig.« Der Mann Ohne Gesicht beugt sich vor, schnappt sich ein Blatt Papier und einen Stift vom Tisch und schreibt mir eine kurze Adresse auf. Er tut gut daran, mir keine Visitenkarte zu geben, denn eine Datei aus seinen Händen – die würde ich nie im Leben an mich nehmen. »Unter diesen Koordinaten können Sie mich erreichen. Sollten Sie das Labyrinth besuchen und der Administration Ihre Dienste anbieten, um besagtes Problem zu lösen, setzen Sie sich doch bitte mit mir in Verbindung. Verlangen Sie ... den Mann Ohne Gesicht!«

Weitere Details will er offenbar nicht preisgeben. Außerdem zweifelt er anscheinend keine Sekunde daran, dass ich ins Labyrinth gehen werde.

»Weshalb sollte ich mich an Sie wenden?«

Der Mann Ohne Gesicht holt einen kleinen Button aus der Manteltasche. Er sieht fast aus wie seine Polizeiplakette, nur ist der Hintergrund weiß und in der Mitte ist keine Spirale, sondern eine regenbogenfarbene, aus feinsten Fäden gesponnene Kugel, die sich dreht.

»Deshalb.«

Der Button liegt zwischen uns auf dem Tisch. Ich sehe ihn an, kann mich aber nicht entschließen, ihn zu berühren.

Was, wenn er dann verschwindet?

Als Mylady de Winter von Kardinal Richelieu die Worte hörte: »Alles, was dieser Mann tat, tat er zum Wohle Frankreichs«, war das wesentlich weniger beeindruckend.

Vor mir liegt der legendäre Orden der Allmächtigkeit. Er gibt einem das Recht, alles zu tun, was in der *Tiefe* möglich ist.

Friedrich Urmann würde mir die Tür aufhalten und mich höchstpersönlich zur Brücke geleiten, wenn er diesen Button sähe.

Vielleicht würde er anschließend ein paar Killer anheuern, um mit mir abzurechnen. Aber in der *Tiefe* würde er eine ausgesuchte Höflichkeit an den Tag legen.

Bisher habe ich den Orden der Allmächtigkeit noch nie mit eigenen Augen gesehen. Dmitri Dibenko hat ihn seinerzeit erhalten, das weiß ich. Eben für die Erschaffung der *Tiefe*.

Erst wenn du etwas getan hast, das für den gesamten virtuellen Raum von existenzieller Bedeutung ist, gelten alle deine weiteren Taten als Segen.

»Der wird hier auf diesem Tisch auf Sie warten«, teilt mir der Mann Ohne Gesicht mit. »Sobald Sie das Problem gelöst haben ... gehört er Ihnen.«

Ich nicke wortlos.

»Behalten Sie im Hinterkopf, dass es auch andere Anwärter gibt«, setzt mich der Mann Ohne Gesicht ins Bild. »Wir suchen in der ganzen *Tiefe* nach Divern. Und wir finden viele. Und allen unterbreiten wir das gleiche Angebot wie Ihnen.«

»Was ist denn überhaupt im Labyrinth passiert?«, frage ich und wende den Blick vom Orden.

»Das weiß ich nicht. Und das beunruhigt mich.«

Ich gestatte mir ein Grinsen. Klar, er weiß es nicht.

»Bisher gab es für alle Ereignisse im virtuellen Raum eine Entsprechung in der realen Welt. Für Fun, Business, die Wissenschaften und Kontakte.«

Wie aufschlussreich! An erster Stelle nennt er Fun.

»Aber diesmal ist es anders ... Viel Erfolg, Diver. Sie können gehen.«

Der Mann Ohne Gesicht nickt Richtung Tür.

»Ich nehme meinen eigenen Weg.«

»Sie wollen sich zu erkennen geben?«

»Nein, natürlich nicht.«

Zum Abschied blicke ich in den trüben Nebel seines Gesichts.

Tiefe, Tiefe, ich bin nicht dein ...

Ich setzte den Helm ab und langte zögernd nach dem Modem, um das Telefonkabel herauszuziehen.

»Die Verbindung ist unterbrochen!«, teilte Vika mir mit.

»Ich weiß, Kleines.«

Damit hättest du nicht gerechnet, was, mein geheimnisvoller Unbekannter?! Mit diesem banalen Schritt. Ich hatte einfach auf den Standardaustritt aus dem virtuellen Raum, den man verfolgen könnte, verzichtet und den Faden stattdessen mit einem einzigen Schnitt gekappt.

Okay, das war barbarisch. Dafür unterblieb aber jeder Datenaustausch zwischen meiner Adresse und jenem Computer, über den das Lager lief.

»Das akustische Signal fehlt«, konstatierte Vika. »Überprüf die Verbindung!«

»Fahr den Rechner herunter!«

»Wirklich?«

»Ja.«

Der Bildschirm zeigte eine weiße fallende Figur vor blauem Hintergrund.

»Du kannst den Computer jetzt ausschalten«, flüsterte Vika leise.

Gute Nacht, treueste aller Freundinnen. Ich drückte auf den Schalter, und das leise Surren meiner Kiste verstummte. Anschließend stellte ich das Modem ab. Ich brauchte eine ruhige Nacht, sollten die Mails ruhig bis morgen warten. Es war eh bereits halb vier, bald würde es hell werden.

Ich wollte unbedingt schlafen, nach all den neuen Informationen platzte mir schier der Kopf.

Ich zog den Sensoranzug aus. Dieser Schweißgestank! Ekelhaft! Den hätte ich längst waschen müssen. Dann ließ ich mich einfach aufs Sofa fallen. Nur gut, dass ich es gestern nicht gemacht hatte. Ich war eben ... umsichtig geworden!

In den letzten drei Jahren.

101

Als ich aufwachte, war es bereits Viertel vor eins. Der Fernseher, der sich um zehn Uhr eingeschaltet hatte, brummte leise. Der Rechner schwieg angesichts des Stromentzugs vorwurfsvoll auf dem Tisch.

»Guten Morgen, reicher Mann«, flüsterte ich Richtung Decke.

Jetzt würde ich meine Wohnung wechseln. Mir eine anständige Zweizimmerwohnung im Zentrum kaufen, in einem schönen Ziegelsteinbau, mit Blick auf die Newa. Dieses Ding in dem dreckigen, vom Wind heimgesuchten Arbeiterbezirk loswerden.

Auch Vika könnte ein neues Zuhause gebrauchen. Ich würde ihr eine neue Kiste spendieren, ein Markenprodukt, mit lizenzierter Software und ein-, zweihundert Megabyte Arbeitsspeicher. Dazu ein HVD-Laufwerk samt Speichermedien bis zu tausend Terabytes, ein Funkmodem, ein hypersensibles Mikro von Siemens, einen Farbdrucker, keine Ahnung warum, aber schaden konnte es ja nicht, einen normalen Scanner anstelle meiner Antiquität, die noch nach Handarbeit verlangte, und eine eigene

Telefonleitung von einer neuen Gesellschaft. Scheiße! Der Spaß würde mich glatt fünfzigtausend Rubel kosten!

Also: Brauchte ich wirklich zwei Zimmer? Selbst jetzt stand meine Küche leer, da ich den Kühlschrank und die Mikrowelle schon vor Ewigkeiten im Zimmer untergebracht hatte. Und Wasser holte ich mir aus dem Bad, das ging schneller.

Aber Vika würde ihre Einzugsparty kriegen. War ja wohl nichts dabei, meine Freunde zu einer solchen Party einzuladen, oder?

Ich stand auf, ging zum Kühlschrank und holte eine Dose Bier heraus. Vor zwölf trank ich nie, aber es war ja schon fast eins. Das nenn ich perfekt getimt aufwachen!

Das leichte Schultheiss kam mir jetzt beinah kräftig vor. Ansonsten hieß es demnächst wohl Abschied nehmen: Lebt wohl, Bavaria 8,6 und Amsterdam Navigator, ihr wahren Freunde armer Hacker! Von heute an würde es nur noch Guinness, Heineken und Kilkenny geben! Die belgische Mortadella würde anständiger Moskauer Cervelatwurst und kaltem Schweinebraten Platz machen müssen. Außerdem würde ich ... mir eine Kaffeemaschine zulegen. Löslicher Kaffee hing mir allmählich zum Hals raus!

Als ich mich rasierte – das erste Mal seit zwei Tagen – und mich dabei empfindlich schnitt, gaukelte mir die Fantasie des Neureichen noch einen Wilkinson Protector vor. Mehr wollte mir partout nicht einfallen, nur kurz schoss mir noch die unausgegorene Idee eines zweiten Telefonanschlusses samt zusätzlichem Modem durch den Kopf, damit Vika Mails empfangen und simple Aufträge erledigen konnte, während ich mich in der *Tiefe* rumtrieb.

Doch das war letztlich überflüssig. Schließlich besaß nicht mal Maniac einen zweiten Anschluss.

Ach ja, ihm schuldete ich noch ein Bier, das durfte ich auf keinen Fall vergessen. Schließlich hatte er mir gestern das Leben gerettet, sozusagen.

Auch sonst schob ich das Ganze lieber nicht auf die lange Bank. Wer weiß, vielleicht könnte ich ihn in einer Woche ja doch wieder nur zu einem Navigator einladen – was zwar auch Bier war, sogar starkes, aber irgendwie eigenartig schmeckte.

Ich schaltete den Computer ein, ging ins Internet und überwies zehn Minuten später, ohne den virtuellen Raum auch nur betreten zu haben, fünftausend Dollar auf mein Petersburger Konto. Nachdem ich kurz im Schrank gewühlt hatte, zog ich ein einigermaßen sauberes Hemd und alte, aber frisch gewaschene Jeans heraus und steckte mir meinen Pass und die Visakarte in die Tasche. Was noch? Richtig, um das Bier musste ich mich ja kümmern!

Auf dem Balkon stand einsam und verlassen ein alter Fünf-Liter-Kanister. Ich schraubte ihn auf und schnupperte daran. Es stank nach eingetrocknetem Bier, genauer nach Shigulewskoje. Ich spülte ihn erst mit kaltem, dann mit heißem und schließlich nochmal mit kaltem Wasser aus, stopfte ihn in ein Einkaufsnetz, das noch von den früheren Wohnungsbesitzern an einem Nagel in der Diele hing (ich konnte mich nie aufraffen, etwas wegzuschmeißen), und verließ das Haus.

Wie viel sauberer und ordentlicher mein Hauseingang im virtuellen Raum doch war! Da müffelte es auch nicht so nach überschwemmten Kellern und streunenden Katzen!

Sobald ich die engen Gassen hinter mir hatte, stellte ich mich an den Straßenrand und hob den Arm. Ich musste ziemlich lange warten. Irgendwann erbarmte sich meiner ein schrottreifer Shiguli und hielt an.

»Zur KredoBank«, sagte ich.

So komisch es klingt, aber der Typ wusste sogar, wie er fahren musste.

Zwanzig Minuten später bezahlte ich die Fahrt mit dem Rest meines Bargelds, um sodann meine Schritte unter dem finsteren Blick der Security-Leute in den Palast geheimer und offener Gelder zu lenken. Nach weiteren zwanzig Minuten, die für alle möglichen Überprüfungen, Telefonate mit der Zentrale der Bank und Bitten um Bestätigung der Kontonummer draufgingen, händigten mir die Bankangestellten, inzwischen weitaus freundlicher, tausend Dollar aus. In Rubel, versteht sich.

Damit betrat ich nach weiteren fünfzehn Minuten den Irish Pub *Molly* in der Rubinstein Staße 36. Tagsüber gab es hier kaum Leute. Immerhin etwas. Am Eingang lümmelten sich ein paar Hackfressen von Türstehern. Als sie den Kanister im Einkaufsnetz registrierten, bekamen sie allerdings einen Starrkrampf. Ich marschierte schnurstracks an ihnen vorbei in das gemütliche Halbdunkel des Souterrains, steuerte auf die lange Theke zu und grinste den Mann dahinter an.

Zu meinem Glück war der Barkeeper im *Molly* Engländer. Was du auch sonst von ihnen halten mochtest, in manchen Dingen waren sie uns weit überlegen. Er lächelte und sah mich fragend an.

»Hallo, Christian«, sagte ich. »Könnte ich fünf Liter Bier kriegen?«

Das Bier gleich in Litern abzuzapfen – daran war er ohne Frage nicht gewöhnt. Trotzdem brauchte er bloß fünf Sekunden, um zu seinem Lächeln zurückzufinden. »Welches denn?«

»Shigulewskoje.«

Die Türsteher hinter mir – wieso nur hatten sie doch beschlossen, mich im Auge zu behalten? – atmeten geräuschvoll ein.

»Das war ein Witz«, erklärte ich. »Guinness natürlich.«

Daraufhin reichte ich Christian den Kanister.

Selbstbeherrschung war garantiert ein Muss für die besten Barkeeper Europas. Und genau in dieser Liga spielte Christian. Er nahm den Kanister behutsam an sich, balancierte ihn auf der Hand, als wolle er das Fassungsvermögen abschätzen, und machte sich daran, ihn aus dem blitzenden Hahn zu füllen.

Die Türsteher in meinem Rücken verloren gerade ihren Verstand – was mich ungeheuer amüsierte.

»Warten Sie, bis sich der Schaum gesetzt hat«, verlangte Christian mit starkem Akzent, als er mir den Kanister auf den Tresen stellte. Was für ein Typ! Ich ging nur selten ins *Molly*, und eine solche Sachkenntnis war mir hier bisher noch nicht untergekommen.

»Dann nehme ich noch ein Gläschen zum Hiertrinken«, sagte ich und drehte mich um.

Die Türsteher taten so, als studierten sie die Batterie von Flaschen hinter Christian. Schon verstanden! Solange sie sich nicht von meiner Zahlungsfähigkeit überzeugt hatten, würde ich mein Bierchen nicht in Ruhe trinken können.

Also zog ich im Zeitlupentempo einen Packen kleiner Scheine aus der rechten Jeanstasche und zählte nach. Die Hackfressen atmeten schon wieder schneller.

Echt! Sah ich etwa so abgerissen aus?

Kurzentschlossen beförderte ich aus der linken Tasche einen dicken Packen Hunderttausender zutage, legte drei Lappen auf den Tresen, nahm mein Glas und drehte mich erneut um.

Hatte hier nicht gerade eben noch jemand gestanden? Nein, ich musste mich getäuscht haben.

Ich setzte mich an den nächsten Tisch und trank langsam und genussvoll einen Schluck vom besten aller Biere, die in dieser sündigen Welt ersonnen worden waren. Anschließend nahm ich von dem amüsierten Barkeeper (Europa! Diese Leute bringst du einfach nicht aus der Ruhe!) den Kanister entgegen und steckte nach kurzem Zögern auch das Wechselgeld ein. Das ging in Ordnung, das Bier war ohnehin teuer genug.

Denn nur in der *Tiefe* kostete eine Dose Bavaria in etwa genauso viel wie ein Fass Guinness.

Ergatterte ich diesmal wirklich schneller ein Taxi oder rannte die Zeit bloß? Jedenfalls stieß ich, als ich in einen klappernden Wolga sprang, fröhlich aus: »Zu Maniac! Aber fix!«

Mich starrten zwei weit aufgerissene Augen an. »Raus hier!«, schnauzte der Fahrer.

Bevor ich das nächste Auto anhielt, dessen Fahrer sich etwas dazuverdienen wollte, rief ich mir in Erinnerung, dass ich mich in der realen Welt befand, und nicht im virtuellen Raum, wo die geduldige Vika einen dahingeworfenen Befehl in eine für alle verständliche Adresse umwandelte.

110

Maniac lebte auf der Wassiljewski-Insel. Schnaufend stapfte ich in den vierten Stock hoch – als das Haus gebaut worden war, waren Fahrstühle noch eine Sensation – und klingelte. Einmal, zweimal, dreimal ... Pause. Einmal, zweimal. Selbst wenn Maniac in der *Tiefe* war, würde der an alle Leitungen in der Wohnung angeschlossene Rechner auf den Klingelcode an der Tür reagieren und ihn aus dem virtuellen Raum rauswerfen.

In der Tiefe der Wohnung hörte ich Schritte. Kurzentschlossen legte ich den Finger auf den Spion.

»Wer ist da?«, fragte Maniac mürrisch.

»Haben Sie einen Tennisschläger bestellt?«

Eine Pause. Maniac kam garantiert gerade aus der *Tiefe* und war nicht für Witze aufgelegt.

»Wer?«

»Verdammt nochmal, ich bin's!« Ich nahm den Finger weg.

Maniac hantierte an den Schlössern und öffnete die Tür. Ich trat ein. Sein nackter Körper steckte im VR-Anzug, in der Hand hielt er eine Waffe, ein gewaltiges Ding, das den hageren und schmächtigen Hacker wie einen Jungen aussehen ließ, der Krieg spielte.

»Oh«, sagte ich nur.

»Also ... ich musste schnell noch einem Typen einheizen ... der hätte mich beinahe abgemurkst.« Weitere Erklärungen sparte er sich. Maniac schloss die Tür ab. »Sitzt du in der Tinte?«, fragte er mitleidig, wobei er den Kanister beäugte.

»Noch nicht.«

»Ich hab ein paar Flaschen Baltika.«

»Hier ist Guinness drin«, erklärte ich stolz.

Maniac warf einen skeptischen Blick auf den Kanister. »Banause!«, brummte er.

Ich folgte ihm in die pieksaubere Küche und fragte ängstlich: »Wo ist denn Galka?«

»Bei ihrer Familie.«

»Habt ihr euch gestritten oder was?«

»Warum sollten wir?«, ging Maniac in die Luft. »Kaum ist die Frau mal nicht da, heißt es gleich: gestritten! Sie wollte ihre Mutter besuchen ... allerdings haben wir uns auch ein bisschen gefetzt.«

»Wieso das?«

»Ich ... bin im Puff gewesen.«

Ich nickte. Es war schwer, in der *Tiefe* zu leben und gleichzeitig verheiratet zu sein.

Aber was sollte das schon für ein Seitensprung sein, wenn man in ein virtuelles Bordell ging? Da ist doch sowieso nichts echt!

Wir setzten uns an den Tisch. Maniac kramte im Kühlschrank und holte ein Paket Würstchen und ein Stück

Käse heraus. Aus seinem Zimmer schleppte er zwei große Tonkrüge an. Feierlich goss ich das Bier ein.

»Das ist ja tatsächlich Guinness«, sagte Maniac. »Hätt ich nicht gedacht!«

»Auf die Liebe, Schurka!«

»Mhm«, knurrte Maniac. Er leerte den Krug und rülpste. »Ja. Die Liebe. Scheiße, ich hab echt Mist gebaut! Ich musste ein paar Typen loswerden, die ich an der Backe hatte ... ein Paar Lamer ... da bin ich einfach in die *Wilden Erdbeeren* rein ...«

»Aber das hat nichts gebracht?«

»Hör mal! Bei dem Sicherheitssystem, das ein virtuelles Bordell hat!«, entgegnete Maniac. »Da tauchen doch ständig Senatoren auf, Dumaabgeordnete, Geschäftsleute ... jede Menge Geldsäcke halt. Da wird schon dafür gesorgt, dass dir niemand folgt.«

Ich schüttelte den Kopf. Das hatte ich tatsächlich nicht gewusst. So peinlich es auch war, das zuzugeben, aber diese Etablissements besuchte ich nie.

»Ich wollte ein halbes Stündchen warten«, fuhr Maniac mit seinem Bericht fort. »Und ich wollte nicht wie ein Idiot dastehen, indem ich allein blieb! Also hab ich ein Mädchen kommen lassen. Wir haben zusammengesessen, Bier getrunken ... Guinness übrigens!«, präzisierte er in einem Anfall von Offenheit. »Alles Weitere ... hat sich irgendwie ganz von selbst ergeben ... und genau im interessantesten Moment ... batz!, krieg ich eins in die Fresse! Die Frau küsst mich, und mir tut alles weh! Es folgt ein außerprogrammmäßiger Austritt aus der *Tiefe* ... denn Galka hat einfach den Helm aus der Schnittstelle gezogen.«

Er schenkte sich nach. Ich nickte mitleidig. Ein außerprogrammmäßiger Austritt, das war ziemlich unangenehm.

Für einen Non-Diver.

»Ihr werdet euch schon wieder zusammenraufen«, tröstete ich ihn. »Ist doch nicht das erste Mal, dass ihr euch zofft.«

»Aber das letzte Mal, wenn es nach ihr geht«, erwiderte Maniac finster. »Ein ganzes Jahr lang habe ich keinen Blick in einen der Puffs geworfen! Mein Anzug hat nicht mal einen Sexstimulator!«

»Meiner schon«, gestand ich. »Aber ich gehe trotzdem nicht in Puffs.«

»Solltest du aber. Solange du noch jung bist ...«

Eigentlich war Maniac zwei Jahre jünger als ich. Aber er war ein ausgebuffter Hacker, ich ein Newbie. Außerdem war er verheiratet, sogar schon zum zweiten Mal.

»Komm schon, ist doch halb so wild. Morgen vertragt ihr euch garantiert wieder!«

»Klar«, bestätigte Maniac. »Und den Tag heute werd ich vermutlich auch rumkriegen ...«

Wir grinsten uns wissend an und nippten an unserem Bier.

»Kaufe Galka doch einen Sensoranzug für Frauen«, schlug ich vor. »Nimm sie mit in die *Tiefe*, dann ist das alles kein Problem mehr!«

»Soweit kommt's noch!«, polterte Maniac, den die Aussicht offensichtlich erschreckte. »Hast du mal die Weiber erlebt, die virtuellen Sex ausprobiert haben? Die haben plötzlich eine andere ... Psyche. Kein normaler Mann kann es ihnen danach noch richtig besorgen!«

Ich nickte, obwohl ich mir eigentlich keine Frau vorstellen konnte, die verrückt nach Cybersex war. Männer schon. Viele von ihnen hatten danach einen Knacks weg. Vielleicht ließ es mich deshalb kalt. Es ist eine Sache, mit einer abenteuerlustigen Frau herumzuexperimentieren, eine andere, sich mit einer Professionellen aus einem virtuellen Puff einzulassen.

»Prost!«, sagte ich.

Wir stürzten die Gläser auf ex hinunter und schenkten uns zum dritten Mal nach. Der Kanister wurde leerer, unsere Laune besser.

»Auf den Node 5030/207«, brachte Maniac den Toast aus. »Auf das gute alte Fido.«

Wir tranken schweigend und ohne anzustoßen. Wie auf einen Toten.

»Alles ändert sich, Schurka«, bemerkte ich leise. »Früher hatten wir Fido mit dem Netzwerk der Freunde und haben über alles Mögliche gequatscht, wir haben das Internet gehasst und sind über Microsoft hergezogen. Inzwischen gibt es kein Internet mehr und auch kein Fido-Net. Es existiert nur noch der virtuelle Raum. Und für den ist Windows nun mal das beste Programm.«

»Das ist Schrott!«, stellte Maniac kategorisch fest. »Arbeitest du etwa immer noch mit Windows Home?«

»Ja.«

»Na ja, vielleicht hast du Recht«, sagte Maniac sehnsüchtig. »Eine angenehme Stimme, Hinweise zur Kapazität der Festplatten und der Qualität der Komponenten ...

Du kannst dein Hirn abschalten, brauchst bloß den Cursor über den Bildschirm zu ziehen und auf die Icons zu klicken!«

»Und du schlägst dich immer noch mit OS/2 herum?«

»Was heißt hier *herumschlagen*?«, explodierte Maniac. »Das ist das beste Betriebssystem, von Unix abgesehen! Vorgestern habe ich es upgedatet! Das ist eine Wucht, jenseits aller Software!«

»Jedes Mal, wenn ich zu dir komme, höre ich von dir was in der Art wie ›Ich habe eine neue Version installiert ... hat mich drei Tage gekostet.‹ Bei mir dagegen läuft jetzt schon seit zwei Jahren Windows Home.«

»Jedem das Seine«, räumte Maniac ein. »Hör mal, Ljon«, wechselte er unvermittelt das Thema, »wie bist du mit deinem Windows überhaupt bis nach Al Kabar gekommen?«

Ich wich seinem Blick aus.

»Im Netz kursiert übrigens das Gerücht, zwei Diver hätten Al Kabar übers Ohr gehauen«, bemerkte Maniac süffisant.

»Warum gerade zwei?«, versuchte ich, einer direkten Antwort auszuweichen. »Es könnte ja auch ein Diver gewesen sein. Mit seinem Kumpan.«

Maniac lachte leise. »Halt mich nicht für einen Lamer, Ljonja. Sonst schicke ich dir eine entzückende kleine Mail – und danach darfst du sämtliche Software neu installieren. Diver arbeiten nicht mit normalen Usern zusammen.«

Schweigend sah ich Maniac an.

»Schon gut«, sagte er. »Also dann, auf den Erfolg! Auf die reichen Idioten und die schlauen Hacker!«

Wir stießen an.

»Um was ging es da, Ljonka?«

»Um ein Medikament gegen Schnupfen.«

»Echt? Cool!«

Während wir jeder ein paar Würstchen aßen, dachte ich voller Sorge darüber nach, dass meine Anonymität einen Riss bekommen hatte.

Gestern hatten noch Unbekannte versucht, mir mein Geheimnis zu entlocken.

Heute machte sich ein Freund seinen Reim auf alles.

»Ich kenne nicht einen Diver, Ljonja«, fuhr Maniac fort. »Und ich habe nicht die Absicht, sie zu jagen. Ich habe keine Komplexe ... schon gar nicht gegenüber Freunden.«

»Danke«, sagte ich.

»Aber ... ich habe eine Frage.«

Hacker haben immer *eine* Frage. Sie glauben, sie könnten die eine Frage stellen, die der Schlüssel zu allen Geheimnissen von uns Divern wäre.

»Ja?«

»Wenn ein Diver beschließt, aus dem virtuellen Raum aufzutauchen, was macht er dann? Denkt er einfach nur: Ich will jetzt wieder in der realen Welt sein oder was?«

»Ich habe gehört, dass ein Diver ...« Ich blickte an ihm vorbei. »... dabei einen ziemlich blöden Satz murmelt.«

»Welchen?«

»*Tiefe, Tiefe, ich bin nicht dein!*«

»Mehr nicht?«

»Manchmal fügt er noch hinzu: *Tiefe, Tiefe, gib mich frei!*«

»Und das ist alles?«, fragte Maniac mutlos.

»Ja.«

»So simpel ist das?«

Maniac kramte in seinen Taschen, holte eine Schachtel Lucky Strike heraus und zündete sich eine an. »Früher war alles viel einfacher«, stellte er leicht verstimmt fest. »Da gab es Hacker, ehrliche Newbies und Lamer. Die ersten konnten alles. Die zweiten lernten. Und die dritten waren Blödmänner, über die man getrost lachen durfte. Aber du ... du bist und bleibst ein Newbie!«

»Ja«, bestätigte ich.

»Aber dann kam die *Tiefe* ... und all unsere Träume schienen wahr zu werden.« Maniac lachte bitter. »Von wegen! Ich, ein echt versierter Hacker«, rief er provozierend, »bin im virtuellen Raum nur einer unter Millionen! Gut, ich bin wahrscheinlich etwas gewiefter. Immerhin habe ich Erfahrung! Trotzdem ... manchmal passiert es ...« Er verstummte und drehte das Würstchen in der Hand. Dann gestand er: »Vor ein paar Tagen habe ich die Maus gefressen.«

»Was?!«

»Die Maus. Vom Rechner. Natürlich nicht die Maus, die ist zu hart ... aber ich habe das Kabel durchgebissen.«

»Weshalb das?«, fragte ich dämlich.

»Reiner Zufall. Ich war in der *Tiefe* und saß mit ein paar Kumpels im *Regenbogen*, wir haben Bier getrunken und Räucherfisch gegessen ... Als mein Fisch alle war, wollte ich mich bei Max bedienen ...«

»Max trinkt doch gar kein Bier!«

»Er hatte eine Fiesta.«

»Und dazu hat er Räucherfisch gegessen?«

»Um nicht aufzufallen.« Maniac seufzte. »Jedenfalls habe ich mich zum Teller rübergebeugt ... und plötzlich bin ich in echt zusammengezuckt. Ich bin sofort raus aus der *Tiefe*, und da habe ich gemerkt, dass ich das Kabel von der Maus durchgebissen habe! Und anscheinend sogar ein Stück verschluckt!«

»Hast du Bauchschmerzen?«

»Nein, bisher nicht ...«

Wir schenkten uns noch einmal ein.

»Oder zum Beispiel das Labyrinth des Todes«, fuhr Maniac fort. »Kennst du es?«

»Ja.« Im Nu war ich nüchtern.

»Vor einer Weile wollte ich mal ein bisschen spielen. Ich habe mich sofort im siebzehnten Level eingeloggt. Was die da alles von dir wollen! Das ist ein Alptraum, kein Spiel! Jedenfalls bin ich völlig abgekackt!«

»Das heißt?«

»Ich konnte das nächste Level nicht erreichen. Und ohne das baut sich das Menü zum Verlassen des Spiels nicht auf.«

»Und dann?«

»Ich habe sechsunddreißig Stunden vor der Kiste gesessen«, knurrte Maniac. »Wir waren eine ganze Gruppe von ... Idioten. Erst haben wir einfach rumgeballert, danach haben wir uns in irgendeinem Kellerloch verbarrikadiert, gesungen und Monster abgeschossen ... bis endlich der Timer losging.«

»Du hast deinen Timer auf sechsunddreißig Stunden eingestellt?«

»Jetzt nur noch auf vierundzwanzig.«

»Und was sagt Galka dazu?«

»Also ... sie war bei meiner Schwiegermutter ... Ljonka, welches Zeitlimit stellst du auf deinem Timer ein?«

»Den benutze ich gar nicht mehr«, gab ich zu.

»Na klar ... als Diver ...« Schura lachte gezwungen. »Scheiße! Das hätte ich nie gedacht, auch wenn ich dich im Verdacht hatte!«

»Mich?«

»Wozu braucht ein Newbie denn Kampfviren und Gegengifte?«

Meine gute Laune verflog. Etwas hatte sich in unserer Beziehung verändert. Zu schnell. Aber vielleicht renkte es sich mit der Zeit ja wieder ein ...

»Trotzdem habe ich von dem ganzen Computerkram keine Ahnung. Ich weiß bloß, wie du aus dem virtuellen Raum rauskommst, mehr nicht! Für mich ist ein Programm nichts weiter als ein Haufen sinnloser Symbole und eine exe-Datei.«

»Schon gut«, erklärte Maniac. »Sag mal ehrlich, würdest du mit mir tauschen wollen? Was ist denn interessanter, die *Tiefe* zu kreieren – oder sie zu beherrschen?«

Darauf erwiderte ich kein Wort.

»Schenk mir ein!«, verlangte Maniac mit einem Stoßseufzer.

III

Ich blieb bis zum späten Abend bei Maniac. Dem Guinness folgte Baltika 6, zum Nachtisch grub Schura eine Dose Kronenburg aus Roshdestwenskoje aus. Aber wir hätten auch irisches, Petersburger oder französisches Bier nicht verschmäht.

Tief in meinem Herzen war ich froh, dass ich wenigstens einem Menschen die Wahrheit gesagt hatte. Meine Hackerfreunde teilten sich in zwei Gruppen: Die ersten konnten ein Geheimnis bis zur ersten Flasche Bier für sich behalten, die zweiten auch danach noch, denn sie schienen jedes Geheimnis einfach zu vergessen. Schura gehörte zur zweiten Gruppe.

Zumindest er wusste jetzt, wofür ich all die Virensoftware brauchte, die ich ihm ständig aus den Rippen leierte.

Wenn die *Tiefe* doch bloß nicht über diese Anziehungskraft verfügen würde!, sinnierte ich, als im Taxi nach Hause fuhr. Wie viel gerechter und einfacher dann alles wäre.

Dann gäbe es diese unüberwindliche Trennung in Winner und Loser nicht mehr. Dann gäbe es diesen Wahnsinn nicht – dass ein phänomenaler Programmierer nicht imstande ist, die Grenze zwischen Illusion und Realität zu überschreiten, während ein Blödmann wie ich diese Barriere nicht mal registriert.

Es gäbe keinen Neid aufeinander, es gäbe nicht diese ewige Jagd.

Aber bin ich etwa daran schuld? Ich weiß ja selbst nicht, warum das alles so ist, welcher Fehler im Bewusstsein dahintersteckt, der aus einem Menschen einen Diver macht. Und ein Fehler muss es sein, schließlich sind wir in der Minderheit. Andererseits wäre es völlig bescheuert, meine Fähigkeiten nicht zu nutzen. Und es wäre grauenerregend, sie der Wissenschaft zur Verfügung zu stellen.

Also müssen wir uns wohl damit abfinden. Der eine springt acht Meter weit, der andere schreibt Gedichte, und ein Dritter zeigt sich gegenüber dem virtuellen Raum immun. Aber warum sind wir so wenige? So wenige, dass man uns nicht mal in Prozent erfasst, sondern pro Kopf zählen kann ...

»Hier?«, fragte der Fahrer.

»Ja, danke.«

Ich bezahlte, stieg aus und ging zu meiner Haustür, wobei ich mich wie ein Luftballon kurz vorm Platzen fühlte. Entweder verschwand ich sofort im Bett und akzeptierte, dass ich mich morgen völlig erschlagen fühlen würde, oder ich tauchte in die *Tiefe* ein. Sie ist ein gutes Mittel gegen Kater.

Im ersten Stock brannte ständig eine Lampe, warum auch immer. Auf dem Treppenabsatz saßen fünf Teenies. Sie spielten auf dem Fußboden Karten und unterhielten sich mit gedämpfter Stimme. Nein, »unterhalten« war nicht das richtige Wort, sie schrien sich halblaut an. Zwei von ihnen kannte ich, die anderen drei nicht. Ein Rudel kleiner Raubtiere. Sie beißen mit Vorliebe in dunklen Hausaufgängen einzelne Personen. Mir drohte jedoch keine Gefahr. Raubtiere gehen nicht vor ihrer Höhle auf Jagd.

»Hallo«, brummte einer von ihnen, mein Nachbar über mir. Er bewohnte mit seinen Eltern und seiner älteren Schwester, die oft erst gegen Morgen nach Hause kam, eine Einzimmerwohnung, die meiner haargenau entsprach. Da man bei uns jedes Wort hörte, wusste ich über all ihre Probleme und Streitereien bestens Bescheid.

»Hallo«, erwiderte ich.

»Haben Sie eine Zigarette, Ljonja?«

Ich war fünfzehn Jahre älter als diese Teenies, trotzdem hielten sie mich mehr oder weniger für einen von ihnen. Wahrscheinlich weil ich nicht verheiratet war und sich in meinem Müll leere Bierdosen stapelten.

»Ja, ich hol sie dir.«

Obwohl ich nicht rauchte, hatte ich immer ein, zwei Päckchen Zigaretten auf Vorrat, für die Hacker, die mich besuchten, denn Rauchen gehörte bei ihnen quasi zum Job.

Der Junge blieb geduldig vor meiner Wohnungstür stehen, während ich den Kanister absetzte, Licht machte und im Schrank kramte. »Hier.«

Er nickte dankbar, machte die Schachtel auf, um sich eine zu nehmen, doch ich bedeutete ihm, das ganze Päckchen zu behalten, und schloss die Tür hinter mir ab. Raubtiere muss man füttern. Ein bisschen. Damit sie nicht frech werden und selbst in ihren biervernebelten Hirnen immer abgespeichert haben, dass dieser Typ okay ist.

Ich zog mich schnell aus, schmiss die Sachen aufs Bett, ging ins Bad und stellte mich kurz unter die kalte Dusche.

Nein, ich würde nicht schlafen. Die *Tiefe* wartete.

Den ganzen Tag über hatte ich versucht, nicht an den Mann Ohne Gesicht zu denken. Und auch nicht an den Orden der Allmächtigkeit, der dort im Lager auf mich wartete. Aber jetzt, wo es dunkel war, wo der virtuelle Raum immer näher rückte, wollte mir beides nicht mehr aus dem Kopf gehen.

Der Mann und der Orden.

Zuckerbrot und Peitsche.

Was konnte im Labyrinth passiert sein, womit zwei Diver nicht zurechtkamen? Profis, die zwar anonym, aber fest fürs Labyrinth arbeiteten? Die es genau kannten. Bis in den hintersten Winkel hinein.

Wofür gab es keine Entsprechung in der realen Welt?

Verdammt merkwürdig!

Ich trocknete mich ab, warf das Handtuch in einen Korb mit Dreckwäsche, ging zurück ins Zimmer, schaltete den Rechner ein und zog mir den Sensoranzug an.

»Guten Abend, Ljonja«, begrüßte mich Vika.

»Hallo, alte Schachtel.«

Das weibliche Gesicht auf dem Bildschirm lächelte. Da musste ich mir mal was einfallen lassen. Auf die Bezeichnung »alte Schachtel« sollte sie anders reagieren, leicht beleidigt, mit zusammengekniffenen Lippen und einem Blick ins Leere.

»Hab ich Post?«

»Sieben Mails.«

»Lies sie vor!«

Nichts Interessantes. Einladungen für zwei neu eröffnete Clubs, die Preisliste von einer kleinen Firma, eine Mail von Maniac, die er mir schon heute Morgen geschickt hatte ...

»Alles löschen«, sagte ich und setzte mich an den PC, schloss den Anzug an und stülpte mir den Helm auf. »Wähle dich in Deeptown ein, Vika! Über den Reservekanal, Figur Nr. 7!«

Diesen Zugang hatte ich schon seit gut drei Monaten nicht mehr benutzt. Genauso wenig wie die Figur, einen Typ in stahlgrauem Anzug und schwarzem Hemd mit Halstuch und Lederstiefeletten, mit einem geschmeidigen, schlanken Körper, einem schmalen, dunkelhäutigen Gesicht, schulterlangem Haar und einer tiefen, kräftigen Stimme.

»Der Reservekanal, Figur Nr. 7«, bestätigte Vika.

Ein Regenbogen vor meinen Augen, ein Feuerwerk, das gierige Anbranden einer Feuerwelle. Die *Tiefe*.

Ich sitze in einem winzigen Zimmer. Ein Stuhl, ein Tisch mit dem Rechner, nicht mit meinem, sondern mit irgendeinem völlig unpersönlichen, eine Tür. Das Hotel *Am Beginn des Weges*. Hier mieten sich jene Bewohner von Deeptown, die nur selten in die *Tiefe* eintauchen, billig ein.

»Alles in Ordnung, Ljonja?«

»Ja.«

Ich öffne die Tür und gehe hinaus. Ein langer Gang, gespickt mit Türen. An einer Tür steht Sylvester Stallone und glotzt begeistert seine Hände an.

»Hi, Sly«, lasse ich fallen, als ich an ihm vorbeigehe. Mit ziemlicher Sicherheit ist das ein Russe, mit hundertprozentiger Sicherheit ein Newbie.

»Seh ich ihm ähnlich?«, fragt der Typ hoffnungsvoll.

»Mhm.« Ich bleibe stehen. Nach dem Bier bin ich in gutmütiger Stimmung. »Bist du das erste Mal in der *Tiefe*?«

»Wo ...? Ja, zum ersten Mal.«

»Das Äußere von Promis anzunehmen ist irgendwie uncool. Es outet dich als Frischling. Versuch, dir eine eigene Figur zu basteln! Schnapp dir was wie den BioConstructor und experimentiere ein bisschen!«

»Den BioConstructor?«, hakt der Typ verlegen nach.

»Ja. Ein einfaches Programm mit russischem Interface. Es ist auf allen Servern für Newbies hinterlegt.«

»Danke.« Stallone trabt mir nach. Mir entgeht nicht, wie er sich duckt, fast als schäme er sich für sein Äußeres. Ein gutes Zeichen.

Wir besteigen beide den Fahrstuhl und fahren runter ins Erdgeschoss. Das Foyer ist recht groß, hinterm Empfangstresen stehen vier Mann, außerdem gibt es noch zwei Security-Typen.

»Lass dir von einem von denen eine Einführung geben«, rate ich ihm. »Wohin du zuerst gehen solltest, wie du dich am besten verhältst.«

»Das ist doch peinlich ...«

»Es ist peinlich, wie ein Idiot herumzulaufen. Diese Jungs sind genau dafür da. Wenn du unterwegs bist, frag die Leute mit einem Aufnäher am Ärmel, der eine offene Hand zeigt. Das sind freiwillige Helfer. Oder wende dich an einen Polizisten. Hast du deinen Timer eingestellt?«

»Na logisch! Auf zwei Stunden!«

»Sehr schön. Gönn dir eine Viertelstunde, um dich mit einem der Typen am Empfang zu unterhalten. Das spart dir viel Zeit. Fröhliches Surfen!«

»Fröhliches Surfen!«, ruft mir der Frischling begeistert hinterher. Ein alter Hase zu sein, das ist schon ein nettes Gefühl.

Ich zwinkere einem der Jungs hinterm Tresen zu und nicke in Richtung Frischling, um dem Empfangs-Typen klarzumachen: Der traut sich nicht von allein. Dann verlasse ich das Hotel. Kaum hebe ich den Arm, hält auch schon ein Taxi. Das hier ist eben nicht die Realität.

»Die Gesellschaft Deep-Explorer freut sich, Sie begrüßen zu dürfen, Revolvermann!«, sagt der Fahrer.

»Ins Labyrinth des Todes«, verlange ich. »Zur Administration.«

1000

Es gibt Spiele. Und es gibt Spiele.
Der Unterschied zwischen ihnen besteht darin, wie lange sie sich halten.

Die Computerindustrie wirft jedes Jahr bis zu tausend Spiele auf den Markt. Welche für die *Tiefe*, aber auch einfache, für normale User.

In der Regel hält sich ein Spiel etwa ein halbes Jahr. Es findet über legale und illegale Kanäle seine Verbreitung und wird diskutiert. Alle von seinen Machern eingebauten und zufälligen Gemeinheiten werden aufgespürt. Irgendwann verschwindet das Spiel in der Versenkung, überlebt nur bei ein-, zweihundert Fans.

Es gibt jedoch Ausnahmen, da hält sich so ein Spiel länger. Obwohl neue, wesentlich modernere und schönere Spiele herauskommen, bleibt ihm eine große Fangemeinde treu.

Und dann sind da noch jene drei Spiele, die sich nun schon seit der prävirtuellen Zeit halten. Doom, C & C und Mortal Kombat. Klar, auch sie sind aktualisiert worden, sogar schon ein Dutzendmal. Aber das war eher Kosmetik als eine grundlegende Überarbeitung.

Command & Conquer ist ein Strategiespiel. Unser ganzer Planet bildet seinen virtuellen Raum. Auf diesem willigen Schlachtfeld führen inexistente Napoleons und Shukows endlose Kriege um die Weltherrschaft, indem sie in ihrem inexistenten Hauptquartier eine fiktive Armee befehligen. Da donnern Panzerraupen übers Feld und steigen Raketen in den Himmel auf. Es werden neue, immer grausamere Waffen entwickelt, Atombomben legen die Hauptstädte der Welt in Schutt und Asche. Bei diesem Spiel musst du weder flink noch zielsicher sein, hier kommt es vor allem darauf an, strategisch zu denken. Angeblich haben die Militärs ein scharfes Auge auf C & C – und manchmal werden erfolgreiche Spieler aufgefordert, in eine echte Armee einzutreten. Einige schreckt das ab, aber die meisten lockt gerade diese Perspektive an. Ich habe dieses Soldatenspiel für Erwachsene eine Weile gespielt. Meiner Ansicht nach verläuft es völlig ruhig und abgeklärt. Du stolzierst mit einer Tasse Kaffee in der Hand in einer prächtigen Stabsuniform und umgeben von beflissenen Adjutanten herum und sagst: »Wie sieht's aus, sollten wir vielleicht eine Thermonuklearbombe auf Los Angeles werfen?«

Im letzten Jahr hat sich das Spiel ein wenig verändert, jetzt muss man als Leutnant anfangen, der bei verschiedenen taktischen Gefechten das Kommando über einen kleinen Trupp hat, sich ansonsten jedoch fremden Befehlen unterordnet; erst mit der Zeit steigt man zum Oberbefehlshaber des eigenen Landes auf. Militärputschs, Verrat und Partisanenkriege »gegen alle« sind dazugekommen. Keine Ahnung, wahrscheinlich ist das Spiel damit spannender. Aber mir gefielen die alten Regeln besser.

Mortal Kombat ist noch schlichter. Es ist im Grunde nicht mehr als eine Prügelei im virtuellen Raum. Du wählst dir unter den Hunderten von vorgefertigten Avataren einen aus oder designst dir selbst einen und nimmst an einem mehrtägigen Turnier teil, bei dem es darum geht, wer gegen den Oberschurken, der die ganze Welt versklaven will, antreten darf. Dieses Spiel ist extrem effizient. Nirgendwo sonst baust du unverströmten Schweiß und negative Gefühle so gut ab wie in den düsteren Arenen von Mortal Kombat, wenn du deinem Gegner die Ferse in die Stirn rammst oder ihn mit Zaubern ausschaltest. Es ist ein gutes Spiel. Ich spiele es ein-, zweimal im Monat, aber es gibt auch Fans, die stecken ständig in irgendwelchen Duellen. Angeblich lernst du ganz anständig zu kämpfen, sofern du keinen exzessiven Gebrauch von der Magie machst, die ja in der Realität bekanntlich nicht zur Verfügung steht. Ich hab da so meine Bedenken. Ein »Schlag«, den du nur mit Hilfe eines Sensoranzugs spürst, ist eine Sache – eine reale Metallstange im Straßenkampf eine andere.

Und dann ist da Doom. Jenes Spiel, mit dem das virtuelle Zeitalter begann.

Heute heißt es schlicht und ergreifend Labyrinth des Todes, eben weil es sich dabei tatsächlich um ein Labyrinth mit fünfzig Levels handelt, die in Gebäuden, Kellern und in den Straßen von Twilight City liegen, einer Megapolis, die von einer außerirdischen Zivilisation erobert wurde. Eine *Tiefe* in der *Tiefe*, ein Raum im Raum. Mit seinen eigenen Gesetzen und Regeln.

Das Spiel beginnt mit dem ersten Level, einem halbzerstörten Bahnhof, zu dem der Spieler auf einer Draisine gelangt, lediglich mit einer Pistole bewaffnet. Auf dem Bahnhof tummeln sich Monster, also ehemalige Bewohner von Twilight City, und andere Spieler. Wer von ihnen gefährlicher ist, lässt sich schwer sagen. Die Monster sind besser bewaffnet, die Spieler aber schlauer als die Maschinen, logisch. Im Bahnhof kriegst du Waffen, eine Schutzausrüstung, ein MedKit und Proviant. Wenn du den Bahnhof wieder verlässt, landest du im zweiten Level, auf einer Autobahn voll abgestellter Autos – und natürlich voller Monster und Spieler. Um zu gewinnen, musst du dich bis zum fünfzigsten Level durchschlagen, einer alten Kirche im Stadtzentrum, und den Prinzen der Außerirdischen töten. Das ist gar nicht so einfach. Einmal habe ich es bis dahin geschafft, seitdem ist das Labyrinth jedoch mehrfach aktualisiert worden, es sind neue Gebäude, neue Waffen und neue Monster hinzugekommen. Und neue Spieler, klar, echte Junkies, die sich ein Leben ohne Schießereien in den Straßen von Twilight City gar nicht mehr vorstellen können.

Es ist ein interessantes Spiel. Vor allem, weil man in permanentem Kontakt mit anderen Leuten steht. Du kämpfst nicht auf Leben und Tod wie bei Mortal Kombat, tauschst keine diplomatischen Schreiben und Drohungen aus wie bei C & C, sondern bist auf echte Kommunikation angewiesen. Darauf, Bündnisse zu schließen, Vereinbarungen zu treffen, kleine Verschwörungen im Alltag auszuhecken ...

Was also konnte Ungewöhnliches im Labyrinth passiert sein?

1001

Die Administration vom Labyrinth des Todes ist in einem Haus mit rosafarbenem Kalksteinputz am Rand von Deeptown untergebracht. Das einstöckige Gebäude sieht friedlich und gemütlich aus, erinnert eher an ein Wohnhaus als an ein Verwaltungsgebäude. In solchen Häusern leben amerikanische Familien mit mittlerem Einkommen. Der Eingang zum Labyrinth liegt etwas weiter hinten und sieht schon wesentlich imposanter aus. Bereits vom Garten aus mustere ich den Security-Typen vor der Tür. Er trägt einen Camouflageoverall, die Standarduniform der Spieler, und hält einen Karabiner in der Hand. Mit undurchdringlicher Visage steht er stocksteif da. Ob er ein Mensch ist? Im Grunde eine blöde Frage – denn ein gut geschriebenes Programm kannst du kaum von einem Menschen unterscheiden. Ich gehe an dem Posten vorbei in eine kleine Eingangshalle. Durch die Fenster fällt strahlender Sonnenschein. An den Wänden stehen Zeitungstische und weiche Sessel, mitten im Raum sitzt an einem größeren Tisch eine lächelnde junge Frau, die Sekretärin und offenbar ein Mensch.

»Guten Tag«, begrüße ich sie.

Die Sekretärin runzelt kurz die Stirn. »Guten Tag«, erwidert sie dann. Eine weiche, angenehme Stimme. Anscheinend bin ich an eine russische Mitarbeiterin des Unternehmens weitergeleitet worden.

»Ich muss den Chef sprechen«, erkläre ich ohne Umschweife.

»Könnten Sie sich eventuell etwas konkreter ausdrücken?«

Die Frau ist die Höflichkeit in Person. Trotzdem komme ich an ihr nicht leichter vorbei als an dem Monster in Al Kabar.

»Ich habe eine vertrauliche Information für den Chef des Labyrinths.«

»Dennoch möchte ich Sie bitten, kurz das Anliegen Ihres Besuchs zu umreißen.«

Dann wollen wir mal!

»Ich möchte Herrn Guillermo Aguirre darüber in Kenntnis setzen, dass mir sowohl jenes kleine Problem, das kürzlich im Labyrinth aufgetreten ist, wie auch die Tatsache, dass die mit Ihnen kooperierenden Diver es nicht lösen können, bekannt ist. Und ich möchte meine Dienste bei der Lösung dieses Problems offerieren.«

»Einen Moment bitte«, erwidert die Sekretärin.

Sie erhebt sich ohne jede Hast und verschwindet durch eine der Türen, die ins Innere des Hauses führen. Ich warte geduldig. Alles ist sehr gediegen und konservativ. Keine Computer, keine Monster. Als befände ich mich nicht in der Verwaltung der düstersten und teuersten Attraktion in der Geschichte der Menschheit, sondern im kleinen Kontor einer Firma, die mit Toilettenpapier handelt.

Die Frau bleibt lange weg. Da ich keine Lust habe, mir weiter die Beine in den Bauch zu stehen, setze ich mich in einen der Sessel und blättere die auf dem Tisch liegenden Zeitungen durch. Es ist ruhig und still. Von mir abgesehen ist hier niemand, obwohl es wahrscheinlich irgendwo noch weitere Besucher gibt. Wir sehen einander bloß nicht, sie sind an andere Mitarbeiterinnen der Firma weitergeleitet worden.

»Herr ...«

»Revolvermann«, sage ich und stehe auf. »Nennen Sie mich Revolvermann.«

Die Frau nickt.

»Herr Guillermo Aguirre empfängt sie jetzt.«

Aus ihrer Stimme höre ich eine leichte Neugier heraus. Offenbar ist sie nicht darüber im Bild, dass es im Labyrinth irgendwelche Probleme gibt.

Ich gehe durch die Tür, auf die sie zeigt, und erstarre. Wow!

Der Raum hat die Form eines ungleichmäßigen Dreiecks. Eine Wand ist völlig gläsern, durch sie blickt man weit hinunter auf die in rotes Abendlicht gegossene Stadt. Das ist nicht Deeptown, das ist Twilight City! Der Schreibtisch von Herrn Aguirre, dem Sicherheitschef des Labyrinths, ist hufeisenförmig. Auf ihm stehen drei Computerbildschirme, eine Tastatur, sonst nichts. Herr Guillermo erhebt sich bereits, um mich zu begrüßen. Ein älterer, hagerer, extrem braungebrannter Mann in Shorts und T-Shirt.

»Guten Tag.« Er streckt die Hand aus. »Sie sind also der Revolvermann, ja? Nennen Sie mich doch bitte einfach Willy.«

Von mir aus.

Ich drücke seine Hand.

»Sie haben da einige interessante Sachen erzählt ... über Probleme ... pah! Über Diver und Hilfe ... ha!« Willy lacht und gestikuliert wild. »Welche Hilfe wollen Sie uns denn anbieten?«

Was für ein interessantes Übersetzungsprogramm! Es imitiert einen starken Akzent und streut Füllwörter ein, als ob Guillermo tatsächlich selbst Russisch spräche. Das schafft natürlich gleich eine ganze andere Atmosphäre.

»Lassen Sie uns offen miteinander reden«, schlage ich vor. Willy alias Guillermo runzelt die Stirn und nickt. »Ich bin ein Diver.«

»Ja?«, fragt Willy höflich zurück. »Und was ist das?«

Ich spendiere ihm ein Lächeln. »Das könnten Ihnen Ihr ukrainischer und Ihr kanadischer Mitarbeiter sicher schneller erklären«, erwidere ich. »Ich meine, die beiden Diver, die fest für Sie arbeiten.«

Willy sieht mich an und schweigt. Lange. Schließlich nickt er. »Ich habe immer angenommen, Anatole sei Russe. Er ist Ukrainer?«

Respekt! Der Mann Ohne Gesicht ist besser informiert als der Sicherheitschef vom Labyrinth.

»Das sind Details«, sage ich.

»Nehmen Sie doch Platz, Revolvermann.« Willy schiebt mir einen Sessel hin und geht selbst zum Fenster. Er betrachtet die im blutroten Feuerschein liegende Stadt. »Sie sind also ein Diver?«

Ich nicke.

»Das ist äußerst interessant. Das ist ungewöhnlich!« Willys Zeigefinger schießt hoch. »Alle suchen Diver. Um sie um etwas zu bitten, Geschäfte mit ihnen zu machen, Fragen zu stellen ... und Sie kommen von sich aus zu mir.«

Ich schweige.

Willy dreht sich um.

»Sie tragen einen schönen Anzug, Revolvermann«, bemerkt er. »Dazu würde gut eine ... Schirmmütze passen! Eine graue vielleicht!«

Alles klar. Ein kleiner Test.

»Vika!«

Willy lächelt. Logisch. Er greift auf den gleichen Trick zurück wie der Mann Ohne Gesicht. Ich bin von meinem Betriebssystem abgeschnitten, diese Spielchen kenne ich längst.

Tiefe, Tiefe, ich bin nicht dein ...

Ich hatte Kopfschmerzen. Das Bier machte sich nun noch bemerkbar.

Ich nahm den Helm ab und langte nach der Maus, rief den BioConstructor auf, klickte im Menü rasch auf »Kleidung«, dort auf »Kopfbedeckung« und suchte etwas zwischen einer Baskenmütze und einem Basecap. Nachdem das Ding eine stahlgraue Farbe bekommen hatte, setzte ich es der Figur Nr. 7, dem Revolvermann, auf.

Deep.

Enter.

Auf meinem Kopf sitzt eine Schirmmütze. Ich weiß nicht, ob Herr Aguirre so ein Ding gemeint hat, doch er scheint ganz zufrieden.

»Wir schätzen die Arbeit von Divern«, erklärt Willy. »Unsere festen Mitarbeiter kommen jedoch mit allen Problemen zurecht. Sie brauchen bloß etwas Zeit. Aber wir können Ihnen ein interessantes Geschäft vorschlagen. Ja?«

Ich schüttle den Kopf, dabei rutscht die Schirmmütze zur Seite.

»Herr Guillermo«, erwidere ich in respektvollem, aber resolutem Ton, »es geht hier um eine konkrete Frage, bei deren Lösung ich dem Labyrinth meine Hilfe anbieten möchte.«

Erstaunt hochgezogene Augenbrauen.

»Kürzlich hat sich im Labyrinth ein äußerst interessanter Zwischenfall ereignet.« Ich verstumme, um Willys Reaktion abzuwarten. Offenbar denkt er nach.

»Ein Zwischenfall?« Ein Nicken in Richtung Fenster. »Hier kommt es jeden Tag zu Tausenden von Zwischenfällen. Krieg! Schießereien! Partys!«

Sollte sich der Mann Ohne Gesicht doch geirrt haben? Allmählich komme ich mir wie ein Idiot vor.

»Ihre Diver ...«, setze ich an. »Haben sie ihre Arbeit gestern geschafft?«

Das ist das Einzige, was ich weiß: Dass die Diver des Labyrinths gestern die in sie gesetzte Hoffnung nicht erfüllt haben.

»Ah!«, ruft Willy. »Ah! Der Loser!«

Vorsichtshalber nicke ich.

»Sprechen Sie von diesem Problem?« Aguirre wird ernst.
»Soviel ich weiß, ja.«
Darauf folgt eine Pause. Guillermo wägt die Situation ab.
»Was wissen Sie darüber, Herr Revolvermann?«
Zu lügen hätte wenig Sinn. Den Mann, der da vor mir steht, täusche ich lieber nicht.
»Nicht viel. Man hat mir lediglich mitgeteilt, dass es im Labyrinth ein Problem gibt. Und dass Ihre Diver es nicht lösen können. Deshalb hat man mich gebeten, Ihnen zu helfen.«
Eine weitere Pause. Ich bin ein Unbekannter, mich in die Schattenseiten des Firmenlebens einzuweihen wäre nicht ohne Risiko. Doch Guillermo hat ein gutes Gespür für Schwierigkeiten und dafür, wie sie zu überwinden sind.
»Würden Sie einen Vertrag für einen einzigen Auftrag unterschreiben?« Er spricht mit einem Mal schnell und sehr sachlich.
»Ja.«
»Über die Situation darf nichts bekanntwerden«, fügt er hinzu. »Wenn doch, haben Sie mit diversen Sanktionen zu rechnen.«
»Einverstanden.«
»Wenn Sie kurz zu mir kommen wollten, Revolvermann.« Er deutet auf seinen Schreibtisch. Ich trete in der Annahme an ihn heran, ich solle jetzt den Vertrag über die Zusammenarbeit unterschreiben. Aber Willy zeigt auf den mittleren Bildschirm. »Das ist das dreiunddreißigste Level im Labyrinth, Herr Revolvermann. Disneyland.«

Ich blicke auf den Monitor. Das Level gefällt mir nicht. Und sei es nur deshalb, weil es damals, als ich es durchlaufen habe, ganz anders aussah.

»Es ist ein sehr, sehr schlechtes Level«, erklärt Willy. Dann präzisiert er. »Ein schwieriges. Hier sehen Sie den Anfang, eine Achterbahn. Und das ...« Seine Finger gleiten über die Tastatur, worauf das Bild sich ändert. »... ist der Schnapperdämon. Ein mieser Kerl!«

Als ob die Fantasie der Macher vom Labyrinth je freundliche Dämonen hervorgebracht hätte!

»Und hier ist unser Freund.« Er berührt die Tastatur noch einmal. »Der Loser.«

Guillermo schweigt, jedoch nicht um des theatralischen Effekts willen, denn auf dem Bildschirm ist nichts Ungewöhnliches zu sehen, sondern weil er nachdenkt. »Das ist unser Problem, ja, Revolvermann?«

1010

Kein normaler Bewohner Deeptowns kann die *Tiefe* selbstständig verlassen. Er hat einfach keine Möglichkeit, seinen Computer zu finden, den Befehl zum Verlassen einzugeben oder sich per Stimme mit dem Betriebssystem in Verbindung zu setzen. Nur in jenen virtuellen Häusern, in denen gezeichnete Analogien echter Computer stehen, macht das Unterbewusstsein gnädigerweise eine Ausnahme. Deshalb kann er die *Tiefe* nur da wieder verlassen, wo er sie auch betreten hat, in seinem fiktiven Haus, das ebenso ein Palast wie eine Hütte sein kann, in dem aber ein »echter« Rechner stehen muss.

Genau deswegen existieren auch die Timer. Sie sind in alle Programme integriert, angefangen bei Windows Home von Microsoft bis hin zum russischen Wirt-Navigator und dem Deep-Commander. Die maximale Zeit für einen Aufenthalt in der *Tiefe* beläuft sich auf achtundvierzig Stunden. In dieser Zeit stirbt niemand, weder an Hunger noch an Dehydrierung. User mit gesundem Menschenverstand geben sich jedoch mit weniger zufrieden, mit ein paar Stunden, mit einem Tag. Maniac, der seinen Timer auf sechsunddreißig Stunden eingestellt hat, ist im Grunde schon eine Ausnahme. Wenn ein Mensch, der ein paar Tage in der *Tiefe* gewesen ist, wieder zu sich kommt, ist das ein streng riechendes Schauspiel.

Klar, man kann den Timer überlisten und ausschalten. Oder überlisten und ein paar Nullen an die achtundvierzig Stunden hängen. Aber solche Kamikazetypen sind selten – und sie nehmen stets ein erbärmliches Ende.

So zum Beispiel der Loser.

Das Labyrinth des Todes durchquerst du nicht in einem Rutsch. Da versagen dir einfach die Kräfte. Im virtuellen Raum wirst du zwar nicht müde, aber trotzdem gibt es eine Grenze für das, was du wegstecken kannst. Deshalb können die Spieler am Ende jedes Levels auf das Menü zugreifen, um ihre Einstellungen einzugeben, in die normale *Tiefe* zurückzukehren und irgendwann wiederzukommen.

Es finden sich natürlich immer wieder Optimisten, die in einer einzigen Sitzung durchs Labyrinth zu marschieren beabsichtigen. Damit wollen sie jenes erste, legendäre Eintauchen in den virtuellen Raum wiederholen. Sie überlisten den Timer, manchmal ganz allein, manchmal mit einem Programm, das sie sich von einem Hacker besorgt haben. Sie schneiden sich damit ihren Rückweg ab. Und tauchen bis ganz zum Grund hinunter.

Wir Diver sind es, die sie dann rausholen. Alle größeren Spielcenter stehen in Kontakt zu einem von uns. Die ganz großen Center leisten sich sogar feste anonyme Mitarbeiter. Es ist billiger, uns zu bezahlen, als die Verwandten eines an Entkräftung gestorbenen Spielers zu entschädigen.

Ich betrachte den Loser. Er trägt einen normalen Camouflageoverall und eine Gasmaske. Bewaffnet ist er lediglich mit einer Pistole. Vielleicht hat er es so bis zum dreiunddreißigsten Level geschafft, vielleicht ist er in dieser Etappe schon einmal umgebracht und daraufhin automatisch mit einem Minimum an Ausrüstung am Beginn des Levels wiederbelebt worden.

»Scheiße!«, entfährt es mir.

»Was?«, will Guillermo wissen.

»Ist er schon lange im Labyrinth?«

»Seit neununddreißig Stunden. Wir behalten alle Spieler im Auge. Vom Einloggen an.«

So, so. Hat sich der Mann Ohne Gesicht dann mehr oder weniger sofort, nachdem der Loser im Labyrinth aufgekreuzt ist, für ihn interessiert? Ihn beobachtet – und angefangen, uns Diver zusammenzutrommeln?

»Vielleicht ist sein Timer auf achtundvierzig Stunden eingestellt.«

»Kann sein.« Guillermo seufzt. »Aber wie unappetitlich! Er pinkelt und scheißt in den Overall! Igitt!«

Warum hat der Mann Ohne Gesicht Alarm geschlagen?

Bisher ist doch noch gar nichts passiert. Bisher geht es nur um einen weiteren arroganten Spieljunkie.

»Sitzt er schon lange so da?«

»Etwa seit vierundzwanzig Stunden«, erwiderte Guillermo. »Ja, das ist wirklich seltsam. Fünfmal hat er versucht, das Level zu meistern, dann hat er klein beigegeben. Hat sich einfach am Eingang hingekauert.«

»Und was haben Sie unternommen?«

»Wir haben Anatole geschickt. Er schafft das eigentlich immer ... jemanden bis zum Ausgang des Levels zu schleusen.«

»Und diesmal?«

Ich muss ihm jede Information aus der Nase ziehen, das jedoch nicht, weil Guillermo mit der Sprache nicht herausrücken will, sondern weil ihm einfach nicht klar ist, was genau ich wissen will, denn normalerweise redet er ja mit gut instruierten Leuten, die jede Andeutung verstehen.

»Könnten Sie mir nicht alles von Anfang an schildern, Willy?«

»Wie gesagt, er ist vor neununddreißig Stunden in das Level gekommen«, fängt er an. »Bei den fünf Versuchen, es zu durchlaufen, ist er jedes Mal umgebracht worden. Sehr schnell.«

»Vom Dämon?«

»Nein, beim Dämon, da wurde er einfach ... peng, peng! Von anderen Spielern. Schließlich hat er sich da hingehockt und ist sitzen geblieben. Wir haben Anatole geschickt, der den Loser auch zum Ausgang gebracht hat. Dabei wurden jedoch beide getötet. Daraufhin ist Anatole ein zweites Mal ins Level gegangen, aber sie hatten erneut kein Glück. Der Spieler wurde getötet, worauf Anatole sehr wütend geworden ist. Er hat alle umgenietet, die ihm vor die Flinte kamen ...« Guillermo lacht selbstgefällig. »Heute sollten es die beiden Diver zusammen versuchen. Ich werde mal ihren Bericht anfordern, ja?«

»Ja«, antworte ich, ohne den Blick vom Bildschirm zu lösen. Ein junger Mann im Overall und mit einer Pistole.

Was an ihm hat den Mann Ohne Gesicht in Panik versetzt? Warum ist er der Ansicht, hier geschehe etwas, das es noch nie gegeben hat? Warum bietet er mir für diese simple Aufgabe den Orden der Allmächtigkeit an? »Ist sonst noch etwas Merkwürdiges passiert, Willy?«

Ich hege die zarte Hoffnung, es müsse noch einen zweiten Zwischenfall geben.

»Nein.«

»Nichts?«

»Nicht das Geringste!« Guillermo breitet die Arme aus. »Wir passen schließlich auf unsere Kunden auf. Wir haben alles im Labyrinth unter Kontrolle.«

Ich blicke auf den Bildschirm und warte.

»Also ...«, murmelt Aguirre mit einem Blick auf den Bericht. »Also ... Am Morgen haben sie noch zweimal versucht, ihn rauszuholen. Und mittags ... dreimal. Jedes Mal ist es schiefgegangen.«

»Und Sie wollen behaupten, das haben Sie bisher nicht gewusst?«, kann ich mir eine giftige Bemerkung nicht verkneifen.

»Wir überwachen unsere Mitarbeiter schließlich nicht«, entgegnet Guillermo stolz. »Bislang kann von einer kritischen Situation ja auch noch keine Rede sein.«

Gut, da hat er Recht. Trotzdem beschleicht mich ein vager Verdacht. Wer ist er, dieser Spieler, der in solchen Schwierigkeiten steckt? Der Präsident der Vereinigten Staaten? Der Papst? Dmitri Dibenko?

»Wer ist er?«, frage ich laut.

Guillermo zuckt die Achseln. »Das wissen wir nicht.«

»Sie kontrollieren Ihre User nicht?«

»Wir sind ein Vergnügungspark, nicht der KGB«, erwidert er von oben herab. »Eine solche Information kann nach außen dringen. Meinen Sie etwa, es würde den verehrten Herren Konzerndirektoren oder einen arabischen Scheich freuen, wenn sie in den Zeitungen einen Artikel über ihren Besuch in einer 3-D animierten Welt lesen?«

»Was soll denn schon dabei ...«

»Sie würden über so einen Artikel vielleicht hinweggehen. Aber der Mann von der Straße wird lachen. Und die Herren Direktoren lieben es überhaupt nicht, wenn man über sie lacht!«

»Können Sie ihn manuell abschalten?«

»Und wie?«

In der Tat, wie? Selbst wenn man die Verbindung eruieren könnte, über die der Loser ins Labyrinth gekommen ist, und sie trennen würde, brächte das nichts. Der Mann würde im Nichts hängen oder die Welt um ihn erstarren wie eine Fotografie, je nachdem, wofür sich sein Bewusstsein entscheidet. Es wäre, als stülpe man einem Ertrinkenden eine sichtundurchlässige Haube über – um ja die anderen Schwimmer nicht zu erschrecken.

»Aber Sie könnten seine Verbindung herauskriegen?«, beharre ich.

»Das ist sehr kompliziert.« Guillermo weist mit einer theatralischen Geste auf die Stadt vor seinem Fenster. »Dort gibt es zweitausendundsechsunddreißig ... verzeihen Sie, es sind nur noch zweitausendundfünfunddreißig Spieler. Das sind zweitausendundfünfunddreißig ... nein, zweitausendundsiebenunddreißig! ... Telefonverbindungen. Sie werden über achtundzwanzig Hauptserver an die

Levels weitergeleitet, um dort von unseren und gemieteten Rechnern in allen Kontinenten bearbeitet zu werden. Über vier Satelliten synchronisieren wir den Datenaustausch. Zu uns ins Labyrinth kommen Abonnenten, aber auch nicht registrierte User, die sich über eine der siebenhundert Telefonnummern unseres Unternehmens einwählen.«

»Verstehe«, sage ich. Man könnte die Verbindung des Losers zwar trotzdem rauskriegen, aber dieser Spaß wäre derart teuer – dazu könnte ich Guillermo nie überreden. »Haben Sie die Möglichkeit, Kontakt zu Ihren Divern aufnehmen?«

»Sie sind momentan nicht im Netz.«

Auch das überrascht mich nicht. Wenn sie tatsächlich einen ganzen Tag lang versucht haben, den Loser aus dem Labyrinth herauszuholen, dann haben sie sich jetzt aufs Ohr gehauen. Einer in der Ukraine, einer in Kanada. Und vielleicht schimpfen sie im Schlaf.

»Wie sieht es aus?«, will ich wissen. »Könnte ich gleich ins dreiunddreißigste Level?«

Guillermo weicht meinem Blick aus. »Sie haben lange nicht mehr gespielt, oder? Sind Ihre alten Einstellungen noch gespeichert?«

»Nein.«

»Dann müssen Sie bei null anfangen.«

Damit habe ich nicht gerechnet. »Was soll der Quatsch? Bei allen Spielen kann man sich über Wege fürs Personal zwischen den einzelnen Etappen bewegen! Und Sie machen da eine Ausnahme?«

»Ja.«

»Und wieso?«

»Das Labyrinth setzt hohe Preisgelder für neue Levelrekorde und für den schnellsten Durchlauf des gesamten Spiels aus.«

»Das weiß ich. Aber ich sehe den Zusammenhang nicht.«

»Der erste Preis ist eine halbe Million Dollar. Diese Summe bekommt derjenige, der es schafft, innerhalb von siebenundvierzig Stunden und neunundfünfzig Minuten alle Levels zu durchlaufen und den Prinzen der Außerirdischen zu töten.« In Guillermos Augen schleicht sich die Feierlichkeit einer PR-Kampagne.

Nicht schlecht!

Warum spiele ich eigentlich nicht?

»Das ist viel Geld«, hält Guillermo überflüssigerweise fest. »Nicht wahr? Und wenn es um eine halbe Million geht, dann ist nichts mehr sicher! Der Unsterblichkeitscode, Waffenarsenale und Ausrüstung – alles würde verhökert werden! Sämtliche Wege, die für diese Diver bestimmt wären, würden entdeckt und genutzt werden. Das hätte zur Folge, dass wir das Preisgeld sehr häufig auszahlen müssten. Und das wiederum hieße, dass wir es nie mehr auszahlen würden.«

»Und wie arbeiten Ihre Diver?«

»Sie gehen vorab ins Labyrinth. In allen Levels, an allen gefährlichen Orten sind ihre Einstellungen gespeichert. Daher brauchen sie nur ein paar Minuten, um im Notfall an den gewünschten Ort zu gelangen.«

Wenn das kein vielversprechender Anfang ist!

»Wie lang werde ich brauchen, um das dreiunddreißigste Level zu erreichen?«

»Zwischen fünfundzwanzig Stunden und ewig.«

Worauf hofft der Mann Ohne Gesicht eigentlich? Wenn die beiden Diver des Labyrinths es innerhalb von vierundzwanzig Stunden nicht geschafft haben, den Loser herauszuholen, dann schafft das niemand.

Guillermo schweigt und beobachtet mich.

»Könnte ich wenigstens Karten der Levels bekommen?«, erkundige ich mich. »Vollständige Karten?«

»Nein. Vollständige Karten gibt es nicht. Das Labyrinth ändert sich permanent und selbstständig. Das ist schließlich kein Film oder Buch, Revolvermann. Das ist eine ganze Welt! Eine Welt der Wunder! Und eine Welt muss sich verändern!«

ZWEITER TEIL

Das Labyrinth

00

Der Eingang von der normalen *Tiefe* ins Labyrinth ist wirklich imposant. Es ist ein gigantischer, hoch in den Himmel hinaufreichender Torbogen aus schwarzem Marmor. Fliederfarbene Funken züngeln über ihn hinweg, vom Stein selbst geht ein unangenehmes, tiefes Brummen aus, das immer wieder von schweren, unmenschlichen Seufzern zerrissen wird. Im Tor selbst ballt sich purpurroter Nebel.

In diesen Nebel tauchen langsam, wie hypnotisiert, Menschen ein. Dieser Strom versiegt nie. Gut, vielleicht sind nicht alle Menschen echt, vielleicht ist ein Teil von ihnen um des Effekts willen von den Admins des Labyrinths geschaffen worden. Dennoch ist es höchst beeindruckend.

Ich verschmelze mit dem allgemeinen Strom.

»Hey!« Der Typ neben mir packt mich am Oberarm. »Wie heißt du?«

»Revolvermann.«

»Ich bin Alex.«

»Freut mich.« Ich wende mich ab, aber der Typ lässt nicht locker.

»Willst du zum ersten Level?«

»Ja.«

»Wollen wir es zusammen durchlaufen? Das ist viel einfacher, Ehrenwort!«

Ich mustere ihn. Sein Äußeres ist keine Dutzendware, er ist aufdringlich, aber selbstbewusst.

»Die ersten fünf, sechs Levels machen wir im Duo«, fährt er fort. »Sie sind zwar nicht schwer, trotzdem kommen wir im Team leichter durch. Danach trennen wir uns, wenn dir das lieber ist. Ja?«

»Okay.«

Per Handschlag besiegeln wir den Deal und gehen weiter. Der blutrote Nebel verdichtet sich, man sieht die Hand vor Augen nicht. Vom Himmel erklingt eine Stimme: »Modus?«

»Teamwork!«, antwortet Alex. »Alex und der Revolvermann.«

»Teamwork«, wiederhole ich. »Der Revolvermann und Alex.«

Daraufhin lichtet sich der Nebel ein wenig. Wir stehen neben einer Draisine, die auf einem verrosteten Gleis geparkt ist. Auf ihr liegen je zwei Overalls, Gasmasken und Pistolen. Alle, die vor uns durch den Nebel gegangen sind, scheinen sich in Luft aufgelöst zu haben. Wir checken die Magazine und ziehen uns um.

»Der Bahnhof ist ein Hinterhalt, da kannst du Gift drauf nehmen«, knurrt Alex. »Da müssen wir höllisch aufpassen! Wo kommst du denn her, Revolvermann?«

»Von Mama und Papa.«

Jede weitere Frage unterbleibt. Wir besteigen die Draisine und bewegen den Hebel auf und ab. Das alte Vehikel kommt rasch auf Touren und durchschneidet den Nebel.

»Was ist, Revolvermann, magst du Stephen King?«

»Wie kommst du darauf?«

»Bei dem Namen! Oder schießt du einfach gut?«

»Du wirst es ja sehen.«

Nach einer Weile lassen wir, über einen Damm fahrend, den Nebel hinter uns. Vor uns liegt das ausgebrannte Bahnhofsgebäude, das aussieht wie der Reichstag nach dem Sturm. Sogar die rote Fahne flattert auf der Kuppel. Vielleicht ist es ein Detail der Ausstattung, schließlich haben etliche Leute aus dem Westen noch immer eine Wut auf den Kommunismus, vielleicht aber auch nicht, und es hat nur einer der alten Bolschewiki beschlossen, den Jahrestag der Revolution zu feiern. Wohl eher Letzteres, denn in drei Tagen ist der siebte November.

»Halt die Augen offen und sei auf alles gefasst«, warnt mich Alex hinter mir. »Hier lauert garantiert jemand in einem Hinterhalt. Schließlich will sich jeder ein zusätzliches Magazin sichern!«

»Eben!«, sage ich, drehe mich um und feuere zweimal. Die Pistole meines kurzzeitigen Kompagnons, die er bereits auf mich gerichtet hatte, fällt zu Boden. Ich beuge mich über ihn. Alex ringt nach Atem und sieht mich mit irrem Blick an. Das Programm lässt ihm fünf Sekunden, seine Niederlage zu erkennen.

»King mag ich aber auch, nebenbei bemerkt«, teile ich ihm mit, als ich mir seine Waffe schnappe.

So einfach ist das. Ich hatte eine Pistole mit acht Schüssen, jetzt habe ich zwei mit vierzehn Schüssen.

Nachdem ich Alex' Körper von der Draisine bugsiert habe, kullert er den Damm runter, wo schon ein ganzer Haufen anderer Körper liegt. Wenn es nach Alex gegangen wäre, würde ich jetzt da unten vergammeln.

»Ich habe schon Deathmatch gespielt, da hast du noch nicht mal an die Tastatur herangereicht«, schicke ich ihm ohne jede Wut hinterher. Der Körper vermodert hier rasch, in rund sechs Stunden. Dafür sorgt die Software. Sonst wäre inzwischen schon das ganze Labyrinth voller Skelette.

Der Bahnhof kommt näher. Ich sehe ihn mir genau an und versuche festzustellen, welche Veränderungen es seit dem letzten Mal gegeben hat. Wenn ich mich nicht täusche, hat es damals den Turm im rechten Flügel nicht gegeben.

Die Draisine fährt an einem stehenden Zug vorbei, der neu und sauber ist und in dem Menschen vor den Fenstern sitzen. Ihre Körper sind mit einer grauen Schicht überzogen. Es ist ein Zug mit Flüchtlingen, den die Außerirdischen verbrannt haben, als er Twilight City verlassen wollte. Ich betrachte die ordentlich vor den Fenstern aufgereihten Flüchtlinge. Lamer seid ihr, ihr verehrten Schöpfer des Labyrinths. Ihr habt keine Ahnung, was eine echte Evakuierung ist, was echte Flüchtlinge sind.

Ich springe von der Draisine und rolle den Damm hinunter. Sollen doch die arroganten Newbies zum Bahnhof fahren, ich gehe lieber zu Fuß. Immer schön vorsichtig und leise.

Das ist sicherer.

01

Die erste Etappe ist einfach, logisch. Sie soll schließlich Frischlinge anfixen und sie von ihren Kräften überzeugen – damit sie immer und immer wieder kommen. Ich nähere mich dem Bahnhof vom linken Flügel her. Rasch checke ich ein paar Verstecke, an die ich mich noch erinnere, zum Beispiel im Gully, in einem Umspannkasten und im Lokführerhäuschen einer umgekippten, quer über den Gleisen liegenden Lokomotive. Der Gully ist leer, dafür entdecke ich im Umspannkasten zwei Magazine und in der Lok ein in Frischhaltefolie eingewickeltes Sandwich. Bisher stoße ich weder auf Menschen noch auf Monster – weshalb ich extrem auf der Hut bin.

Ich pirsche mich an einen der Seiteneingänge des Gebäudes heran. Vor der eingeschlagenen Tür bleibe ich kurz stehen, dann stürme ich hinein.

Na also!

Zwei Mutanten fallen mich an, kleine Dämonen, die aussehen wie Menschen. Sie sind mit irgendeinem grünen, moosartigen Zeug bewachsen, in ihren knotigen, hypertrophen Klauen liegt ein Gewehr. Auf der Nase des einen sitzt eine Nickelbrille.

Mit gezielten Schüssen knalle ich die beiden ab, ehe diese überhaupt das Feuer eröffnen. Nachdem ich das Magazin gewechselt habe, trete ich an die Körper heran. Ihre Gewehre sind von den Kugeln zerfetzt worden. Schade, denn lediglich mit einer Pistole bewaffnet kommst du nicht weit.

Ich streife durchs Bahnhofsgebäude. Eine Flucht von leeren, zugeschissenen Sälen, Blutlachen, Wände mit verzweifelten Hilferufen und Flüchen ... Das ist die Brester Festung, kein Bahnhof. Die Legende des Spiels behauptet, hier habe die letzte Schlacht zwischen der städtischen Polizei und den einfallenden Außerirdischen stattgefunden. Ich weiß, dass irgendwo in den Kellern ein sterbender Sergeant zu finden ist, der grässliche Geschichten von der Invasion erzählt und dir vor seinem Tod sein Gewehr schenkt. Aber ich bin zu faul, dieses rührselige, dauernd absterbende Programm zu suchen. Ich kontrolliere nacheinander noch eine Reihe von anderen Verstecken, finde einen Schlagring, den ich mir sofort auf die linke Hand schiebe, ein paar Handgranaten und am Ende sogar einen doppelläufigen Karabiner.

Ein paarmal mache ich in der Ferne menschliche Figuren aus. Da sie mich jedoch nicht angreifen, kümmere ich mich nicht um sie. Für überflüssiges Geplänkel fehlt mir die Zeit. Vorm Ausgang zum Bahnhofsplatz steht ein kleiner Tisch, dahinter eine blutige Frauenleiche. Die liegt immer da. Der Rechner surrt leise. Auf dem Bildschirm ist das Menü des Spiels aufgerufen. Ich trage mich ein, auf die Frage, ob ich das Spiel verlassen möchte, antworte ich mit nein. Weiter. Die zweite Etappe.

Mit dem Gewehr in der Hand renne ich aus dem Gebäude und pirsche mich, geduckt und hinter Bäumen Schutz suchend, zum Weg. Das ist keine übertriebene Vorsichtsmaßnahme, denn aus den oberen Etagen des Bahnhofs eröffnet gerade jemand das Feuer auf mich, schießt allerdings ständig daneben.

Wahrscheinlich ein anderer Spieler. Monster sind zwar blöd, aber gute Schützen.

Der Bahnhofsplatz ist mit staubüberzogenen, aber dennoch intakten Autos zugestellt. Ihre Besitzer sitzen in dem Zug von vorhin. Hinter einem großen, verbeulten Ford kauere ich mich hin und warte.

Das tu ich hier immer.

Nach fünf Minuten stürmt ein Mann aus dem Bahnhof. Mit kurzen Sprints nähert er sich den Autos.

Ich stehe auf und richte das Gewehr auf ihn. Der Typ erstarrt. Er hat mit diesem Hinterhalt, hier, am Ende der Etappe, nicht mehr gerechnet.

»Setz dich!« Ich deute mit dem Lauf auf den Ford. Der Spieler versteht mich offenbar nicht. Sein Gesicht ist unter der Gasmaske nicht zu erkennen, außerdem würde ein designtes Gesicht eh nichts über seine Nationalität verraten. Aber ich glaube, er ist kein Russe.

»Setz dich ins Auto! Du fährst mich!«

Diesmal hat er mich verstanden. Das Übersetzungsprogramm muss sich eingeschaltet haben. Er geht langsam zum Wagen, öffnet die Tür und setzt sich hinters Steuer.

»Hey!« Die Stimme ist kaum zu hören. Ohne meinen Gefangenen aus dem Auge zu lassen, drehe ich mich halb um. Aus der zerstörten Kuppel ragt eine Figur auf. Alex. Mist, hat er mich doch eingeholt! Hat einfach einen zweiten Anlauf gestartet und mich eingeholt. Der würde mir garantiert auch in den Rücken schießen! »Ich mach dich fertig! Hörst du? Ich lass dir keine Ruhe! Ich mach dich fertig!«

Mit einer obszönen Geste bringe ich ihn dazu, wild loszuballern. Er hat jedoch kaum Patronen, außerdem ist der Abstand zwischen uns zu groß. Bald wirft er das Gewehr weg und zielt mit der Pistole auf mich. Genau in dem Moment taucht hinter ihm ein purpurroter Schatten auf. Wer hätte gedacht, dass die Feuerwürger schon im ersten Level aktiv werden? Flammende Pranken schließen sich um Alex' Hals, der fällt auf die Knie, zappelt und schießt über die Schulter. Ich guck mir das Ende des Kampfes gar nicht an.

Ich steige hinten ein, mein Gefangener, der das Ende meiner Unterhaltung mit Alex gehorsam abgewartet hat, fährt los. Er kriecht förmlich und blickt sich immer wieder um, da er mit einem Genickschuss rechnet.

Die Straße wird voller. Zweimal versuchen riesige Transporter, uns einzuholen und zu rammen. Ich lasse das Fenster runter und schieße mit dem Gewehr auf Reifen und Windschutzscheibe. Das alles ist lächerlich, diese Monster sind Ausgeburten des Labyrinths. Vor denen brauche ich keine Angst zu haben.

Anfangs hat mein Fahrer bei jedem Schuss gezittert, bald hat er sich jedoch daran gewöhnt.

Am Autobahnkreuz warten dann die echten Feinde auf uns. Drei Wagen blockieren die Straße, hinter ihnen haben sich die bewaffneten Fahrer verschanzt. Einer von ihnen steht in einer lässigen, selbstsicheren Pose da – mit einem Granatwerfer in Händen.

Scheiße. Ich habe gehört, dass es irgendwo im Bahnhof schwere Waffen gibt, aber ich habe mir nicht die Mühe gemacht, es zu checken.

»Was jetzt?«, fragt mein Chauffeur.

Nur ein Idiot würde es mit einer solchen Bande aufnehmen. Klüger wäre es, zu kapitulieren und einen Teil der Ausrüstung zu opfern, in der Hoffnung, dass sie dich dann durchlassen.

»Drossel langsam die Geschwindigkeit! Nach meinem dritten Schuss hältst du an!«

Der Fahrer nickt wortlos.

Der Arsch mit dem Granatwerfer sieht uns amüsiert an. Er wartet.

Tiefe, Tiefe ich bin nicht dein ... Tiefe, Tiefe, gib mich frei ...

Ich betrachtete die Darstellung, machte mich mit dem Bild vertraut. Der Arsch. Die Autos. Der Nacken meines Chauffeurs. Das Fadenkreuz in der Mitte des Monitors.

Fair war das nicht gerade von mir.

Ich langte nach der Maus und zog sie übers Pad. Das Kreuz kroch über den Bildschirm.

Wir zuckelten dahin.

Ich eröffnete das Feuer, schoss mit der linken Maustaste und lud mit der rechten nach. Der Arsch mit dem Granatwerfer guckte nur blöd aus der Wäsche. Die grellgelben Patronen zischten über den Bildschirm, in den Kopfhörern krachte es. Nachdem ich die drei Mann hinter der Barrikade umgenietet hatte, nahm ich die Autos unter Beschuss. In der virtuellen Welt ist es genauso schwer, den Tank zu treffen wie im realen Leben. Aber wenn du bloß auf zweidimensionale Silhouetten ballerst, ist es das reinste Kinderspiel.

Deep.
Enter.
Teufel, ich habe ihm doch gesagt, er solle anhalten!
»Auf die Bremsen!«, schreie ich.
Mein Chauffeur hält vor den lodernden Autos. Er dreht sich um. In seinen Augen erkenne ich selbst durch das dunkle Gas der Gasmaske mit Panik gemischte Begeisterung.
»Wie haben Sie das geschafft?«
»Steig aus!«
Da er offenbar mit einem weiteren Schuss rechnet, weise ich mit auffordernder Geste auf die Körper: Die drei sind entweder durch meine Kugeln oder bei der Explosion der Autos gestorben, also soll mein Gefangener ihre Waffen einsammeln.

Dass er mich eventuell mit einer von ihnen erschießen würde – damit brauche ich nicht zu rechnen. Ein einfacher Spieler wird nie über jene Schnelligkeit und Präzision verfügen, die ich gerade an den Tag gelegt habe. Das schafft nur ein Diver. Oder ein alter Doomer, der mit der Maus spielt.

Doomer haben sich immer in zwei Gruppen unterteilt, in diejenigen, die auf die Tastatur schworen, und in diejenigen, die nur die Maus gelten ließen. Zwischen ihnen tobte ein ewiger Streit, wer cooler ist. Er war noch nicht entschieden, da kam der virtuelle Raum.

Und jetzt setze ich dem Ganzen die Krone auf.

Scheiße, einer der Mistkerle lebt doch noch. So herrlich und fantasievoll, wie er flucht, kann es über seine Nationalität keinen Zweifel geben. Sein Gesicht ist blutüberströmt, ein Arm halb abgerissen, mit dem anderen hangelt er erfolglos nach dem MedKit. Seine Lebenskraft ist auf fünf Prozent runter, aber das Kit würde ihn retten.

Ich gehe auf ihn zu. Als er mich bemerkt, reißt er mit einem Ruck den Kopf hoch. »Wer«, brüllt er. »Wer bist du, du Arschloch?«

Es folgt eine Fluchsalve.

»Der Revolvermann«, antworte ich und setze dem Liebhaber exquisiter Flüche das Gewehr an die Stirn. Ich mag es nicht, wenn man derart unflätig schimpft. Schließlich könnte in meinem Körper eine Frau oder ein Kind stecken.

Ich brauche fünf Minuten, um die Trophäen einzusammeln. Jetzt bin ich optimal ausgerüstet. Pistolen, ein Gewehr mit Zielfernrohr, ein Karabiner, ein Granatwerfer, MedKits, Granaten und eine kugelsichere Weste. Mein Gefangener ist ebenfalls ganz ordentlich ausgestattet, bloß einen Granatwerfer hat er nicht abgekriegt.

In der Realität schleppst du einen solchen Haufen Eisen natürlich nicht weg, aber hier sind wir alle kleine Rambos.

»Los!«, verlange ich von meinem Chauffeur, sobald ich einsteige. Er versteht mich ohne Übersetzung. Wir fahren die Autobahn runter. Doch dann kann ich mich plötzlich nicht beherrschen und feuere nochmal mit dem Granatwerfer auf einen Transporter. Nachdem ich das Auto verlassen habe, logisch, schließlich haben die Macher des Labyrinths einen ausgeprägten Sinn für Humor. Und ich kann gut darauf verzichten, meine Eingeweide an der Wagendecke kleben zu sehen.

Das zweite Level endet am Rande von Twilight City. Wir steigen beide aus und geben unsere Ergebnisse in den Computer ein, der in den Ruinen eines kleinen Landhauses untergebracht ist und tadellos funktioniert. Erst danach beruhigt sich mein Fahrer. Ich winke ihm noch einmal zu und bewege mich dann auf einen Gully zu. Der sicherste Weg durch die dritte Etappe führt durch die Abwässer. Nicht viele benutzen ihn, er ist zu ekelhaft, trotz der Dusche am Ende des Levels. Mir ist das jedoch scheißegal. Ich werde durch die Kanalisation gehen, indem ich auf den Bildschirm glotze und die Maus bewege.

»He!«, ruft mir der Typ nach. »Wozu hast du mich eigentlich gebraucht? Du steckst doch sowieso alle hier in die Tasche!«

Wahrscheinlich hofft er auf etwas wie »Zu zweit ist es leichter« oder das Angebot zusammenzubleiben. Aber es hat mir nicht gefallen, dass er fast in die brennenden Autos gebrettert wäre. Deshalb sage ich die Wahrheit: »Ich kann nicht fahren. Und zu Fuß hätte es zu lange gedauert.«

Er bleibt am Rechner stehen, perplex und von Eindrücken überwältigt. Und, nebenbei bemerkt, für das Ende der zweiten Etappe gar nicht schlecht ausgerüstet.

10

Ich bringe vierzehn Etappen hinter mich. In sieben Stunden.

Damit ist heute eine neue Legende geboren.

Ich ziehe eine Spur von Leichen und Trümmern hinter mir her. In der sechsten Etappe halte ich mich etwas länger auf, denn sie ist völlig neu und absolut ungewöhnlich. Danach bleibe ich in der zwölften Etappe hängen, obwohl ich sie, glaube ich, schon kenne. Aber eine Arena ist und bleibt nun mal eine Arena – und das heißt Kampf gegen gut hundert Monster. Das erledigt niemand mit links.

Zum Glück kommen mir die anderen Spieler kaum noch in die Quere. Im Labyrinth machen Gerüchte die Runde, durchlaufen die einzelnen Levels mit einer Leichtigkeit, über die selbst ein Diver nicht verfügt. Gerüchte fürchten sich eben nicht vor der *Tiefe*, sie lassen sich durch nichts aufhalten.

Normalerweise sind Gerüchte der Feind eines jeden Divers. Diesmal verbreiten sie jedoch Angst, was mir durchaus zugute kommt.

Kurz vorm Ende der vierzehnten Etappe muss ich der Wahrheit ins Gesicht sehen: Ich bin völlig fertig. Als ich kurz aus der *Tiefe* auftauche, ist es fast sieben Uhr morgens.

Ein Rechner leidet, wenn du ihn abschaltest, bei Menschen ist es genau anders rum.

In der vierzehnten Etappe geht es um das Sportzentrum der Stadt. Der Computer mit dem Spielmenü steht auf dem Schiedsrichtertisch am großen Schwimmbecken, wo die Leichen von krokodilartigen Amphibienmonstern träge im klaren Wasser treiben. Diese Biester sind ziemlich schwer zu töten. Mit der Plasma Gun bringe ich vorsichtshalber erst mal das Wasser zum Kochen. Sobald es sich wieder etwas abgekühlt hat, tauche ich in die stinkende Brühe ein und warte zehn Minuten auf den Angriff von zwei hysterischen Spielern, einem Mann und einer Frau. Die beiden sind nun schon seit den letzten drei Levels hinter mir her. Da sie überzeugt sind, ich würde das Sportzentrum sofort wieder verlassen, sind sie mir förmlich nachgejagt und stürzen nun unvorsichtig, wenn auch höchst eindrucksvoll in den Saal herein. Am Gürtel des Typs hängt ebenfalls eine Plasma Gun, die Frau hält ein Gewehr im Anschlag. Direkt aus dem Tauchgang pfeffere ich eine Rakete auf die beiden. Eine Feuersäule verschluckt sie.

Indem ich mich an dem glitschigen Körper eines gekochten Monsters abtrete, klettere ich aus dem Becken. Von dem Pärchen ist nicht die geringste Spur übrig, denn die Energiezellen der Plasma Gun sind detoniert.

»Ich bin der Revolvermann«, verkünde ich trotzdem. Es ist bereits ein Ritual geworden, und ich habe etwas übrig für gute Traditionen.

Nachdem ich mich mit »Revolvermann, 14«, eingetragen habe, drücke ich auf die Taste zum Verlassen. Wir wollen doch nicht schummeln. Wir wollen uns jetzt hübsch ausruhen – und dann wiederkommen.

Denn ganz bestimmt komme ich wieder.

Im Boden neben dem Schiedsrichtertisch öffnet sich eine Luke. Hier kommst du aus dem Spiel raus. Ich springe in die Öffnung und lande in der Umkleidekabine.

Der Ausgang aus dem Labyrinth ist genauso überwältigend wie der Eingang. Aber er überwältigt auf andere Weise, auf eine sowohl triumphierende wie heitere Art. In dem Raum mit seinen Wänden aus rosafarbenem Marmor fällt durch ein Deckenfenster strahlendes Sonnenlicht. Es gibt ein weiches Sofa, einen kleinen Tisch mit Obst und anderem Essen sowie einen wuchtigen geschnitzten Mahagonischrank. Ich schnalle die kugelsichere Weste ab, ziehe die Gasmaske runter, steige aus dem Camouflageoverall und stopfe alles zusammen mit Unmengen von Waffen in meinen »individuellen Spind«. Damit ist garantiert, dass nur ich dieses Zubehör nutzen kann. Nach einer Dusche ziehe ich meine alten Sachen an. Okay, jetzt nichts wie weg. Da mir sowieso schon der Schädel platzt, habe ich nicht die Absicht, einfach aufzutauchen. Außerdem dauert es nur fünf Minuten, zum Hotel zu gehen und die *Tiefe* auf dem vorgesehenen Weg zu verlassen.

Aus dem Umkleideraum gelange ich in einen riesigen Säulensaal, von dem aus bereits die Straßen Deeptowns zu erkennen sind. Hier verläuft die Grenze zwischen Twilight City und dem normalen virtuellen Raum, die sich ebenso wenig fassen lässt wie die Schallgrenze im Meer.

Normalerweise ist der Säulensaal leer. Wenn die Spieler einzeln oder in Gruppen aus der Umkleide kommen, ziehen sie zum nächsten Restaurant, dem *BFG9000*, oder in die Bar *Cacodemon*, um Sieg oder Niederlage zu begießen.

Heute drängen sich hier jedoch rund hundert Leute. Auch das ist mein Verdienst. Offenbar sind alle da, die ich erledigt habe. Jeder Neuankömmling wird misstrauisch beäugt. Als ob sie unter der Gasmaske mein Gesicht hätten erkennen können! Auch ich werde angestarrt, doch anscheinend passe ich nicht zu dem Bild des erbarmungslosen Revolvermanns, den sie kennengelernt haben, kurz bevor sie aus dem Spiel ausgeschieden sind.

Kaum nähere ich mich der ersten Gruppe, stockt ihr Gespräch, und ein muskelbepackter Mann mit quadratischem Kinn fragt mich in scharfem Ton: »Hat's dich erwischt?«

»Mhm.« Auf meinem Gesicht spiegeln sich Scham und Wut. »Mit einem Granatwerfer ... Der Arsch! ... ›Ich bin der Revolvermann!‹, hat er getönt.«

Irgendwie übertreibe ich. Wenn du von einem Granatwerfer getroffen worden bist, dürftest du mehr oder weniger taub sein. Um die Figur des Revolvermanns ranken sich jedoch bereits derart viele Mythen, dass meine Worte lediglich als Standardrechtfertigung eines Verlierers interpretiert werden.

»Du bist der Hundertste«, teilt mir Quadratkinn mit. »Ich bin Tolik.«

»Und ich Ljonja.«

»Hundert Leute hat dieser Drecksierl umgelegt«, erklärt Tolik ebenso begeistert wie neidvoll. »Woher kommt der bloß? Das sind die anderen: Jean, Damir, Katka ... Er hat uns alle im neunten Level rausgeschmissen.«

Ehrlich gesagt, erinnere ich mich nicht mal an sie. Da ist es ziemlich hoch hergegangen, weil die anderen Spieler einen vorletzten Versuch unternommen haben, sich zu organisieren und dem miesen Revolvermann gemeinsam gegenüberzutreten.

»Mich hat er im fünfzehnten erwischt!«, sage ich. »Ich ahnte nichts Böses, als er ...«

»Habt ihr das gehört?«, schreit Tolik. »Der Revolvermann ist im fünfzehnten Level!«

Die Menge reagiert mit aufgeregtem Geheul.

Ich winke hoffnungslos ab und steuere auf den Ausgang zu.

»Hey!«, ruft Tolik. »Willst du nicht auf ihn warten?«

»Ich hab's doch auch nicht so dicke!«, entgegne ich. »Ihr werdet ihm bestimmt auch ohne mich einheizen!«

»Da kannst du Gift drauf nehmen«, verspricht Tolik. »Wenn wir ihn erkennen.«

Irgendwie misstraut er mir, kann seinen Verdacht aber nicht beweisen. Ich nicke und will weiter. Da sehe ich Alex.

Mein erstes Opfer wartet etwas abseits, wo er schweigend und voller Interesse diesen Wortwechsel verfolgt.

Anscheinend hat er nicht die Absicht, sich einzumischen. Nein, er will seine Vendetta. Von Mann zu Mann.

Soll mir recht sein. Ich gehe an ihm vorbei. Nur noch wenige Sekunden, dann werd ich aus dem Saal auf die Straße Deeptowns hinaustreten.

»Revolvermann!«, ruft es hinter mir, und hundert Leute halten die Luft an.

Ich drehe mich um. So energisch, wie der Ruf geklungen hat, wäre es sinnlos, unverändert den Blödmann zu spielen.

Nur war es nicht Alex. Sondern Guillermo.

»Revolvermann!« Er kommt näher. »Tut mir leid, dass ich Sie aufhalte. Sie haben also acht Levelrekorde aufgestellt, ja?«

Kann schon sein. Ich habe jetzt keine Augen für Guillermo, sondern ausschließlich für meine hundert Opfer. Ihre Blicke verheißen nichts Gutes.

»Die Leitung möchte Ihnen mitteilen, dass Sie die ausgeschriebenen Preise nicht einfordern dürfen ... nicht wahr? Schließlich haben Sie einen Vertrag mit uns.«

Wenigstens redet er jetzt so leise, dass uns niemand hört.

»Das habe ich auch gar nicht vor«, gifte ich, bebend vor Wut.

Guillermo begreift offenbar, dass er sich einen ungünstigen Moment für unser Gespräch ausgesucht hat. Aber so hat man es ihm nun mal befohlen.

»Wir wollen Ihnen jedoch eine kleine Prämie zahlen ... zweihundert Dollar ... als Ausdruck unserer Dankbarkeit für die intensive Arbeit. Sie haben eine sehr gute Reklame für das Labyrinth gemacht ... Wir bewältigen die Flut neuer Spieler kaum noch.«

Er macht eine Pause, um sich im Saal umzusehen. »Sie können gleich mit mir mitkommen, um sich das Geld abzuholen«, schlägt er in entschuldigendem Ton vor. »Aus unserem Büro gibt es etliche Ausgänge.«

Vielen Dank auch. Wenn ich eins nicht ausstehen kann, dann ist es, wenn dich jemand erst ins Moor stößt – und dir dann mitleidig die rettende Hand entgegenstreckt.

»Ich werde bei Gelegenheit mal vorbeischauen.«

Guillermo seufzt und breitet die Arme aus, als wolle er sagen: Ich kann nicht frei entscheiden, man hat mir befohlen, Ihnen diese Nachricht zu überbringen. Daraufhin verschwindet er in der Tiefe des Saals, wo ein Gang liegt, der dem Personal vorbehalten ist.

Neunundneunzig Augenpaare ruhen auf mir.

»Ja, ich bin der Revolvermann«, sage ich.

Neunundneunzig Beinpaare lösen sich vom Boden. Nein, achtundneunzig.

Alex rührt sich nicht vom Fleck, sondern zieht eine lange, funkelnde Pistole aus dem Ausschnitt. »Hau ab, du Arsch!«, schreit er.

Die Anrede gefällt mir nicht, aber der Rat ist gar nicht mal so übel. Bis auf Alex selbst wissen tief in ihrem Herzen vermutlich alle, die sauer auf mich sind, dass ich sie absolut fair umgebracht habe. Laut aussprechen würde das aber keiner von ihnen. Da rächen sie lieber ihren Kumpel, mein ach so unschuldiges Opfer – und vergessen nur zu gern, dass dieser Kumpel noch bis vor kurzem ihr Konkurrent war.

Ich haue ab.

Hinter mir knallen die ersten Schüsse, denn Alex versucht verzweifelt, die Verfolger aufzuhalten. »Du gehörst mi...«

Der Schrei bricht jäh ab. Nicht nur er hat eine Viruswaffe, die für die Straßen Deeptowns zugelassen ist. Vielleicht hat sich mittlerweile aber auch der Sicherheitsdienst des Labyrinths eingeschaltet.

Ich laufe.

Das Dämlichste, was ich jetzt machen könnte, wäre, mich in Luft aufzulösen. Wenn die angesäuerten Spieler wüssten, dass ich ein Diver bin, würde sich die Jagd zur Hatz auswachsen.

Dabei will ich doch nur schlafen ...

Eine Gasse, die nächste, die dritte. Ich gehe mit der Auflösung etwas runter, um schneller rennen zu können. Daraufhin rase ich beinahe an einem Haus vorbei, an dem in allen vier Sprachen Deeptowns steht: *Vergnügungen jeder Art.*

Zum Glück sind die Aufschriften riesig, zum Glück begreife ich gerade noch rechtzeitig, was sie bedeuten. Und zum Glück erinnere ich mich noch an Maniacs Worte über die Sicherheitssysteme in virtuellen Puffs.

Die Entscheidung fällt mir nicht schwer: Ich stürme durch die gläserne Drehtür.

11

Hier herrscht der Retrostil. Weiche Couches, breite Tische mit bauchigen Karaffen, Schalen mit Obst. Ein bärtiger, schweigender Mann in einer Ecke nimmt sich wie ein Detail der Einrichtung aus. Wer weiß, womöglich handelt es sich bei ihm ja tatsächlich um Sicherheitssoftware.

Über eine Holztreppe kommt eine dunkelhaarige Frau im langen Kleid aus dem ersten Stock herunter. Sie ist deutlich über dreißig, und ihr Gesicht ist so detailgetreu entworfen, dass ich kaum der Versuchung widerstehen kann, aus der *Tiefe* aufzutauchen und es mir anzusehen. Um zu verstehen, wie es ihr gelungen ist, ein Gesicht zu designen, das derart menschlich aussieht.

Die Frau kommt näher. Genau in diesem Moment begreife ich den Sinn des Ausdrucks »reife Schönheit«.

Reif trifft es genau. In ihr steckt keine Spur von der Jugendlichkeit, die in den Straßen Deeptowns Triumphe feiert. Geschweige denn, dass sie den Gedanken an Unschuld und Reinheit erweckt. Was nur gut ist. Sie hat das nicht nötig.

Die Frau schweigt und lächelt. Als ich merke, dass sich das Schweigen über Gebühr hinzieht, brumme ich: »Hallo.«

»Guten Abend«, erwidert sie.
»Ist nicht eigentlich schon Nacht?«, frage ich.
»Bei uns ist immer Abend.«
Ich werde es mir merken.
»Nennen Sie mich bitte Madame«, sagt die Frau.
»Ich ...«
»Namen sind nicht nötig, es geht auch ohne.«
»Ich bin der Revolvermann.«
Sie nickt. »Gut. Sie sind geschäftlich hier?« Ein Lächeln. »Oder wollen Sie nur ein paar Freunden entkommen, von denen Sie genug haben.«
Unwillkürlich schiele ich zur Glastür hin. Dahinter ist alles still und menschenleer.
»Keine Sorge. Unsere Besucher bekommen einander nie zu Gesicht. Niemals.«
»Im zweiten Fall müsste ich wohl wieder gehen, oder?«, frage ich.
»Nein. Wir freuen uns immer über Gäste. Sie können gern ein Weilchen bei uns sitzen und einen Kaffee oder ein Glas Wein trinken.«
»Einen Kaffee«, entscheide ich.
Der schweigsame Security-Typ verschwindet durch die Tür. Ich gehe zu den kleinen Couches und setze mich. Madame nimmt lächelnd mir gegenüber Platz.
»Ruinieren solche Zufallsbesucher Sie nicht?«, erkundige ich mich.
»Es gibt nichts Besseres als Zufälle. Abgesehen davon gilt bei uns eine Regel: Der Gast muss die Alben zumindest durchblättern.«
Ich sehe sie verständnislos an.

»Die Fotografien der Mädchen.«

»Äh ... klar, die Fotografien.« Es dauert etwas, bis ich kapiere. »Natürlich. Gern.«

Der Security-Typ bringt Kaffee in einem kleinen, langstieligen Kupfergefäß, Madame verteilt ihn penibel auf die winzigen Tassen.

Ich gebe ein wenig Zucker hinzu und trinke einen Schluck. Der Kaffee ist stark, aromatisch und kochend heiß. Er vertreibt sogar die Müdigkeit, als hätte ich tatsächlich Koffein zu mir genommen.

»Soll ich Ihnen alle Alben zeigen?«, will Madame wissen.

Sie scheint in das Wort »alle« einen gewissen Hintersinn zu legen. Da mein Kopf immer noch nicht tadellos funktioniert, nicke ich. Madame durchquert geschmeidig den Raum, entnimmt einem Schrank mehrere dicke Alben, die alle in verschiedenenfarbenen Samt gebunden sind, und legt sie vor mich auf den Tisch.

»Ich ziehe mich wieder zurück, wenn Sie nichts dagegen haben, Revolvermann. Sollten Sie ...« Sie lächelt. »... doch Interesse haben, rufen Sie mich.«

»Gut«, erwidere ich.

Als Madame bereits auf der Treppe ist, fällt ihr noch etwas ein. »Ach ja ... falls ein Foto Sie besonders anspricht und Sie es genauer betrachten wollen, reiben Sie einfach mit dem Finger darüber.«

Ich nicke. Ich trinke Kaffee und starre auf die Alben.

Ob es hier wohl Notausgänge gibt? Wahrscheinlich schon.

Abgesehen davon könnte ich auch vorgeben, mein Timer melde sich, und mich in Luft auflösen.

So oder so bin ich erst mal gerettet. Ich habe hundert wütende Doomer abgehängt und einen zweifelhaften Ruhm erworben und bin dem Loser vierzehn Levels näher gekommen. Zwar kann ihn noch immer jemand anders vor mir rausholen, aber zumindest habe ich mein Bestes gegeben.

Als ich den Kaffee ausgetrunken habe, luge ich in das Kupfergefäß. Es ist wieder voll! Eine Zauberkanne aus *Tausendundeiner Nacht*. Ich gieße mir eine zweite Tasse ein und ziehe das Album in schwarzem Samt zu mir heran. Hier sind Afrikanerinnen drin, oder?

Nein.

Auf der ersten Seite prangt das Foto einer Frau, die an einen Stuhl gefesselt ist. Hinter ihr ragt eine blinde Ziegelmauer auf, der Kopf ist zurückgeworfen, das Gesicht nicht zu erkennen. Der halbnackte Körper verspricht jedoch genug. Funkelnde Ketten, mit übertrieben großen Kettengliedern. Zu Füßen der Frau liegt eine Lederpeitsche.

Alles klar.

Ich klappe das Album zu und schiebe es an den Tischrand. Soll es auf die Sadomasos warten.

Vergnügungen jeder Art – das ist zweifellos nicht übertrieben.

Ich betrachte den Regenbogen aus Einbänden. Raten wir doch mal! Zum Beispiel der blaue Einband.

Ha, Treffer! Vom ersten Foto lächelt mich strahlend ein Hollywood-Star an, der in diesem Jahr bereits zum dritten Mal zum *sexiest man* gekürt worden ist. Er trägt eine Lederjacke, Stiefel und einen spitzenbesetzten Slip. Hey, mein Süßer, du hast es ja weit gebracht!

Natürlich fehlt jeder Name unterm Foto. Selbst wenn der unglückselige Schönling, der nie im Leben eine schwule Affäre gehabt hat, den Puff verklagt, dürfte er bei Gericht kaum handfeste Beweise vorlegen können. Das Foto ist leicht unscharf, so dass es niemand gelten lassen würde. Außer denjenigen natürlich, die schon mal in der *Tiefe* waren und von daher wissen, wie ein Hirn unter dem Einfluss des Deep-Programms Fotos korrigiert. Nur würden die nie etwas sagen, denn wer den virtuellen Raum nicht nur vom Hörensagen kennt, kennt eben auch sein wichtigstes Gesetz.

Und das lautet Freiheit.

In allem und für alle.

Und vielleicht ist das ja richtig so ...

Ich lege den Schauspieler auf die Lady in Ketten. Sollen sie sich amüsieren, die armen Seelen.

Das rosafarbene Album. Lesben? Mhm ...

Nein, einfach nur zwei Frauen mit herausfordernden Blicken. Die eine kniet, die andere stützt sich auf ihre Schulter und bannt mich mit ihrem Blick. Nein, nein, nein. Nicht heute. Nicht nach vierzehn Levels im Labyrinth. Da bleibt mir nur schön vom Leibe! Aber langweilen werdet ihr euch bestimmt trotzdem nicht, das hab ich im Gespür.

Das braune Album. Meine Fantasie versagt, ich muss es aufschlagen.

Eine Greisin in schlabberigem Kittel.

Mein Gott, die haben hier wirklich was für jeden Geschmack! Von Neugier gepackt reibe ich mit dem Finger übers Foto. In die Greisin kommt Leben. Sie lächelt kokett, fängt an zu tanzen, setzt die Beine in kleinen Trippelschritten voreinander und knöpft den Kittel auf.

Sag mal, Oma, tickst du nicht mehr richtig?

Ich klappe das Album zu und packe es oben auf das rosafarbene. Dann breche ich in Lachen aus. Der Security-Typ in der Ecke schielt zu mir herüber, sagt aber keinen Ton. »Hat die auch ... Kunden?«, kann ich mir nicht verkneifen zu fragen.

Ich tippe mit dem Finger auf den braunen Samt. Der Typ deutet ein Nicken an.

Das lilafarbene Album. Während ich es hin und her drehe, versuche ich vergeblich, mir etwas dafür einfallen zu lassen. Vorsichtig schlage ich die erste Seite auf. Ob mich da Opas erwarten?

Ein Zicklein.

Ich meine: eine Ziege. Eine junge. Ein weißes Tier mit kurzen, spitzen Hörnern.

Inzwischen krieg ich nicht mal mehr ein Lachen zustande. Da du eine Ziege nicht in den virtuellen Raum bringst, muss ein Admin oder ein Programm hinter dem Ding stecken – der oder das die sexuellen Stereotypen einer jungen, geilen Ziege imitiert.

Komm, Oma, melk die Ziege!

Es bleiben noch drei Alben, das weiße, das grüne und das gelbe. Als ich das weiße aufschlage, rechne ich fest mit Elfen, Engeln und ähnlich ephemeren Erscheinungen. Aber nein, es sind ganz normale Frauen. Auf der ersten Seite strahlt ein bekanntes Topmodel im Abendkleid von Pierre Cardin.

Okay, das Kleid können wir später ja nochmal einer genaueren Prüfung unterziehen. Ich wiege das grüne Album in der Hand. Was fehlt noch an erotischen Fantasien? Klar! Kinder! Ich klappe das Album auf. Richtig. Ein minderjähriger Millionär, ein Schauspieler und Liebling alternder Hausfrauen. Hilf der Oma, die Ziege in Zaum zu halten, mein Junge!

Das gelbe Album. Auch diesmal liege ich richtig. Das Gesicht des Mädchens kommt mir vage bekannt vor, wahrscheinlich ist es ebenfalls eine Schauspielerin. Eine atemberaubende Umgebung, ein Strand, der sich bis zum Horizont zieht, im Licht der untergehenden Sonne. Statt sich zu sonnen, sollte das Mädchen lieber einen Eimer frische Ziegenmilch in die Hütte tragen.

Nachdem ich mich nun köstlich amüsiert habe, spendiere ich mir ein Glas Wein. Ich nicke in Richtung des Stapels mit den ausgefallenen Partnern, worauf der Security-Typ alle Alben bis auf das weiße wortlos an sich nimmt und rausträgt.

Vielleicht hätte ich mir den Band mit den Tieren ja doch genauer ansehen sollen. Ob es da, jeweils in der weiblichen Variante, junge Krokodile und reife Schwäne wie Madame gibt? Falls nicht, würde es auf Bitte des Kunden vermutlich sofort arrangiert werden. Sei es nun eine grüne Krake oder ein Pitbull-Welpe.

Nun nehme ich mir wieder das weiße Album vor und bringe ein paar Frauen dazu, einen Strip hinzulegen. Die Auswahl ist umwerfend. Die Filmstars und Mannequins sind bald zu Ende, ihnen folgen weniger bekannte Gesichter. Unbekannte, aber attraktive Gesichter. Ich gebe der Neugier nach und schlage die letzte Seite auf.

Ein weißes Blatt und die Aufforderung: »Zeichnen Sie Ihr Glück!«

In der Tat, dieses Etablissement verlässt niemand unbefriedigt.

Rasch blättere ich das ganze Album durch. Um sich nackte Schönheiten anzusehen, die sich mal bewegen, mal nicht, musst du schließlich nicht in der *Tiefe* hocken, da gibt es weniger teure Möglichkeiten.

Eine Afrikanerin in Lendenschurz, eine Eskimofrau im Pelz, eine Koreanerin auf einer Bastmatte, eine Polynesierin mit Nasenring. Der virtuelle Raum kennt keinen Rassismus.

Ich blättere noch schneller. Eine Seite, die nächste, die dritte ...

Vika.

Wie vor den Kopf geschlagen starre ich auf die Frau, die mir jeden Morgen zulächelt.

100

Madame kehrt lautlos wie ein Gespenst zurück und setzt sich neben mich. »Soll ich Ihnen noch Wein nachschenken, Revolvermann?«, erkundigt sie sich.

Ich nicke. Vermutlich habe ich ziemlich lange so dagesessen und Vika angestarrt. Das Foto ist in der Abenddämmerung aufgenommen, sie sitzt auf dem Holzgeländer einer Veranda, hinter ihr ragt dunkler Wald auf, im hohen Gras steht eine mattgelbe, bauchige Laterne, der Swimmingpool wirkt wie ein schwarzer Spiegel.

»Wir haben die unterschiedlichsten Kunden«, erläutert Madame nachdenklich. »Einigen gefallen Filmstars, anderen Zicken ...« Sie lacht leise.

»Wer ist diese Frau?«, frage ich.

Madame sieht mich verständnislos an.

»Hat sie einen realen Prototyp?«

Die Puffmutter lehnt sich gegen meinen Arm, um die Fotografie eingehend zu betrachten.

»Ich habe nicht das Recht, solche Fragen zu beantworten, Revolvermann. Und ich weiß es auch gar nicht. Hier gibt es Tausende von Gesichtern. Viele davon mögen Ihnen bekannt vorkommen.« Ein angedeutetes Lächeln. »Aber das ist ein Zufall. Erinnert dieses Mädchen Sie an jemanden?«

»Ja.«

»An eine reale Frau?«

»Nicht ganz ...« Ich lasse mich nicht weiter zu einseitiger Offenheit hinreißen. »Madame, kann ich ... diese Frau treffen?«

»Selbstverständlich.« Unsere Blicke kreuzen sich, unsere Gesichter sind dicht beieinander, in ihren Augen funkeln Ironie und Spott. »Zehn Dollar die Stunde. Vierzig Dollar die Nacht. Wir haben moderate Preise. Uns kann sich jeder Hacker leisten.«

»Sie sind grausam«, sage ich.

»Stimmt. Wenn ich den Eindruck habe, ein sympathischer junger Mann ist gerade dabei, den Verstand zu verlieren, kann ich grausam sein.«

Ich hole meine Kreditkarte heraus. »Vierzig Dollar?«

»Ja.«

Sie bucht das Geld ab. »Ich will Ihnen eine Geschichte erzählen, Revolvermann«, bemerkt sie nach kurzem Zögern. »Es war einmal ein kleines, dummes Mädchen, das studierte, durch Discos hüpfte und mit Jungen flirtete. Dieses Mädchen liebte einen Sänger. Der trat häufig im Fernsehen auf, gab Interviews, und seine Fotos zierten die Covers diverser Zeitschriften. Er war ein guter Sänger, der von Liebe sang. Und das Mädchen glaubte bedingungslos an die Liebe.«

»Ich weiß, wie solche Geschichten enden«, werfe ich ein. Nicht nur Madame kann grausam sein.

»Der Sänger kam mit einer Tournee in ihre Heimatstadt«, fährt Madame fort. »Das Mädchen war auf allen Konzerten. Mit einem Blumenstrauß erstürmte sie die Bühne, und der Sänger gab ihr einen Kuss auf die Wange. Natürlich kriegte sie, was sie wollte. Am zweiten Abend ging sie in sein Hotelzimmer, das sie erst am Morgen wieder verließ. Danach besuchte sie nie wieder ein Konzert von ihm. Nein, der Sänger war auch im richtigen Leben ein guter Mensch und ein attraktiver Mann. Er war zärtlich und liebevoll, voller Esprit und Witz. Das Mädchen hatte nicht den geringsten Grund zur Klage. Dennoch verlor sie ihren Glauben an die Liebe. Und wissen Sie, warum?«

»Illusion und Realität haben sich miteinander vermischt«, antworte ich.

»Sie verstehen mich. Genau. Es wäre besser gewesen, wenn er ein dreckiger, dummer Hundesohn gewesen wäre. Viel besser. Dann hätte sich das Mädchen ein anderes Idol gesucht oder den Sänger auf der Bühne trotz allem einfach weiterangebetet. Aber so ... so war es wie bei einem Spiegel. Als liebe sie ein Spiegelbild. Ein getreues und tadellos reines Abbild. Das genau ihrem Traum entsprach, dem perfekten Mann eben. Nur dass man den aus der Ferne lieben muss.«

Ich nicke.

Natürlich, Madame. Selbstverständlich, meine kluge Puffmutter. Ganz unbedingt, du lebenserfahrene Gebieterin über Liebe und Sex.

Das weiß ich.

»Helfen Sie mir kurz, Madame, hatte ich eigentlich schon bezahlt?«

»Gehen wir, Revolvermann«, sagt Madame seufzend.

Wir steigen die Treppe hoch. Ein Gang, viele Türen. Madame bringt mich zu Zimmer B und legt mir die Hand auf die Schulter. »Ich wünsche Ihnen alles Gute, Revolvermann. Übrigens ... diese Geschichte, die ist nicht mir passiert. Aber ich kenne mehr als eine von der Art.«

101

Hinter der Tür liegt kein Zimmer, sondern ein Garten. Ein nächtlicher Garten, dicht mit Gras bewachsen, in dem leise Heuschrecken zirpen und die Luft kalt und frisch ist.

Aber was habe ich denn erwartet?

Ein Hotelzimmer mit wackeligem Bett und vom vielen Waschen klamme Laken? Ha! Ich werde doch wohl nicht einen der wesentlichen Vorzüge des virtuellen Raums vergessen haben – dass du das Innere deines Hauses so gestalten kannst, wie es dir gefällt?

Ich trete in den Lichtfleck auf dem Gras.

Meine Bewegungen sind träge und schlaff, denn obwohl die Müdigkeit von mir gewichen ist, lässt sich eine bleierne Schwere nicht leugnen.

Es gibt ein kleines Haus, im Sinne einer größeren Datscha oder eines bescheidenen Landhauses. Weit und breit ist niemand. Die Laterne spendet einsames Licht. Einen flüchtigen Moment fürchte ich, Madame habe in ihrem Mitleid beschlossen, mir weibliche Gesellschaft vorzuenthalten. Aber nein, das ist unwahrscheinlich. Mitleid hin oder her, das Geschäft geht vor.

Ich setze mich vor der Laterne hin, einer altmodischen Petroleumlampe mit Glaskörper. Mit solchen Dingern steigst du in unterirdische Gewölbe hinab. In die *Tiefe*.

Motten umschwirren die Lampe, knallen in dem vergeblichen Versuch, ins Licht zu gelangen, gegen das Glas. Wie viel dümmer als Motten doch die Menschen sind. Sie finden immer den Weg zum Feuer, um sich die Flügel zu versengen. Gerade das macht sie zu Menschen.

Ich höre keine Schritte, doch mit einem Mal legen sich mir zwei Hände auf die Schultern. Unsicher und schüchtern. Als wollten sie sich an mich gewöhnen.

»Ist es hier immer so ruhig?«, frage ich.

»Nein.«

Ich zucke zusammen. Sogar die Stimme ist die gleiche.

»Das hängt ausschließlich vom Gast ab.«

»Ich mag es, wenn es still ist«, sage ich, drehe mich aber immer noch nicht um.

»Ich auch«, erwidert sie. Vielleicht, um mir zu gefallen. Vielleicht meint sie es aber auch ernst.

Endlich drehe ich mich um.

Sie sieht genauso aus wie auf dem Foto. Sie trägt einen kurzen Rock, keinen sexy Minirock, sondern einfach bequeme Sommerkleidung. Dazu eine Bluse aus rauchfarbener Seide und graue Sandaletten. Das dunkle Haar hat sie mit einem Stirnband gebändigt.

Die Frau sieht mich ernst an, mustert mich. Als sei ich kein Kunde, um den sie sich zu kümmern hat, sondern wirklich ein Besucher, den sie einladen, den sie aber auch in die Nacht hinausjagen kann.

»Ich wurde heute den ganzen Tag Revolvermann genannt«, gestehe ich. »Aber mir wäre es lieber, wenn du mich Leonid nennen würdest.«

Mit einem Nicken willigt sie ein.

»Und«, fahre ich fort, »falls es geht, würde ich dich gern Vika nennen.«

Die Frau schweigt sehr lange, so dass ich schon glaube, ich hätte sie unwissentlich beleidigt.

»Warum?«, fragt sie schließlich. »Erinnere ich dich an jemanden?«

»Ja«, gestehe ich. »Ich würde eure Namen sowieso durcheinanderbringen und dich Vika nennen. Lass uns das lieber von vornherein vermeiden.«

»Gut«, stimmt sie zu, setzt sich neben mich, streckt die Hände aus und wärmt sie über der Lampe wie über einem Lagerfeuer. »Ich gewöhne mich leicht an Namen.«

»Ich auch.«

Wir sitzen schweigend nebeneinander. Nach einer Weile gleite ich allmählich in einen Dämmerzustand hinein, tiefer und tiefer.

»Vika.«

»Ja, Leonid?«

»Würdest du mich für total bescheuert halten, wenn ich jetzt einschlafe?«

»Ich weiß nicht«, antwortet sie. »Hattest du einen schweren Tag?«

»Die schweren Tage kommen erst noch.«

»Im Haus gibt es ein Bett ... wie du dir ja unschwer denken kannst.«

Ich nicke. Ich habe nicht die geringste Lust aufzustehen und mich aus der lebenden Stille in die tote zu begeben.

»Aber wenn du willst, bringe ich dir auch eine Decke nach draußen«, schlägt Vika vor.

»Danke. Das wäre jetzt genau das Richtige.«

Kaum steht sie auf, kratze ich die letzten Reste meiner Kraft zusammen.

Tiefe, Tiefe, ich bin nicht dein ... Tiefe, Tiefe, gib mich frei ...

Als Erstes ging ich aufs Klo. Zum Glück waren die Kabel von Anzug und Helm lang genug. Dann schleppte ich mich zum Sofa, ließ mich darauf fallen und warf das Kopfkissen runter. Der VR-Helm gab mir schon meine Liegeposition vor. Morgen früh würde sich mein Hals rächen, aber ich wollte jetzt einfach nicht auftauchen.

»Vika, starte Deep!«, flüsterte ich Windows Home zu. Ein Farbstrudel, dann bin ich wieder in der *Tiefe*.

»Was hast du gesagt?« Vika steht neben mir. Jene Vika, die echt ist. Fast echt.

»Nichts.«

Ich nehme die Decke, breite sie im Gras aus und strecke mich aus. Die Frau setzt sich neben mich.

Ich schaue zu den Sternen hinauf. Sie sind so nahe, so betörend klar. Ich bräuchte bloß durchscheinende, feine Flügel – und schon könnte ich zu ihnen hochfliegen und gegen das unsichtbare Glas knallen.

»Fühlst du dich nicht einsam hier, Vika? So weit auf dem Land?«

»Wie kommst du darauf, dass wir auf dem Land sind?«

»Weil die Sterne so hell sind.«

»Nein, ich fühle mich nicht einsam. Es ist alles bestens.«

Als sie sich neben mich legt, rücke ich, damit die Decke für uns beide reicht.

»Magst du den Himmel?«, will Vika wissen.

»Ja. Ich sehe gern zu den Sternen hinauf. Aber ich habe absolut keine Ahnung, wie sie heißen.«

»Wozu brauchen sie schon die Namen, die wir ihnen geben?« Vika berührt meine Hand. »Guck mal, da fällt gerade ein Stern vom Himmel. Direkt über uns.«

»Wir können ihn ja suchen«, schlage ich allen Ernstes vor. Vika antwortet nicht gleich. Voller Entsetzen gewöhne ich mich an den Gedanken, aufstehen zu müssen.

»Nein«, sagt sie dann jedoch. »Du kannst dich ja kaum noch auf den Beinen halten, Revolvermann. Wir suchen ihn morgen. Dann ist der Stern kalt, und wir können ihn anfassen.«

»Morgen früh ist es zu hell«, gebe ich zu bedenken. »Besser morgen Abend.«

»Du bist seltsam«, stellt Vika leise fest. »Gut, suchen wir ihn also morgen Abend.«

»Hast du schon mal einen gefallenen Stern gefunden?«

Vika schweigt, aber ich spüre, dass sie den Kopf schüttelt.

»Der virtuelle Raum hat uns den Himmel genommen«, flüstere ich.

»Siehst du das auch so?«

»Klar. Die Welt versinkt in der *Tiefe*. Im Spiegelbild der Realität. Warum sollten wir noch zum Mond oder zum

Mars fliegen, wenn wir *hier* jeden Planeten erreichen können? Die Abenteuerlust ist uns vergangen. Die Neugier.«

»Dafür werden die elektronischen Technologien immer besser.«

»Ach ja? Aber selbst der modernste Rechner ist nur die aufgemotzte Neuauflage seines Vorgängers! In den letzten fünf Jahren ist doch nichts wirklich Neues entstanden. Wir treten auf der Stelle.«

»Mein Gott, da streiten wir uns über die Entwicklung der Technik.« Vika lacht leise. »Leonid, du bist hier in einem Puff!«

»Ich weiß. Langweilt dich das Thema?«

»Nein. Ich ... ich bin nur nicht mehr an solche Gespräche gewöhnt.« Nach einer kurzen Pause berührt sie mit ihren Lippen ganz sanft meine Wange. »Schlaf jetzt! Du redest ja schon wirres Zeug, Ljonja.«

Ich widerspreche nicht. Ich will mich nicht mit ihr streiten.

Vor allem weil sie Recht hat.

Ich schließe die Augen und schlafe ein. Unverzüglich.

110

Ich träume. Ich träume oft, denn tagsüber strapaziere ich mein Bewusstsein derart, dass eine Überlastung gar nicht ausbleiben kann. Die Träume retten mich aus dieser Flut von Eindrücken, erlauben mir, das Unausgesprochene auszusprechen.

Normalerweise erinnere ich mich nicht an meine Träume. Mir spuken dann nebulöse Fetzen durch den Kopf, die ich nicht fassen kann. Aber diesmal ist mein Traum klar, und ich erinnere mich bestens an ihn. Vielleicht weil ich im virtuellen Raum geschlafen habe.

Ich befinde mich auf einer Bühne, hinter einem schweren Vorhang. Auf der Bühne selbst steht ein Mann mit Gitarre so stocksteif da, als hielten ihn unsichtbare Ketten. Er singt, die Worte dringen jedoch nicht zu mir, denn zwischen uns liegt die *Tiefe*, diese Mauer, die gerade zum Leben erwacht und transparent wird. Mit aller Kraft versuche ich, auf den Mann zuzugehen und die Mauer einzureißen, damit ich die Worte hören kann. Aber die *Tiefe* ist dick und elastisch wie eine Gummimatte. Ich werde zurückgeschleudert, falle auf die Knie, erstarre und kann mich nicht mehr rühren.

Der Sänger dreht sich zu mir um und sieht mich an. Es kommt mir vor, als würde er jetzt lauter singen. Trotzdem höre ich immer noch nichts. Ich bin durch die *Tiefe* gefesselt, in sie eingewickelt. Ich bin hilflos.

Mit einem Nicken wendet sich der Sänger wieder ab. Da geht mir auf, dass er der Loser aus dem Labyrinth ist. Der, den ich retten soll – retten und nicht vor ihm auf den Knien herumrutschen, erdrückt von dieser unsichtbaren Gummilast.

Aber ich habe einfach keine Kraft aufzustehen.

Hinterm Vorhang tritt jetzt am anderen Bühnenende ein weiterer Mann hervor. Er steckt in einem Camouflageoverall und hält eine Winchester in der Hand. Grinsend sieht er mich an und hebt die Waffe. Alex.

»Nein!«, schreie ich, aber der Ruf bleibt in der *Tiefe* hängen.

Alex schießt. Die Kugel durchschlägt den Griff der Gitarre, die Saiten kreischen auf und spulen sich zu straffen Ringen ein, die Blase aus Stille ist geplatzt. Jetzt, wo ich nicht länger von dieser Gummilast erdrückt werde, springe ich auf. Der Sänger stiert fassungslos auf seine zerfetzte Gitarre. Alex zieht den Abzug, doch ich renne bereits auf den Sänger zu, stoße ihn um und werfe mich vor ihn.

»Ich habe dich gewarnt!«, brüllt Alex.

Er feuert mir eine Kugel in die Brust. Sie zerreißt mein Herz, tritt wieder aus und durchbohrt den Sänger. Unter Krämpfen stirbt er.

Das war's. Ich habe versagt.

Ich stehe auf und stapfe auf Alex zu. Mein Herz schlägt bereits nicht mehr, aber was heißt das schon? Ich bin ein Diver. Der einzige Feind der *Tiefe*, der Hüter zwischen den Welten, derjenige, der nicht versagen darf. Ich bin daran gewöhnt, ohne Herz zu leben. So leicht bringt mich niemand um.

Der Saal hinter mir heult, applaudiert, pfeift und stampft mit den Füßen.

»Dir hab ich's gezeigt«, frohlockt Alex und lässt die Winchester sinken.

Jetzt tritt Vika hinter ihm hervor. Sie streckt mir die Hand entgegen, in der sie fette, graue Asche festhält.

»Ich habe diesen Stern gefunden«, flüstert sie und öffnet die Faust.

Die Asche fällt kreisend auf den Boden.

Da sterbe ich.

Als ich aufwache, atme ich gierig ein. Es tagt bereits. Die Luft ist berauschend frisch. Vika schläft an meine Schulter geschmiegt und eingerollt, weil sie friert.

Toller Traum!

Wie heißt es in einem Witz über Freud: »Weißt du, meine Tochter, es gibt auch Träume, die einfach Träume sind.«

Angeblich bringt es ja Unglück, im virtuellen Raum zu schlafen.

»Vika.« Ich berühre ihre Schulter, sie zuckt zusammen, wacht aber nicht auf.

Ich stehe auf und decke sie mit meinem Teil der Decke zu. Die Lampe im Gras brennt nicht mehr. Ich gehe ins Haus.

Es ist klein, hat nur einen Raum, ein Schlafzimmer, dazu Bad, Toilette und Küche. Ich hole Kaffeesahne,

Käse und Pastete aus dem Kühlschrank, koche auf dem kleinen Herd Kaffee, mache uns Brote zurecht, stelle alles auf ein kleines Tablett und kehre damit zu Vika zurück.

Sie schläft noch.

Tiefe, Tiefe, ich bin nicht dein ...

Oh, oh, da hatte ich ordentlich was weggeratzt. Inzwischen war es drei Uhr nachmittags.

Ich stapfte ins Bad, wusch mich und putzte mir sogar die Zähne. Mit dem VR-Helm unterm Arm marschierte ich ins Zimmer zurück, holte aus dem Kühlschrank eine Dose Limo, einen Joghurt und ein Stück Wurst. Eine idiotische Zusammenstellung – aber was spielte es schon für eine Rolle, was ich in der Realität aß? Hauptsache, mein Magen bekam was zu tun.

Jene Vika auf dem Computermonitor schlief ebenfalls. Ich schämte mich ein wenig vor dem Programm – das ich mit einem Menschen betrog.

Deep.

Enter.

Ich streichle jener fast echten Vika übers Haar. »Zeit aufzustehen«, flüstere ich.

Sie wacht auf. Verwirrt sieht sie mich an, doch kurz darauf lächelt sie. »Danke.«

»Wofür?«

»Weil ... ich so gut geschlafen habe. Das kommt nicht oft vor.«

»Ich habe Frühstück gemacht«, sage ich ihr.

»Dafür wäre ich doch zuständig«, erwidert sie mit einem theatralischen Seufzer. »Danke, Leonid.«

Wir trinken Kaffee und essen die Brote, irgendwo tief im Wald singt ein Vogel.

»Ich habe schlecht geträumt«, erzählt mir Vika.

»Etwas von einer Bühne?«, erkundige ich mich und mein Herz stockt, als sei es abermals von einer Kugel zerfetzt worden.

»Nein. Davon, dass ich einen gefallenen Stern gefunden habe, der aber schon erloschen war. Völlig.«

Jetzt hämmert mein Herz, und in meinen Schläfen pulsiert es schmerzhaft.

Ich sollte wirklich nicht im virtuellen Raum schlafen.

Welche Fäden sich wohl zwischen uns gesponnen haben, nachdem wir in der *Tiefe* eingeschlafen sind? Denn jedes Mal, wenn ich im Schlaf lautlos geflüstert oder eine Grimasse gezogen habe, jedes Mal, wenn ich die Muskeln angespannt oder die Wimpern bewegt habe, hat es einen elektrischen Impuls gegeben, der durch die *Tiefe* getragen worden ist.

Nur um die Frau neben mir zu berühren.

Die ebenfalls schläft.

Nur um in ihren Traum zu kriechen.

Es bringt Unglück, in der *Tiefe* zu schlafen.

»Wir gehen ihn morgen suchen«, sage ich.

Vika sieht mich mit ironischem Blick an. »Bist du etwa der Neffe eines Millionärs?«, fragt sie.

Ich zucke die Achseln.

»Ich würde dich gern wiedersehen. Einfach nur sehen.«

Sie zögert, bevor sie fragt: »Sag mal ... mache ich dich eigentlich nicht an?«

»Sexuell?«

Vika nickt.

»Doch.«

»Warum willst du dann nicht ...?«

»Das sollte nicht so leicht sein.« Und dann brauche ich eine Weile, ehe ich die Kraft finde hinzuzufügen: »Und es sollte nicht gekauft sein.«

»Ljonja, du drehst langsam durch.«

»Kann sein.«

»Du weißt doch überhaupt nicht, wer ich bin. Das hier ...« Sie führt ihre Hände ans Gesicht. »... ist eine Maske. Schminke. Ich kann sonst wer sein!«

Ich schweige. Du hast ja Recht, keine Frage.

»Ich kann eine alte Schachtel sein«, fährt Vika erbarmungslos fort. »Ein Monster. Ein abartiger Kerl. Hast du das vergessen?«

Nein, habe ich nicht.

Aber dass sie ein Mann ist, kann ich mir einfach nicht vorstellen.

»Mach keinen Mist, Ljonja! Verlieb dich nicht in ein Trugbild!«

»Ich will dich ja nur wiedersehen.«

»Komm in die *Vergnügungen* und verlange nach Vika«, entscheidet sie schließlich. »Ohne Auftrag. Okay?«

»Wird die Madame da nicht sauer?«

»Nein.«

»Gut.« Ich berühre ihre Hand. »Abgemacht.«

Wir trinken den restlichen Kaffee und essen die Brote auf. Vika sieht mich immer wieder an, sagt aber kein Wort.

Von mir aus.

Innerlich triumphiere ich jedoch. Innerlich bin ich konzentriert und sachlich.

Innerlich bin ich wieder zwanzig und flirte mit einer kapriziösen Frau in meinem Alter.

Nur dass ich im Unterschied zu dem jungen Mann von damals nicht ausschließlich ans Bett denke.

Als wir gemeinsam den Garten verlassen, tauschen wir noch ein paar belanglose Floskeln aus. Die Tür steht direkt im Gras, was mich an eine Szene aus einem alten Kinderfilm erinnert. Vika öffnet sie und geht als Erste in die Diele des Puffs, ich folge ihr.

Alles ist ruhig und leer.

Die Besucher kriegen einander nie zu Gesicht – schließlich kommen Fuchs und Gans hierher, um sich verwöhnen zu lassen.

»Ich muss los«, sagt Vika. »Mein Timer ruft.«

Ich nicke. Klar, der Timer, der ist heilig.

»Danke.«

»Wofür?«

»Für den gefallenen Stern.«

Ich habe den Eindruck, sie will noch etwas sagen, aber ihr bleibt keine Zeit.

Sie löst sich in Luft auf.

»Auf Wiedersehen«, flüstere ich und gehe die Treppe hinunter. Im Foyer hat bereits ein anderer Typ Dienst, ich zwinkere ihm zu und steuere, ohne seine Reaktion abzuwarten, auf die Ausgangstür zu.

»Revolvermann!«

Ich drehe mich um.

Madame steht auf dem oberen Treppenabsatz und lehnt sich aufs Geländer.

»Ich glaube, Sie haben einen Fehler gemacht, als Sie zu uns gekommen sind, junger Mann.«

»Vielleicht«, stimme ich ihr zu. »Aber das lässt sich nun nicht mehr ändern.«

Madame seufzt und wendet sich ab.

Soll sie.

Auf den Deep-Explorer kann ich verzichten, da – wie ich bei meiner Flucht gestern Abend bemerkt habe – der Ein- und Ausgang des Labyrinths nur fünf Minuten zu Fuß voneinander entfernt liegen. Während ich durch die vertrauten abendlichen Straßen von Deeptown laufe, halte ich unablässig nach einem Hinterhalt Ausschau.

Aber der Eifer meiner Verfolger muss nach der Jagd gestern verpufft sein. Vielleicht können sie sich einen weiteren Aufenthalt aber auch einfach nicht leisten.

»Ich bin der Revolvermann!«, schreie ich, als ich in den purpurroten Nebel des Torbogens trete. Als sich die Blicke auf mich richten, lache ich und recke die Arme zu dem von Blitzen durchzuckten Steinbogen hoch. »Ich bin der Revolvermann! Der Revolvermann! Der Revolvermann!«

III

Heute sind der Tod und ich eins.
So was kommt vor.

Ich ziehe mehr oder weniger offen durch die Levels, indem ich Monster abknalle und um die anderen Spieler einen großen Bogen mache. Genau wie die um mich.

Abgesehen von denjenigen natürlich, die noch wegen gestern sauer auf mich sind, sowie von denjenigen, die sich schon immer für Helden gehalten haben.

Aber die töte ich.

Zweimal hätte man auch mich beinahe kaltgemacht. Beim ersten Mal verliere ich all meine Waffen, so dass ich zum Beginn des neunzehnten Levels, einer Wasseretappe, zurückkatapultiert werde. Zwanzig Mann haben sich da gegen mich zusammengeschlossen, wobei mir schleierhaft ist, wie die Server des Labyrinths es schaffen, all ihre Handlungen zu koordinieren.

In meiner Wut bringe ich alle zwanzig um. Ich finde sie in den Sumpfpflanzen, die sich in der städtischen Kanalisation gebildet haben, und ziehe sie nacheinander unter Wasser, wo ich es bedeutend länger aushalte als sie, weil ich zwischendrin den virtuellen Raum verlassen kann. Dem letzten – Tolik, wenn ich mich nicht täusche – schneide ich mit dem Hochblatt des rasiermesserscharfen außerirdischen Riedgrases die Kehle durch. Das hat es im Labyrinth bisher nicht gegeben: dass du zum Töten etwas anderes als Waffen benutzen kannst.

Zum Schluss sammle ich ihre Ausrüstung ein und ziehe weiter.

Im vierundzwanzigsten Level, einer Brücke zwischen den Industriegebieten und den Wohnvierteln Twilight Citys, holt mich Alex ein.

Da bin ich gerade dabei, die Brücke zu überqueren, eine Übung, bei der es weniger auf deine Schießkünste als vielmehr auf einen guten Gleichgewichtssinn und Nerven wie Drahtseile ankommt. Zum Glück habe ich auf der Haarbrücke in Al Kabar bereits Erfahrungen gesammelt.

Kaum springe ich vom letzten Balken, gibt es eine gewaltige Explosion vor mir, während hinter mir auf der Brücke ein Feuerwirbel hochschießt; die Druckwelle schleudert mich gegen eine Betonbrüstung am Abhang.

Alex steht auf der anderen Seite der Schlucht, am Anfang der Etappe. Mit dem Fernglas, das ich in einem Geheimversteck im zwanzigsten Level gefunden habe, erkenne ich ihn in allen Einzelheiten. Er verfügt nur über einen Karabiner, einen Granatwerfer und ein paar MedKits, also nur über ein Minimum an Ausrüstung.

»Revolvermann!«, schreit er und fuchtelt mit dem Arm.

Trotz geladener Waffen schießt er nicht. Genau wie ich.

»Ich mach dich kalt, Mann!«, brüllt er. »Hörst du? Du bist schon so gut wie tot!«

Wir sind im ersten Level aneinandergeraten – und jetzt hat er es fast geschafft, mich einzuholen?! Ob er auch ein Diver ist? Ob auch er dem Orden der Allmächtigkeit nachjagt? Meine Nerven lassen mich im Stich und ich tauche aus der *Tiefe* auf, nehme Alex ins Visier und feuere drei Raketen auf ihn ab.

Er schafft es, sich wegzuducken, so dass die Raketen hinter ihm explodieren und irgendeinen armen Kerl zerfetzen, der gerade in die Etappe kommt. Alex hat jedoch auch etwas abgekriegt, er hockt da, schüttelt den Kopf und versucht, sich zu erheben. Ich richte den Granatwerfer auf ihn, lasse die Waffe dann aber sinken.

Meine Wut hat sich verflüchtigt.

»Gib auf, Lamer!«, rufe ich, schiebe den Granatwerfer über die Schulter und verlasse das Level. Falls er kein Diver ist, wird ihn die Brücke eine Menge Zeit kosten.

Im einunddreißigsten Level umzingeln mich ungefähr zweihundert Monster, angefangen von blöden und schwachen Mutanten über fliegende und springende bis hin zu sich durch Erde und Asphalt grabenden Teufeln.

Geschlagene sieben Minuten stehe ich am Beginn der Etappe und ballere aus der Eingangshalle eines Wolkenkratzers heraus auf die begeistert heranströmenden Monster. Irgendwann gehen mir die Munition für die Winchester und den Karabiner und auch die Granaten aus. Ich werfe die abgefeuerten Waffen weg. Zweimal werde ich verwundet, wofür ich ein paar MedKits opfern muss.

Schließlich birst das Glas der Eingangshalle, und eine halbtransparente Visage taucht in ihm auf. Nach wie vor stürzen Monster herbei.

Ich nehme die Plasma Gun von der Schulter und eröffne das Feuer. Da ich mir die wirksamste meiner Waffen bis jetzt aufgehoben habe, brauche ich mir um die Energiezellen keine Gedanken zu machen.

Das Level geht in Flammen auf.

Wie blaue Peitschen knallen die Schüsse über die Hochhäuser, Monster und anderen Spieler. Ich fackel einen ganzen Block ab.

Damit sind die Monster erledigt.

Ich stapfe durch die Ruinen.

Es folgen noch ein paar Angriffe, aber schon weniger massiv.

Am Ende des Levels stehe ich quasi mit leeren Händen da. Es ist wirklich eine miese Etappe. Natürlich können die Monster den Menschen intellektuell nicht das Wasser reichen, egal, wie sehr sich die Entwickler ins Zeug legen. Aber sie machen dir mit ihrer schieren Masse zu schaffen.

Im zweiunddreißigsten Level werde ich unverzüglich umgebracht: Gleich am Eingang feuert ein Typ eine Salve aus einer Winchester auf mich ab. Da ich, wie gesagt, keine Munition mehr habe, stürme ich auf meinen Feind zu, um ihm mit dem Schlagring eins überzuziehen, doch drei weitere Kugeln geben mir den Rest.

Also nehme ich einen zweiten Anlauf für das Level. Ohne kugelsichere Weste und nur mit einer Pistole, genau wie die Regeln es vorschreiben.

Ich schäume vor Wut, schieße wild auf den Dreckskerl, der die Winchester in seinen Händen hält, und sprinte im Zickzack auf ihn zu. Er lässt die Waffe tatsächlich fallen und kippt nach hinten. Während ich seinen Kopf auf den Asphalt hämmere, senke ich mit jedem Schlag seine Lebenskraft um ein Prozent. Er wehrt sich nicht mal mehr, sondern brummt nur euphorisch: »Ich habe den Revolvermann getötet! Ich habe den Revolvermann getötet!«

Ich nehme ihm sämtliche Waffen ab – leider sind es nicht sehr viele –, überlasse den halbtoten Idioten den Monstern zum Fraß und mache mich davon.

Zum Glück ist dieses Level eine Geschäftsstraße und deshalb relativ leicht. Eine Verschnaufpause für alle, die das Gemetzel in der Etappe davor überlebt haben. Endlose Reihen von Supermärkten und kleinen Läden. Solange du deine Nase nicht zu weit in sie hineinsteckst, bist du relativ sicher.

Ich erbeute einen Karabiner, einen Granatwerfer, eine kugelsichere Weste und Munition. Ohne in weitere Kämpfe verwickelt zu werden, erreiche ich den Ausgang.

Auf zum Loser – verflucht sei der Kerl!

Als ich das Gelände von Disneyland betrete (am prachtvollen Eingangstor liegt eine blutüberströmte Puppe und ein Haufen kleiner Knochen), schießt mir unwillkürlich der Gedanke durch den Kopf, dass der Loser längst gerettet ist.

Wäre ein guter Witz.

Aber nein, er kauert noch immer an seinem Platz.

Ich sehe mich lange um und präge mir die Umgebung ein. Als ich das Labyrinth das letzte Mal durchlaufen bin, hat es diesen Vergnügungspark noch nicht gegeben. Die dreiunddreißigste Etappe war unangenehm, aber absoluter Standard.

Der Loser sitzt gekrümmt vor der geschmolzenen Umzäunung der *Russischen Berge* – wobei ich eine Achterbahn eigentlich doch lieber *Amerikanische Berge* nennen würde. Auf der einen Seite schützt ihn das aufwendig gestaltete Häuschen mit der mechanischen Steuerung, auf der anderen eine Mauer, die ganz Disneyland umläuft. Ein guter Platz. Niemand kann sich unbemerkt an den Loser anschleichen. Ich hätte mich auch hier hingehockt.

Nur dass ich nicht so lange ausgeharrt hätte. Nicht knapp zwei Tage.

Ohne Deckung, mir erhobenen Armen und leeren Händen, gehe ich auf den Loser zu. Er reagiert nicht. Vielleicht schläft er ja.

Vielleicht ist er aber auch tot.

Im virtuellen Raum zu sterben ist eine unangenehme Sache. Ich habe das schon mal mitangesehen. Das Schrecklichste dabei war, dass die Leiche noch »lebte«, weiter durch die Straße gezogen und mit anderen Leuten zusammengestoßen ist. Dabei hat der Avatar in einem fort den Todeskrampf seines unglückseligen Herrn wiederholt. Nachdem man zwei Stunden damit zugebracht hat, seinen Verbindungskanal zu eruieren, ist er manuell abgeschaltet worden. Ist doch echt widerlich, wenn so ein Toter durch die Straße rennt.

Aber der Loser lebt noch und hebt den Kopf.

»Hallo!«, rufe ich. »Hello! Schieß nicht! Don't shoot!«

Er antwortet nicht. Aber er greift auch nicht nach der Pistole.

»Ich will dir helfen.« Als ich hinter mir Geräusche höre, fahre ich herum. Irgendein Typ mit Plasma Gun starrt mich mit irrem Blick an.

Mit einer Kopfbewegung bedeute ich ihm abzuziehen.

Ich brauche ihn nicht lange zu überreden. Er hat den Revolvermann erkannt – und nicht die geringste Absicht, in Erfahrung zu bringen, ob er sich mit meinen Schießkünsten messen kann.

»Lass uns miteinander reden!«, wende ich mich wieder Loser zu, während ich mich ihm nähere. »Okay? Ich bin dein Freund! Go steady!«

Er ist völlig apathisch, legt es nicht auf einen Schusswechsel an, ist aber auch nicht auf einen Freund erpicht.

Ich hocke mich neben ihm hin und nehme seine Pistole ganz behutsam an mich. Der Loser reagiert nicht.

»Verstehst du mich?« Ich schreie fast. Und tatsächlich lässt der Loser sich zu einer Antwort herab. Seine Lippen bewegen sich, und ich reime mir eher zusammen, was er sagt, als dass ich es höre. »Ja.«

Das ist doch immerhin etwas. Ein Landsmann.

»Bist du schon lange hier?«, taste ich mich weiter vor. Ob er bereits das Zeitgefühl verloren hat?

Ein Nicken. Auch das versteht er.

»Ist dein Timer eingestellt?«

Keine Reaktion.

Ich packe ihn bei der Schulter. »Ist dein Timer eingestellt?«, wiederhole ich. »Dein Timer?«

Der Loser schüttelt den Kopf. Scheiße. Schlechte Karten. Ich drehe mich um – Guillermo wird uns doch sicher beobachten – und rufe: »Haben Sie das gehört? Er kann nicht mehr raus! Ermitteln Sie seine Verbindung!«

Von dieser Aufforderung verspreche ich mir allerdings kaum was. So wie es aussieht, muss ich den Loser zum Ende der Etappe schleusen und ihn dort überreden oder zwingen, »EXIT« in den Rechner einzugeben.

Aber das sollte ja wohl möglich sein!

»Wir stehen jetzt beide auf und gehen zusammen hier weg«, rede ich so sanft auf ihn ein, als spräche ich mit einem Kind. Aber vielleicht ist der Loser ja tatsächlich ein Kind, das sich in Abwesenheit seiner Eltern am Computer zu schaffen gemacht hat. Dergleichen ist schon vorgekommen. »Kannst du gehen?«

Ein unsicheres Nicken.

»Dann lass uns erst noch etwas ausruhen.« Dieser Vorschlag ist völlig blödsinnig, klar, schließlich ruht sich Loser schon seit gut dreißig Stunden aus. Trotzdem mache ich in der Tonart weiter: »Wir ruhen uns aus, essen etwas und dann brechen wir auf. Du brauchst keine Angst zu haben, ich passe auf dich auf.«

Ich nehme die Gasmaske ab, denn in dieser Etappe ist die Luft ziemlich sauber, und hole den Beutel mit dem Essen heraus. Der Loser kriegt ein dickes Sandwich und eine Dose Limo. Virtuelles Essen enthält zwar keine Nährstoffe, intensiviert aber die Munterkeit, die man in der *Tiefe* zu spüren meint.

Ich beiße von meinem Brot ab, kaue und sehe Loser an. Der sitzt mit dem Sandwich in der Hand da. O nein, es wird kein Zuckerschlecken, ihn hier rauszuholen.

Wenn ich doch bloß einen Tag früher gekommen wäre!

»Iss doch was!«, fordere ich ihn auf. Ich strecke die Hand aus und nehme ihm die Gasmaske ab. Das Gummi hat ein rotes Oval auf seinem Gesicht hinterlassen, ansonsten sieht er aber gesund aus. Ein junger blonder Mann, nur die Augen sind etwas müde und leer. »Na komm, iss!«, dränge ich ihn.

Er führt das Sandwich an den Mund und beginnt langsam zu kauen. Na bitte! Und jetzt schön ein Häppchen für Mama, ein Häppchen für Papa, ein Häppchen für den Onkel Diver. Was, wenn er wirklich ein Kind ist?

»Ich heiße Revolvermann. Und du?«, frage ich ihn. Loser antwortet nicht, er ist zu sehr mit seinem Brot beschäftigt. »Wie alt bist du?«

Diese Frage ist eine echte Beleidigung, denn im virtuellen Raum sind alle gleich. Wenn Loser auch nur die geringste Erfahrung in Deeptown hat, dann durfte ich mit einer gepfefferten Antwort rechnen!

Aber er schweigt.

Er ist echt eine harte Nuss.

Andererseits wartet ja auch kein schlechter Preis auf mich. Und diesen Preis würde ich nicht mal für die vom Labyrinth ausgesetzte halbe Million hergeben. Den Orden der Allmächtigkeit kannst du nicht kaufen – wäre das möglich, wäre er wertlos.

»Geht es dir jetzt besser?«, erkundige ich mich. Loser nickt. »Prima. Dann steh auf!«

Als er folgsam aufsteht, gebe ich ihm seine Pistole zurück. Im dreiunddreißigsten Level hat diese Waffe einen rein symbolischen Charakter, vor allem in seinen Händen. Dafür fühlt sich der Loser jetzt sicherer, hoffe ich jedenfalls.

»Und jetzt gehen wir«, fordere ich ihn auf. »Ganz langsam und ruhig.«

Ich Idiot!

Ich habe den Schnapperdämon vergessen, der hinter der Ecke lauert. Ich habe vergessen, wie Guillermo ihn mir gezeigt hat. Stattdessen marschiere ich am Gitter der Achterbahn vorbei wie bei einer Parade.

Der Dämon ist entzückt, packt mich mit seinem überlangen Arm und wirft mich in die Luft. Er sieht aus wie ein Baumstumpf, dem Fangarme gewachsen sind, wobei der Stumpf vermutlich von einem Baobab stammt. In der Mitte sitzt ein Mund voll scharfer Zähne, aus dem Baumfuß wächst eine kräftige, siebengliedrige Pfote, die mich jetzt durch die Luft schwenkt, durchknetet und zu einem mundgerechten Fleischbällchen formt.

Die Pistole des Losers knallt ein paarmal, als er auf das Monster feuert. Ich hänge in der Luft und kann mich über seine seltsame Haltung nur wundern: Er hat den Oberkörper nach hinten gebeugt und die Schultern zurückgerissen, die Pistole hält er in der linken Hand.

Mit so einer Waffe tötest du keinen Dämon.

Trotzdem hört die Pfote plötzlich auf, mir die Rippen zu brechen und erschlafft, so dass ich aus drei Meter Höhe direkt in das gierig aufgerissene Maul falle.

Glücklicherweise ist das Monster inzwischen außerstande zu kauen und zu schlucken. Als ich wieder aus dem stinkenden Schlund herausklettere, gebe ich mir alle Mühe, mir die zehn Zentimeter langen Zähne nicht allzu genau anzusehen. An ihnen heften Fetzen von Kleidung. Nicht von meiner, wohlgemerkt.

Ich bin förmlich in Spucke gebadet. Die ihrerseits brutzelt auf meiner kugelsicheren Weste. Nachdem ich mich mit gelben, vertrockneten Grasbüscheln abgerieben habe, gehe ich zum Loser. Der ist schon wieder völlig entkräftet und schwach, in ihm steckt allem Anschein nach kaum noch Leben.

»Danke«, murmele ich. Sobald ich das MedKit auf den Arm lege, klickt es und verspritzt seine Medizin, dann löst es sich auf. Mich hat's ordentlich erwischt.

»Keine Ursache«, antwortet der Loser leise, aber klar. Nach dieser Aktion, nachdem er den Dämon bloß mit einer Pistole erledigt hat, will der Name so gar nicht mehr zu ihm passen.

Andererseits ist theoretisch alles möglich. Die Macher des Labyrinths haben wiederholt erklärt, jedes Monster könne mit einer Pistole oder sogar nur mit einem Schlagring getötet werden. Theoretisch. Wenn man den einzigen hyperempfindlichen Punkt seines Körpers kennt.

Aber bisher habe ich noch nie von einem solchen Wunder gehört.

Ich nehme das Gewehr von der Schulter und gebe es dem Loser. Der nimmt die Waffe irgendwie völlig geistesabwesend an sich.

Mir bleibt der Granatwerfer, in dem noch vier Granaten stecken. Aber wir würden jetzt ja versuchen, unsere Munition aufzustocken.

»Wie heißt du?«, frage ich.

Keine Antwort.

Zum Teufel auch, dann bleibst du eben der Loser.

Disneyland ist wirklich faszinierend. Keine Ahnung, ob es einem realen Vergnügungspark nachempfunden oder der Fantasie eines Game-Designers entsprungen ist. Doch die Monster in einem Riesenrad, die mit Feuerkugeln werfen, als wären es Schneebälle, sind bestimmt das Produkt einer kranken Fantasie. Der Anblick ist so spektakulär, dass ich ein paar Minuten zuschaue, bevor ich eine Rakete in die Achse des Riesenrads jage. Eine Explosion – und das Ding kippt langsam zur Seite weg. Die Bruchstücke fliegen zwanzig Meter weit.

Aus den Augenwinkeln heraus schiele ich zum Loser hinüber, um zu sehen, ob er diesen Anblick zu würdigen weiß.

Nicht ein Fünkchen Anerkennung.

»Gehen wir«, verlange ich. Allmählich gewöhne ich mich an meinen wortkargen Begleiter.

Wir kommen an den Wasserattraktionen vorbei. Nur dass in den Becken kein Wasser ist, sondern Blut. In einigen der mechanischen Boote, die über die purpurrote Fläche gleiten, sitzen Skelette, andere sind leer. Bei jeder Bewegung ist ein widerliches, feines Quietschen zu hören, schließlich ist das Getriebe nicht für *diese Art* Flüssigkeit gedacht.

Ekelhaft.

Es folgt eine ganze Familie von Mutanten, zwei Erwachsene und drei Kinder in bunten Kleidchen, die picknicken. Über einem kleinen Gaskocher braten sie einen Unterschenkel, der in einem Lederstiefel steckt. Ich opfere eine weitere Rakete.

Sie unternehmen nicht mal den Versuch zu fliehen. Das sind keine Kampfmonster, die sind nur gemacht, um dir Alpträume zu bescheren.

Denjenigen, der sich das alles ausgedacht hat, würde ich gern mal treffen. Um ihm eins in die Fresse zu geben. Und zwar nicht im virtuellen Raum.

»Wir haben es nicht mehr weit«, versichere ich dem Loser. »Du hältst dich gut.«

Er nickt, anscheinend dankbar. Warum sind die Diver des Labyrinths an dieser Aufgabe gescheitert? Der Loser kooperiert doch hervorragend.

Gemeinsam wehren wir die Attacke einer ganzen Herde kleiner Flugmonster ab. Der Loser schießt selten, aber präzise. Sobald die ledernen Flügel zerfetzt werden, knallen die plumpen Körper zu Boden und platzen.

»Gehen wir weiter«, sage ich.

Erst bei einem riesigen Betonfeld, über das langsam bunte kleine Autos kriechen, bleiben wir stecken.

In einem der Autos sitzt ein Junge. Ein kleiner, schwarzer Junge. Er fuhrwerkt mit dem Lenkrad herum, um drei Mutanten auszuweichen, die ihn mit meckerndem Gelächter über den Platz jagen. Als der Kleine am Zaun vorbeifährt, wirft er uns einen vor Angst wahnsinnigen Blick zu.

Der Loser legt das Gewehr an.

»Der Junge ist kein Spieler«, erkläre ich ihm müde. »Das gehört zum Programm. Hier kannst du Bonuspunkte sammeln. Wenn du den Jungen rettest und an einen sicheren Ort bringst, kriegst du eine Waffe oder eine Rüstung. Komm weiter, wir haben keine Zeit zu verlieren.«

Aber der Loser hat die Verbindung zur Realität offenbar gründlich verloren. Er ballert los. Drei Schuss, drei Mutanten. Sie versuchen zwar, sich zu wehren, indem sie Feuerkugeln auf uns werfen, aber der Loser schießt schneller und genauer.

Auf das Geknalle hin kriecht von irgendwoher eine Riesenspinne heraus und überzieht uns mit Salven aus einem MG, das ihr direkt aus der Visage herauswächst. Jetzt muss ich doch eingreifen. Ich jage ihr zwei Raketen haargenau unter den Unterkiefer. Sofort breitet sich Stille aus, nur der Junge weint, als er aus dem Auto klettert und sich auf den Boden hockt.

»Kommt mit!«, befehle ich. Wir brauchen den Jungen jetzt nur noch in einen Unterschlupf zu bringen, und schon können wir die ehrlich verdiente Ausrüstung einkassieren.

Wir setzen über die durch die MG-Salve zerstörte Umzäunung und gehen zu dem Jungen. Ich bleibe etwas zurück, um mit dem Fuß in den Resten der Spinne zu stochern, denn ich frage mich, ob ihr Maschinengewehr den Angriff überstanden hat.

Schleim, Chitin und Eisenbrocken, aber nichts, was wir gebrauchen könnten.

Der Loser kommt mit dem Jungen auf dem Arm zu mir. Das macht ihn mir mit einem Mal direkt sympathisch. Er ist ein Blödmann, der seinen Timer abgestellt und sich in der *Tiefe* verirrt hat, aber er ist kein schlechter Kerl.

»Wo sind deine Eltern?«, frage ich den Jungen, in der Hoffnung auf ein simples Programm, das nicht erst nach langen Gesprächen und fürsorglicher Zuwendung verlangt. Der Junge zeigt wortlos auf ein Gebäude. Wenigstens etwas!

Während wir uns dem Haus nähern, halte ich den Granatwerfer im Anschlag.

Beim Anblick der Eingangstür – sie hängt schief in den Angeln und quietscht, obwohl es windstill ist – schrillen sämtliche Alarmglocken in mir los. Im Haus selbst ist alles dunkel, die Fenster sind von innen mit blauem Moos zugewachsen.

»Ist das dein Zuhause?«, frage ich den Jungen. Der nickt.

Ganz vorsichtig trete ich ein.

»Verzeiht mir!«, flüstert der Junge. »Sie haben gesagt, sie lassen meine Mama frei, wenn ich ...«

Ich schaffe es gerade noch zurückzuspringen, so dass die Feuersalve an mir vorbeischießt. Im Innern des Hauses rollt polternd etwas über den Boden. Ich schicke meine letzte Granate durch die Tür.

Doch nach der Explosion wird das Gepolter nur lauter. Der Junge weint und zappelt auf dem Arm des Losers hin und her. Als der versucht, ihn festzuhalten, zerkratzt ihm der Kleine das Gesicht, entschlüpft ihm und stürzt durch die Tür.

»Mama!«, höre ich einen hohen Schrei. Es folgt ein dumpfes Schmatzen, danach ist es totenstill.

»Nichts wie weg hier!«, verlange ich, fasse den Loser beim Arm und ziehe ihn mit mir fort. Er würde dem Jungen jedoch am liebsten hinterherjagen, geradewegs hinein in das gastfreundliche Maul dieses ominösen Monsters.

»Warum?«, flüstert der Loser und dreht sich mir zu. »Warum hat er das gemacht?«

Wie sollte ich ihm die Logik der Schöpfer dieses Levels erklären – wo er alles, was hier passiert, für bare Münze nimmt?

»Man hat den Jungen gezwungen, alle Spieler in diesen Hinterhalt zu locken«, antworte ich. »Sie haben ihm gedroht, seine Mutter umzubringen. Deshalb hat er das gemacht.«

Der Loser schweigt, als denke er über meine Worte nach. »Und warum ist er ins Haus gerannt?«, fragt er schließlich.

Immerhin taut mein Schützling etwas auf.

»Weil er Angst um seine Mutter hatte.«

»Wir müssen sie retten«, verkündet der Loser und packt das Gewehr fester. Er beabsichtigt tatsächlich, sich in die Höhle des Löwen zu begeben.

»Sie sind bereits tot!«, schreie ich. »Sie sind gestorben, glaub mir!«

Er glaubt mir und lässt die Waffe sinken. Und zum Glück dürstet er nicht mal nach Rache.

Wir gehen weiter.

Mein Granatwerfer ist leer und der Loser hat noch zehn Kugeln in seinem Gewehr. Tolle Ausrüstung! Aber wir beabsichtigen ja bloß, einen wunderbaren kleinen Spaziergang zu machen! Als ich aus den Augenwinkeln heraus wahrnehme, dass hundert Meter vor uns ein Mann steht, der uns beobachtet, sinkt meine Stimmung endgültig in den Keller.

»Niete den da um!«, befehle ich.

Der Loser dreht sich mir verständnislos zu. »Weshalb?«

Eben! Wenn er das, was hier passiert, für bare Münze nimmt, dann wird er niemanden erschießen. Er ist nämlich ein anständiger Kerl.

»Gib mir deine Waffe!«, fordere ich ihn auf, ohne den Unbekannten aus den Augen zu lassen. Ist das Alex oder nicht? Mist! Wo ist nur mein Fernglas?

»Nein!«, entgegnet der Loser unumstößlich und versteckt die Waffe hinterm Rücken.

Ich hab nicht mal Lust, mich mit ihm zu streiten. Ich starre den Unbekannten nach wie vor an. Der mustert uns ganz genauso, bis er irgendwann hinter einem Haus verschwindet.

Anscheinend ist es nicht Alex gewesen.

»Gehen wir weiter, mein Sorgenkind«, fordere ich ihn auf.

Eine halbe Stunde später hat sich die Lage etwas verbessert. Die purpurroten Wolken am Himmel haben sich verzogen und der unbarmherzigen Sonne des Südens Platz gemacht. Wir haben den Ausgang von Disneyland fast erreicht. Der Loser hat den Angriff von zwei weiteren spinnenartigen Monstern abgewehrt, ich habe Munition für den Granatwerfer und eine Plasma Gun mit einer Energiezelle gefunden. Damit sieht die Sache gleich ganz anders aus.

Im Schatten einer zerstörten Pizzeria legen wir Rast ein.

Diesmal brauche ich den Loser nicht zu überreden, etwas zu essen. Er kaut konzentriert das letzte Sandwich und ich beobachte ihn. Okay, ich selbst muss nichts essen – aber du könntest mir ja was anbieten, du Lamer!

»Warum wolltest du diesen Mann umbringen?«, fragt der Loser.

Ich gestehe ihm lieber nicht, dass wir seine Ausrüstung gut hätten gebrauchen können. »Er hätte uns angreifen können.«

»Nein. Dick ist gut.«

»Dick?«

»Ja. Er hat versucht, mir zu helfen. Heute Morgen.«

Das will mir nicht in den Kopf.

Soll das heißen, uns verfolgt einer der Diver aus dem Labyrinth? Ohne zu intervenieren, ohne seine Hilfe anzubieten, aber auch ohne uns in die Quere zu kommen?

Reichlich merkwürdig.

»Ist Anatole auch gut?«, lasse ich einen Versuchsballon steigen.

Der Loser schüttelt energisch den Kopf. Er macht allerdings keine Anstalten zu erklären, warum er den zweiten Diver nicht leiden kann.

»Und ich?« Meine Neugier ist geweckt. Der Loser hört auf zu kauen. Er denkt nach.

»Das weiß ich noch nicht«, weiht er mich in seine Schlussfolgerungen ein, um dann in entschuldigendem Ton hinzuzufügen: »Wahrscheinlich eher gut.«

Jetzt, wo das Gespräch einmal in Gang ist, sollte ich die Gelegenheit nutzen. Behutsam fasse ich nach der Hand des Losers. »Du weißt, dass alles um uns herum nur eine virtuelle Realität ist?«

»Ja.«

Sehr schön, das ist schon mal die halbe Miete!

»Also ... wie heißt du nun eigentlich?«, frage ich.

»Das kann ich nicht sagen«, gesteht der Loser mit offenkundigem Bedauern.

»Sicher?«

»Ja.«

»Du befindest dich jetzt schon anderthalb Tage im virtuellen Raum. Das ist lange, sehr lange. Dein Körper ist müde, er braucht Ruhe, etwas zu essen, Wasser ...«

Ich hoffe darauf, dass meine Stimme die gleiche Wirkung hat wie die eines Hypnotiseurs.

»Ich muss hier raus«, stimmt der Loser mir zu.

»Und ich werde dir dabei helfen«, erneuere ich mein Versprechen. »Wir haben es fast geschafft. Sollte aber doch noch was dazwischenkommen, wäre es einfacher, dir auf einem anderen Weg zu helfen.«

Der Loser schluckt die Reste des Sandwichs hinunter und sieht mich fragend an.

»Gib mir deine Netzadresse«, bitte ich. »Das Labyrinth würde sich dann mit deinem Provider in Verbindung setzen, damit der jemanden schickt, der dich manuell aus der *Tiefe* herausholt. Deswegen musst du dich nicht schämen, ganz bestimmt nicht. Das passiert allen einmal.«

»Nein, das ist unmöglich.«

»Jetzt hör mir mal gut zu! Wenn du dich für das, was geschehen ist, so sehr schämst oder Angst hast ... dann fahre ich selbst zu dir nach Hause. Wo auch immer du lebst. Ich bin eine Privatperson. Das Labyrinth kann mich mal. Ich will dir bloß helfen! Glaubst du mir?«

»Ja.«

»Dann sag mir deine Adresse.« Einen Augenblick lang glaube ich, gewonnen zu haben. Ich bin wirklich bereit, die *Tiefe* auf der Stelle zu verlassen, mir ein Flugticket zu kaufen und zum Loser nach Hause zu eilen. Egal, ob er auf Sachalin oder in Magadan wohnt.

»Nein.«

Vor Wut schlage ich mit der Hand gegen die Mauer und verletze mir glatt die Finger. »Dann steh auf!«, befehle ich.

Disneyland verlässt du durch ein Spiegellabyrinth. Ein Labyrinth im Labyrinth. Mit einem Mal schwirrt mir der Kopf, als ich mir diese Matrjoschka aus virtuellen Räumen vorstelle.

»Wie du meinst«, sage ich bloß, als wir an einem alten Mann mit Bart vorbeigehen, der sich in eine steinerne Statue mit einem Stapel Reklameblättern in den Granitfingern verwandelt hat. Er sieht allen Spielern, die das Level verlassen, traurig hinterher. »Ich gehe voran. Halte dich dicht hinter mir, klar? Und versuche, den Feind als Erster zu entdecken. Du hast scharfe Augen.«

»Gut«, verspricht der Loser.

Wir betreten das Spiegellabyrinth. Zunächst ist es lediglich ein Gang, der mit Spiegeln ausgekleidet ist. Nach einer Weile verzweigt er sich jedoch, und Säulen kommen hinzu. Irgendwann verliere ich völlig die Orientierung. Mich umzingeln zehn Diver-und-Loser-Paare. Die Welt zersplittert, dreht sich, schwimmt.

Scheiße.

In echten Spiegelkabinetten, die man so gern in billigen Fantasy-Spielfilmen zeigt, ist alles anders. Da verwechselst du nie Realität und Illusion, sosehr sich die Regisseure auch ins Zeug legen.

Hier dagegen bemerkst du keinen Unterschied zwischen beiden.

Ich spiele mit dem Gedanken, die *Tiefe* zu verlassen. Aber das würde nichts bringen, die Bilder würden dann bloß Zahlen weichen. Gespiegelten Zahlen.

»Bleib dicht hinter mir, Loser!«, befehle ich noch einmal und benutze automatisch den Namen, den Guillermo ihm gegeben hat. Der Loser protestiert nicht.

Nachdem wir geschlagene zwanzig Minuten durch das Labyrinth geirrt sind, gelangen wir endlich in einen großen Saal.

Der, ein dreizehnseitiges Prisma, ist natürlich ebenfalls verspiegelt.

An jeder Wand steht ein Computer und verheißt den Ausgang.

Weiter oben liegen Balkone, auf denen paarweise Monster lauern. Solche wie die habe ich bisher noch nie gesehen. Riesige Froschaugen, lange Arme, ein schuppiger Körper. Der Rest ist wie bei einem Menschen. Und sie tragen alle Gewehre.

»Zurück!«, schreie ich. Der Loser zuckt zusammen und springt zurück, in den Spiegelgang hinein. Doch da ballern die Monster schon los.

Die Kugeln durchlöchern den Spiegelboden, scharfe Nadeln bohren sich mir in den Körper. Ich feuere wahllos auf einen der Balkone, obwohl ich genau weiß, dass nur einer von ihnen echt ist, dass alle anderen lediglich Spiegelbilder sind.

Ein Feuersturm tobt, der Spiegelsaal füllt sich mit Rauch.

Schüsse krachen. Mein rechter Arm wird verletzt, ich zittere vor Schmerz und wechsle den schweren Granatwerfer auf die linke Schulter. Ich habe nicht mal die Zeit, den virtuellen Raum zu verlassen.

In dem Moment stürmt der Loser wieder zu mir.

Seite an Seite feuern wir auf diese verfluchten Spiegel, die mit spöttischem Klirren bersten. Ich werde noch einmal verwundet und schreie, schieße aber weiter.

Nachdem auch die letzte Granate nicht die echten Monster erwischt hat, schleuder ich den Granatwerfer zu einem der drei noch intakten Balkone hinauf – und treffe auf Glas! Daraufhin lege ich die Plasma Gun an und entscheide mich zwischen den beiden letzten Balkonen.

Daneben.

Die blaue Feuerpeitsche knallt über den Spiegel, der sich daraufhin trübt.

Damit ist die Energiezelle leer.

Eines der Monster ist tot, entweder von einer Kugel getroffen oder von Spiegelsplittern aufgeschlitzt. Aber das zweite schießt weiter, hat sein Gewehr auf mich gerichtet und zieht den Abzug.

Der Loser wirft sich vor mich.

Er kriegt die ganze Salve ab und sackt zu Boden. Das Monster lädt fix nach – während ich wie versteinert dastehe und nicht begreifen kann, was geschehen ist.

Abgesehen davon könnte ich auch gar nicht mehr reagieren, denn meine ganze Munition ist verpulvert.

Da schlägt mit ohrenbetäubendem Knall ein Schuss direkt über der Schulter des Monsters ein. Eine Feuerkugel lodert auf und verbrennt das Untier völlig. Wild um sich peitschend sucht sich die Kugel weitere Ziele.

Eine BFG9000.

Eine Waffe, die ich mir bei meiner hastigen Tour durch die Levels nicht habe besorgen können.

Ohne mich um den Schützen zu kümmern, beuge ich mich über den Loser.

Sein Gesicht ist eine blutige Masse, die Brust ist von Kugeln zerfetzt, aber noch lebt er, noch bleiben ihm jene fünf Sekunden, die das Spiel ihm zum Abschied schenkt.

»Ein Spiegelbild ...«, flüstert er.

Ich wische ihm mit der Hand das Blut aus dem Gesicht und stehe auf.

Hinter mir steht ein rotblonder Mann in voller Rüstung und mit Waffen behangen wie ein Weihnachtsbaum mit Spielzeug. Sein Gesicht ist ruhig und ausdruckslos, der Atemfilter baumelt unter seinem Kinn.

»Es ist nicht so leicht, die Leibgarde des Prinzen der Außerirdischen zu töten«, sagt er. Eine leise Stimme, aus der dennoch überbrodelnde Gefühle herauszuhören sind.

»Du bist ein Diver«, flüstere ich.

»Genau wie du.«

Wie ein Mensch sieht jener Riese in Rüstung, der uns verfolgt hat, nicht gerade aus.

»Anatole?«

Er nickt, und da erinnere ich mich an den Diverkodex. »Leonid«, stelle ich mich vor.

Der Diver des Labyrinths nickt noch einmal und schultert die gigantische BFG9000 wieder. Wahrscheinlich haben wir uns schon mal bei irgendeiner Versammlung getroffen. Nur hat er da in einem anderen Körper gesteckt, genau wie ich. Anatole tritt an den Loser heran und betrachtet sein Gesicht. »Wie immer«, sagt er.

Er gibt ihm einen leichten Fußtritt, als wolle er sich überzeugen, dass der Loser wirklich tot ist.

Woraufhin ich ihm eins in die Fresse haue. Mit einer solchen Wucht, dass Anatole gegen die Mauer knallt.

1000

Es trennt uns Dick, der zweite Diver des Labyrinths, der, den der Loser als guten Menschen bezeichnet hat.

Allerdings erst, nachdem wir uns schon fünf Minuten geprügelt haben. Dabei wollen wir uns gar nicht erledigen, sondern bloß unsere Wut und unsern Hass abbauen. Dick schiebt den Lauf seiner BFG9000 durch unsere verknäuelten Körper und sagt leise: »Noch drei Schläge, und ich schieße!«

Anatole linst zu ihm hinüber, holt aus und verpasst mir einen letzten Schwinger unter die Rippen. Ich ringe nach Luft und trete ihm in die Eier. Jetzt krümmt sich Anatole vor Schmerz.

Dick wartet ungerührt auf den dritten Schlag, doch da werden wir friedlich.

»Na bitte«, brummt Dick und lässt die Waffe sinken. Er spricht ein klares Russisch, fast ohne Akzent. »Verdammt nochmal, ihr seid Diver!«

»Der da ist ein bekloppter Lamer!«, zischt Anatole. »Dieser Schwachkopf!«

»Mach mal halblang«, pfeift Dick ihn zurück. »Er hat sich gut geschlagen, ich habe ihn beobachtet. Nicht immer fair, aber immer überzeugend.«

Dick ist eher klein, mager und agil. In diesem Duo hat er das Sagen. Anatole erwidert kein Wort und wischt sich das Blut aus dem Gesicht.

Ich folge seinem Beispiel.

»Du hast deine Sache wirklich nicht schlecht gemacht«, sagt Dick. »Nur ist das alles nicht so einfach, wie es auf den ersten Blick aussieht.«

»Das habe ich inzwischen auch begriffen«, erwidere ich, während ich den Blick vom Körper des Losers löse. »Was geht hier vor?«

»Erklär du es ihm, Anatole!«, bittet Dick und setzt sich auf den verrußten, geborstenen Spiegelboden.

Anatole verzieht das Gesicht, als habe man ihm befohlen, eine Handvoll Blutegel zu essen. Dennoch gehorcht er.

»Was hast du denn geglaubt, du DAU, dass wir die reinsten Idioten sind?«, blafft er.

»Das kannst du sicher besser entscheiden«, gifte ich zurück.

»Wir haben jede Stunde versucht, ihn hier rauszuschleusen!«, poltert Anatole. »Ich siebenmal, Dick achtmal! Geht das in deinen Schädel, du Frischling?! Wir kennen hier jeden Winkel! Wir wittern förmlich, wenn sich was verändert! Kapiert?«

So schwer ist das ja nicht.

»Guillermo hat dir doch gesagt, dass wir versuchen, den Jungen rauszuholen, oder?«, erkundigt sich Dick in gelangweiltem Ton.

»Mhm.« Ich betaste meine gebrochene Nase.

»Wunderbar!« Nun kommt auch Dick in Fahrt. »Dieser ...« Er schluckt die Beleidigung hinunter und winkt müde ab.

»Was willst du von ihm?«, fragt Anatole direkt.

»Von wem?«

»Vom Loser!«, brüllt Anatole. Er hat eindeutig die Absicht, den Loser noch einmal zu treten, um mir klarzumachen, wen er meint, kann sich aber gerade noch rechtzeitig bremsen. »Also? Was willst du von ihm? Bist du pleite, dass du auf unsern Job scharf bist?«

»Ich würd mich nicht in eure Arbeit einmischen, wenn ihr sie ordentlich hinkriegen würdet!«

»Anatole hat Recht«, mischt sich Dick ein. »Was willst du von ihm?«

»Nichts.«

»Jetzt hör mir mal zu, Freundchen! Wenn du seine Adresse hast, dann hol ihn manuell raus!«

»Die hab ich aber nicht«, erwidere ich. »Das kannst du mir glauben! Er ist nur ein Klient für mich. Ich habe den Auftrag bekommen, ihn zu retten!«

»Von wem?«

»Das weiß ich auch nicht. Mein Auftraggeber hatte nämlich kein Gesicht.«

Ich lauere auf ihre Reaktion, doch die bleibt aus. Meine Anspielung auf den Mann Ohne Gesicht halten sie für eine rein rhetorische Figur.

»Wir liegen echt in der Tinte«, murmelt Dick.

»Sitzen«, korrigiert ihn Anatole automatisch.

»Danke.« Dick sieht mich an. »Wie heißt du?«

»Leonid. Ljonja.«

»Du kennst mich unter dem Namen Crazy Tosser!«, stellt er sich mir vor.

Ist das zu fassen? Crazy Tosser ist einer der ältesten und angesehensten Diver. Ein lustiger dicker Herr in mittleren Jahren. Zumindest erscheint er so bei unseren Treffen.

Hier verdient sich Tosser also seine Brötchen ...

»Also, Leute, ich bin nicht auf euren Job aus«, sage ich. »Ich habe einen konkreten Auftrag. Ich soll den Loser retten. Und diesen Auftrag konnte ich nicht ablehnen.«

Daraufhin entspannen sich die beiden sofort. Anscheinend hat mein gestriger Durchmarsch durch die Levels des Labyrinths ganz konkrete Ängste in ihnen ausgelöst.

»Du bist ein Doomer, oder?«, fragt Anatole. »Noch einer von der alten Garde?«

»Ja.«

»Also ... das war echt nicht schlecht«, meint Anatole und wendet sich ab. »Ich habe ein paar Geschichtchen über dich gehört. Selbst wenn du die Hälfte davon vergessen kannst, trotzdem ... alle Achtung!«

»Danke«, sage ich. Ja, ja, für etwas Anerkennung ist sogar ein Frischling offen.

»Aber den Loser kannst du nicht retten«, behauptet Dick.

»Was?«, frage ich verwirrt.

»Es ist unmöglich.«

»Dick ist der Pessimist von uns beiden«, grinst Anatole. »Gut, setz dich, ich erklär's dir.«

Wir setzen uns um den Loser herum, und Anatole fängt an zu erzählen. Ich höre zu, sortiere die nebensächlichen Details aus und präge mir nur die grundsätzlichen Fakten ein.

Der Loser rückt weder mit seinem Namen noch mit seiner Adresse raus.

Der Loser ist ein exzellenter Schütze – und mit etwas mehr Glück würde er das Labyrinth in vierundzwanzig Stunden durchlaufen und alle Preise einheimsen.

Der Loser schießt nie auf Spieler.

»Wie bitte?«

»Du hast ganz richtig gehört. Er schießt nie auf Spieler. Monster nietet er um«, brummt Anatole, »da kannst du direkt neidisch werden. Aber auf Menschen hat er nicht einmal geschossen. Als ich das zweite Mal versucht habe, ihn rauszubringen, ist uns genau das zum Verhängnis geworden. Ich habe natürlich angenommen, er würde nicht tatenlos zusehen, wie ...«

»Er *schwimmt*«, falle ich Anatole ins Wort. »Er nimmt alles für bare Münze ... Nein! Das stimmt auch nicht. Er weiß genau, dass er sich im virtuellen Raum befindet! Jedenfalls hat er mir das gesagt.«

»Eben«, sagt Anatole. »Die Orientierung hat er nicht verloren. Er übertreibt es einfach mit seiner Menschenliebe!«

»Vielleicht glaubt er an Gott«, schlage ich vor. »Oder ist Pazifist.«

Anatole zuckt nur die Schultern.

»Er ist also jedes Mal von anderen Spielern getötet worden?«

»Er ist vom Schicksal getötet worden«, wirft Dick ein. »Mal waren es die Spieler, mal die Monster, dann eine einstürzende Decke oder ein Querschläger. Er ist in flüssigem Asphalt ertrunken und aus großer Höhe abgestürzt. Er hat fünfzehn Tode auf dem Buckel, jedes Mal einen anderen.«

»Das gibt's doch nicht!«, bringe ich heraus. »Legt der es darauf an, oder was?!«

»Wenn er wirklich ein Selbstmörder ist, dann ein ziemlich durchtriebener«, erwidert Dick. »Es sieht nämlich immer wie purer Zufall aus. Nur sind es eben zu viele Zufälle.«

»Dick glaubt, dass es sein Karma ist«, erklärt Anatole. »Dass er dieses Schicksal irgendwie verdient. Und dass wir ihn hier nie rausholen, egal, was wir anstellen.«

»Das ist doch Unsinn«, sage ich. Dick lächelt nur. »Gibt es denn wirklich gar keine Möglichkeit, seine Verbindung auch gegen seinen Willen zu kappen? Ohne seine Adresse zu kennen?«

Die Diver des Labyrinths wechseln beredte Blicke.

»Tut jetzt bloß nicht so geheimnisvoll«, bitte ich. »Dafür ist die Sache zu ernst.«

»Es gibt da eine Möglichkeit«, gesteht Dick. »Anatole hat es ausprobiert.«

Ich sehe Anatole in Erwartung einer Erklärung an.

»Der dreizehnfache Tod«, rückt er widerwillig mit der Sprache raus. »Wenn ein Spieler im Abstand von weniger als fünf Minuten dreizehnmal hintereinander stirbt, wirft das Programm ihn ohne Angabe von Gründen raus. Das ist ein Filter für absolut unfähige Spieler.«

Ich verstehe das Ganze immer noch nicht.

»Genau das habe ich heute Morgen versucht«, fährt Anatole fort. »Ich habe den Loser nicht durch das Level geschleift, sondern bin mit ihm am Anfang geblieben und habe ihn immer wieder getötet. Dreizehnmal hintereinander, dann sogar noch zweimal extra, weil ich dachte, ich hätte mich verzählt. Fehlanzeige!« In mir explodiert etwas.

»Halt!«, schreit Dick und springt auf. »Noch einen Schritt, Leonid, und ich bring dich um! Das ist ein Spiel! Kapiert?«

Ich lasse von Anatole ab. Dick hat Recht, man darf an das, was im Labyrinth geschieht, nicht die Maßstäbe der realen Welt anlegen, ja, noch nicht mal die Deeptowns. Das hier ist die *Tiefe* in der *Tiefe*.

»Wie hat er darauf reagiert?«, will ich wissen.

»Ich habe ihm vorher alles erklärt!« Anatole ist ebenfalls auf hundertachtzig. »Glaub ja nicht, dass mir das Spaß macht! Ich habe ihm alles erklärt und ihm dann mit der Winchester einen Kopfschuss verpasst! Ich habe natürlich damit gerechnet, dass er Widerstand leistet! Beim ersten Mal wollte er noch wegrennen, aber danach hat er sich einfach hingesetzt und alles über sich ergehen lassen.«

Jetzt ist mir auch klar, warum der Loser nicht viel von Anatole hält.

»Das ist ein Spiel, Leonid«, wiederholt Dick. »Wenn du im siebzehnten Level weiterkommen willst, musst du einen Jungen erschießen, der an die Tür eines Tunnels gefesselt ist. Hast du das gemacht?«

Blöde Frage! Schließlich kannst du ihn ja nicht losbinden!

»Das war nur ein Programm, Dick. Ein Bild und eine Audiodatei.«

»Und wie viele Menschen hast du am ersten Tag erschossen, als du dir deinen legendären Ruf erworben hast?«, fährt mich Anatole an. »Komm mir jetzt ja nicht mit dem Gerede, dass das ehrliche Duelle waren! Du bist ein Doomer der alten Schule! Du bist ein Diver! Kein Held des Labyrinths hat bei einem Duell auch nur die Hälfte deiner Möglichkeiten! Du kannst aus der *Tiefe* herausspringen und spürst dann keinen Schmerz mehr! Du schießt, als wärest du auf dem Schießstand! Du marschierst über diese Haarbrücke wie ein Hochseilartist!« Er verstummt und blickt mich finster an. »Al Kabar ist doch deine Arbeit, oder?«

Ich nicke.

»Kompliment!« Anatole kühlt genauso schnell ab, wie er in die Luft geht. »Also, pass auf, Leonid, wir kommen dir nicht in die Quere. Versuche dein Glück! Aber wir räumen auch nicht das Feld! Immerhin ist das auch unser Job.«

»Und jetzt sind wir an der Reihe«, stellt Dick klar. »Komm in sechs Stunden wieder! Wenn wir den Jungen in dieser Zeit nicht herausgeholt haben, bist du wieder dran.«

Ich widerspreche nicht. Das hier ist ihr Revier, in dem ich nur zu Besuch bin.

Ich stehe auf und gehe zum Computer an der Wand.

»Hey, Leonid!«, ruft Anatole mir nach. »Weißt du, warum du die Leibgarde nicht töten konntest?«

Ich schüttel den Kopf.

»Programme können nämlich auch schummeln. Du kannst schießen, wohin du willst, es trifft immer die allerletzte Kugel.«

Vielen Dank für den Tipp. Über die Tastatur gebe ich meine Einstellungen ein.

»In sechs Stunden«, erinnert mich Dick. »Nicht eher!«

1001

Diesmal sind nicht so viele Leute im Säulensaal. Trotzdem kommt ein knappes Dutzend zusammen, die Bier trinken und ohne Frage auf mich warten.

Ich gehe an ihnen vorbei.

»Revolvermann!«

Als ich mich umdrehe, kommen zwei unbekannte Typen und eine langhaarige Frau auf mich zu.

»Ja?«, sage ich.

»Wer bist du?«, fragt mich einer von ihnen, ein Mann mit Brille und krummem Rücken. Viele Spieler wählen so ein harmloses Äußeres, um auf diese Weise ihre Gegner zu täuschen.

Eine Schießerei droht offenbar nicht. Soll mir recht sein. Gestern Abend sind alle kurz vorm Ausrasten gewesen, aber über Nacht haben sich die Gemüter beruhigt.

»Das spielt keine Rolle.«

»Was willst du hier, Revolvermann?«, nimmt mich die Frau ins Verhör. »Spielst du einfach nur?«

»Nein.«

»Was willst du dann? Wir haben beobachtet, dass du dich ziemlich lange im dreiunddreißigsten Level rumgetrieben hast. Was ist, steckst du fest?«

»Nein.«

Die Delegation tritt von einem Fuß auf den andern, bis der Brillenträger irgendwann die Arme hebt. »Schließen wir Frieden, Revolvermann?«

»Gern«, antworte ich ungläubig.

»Die Leute haben Angst, jetzt ins dreiunddreißigste Level zu gehen«, erklärt er. »Inzwischen hocken fast fünfzig Mann im zweiunddreißigsten. Wenn du nicht auf die Spieler schießt, lassen sie dich auch zufrieden. Einverstanden? Wenn nicht, wirst du zum Abschuss freigegeben. Und nicht nur in Twilight City.«

»Okay«, erwidere ich. »Aber unter einer Bedingung. Am Anfang des Levels sitzt ein Typ mit einer Pistole. Den müsst ihr auch zufrieden lassen.«

Der Brillenträger und die Frau sehen einander an. »Abgemacht, Revolvermann.«

Wir besiegeln unsern Deal per Handschlag.

»Kommst du mit ins *BFG*?«, erkundigt sich die Frau.

Das Abkommen sollte mit einem Bier gefeiert werden. Da ich mir sechs Stunden um die Ohren schlagen muss, nicke ich. Ein paar andere Spieler schließen sich uns an, so dass wir als geschlossene Gruppe den Säulensaal verlassen. Alex scheint nicht unter meinen Gefährten zu sein. Oder er tarnt sich mit einem neuen Körper.

»Hört mal, Leute, wenn sich jemand nicht an unsere Abmachung hält und mich angreift ...«

»Dann ist es das persönliche Problem von ihm und dir«, beendet der Brillenträger den Satz.

»Bestens.«

»Bist du ein Doomer, Revolvermann?«, will die Frau wissen.

»Ja.«

»Und du spielst schon lange?«

»Sehr lange.«

»Doom?«, fragt jetzt auch der Brillenträger.

»Nein, natürlich nicht. Angefangen habe ich mit dem Reich des Wolfes.«

Die Leute murmeln anerkennend. Das primitivste aller 3D-Spiele kennen die meisten nur noch vom Hörensagen.

»Neulich habe ich einen Typen kennengelernt«, berichtet die Frau, »der ist mit einem 386er nach Deeptown gekommen.«

»Was?«, fragt der Brillenträger ungläubig.

»Du hast richtig gehört! Ohne Helm und Anzug, sozusagen im Trockenschwimmen. Er hat gesagt, dass er Sergeant ist und irgendwo in der Tundra in einem Weltraumbahnhof sitzt. Die Ausstattung bei denen ist echt museumsreif. Immerhin hat er Internetzugang, über 'ne LAN-Verbindung. Er hat auf seinem 386DX40 das Deep-Programm installiert, ist durch irgendein Gate nach Deeptown gelangt und dann durch die Stadt spaziert. Er ist mir überhaupt nur wegen seines Gangs aufgefallen, die Schritte waren irgendwie abgehackt. Du hast sofort kapiert, dass er nur ein Billigmodem hat.«

»Glaub ich nicht!«, erklärt der Brillenträger kopfschüttelnd. »Mit so 'ner alten Kiste schaffst du es nicht in den virtuellen Raum!«

»Warum nicht? Wenn er ein FPU hat, klappt das ohne weiteres!«, widerspricht jemand.

Ein endloser Streit darüber, ob man auf einem IBM 386 in den virtuellen Raum gelangen kann oder nicht und wie weit eine Gleitkommaeinheit da etwas ausrichtet, bricht los. Ich mische mich nicht ein, sondern höre nur zu, obwohl ich die Antwort kenne.

Man kann es.

Ich habe auch auf einem 386er angefangen. Ebenfalls ohne VR-Helm und Sensoranzug, genau wie dieser Soldat, der sich klammheimlich nach Deeptown begeben hat.

Aber dieses Wissen behältst du besser für dich.

Während wir reden, gelangen wir zum *BFG9000*. Es ist ein tristes Gebäude, gehalten im Stil des Labyrinths, genauer gesagt in dem seines Vorläufers, Doom. Vor der schweren Eisentür stehen zwei Monster in Livree. Ich zucke automatisch mit der Schulter, um das Gewehr anzulegen, das ich aber gar nicht mehr trage. Das Komischste ist, dass ein paar andere genau den gleichen Reflex zeigen.

Die Spiele im Labyrinth gehen an niemandem spurlos vorüber.

Wir schieben die Türsteher in Monsterform beiseite und fallen ins Restaurant ein. Das Interieur ist mir bis in die kleinste Einzelheit hinein vertraut: Das ist das letzte Level von Doom 2. Die eine Hälfte des riesiges Saals ist von einer funkelnden grünen Flüssigkeit überflutet, die andere nimmt eine Steinterrasse ein, auf der kleine Tische stehen. Über der grünen Flüssigkeit prangt an der Wand die Fratze eines grauenvollen Dämons, aus dessen Stirn in regelmäßigen Abständen sich drehende Würfel herauspurzeln, die auf der Terrasse zerplatzen. Aus jedem von ihnen schlüpft ein kleines Monster, das kurz zwischen den Tischen herumwuselt, bevor es sich in Luft auflöst. Niemand achtet auf die Biester, denn im Unterschied zu den Monstern im Spiel sind sie völlig harmlos.

»Wie einfach die Levels doch früher waren!«, bemerkt einer aus unserer Gruppe. Ich schweige. Den würde ich gern mal in diesem Level erleben, selbst wenn es als bloßes 3D-Spiel gestaltet ist, ohne virtuelle Effekte. Ich wäre gespannt auf die Heldentaten der jungen Generation. Denn sogar früher ist es nur vereinzelten Spielern gelungen, das letzte Level ehrlich zu absolvieren, ohne den Unsterblichkeitscode einzusetzen.

Wir nehmen in unmittelbarer Nähe der grünen Flüssigkeit Platz, an mehreren Tischen, die wir zusammenschieben. Der Kellner ist ebenfalls ein Monster, eine fliegende purpurrote Kugel mit Glubschaugen.

»Bier!«, bestellt der Brillenträger. »Die Hausmarke! Für alle! Auf meine Rechnung!«

Kaum öffnet das Monster den Mund, ducke ich mich weg. Doch aus dem Maul fliegen keine feuerspeienden Schädel wie im Spiel, sondern beschlagene Bierkrüge.

Zwei Idioten lachen über mich, alle anderen wechseln verständnisvolle Blicke.

Wodurch unterscheidet sich ein Doomer von einem normalen Menschen? Eben dadurch, dass ein Doomer nie um die Ecke biegt, ohne sich überzeugt zu haben, dass die Luft rein ist.

Deshalb erkennen Doomer einander auf Anhieb. Deshalb erstaunt meine Reaktion die alten Spieler nicht.

Wir stoßen an.

»Auf den Waffenstillstand!«, bringt der Brillenträger einen Toast aus. »Zwischen dem Revolvermann und uns!«

Das Bier ist dickflüssig und dunkel, kein Guinness, aber etwas in der Art. Und es ist sehr stark.

Wie die Besitzer des Restaurants es wohl fertiggebracht haben, ein inexistentes Bier herzustellen, das als starkes durchgeht?

»Ich bin Damir«, stellt sich der Brillenträger vor.

»Revolvermann.«

Damir nickt, womit er akzeptiert, dass ich meinen Namen nicht nenne. Ich kann nicht sagen, warum, aber ich habe den Eindruck, dass er in der Realität das genaue Gegenteil seines Avatars ist, nämlich groß und muskulös.

Jedenfalls entspräche das dem typischen Vorgehen. Ich hab mal ein paar psychologische Studien zur *Tiefe* gelesen, in denen hieß es, in zwei von drei Fällen werde die virtuelle Figur als Gegenstück zum realen Körper entworfen.

»Warum bist du früher noch nie im Labyrinth gewesen?«, erkundigt sich Damir.

»Es hat mich nicht interessiert«, gebe ich zu.

Damir nimmt meine Antwort ohne jede Empörung zur Kenntnis – im Unterschied zu den jüngeren Spielern.

»Hast du 97 am Moskauer Doom-Turnier teilgenommen?«, will er wissen.

»Nein.«

»Trotzdem kenne ich deine Taktik«, behauptet Damir.

Wir trinken unser Bier. Ehrlich gesagt, bin ich froh, dass die Stammspieler vom Labyrinth sich auf den Waffenstillstand eingelassen haben. Wenn ständig die ganze Meute auf mich losginge, würden mich auch meine Diver-Fähigkeiten nicht retten.

Nach und nach füllt sich der Raum. Von irgendwoher taucht ein Kerl mit einer Gitarre auf, ein dunkelhäutiger Typ mit langen Haaren. Er lächelt verlegen, winkt und watet in das grüne Zeug hinein. Die Flüssigkeit zischt unter seinen Füßen. Er macht es sich auf einem Stuhl, der auf einem kleinen Betonsockel steht, bequem und stimmt mit aller Sorgfalt die Gitarre. Ich winke ihm ebenfalls zu, auch wenn er mich nicht im Körper des Revolvermanns kennt. Der Typ ist eine Legende in der *Tiefe*, ein Hacker alter Schule, obendrein ein Liedermacher. Wir sind uns schon lange nicht mehr über den Weg gelaufen. Normalerweise tritt er in den *Drei kleinen Schweinchen* auf, an denen er, glaubt man den Gerüchten, sogar einen kleinen Anteil hält. Da ihm das Labyrinth eigentlich egal ist, können wir uns alle glücklich schätzen, ihn heute zu erleben. Er streicht sich die Haare aus der Stirn und fängt an zu singen:

Es ist nass und kalt, klasse, einfach toll,
Sauwetter und Nebel, alle Schleusen offen!
Trotzdem grinse ich, weiß Gott, was das soll,
Die Stadt und ich, wir sind vom Nebel besoffen.

Die Frau klopft im Takt mit der Hand auf den Tisch, das Bier fließt in Strömen. Ich lerne alle kennen und bitte Vika vorsichtshalber, ihre Gesichter und Namen zu speichern. Im allgemeinen Lärm schüttelt mir ein Typ lange die Hand und pappt mir dabei einen einfachen Marker auf die Schulter. Ich tu so, als hätte ich es nicht bemerkt, umarme den Kerl in einer Gefühlsaufwallung – und gebe ihm bei der Gelegenheit den Marker zurück.

Such, Lamer, such!

Ich pflüg durch den Nebel wie durch die See
Wer weiß, vielleicht bin ein Schiff ich, vielleicht ein Wal.
Ich seh vor meinen Augen nur Pulverschnee.
In den Algenbäumen tut sich was, mit einem Mal.

Die Stimmung ist bestens, alle sind zufrieden, selbst der ach so gerissene Lamer.

Die Töne kenn ich nicht, hab sie vergessen,
Erinner mich an kein einziges Wort.
Will nur den Nebel in meinen Kopf reinpressen,
Falls es genug Platz gibt – dort.

Ich habe diesen berauschenden Nebel bereits ganz in mich hineingepresst. Deshalb erhebe ich mich und lächle den Spielern zu. »Ich muss los.«

Niemand fragt, warum, niemand überredet mich zu bleiben. Der Aufenthalt in der *Tiefe* ist schließlich kein billiges Vergnügen. Als ich mich zwischen den

Tischen hindurchzwänge, pfeifen die Würfel über mich hinweg, platzen und spucken ihre Monster aus. Es kostet mich einige Anstrengung, nicht in Deckung zu gehen.

Mir bleiben noch fünf Stunden, in denen sich die Diver des Labyrinths um den Loser kümmern. Aber aus irgendeinem Grund bin ich mir sicher, dass sie ihn nicht rausholen werden.

Ich biege in eine Gasse ein und bleibe stehen.

Tiefe, Tiefe, ich bin nicht dein ...

Nachdem ich den Helm abgenommen hatte, ging ich als Erstes zum Kühlschrank und nahm mir eine Limo, Wurst und einen Joghurt. Ich musste was essen.

Auf dem Bildschirm war alles ruhig. Der Revolvermann stand an eine Mauer gelehnt da, die wenigen Leute, die an ihm vorbeiliefen, achteten nicht auf ihn. Gerade huschte irgendein Männlein in die *Vergnügungen jeder Art* hinein.

»Aber nicht zu Vika!«, rief ich ihm hinterher.

»Das habe ich nicht verstanden, Ljonja«, antwortete mir Windows Home.

»Macht nichts«, sagte ich mit gesenktem Blick. »Ist alles in Ordnung.«

Mit einem Mal wurde ich nervös. Was, wenn tatsächlich jemand zu dieser anderen, der virtuellen Vika ging? Bei der Vorstellung, wie ich den inexistenten Puff zerlegte, musste ich grinsen.

Trotzdem schlang ich mein Essen jetzt hinunter.

»Ljonja«, sagte Vika, »ich muss dich an deine monatlichen Pflichten erinnern.«

»Dann mal los!«, brummte ich.

»Du musst deine Eltern anrufen«, fing Vika tadelnd an aufzuzählen. »Ich kann wählen, aber dafür brauche ich eine freie Leitung.«

»Nein.«

Das war natürlich mies von mir, aber ich wollte sie lieber erst am Abend anrufen.

»Dann sind die Miete und sämtliche anderen Kosten für die Wohnung zu bezahlen.«

Das sollte ich in der Tat nicht auf die lange Bank schieben. Wenn mir das Telefon abgestellt würde ...

»Danke.«

»Und die Wohnung ist aufzuräumen.«

Ich sah mich rasch um. Ja, der Boden müsste mal gewischt werden. Staubwischen könnte auch nicht schaden. Und die Heizung mit dem rostigen Ausfluss sollte ich gelegentlich streichen.

»Danke, Vika, wird erledigt.«

»Davon abgesehen möchte ich dich abermals darauf aufmerksam machen, dass mein Arbeitsspeicher häufig nicht ausreicht, um die mir gestellten Aufgaben zu bewältigen.«

»Klappe!«

Ich legte die Finger auf die Tastatur und fegte mit dem Ellbogen den leeren Joghurtbecher vom Tisch, damit er mich nicht störte.

Deep.

Enter.

Ich löse mich von der Mauer und betrete das Bordell durch die Glastür.

Madame kommt mir entgegen. »Sie kommen früh heute, Revolvermann.«

»Dafür bleibe ich nicht lange.«

Madame lächelt, streckt die Hand aus und berührt meine Wange.

»Hauptsache, Sie verdrehen meinen Mädchen nicht den Kopf, Revolvermann.«

»Ich werde mir alle Mühe geben«, antworte ich im Ton eines braven Jungen.

Madame nickt, scheint aber nicht sonderlich überzeugt. Sie wendet sich dem Security-Typen zu. »Bring ihn zu den Privatzimmern. Zu Vika.«

»Danke«, sage ich erleichtert. Madame winkt nur müde ab und geht zur Treppe, die in den ersten Stock hochführt. Der Security-Typ deutet auf die kleine Tür, neben der er steht.

Einigermaßen verlegen folge ich ihm.

Geradewegs ins Herz des Puffs.

Ein sauberer Gang, durch die Fenster sehe ich einen sommerlichen Wald, einen Fluss und die strahlende Sonne. Ach nee! Hatte Madame nicht gesagt, bei ihnen sei immer Abend? Aber es lechzen nun mal alle nach Sonne, was will man da machen?

Im Gang reiht sich Tür an Tür, an denen jedoch weder Nummern noch Namen stehen, sondern Bilder befestigt sind. Junge Katzen, Hunde, Mäuse und Hasen, fast wie im Kindergarten. Aus einer der Türen schießt plötzlich eine halbnackte Blondine heraus, kreischt auf, bedeckt ihre Brust theatralisch mit beiden Händen und stürzt zurück.

Ich versuche, eine steinerne Miene zu wahren. Hinter den Türen raschelt es, als ich an ihnen vorbeigehe. Wenn ich mich jetzt umdrehe – da bin ich mir sicher –, würde ich ein Dutzend neugieriger Gesichter sehen, die den Gang hinunterspähen.

Deshalb drehe ich mich nicht um.

Der Security-Typ bleibt vor einer Tür stehen, an der das Foto einer kleinen schwarzen Katze hängt, und klopft an.

»Ja?«

»Ein Besucher«, sagt der Security-Typ.

»Er soll reinkommen.«

Der Mann klopft mir leicht auf die Schulter und entfernt sich. Ein paar Frauen fragen ihn an halboffener Tür etwas im Flüsterton, er schweigt jedoch eisern.

Unter dem amüsierten Blick der Katze trete ich ein.

Das Zimmer sieht aus wie das Innere einer Berghütte. Durch das offene Fenster weht in Böen kalter Wind herein. Ein Fluss tost. Vika sitzt auf einem einfachen Holzstuhl vorm Fenster und betrachtet ihr Gesicht in einem kleinen Spiegel. Auf einem grob gezimmerten Tisch neben ihr türmen sich die neuesten Kosmetikartikel.

»Hallo!«, begrüßt sie mich. »Setz dich, ich bin gleich fertig.«

Ich nicke, bleibe aber stehen und sehe mich um. An den Wänden hängen Aquarelle, unbekannte Werke, die fast ausnahmslos Berge, Nebel und Kiefern zeigen. Auf den ersten Blick sehen sie alle gleich aus, Schmierereien, gedacht für den schnellen Verkauf. Aber als ich genauer hinschaue, nicke ich zustimmend. Das ist nicht einfach hingerotzt, das ist ein Zyklus.

»Wie würdest du sie nennen?«, fragt Vika, ohne sich zu mir umzudrehen. Braucht sie ja auch nicht, schließlich hat sie ihren Spiegel.

»Ich weiß nicht«, gebe ich zu. »Ich habe immer Probleme, Titel zu finden. Wie wär's mit ...?«

Ich gehe an der Wand lang und berühre vorsichtig die Rahmen. Mal mehrere Berge, mal nur einer, aber aus unterschiedlichen Perspektiven, gehüllt in dicke Nebelschwaden und mit kiefernbestandenen Hängen. Morgendliche Kälte und trockene dünne Luft. Der Bach plätschert, der Wind rauscht – als ob das Bild in der Lage sei, die Geräusche wiederzugeben.

»Labyrinth«, komme ich irgendwann zu einem Schluss. »Ich würde es *Labyrinth der Spiegelbilder* nennen.«

Vika zieht ihre Lippen nach. »Könnte passen«, erwidert sie. »Hauptsache, es klingt unverständlich. Dann verkaufen sich die Bilder besser.«

»Sind das deine?«

In den letzten Tagen steh ich echt auf der Leitung.

»Ja. Hättest du mir das nicht zugetraut?«

»Doch. Aber ich habe gedacht, du hast sie nur aufgehängt, weil sie dir gefallen.«

»Ihr Männer habt Ideen!« Vika erhebt sich endlich. Sie trägt ein weißes, knielanges Leinenkleid und Sandalen, um ihren Hals baumelt ein Kettchen mit einem Silberanhänger. »Ist das ein Kompliment bei der ersten Begegnung?«

»Bei der zweiten«, versuche ich zu scherzen.

»Nein, bei der ersten. Gestern Abend – das war Arbeit.«

»Dann werde ich jetzt mit den Komplimenten anfangen«, entgegne ich. »Du bist intelligent, schön, talentiert ...«

»Und pünktlich, vergiss das nicht.« Vika verbannt ihr Haar mit einem weißen Band aus der Stirn.

»Nein, lieber füge ich noch hinzu: großzügig. Sonst würdest du diese Bilder nicht verkaufen.«

»Quatsch«, fegt Vika das Kompliment beiseite. »Ich verkaufe die realen Originale. Die hier behalte ich. Und die sind besser.«

Vika entgeht, dass sie sich verplappert, was mich wiederum freut. »Weshalb besser?«, frage ich rasch.

»Sie geben Töne von sich.«

Also doch. Ich hatte mich nicht verhört, als ich aus den Bildern das Rauschen des Windes und das Plätschern des Wassers vernommen hatte.

»Hier entsteht eine ganz neue Kunst«, bemerke ich.

»Die ist schon vor langer Zeit entstanden. Sie – und noch viel mehr. Nur begreifen wir all das noch nicht als Kunst. Als der Höhlenmensch Hirsche auf die Felswände malte, galt das zu seiner Zeit ja auch nicht als Kunst.«

»So gesehen ist ganz Deeptown ein Kunstwerk.«

»Selbstverständlich. Vielleicht nicht die ganze Stadt, aber Teile von ihr mit Sicherheit. Komm mal her!« Vika packt mich ohne falsche Scham an der Hand und zieht mich zum Fenster. »Sieh mal!«

Das erklärt einiges. Vika hat nach der Natur gemalt – aber existieren in der Realität solche Berge?

Der mittlere Gipfel bestimmt nicht. Er ist mindestens zehn Kilometer hoch und ragt aus der Bergkette heraus wie ein stolzer Rebell. Die Wolken, die um seine Spitze ziehen, schaffen es nicht, ihn unter ihrer Mütze zu verbergen. Der Berg scheint in Streifen gegliedert, den dunkelgrünen der Wälder, den salatgrünen der Bergwiesen, den Schneering und das graue, tote Granit des Gipfels.

Zwischen unserer hoch gelegenen Hütte und diesem Giganten funkelt ein See. Er ist nicht sonderlich groß, zeigt dafür aber eine perfekte Kreisform. Ihretwegen würde ich ohne zu zögern behaupten, er sei gezeichnet. Dafür ist er jedoch zu lebendig. Das tiefblaue Wasser ist schwer, bildet fast schon Eis.

Ich schweige.

»Glaubst du etwa, das ist das hauseigene Ambiente für wählerische Kunden?«, will Vika wissen.

»Die können auf dergleichen getrost verzichten, nehme ich an.«

Wir sehen auf die Berge.

»Hast du lange gebraucht, um sie zu designen?«, frage ich leise.

»Zwei Jahre«, antwortet Vika leichthin.

Ich nicke. Nicht übel. Schließlich ist das keine landschaftliche Standardschönheit, die jedes Programm in petto hat. Selbst mit einem guten Fernglas würde mir wahrscheinlich nicht auffallen, dass noch was fehlt. Das Bild ist perfekt, in jeder Hinsicht.

»Ich würde da gern runtergehen«, sagt Vika, den Blick auf den See gerichtet.

Mit einem wortlosen Nicken willige ich ein.

»Nur dürfte daraus leider nichts werden«, erklärt sie seufzend. »Wenn wir ein Seil am Fenster festbinden, gelangen wir zwar ohne weiteres zu dem Pfad da unten.

Aber seit einem halben Jahr gibt es am Nordhang ständig Steinschläge. Wahrscheinlich ist der Pfad also verschüttet.«

Ich drehe mich ihr zu und sehe ihr in die Augen.

Nein, sie lügt nicht. Und sie verarscht mich auch nicht.

»Willst du etwa behaupten, dass das alles echt ist?«, frage ich. »Dass man da runtergehen kann? Oder diesen Berg hochsteigen und im See baden kann?«

»Das Wasser ist eiskalt, du würdest dich erkälten.«

»Aber es ist richtiges Wasser? Es schneit hier, gibt Lawinen und stürmt?«

Vika nickt.

»So ein Raum muss über einen eigenen Server laufen!«

»Über zwei. Einen brauchst du schon für die Landschaft, über den anderen läuft der Puff.«

Ich schlucke die kalte Luft runter. »Aber ... aber warum arbeitest du dann hier?«, frage ich. »Jede Firma würde dich mit Kusshand als Raumdesignerin nehmen, wenn du sie nur einmal durch dieses Fenster gucken lässt!«

»Dafür habe ich meine Gründe«, erwidert Vika in leicht erhobenem Ton – womit sie mir zu verstehen gibt: Die Frage hätte ich mir sparen können.

Freiheit für alle und in allem.

Ob es ihr einfach gefällt, eine virtuelle Nutte zu sein?

»Danke«, sage ich.

Vika runzelt fragend die Stirn.

»Dafür, dass ich das sehen durfte«, erkläre ich. »Das zeigst du doch nicht jedem, oder?«

»Nein. Was ist, krieg ich deine Arbeit auch mal zu sehen?«, erkundigt sich Vika lächelnd. Ich zucke zusammen. »Du hast gesagt, dass du dir keine Titel ausdenken kannst. Also musst du auch designen.«

Habe ich mich also auch verplappert. Und genau wie Vika hatte ich es nicht bemerkt.

»Ich zeichne schon lange nicht mehr«, gestehe ich. »Das hat sich so ergeben. Vielleicht ist das sogar besser, denn im Grunde habe ich dafür kein Talent. So was wie das hier würde ich nie hinkriegen.«

Vika widerspricht nicht mal der Form halber. Sie kennt den Wert ihrer Arbeit.

»Ich würde dich gern in ein Restaurant einladen, weißt du«, sage ich. »Wenn du einverstanden bist.«

»Nein.«

Ich komme mir ziemlich angespuckt vor. Dabei bin ich mir sicher gewesen, dass Vika die Einladung annehmen würde, dass ihr die *Drei kleinen Schweinchen* gefallen und dass wir am Fluss stehen würden, denn auch wenn ich diese Landschaft nicht designt habe, mag ich sie.

»Verstehe«, sage ich.

»Gar nichts verstehst du. Es liegt nicht an den Kunden, außerdem ist es sowieso gerade etwas ruhiger, und die Mädchen könnten mich vertreten. Nein, ich lade dich ein. In unser Restaurant.«

Jetzt blicke ich wirklich nicht mehr durch, nicke aber dennoch. Vika mustert mich kurz und zupft den Kragen meines Hemdes zurecht.

»Das geht«, stellt sie fest. »Dann komm!«

»Ist es weit?«

Vika lächelt bloß und nimmt eine kleine waschlederne Tasche vom Tisch. Als wir den Gang hinuntergehen, bemerke ich, dass die Türen diesmal nicht neugierig geöffnet werden.

»Wir sind gleich da.«

Wir halten uns an den Händen wie wohlerzogene Kinder bei einem Spaziergang. Der Gang endet vor einer Wendeltreppe, die wir nach oben steigen. Ich zähle sieben Wendungen, bevor ein schwerer Samtvorhang uns den Weg versperrt. Mir schießt der Gedanke durch den Kopf, der Raum sei umgestülpt und wir kämen jetzt ins Foyer im Erdgeschoss.

»Wundere dich über nichts«, empfiehlt mir Vika und geht voraus.

Ich folge ihr in der tiefen Gewissheit, dass ich ihre Bitte erfüllen werde.

Vor uns liegt ein Strand.

Der Sonnenuntergang taucht den Himmel in orangefarbenes und goldenes Licht. Das Meer atmet müde und streichelt das Ufer. Der Sand unter unseren Füßen ist schwarz, der Strand funkelt in der gleichen Farbe. Ich weiß, dass es solche Strände gibt – ich hätte nur nie gedacht, dass sie derart schön sind.

Am Strand stehen unter Sonnenschirmen weiße Tische, an ihnen sitzen Menschen. Richtige Menschen, keine programmierten Hülsen, das spüre ich gleich. Vor allem Frauen, nur an dem Tisch, der dem Meer am nächsten ist, sitzen zwei muskulöse Männer. Und an dem langen Bartresen lehnt ein hagerer Typ in Shorts.

»Das ist unsere *Recreation Area*«, erklärt mir Vika. »Suchen wir uns ein hübsches Plätzchen!«

Wir setzen uns an einen freien Tisch. Vika beugt sich zu mir. »Hier gibt es nur Selbstbedienung. Würdest du zur Bar gehen und mir einen Sekt holen?«

Durch den Sand watend mache ich mich davon. Drei Männer und zwanzig Frauen beobachten mich. Die ganze Szenerie wirkt völlig absurd, als ob ein fürchterlicher Taifun über den Strand getobt sei und sämtliche Häuser und Hotels weggefegt, einen Teil der Strandbar aber verschont hätte. Der Eindruck wird durch die Tür mit dem Samtvorhang, durch die wir gekommen sind, noch verstärkt: Sie steht völlig allein im schwarzen Sand.

»Hallo!«, begrüßt mich der Typ an der Bar und streckt mir die Hand hin.

Automatisch schüttle ich sie.

»Vika mag trockenen Sekt«, weiht er mich ein. »Aber nimm keinen französischen, nimm lieber Abrau-Durso, der ist links unter der Bar. Du bist zum ersten Mal hier? Zumindest habe ich dich noch nie gesehen. Heute ist nichts los, da sind alle Mädchen hier. Die werden sich deinetwegen das Maul zerreißen!«

Er rattert mit dem Eifer Robinsons los, der gerade Freitag getroffen hat. Obendrein verfügt er trotz einiger fehlender Zähne über eine beeindruckende Mimik.

»Du gefällst mir«, teilt er mir mit und kratzt sich den Bauch, der sich nach einem Sonnenbrand schält. »Echt, du gefällst mir total! Ha, ha! Hast du jetzt Schiss? Nein, ich arbeite hier nicht, das heißt, ich arbeite schon hier, aber nicht so. Den beiden da am Wasser, denen wirst du wahrscheinlich nicht bloß so gefallen!«

Ich versteh nur noch Bahnhof, ringe mir ein klägliches Lächeln ab, entnehme einem Kühler mit Eis eine Flasche Brut und schnappe mir zwei hohe Gläser.

»Puh! Was ich mir gestern für einen Sonnenbrand geholt habe!«, stöhnt derweil der Typ und zieht einen langen Fetzen verbrannter Haut ab. »Ich habe mit den Mädchen gewettet, dass ich verbrennen würde, aber sie wollten es mir nicht glauben. Und was sehen sie heute Morgen? Ich bin total verbrannt!« Er hält mir die verschmurgelte Haut unter die Nase. »Sieht doch echt gut aus, oder? Ich habe die ganze Nacht geschuftet, um diese Verbrennung hinzukriegen. Die würde man mir glatt aus den Händen reißen! Nur verkauf ich sie nicht!«

Unter eifrigem Nicken mache ich mich mit meiner Beute davon. Vika wartet auf mich und platzt beinahe vor Lachen.

»Was ist denn das für einer?«, frage ich, als ich mich auf den Stuhl plumpsen lasse. Das leise Rauschen der Wellen kommt mir wie ein Segen vor.

Vika lacht weiter, doch nach einer Weile wird sie wieder ernst. »Das ist unser Computergenie, ein Hacker und Kenner von Hard- und Software, der hier für die Sicherheit verantwortlich ist. Er heißt Computermagier. Du kannst ihn auch bloß Magier nennen, das mag er. Komm bloß niemals auf die Idee, ihn mit Zuko anzusprechen.«

»Zuko?«

»Hmm. Er liebt lösliche Getränke wie Zuko und Sprim oder andere Chemie. Deshalb nennen die Mädchen ihn Zuko, was ihn jedes Mal auf die Palme bringt.«

»Und warum ist er so ... komisch?«, taste ich mich vor.

»Ich weiß nicht. Vielleicht will er sich die Schwulen hier vom Hals halten, vielleicht ist er aber auch einfach von Natur aus so.«

Ich schiele verstohlen zu den beiden Typen am Wasser hin. Die mustern mich ganz offen und diskutieren etwas. Irgendwann schlägt der eine dem anderen sanft auf die Lippen, worauf sich dieser beleidigt umdreht.

Mir gefällt das alles nicht, aber Vika lächelt schon wieder. »Wozu braucht ihr diese Jungs?«, will ich wissen. »Reichen die Frauen nicht?«

»Du erinnerst dich an das Schwulen-Album?«

Das tue ich. Ein Teufel muss mich reiten, denn ich frage: »Und wo weiden die Ziegen?«

Wir lachen beide, die Anspannung fällt von mir ab.

»Das ist nur ein Programm«, gesteht Vika. »Wir können zwar in den Körper von Tieren schlüpfen, doch wir kriegen ihr Verhalten nicht hin. Die Tiere haben nicht viele Freier, aber dafür haben wir alles im Angebot. Vergnügungen jeder Art eben.«

Ich schenke uns Sekt ein, wir stoßen an.

»Für den Anfang nicht schlecht«, sagt Vika.

»Mhm, ganz anständig«, stimme ich ihr zu und stelle mein Glas ab.

»Nein, das bezog sich auf dich. Es gibt keinen schlechten Abrau-Durso. Ich war mir nicht sicher, wie du mit unserer Gesellschaft zurechtkommst.«

»Was soll an der schon Besonderes sein?«, frage ich im Ton eines Mannes, der jeden Tag mit Nutten und Schwulen durch die Gegend zieht.

Vika denkt nach. »Nein, da machst du mir was vor, so weit bist du noch nicht«, stellt sie fest. »Aber das schadet nichts. Immerhin stimmst du mir schon mit Worten zu. Irgendwann fängst du dann auch an, an diese Worte zu glauben.«

»Ist hier noch frei?« Der Computermagier steht vor uns, halb in sich zusammengefallen und geradezu mit einem Fragezeichen im Gesicht. »Ihr redet doch nicht über mich? Ich störe doch nicht? Ich darf mich doch setzen?«

»Setz dich«, bringt Vika mit einem gottergebenen Seufzer heraus. Der Magier lässt sich auf einen freien Stuhl plumpsen und befördert mit der Geste eines Zauberkünstlers hinter seinem Rücken ein Glas und auch eine weitere Flasche, offenbar Bananenlikör, zutage.

»Vielen Dank, Vikotschka!«, sagt er. »Ich habe schon gedacht, ich müsste allein an der Bar versauern! Darf ich dir was von meinem Likör anbieten?«

Statt zu antworten, schenkt Vika sich noch Sekt ein. Da ich den Likör ebenfalls ablehne, gießt Magier nur sich etwas ein.

»Auf unser Kennenlernen!«, toastet er. »Ich bin der Computermagier!«

»Und ich bin der Revolvermann«, antworte ich automatisch.

»Oh! Dann bring mich ja nicht um!« Der Magier sackt auf dem Stuhl nach hinten. »Das bist ja dann wohl du, der seit zwei Tagen für Aufruhr im Labyrinth sorgt, oder?

Vika, meinen Glückwunsch, da hast du dir einen abgeklärten Doomer an Land gezogen. Seinetwegen heulen alle Rotz und Wasser! Wie der mordet! Rechts und links bringt er alle um!«

»Stimmt das?«, fragt Vika.

Ich nicke.

»Hätte ich nie für möglich gehalten«, gesteht Vika.

»Wurde ja Zeit, dass ich dich auch mal überrasche.«

»Hör auf, im Labyrinth ein derartiges Chaos anzurichten, Revolvermann!«, verlangt der Magier. »Sonst reiche ich bei Madame Urlaub ein, marschiere im Labyrinth ein und mache dich kalt! Ich bin ja eigentlich ein friedlicher Mensch, aber wenn ich ausflippe, vergesse ich mich! Drei Mann müssen mich dann festhalten, zwei reichen nicht! Einmal zum Beispiel ...«

»Magier«, fällt Vika ihm ins Wort. »Wir stecken gerade mitten in einem wichtigen Gespräch. Geh doch zu Tina oder Lenotschka und unterhalt dich mit denen!«

»Ist ja immer das Gleiche«, murmelt Magier traurig. »Ja, ja, ich gehe schon. Niemand mag mich ...«

»Ich mag dich sehr«, widerspricht Vika. »Aber Tina ist seit gestern Abend depressiv. Heiter sie ein bisschen auf, das schafft niemand so gut wie du.«

»Kein Problem!« Der Magier strahlt. Er schnappt sich seine Flasche und tänzelt zu einem Tisch, an dem eine füllige schwarzhaarige Frau sitzt und konzentriert Wodka in sich hineinkippt.

Ich schüttle nur den Kopf.

»Wir leben hier in unserer eigenen kleinen Welt«, erklärt mir Vika. »In einer ziemlich ruhigen und friedlichen

Welt. Übrigens kommen die Mädchen immer in ihrem Standardkörper in diese Bar. Nicht in dem, in dem wir unsere Freier bedienen.«

»Dann ist das also dein virtueller Standardkörper?«
»Ja.«

Da wage ich mich noch etwas weiter vor. »Und dein Name? Heißt du wirklich Vika?«

»In der *Tiefe* ja. Deshalb durftest du mich überhaupt besuchen. Weil du meinen Namen erraten hast.« Sie lächelt traurig. »Am Anfang habe ich sogar gedacht, du seist ein Spion, ein Hacker oder ein Diver. Dass du hinter meine Identität gekommen bist.«

Mein Herz fängt wie wild an zu hämmern. »Und jetzt glaubst du das nicht mehr?«

»Wer weiß?« Vika zuckt die Achseln. »Aber du gefällst mir. Es wäre einfach schön, wenn das alles purer Zufall wäre. Schön und erstaunlich.«

Ehe ich ihr antworten kann, steckt eine Frau den Kopf durch die Tür. »Natascha, Tina, ins Foyer! Das grüne und das gelbe Album.«

Die Frau, zu der Magier sich gesetzt hat, wirft ihre Flasche Richtung Tür. Vika steht auf.

»Alice!«, ruft Vika in leisem, aber entschlossenem Ton. »Du übernimmst Tinas Kunden!«

Die Frau am Nachbartisch nickt, doch da springt Tina auf. »Vika, mit mir ist alles in Ordnung.«

Sie benutzt ein Übersetzungsprogramm, aber selbst das kann ihre Müdigkeit und Wut nicht vertuschen.

»Ich mime die Minderjährige, kein Problem. Ich hatte gestern Abend den Cappy, das war ein bisschen viel.«

Einer der Schwulen erhebt sich und schießt auf sie zu. Er umarmt Tina, flüstert ihr etwas zu und drückt sie zurück auf ihren Stuhl, den Blick fragend auf Vika gerichtet.

»Danke, Andrzej«, sagt sie.

Der Schwule und eine der Frauen verschwinden durch die Tür. Vika setzt sich und stürzt den Sekt in einem Zug hinunter. »Böcke«, keift sie mit völlig neuer Stimme. »Ihr Männer seid doch alle Böcke.«

»Wer ist dieser Cappy?«, frage ich sie.

»Ein Freier. Ein Stammkunde. Normalerweise übernehme ich ihn, aber gestern ... war ich schon beschäftigt.«

»Mit mir?«

»Ja«, antwortet Vika hart. »Die Mädchen sollen nicht mit ihm arbeiten, sie sind danach jedes Mal völlig fertig.«

»Was will er denn?«

»Das rote Album.«

»Daran erinnere ich mich gar nicht.«

»Es ist eine Einlage im schwarzen Album. Wir zeigen sie nicht jedem.« Vika steht auf. »Scheiße! Ljonja, tut mir leid.«

Ich stehe ebenfalls auf.

»Wolltest du mich nicht irgendwohin einladen?«, wechselt sie das Thema.

»Ja.«

»Na, dann mal los!«

Im Foyer halte ich nach Madame Ausschau, die jedoch wie vom Erdboden verschluckt scheint. Ich besorge ein

Taxi und nenne die Adresse der *Drei kleinen Schweinchen*. Nach und nach bessert sich Vikas Laune wieder. Obwohl mir etliche Fragen zu dem roten Album und Cappy unter den Nägeln brennen, stelle ich keine einzige.

Das geht nicht. Noch nicht.

»Ich habe dir jetzt gezeigt, wie wir leben«, sagt Vika. »Aufregend, oder?«

»Wie schon gesagt«, antworte ich, »nichts Besonderes.«

»Nichts Besonderes also?« Vika kramt Zigaretten aus ihrer Tasche und zündet sich eine an.

Ich mag es nicht, wenn Frauen rauchen. Nicht mal in der virtuellen Welt.

»Was hast du denn erwartet, Vika? Dass ich *Igitt* schreie? So bigott bin ich nicht! Oder dass ich vor Begeisterung ausflippe? Auch dafür sehe ich keinen Grund.«

»Tut mir leid, Ljonja.« Sie berührt flüchtig meine Hand. »Ich leide immer mit den Mädchen mit. Du bist also nicht schuld an meiner Stinklaune, du bist nur ein zufälliger Kunde, der auf der Flucht war und sich im Puff in Sicherheit gebracht hat. Und dann auf mein Foto abgefahren ist. Also sorry.«

Wir erreichen die *Drei kleinen Schweinchen*. Im virtuellen Raum gibt es keine Rushhour, dank der Zeitzonen hat sich dieser Begriff erübrigt. Trotzdem kommt es immer wieder zu einem zufälligen Andrang oder zu überraschender Leere. Jetzt zum Beispiel ist der Saal gerammelt voll.

Wir kämpfen uns zur Bar durch. »Hallo, Andrej!«, rufe ich dem Barmann zu.

»Hallöchen!«, erwidert Andrej, der gerade einem Gast einen Cocktail hinschiebt. »Und wer bist du?«

Huch! Das ist ja tatsächlich Andrej, nicht irgendein Programm.

»Leonid«, sage ich.

Andrej runzelt die Stirn. In diesem Körper hat er mich noch nie gesehen.

»Äh, Alter!«, flüstere ich deshalb mit schrecklicher Stimme. »Was'n los? Ist die Steuer hinter dir her? Oder hat dir jemand 'ne Datei geklaut? Raus mit der Sprache! Wir regeln das für dich!«

Andrej beugt sich über den Tresen. »Mann!«, ruft er. »Ich hab dich gar nicht erkannt! Wie groß du geworden bist! Ein richtiger Mann!«

Vika wartet geduldig, scheint sich aber nicht sonderlich wohlzufühlen. Offenbar macht das Ambiente sie nervös.

Womit es ihr genauso ergeht wie mir in ihrer Recreation Area.

»Für dich das Übliche?«, fragt Andrej und langt nach den Flaschen.

»Mhm, einen Gin Tonic, aber eins zu eins«, erwidere ich grinsend. »Ich bin's wirklich, das kannst du glauben. Wir würden jetzt allerdings gern allein am Fluss sitzen.«

Andrej schielt unter den Tresen, auf seinen Rechner.

»Sind etwa alle Kanäle dicht?«, frage ich entsetzt.

»Wir finden schon einen für dich«, versichert Andrej. Er streckt die Hand aus und tippt etwas. »Wär doch gelacht! Ha, Glück muss man haben! Da ist eine Verbindung gerissen! Beeilt euch, solange der Kanal frei ist!«

Ich fasse Vika bei der Hand und ziehe sie zur Tür in der Steinwand des Restaurants. »Einen individuellen Raum für uns beide«, befehle ich im Windfang. »Niemand sonst hat Zugang.«

»Zu Befehl«, raunt es von der Decke. »Niemand sonst hat Zugang. Ihr seid Gäste des Restaurants. Die *Drei kleinen Schweinchen* wünschen euch eine angenehme Zeit.«

»Nein, wie cool«, kommentiert Vika in ironischem Ton. »Bist du hier Stammkunde?«

»Ja.«

Ich verzichte auf nebensächliche Details wie jene Show, die ich mit der Steuerfahndung abgezogen habe, oder das Geplänkel mit den Dreckskerlen, die Andrej die Finanzdateien klauen wollten. Wenn ich mir diese Bande mittelmäßiger Hacker nicht vorgeknöpft hätte, hätte Andrej ziemlich tief in die Tasche greifen müssen. Entweder für eine Schutzgeldbande oder für die Steuerinspektion von Deeptown. Aber so konnte alles in schönstem Einvernehmen geregelt werden, sogar die Schutzgelderpresser waren am Ende zufrieden. Damit, dass sie so glimpflich davongekommen sind.

Wir treten in den Herbst hinaus.

Vika bleibt kurz stehen und sieht sich um. Sie klaubt ein welkes Blatt vom Boden auf und zerdrückt es, berührt die Baumrinde.

Ich warte. Ich lasse mir auch immer Zeit, wenn ich einen neuen virtuellen Raum betrete. Obendrein tauche ich sogar noch aus der *Tiefe* auf, um die Konstruktion zu begutachten. Vika steht diese Möglichkeit zwar nicht zur Verfügung, doch Raumdesigner haben ihre eigenen Methoden.

»Nicht schlecht«, urteilt sie. »Da könnte sogar Karl Sigsgaard dahinterstecken ... So gut wie er wäre ich auch gern!«

»Du bist nicht schlechter als er«, tröste ich sie.

»Nein, es gibt Bereiche, da ist er eindeutig besser«, hält Vika dagegen. »Er hat ein hervorragendes Gespür fürs richtige Maß, ich schieß manchmal übers Ziel hinaus.«

Sie tritt wie ein Kind mit dem Fuß in die Blätter, die aufwirbeln und wieder niedersegeln.

»Komm!« Ich nehme ihre Hand und führe sie zum Fluss. Der Tisch ist wie für ein Festessen gedeckt. Auf einer großen Platte wartet die Spezialität des Hauses, Schweinebraten. Auch mein geliebter Glühwein steht bereit, dazu eine stattliche Auswahl an Rot- und Weißweinen.

Vika achtet gar nicht auf den Tisch, sie blickt vom Abhang aus in die Ferne. Ich stelle mich neben sie. Am gegenüberliegenden Ufer zerrt der Fluss an den Zweigen eines entwurzelten Baumes. Vermutlich hat es einen Sturm gegeben. Auch dieser Raum lebt, genau wie Vikas Berge.

»Danke«, sagt Vika. Eine warme Woge durchläuft mich. Ich würde ihr gern noch das Meer zeigen und ein Stück vom alten Moskau, beides grenzt ja an das Restaurant an. Aber das kann warten. Wir haben noch genug Zeit vor uns, da bin ich mir sicher.

Wozu wäre das denn sonst alles gut?

»Irgendwie verlasse ich meinen Raum ziemlich selten«, gesteht Vika. »Ich weiß auch nicht, warum.« Sie zögert, bevor sie fortfährt: »Wahrscheinlich habe ich Angst, unseren Kunden zu begegnen ... sie so zu erleben, wie sie auch sein können. Als lustige, gute, anständige Menschen.«

»Warum das?«

»Weil sich dann herausstellt, dass alle Menschen zwei Gesichter haben. Und wir sind der allgemeine Abfalleimer, Leonid. Der Ort, wo du den ganzen Dreck ablädst, der sich in deinem Innern angesammelt hat. Die Angst, die Aggressivität, die unerfüllten Wünschen und die Selbstverachtung. Mit deinem Labyrinth ist es vermutlich nicht anders.«

»Das ist nicht *mein* Labyrinth. Ich habe da bloß was zu erledigen.«

»Dann hast du es leichter. Zu uns kommen die Rotzlöffel, die es nicht erwarten können, Männer zu werden, Männer, die genug davon haben, Männer zu sein, Jungen, die bei ihren Freundinnen nichts zu sagen haben und bei uns Mut fassen wollen ... Einige, die kommen, probieren alle Alben durch. Sie sagen: Man muss das Leben doch kennenlernen.«

Abermals verkneife ich mir die Frage, warum sie in den *Vergnügungen* arbeitet.

»Warum schleppen wir ausgerechnet das Schlechteste, das wir haben, mit in die Zukunft?«, will Vika wissen.

»Weil es nun mal da ist. Und wir es nicht loswerden. Stell dir doch mal vor, um uns herum gäbe es nur Gentlemen in Smokings, feine Damen in Abendkleidern, alle würden sich gepflegt unterhalten, höflich und kultiviert auftreten ...«

»Das kann ich mir beim besten Willen nicht vorstellen.«

»Ich auch nicht. Keine Veränderung der Gesellschaft, sei sie im Bereich der Technik oder der Wirtschaft, sei sie so komplex wie jene, die wir in der *Tiefe* erleben, wird je die individuelle Moral ändern. Wofür auch immer du kämpfst – für die Verachtung der Knechtschaft oder für Gleichheit und Brüderlichkeit, für Askese oder Laissez faire –, die Wahl trifft am Ende immer das einzelne Individuum. Es ist dumm zu glauben, dass die virtuelle Welt die Menschen schlechter macht, als sie sind. Und es ist absurd zu hoffen, dass sie sie besser macht. Uns wurde ein Werkzeug an die Hand gegeben – aber ob wir damit etwas bauen oder uns den Schädel einschlagen, hängt einzig und allein von uns ab.«

»Es geht nicht darum, ob der virtuelle Raum ein Werkzeug ist, Ljonja. Es geht darum, dass alle genau wissen: Wir sitzen zu Hause oder sind auf Arbeit, wir starren auf einen Bildschirm oder haben einen Helm auf. Und deswegen dürfen wir tun, was immer uns gefällt. Weil es ein Spiel ist. Weil es Fake ist.«

»Du hörst dich an wie eine Tjurinerin.«

»Nein, ihre Sichtweise gefällt mir auch nicht. Ich bin bestimmt nicht darauf erpicht, mich im Strom der Elektroimpulse aufzulösen.«

»Vika ...« Ich lege ihr die Hand auf die Schulter. »Es lohnt sich nicht, darüber zu grübeln oder sich deswegen Sorgen zu machen. Die *Tiefe* gibt es erst seit fünf Jahren. Sie ist noch ein Kind. Sie schnappt sich alles, was ihr unter die Finger gerät, redet dummes Zeug, lacht und weint, wie es ihr gerade passt. Wir wissen nicht, wie sie sein wird, wenn sie erwachsen geworden ist. Wir wissen nicht, ob sie

Geschwister bekommt, die besser sind. Wir müssen ihr einfach Zeit geben.«

»Wir müssen ihr ein Ziel geben, Ljonja. Wir sind in diese Welt eingetaucht, ohne zu verstehen, was wir eigentlich hinter uns lassen. Ohne gelernt zu haben, in der einen Welt zu leben, haben wir eine neue hervorgebracht. Und wir haben nicht die geringste Ahnung, wohin wir gehen sollen, welches Ziel wir ansteuern sollen.«

»Dieses Ziel wird sich ergeben«, halte ich dagegen, ohne allzu überzeugt davon zu sein. »Auch hier gilt: Gib der *Tiefe* Zeit, sich selbst zu finden.«

»Und wenn sie das schon getan hat?«, fragt Vika amüsiert zurück. »Wenn sie inzwischen zum Leben erwacht ist? Genau wie in der Fantasie von all den Leuten, die noch nie in ihr gewesen sind? Vielleicht leben unter uns inzwischen ja Menschen, die es in der realen Welt gar nicht gibt? Sozusagen Spiegelbilder des Nichts? Vielleicht existieren wir beide ja gar nicht? Oder all unsere Vorstellungen von der Realität sind nur die Fantasie des lebendig gewordenen Netzes?«

Mit einem Mal wird mir mulmig zumute.

Nein, ich bin nicht geneigt zu glauben, dass es mich eigentlich nicht gibt.

Und bei Vika bin ich mir da fast ebenso sicher.

Aber ich befürchte, ich kenne einen Kandidaten für ein Spiegelbild des Nichts.

Doch als sei es Vikas Ziel, mich um das letzte bisschen Verstand zu bringen, fährt sie fort: »Mal dir doch mal folgendes Szenario aus: Hunderttausende, vielleicht sogar eine Million Computer, die ständig online sind. Ein Strom von Daten schießt von Kontinent zu Kontinent, überflutet die Hosts und Router und landet in den Arbeitsspeichern der Rechner. Inexistente Räume leben und verändern sich nach ihren eigenen Gesetzen. Auch in ihnen fallen Blätter vom Baum, hinterlassen unsere Schritte Spuren, lösen unsere Stimmen Lawinen aus. Die Daten verdoppeln sich, geraten durcheinander, vermischen sich. Programme machen, was du ihnen sagst, sie kreieren Bilder und Avatare – aber wer weiß, wie schnell sich so ein Avatar mit echtem Verstand auflädt?«

»Jeder Hacker würde sich kaputtlachen, wenn er dich hören könnte«, bringe ich mit hölzerner Stimme heraus.

»Ich bin keine Hackerin. Ich nehme nur das, was um mich herum geschieht, mit offenen Augen wahr. Und ich frage mich, wie ein Mensch, den es ohne jede Vorwarnung nach Deeptown verschlägt, reagieren würde. Würde er die Stadt für real und lebendig halten? Was würde er in dem Fall zu all den ausgeflippten Spaßvögeln sagen? Oder zu den Menschen, die durchs Labyrinth rasen und sich voller Begeisterung gegenseitig umbringen? Zu den Psychopathen, die in die Puffs strömen? Um ihn herum gibt es alles, was er aus der Realität kennt. Himmel und Sonne, Berge und Meer, Städte und Paläste. Den Raum im Raum, verschiedene Epochen und Völker, Tugenden und Laster. Alles! Alles und nichts. Denn wir brauchen nur das, was wir in der Realität schon hassen. Tod, Blut, künstliche Schönheit und geliehene Weisheit. Was also würde die *Tiefe* über die Menschen denken, wenn sie denken könnte?«

Ich schweige. Und ich denke an den Loser, der Monster mit seiner Pistole erschießt, aber niemals einen Spieler tötet. Der seinen Namen und seine Adresse nicht nennt. Der schon zwei Tage im virtuellen Raum hängt – aber immer noch nicht vor Durst verreckt oder hundemüde ist. Der nicht versteht, dass ein kleiner Junge, der vor Mutanten wegrennt, nur hundert Kilobyte eines Programms auf einem Server im dreiunddreißigsten Level verkörpert.

Die Worte des Mannes Ohne Gesicht fallen mir ein. *Aber diesmal ist es anders.* Damit und mit den Geschichten vom Unsichtbaren Boss und vom Lost Point hat er mir im Grunde souffliert: Hier tut sich was, das es bisher noch nie gegeben hat – außer in der Folklore.

Ein Zittern packt mich.

Wenn etwas fünfzehnmal hintereinander passiert, ist das kein Zufall mehr! Die Diver hätten den Loser längst aus dem Labyrinth herausgeholt haben müssen – wenn nicht das Netz selbst es verhindert hätte! Der Loser kann aus der *Tiefe* nirgendwo hingebracht werden – weil er nur in dieser Welt lebt. Er ist ans Labyrinth gefesselt, an die Welt der Schießereien und des Verrats, des Bluts und der Ruinen. Er stirbt und wird wieder lebendig, ohne zu begreifen, was mit ihm geschieht.

»Vika«, flüstere ich. »Vika, wenn das ...«

»Was hast du?« Sie sieht mich erschrocken an. »Was ist denn mit dir?«

»Wenn das, was du sagst, wahr ist«, flüstere ich. »Und ich glaube, es ist wahr ...«

Sie packt mich bei der Hand und drückt sie so fest, dass es fast wehtut. »Wann läuft dein Timer ab?«, fragt sie aufgelöst. »Wo wohnst du? Ljonja, komm zu dir! Du bist ein lebendiger Mensch! Du bist echt! Ich rede nur Unsinn! Scheiße!«

Das ist wirklich komisch: Vika macht sich Sorgen um mich.

»Es ist alles okay«, versichere ich. »Ich bin lebendig und echt. Ich habe auch keine Deep-Psychose. Aber ich kenne jemanden, der eventuell nicht echt ist.«

Seltsamerweise beruhigen diese Worte Vika. Ich an ihrer Stelle hätte genau gegenteilig reagiert und mir noch größere Sorgen gemacht.

»Solchen Typen bin ich auch schon begegnet«, sagt sie.

»Vika, ich kenne jemanden, der verhält sich so, wie du es eben ausgemalt hast«, beharre ich. »Er kann Traum und Realität nicht voneinander trennen. Er zieht keine Grenze zwischen ihnen, er lebt in der *Tiefe* – und spielt sie nicht.«

Sie versteht sofort, worauf ich hinauswill. »Im Labyrinth?«

»Ja.«

»Das ist ein Realitätsverlust. Ein Nervenzusammenbruch, mehr nicht.«

»Ich habe schon Nervenzusammenbrüche miterlebt«, halte ich dagegen. »Die ... sehen anders aus.«

»Ljonka.« Vika lächelt. »Ich habe da nur eine Art Horrorfantasie entwickelt und dich damit erschreckt. Aber das sind durch die Bank Beispiele, die aus der Luft gegriffen sind.«

Am liebsten würde ich ihr jetzt alles erzählen. Vom Mann Ohne Gesicht und vom Loser. Von den Zufällen, die

System geworden sind. Aber ich habe mich verpflichtet, kein Wort über all das zu verlieren.

Außerdem müsste ich ihr dann erzählen, dass ich ein Diver bin.

Und mit derartigen Geständnissen habe ich meine Erfahrungen.

Ich kann mir vorstellen, was eine Frau denkt, wenn sie einen Diver küsst: Gleich verlässt er die *Tiefe*, und dann löst sich mein Gesicht für ihn in winzige quadratische Pixel auf. Er kann sich frei zwischen den Welten bewegen, während ich in ihnen gefangen bin.

Ich will nicht, dass Vika so was denkt. Ich will nicht, dass es diese Mauer zwischen uns gibt.

»Du hast Recht«, flüstere ich. Und Vika schmiegt sich an mich.

Wir stehen am Abhang und küssen uns. Unter uns tost der Fluss, der Wind zerzaust uns die Haare. Ein einsamer Vogelschrei, für einen flüchtigen Moment blitzt die Sonne zwischen den Wolken auf. Wir stehen auf einem Blätterteppich, der weich ist und würzig riecht. Ich befreie Vika von ihrem Kleid, sie hilft mir, mich auszuziehen. Als ich sie küsse, berühren meine Lippen einen warmen Körper. Nicht ich bin in der *Tiefe*, sondern die *Tiefe* ist in mir. Die Welt um uns herum gehört uns, ich werde sie nie mehr verlassen, wir werden in diesen Wäldern untertauchen und einen Weg zu den Bergen finden, die durch Vikas Fenster zu sehen sind.

Vika flüstert etwas, aber ich verstehe nicht, was, dazu sind wir zu tief, haben wir die Grenzen aller Räume zu weit hinter uns gelassen.

Irgendwann erlebe ich jenen kurzen Augenblick, in dem alle Räume zu einem einzigen verschmelzen.

Wir sind beieinander, allen Entfernungen, jeder Anonymität zum Trotz.

»Verlass mich nicht, Revolvermann!«, haucht Vika. »Wage es ja nicht, mich zu verlasen ...«

»Das werde ich nicht«, verspreche ich. Wir pressen uns aneinander, der Wind streicht über unsere Haut, die feuchten Blätter unter mir sind kalt. Ich sehe nach oben. Die Wolken ballen sich zusammen, kreisen jetzt unter mir, es fehlt nicht viel, und ich werde in den Himmel hineinfallen, mich genau wie der Loser in den Realitäten verlieren ...

»Wer bist du, Ljonja?«

Darauf kann ich nicht antworten. Abermals ziehe ich Vika zu mir, und unsere Lippen finden sich, machen alle Worte leer und überflüssig.

»Meine Zeit läuft ab«, flüstert Vika. »Ich muss gleich gehen ...«

Ich verstehe sie. Ich umarme sie noch fester, als stünde es in meiner Macht, den Timer am anderen Ende jenes unsichtbaren Fadens zu stoppen, Vika in der *Tiefe* zu halten, für eine Minute, für einen Augenblick noch ...

»Komm wieder!« Vika stemmt sich über mir auf die Ellbogen hoch. »Komm heute zu mir, ich warte auf dich!«

Ich nicke und strecke mich zu ihr hoch – aber da ist es schon zu spät.

Ihr Körper wird weiß und flackert, zerfällt zu einer Wolke aus violetten Funken, das Kleid auf dem Boden schmilzt wie eine Handvoll Schnee. Im nächsten Moment bin ich allein, allein unter diesem Himmel, der uns bittet, in ihn hineinzufallen, uns im Wolkennebel zu verlieren, zu einem weiteren Menschen zu werden, der die Grenze zwischen den Welten nicht mehr kennt.

Dann würde Vika für immer bei mir sein, wir würden gleich sein – und ich müsste nie wieder mit einem Kuss auf eine ihrer Fragen antworten.

Ich schüttle den Kopf, ramme ihn mit aller Kraft ins welke Laub.

So was kommt vor. Jeder Diver kennt diesen Moment, wo er sein will wie alle anderen.

Ich muss hier weg ...

Tiefe, Tiefe, ich bin nicht dein ... Tiefe, Tiefe, gib mich frei!

Die Displays klebten vor meinen Augen, der Helmventilator blies mir kalten Wind entgegen.

»Bist du jetzt satt?«, fragte ich die *Tiefe*. »Hat's geschmeckt? Oder hast du dir die Zähne ausgebissen?«

Die *Tiefe* schwieg. Was sollte sie mir auch antworten? Sie hatte wieder einmal verloren.

Die Welt schien förmlich in zwei Hälften zu zerfallen. In eine, in der es Liebe gab, und in eine, in der ich mich auf dem Boden wälzte und die Leere umarmte. Verflucht sei diese Zweiteilung – die dafür sorgt, dass du dir wie ein Idiot vorkommst!

Ich nahm den Helm ab. Mein Körper war erschlagen und watteweich. Ich müsste mich mal richtig ausschlafen. Ich langte nach dem Kabel des Sensoranzugs, um es aus der Schnittstelle zu ziehen.

»An der Peripherie wurde ein Gerät entfernt!«, teilte mir Windows Home erschrocken mit. »Ljona, überprüfe den Anschluss des Sensoranzugs!«

»Break!«, befahl ich. Ich reckte mich und stand auf.
Der Anzug hatte eine Wäsche nötig.

Ich ging ins Bad, zog mich aus und stellte mich unter die Dusche. Eine halbe Minute ließ ich mir die kräftigen Strahlen aufs Gesicht prasseln. Anschließend schnappte ich mir den Sensoranzug vom Boden, bewaffnete mich mit einem Stück Kernseife und reinigte das Ding.

So gingen teure Sachen normalerweise kaputt: Weil du zu faul warst – oder es dir peinlich war –, sie in die chemische Reinigung zu bringen.

Nachdem ich den Anzug so gut wie möglich gewaschen hatte, hängte ich ihn auf einen Bügel, den ich an einem Haken über der Wanne befestigte. Das Wasser strömte herab. Das Ding zu waschen war schon Wahnsinn, aber es auszuwringen hätte bei den Hunderten von Drähten, Sensoren und Drucksimulatoren sein Ende bedeutet. Im Grunde konnte ich ohnehin nur darauf hoffen, dass Philipps seinen guten Ruf zu Recht hatte. Vielleicht hatten sie ja sogar den russischen Schlendrian berücksichtigt.

Mein alter Sensoranzug kam aus China und war immer noch ganz anständig. Er fristete sein Dasein im Schrank. Eigentlich hatte ich ihn verkaufen wollen, dann aber nie die Zeit gefunden, ihn ins Netz zu stellen. Jetzt war ich natürlich froh darüber.

Ich zog mir das bunte Ding an und lief durchs Zimmer. Alles okay. Er war zwar ein bisschen klein, kniff aber nicht. Ich fing sogar an, fröhlich vor mich hinzupfeifen.

Vika hatte da wirklich etwas zusammenfantasiert, mehr nicht. Ich war in dem Moment einfach nicht kritisch genug gewesen. Das Netz, das war nichts anderes als Hunderttausende von Rechnern, die an Telefonleitungen angeschlossen waren! Und die virtuelle Welt spielte sich einzig und allein in unserem Bewusstsein ab.

Kein Pentium konnte einen elektronischen Verstand hervorbringen!

Das würde mir jeder Profi bestätigen – falls er nicht längst die Schnauze voll davon hatte, derart blöde Hypothesen zu widerlegen.

Sobald ich den Anzug an die Schnittstelle anschloss, teilte mir Windows Home mit: »Neue Hardware gefunden. Soll sie installiert werden?«

»Ja.«

Mein anderer Anzug würde erst in drei Tagen trocken sein, besser, Windows Home installierte den alten.

»Bewegungssensoren ... der Test ist abgeschlossen ... Drucksimulatoren ... der Test ist abgeschlossen ... Energieverbrauch ... der Test ist abgeschlossen ... kritische Überbelastung ... der Test ist fehlgeschlagen! Achtung, dieses Modell eines Sensoranzugs entspricht nicht den aktuellen Sicherheitsbestimmungen! Bei virtuellen Kontakten kann es zu Problemen kommen! Daher wird empfohlen ...«

»Setz den Test fort!«, befahl ich. Alle Modelle aus China hatten dieses Manko, das aus Sicht der Westeuropäer und Amis inakzeptabel war. Falls mich im virtuellen Raum eine Betonplatte erschlagen würde, könnte es zu einer heftigen Energiereaktion kommen und mein Körper ein paar blaue Flecke davontragen. Ehrlich gesagt, machte ich mir deswegen keine allzu großen Sorgen.

»Alle Tests sind abgeschlossen. Es wird empfohlen, die Installation der Hardware abzubrechen.«

»Installiere die Hardware!«, verlangte ich und setzte mir den Helm auf.

»Bist du sicher?«, fragte Windows Home.

»Ja.«

»Die Hardware wurde installiert«, teilte mir das Programm betrübt mit.

Deep.

Enter.

Der Wind ist stärker geworden. Zitternd trete ich vom Abhang zurück. Mein Haar ist feucht, hier rumzustehen ist nicht gerade angenehm.

Schon gar nicht allein.

Ich gieße mir etwas Glühwein aus der Thermoskanne ein, nur ein paar Schluck, um warm zu werden. Wir würden noch einmal hierherkommen, Vika und ich. Ich hoffe sehr, dass es ihr hier gefallen hat. Es gibt nicht so viele Orte in der virtuellen Welt, die mir rundum gut gefallen.

»Bis bald«, verabschiede ich mich vom Fluss, dem Wind und dem Herbstwald und gehe zum Ausgang.

Wenn ich den Weg zum Labyrinth zu Fuß ginge, dann könnte ich die restliche Zeit überbrücken.

Dann wären die sechs Stunden von Anatole und Dick um.

Und irgendwie bin ich mir sicher, dass die beiden es nicht geschafft haben, den Loser zu retten.

1010

Kaum betrete ich das dreiunddreißigste Level, erblicke ich Anatole, der auf dem Rasen liegt. Mein erster Gedanke ist: Nobody is perfect. Doch da hebt Anatole den Kopf und winkt mir zu.

Der Loser ist auch da, hockt wie gehabt in seiner Ecke.

»Hey, Revolvermann!« Anatole hat nicht die geringste Absicht, die horizontale Lage gegen die vertikale einzutauschen. »Komm her!«

Ich setze mich neben ihn und sehe ihn fragend an.

»Wir wollen diese ...« Anatole nickt Richtung Loser. »... diesen Auftrag zurückgeben.«

Ich schweige. Soll er erst mal sagen, was er zu sagen hat.

»Ich glaube nicht an so was wie Karma«, fährt Anatole fort. »Wenn du einen Menschen bis zum Ausgang bringst, und zwar so vorsichtig, als sei er eine Kristallvase, und er dann verreckt, heißt das, er will es selbst.«

»Und jetzt?«

Anatole senkt die Stimme und flüstert: »Du hast bestimmt gute Gründe, warum du ihn retten willst. Also versuch es! Etwas sollte dich jedoch stutzig machen. Er ist bereits seit zwei Tagen in der *Tiefe*. Hast du je von einem solchen Fall gehört?«

»Ja.«

»Du meinst, du hast von jemandem mit heiserer Stimme gehört, der dumm glotzt, sich wie ein Roboter bewegt und der nichts versteht, bevor du es ihm nicht dreimal erklärt hast? Oder?«

Ich sehe zum Loser hinüber.

»Aber er isst und trinkt. Er geht aufs Klo. Er weiß, was um ihn herum passiert.« Anatole richtet sich auf und hockt sich hin. »Revolvermann, dieser Junge hält uns alle für Idioten. Entweder ist er im Auftrag der Direktion hier, um zu testen, wie gut wir arbeiten, oder er ist genau wie du und ich ein Diver. Oder beides zugleich.«

Was soll ich darauf antworten? Natürlich hat Anatole Recht. Logisch betrachtet kann es keine andere Erklärung geben. Allerdings habe ich in letzter Zeit ein paar Probleme mit dem, was als logisch und normal gilt.

»Crazy Tosser ist zur Direktion gegangen«, informiert mich Anatole. »Entweder werden die zugeben, dass sie unsere Fähigkeiten testen wollten, oder sie hören auf, von uns etwas Unmögliches zu verlangen.«

»Sie werden zu dem Schluss kommen, dass der Loser ein Diver ist«, erwidere ich.

»Dann wäre das geklärt!«

»Aber das ist eine sehr bequeme Lösung, Anatole. Ein Spaßvogel von Diver, der sich über die Vergnügungsindustrie und über seine Kollegen lustig machen will, schön und gut. Nur was sollte das bringen? Würde die Direktion wegen einer solchen Lappalie vielleicht das Labyrinth schließen?«

»Ich habe ihn durch das ganze Level geschleift«, berichtet Anatole müde. »Im Spiegelsaal habe ich alle Gardisten erschossen.«

Ich nicke. Mit seiner Ausrüstung und Erfahrung ist das gut möglich.

»Weißt du, was dann passiert ist?« Wut mischt sich in seine Stimme. »Er hat das Gewehr fallen lassen. Das Ding geht los – und er fängt sich einen Kopfschuss ein!«

Ich schweige. Was sollte ich darauf auch erwidern?

Der Loser will das Level offenbar nicht verlassen.

»Ich bin völlig fertig!« Anatole spuckt aus. »Allein der Anblick von diesem Blödmann geht mir schon auf den Sender! Und ich habe die Schnauze gestrichen voll davon, ihn zu retten!«

»Für all das gibt es bestimmt eine vernünftige Erklärung, Anatole!«

»Mhm, und ich kann dir sogar sagen, welche! Er will, dass wir vor die Tür gesetzt werden! Damit er unsere Stelle einnehmen kann! Allein oder zusammen mit einem Kumpel. Zum Beispiel zusammen mit dem, der es dann doch schafft, ihn hier rauszuholen!«

Er sieht mich offen an, doch ich senke den Blick nicht. »Willst du behaupten, ich spiele ein doppeltes Spiel?«

Diver verraten andere Diver nicht. Dazu gibt es zu wenige von uns. Genau deshalb haben wir unseren Kodex ausgearbeitet und treffen uns dreimal pro Jahr, obwohl wir sonst hypervorsichtig sind und uns gegenseitig misstrauen.

Wenn wir Diver in Deeptown einen Streit vom Zaun brechen würden, dann würde das ganze Netz darunter leiden. Aber etwas Wichtigeres als das Netz gibt es nicht. Das im Übrigen auch ohne einen Streit von uns Divern schon genügend Feinde in der realen Welt hat.

»Ich weiß es nicht.« Jetzt meidet Anatole meinen Blick. »Nein, wahrscheinlich nicht. Sorry. Aber in dem Fall erlaubt sich jemand einen Scherz mit dir! Von wem hast du den Auftrag, den Loser zu retten?«

»Wie bereits gesagt, von einer anonymen Person. Ich habe die Koordinaten von diesem Typen, aber ich fürchte, das ist eine Adresse, die er nur einmal benutzt hat und die verdammt gut gesichert ist.«

»Kann dieser anonyme Kerl ebenfalls ein Diver sein?«

Ich zucke die Achseln.

»Na logisch ist er das! Wir sind bereits gescheitert. Du hast zwar das ganze Labyrinth in Aufruhr versetzt, aber letzten Endes wirst du auch einen Reinfall erleben. Daraufhin betritt der große Retter die Bühne, holt den Loser raus und kriegt einen Vertrag!«

Anatole erhebt sich und knöpft seinen Schutzanzug an der Brust auf. »Erschieß mich!«, verlangt er in sachlichem Ton.

»Was?«

»Du sollst mich töten! Dann gehört dir meine Ausrüstung. Oder willst du dich etwa bloß mit einem Karabiner durchschlagen?«

Ich zögere.

»Hör mal, Revolvermann«, ermahnt mich Anatole kopfschüttelnd. »Du bist schon genau wie der Loser!«

Er hält sich seine Plasma Gun an die Brust und drückt ab. Eine kurze Explosion, Blut spritzt, doch er lebt noch.

Die Diver vom Labyrinth verfügen über einen enormen Anteil an Lebenskraft.

»Scheiße aber auch!«, röchelt Anatole und schießt erneut auf sich.

Der Schutzanzug ist blutgetränkt und ich sehe lieber nicht allzu genau hin, als ich Anatole die Rüstung abnehme. Sobald ich sie angelegt habe, schnappe ich mir seine Waffen und seine Munition.

Der Loser beobachtet uns offenbar nicht, vielleicht lässt ihn die ungewöhnliche Form der Ausrüstungsübergabe aber auch völlig kalt.

Ich gehe zu ihm und setze mich neben ihn. Alles ist genau wie beim ersten Mal. Er lässt den Kopf hängen und blickt mich mit trübem Blick durch die Gasmaske an. Ob er wirklich ein Diver ist? Und jetzt bei einer Tasse Kaffee und einem Wurstbrot den Bildschirm im Auge behält und jederzeit in die *Tiefe* eintauchen kann, um mir irgendein Lügenmärchen aufzutischen?

»Hast du nicht allmählich genug von diesem Ort?«, frage ich ihn.

Er braucht einige Sekunden, um zu antworten. Was passiert in dieser Zeit? Sucht er nach einer Antwort? Oder startet er die Deep-Software? »Ich habe keine andere Wahl«, krächzt der Loser.

»Warum nicht? Pass auf, lass uns einfach aus dem Labyrinth verschwinden, ja? Bist du schon mal in den *Drei kleinen Schweinchen* gewesen? Oder im *Alten Hacker*?«

Der Loser schüttelt den Kopf.

»Da ist viel mehr los als hier«, versichere ich. Wir sitzen nebeneinander, ich halte die BFG9000 auf den Knien bereit, damit ich im Notfall jeden Gegner sofort umnieten kann. Mit dieser Ausrüstung würden wir es schaffen! Wär doch gelacht, wenn nicht. Trotzdem drängle ich nicht.

»Ich will dir übrigens noch danken.«

»Wofür?«

»Du hast mir im Spiegelsaal Deckung gegeben.«

Jetzt zieht der Loser die Gasmaske runter. Mit einem Mal fällt mir auf, wie seltsam er sich bewegt. In allen Gesten liegt eine seltene Weichheit und Grazie, fast, als bereite jede einzelne von ihnen ihm Vergnügen. So geben sich eitle Schauspieler. Doch im Unterschied zu ihnen stört mich das bei dem Loser nicht.

»Ist es wirklich nötig, mir dafür zu danken?« In seiner Stimme ist ein ironischer Unterton.

»Das ist es«, entgegne ich. »Was dachtest du denn?«

»Hättest du dich etwa anders verhalten?«

»An deiner Stelle mit Sicherheit.«

Eine Pause. Der Loser scheint erstaunt. »Warum?«

»Weil du bis über beide Ohren in der Tinte sitzt. Du musst unverzüglich aus dem Labyrinth raus.«

»Wieso sollte ich in der Tinte sitzen?« Der Loser schüttelt den Kopf.

»Bist du ein Diver?«, frage ich ihn ganz direkt.

»Nein.«

»Hör mal, mach mir ja nichts vor! Du bist seit zwei Tagen in der *Tiefe*. Du musst vor Hunger und Durst völlig am Ende sein.«

»Durst ist nicht das Schlimmste.«

»Was bitte schön soll denn noch schlimmer sein?«

»Die Stille.«

»Was?«

»Die Stille, Revolvermann.«

Er sieht mir in die Augen. Ich halte seinem Blick stand. Unsere Gesichter sind einander ganz nah.

Die diffuse Hilflosigkeit verschwindet aus seinen Augen. Es bleibt nur schwarze *Tiefe*. Unendliches Dunkel, als sehe ich in den Nachthimmel hinauf, an dem auf einen Schlag alle Sterne erloschen sind. Als sehe ich in einen Strudel aus Finsternis, der mich lautlos aufsaugt, der mich hinter die Grenze der Welten trägt.

»Die Stille«, flüstert der Loser.

Ich spüre sie, diese Große Stille, von der er mir erzählen will. Und es ist gut, dass er jetzt schweigt. Worte würden hier nur stören, sie würden die Rinde der Stille zerschrammen, aber nicht durchdringen, so dass sie dich am Ende nur hindern, die Stille zu begreifen.

Die Stille.

Wer auch immer er sein mag, dieser Loser, er weiß mehr über sie als irgendjemand sonst auf der Welt.

Und es fehlt nicht viel, und auch ich werde in diese Stille hineinfallen. Und den Loser vorbehaltlos verstehen.

Nur dass ich das nicht will!

»Davor habe ich Angst …«, sagt der Loser, und der Bann ist gebrochen. Nun sitzen wir wieder einfach nebeneinander. Zwei designte Menschen, die nebulöse Sätze wechseln.

Ob man in der *Tiefe* verrückt werden kann? Oder würde ich vielleicht der Erste sein?

»Warum hast du dich umgebracht?«, frage ich.

»Wann?«

»Anatole hatte dich schon durchs Level gebracht, da hast du das Gewehr fallen lassen und dir dabei in die Stirn geschossen. Willst du etwa behaupten, dass sei ein Zufall gewesen?«

»Zufälle gibt es nicht.«

»Also dann: warum?«

»Anatole kann mich hier nicht rausbringen.«

»Warum nicht?«, schreie ich. Dieses Gespräch besteht ausschließlich aus leeren Antworten, die überhaupt nichts erklären.

Der Loser hüllt sich in Schweigen.

Von mir aus.

Ich habe die Schnauze voll von diesen Rätseln, ich bringe ihn jetzt hier raus.

Ich werde ihm keine andere Wahl lassen, dann *muss* er das Level verlassen.

»Steh auf!«, befehle ich. Ich packe den Loser bei den Schultern und reiße ihn hoch. Ich ziehe seine Pistole aus dem Halfter, entlade sie und werfe sie weg.

»Gehen wir! Abmarsch!«

Er widerspricht nicht. Pah, das sollte er mal versuchen! Notfalls würde ich ihn zum Ausgang schleifen.

Ich werde ihm keine andere Wahl lassen.

Während wir Disneyland durchqueren, niete ich Monster um, ohne mit Munition zu geizen. Die reicht allemal für dieses Level.

Der Granatwerfer glüht, nachdem ich ununterbrochen aus ihm geschossen habe. Ich verbrenne mir selbst durch den Schutzanzug hindurch die Schulter. Egal.

Auf dem Betonplatz mit den kleinen Autos flieht schon wieder ein Junge vor drei wilden Dämonen. Nur dass es diesmal kein Schwarzer ist, sondern ein Lateinamerikaner. Typisch Amis! Die und ihre Rassenkomplexe! Der Loser bleibt wie angewurzelt stehen, so dass wir das kleine Duell mit den Monstern und der rumballernden Spinne noch einmal durchspielen müssen. Anschließend gehen wir zum Haus, auf das der Junge gezeigt hat. Diesmal hält der Loser den Jungen jedoch fest, damit er nicht weglaufen kann. Und diesmal gehe ich durch die Tür.

Fast die ganze Eingangshalle wird von einem halbdurchsichtigen, sich hin und her bewegenden Schlauch mit Zähnen eingenommen. Meine Raketen gehen glatt durch ihn hindurch, ohne zu explodieren. Daraufhin fackel ich dieses Untier unter Einsatz von zwei Energiezellen mit der Plasma Gun ab.

Im angrenzenden Zimmer zappeln ein Mann und eine Frau in einem klebrigen Spinnennetz. Das kleine Monster, das sie bewacht, stürzt sich gar nicht erst auf mich, sondern versucht seine Gefangenen abzumurksen. Ich erledige es mit dem Gewehr und befreie zusammen mit dem Loser die Eltern des Jungen. Der Rest läuft nach einem Standardszenario ab: der Bericht über die grauenvolle Invasion von Außerirdischen, ein paar Tipps, wie wir das Spiegellabyrinth bewältigen können, und die feierliche Übergabe eines Geschenks, einer Plasma Gun. Was für eine primitive Software, die nicht mal registriert, dass ich bereits eine habe! Gähnend nehme ich das Geschenk entgegen. Die wiedervereinte Familie entfernt sich. Alles ist zum Kotzen theatralisch, der Junge geht in der Mitte, so richtig herzergreifend, an den Händen seiner Eltern. Man soll glauben, sie würden Twilight City jetzt verlassen. Ich schiele zum Loser hinüber, der den Dreien mit ernstem Gesicht nachschaut. Als hätte er ihnen tatsächlich gerade das Leben gerettet.

Wir ziehen weiter zum Spiegellabyrinth. Nach wie vor überlasse ich dem Loser keine Waffe. Auf die Nummer mit der Winchester, die ihm rein zufällig runterfällt und losgeht, kann ich getrost verzichten.

»Pass auf«, instruiere ich ihn, »im Spiegellabyrinth wartest du vor dem Saal auf mich. So lange, bis ich dich rufe. Dann gehst du ganz langsam zum Computer und von dort aus nach Hause. In Ordnung?«

»Ja.«

»Du hast das kapiert, ja? Du wirst keine Dummheiten machen?«

Der Loser sieht mir fest in die Augen. »Ist es eine Dummheit, wenn ich dir bei einem Schusswechsel Deckung gebe?«

»Ja! Ich komme allein damit klar! Aber du musst hier raus! Kapiert?«

»Ja.«

Scheiße, ich traue ihm einfach nicht über den Weg! Aber das lässt sich nicht ändern. Wir gehen die Spiegelgänge hinunter, am Saaleingang klopfe ich dem Loser auf die Schulter. Der bleibt brav stehen.

»Rühr dich nicht vom Fleck! Ich bin gleich wieder da!«, schärfe ich ihm ein. Ich mache einen Schritt Richtung Tür, zögere aber und drehe mich noch einmal um. »Hör mal, wer auch immer du bist ... ich bin verdammt müde.«

Der Loser nickt.

»Deine Albernheiten hängen mir zum Hals raus«, gebe ich unumwunden zu. »Versprich mir, dass du dich nicht in die Schießerei einmischst! Versprich mir, dass du vorm Saal wartest! Ich will dich hier rausholen und dann nur noch nach Hause.«

»Ich mache alles so, wie du es gesagt hast«, versichert der Loser. Plötzlich glaube ich ihm doch.

»Danke«, flüstere ich, bevor ich in den Saal stürme.

Dann geht die Ballerei los.

Die Garde des Prinzen der Außerirdischen feuert von dreizehn Balkons auf mich, ich schieße blindlings in die Gegend. Die BFG9000 lässt drei Spiegel auf einmal in Flammen aufgehen. Silbriger Rauch wölkt durch den Raum. Die Kugeln prasseln auf den Schutzanzug ein und werfen mich zu Boden. Im Fallen gebe ich noch einen Schuss ab und wirbele auf den Rücken herum, fast wie in jenem vergessenen Tanz meiner Jugend, dem Breakdance. Noch zwei weitere Schuss – und insgesamt zwölf Spiegel sind hinüber.

Damit bleibt nur noch einer, der richtige Balkon, mit den beiden echten Monstern. Sie sind überströmt von grünem Blut, denn die BFG hat ihren Schuppenkörpern ordentlich zugesetzt. Meine Rüstung hat zwar ebenfalls gelitten und glüht förmlich, tut's aber noch.

Mein allerletzter Schuss, eine Feuerkugel. Das Knistern der Sekundärentladungen. Die Monster schreien im Todeskampf, verwandeln sich in Wirbel aus schwarzer Asche.

Dann tritt Stille ein.

Der Spiegelsaal ist niedergebrannt und zerstört, nur der Rechner erhebt sich mit triumphierend funkelndem Bildschirm inmitten der Trümmer.

»Und dann war alles still«, flüstere ich, als ich mich auf die Knie hochstemme. Danke für die Rüstung, Anatole.

»Loser!«

Ein leises Geräusch aus dem Gang, ein unsicherer Schritt. Plötzlich knallt es zweimal kurz: Da schießt jemand mit einem Karabiner!

Das braucht mir niemand zu erklären.

Genauso wenig wie mich jemand trösten muss.

Ich stürze zur Tür, steige über den blutigen Körper des Losers und stiere in die Unendlichkeit des Gangs.

Umgeben von gespiegelten Doppelgängern steht Alex da und lässt den Karabiner sinken. An ihm hängen die Reste einer kugelsicheren Weste, sein Gesicht ist blutverschmiert. Der Lauf der Waffe blickt zu Boden, auf sein Spiegelbild.

»Ich habe keine Patronen mehr«, gesteht er.

Ich werfe die BFG9000 weg, ziehe die Pistole hinterm Gürtel hervor und ramme sie Alex gegen die Stirn, worauf dieser zurückweicht.

Ich bin nicht mal wütend.

Alex wartet schweigend auf den Schuss.

»Setz dich«, knurre ich und senke die Waffe. »Setz dich, du Arsch!«

Er lässt sich auf dem Fußboden nieder, ich hocke mich neben ihn, während der Körper vom Loser, der es schon wieder nicht geschafft hat, blind an die Decke starrt.

»Warum hast du ihn getötet?«

»Ich ... wollte dich umbringen«, antwortet Alex. »Ich war hinter dir her. Und ich hatte Angst, zu spät zu kommen. Da hab ich gar nicht gemerkt, dass er unbewaffnet ist.«

»Und mich? Warum willst du mich umbringen?«

»Du hast mich im ersten Level abgeknallt.« Alex grinst schief. »Hast du das schon vergessen, oder was?«

»Nein. Und das ist alles?«

»Wir hatten schließlich abgemacht zusammenzubleiben!«

Womit habe ich bloß eine solche Strafe verdient?!

»Willst du etwa behaupten, du hättest mich damals nicht genauso umgebracht? Um an ein zweites Magazin zu kommen?«

»Ich habe mit dem Gedanken gespielt«, gibt Alex gelassen zu. »Aber zu dem Zeitpunkt hatte ich noch keine Entscheidung getroffen. Du aber *hast* mich umgebracht.«

Ein Lachanfall schüttelt mich. Ich wälze mich auf dem Boden und stoße mit dem Helm gegen das Bein des Losers, hämmere mit der Hand auf den Spiegelboden.

»Du Mistkerl!«, schreie ich. »Du Schwachmat!«

Alex wird nicht mal sauer. »Immerhin habe ich dich nicht erschossen!«, entgegnet er bloß. »Im Gegensatz zu dir!«

»Echt, du tickst nicht mehr richtig!«, gifte ich. »Du aufgeblasener Rächer! Du halbe Portion von einem Zorro! Ich bin ein Diver! Kapiert? Und der Junge, den du da gerade umgepustet hast, steckt seit zwei Tagen in der *Tiefe* fest! Er hat seinen Timer abgestellt! Wenn ich ihn hier nicht rausjole, verreckt er! Und du, mit deinen Komplexen ...! Du Idiot! Du Oberidiot!«

»Du bist ein Diver?«, fragt Alex begriffsstutzig zurück.

»Ja!« Die ewige Geheimniskrämerei kann mir gestohlen bleiben. »Das Labyrinth geht mir am Arsch vorbei! Ich muss einen Menschen retten! Und du spielst Krieg, du DAU! Wie alt bist du, du Baby?«

Alex antwortet nicht gleich. Aber immerhin, er antwortet. »Zweiundvierzig.«

Ein weiterer Lachanfall packt mich.

Hoch lebe das Königreich Peter Pans, die Insel der ewigen Kinder!

Ein Fan von Kriegsspielen im fünften Lebensjahrzehnt.

Im virtuellen Raum gibt es kein Alter. Der solide Geschäftsmann in fortgeschrittenen Jahren und der bartlose Rotzlöffel, der auf der Arbeit über den PC mit Modem herfällt – hier sind alle gleich.

Alle haben das Recht, durch ein virtuelles Labyrinth zu hetzen, sich an den Ehrenkodex ihrer Kindheit zu erinnern und zu schreien: »Das gilt nicht!«

Jeder kann Edelmann und Ritter spielen und darf vergessen, dass das Leben etwas komplizierter ist als die Zehn Gebote.

»Tut mir echt leid«, sagt Alex. »Ich habe ja nicht gewusst, dass es um Leben und Tod geht.«

Mein Gott, wie absurd! Nein, nein, es ist alles nur ein Spiel, und ich bin bloß hierhergekommen, um zu pinkeln.

»Wenn ich irgendwie helfen kann ...«, presst Alex niedergeschlagen heraus. »Ich könnte Ihnen die Zeit bezahlen, die Sie verloren haben ...«

»Zeit kannst du nicht kaufen«, halte ich dagegen. Es wäre mir lieber, Alex würde sich auch weiterhin wie ein junger Entwickler verhalten. »In diesem Moment stirbt derjenige, in den du deine beschissenen Kugeln gejagt hast, an Hunger und Durst!«

»Das tut mir sehr leid ...« Alex erhebt sich und kommt zu mir. Ich beobachte ihn, stehe aber nicht auf. »Aber Sie haben sich nun mal höchst unfein verhalten. Sie haben mich ohne erkennbaren Grund erschossen!«

Es bringt nichts, mit ihm zu reden ...

»Gut, vielleicht habe ich einen Fehler gemacht.« Seine Stimme erlangt ihre frühere Sicherheit zurück. »Aber Sie müssen doch wohl einsehen, dass Sie angefangen haben. Ich nehme an, Sie sind jünger als ich ...«

Ich blicke an die Decke, betrachte Losers Spiegelbild. Sein versteinertes, totes Gesicht.

»Trotzdem dürfte Ihnen ebenso klar sein wie mir, dass wir uns in einer nicht-realen, einer inexistenten Welt befinden«, schwadroniert Alex. »Das ist eine gefährliche Illusion. Die Menschen können da leicht die Orientierung verlieren, ihre Moral vergessen, weil sie sich dem Gefühl hingeben, hier sei alles gestattet. Vielleicht war mein Verhalten nicht ganz einwandfrei, aber ich versuche immer, wie ein anständiger Mensch zu handeln. Denn obwohl das Labyrinth nur ein Spiel ist, sind in ihm ewige Ideale verkörpert. Die Ideale des Rittertums, wenn Sie so wollen. Der Kampf zwischen Gut und Böse.«

Noch so einer! Wie mir diese Typen zum Hals raushängen! Menschen, die aus der *Tiefe* eine genaue Kopie der realen Welt machen wollen. Vorreiter war da sogar ein Science-Fiction-Schriftsteller ...

»Sie haben mit dem unfairen Verhalten angefangen«, kommt Alex zum Schluss. »Und das ... ist eine traurige Feststellung. Denn, lieber Diver, so ist es immer gewesen. Seit die Welt geschaffen wurde. Die ganze Geschichte belegt das!«

»Was in kochenden Kesseln der Kriege rumfloss, gab ja so viel Proviant unserm Spatzenverstand«, murmele ich.

Alex verstummt.

»Hast du deine Rechnung mit mir jetzt beglichen?«, will ich wissen. »Oder hast du immer noch die Absicht, mich umbringen? Nur zu!«

Ich werfe ihm die Pistole zu und breite die Arme aus.

»Ich ... Das habe ich doch gar nicht so gemeint«, brummt Alex. »Es würde mir völlig reichen, wenn Sie zugeben, dass Sie einen Fehler gemacht haben.«

»Ich geb's zu«, sage ich und presse mir den Granatwerfer mit beiden Händen auf die Brust. »Ich gebe es zu. Ich hätte warten müssen, bis du mich erschossen hast. Bist zu jetzt zufrieden?«

Alex weicht einen Schritt zurück und fuchtelt protestierend mit beiden Händen. Ihm gefällt diese Wendung überhaupt nicht, denn in seinen Augen hat er noch keine Genugtuung erfahren.

Tiefe, Tiefe, ich bin nicht dein ...

Auf den Displays des Helms war Blut zu sehen.

In meinem Innern herrschte Stille.

Weder hatte ich den unglückseligen Spieler aus der *Tiefe* herausgeholt noch diesen rachsüchtigen Mitspieler abgehängt. Das Netz hatte es verhindert.

Der virtuelle Raum selbst rebellierte gegen mich.

DRITTER TEIL

Der Mann Ohne Gesicht

00

Ich bin bei der Geburt des virtuellen Raums dabei gewesen. Ich habe als einer der Ersten das Deep-Programm Dibenkos getestet. Die mystische Angst des einfachen Mannes vor dem Rechner kenne ich nicht.

Abakusse können nicht intelligent sein.

Soll Vika ruhig was von einem intelligenten Rechner als Produkt einer Spontanzeugung fabulieren, ich werde das nicht schlucken. Was immer in der *Tiefe* geschieht, basiert auf verschiedenen Programmen. Und wenn etwas passiert, das darüber hinausgeht, heißt das bloß, dass dahinter ein Mensch steckt.

Nur wer konnte hinter den endlosen Toden des Losers stecken?

Sicher, ein guter Diver oder auch ein erfahrener Bewohner der *Tiefe* ist imstande, immer wieder den eigenen Tod zu inszenieren. Und das Märchen mit den Gewehren, die der Loser permanent fallen ließ, war etwas für kleine Kinder. Aber warum stellte sich das Netz selbst auf die Seite des Losers? Warum hatte Alex ihn ausgerechnet in dem Moment erwischt, als ich nicht in seiner Nähe war? Ein Zufall?

Genau wie ein Zufall dafür gesorgt haben sollte, dass die beiden Profis, die den Loser schon bis zum Ausgang gebracht hatten, am Ende doch scheiterten?

Das glaube ich nie im Leben.

Nachdem ich wieder in die *Tiefe* abgetaucht bin, sitze ich wie ein begossener Pudel in der Umkleidekabine des Labyrinths, ein Loser von Diver, der sich für den Klügsten hält. *Tiefe, Tiefe* ... Wie mühelos du mich vernichtet hast, ohne dass ich es auch nur bemerkt habe. Doch der Kampf ist aus, wenn der Feind nicht mehr antritt.

Der Mann Ohne Gesicht wusste schon, warum er mir für die Rettung des Losers den Orden versprochen hat. Überhaupt weiß er mehr, als er sagt. In diesem speziellen Fall helfen ein präziser Schuss und eine schnelle Reaktionsfähigkeit nämlich nicht weiter.

In Zukunft sollte ich also nicht mehr auf eine virtuelle Tür ballern – sondern den echten Ausgang suchen.

Ich stopfe die Rüstung und die Waffen in den Spind, gehe unter die Dusche und drehe mich eine Minute unter den eiskalten Strahlen um die eigene Achse. Anstelle der Verwirrung und Hilflosigkeit tritt jetzt die Wut. Bestens. Herzlich willkommen, gute alte Wut! Du bist genau das, was ich jetzt brauche. Schluss mit dem Fairplay!

Ich ziehe mich an und begebe mich in den Säulensaal.

»Die Administration vom Labyrinth bittet den Revolvermann zum Chef des Sicherheitsdienstes zu kommen«, erschallt es prompt. »Die Administration ...«

Alle Blicke richten sich auf mich, als ich auf jene Tür zugehe, durch die Guillermo das letzte Mal gekommen ist. Sie ist nicht verschlossen.

Diesmal bin ich nicht allein in der Administration. Ich lande bei den Sysops; ich sehe sie, sie sehen mich. Interessieren dürfte sich für mich jedoch kaum jemand. Ich gehe Gänge hinunter und spähe durch Glastüren, erblicke Rechner, an denen Frauen und Männer sitzen. Mitunter komme ich an regelrechten Sälen vorbei, in denen sich auf langen Tischen Attrappen türmen. Sämtliche Levels des Labyrinths sind hier nachgebildet, mit ihren Hügeln und Schluchten, Gebäuden und Ruinen, Flüssen und lodernden Brandstätten. Um diese Muster gehen gelangweilt ein paar Leute herum. Gerade beugt sich ein Typ über eine Nachbildung, um aus einem Kolben eine grüne Flüssigkeit in einen winzigen Fluss zu gießen. Sofort schäumt der Fluss auf. Der Typ stupst einen Kollegen neben ihm an, der betrachtet die verhunzte Landschaft und zuckt bloß mit den Achseln.

So basteln sie also ihre Levels. Die Skelette und Gerüste, die danach ihr eigenes elektronisches Leben leben, die von Monstern und Spielern bevölkert werden. Ein paar Wochen oder Monate wird das Level die Fantasie der Stammspieler im Labyrinth beschäftigen. Danach wird es ausgetauscht.

»Sind Sie der Revolvermann?«

Eine Frau ist unbemerkt und lautlos an mich herangetreten. Sie ist schön und hat blondes Haar.

»Ja.«

»Dann kommen Sie bitte mit, Herr Aguirre erwartet Sie bereits.«

Ich folge ihr. Im Grunde weiß ich, was man mir jetzt gleich sagen wird. Aber was sind schon zehn Minuten für Formalitäten!

Guillermo steht am Fenster, durch das er auf Twilight City hinabsieht, diese dunkle Silhouette im blutroten Abendlicht. In dem dreieckigen Zimmer ist alles bis ins Kleinste bedacht: Der Herr des Büros wirkt vor dem Hintergrund des Fensters klein, verloren – und zieht den Blick auf sich. Dagegen fühlt sich derjenige, der an der Pyramidenspitze ins Zimmer eintritt, unwillkürlich wichtig – und unbehaglich.

»Oh, Revolvermann!« Guillermo kommt mit energischen Schritten auf mich zu. »Setzen Sie sich doch bitte!«

»Sie wollen den Vertrag aufkündigen?«, frage ich ganz direkt.

Guillermo bleibt stehen und reibt sich die Nasenwurzel. »Mhm ... Sie haben mit Anatole gesprochen, Revolvermann?«

»Ja.«

Als hätte er unser Gespräch nicht verfolgt ...

»Teilen Sie die Meinung unserer Diver, Revolvermann?«

»Nein.«

»Warum nicht?«

»Würde das etwas ändern?«, antworte ich mit einer Gegenfrage. »Sie haben doch bereits beschlossen, den Loser nicht zu retten.«

»Diese Entscheidung habe nicht ich getroffen«, erwidert Guillermo.

»Aber meinen Vertrag werden Sie trotzdem aufkündigen.«

»Wir wissen Ihren Versuch, uns zu helfen, zu schätzen.« Guillermo seufzt. »Bedeutsam zu schätzen.«

Zum ersten Mal unterläuft Guillermo im Gespräch mit mir ein Fehler. Da begreife ich, dass er nicht per Übersetzungsprogramm mit mir spricht, sondern tatsächlich Russisch kann. Und zwar verdammt gut. Gefällt mir. Wenn es mich auch nicht erstaunt, denn die Russen machen einen extrem hohen Anteil der Spieler aus. Wahrscheinlich weil unser berühmter nationaler Schlendrian bis heute berühmt ist – und viele Firmen völlig arglos für das Amüsement, aber nicht für die Arbeit ihrer Angestellten in der *Tiefe* zahlen.

»Aber wir sind zur Auffassung gelangt, dass wir es hier mit einem feindlich gesinnten Diver zu tun haben. Würden wir an der Mission seiner Rettung festhalten, hieße das, seinen Plänen Vorschub zu leisten. Nicht wahr?«

Ich nicke. In Guillermos Stimme liegt keine Sicherheit. Doch auch ich habe nichts, was ich der Auffassung von Anatole und Dick entgegensetzen könnte.

Bislang jedenfalls nicht.

Und zu streiten würde nichts bringen.

»Die Firma zahlt Ihnen ein Honorar«, fährt Guillermo fort. »Wir können sogar noch über die Summe verhandeln ... in gewissen Grenzen.« Er lächelt gerissen und freundlich.

»Die Summe überlasse ich ganz Ihrem Ermessen«, gebe ich zurück.

Guillermo mustert mich, ehe er sich an den Tisch setzt, um mir einen Scheck auszustellen. In seiner Hand hält er einen vergoldeten Parker, das Scheckheft ist von Chase Manhattan. Vor der Operation in Al Kabar hätte mich die eingetragene Summe umgehauen, doch selbst jetzt nötigt sie mir noch Respekt ab.

»Vielen Dank«, sagt Guillermo feierlich, als er mir den Scheck überreicht. Das geschieht rein der Form halber, denn das Geld ist längst auf mein Geheimkonto überwiesen, das ich im Vertrag angegeben habe. Trotzdem fühlt es sich nicht schlecht an, einen virtuellen Scheck in Händen zu halten.

Ich nicke und drücke Guillermo die Hand. Das war's, jetzt kann ich wieder abziehen. Der kleine Junge hat ein Bonbon bekommen, nun jagen ihn die Erwachsenen aus dem Zimmer, damit sie ihre ernsten Spiele weiterspielen können.

»Gönnen wir uns zum Abschied noch ein Schlückchen?« Herr Aguirre befördert lächelnd eine Flasche aus seinem Schreibtisch zutage. Echten französischen Armagnac. Im virtuellen Raum kostet er zwar kaum mehr als eine Coca-Cola, doch was zählt, ist die Geste. Aguirre zweifelt offenbar nicht daran, dass ich den Geschmack dieses Weinbrands kenne.

Wir stoßen an und nippen an unseren Gläsern. Obwohl ich weder Cognac noch Brandy sonderlich gern mag, genieße ich stets das Gefühl, mir für eine Sekunde wie ein Kenner edler Getränke vorzukommen.

»Ich ahne, wofür Sie das Geld verwenden wollen«, bemerkt Guillermo da.

»Und wofür?«

»Es wandert mit Sicherheit aufs Konto des Labyrinths zurück.« Guillermo grinst.

»Nein.«

Er zieht erstaunt die Brauen hoch. »Sie wollen aufgeben? Tatsächlich?«

»Ich werde den Loser retten. Aber dafür reicht mein Geld auch so. Und der Scheck ... den kriegen Sie noch einmal zurück. Damit Sie die Summe ändern.«

Guillermo nickt. Da er mit meiner Sturheit gerechnet hat, nimmt er meine Ankündigung voller Zufriedenheit zur Kenntnis.

»Viel Glück, Diver.«

»Würden Sie mich informieren, wenn im Labyrinth etwas Unvorhergesehenes geschieht?«, frage ich. »Inoffiziell, meine ich?«

»Ihre Adresse«, verlangt Guillermo sachlich.

Ich gebe ihm meine Visitenkarte, auf der eine Netzadresse angegeben ist. Allerdings ist das bloß ein Postfach, in dem ich mit einem Passwort an Mails für den »Revolvermann« herankomme.

»Soll ich Ihnen ein Taxi rufen?«, bietet Aguirre zum Abschied an.

»Nein, danke, Willy, das ist nicht nötig.«

Den Wagen vom Deep-Explorer halte ich ein paar Blocks später selbst an. Ich mache mir keine Gedanken um Verfolger – aber gute Angewohnheiten solltest du nie ändern.

»Ins Viertel Al Kabar«, verlange ich. Diesmal sitzt eine hübsche, rotblonde Frau mit feinen Fältchen um die Augen hinterm Steuer. Was für ein fantastisch designtes Gesicht!

»Die genannte Adresse existiert nicht«, erwidert sie zu meiner Enttäuschung.

»Al Kabar. Acht-Sieben-Sieben-Drei-Acht.«
»Wird erledigt.«

Wir fahren los, die Straßen fliegen an uns vorbei. Ich bitte Vika, den kernigen Revolvermann gegen den schlichten Iwan Zarewitsch auszutauschen. Schon in der nächsten Sekunde erblicke ich im Rückspiegel den weißgewandeten Helden.

Bilder, Bilder, nichts als Bilder. Der Deep-Explorer leitet mich von Server zu Server weiter, um mich mit Al Kabar zu verbinden, mich also an der Haarbrücke mit dem Ifrit, der da Wache hält, abzuliefern. Es sind Bilder, mehr nicht. Die *Tiefe* kann nicht über einen eigenen Verstand verfügen!

Die Hand ins Feuer legen würde ich allerdings nicht dafür.

01

Die Wüste empfängt mich mit heißem Atem, der Ifrit mit ohrenbetäubendem Gebrüll.

»Du wagst es, noch einmal hierherzukommen, Dieb der Diebe?«

Was für ein Programm! Sogar mit Gedächtnis!

Der Ifrit reißt nacheinander die steinernen Füße hoch und macht erst einen Schritt, dann noch einen. Die Haarbrücke spannt sich und stöhnt, birst jedoch vorerst nicht. Das ist neu! Die Programmierer von Al Kabar müssen ihrer Sicherheitssoftware in den letzten Tagen Flexibilität spendiert haben!

»Stopp!«, schreie ich und nehme beide Arme hoch. »Ich will zu Friedrich Urmann! Ich bin nicht in deiner Macht!«

Die gigantische Faust zittert über meinem Kopf. Zwischen den Fingern knistern Funken.

»Es wurde ein unbekanntes Virus festgestellt«, flüstert Windows Home alarmiert. *»Achtung! Ich starte web!«*

Über den Raum legt sich ein zarter Schleier. Das Antiviren-Programm web macht sich daran, einen Teil der eingehenden Daten abzuschneiden, um meinen Rechner gegen das Virus zu schützen. Das ist zwar keine ideale Verteidigung, denn ein gutes Virus wird sich auch jetzt noch in meinen Kanal zwängen. Trotzdem halte ich Vika nicht auf, da sie sonst in Panik gerät – sofern dieses Wort bei einem PC angemessen ist. Die Figur des Ifrits verschwimmt, verliert ihre klaren Konturen.

»Wer bist du?«, brüllt das Monster. Auch die Stimme klingt verzerrt.

»Ein Diver!«, schreie ich zurück. Was soll ich mich jetzt noch um konspiratives Verhalten scheren?

»Warte!«, befiehlt der Ifrit. Die Funken an seinen Händen verlöschen, worauf Vika web umgehend schließt.

Mir bleibt nichts anderes übrig als zu warten. Das Monster rührt sich nicht, nur seine Augen blitzen immer wieder auf, während sie mich mit festem, fast körperlich spürbarem Blick gefangen halten. Beim letzten Mal hatte Al Kabar noch nicht alle Geschütze aufgefahren, sondern es bei einer Mausefalle belassen, in der tiefen Gewissheit, ich würde nicht daraus entkommen. Doch nachdem die Entwickler deswegen scharf zurechtgewiesen worden sind, dürften sie jetzt vermutlich alles aufbieten, was ihre Fantasie je hervorgebracht hat, darunter sicher auch ein paar Produkte, die nicht nur mich oder Maniac, sondern auch die Antiviren-Koryphäe Losinski in Angst und Schrecken versetzen würden. Zu allem Überfluss fallen mir natürlich auch noch die Märchen von jenen Viren ein, die sogar die Hardware beschädigen.

»Du kannst rüber!«, entscheidet das Monster.

Ich betrete die Haarbrücke.

Tiefe, Tiefe ...

Diesmal begnügen sie sich nicht mit zwei Karikaturen von Security-Typen, sondern stellen eine ganze Horde mit Waffen in der Hand zu meinem Empfang ab. Wenn die mich beim letzten Mal eskortiert hätten, dann hätte ich diese Datei von einem Megabyte nie wegschleppen können.

Die Wachen geleiten mich eisig schweigend durch die Straßen. Ich rechne damit, dass sie mich in die Laube von neulich bringen, doch die lässt unsere Prozession links liegen.

Stattdessen steuern wir auf einen finsteren grauen Kasten zu.

Wollen die mich einknasten, oder was? Haben die vergessen, dass sie uns Divern nichts anhaben können? Dass sie uns zwar hindern können, Daten zu klauen – uns aber nicht im virtuellen Raum einsperren können?

Ein Teil der Security-Fuzzis bleibt am Tor stehen, vier Mann geleiten mich ins Innere der Kasematten. Zwei vor mir, zwei hinter mir, mit blanken Schwertern. Die wollen meiner Kiste ein Virus verpassen! Wem schon mal die Festplatte abgeschmiert ist, wird meine Ängste verstehen. In einer unspektakulären und zudem fast unrentablen Operation habe ich mir mal ein echt liebliches Virus eingefangen, das meine FAT-Zone und die GPT in einen gut gemixten Cocktail verwandelt hat. Maniac hat einen ganzen Tag daran gesessen, die Reste meiner Daten aus dem abgenippelten PC zu bergen. Er hat sogar mehr oder weniger alle retten können. Ich habe ihm damals irgendein Märchen von einer CD mit einem raubkopierten Spiel aufgetischt, mit der ich mir das Virus eingefangen hätte.

Doch wenn schon diese Rowdys meinen Rechner derart hatten zurichten können, wollte ich lieber nicht daran denken, was die Jungs aus Al Kabar auf Lager haben.

Die Tür fällt schwer hinter mir ins Schloss. Der Raum liegt im Dunkeln. Ich muss mich vorwärtstasten, gleichzeitig stößt mich jemand von hinten. Alles klar. Die haben meinen Verbindungskanal total verengt. Damit ich ja keine Überraschung mitanschleppe. Und das geht eben nur auf Kosten des Sehmodus.

»Halt!«, befiehlt einer der Fuzzis hinter mir. Ich bin ein braver Junge und schlage hier Wurzeln.

Für alle um mich herum stehe ich wahrscheinlich im Mittelpunkt der Aufmerksamkeit, was mich nicht gerade begeistert, logisch.

»Sie haben die Frechheit besessen, noch einmal hierherzukommen, Iwan?«

Ich erkenne Urmanns Stimme wieder. Genauer gesagt, den Tonfall seines Übersetzers. Als ich mich umdrehe, gebe ich mir alle Mühe, meine blinden Augen nicht aufzureißen. »So haben wir es doch vereinbart.«

»Ach ja?«

»Sie haben mir die Datei freiwillig überlassen und verlangt, dass ich Sie noch einmal aufsuche.«

Es folgt eine Pause. Eine lange Pause. Ich sage die Wahrheit – weshalb Urmann sich in einer beschissenen Lage befindet. Was es doch für ein Genuss ist, bei der Wahrheit zu bleiben. Und wozu auch lügen? Es gibt so viele Wahrheiten in der Welt, dass jede Lüge überflüssig ist.

»Was wollen Sie?«

»Ich? Nichts. Sie waren es, der mich um dieses Treffen gebeten hat, deshalb nehme ich an, dass Sie etwas wollen.«

Eine weitere Pause. Natürlich hat Urmann nicht erwartet, dass ich noch einmal bei ihm aufkreuzen würde, nachdem er versucht hat, meine Identität zu knacken. Deshalb füge ich vorsichtshalber noch hinzu: »Sie können sich übrigens jeden Versuch sparen, meinen Verbindungskanal zu eruieren. Sonst verschwinde ich gleich wieder.«

Das Schweigen wird allmählich unerträglich. Ich stelle mir vor, wie Urmann seinen Security-Leuten zunickt: Na los! Macht ihn endlich fertig!

»Stellt seinen Verbindungskanal ohne Einschränkung wieder her«, befiehlt er jedoch. »Und stellt die Sondierung ein!«

Gleißendes Licht. Ich kneife die Augen zusammen und sehe mich mit halbgeschlossenen Augen um. Düstere massive Wände, oben ein Gitter, winzige Fenster aus Spiegelglas, mitten im Raum ein Tisch und Stühle.

»Das ist der Konferenzraum«, erklärt Urmann. Er trägt einen streng geschnittenen Anzug und Krawatte. Wahrscheinlich passt sich seine Kleidung automatisch der Umgebung an. Von solchen Sachen habe ich schon gehört. »Hier tagt der Aufsichtsrat und finden verschiedene Sitzungen statt.«

Schon kapiert. Das ist der am besten geschützte Ort im gesamten virtuellen Raum des Konzerns. Im Klartext: Von hier entkommst du nicht so leicht wie aus der Laube.

Abgesehen davon würde eine Flucht wohl schon daran scheitern, dass ich völlig unbewaffnet bin.

»Lasst uns allein!«, erteilt Urmann einen weiteren Befehl.

Die Security-Fuzzis gehorchen aufs Wort.

»Vielen Dank, Friedrich«, sage ich.

Urmann nickt schweigend und nimmt auf einem der Stühle Platz, ich auf dem daneben.

»Sie haben … den Apfel verkauft?«, erkundigt sich Urmann.

»Ja, nochmals Dank dafür.«

»Freut mich für Sie.«

Anscheinend ist er überhaupt nicht wütend auf mich – was wiederum meine Alarmglocken schrillen lässt.

»Ich hoffe, der Konzern kann den Verlust verkraften?«

»Oh, gewiss, keine Sorge.«

Ich sehe Urmann fragend an.

»Beim letzten Mal habe ich vergessen, Ihnen mitzuteilen, dass diese Wundermedizin einen entscheidenden Nachteil hat«, erklärt Urmann. »Eine Nebenwirkung. Wir haben das rein zufällig entdeckt … Ich nehme an, dass Herr Schöllerbach und die TransPharm-Group ihn nicht bemerken werden.«

Mir wird mulmig.

»Keine Sorge, Diver, es gehört nicht zu Ihren Pflichten, eine Medizin auf ihre Verträglichkeit zu testen«, beschwichtigt mich Urmann grinsend. »Im Übrigen kann hier nicht von tödlichen Folgen die Rede sein. Das Produkt ist zudem weder krebserregend noch führt es zu

Fehlbildungen beim ungeborenen Kind. Trotzdem werden die Patienten unzufrieden sein.«

Keine Frage, Al Kabar hat sich gut abgesichert. Was für einen Nebeneffekt kann ein Erkältungsmittel wohl haben? Grünfärbung der Haut? Impotenz? Verglatzung? Doch Urmann rückt nicht mit der Sprache raus.

Egal! Ich werde einen Schnupfen bis ans Ende meiner Tage mit Aspirin behandeln!

»Vergessen wir die Verletzungen, die wir uns gegenseitig zugefügt haben!«, schlägt Urmann großherzig vor.

Ich nicke.

»Ich komme noch einmal auf das Angebot zurück, das ich Ihnen unterbreiten möchte«, wechselt der Direktor von Al Kabar das Thema. »Eine feste Stellung.«

»Nein.«

Wir sehen einander in die Augen. Die sollen ja Spiegel der Seele sein. Aber ob unsere virtuellen Körper eine Seele haben?

»Einige Diver haben eine feste Stellung«, sagt Urmann. »Das heißt ja wohl ... dass dergleichen nicht verboten ist?«

»Das ist es nicht. Aber es gibt einen Unterschied zwischen der Arbeit in einem Vergnügungspark oder einem virtuellen Detektivbüro und der Arbeit für Sie. In zwei, drei Monaten hätten Sie mich identifiziert.«

»Wäre das so schlimm, Iwan?«

»Ich bitte Sie! Wir sind die Alchimisten der virtuellen Welt. Zauberer. Und kein König mit etwas Grips wird einen Alchimisten aus einem komfortablen Verlies entlassen. Schließlich soll er ja nicht für den Feind das Schießpulver erfinden.«

»Schade.« Urmann versucht nicht, mich von meiner Position abzubringen. »Sie haben in vielem Recht, Herr Diver aus Russland. Und Russe sind Sie, das weiß ich genau. Ihre Stimme ist analysiert worden, das ist kein Übersetzungsprogramm.«

Diesmal bin ich es, der ihn nicht vom Gegenteil zu überzeugen versucht. Wie ausgesprochen freundlich wir doch miteinander plaudern. Wie extrem loyal wir zueinander sind – die reinste Augenweide!

»Dann möchte ich Ihnen jedoch einen konkreten Auftrag anbieten!«, erklärt Urmann fröhlich. »Eine einfache Sache. Und wir zahlen gut.«

»Glauben Sie etwa, es sei einfach, den Loser aus dem Labyrinth zu holen?«

Treffer! Und zwar Volltreffer! Urmann zwinkert nervös, kriegt seine Gefühle jedoch rasch wieder in den Griff, nur das Zucken unter dem linken Auge wird er nicht los. Eins zu null! Nein: fünf zu null für mich!

»Erklären Sie doch bitte, was Sie damit meinen!«, fordert mich der Herr Direktor unsicher auf.

»Nach Ihnen.«

Entweder die bringen mich jetzt um oder sie legen die Karten auf den Tisch.

Urmann versteht es, einen Schlag wegzustecken. »Einer der Tätigkeitsbereiche unseres Unternehmens ist die demographische Kontrolle Deeptowns.«

Ich schüttle den Kopf: Verstehe ich nicht …

»Wir ermitteln die Zahl der Bewohner der virtuellen Welt. Auf einen Mann genau. Aufgeteilt nach Bezirken, Gebäuden oder Räumen im Raum, wie unserem beispielsweise.«

»Wozu? Und auf welcher gesetzlichen Grundlage?«

»Das war eine Entscheidung aller Unternehmen, die vor einem Jahr getroffen wurde.« Urmann zuckt die Achseln. »Wenn wir die Auslastung einzelner Server und die täglichen Stoßzeiten kennen, versetzt uns das in die Lage, unsere Arbeit besser zu koordinieren und damit den Zugang zum virtuellen Raum kostengünstiger zu gestalten. AOL ist einer unserer Hauptauftraggeber, kleinere Anbieter haben sich inzwischen ebenfalls angeschlossen.«

Und was bitte schön soll mir das sagen?

»Zu diesem Zweck stellen wir die Zahl der ein- und ausgehenden Signale auf den einzelnen Servern fest«, fährt Urmann fort. »Das ist eine sehr simple und zuverlässige Methode. Obendrein eine höchst effiziente. Die Server übermitteln uns die Ein- und Ausgänge alle zwei Minuten. Damit verletzen wir keine individuellen Rechte, kennen dafür aber die Gesamtzahl der Menschen, die sich zu einem bestimmten Zeitpunkt im virtuellen Raum befinden. Wir bespitzeln also niemanden, wir führen lediglich eine Statistik.«

Ich nicke.

»Parallel dazu ermitteln wir die Zahl der über die Rechner laufenden User pro Bezirk«, erläutert Urmann weiter. »Damit wissen wir, wie viele Menschen sich in dem einen oder anderen Bereich im Raum befinden. Auch hier werden die Daten alle zwei Minuten erhoben. Zählt man alle aktiven User aus den einzelnen Bezirken zusammen, erhält man eine bereits bekannte Ziffer, nämlich die Gesamtzahl der Menschen in der *Tiefe*.«

Ich ahne, worauf er hinauswill. »Die beiden Zahlen stimmen nicht überein?«

»Richtig. Es befindet sich ein Mensch zu viel im virtuellen Raum. Er läuft über die Rechner und bewegt sich im Cyberspace – aber er ist nie ins Netz gegangen.«

Urmann steht auf und gibt mit der Hand ein Zeichen, worauf sich über die gesamte Wand ein riesiger Bildschirm aufbaut. Nun erhebe ich mich ebenfalls. Der Monitor zeigt eine Karte Deeptowns und seiner Umgebung, die aus winzigen Fetzen zusammengesetzt zu sein scheint. Jeder Fetzen ist ein Server, über den ein bestimmter Abschnitt im Raum läuft. Über diesen Fetzen liegt eine feine, rote Schicht, das sind die Eingangsserver, die Telefonverbindungen, über die man in die *Tiefe* gelangt.

Das sieht gut aus. Aber alle Bonzen geben nun mal gern an.

»Man kann sich die Daten zu den einzelnen Bezirken ansehen«, erläutert Urmann. »Hier zum Beispiel ...«

Er tritt an den Bildschirm heran, reckt sich und zeigt mit dem Finger auf das Viertel Al Kabar. Über dem Bildschirm lodert eine Tafel auf. 1036/1035. »Sie wissen, wie das zu verstehen ist?«

»In diesem virtuellen Raum sind gerade eintausendundsechsunddreißig Menschen. Mich inbegriffen. Und alle bis auf mich sind über Ihre Kanäle gekommen.«

»So ist es. Es wäre zu riskant, geheime Informationen über fremde Kanäle laufen zu lassen, selbst wenn es noch so zuverlässige Provider sind. Deshalb unterhalten wir in den zwölf Städten, wo unsere Mitarbeiter leben, eigene Kanäle.«

Aber wie konnten sie dann überhaupt auf den Loser stoßen?! Ich trete an die Karte heran, suche das Restaurant *Die drei kleinen Schweinchen*, besinne mich gerade noch rechtzeitig eines Besseren und zeige mit dem Finger auf ein anderes Gebäude, ganz in der Nähe. Da bin ich nur ein paarmal gewesen, das Ding hat mir nicht gefallen. Zu laut und zu aufgemotzt.

63/2.

»Das ist doch sozusagen das Standardbild, oder?«, sage ich. »Im Restaurant befinden sich dreiundsechzig Personen, aber nur zwei davon sind über die restauranteigene Telefonverbindung ins Netz gekommen.«

Urmann nickt.

»Genau wie die Spieler im Labyrinth auf ganz unterschiedlichen Wegen dorthin gelangen.«

Ich vergesse, dass ich es mit einem gerissenen und potenziell feindlich gesinnten Mann zu tun habe. Ich will jetzt einfach wissen, wie sie ausgerechnet den einen Mann entdeckt haben, der nie in die *Tiefe* eingetreten ist.

»Also ... jedes einzelne Signal zu verfolgen, bringt nichts. Das dauert lange, ist teuer und obendrein verboten.«

Urmann sieht mich mit einer Selbstzufriedenheit an, als habe er selbst das Problem geknackt und nicht bloß seinen Experten den entsprechenden Befehlt erteilt.

Dann wollen wir mal nachdenken! Manchmal führt das ja zu was.

Also: Wir haben elektrische Impulse. Zunächst spielt es keine Rolle, woher sie kommen. Sie sind für die schlichte dreidimensionale Darstellung eines Menschen verantwortlich. Zum Beispiel vom Loser. Diese Daten werden auf den

Rechner überspielt, über den das dreiunddreißigste Level des Labyrinths läuft, eventuell über ein Modem, eventuell aber auch direkt in den Prozessor. Der Computer projiziert die Darstellung an den Beginn des Levels, steuert die Bewegungen des Losers, übermittelt seine Stimme an die übrigen Spieler, berechnet die Wirkung seiner Schüsse und bewegt die Steine, gegen die er tritt. Und natürlich muss der Rechner die Bilder übertragen, die der Loser mit dem linken und dem rechten Auge wahrnimmt, die Geräusche, die er hört, und die Schläge, die er mit dem Sensoranzug spürt.

Halt! Wohin übermittelt der Computer das? Wenn der Loser *nicht* in die *Tiefe* gekommen ist?

Hier liegt der Hase im Pfeffer. Der Rechner verarbeitet die Handlungen des Losers, aber er weiß nicht, woher sie kommen und wohin er die Ergebnisse senden soll. Hat das Folgen für den Server? Unbedingt! Wenn auch ganz spezifische. Zum Beispiel dürfte sich das Verhältnis der vom Prozessor verarbeiteten Gesamtdaten zur Menge der über das Modem empfangenen und gesandten Daten ändern. Man müsste also erst mal den Standardwert für dieses Verhältnis in Erfahrung bringen und dann alle Server ein paar Stunden beobachten. Irgendwann hätte man den ermittelt, über den der ungebetene Gast läuft.

»Sie müssen auf ihn gewartet haben!«, bringe ich heraus. »Sie müssen gewusst haben, dass er kommt!«

»Wir haben diese Möglichkeit nie ausgeschlossen«, stellt Urmann richtig. »Früher oder später musste jemand auftauchen, der eigenständig in den virtuellen Raum einzudringen vermag.«

»Ohne Computer?« Ich stelle damit jenen Unsinn in den Raum, den alle – und das ist der Witz an der Sache –, die kaum was von Rechnern und vom Netz verstehen, völlig einleuchtend finden. Nur dass man sich da auch gleich einen Menschen vorstellen könnte, der sich an eine Telefonbuchse anschließt. Das ist doch total bekloppt!

Aber was immer man von Urmann, der nur ein Millionär ist, der für Al Kabar mit Erdöl, Weltraumsatelliten und verrotzten Nasen Geld scheffelt, halten mag, dumm ist er nicht.

»Nicht nur wir arbeiten an alternativen Kommunikationsformen mit dem Rechner«, gesteht Urmann. »Die Tastatur, die Maus, der VR-Helm und der Sensoranzug – all das sind doch Relikte aus der prävirtuellen Zeit. Was jetzt kommt, ist die direkte Anbindung an die Hör- und Sehnerven.« Er fährt sich mit dem Finger über die Schläfe, vielleicht weil er Zweifel an seinem gesunden Menschenverstand bekunden will, vielleicht aber auch um eine Schnittstelle anzudeuten, die direkt hinterm Ohr liegt. »Dafür muss jedoch die Mentalität der Gesellschaft einem intensiven Formungsprozess unterzogen werden. Einen Schädelknochen aufzubohren und einen Mikrochip ins Hirn zu implantieren ist nun einmal wesentlich einfacher, als die Vorstellungen der Menschen zu modifizieren. Denn sollten wir tatsächlich auf den Mikrochip verzichten können ... sollten wir einfach so in den virtuellen Raum gelangen können ... würde das die Welt revolutionieren.«

»Ist Ihnen denn so daran gelegen, die Welt zu revolutionieren?«

»Wenn die Welt sich tatsächlich grundlegend verändert«, erwidert Friedrich sehr ernst, »dann, mein lieber Freund, gilt es, an der Spitze dieser Entwicklung zu stehen.«

Ich schweige. Was soll ich darauf schon sagen? Würde ich ohne PC in die *Tiefe* gehen wollen? Ohne Vika an meiner Seite? Ohne Angst vor einer Viruswaffe? Ohne mich mit der Telefonverbindung herumzuschlagen und ewig einem schnelleren Modem nachzujagen?

Blöde Frage! Klar würde ich das wollen. Nur glaube ich nicht an solchen Quatsch.

Auch wenn ich es verdammt gern würde.

»Soweit wir wissen, haben die Diver, die für das Labyrinth arbeiten, versucht, den Loser aus der *Tiefe* zu holen«, lässt Urmann beiläufig fallen.

Ich nicke. Ihr Spitzelsystem leistet wirklich gute Arbeit. Was ein paar Dollar doch bewirken, wenn sie zur richtigen Zeit in der richtigen Menge eingesetzt werden.

»Außerdem noch jemand, der sich Revolvermann nennt«, ergänzt Urmann. »Vermutlich ebenfalls ein Diver, oder?«

»Ja. Das war ich.«

»In dem Fall bin ich auf die Erklärungen gespannt, die Sie mir versprochen haben.«

Wahrscheinlich wäre es am besten, jetzt *Tiefe, Tiefe* ... zu murmeln und zu verduften. Aber nachdem Urmann mir gegenüber so offen gewesen ist, geht das nicht mehr. Du zerstörst nämlich wirklich leichter ein Bauwerk – als die Regeln des täglichen Lebens.

»Kurz nachdem ich zum ersten Mal bei Ihnen gewesen war, hat man mich gezwungen, jemanden zu treffen ...«

Urmann zieht beide Brauen hoch.

»Ja, *gezwungen*. Man hat mich zu einem Mann geschleppt, dessen Namen ich nicht kenne. Er hat mir vorgeschlagen, mich um diese Sache im Labyrinth zu kümmern. Details hat er mir nicht genannt. Erst später habe ich begriffen, dass damit die Loser-Sache gemeint war.«

»Wir nennen ihn den Schwimmer«, wirft Urmann ein. »In Analogie zu Herren wie Ihnen, den Divern.«

»Im Prinzip ist das schon die ganze Geschichte«, sage ich. Ich mag es nicht, wenn man mich unterbricht.

»Wurde Ihnen eine Belohnung versprochen?«

»Ja.«

»Eine große?«

»Eine sehr große.« Ich kann mich nicht beherrschen und füge hinzu: »Ich fürchte, eine größere können auch Sie mir nicht anbieten.«

Da unser Gespräch damit eine geschäftliche Wendung genommen hat, setzt Urmann eine ausgesprochen ernste Miene auf. Da wir jedoch noch nicht konkret werden, besteht für ihn keine Notwendigkeit, jenen Mister X zu übertrumpfen.

»Wie ist dieser Mann auf Sie gekommen? Und warum ausgerechnet auf Sie?«

»Er hat unter uns Divern Jagd gemacht. Und ich ... bin ihm ins Netz gegangen.«

»Haben Sie eine Vermutung, um wen es sich bei diesem Mann handeln könnte?«

»Nicht die geringste«, antworte ich ehrlich – doch anscheinend nicht ehrlich genug, denn Urmann mustert mich schweigend. Vielleicht werden meine Worte ja von einem Lügendetektor überprüft, und jemand teilt Urmann die Ergebnisse mit.

»Ein Detail noch. Er hat von meinem Besuch bei Ihnen gewusst. Und er war bestens über unser Gespräch informiert. Ebenso darüber, dass auch Sie mir irgendwann diese Arbeit anbieten würden.«

Urmann steckt auch diesen Schlag weg. Es dürfte kaum der erste in seinem Leben sein. Trotzdem zuckt unter der Maske der Unerschütterlichkeit erneut sein Lid. Es hört eben niemand gern, dass es in seinem Umfeld einen Spion gibt.

»Ich danke Ihnen, Diver.«

Ich lächle arrogant. Doch nicht dafür! Von mir aus sollen diese beiden Spinnen ihre Kräfte jetzt ruhig aneinander messen.

»Können Sie mir noch etwas über den Schwimmer sagen?«, kommt Urmann noch einmal auf das Thema zurück.

»Nicht viel. Er ist ein Mann wie jeder andere auch. Manchmal hat man den Eindruck, er leide unter einer Deep-Psychiose, denn er nimmt alles, was um ihn herum geschieht, sehr ernst. Dann aber wieder verhält er sich völlig normal.«

Urmann nickt. Vermutlich haben sie es geschafft, sich in die Rechner des Labyrinths einzuklinken, so dass sie alles verfolgen können, was dort passiert. Das bringt mich zu einer Frage: »Haben Sie eigentlich versucht, das Signal von dem Los... Schwimmer zu verfolgen?«

»Er sendet keine Signale.«

Entweder leidet Urmann unter krankhafter Offenheit oder es liegt in seinem Interesse, mich endgültig auf seine Seite zu ziehen.

»Die Server des Labyrinths empfangen keine Daten vom Schwimmer noch senden sie welche an ihn. Er ... er läuft völlig selbstständig im Level herum.«

Soll das heißen, er ist tatsächlich ohne Modem in den virtuellen Raum eingedrungen?

»Die Administration vom Labyrinth versucht bislang noch, seinen Verbindungskanal zu eruieren«, setzt mich Urmann in Kenntnis. »Unseren Experten zufolge dürften sie jedoch in fünf, maximal in acht Stunden zu den gleichen Schlussfolgerungen gelangen wie wir. Und dann bricht Panik aus.«

Das glaube ich gern. Man wird das Level isolieren, womöglich sogar das gesamte Labyrinth evakuieren. In aller Eile werden direkte Zugänge zum dreiunddreißigsten Level gelegt werden; dass es sie bisher nicht gibt, heißt ja nicht, dass man sie nicht schaffen kann. Sämtliche Monster werden abgeschaltet, alle Gebäude werden renoviert, damit der Loser nicht zufällig von herabfallenden Ziegeln erschlagen wird. Eine ganze Horde von Psychologen, Hackern, Beamten, dazu Anatole und Dick werden in das leergefegte Level einfallen. Sie werden den Loser in Watte packen, ihn auf ihren Armen zum Ausgang tragen ...

Ich darf wohl getrost davon ausgehen, dass meine Dienste da nicht vonnöten sein werden.

»Sind Sie bereit, mit uns zusammenzuarbeiten?«

Ich blicke Urmann an. Offenbar meint er das ernst.

»Ich arbeite bereits für den Mann, dessen Namen ich nicht kenne.«

»Vielleicht hat er Ihnen ja einiges versprochen, dieser geheimnisvolle Mister X. Aber hat er Ihnen bisher irgendwie geholfen?«

Ich schüttle den Kopf.

»Wenn Sie tatsächlich der Revolvermann sind, dann konnten Sie sich bereits davon überzeugen, dass man mit den üblichen Methoden beim Schwimmer nichts erreicht. Daran wird sich auch in Zukunft nichts ändern. Noch ein paar Versuche, dann wird das Labyrinth isoliert, dann werden sich die Besitzer ... dieser Attraktion mit dem Problem beschäftigen.«

Das Wort »Attraktion« hat er förmlich ausgespien.

»Wer auch immer Sie angeheuert hat, war mit Sicherheit nicht an Ihren Talenten als Diver interessiert.«

»Nicht?«

Jetzt bringt er mich aus dem Konzept.

»Nein, denn in dem Fall wäre es entschieden einfacher gewesen, die Diver des Labyrinths abzuwerben. Oder eine ganze Gruppe von Divern anzuheuern. Gut, es mag ziemlich schwierig sein, die Originalnamen von Divern herauszufinden, doch sie zu treffen und ihnen Arbeit anzubieten – das ist problemlos möglich. Schließlich leben Diver nun einmal davon. Nein, Ihre Fähigkeit, die virtuelle Welt selbstständig zu verlassen, dürfte Ihren mysteriösen Auftraggeber nicht interessieren. Es *muss* etwas anderes sein.«

Ich würde ja glatt vor Stolz platzen – wenn nicht meine Alarmglocken in voller Lautstärke losschrillen würden!

»Und ich glaube«, bemerkt Urmann nachdenklich, »dass er Recht hat. Der Schwimmer ist eine Arbeit für Sie. Die wichtigste Arbeit Ihres Lebens. Und ich kann Ihnen helfen, Sie zu bewältigen.«

Aber kann er mir auch den Orden der Allmächtigkeit anbieten? Den gibt es schließlich nicht im freien Handel! Andererseits geht es hier um einiges, entsprechend hoch könnte meine Belohnung ausfallen.

Und wozu bräuchte ich diesen Orden, wenn ich bis ans Ende meiner Tage darauf verzichten könnte, im virtuellen Raum krumme Dinger zu drehen?

»Haben Sie einen Vertrag mit diesem Mister X unterschrieben?«, will Urmann wissen.

»Nein.«

»Worüber machen Sie sich dann Gedanken?«

Ich hülle mich in Schweigen. Ich weiß nicht, warum ich diese Abmachung des Mannes Ohne Gesicht nicht einfach platzenlasse. Er hat mich mit Gewalt zu diesem Treffen geschleift. Er hat mich ohne jede Erklärung ins Labyrinth geschickt. Und der Orden kann durchaus ein Bluff sein.

»Ich muss über all das nachdenken.«

»In Ordnung«, willigt Urmann ein. »Fünf Stunden scheinen uns wohl noch zu bleiben. Ich nehme an, Sie wollen dem Labyrinth erst noch einmal einen Besuch abstatten?«

Ich nicke vage.

»Ich werde die Hände in der Zwischenzeit auch nicht in den Schoß legen«, kündigt Urmann an. »Das wird Ihnen nicht entgehen, Diver. Dann können Sie Ihre Wahl treffen.«

»Reichlich nebulös, Friedrich.«

Urmann runzelt verständnislos die Stirn, weil das Übersetzungsprogramm eine Weile braucht, um zu begreifen, dass ich nicht vom Wetter spreche.

»Warum bin ich für Sie so wertvoll?«

»Das werden Sie schon noch verstehen, mein lieber Iwan Zarewitsch. Ach ja, was für eine Nationalität hat der Schwimmer eigentlich? Ihrer Ansicht nach.«

»Er ist Russe«, antworte ich wie aus der Pistole geschossen.

»Schon möglich, wer weiß«, erwidert Urmann amüsiert. »Und nun: Do swidanija, Diver. Lassen Sie sich mein Angebot durch den Kopf gehen und treffen Sie Ihre Entscheidung.«

Bei diesen Worten gleitet die Tür auseinander und die Security-Leute tauchen auf. Diesmal haben sie ihre Schwerter nicht gezückt.

»Man wird Sie zur Brücke bringen«, teilt Urmann mir mit.

10

Entweder folgt mir niemand oder dieser jemand macht das dermaßen geschickt, dass Vika keinen Alarm auslöst. Unter den Blicken der Security-Leute erklimme ich allein die Stufen hoch zur Mauer und betrete die Haarbrücke.

Wie viele Meter ich wohl schaffe, ohne die *Tiefe* zu verlassen?

Ich wage einen Schritt, dann noch einen. Der Faden vibriert, mir wird schwindlig. Hunderte von Metern unter mir schlängelt sich das blaue Band des Flusses über den Felsgrund, an dem jetzt auch Lavaseen mit orangefarbener Glut leuchten.

»He, Diver, du schwankst ja ganz schön!«, erschallt es vergnügt hinter mir.

Aber da schwanke ich bereits nicht mehr, da stürze ich schon.

Wahrscheinlich stürzen so die sündigen Moslems ab, wenn sie versuchen, in ihr Paradies, zu den zärtlichen Jungfrauen zu gelangen, dorthin, wo Milch und Honig fließen.

Im Fallen greife ich nach dem Haar – das mir seelenruhig die Finger absäbelt. Kalte Luft peitscht mir ins Gesicht und drückt mich nach unten. Die Felsen unter mir rotieren, wachsen in die Höhe und sträuben ihre Gipfel. Sobald ich einen Stein berühre, wird der Server von Al Kabar meinen Tod melden. Daraufhin wird das Deep-Programm den Austritt aus dem virtuellen Raum einleiten.

Es interessiert mich aber überhaupt nicht, welche Todesqualen meine Fantasie diesmal bereithält.

Tiefe, Tiefe, ich bin nicht dein ...

Auf den Displays sah ich nur Blut. Das übliche Bild.

Ich nahm den Helm ab, beugte mich über den Tisch und zog das Kabel aus der Telefonbuchse.

»Die Verbindung wurde unterbrochen!«, erklärte Vika. »Es gibt kein akustisches Signal! Überprüfe den Anschluss!«

»Es ist alles okay«, murmelte ich und steckte das Kabel wieder rein. »Reboote!«

»Bist du sicher?«

»Ja.«

Den Monitor nahm eine blaue Fläche ein, vor deren Hintergrund ein Mensch zu Boden fiel. Ich fühlte mich mies.

Ich war da in eine verdammt ernste Geschichte reingeschlittert. Wenn Al Kabar, das Labyrinth und diejenigen, die hinter dem Mann Ohne Gesicht standen, erst mal wegen dem Loser aneinandergeraten würden, dann gute Nacht! Wenn ich da bloß nicht zwischen die Fronten geriet! Am klügsten wäre es vermutlich, den virtuellen Raum für die nächsten paar Wochen zu vergessen. Normale Spiele zu spielen, mit Maniac Bier zu trinken, meine

Kiste endlich upzugraden, nach Antalya zu fliegen, wo es noch warm war, und im Meer zu baden.

Natürlich müsste ich auch Vika vergessen. Die richtige Vika. Für sehr lange.

Und ich müsste für immer vom Orden der Allmächtigkeit Abschied nehmen.

Genauso wie ich mir den Loser aus dem Kopf schlagen müsste, logisch.

Wer war er denn, dass ich mir derartige Sorgen um ihn machte? Ein *homo computerensis*? Ein Computermensch, der ohne Modem in den virtuellen Raum eintreten konnte? Und selbst wenn? Durfte ich dann etwa darauf hoffen, dass sich seine Fähigkeit – falls es sie überhaupt gab – auf mich übertragen würde?!

Nein, alle möglichen Spezialisten würden ihn sich unter den Nagel reißen. Sie würden Enzephalogramme erstellen und jeden denkbaren und undenkbaren Wert messen. Der Loser würde vor verschiedene Rechner gesetzt, an Modems angeschlossen und wieder abgestöpselt, mit Telefonleitungen verbunden und in unterirdischen Bunkern versteckt. Und dann hieße es: Nun geh mal hübsch in die *Tiefe*! Sag uns, was du fühlst! Was spürst du in deinem linken großen Zeh, wenn du in den virtuellen Raum eintrittst? Und wie verändert sich dein Stuhlgang nach drei Tagen in der virtuellen Welt? Er würde den Rest seines Lebens irgendwo in einer bewachten Villa in der Schweiz verbringen oder in der Wüste von Texas, in irgendeinem Forschungszentrum der CIA. Als extrem wertvolles und hochgeschätztes Meerschweinchen.

Dabei war er Russe, wahrscheinlich sogar russischer Staatsbürger. Was, wenn ich eine Information über ihn ins Netz stellen oder den entsprechenden Organen zuspielen würde?

Ich musste selbst über meine Naivität lachen. Ja und? Würde Mütterchen Russland etwa Flugzeugträger und Panzerbrigaden schicken, um den Loser zu retten? Als ob nicht schon genug begabte Programmierer aus dem Land gebracht worden waren! Was war denn zum Beispiel mit dem vierzehnjährigen Schura Morosow aus Woronesh, der mit einem Sonderflug rausgeschmuggelt worden war? Niemand bei uns braucht unsere Hirne. Und selbst wenn der Geheimdienst etwas von seiner früheren Entschlossenheit an den Tag legen und den Loser schnappen würde – dann doch nur, um ihn in einem eigenen Forschungszentrum irgendwo in Sibirien oder im Ural wegzusperren.

Als die *Tiefe* entstanden war, hatte sie sich die Freiheit auf ihr Banner geschrieben.

Wir wollten unabhängig von korrupten Regierungen, überholten Religionen und puritanischer Moral sein. Wir wollten in allem und jederzeit frei sein. Mit Informationen durfte nicht hinterm Berg gehalten werden, und wir hatten das Recht, über alles zu sprechen. Die Bewegungsfreiheit durfte nicht eingeschränkt werden, Deeptown sollte keine Grenzen kennen. Wir wollten auf unserm Recht bestehen, in den Genuss aller Rechte zu kommen. Wir würden aus unseren Reihen nur diejenigen vertreiben, die gegen die Freiheit auftraten.

Wie naiv und enthusiastisch wir waren!

Wir Menschen einer neuen Welt, einer Cyberspace-Welt! Wir Menschen eines freien und grenzenlosen Raums!

Berauscht von dieser Freiheit haben wir mit ihr ausgelassen und stolz gespielt, ganz wie ein Kind, das nach langer Krankheit vom Bett aufsteht. Wir gaben alles für die *Tiefe*, taten alles in ihrem Namen, für jetzt und alle Ewigkeit. Amen.

Aber warum glaubte ich an diese Losungen dann immer noch mit der gleichen Bereitschaft, mit der ich als kleiner Junge an den Kommunismus geglaubt hatte?

Warum wollte ich unbedingt daran glauben – allen zum Trotz?

Ich, der ich Gesetze brach, in fremden Rechnern wütete, fremdes geistiges Eigentum klaute, meiner bettelarmen Heimat keine Steuern zahlte und bis auf ein paar Freunden niemandem traute – ich glaubte an etwas Warmes, Reines und Ewiges? An Freiheit, Güte und Liebe?

Wahrscheinlich war ich einfach aus diesem Holz geschnitzt und konnte gar nicht anders.

Abgesehen davon hinderte mich ja niemand daran, weiterhin an die Freiheit zu glauben. Wenn ich erst mal ein paar Tage in der realen Welt abgesessen haben würde, könnte ich mir neue Verbindungskanäle in die *Tiefe* besorgen und meine Netzadresse ändern.

Zu glauben war verdammt einfach.

Ich starrte auf das dreidimensionale Gitter des Norton-Commanders, auf die gleichmäßigen Zeilen der Verzeichnisse und Unterverzeichnisse. Die Speicherkapazität war schnell erschöpft, da reichten schon Dienstprogramme, Viren- und Antiviren-Programme, Vikas »Bewusstsein«,

Musikdateien und Spiele, geklaute Daten und frische Bücher, die die Druckerei noch nicht verlassen hatten. Zum Beispiel Cyberpunk wie *Herzen und Motoren in Bewegung*, der allerneueste Krimi oder eine Space Opera. Warum besorgte ich mir nicht einfach Unmengen von Bier, druckte auf meinem alten Laser Jet ein paar der Bücher aus und haute mich damit aufs Sofa? Oder schlief mal richtig aus? Sollten sich doch Herr Urmann, der Mann Ohne Gesicht und Guillermo alias Willy in aller Ruhe wegen dem Loser die Köpfe einschlagen!

Schließlich hatte ich noch nie was für Blödmänner und Kamikazetypen übriggehabt.

Ich nahm das Telefon vom Tower und wählte Maniacs Nummer. Auch diesmal hatte ich Glück, er trieb sich weder im virtuellen Raum rum noch schlief er.

»Hallo!«

»Hallo, Schura, ich bin's.«

»Ah ...« Maniac senkte die Stimme.

»Störe ich?«

»Also ... ein bisschen.«

»Schreibst du gerade ein Programm?«

»Nein, ich schäle Kartoffeln. Galja kocht unser Abendessen.«

»Meinen Glückwunsch.«

»Wozu?«, fragte Maniac alarmiert.

»Zur Versöhnung.«

»Spar dir deine Kommentare!«

Ich sollte ihn besser nicht zu lange aufhalten, schon gar nicht, wo Galja erst vor kurzem wieder aufgetaucht war.

»Sag mal, Schurka, kann man mit einer Waffe ins Labyrinth des Todes gehen?«

»Du meinst, mit einem Virus? Reicht dir die BFG nicht mehr?«, frotzelte Maniac. »Du machst Witze, oder? Das ist ein Raum im Raum, geschaffen für ein klar definiertes Ziel. Eher schmuggelst du ein Virus ins Pentagon als durch den Filter des Labyrinths.«

»Kann es vielleicht sein, dass du ihnen diesen Filter gebaut hast?«

»Nein«, antwortete Maniac voller Bedauern. »Das war ich nicht. Aber ich weiß, wer ihn gemacht hat. Und wie er funktioniert.«

»Und wie?«

»Am Eingang wird dein Avatar kopiert. Wenn du Programme dabeihast, egal, was für welche, werden sie abgesäbelt. Über den Server des Labyrinths läuft dann nur eine exakte Kopie deiner Figur.«

»Kann man den Filter irgendwie umgehen?«, fragte ich hilflos.

»Du hast Ideen!«

»Schon gut!«, brummte ich. »Kann man das Ding dann vielleicht zerschlagen?«

»Das zerschlägt eher dich«, belehrte mich Maniac. »Worum geht's denn überhaupt?«

»Ich bin da in eine ziemlich miese Geschichte reingerasselt. Eine absolut miese, ehrlich gesagt.«

»Für wen mies?«

»Für die ganze *Tiefe*. Und für einen anständigen Kerl.«

»Und was ist mit dir?«, fragte Maniac. Unwillkürlich fielen mir die *Drei Musketiere* ein.

»Könnte besser sein.«

Maniac reagierte nicht gleich, ja, er fing sogar erst mal an, vor sich hinzupfeifen.

»Schura!«

»Würde dir der Warlock 9000 reichen?«

»Und was ist das?«

»Ein lokales Virus. Wie immer.«

»Und das kommt durch den Filter?«

»Eventuell.«

»Schurka, störe ich dich auch wirklich nicht?«, erkundigte ich mich, weil mich plötzlich ein schlechtes Gewissen plagte. »Was ist mit den Kartoffeln?«

»Die sind quasi fertig.«

Ich mag keine Handys. Mir reichte schon die Strahlung vom Rechner. Aber Maniac war da ganz anders, er konnte sich ein Leben ohne die Dinger nicht vorstellen. Jetzt stand er wahrscheinlich da, das Telefon mit der Schulter ans Ohr gepresst und schälte Kartoffeln.

»Kannst du mir dieses Wunderding rüberschicken?«

»Jetzt gleich?«

»Ja«, bat ich, indem ich allen Mut zusammennahm.

»Immer mit der Ruhe, so einfach ist das nämlich nicht! Welche Programme benutzt du, um deinen Avatar zu erstellen?«

»Unterschiedliche. Bioconstructor, Morpholog, Maske ...«

»Okay. Und für welche Figur brauchst du das Virus?«

»Für Nr. 7, den Revolvermann, Gunslinger.«

»Welche Extension hat die Datei?«

»Die Extension? Also, ich glaube ...«

»Mach mir das Terminal frei«, verlangte Maniac schicksalsergeben. »Gib mir Zugang unter dem Passwort ... na, sagen wir 12345.«

»Eins-Zwei-Drei-Vier-Fünf«, wiederholte ich wie ein Blödmann.

»Aber in Ziffern!«, präzisierte Maniac. »Ich richte dir dann alles ein.«

»Danke!«

»Das kostet dich aber wieder ein Bierchen!« Maniac seufzte noch einmal und schob dann hinterher: »In fünf Minuten ruf ich an. Dann muss deine Kiste laufen und auf mich warten. Und dass sie mir aufs Wort gehorcht, klar?«

Ich stürzte zum Rechner. Nach drei Minuten erklärte Vika sich bereit, alles zu tun, was derjenige, der sich mit »12345« einwählen würde, verlangte. Daraufhin ging ich in die Küche, um mir etwas zum Abendessen zu machen. Ich setzte gerade den Kessel mit Wasser auf, als im Zimmer das Telefon klingelte und gleich darauf das Modem anfing zu pfeifen.

Tief in meinem Herzen bin ich eben doch ein Blödmann. Und ein Kamikazetyp.

Und selbst wenn ich auf die Kamikazeaktion verzichten würde, bliebe ich immer noch ein Blödmann.

Ich trank einen Tee und löffelte etwas Marmelade dazu, die ich noch im Schrank gefunden hatte, goss mir eine zweite Tasse ein und ging zurück ins Zimmer. Maniac war gerade fertig geworden, mitten auf dem Bildschirm flammte in roter Schrift seine Botschaft: »hab mir was von deinem kram genommen um das virus zu ueberspielen erklaerung folgt gleich muendlich«.

Maniac scherte sich in solchen Fällen weder um Satzzeichen noch um Großschreibung.

Ich rief den Norton-Commander auf, suchte die Datei für den Revolvermann (sie hatte die schlichte Extension .clt) und verglich sie mit den anderen, nicht manipulierten Figuren. Soweit ich es beurteilen konnte, war sie von ihnen durch nichts zu unterscheiden.

Was aber auch nicht anders zu erwarten gewesen war.

Fünf Minuten später rief Maniac an und erklärte mir, was zu tun sei. Ich schüttelte bloß den Kopf, als ich begriff, was er mit meiner Figur Nr. 7 angestellt hatte.

Den Warlock 9000 hatte er offenbar schon seit geraumer Zeit in petto und sich für besondere Gelegenheiten aufgespart. Wenn so ein Ding erst mal in Umlauf war, würden bald Hunderte von Plagiaten auftauchen.

»Du sollst dein Bier haben ...«, murmelte ich, als ich auflegte. Ob ich allerdings überhaupt noch Gelegenheit haben würde, ihm dieses Bier zu liefern, stand in den Sternen.

Schließlich wollte ich in der *Tiefe* einen Sturm entfachen, wie sie ihn seit langem nicht erlebt hatte.

Einen Sturm, wie sie ihn sich verdient hatte.

11

»Du hast Zugang zum Terminal«, teilte mir Vika mit. Ich klickte auf das Icon, um die Verbindung herzustellen, und schon ein paar Sekunden später war ich auf dem Server von Russia On Line gelandet.

Die Adresse, die mir der Mann Ohne Gesicht genannt hatte, kannte ich auswendig. Irgendein polnischer Server, was aber nicht das Geringste besagte. Wahrscheinlich handelte es sich bei dem bloß um einen Transmitter, und mein Signal wurde auf dem Weg zu dem mysteriösen Unbekannten erst noch durch das eine oder andere Land geleitet.

Der Server besaß keine Grafikunterstützung, so dass auf dem Bildschirm gezeichnete Fratzen oder animierte Fotos fehlten. Ich bekam ein schlichtes Menü in Polnisch und Englisch geboten, mit der Möglichkeit, auf ein Dutzend weitere Sprachen zuzugreifen, inklusive Rumänisch und Koreanisch. Aber kein Russisch. Das Brudervolk hatte uns nicht gerade in sein Herz geschlossen. Ich antwortete auf die Begrüßung des Operators und bat ihn, mich mit dem »Man Without Face« zu verbinden. Eine halbe Minute später schaltete der Operator auf die russische Tastaturbelegung um und forderte mich auf, den Namen des Abonnenten in meiner Muttersprache zu nennen.

»Mann Ohne Gesicht«, gab ich ein.

Daraufhin wurde ich von Server zu Server weitergereicht. Bei den ersten beiden gab es keine Zugangskontrolle, über die nächsten drei erfuhr ich nichts. Schließlich erschien auf meinem Monitor der Befehl »Bitte warten«. Auf Russisch übrigens.

Ich wartete eine Viertelstunde.

Die ersten fünf Minuten noch ruhig und bescheiden, dann holte ich mir aber ein Bier aus dem Kühlschrank und schob ein altes Album von *Nautilus Pompilius* ins CD-Laufwerk.

Ich erwache voll kaltem Schweiß
Ich erwache im Alptraumscheiß,

sang Butussow. Ein guter Sänger. Solange er nicht versuchte, die Texte selbst zu schreiben.

Dass unser Haus in Fluten untergeht
Und nur du und ich, wir haben überlebt.

Mein Traum fiel mir wieder ein, der mit dem Sänger und Alex auf der Bühne. In gewisser Weise war das ein prophetischer Traum gewesen. Aber warum hatte ich mir den Loser als Sänger vorgestellt? Im realen Leben kannte ich keine Sänger, und ich selbst sang nur, wenn ich allein war.

Dass über uns sich Wassermassen ballen,
Dass über uns Wale mit ihren Schwänzen knallen
Und der Sauerstoff für zwei nicht reicht, ich im
   Dunkeln treibe
Lauschend auf unsern Atem ...
Ich lausche auf unsern Atem.

Ich mochte diesen Song. Er schien von meiner *Tiefe* zu handeln, von der virtuellen Welt, auch wenn sie vor fünf Jahren, als das Lied entstanden war, noch gar nicht existiert hatte. Außerdem hatte ich genau das jetzt vor: das Atmen zu verlernen, nicht mehr an die Schönheit des Cyberspace zu glauben.

Wer ist da?

Sofort galt meine ungeteilte Aufmerksamkeit wieder dem Monitor. *Ich bin's*, gab ich ohne nachzudenken ein.

Wie läuft's, Herr Diver?

Das wissen Sie doch.

Ich würde viel dafür geben zu wissen, wer er ist, dieser Mann Ohne Gesicht.

Stimmt.

Ich schaffe das nicht.

Das ist Ihr Pech.

Nicht nur das.

Es kam zu einer kurzen Stockung, als ob der Mann Ohne Gesicht überlegte oder irgendwo die Verbindung unterbrochen worden war.

Was wollen Sie?

Ich brauche Hilfe.

Ich kann Ihnen nicht helfen. Alles, was Sie brauchen, steckt in Ihnen selbst.

Wenn er vor mir stünde, ein realer Mensch aus Fleisch und Blut, dann würde ich ihm ins Gesicht sagen, was man nur mündlich sagen sollte und besser gar nicht sagte, ich aber dessen ungeachtet jetzt in die Leere hinein aussprach. Geschrieben galt jedoch die Netiquette, so dass meine Finger tippten: *Wer ist er?*

Das wissen Sie doch.

Das waren alles Spinnen. Die dünne Fäden in fremdes Terrain zogen. Urmann behielt das Labyrinth im Auge, der Mann Ohne Gesicht Al Kabar.

Und? Stimmt das?

Eventuell.

ICH SCHAFFE DAS *NICHT!*, schrieb ich in Großbuchstaben.

Schade.

Fast unmittelbar darauf erschien im unteren Teil des Bildschirms: *Die Verbindung wurde auf Wunsch des Abonnenten unterbrochen.*

»Die Verbindung wurde unterbrochen!«, bestätigte mir auch Vika. »Soll sie wiederhergestellt werden?«

»Nein«, antwortete ich. Aus irgendeinem Grund hatte ich nicht den geringsten Zweifel: Der polnische Server würde mich nie wieder mit dem Mann Ohne Gesicht verbinden.

Vielleicht war er sauer, dass ich Urmann von ihm erzählt hatte. Vielleicht traute er mir die Sache auch einfach nicht länger zu.

So oder so, es lief aufs Gleiche hinaus.

»Bin ich clever, Vika?«, wollte ich wissen.

Windows Home kannte etwa tausend Wörter. Deshalb konntest du mit deiner Kiste manchmal ziemlich abgefahrene Gespräche führen. Die fast intelligent waren.

»Welche Antwort möchtest du denn hören?«, fragte Vika zurück. Wie immer, wenn die Wörter nicht im Imperativ und ihr unbekannt waren.

»Eine ehrliche.«

»Ich weiß es nicht, Ljonja. Ich würde sehr gern antworten, aber ich weiß es nicht.«

»Du bist blöd, Vika.«

»Und du bist unverschämt.«

Ich grinste. Wenn mich jetzt jemand hören könnte, der nicht mit den modernen Operationssystemen vertraut war, würde er garantiert glauben, mein PC sei intelligent.

»Tut mir leid, Vika.«

»Schon gut, ich bin nicht böse.«

Intelligenz. Die Imitation von Intelligenz. Wo verlief die Grenze zwischen beidem? Wir reden mit unseren Rechnern, sie begrüßen uns und wünschen uns gute Träume. Viele Menschen – und ich gehöre zu ihnen – verbringen einen Großteil ihres Lebens in der virtuellen Welt. Aber das ist nicht der Sieg der menschlichen Intelligenz, das ist nur die Imitation dieses Sieges. Grelle Banner und Feuerwerke im leeren Raum. Ein schnellerer Prozessor, ein größerer Arbeitsspeicher – und schon ähnelt die Kiste einem Menschen. Ähnelt ihm, aber mehr auch nicht.

Der Loser konnte tatsächlich ein Programm sein. Das genauso ausgebufft war wie Maniacs Virus. Vielleicht war er auch in der Gestalt eines Menschen durch den Filter geschlüpft und hatte sich in dieser Tarnung häuslich auf dem Server des dreiunddreißigsten Levels eingerichtet. Immerhin war er imstande, sich zu unterhalten und Monster zu töten.

»Scheiße!«, rief ich aus.

Wie einfach das war! Hundert Sätze, die mal passten, mal nicht. Ein Programm, das aus deinen eigenen Worten lernte, das dir deine eigenen Gedanken zurückgab. Das den naiven Rettern brav hinterherstapfte! Logisch, dass so ein Programm keinen Verbindungskanal brauchte.

Was hatte ich dem Loser gesagt, was hatte er geantwortet? Krampfhaft versuchte ich, mich zu erinnern.

Nein, es wollte mir nicht gelingen. Vielleicht war der Loser also ein Programm. In dem Fall wären Al Kabar und der Mann Ohne Gesicht auch nicht klüger als ich.

Wenn es doch bloß so wäre! Wenn diese banale Antwort doch zuträfe!

Die Stille, Revolvermann.

Ich fing an zu zittern. Mir fiel wieder die Leere ein, die mich nach seinen Worten überrollt hatte.

Und das sollte ein Programm sein?

Der Loser, der sich liebevoll um einen virtuellen Jungen kümmerte ...

Ein Programm?

»Ich blicke da nicht mehr durch, Vika«, gestand ich. »Überhaupt nicht. Und du kannst mir auch nicht helfen.«

»Ich kann helfen?«, antwortete Vika völlig unpassend.

»Nein!«

»Wer dann?«

Es dauerte, bis ich herausbrachte: »Die richtige Vika. *Tiefe!*«

»Soll ich das Deep-Programm starten?«

Statt zu antworten setzte ich mir den Helm auf und legte die Finger auf die Tastatur.

Deep.

Enter.

Fallende Sterne sprenkelten die dunklen Displays, eine regenbogenfarbene Spirale drehte sich vor meinen Augen, löschte die Realität aus und trug mich zu den Wolkenkratzern von Deeptown.

Der erste Augenblick ist am schwierigsten. Das Zimmer sieht genauso aus wie vorher, aber ich weiß, dass es ein Trugbild ist, eine Fantasiegespinst.

»Alles in Ordnung, Ljonja?«

Ich drehe den Kopf nach links und nach rechts.

Das Zimmer ist in Ordnung. Ich nicht ganz.

»Ich brauche Figur Nr. 7, den Revolvermann.«

»Wird erledigt!«

Diesmal dauert es quälend lange, bis mein Äußeres verändert ist. Aber ich will nicht meckern, das ist der Preis für die Waffe.

»Alles in Ordnung, Ljonja?«

Ich stehe auf und betrachte mich im Spiegel. »Ja. Danke, Vika.«

Im Kühlschrank suche ich vergeblich nach einer Sprite, die ist alle, es gibt nur noch Coca-Cola. Sei's drum.

»Viel Glück, Ljonja.«

»Danke.«

In großen Schlucken stürze ich das beliebteste Getränk der Welt hinunter, das – und das muss man sich auf der Zunge zergehen lassen! – als Mittel gegen Durchfall erfunden worden ist. Urmann hat gesagt, mir blieben noch fünf Stunden. Inzwischen sind es nur noch vier. Ich kann fast körperlich spüren, wie sich irgendwo auf anderen Kontinenten alle möglichen Bürogatten die Hirne verrenken, um hinter das Phänomen »Loser« zu steigen. Bald wird das dreiunddreißigste Level des Labyrinths geschlossen. Bald wird man zur Jagd auf den Loser blasen. Egal, ob er ein Programm oder ein Mensch ist. Aber ich werde ihn da rausholen.

»Ruf mir ein Taxi«, bitte ich Vika, bevor ich die Wohnung verlasse. Ein sauberer, heller Fahrstuhl bringt mich nach unten.

Als ich aus dem Haus trete, wartet bereits ein alter Ford auf mich. Der Fahrer ist ein geschniegelter junger Typ im weißen Hemd. Eine genaue Kopie von dem, den ich vor zwei Tagen umgebracht habe, als ich in Al Kabar eingedrungen bin. Er lächelt freundlich. Ich kann ihm kaum in die Augen sehen.

»Ins Bordell *Vergnügungen jeder Art!*«, verlange ich.

100

Wahrscheinlich hat Vika Madame überredet, mir einen Sonderstatus einzuräumen. Jedenfalls bemerken mich die drei Männer, die bereits im Foyer sitzen, als ich komme. Alle drei reißen den Kopf hoch, in ihren Augen liegt Verlegenheit und Angst. Einander sehen sie jedoch nicht, zwei überlappen sich sogar im Raum und erinnern an siamesische Zwillinge.

Diese beiden sind schlank, haben blaue Augen und dunkles Haar, es sind Standardkörper, die Windows Home anbietet. Garantiert haben sie die gewählt, um sich zu tarnen. Der dritte ist ein dunkelhäutiger Muskelprotz, der sich eine Glatze rasiert hat. Das Einzige, was sie gemeinsam haben, ist ihr Blick. Der wirkt, als habe ich sie beim Ausdrücken eines Pickels erwischt.

Genieße ich jetzt also die Rechte eines Puffangestellten? Darf ich Kunden sehen und mich in den Personalräumen aufhalten?

»Hallo!«, sage ich und hebe unbestimmt die Hand. Alle drei nicken mir rasch zu. Einer der beiden siamesischen Zwillinge legt mit betont sorglosem Blick das grüne

Album zur Seite, der andere schleudert das lilafarbene weg.

Nur der Glatzkopf blättert unbeirrt weiter das schwarze Album durch und betrachtet interessiert die Fotos.

Kaum nähere ich mich dem Security-Typ, reißt er auch schon die Tür auf, so dass ich die Halle verlassen und die Freier von ihrer Seelenpein erlösen kann.

Niemand begleitet mich, aber das ist auch nicht nötig, ich erinnere mich an den Weg. Der Gang ist leer, einige Türen stehen offen, andere nicht. Durch eine offene Tür sind Lachsalven zu hören. Im Zimmer erspähe ich einen Pavillon, der von blühenden Zierkirschen umgeben ist. Am Himmel strahlt eine noch nicht sehr warme Frühlingssonne, in der Ferne ist der Fuji zu sehen. In dem Pavillon trinken zwei Frauen Tee, als sie mich sehen, winken sie mir herzlich zu. »Hallo, Revolvermann! Willst du einen Tee?«

»Nein, da... danke«, stammle ich und gehe schnell weiter. Aus einer weiteren Tür taucht eine splitternackte Frau auf, die sich dessen jedoch kein bisschen schämt.

»Vika ist beschäftigt!«, teilt sie mir mit. »Willst du vielleicht zu mir reinkommen? Ich langweile mich fürchterlich!«

In ihren Worten liegt nichts Anzügliches. Der Gedanke an Sex erregt sie nicht mehr als der Atemprozess. Aber in der Situation selbst liegt etwas Schreckliches. In all diesen lustigen, freundlichen jungen Frauen ...

Mit einem Mal begreife ich, an wen sie mich erinnern.

In einem alten Science-Fiction-Roman habe ich mal was von jungen Leuten gelesen, die völlig in ihrem Beruf aufgehen, Tag und Nacht arbeiten, freundlich und stets hilfsbereit sind, nie schlecht über andere reden ...

Dieser Roman war wie ein Vexierspiegel gewesen. Ein falsches Spiegelbild. Das Böse hat sich in das Gewand des Guten gehüllt – und komischerweise stand es ihm ausgezeichnet.

»Danke, aber ich warte lieber bei ihr!«, antworte ich mit einem verlegenen Lächeln. »Vielen Dank!«

Die Frau setzt ein enttäuschtes Gesicht auf und verschwindet in ihrem Zimmer. Ich marschiere weiter.

Bis ich ein Foto mit einer kleinen schwarzen Katze sehe.

»Miau«, flüstere ich, als ich die Tür aufstoße. Die Katze maunzt leise zurück und verstummt wieder.

Der Hütte ist leer, nur der Wind bewegt im offenen Fenster die kurzen Gardinen. Aufs Fensterbrett gestützt schaue ich lange auf die Berge.

Das hätte ich nie für möglich gehalten! Da kreiert jemand eine ganze Welt – die völlig leer ist! Und nicht um Geld oder Ruhm einzuheimsen, nicht im Auftrag von jemandem, sondern einfach für sich. Und am Ende betritt noch nicht einmal er selbst diese Welt.

Es reicht ihm zu wissen, dass es sie gibt. Ganz in der Nähe, direkt vorm Fenster. Funkelnder Schnee auf den Gipfeln, ein endloser blauer Himmel, Steine an den Hängen, schwarzes Moos unter den Eichen. Eine Welt der Stille, Reinheit und Ruhe. Eine Welt, in der das Wort »Dreck« nicht zu existieren scheint.

Ich glaube, dem Loser könnte sie gefallen.

Ich hoffe sehr, dass sie ihm gefällt.

»Ljonja?«

Vika tritt so lautlos ein, dass ich erschrecke.

»Hat man dir nicht gesagt, dass ich gekommen bin?«

Sie schüttelt den Kopf.

»Ich wollte dich gern sehen. Ein Weilchen bei dir sein.« Automatisch fange ich an, mich zu rechtfertigen. »Ist ... alles okay mit dir?«

Vika nickt.

»Du solltest nicht so oft in die *Tiefe* eintauchen«, warne ich sie und trete an sie heran. »Hast du wenigstens was gegessen?«

»Ein bisschen. Die Kunden rennen uns heute einfach die Tür ein.«

Sie blickt nicht zur Seite, denn sie ist längst daran gewöhnt, den Sex als Arbeit zu betrachten.

Im Unterschied zu mir. In meiner Brust bildet sich ein kalter Klumpen aus pieksenden Kristallen, wie Schnee an Frosttagen. Ich ringe nach Atem. »Musst du wirklich so viel arbeiten ... Madame?«, presse ich heraus.

Vika tritt ans Fenster und starrt hinaus. Ohne sich umzudrehen, fragt sie: »Wie bist du dahinter gekommen?«

»Ich habe es gespürt.«

»Hau ab, Leonid. Hau für immer ab, ja?«

»Nein.«

»Was zum Teufel willst du eigentlich von mir?«, brüllt Vika, nachdem sie sich mir doch wieder zugedreht hat. »Warum bist du auf eine Freundin scharf, die Nutte ist? Verpiss dich! Meine Arbeit gefällt mir, kapiert? Ich ficke gern hundertmal pro Tag, wechsel meinen Körper, gebe den Mädchen ihre Anweisungen und tu so, als sei ich eine von ihnen! Geht das nicht in deinen Schädel rein?«

Ich stehe bloß da und warte das Ende dieser Tirade ab. Dann gehe ich zu ihr und stelle mich neben sie ans Fenster.

Besser, ich verkneife mir jetzt jeden Kommentar. Besser, ich berühre Vika jetzt nicht. Zu schweigen ist jedoch auch gefährlich. Trotzdem bleibt mir nichts anderes übrig. Deshalb warte ich. Wobei ich nicht mal selbst weiß, worauf.

Plötzlich beben die Berge, fängt der Boden unter unseren Füßen an zu vibrieren. Vika schreit auf und klammert sich am Fensterbrett fest, ich lege einen Arm um sie und stemme mich mit dem anderem an der Wand ab. Ein Erdbeben. Die Schneemützen rutschen in einer weißen Rauchwolke von den Bergen, Lawinen strecken ihre Tentakel in die Tiefe. Vorm Fenster schlägt donnernd ein riesiger Felsbrocken auf.

»Mamma mia!«, flüstert Vika und schmeißt sich auf den Fußboden. Sie ist eher aufgeregt als verängstigt. »Runter, Ljonja!«

Ich lasse mich neben sie fallen, gerade noch rechtzeitig, denn eine ordentliche Salve aus Steinschrapnellen schießt durchs Fenster rein.

»5,0 auf der Skala!«, frohlockt Vika. »Nein, 7,0!«

»Mindestens 8,0!«, überbiete ich sie nochmal. Wahrscheinlich hat sie noch nie ein echtes Erdbeben erlebt, sonst hätte sie nicht einen derartigen Spaß an der Sache.

Der Boden unter uns zittert zwar noch, aber schon schwächer, wie bei einem leichten Krampf.

»Wow!«, flüstert Vika und streckt sich auf dem Boden aus. Sobald ich ihren Blick auffange, berühre ich mit der Hand ihre Wange. »Sei mir nicht böse, Ljonja.«

»Bin ich nicht.«

»Die Kunden ... rauben mir manchmal den letzten Nerv.«

»Du meinst Cappy?«, erkundige ich mich.

»Wen sonst?«

»Was ist das überhaupt für einer?«

»Keine Ahnung.« Vika zuckt die Achseln. »Er hat mehrere Körper und erzählt nie was von sich. Allerdings ...« Sie grinst. »Er trägt immer dieses Basecap. Daher auch sein Spitzname.«

»Steht er auf Sadomaso?«

»Mhm, wenn auch auf eine besondere Spielart.« Ihre Lippen formen lautlos einen kurzen Fluch.

»Bedient ihr etwa jeden Freier? Sogar die, bei denen ihr das Kotzen kriegt?«

Vika schweigt.

»Ich habe gedacht, die übelsten Typen würdet ihr wegschicken. Wenn ihr Cappy erkennen könnt ...«

»*Wir* schicken niemanden weg.«

»Warum nicht? Geht das gegen die Ehre der Firma? Weil hier Vergnügungen jeder Art erlaubt sind?«

»Sozusagen.«

Das Erdbeben scheint vorüber zu sein. Ich stehe auf, um aus dem Fenster zu lugen. Vereinzelt gehen noch Lawinen nieder. Der Fluss ist voller Geröll und tritt langsam über, um sich ein neues Bett zu suchen.

»Es ist wieder alles ruhig«, flüstere ich mit unwillkürlich gesenkter Stimme. Als ob ich sonst ein neues Beben auslösen könnte. »Wozu brauchtest du dieses Erdbeben, Vika?«

»Was habe ich damit zu tun? Diese Welt lebt nach ihren eigenen Gesetzen. Ich habe längst keine Möglichkeit mehr, sie zu kontrollieren.«

»Überhaupt keine?«

Vika schielt kurz zu mir herüber, ehe sie aufsteht und die veränderte Landschaft betrachtet. »Absolut keine. Eine Welt ist schließlich nur dann eine Welt, wenn sie frei ist.«

»Genau wie ein Mensch.«

»Eben.«

»Glaubst du wirklich derart fest an die Freiheit?«

»An die Freiheit brauchst du nicht zu glauben. Wenn sie irgendwo vorhanden ist, spürst du es sowieso.«

Ich glaube, ich habe gewusst, dass sie das sagen würde.

»Vika, wenn ein Mensch, ein guter Mensch, in Gefahr ist, wenn er kurz davor ist, seine Freiheit für immer zu verlieren ... wärest du dann bereit, ihm zu helfen?«

»Das wäre ich«, antwortet sie gelassen. »Er bräuchte dafür nicht mal ein besonders guter Mensch zu sein. Wenn du so willst, ist das ein Prinzip von mir.«

»Ich muss jemanden verstecken.«

»Was meinst du damit, Ljonja?« Vika schüttelt den Kopf, bis ihr die Haare über die Schultern fliegen. »Wo verstecken?«

»Im virtuellen Raum.«

»Und warum?«

»Weil er ihn nicht verlassen kann.«

»Es geht um den Typen aus dem Labyrinth, oder?«

»Genau.«

»Ljonja ...« Vika fasst mich bei der Hand. »Wann warst du das letzte Mal in der realen Welt?«

»Vor einer halben Stunde.«

»Wirklich? Brauchst du vielleicht selbst Hilfe? Soll ich ...« Sie beißt sich auf die Lippe. »Ich kenne einen Diver. Das ist kein Lügenmärchen, es gibt sie wirklich!«

Gleich krieg ich 'nen Lachkrampf ...

»Wenn du willst, bitte ich ihn, sich um dich zu kümmern.«

»Vika ...«

Sie schweigt.

Ehrlich gesagt, bin ich an eine derartige Sorge nicht gewöhnt. Das ist schließlich mein Job: Leuten zu helfen, die sich im virtuellen Raum verirrt haben.

»Ich helfe dir«, verspricht Vika. »Aber ich glaube ... du machst einen Fehler.«

Mir ist absolut nicht danach, mich mit ihr zu streiten.

»Danke. Ihr habt doch eine gute Sicherheitssoftware, oder?«

»Eine ziemlich gute, ja. Verstehst du was davon?«

Ich nicke. Okay, ich kann kein entsprechendes Programm schreiben. Aber geknackt habe ich die Dinger schon so oft, dass ich mich völlig zu Recht als Experte bezeichnen darf.

»Dann frag den Magier danach.«

»Wird er denn mit der Sprache rausrücken?«

»Wenn du ihn ansprichst, bestimmt nicht. Und auch wenn ich ihn bitte, nicht. Aber wenn Madame ihn auffordert ...«

Vika stockt und wirft mir einen Blick zu, als wolle sie mich bitten, das Zimmer zu verlassen. Doch als ich zur Tür gehe, ruft sie: »Bleib hier, Ljonja. Ich will, dass du es siehst.«

Sie tritt vor die Wand und fährt mit der Hand über sie. Die Täfelung gleitet auseinander und gibt eine schmale Tür frei.

Dahinter schimmert Licht. Ein kaltes, bläuliches Licht, ein totes Licht. Vika wartet kurz in der Tür, bevor sie in den Raum verschwindet. Ich folge ihr, obwohl ich es nicht will. Doch ich bin wie hypnotisiert.

Ein Lager. Oder ein Leichenschauhaus. Oder das Museum von Blaubart.

An den Wänden funkeln vernickelte Haken, an denen menschliche Körper hängen, die mit den Füßen fast den Boden berühren. Hauptsächlich junge Frauen, hell- und dunkelhaarige, aber auch eine paar rothaarige und eine völlig kahle. Ein paar Frauen mittleren Alters und Greisinnen sowie einige Mädchen und Jungen.

Sie alle haben offene Augen, in denen jedoch nichts als Leere liegt.

»Das ist mein Kostümfundus«, erklärt Vika.

Ich erwidere kein Wort, denn das habe ich auch so begriffen.

Vika geht an den Körpern entlang, betrachtet die toten Gesichter und flüstert etwas, fast als begrüße sie sie. Madame hängt ganz am Ende des ersten Dutzends. Vika dreht sich zu mir zurück, um sich zu überzeugen, dass ich sie beobachte, dann schmiegt sie sich an den prächtigen Körper der Puffmutter, umarmt ihn, als sei sie von einer perversen Leidenschaft gepackt.

Zunächst passiert gar nichts. Doch plötzlich – und diesen Moment der Transformation kriege ich nicht mit – tauschen Vika und Madame ihre Körper. Die Frau, die von dem schlaff dahängenden Körper zurücktritt, ist schon nicht mehr Vika, sondern Madame.

»So einfach geht das«, hält Madame mit ihrer tiefen Altstimme fest.

»Warum ... muss es so ekelhaft sein?«, frage ich. »Diese Haken ... dieses Leichenschauhaus ... wozu das? Vika?«

Madame sieht Vika an und nickt traurig. »Ja, Vika, mein Mädchen, warum? Wollen wir es Ljonja erklären?«

Doch Vika, die mit dem Nacken am Haken aufgehängt ist, schweigt.

»Um es nie zu vergessen, Leonid. Um nicht eine Sekunde zu vergessen, dass sie tot sind.«

Ich schaue Madame an, die wesentlich ruhiger und weiser ist als Vika. Und, objektiv betrachtet, wesentlich schöner.

»Deshalb solltest du es auch mitansehen«, sagt Madame.

»Das habe ich jetzt ja.«

Wir verlassen dieses Menschenlager durch eine andere Tür, die in Madames Zimmer führt. Und damit in eine völlig neue Welt. Durchs Fenster mache ich einen Strand voller Trubel und Menschen und die glühende Sonne am Himmel aus. Das Zimmer selbst ist mit klobigen alten Möbeln vollgestopft, überall stehen offene Döschen mit Süßigkeiten, liegen Bücher, Kleidung, billiger Schmuck und goldene, wenn auch nicht massive Armreifen, halbleere Parfümfläschen sowie Spielkarten herum. Das riesige Bett mit dem Samthimmel ist ungemacht, unter ihm lugt ein Pantoffel hervor. Im Büfett steht eine Batterie angebrochener Flaschen, an der Wand hängt eine eingestaubte Gitarre, die Perserbrücke auf dem Fußboden ist von Motten zerfressen und strotzt von Weinflecken.

»Jetzt kannst du raten, welche von uns beiden echt ist«, spottet Madame.

Auf dieses Spielchen lasse ich mich bestimmt nicht ein. Es gibt sowieso keine Wahrheit, außer der, an die wir glauben wollen.

Wir bleiben nicht in Madames Zimmer, worüber ich unendlich froh bin: Hier ist es zu stickig.

»Ljonja, manchmal habe ich den Eindruck, dass du noch sehr jung bist«, äußert Madame. »Man sollte nicht so naiv sein.«

»Warum nicht?«

»Das Leben ist hart.«

»Mir hat auch niemand versprochen, dass es leicht ist.«

Ich gehe neben Madame her und versuche mir vorzustellen, wie wir auf andere wirken. Der blasse und hochgewachsene Revolvermann könnte vom Alter her Madames Sohn sein, nur ähneln sich die beiden nicht. Wahrscheinlich sieht es aus wie der Besuch eines verkleideten Adligen in einem billigen Puff.

»Die Treppe ist steil«, warnt mich Madame.

»Ich weiß.«

Wir kommen in der *Recreation Area*, die Frauen unter den Sonnenschirmen begrüßen Madame mit freudigen Ausrufen. Der Schwule, der im seichten Wasser herumplanscht, winkt ihr zu. Hinter dem Bartresen kommt der verwuschelte Kopf des Computermagiers zum Vorschein, der jedoch umgehend wieder abtaucht.

»Siehst du, Vika ist nicht da«, bemerkt Madame laut. Als wolle sie mich beschützen, legt sie mir die Hand auf die Schulter. »Mädchen, Revolvermann wartet auf seine Freundin! Benehmt euch ihm gegenüber anständig!«

Der allgemeine Tenor der Antworten geht dahin, dass sich keine von ihnen mir gegenüber anständig verhalten wird, ich aber durchaus Gefallen daran finden werde. Madame droht den Frauen mit dem Finger, ehe sie sich dem Bartresen zuwendet. Als hätte der Magier nur darauf gewartet, taucht er wieder aus der Versenkung auf.

»Der Revolvermann möchte dir ein paar Fragen stellen«, teilt Madame ihm mit zärtlicher Stimme mit. »Beantworte sie ihm.«

»Alle?«, fragt der Magier zurück.

»Ja.«

»Aber nur weil Sie es verlangen, Madame!«, erklärt der Magier.

»Als ob du sonst schweigen würdest wie ein Grab«, kontert Madame seufzend.

Ich warte an einem Tisch, der etwas abseits von den anderen steht, auf den Magier. Die Frauen brauchen unser Gespräch nicht zu hören.

»Hier kommt der Sekt!«, ruft der Magier aus, als er sich mir nähert. »Hallo, Revolvermann! Du trinkst doch Schampus, oder? Ich mach mir ja nichts aus dem Zeug, das blubbert mir zu stark. Und hinterher rebelliert es in meinem Bauch!«

Er bewegt sich irgendwie merkwürdig. Sehr gleichmäßig, als laufe er über Asphalt. Ich spähe auf seine Füße – die den Sand nicht berühren. Die nackten Füße des Magiers stecken in ausgelatschten Hausschuhen, aus denen winzige, in der Luft flatternde Flügel herauswachsen.

»Und ich trinke nur mit Frauen Sekt«, lehne ich das Angebot ab. »Gibt es Wodka?«

»Es gibt alles!« Der Magier knallt eine Flasche mit einem Likör von knallblauer Farbe auf den Tisch und rennt mit dem überflüssigen Abrau-Durso zurück. Es vergeht keine Minute, da kommt er mit einer Flasche Ursus Wodka, einem Kristallkrug voll Wasser und einem Päckchen Zuko zurückgeflogen. »Bedien dich!«

Ursus habe ich noch nie getrunken, aber nach allem, was man hört, ist es ein guter Wodka. In der Hoffnung, mein Unterbewusstsein würde sich den Geschmack schon dazudenken, gieße ich mir ein Schnapsglas voll. Der Magier langt nach dem Krug und rührt das Zuko ein, indem er die Hand als Mixer benutzt.

Wir sind schließlich im virtuellen Raum, da besteht keine Mikrobengefahr. Ich trinke auf ex und nehme anschließend einen Schluck direkt aus dem Krug.

»Wo hast du denn diese Schühchen aufgetrieben?«, erkundige ich mich.

»Meine Pantoffeln? Die habe ich heute entworfen ... mir hat's gereicht, ständig durch den Sand zu waten. Schick, was? In Deeptown musst du über den Boden gehen. Deshalb habe ich an die Sohlen ein Stück Boden geklebt, und schon war das Problem beseitigt. Jetzt kann ich so lange durch die Luft wandern, bis mir die Füße abfallen!«

Der Magier lacht und wackelt schnell mit den Füßen auf und ab, so dass er fast bis zum Tisch hochfliegt. Dann presst er die Beine zusammen, landet im Stuhl und entkorkt seinen Likör. Mit einem Schnalzen macht er sich über die Flasche her.

»Das Zeug ist sagenhaft!«, posaunt er. »Zuckersüß! Echter Curaçao eben!«

»Hängst du eigentlich ständig hier rum?«

»Du stellst Fragen! Ich verlasse die *Tiefe* nur, um was zu essen und um, Entschuldigung, das Klo aufzusuchen!«

»Madame sagt, dass du für die Sicherheit des Ladens verantwortlich bist ...«

»Nicht nur das! Ich bin für alles verantwortlich!«

»Kann ein Fremder hier rein?«

»Wie sollten wir denn wohl unsere Brötchen verdienen, wenn wir keine Fremden einließen?«

»Das meine ich nicht. Kann sich ein Fremder Zutritt zu den Personalräumen des Bordells verschaffen?«

»Des Etablissements! Das ist kein Bordell, sondern ein Etablissement! Nein, das geht nicht.«

»Hundertprozentig nicht?«

Der Magier stößt einen Seufzer aus und wird ernst. »Bist du ein Hacker oder ein Lamer?«

Eine rhetorische Frage, trotzdem antworte ich. »Ein Newbie.«

»Verstehe. Einen hundertprozentig sicheren Schutz gibt es nicht. Je zuverlässiger der Schutz, desto unkomfortabler ist dein Aufenthalt im virtuellen Raum. Ein umgekehrt proportionales Verhältnis also: Wenn du den Schutz ausbaust, sinkt deine Fähigkeit, Daten zu empfangen und zu senden. Es gilt daher, ein optimales Verhältnis zwischen

Sicherheit und Komfort zu finden. Unser Schutzsystem basiert auf Elementen der künstlichen Intelligenz. Sobald festgestellt wird, dass jemand versucht, bei uns einzudringen, wird Alarm gegeben. Dann werden zusätzliche Passwörter verlangt, Hammelhirne eingesetzt ...«

»Hammelhirne?«

»Autonome mobile Sicherheitsprogramme, Virenfresser. Ich nenne sie Hammelhirne, weil sie alle kreuzdämlich sind. Warum trinkst du nichts?«

Ich gieße mir einen weiteren Wodka ein.

»Wenn es zu einem massiven Angriff kommt«, fährt der Magier fort, »intensiviert sich das Sicherheitssystem uneingeschränkt bis hin zur völligen Einkapselung des Etablissements. Bisher hat es eine derartige Situation noch nie gegeben, aber im Fall der Fälle würde es genauso ablaufen.«

»Dann würdest du also sagen, euer Sicherheitssystem ist optimal?«

Der Magier zögert. Die Eitelkeit, von der er ohne Frage nicht ganz frei ist, kämpft mit der Objektivität.

»Nein. Wenn eine größere Gruppe von Profis plant, hier einzufallen, wird sie es schaffen, bevor unser Sicherheitssystem auf Hochtouren läuft. Aber wer will hier schon einsteigen?«

Jede andere Antwort wäre lächerlich gewesen, denn für jeden Schild findet sich ein Schwert.

»Vielen Dank, Magier.«

»Doch nicht dafür!« Er winkt bloß ab. »Willst du dein Sicherheitssystem aufbessern? Bring die Kiste mal mit, dann helf ich dir. Oder nein, besser, ich komme zu dir!«, meint der Magier mit Feuereifer. »Ich richte dir alles ein. Allmählich reicht's mir, hier rumzusitzen!«

Ich schüttel den Kopf: Damit liegst du leider daneben, mein lieber Magier! »Ich wollte bloß mal hören, wie hier alles läuft.«

»Bist du ein Prüfer?«, ruft der Magier aus. »Ja, ja, schon gut, ich red ja schon leiser ... Warum hat Madame das nicht gleich gesagt?«

Wer wohl einen virtuellen Puff kontrolliert? Und wozu? Das würde mich echt mal interessieren. Aber ich frage den Magier lieber nicht danach.

»Ich werde dann mal gehen. Vielleicht ist Vika schon wieder frei«, kündige ich an.

»Pass bloß auf!«, nimmt mich der Magier in ernstem und feierlichem Ton ins Gebet. »Benimm dich anständig gegenüber Vika! Sonst ... Das ist ein prima Mädchen, ich würde jedem die Fresse polieren, der ihr was antut.«

Der Magier seufzt und sieht verträumt aufs Meer.

»Ich hätte gern was mit ihr angefangen, aber du bist mir zuvorgekommen«, gibt er zu. »Du solltest aber wissen, dass Vika bis über beide Ohren in mich verliebt war. Wahrscheinlich ist sie es sogar immer noch. Aber mach dir deswegen keine Gedanken! Ich spanne einem Freund nicht die Freundin aus.«

Früher habe ich mal geglaubt, die Computerfreaks aus den TV-Serien seien fiktive Charaktere. Wie sich zeigt, triffst du sie aber auch im richtigen Leben.

»Aber von der Blondine da drüben lass lieber die Finger!«, warnt er mich. »Die fährt total auf mich ab, seit einem halben Jahr vergeht sie förmlich vor Liebeskummer.«

Die arme Frau, die von ihrem Schicksal nicht das Geringste ahnt, umarmt gerade lachend eine Freundin.

»Oder vielleicht mache ich mich auch an Natascha ran«, überlegt der Magier laut. »Die sind hier nämlich alle hinter den Männern her.«

Er schnappt sich seinen Likör und tänzelt auf die lachende Blondine zu. Ich nutze die Gelegenheit, um mich zu verdrücken.

101

Offenbar habe ich ein paar Windungen zu viel auf der Wendeltreppe genommen, denn ich finde mich im Foyer wieder. Die Kunden von vorhin sind inzwischen weg. Vermutlich kosten sie bereits die Freuden des Lebens.

Jetzt steht ein einzelner Typ neben dem Tisch und blättert das schwarze Album durch. Er ist nicht gerade groß, hält sich gebeugt, hat das Gesicht eines ausgehungerten Murmeltiers und lange lockige Haare, die unter einem Basecap hervorquellen, das er sich bis tief in die Augen gezogen hat.

Ich gehe an ihm vorbei zur Tür, die in den Gang mit den Personalräumen führt, als der Groschen fällt. Der Typ hat das Album bereits weggelegt und stiefelt langsam zur Tür.

»Cappy!«, rufe ich.

Er bleibt stehen und dreht sich im Zeitlupentempo um. Seine Augen zeigen die gleiche Lebensfreude wie die eines gekochten Fischs.

»Du bist doch Cappy«, versichere ich mich.

Null Reaktion. Der Typ glotzt mich bloß mit leeren Augen an.

»Du gefällst mir nicht!«, gestehe ich mit überraschendem Genuss. »Hörst du? Du gefällst mir überhaupt nicht.«

»Da scheiß ich drauf«, erwidert Cappy, während sein Blick zur Seite huscht. Dann dreht er sich wieder zur Tür. Er verfügt nicht über den geringsten Funken Neugier.

Immerhin, er ist auch Russe.

»Halt!«, brülle ich ihm nach. Er bleibt tatsächlich stehen. Völlig gelassen wartet er. »Du solltest dich hier besser nie wieder blickenlassen«, teile ich ihm mit.

Cappy grinst. Das ist die erste Regung in seinem Gesicht, aber auch sie ist mechanisch, als würde ich es mit einem Programm zu tun haben, nicht mit einem Menschen.

»Was hast du hier verloren?«

Anscheinend ist das die Frage, auf die er bereit ist, mir zu antworten. »Ich mache Forschungen zur Gruppenpsychologie.«

»Dann forsche an einem anderen Ort.«

Die trüben Augen tasten mich von oben bis unten ab. »Arbeitest du hier?«

»Nein.«

»Also bist du ein Mutant.«

Diese seltsame Charakteristik begreife ich nicht, so dass Cappy mir erklärt: »Der Verlust der sozialen und ethischen Orientierung. Eine Persönlichkeitsstörung, die eine zwangsläufige und abstoßende Metamorphose bedingt.« Beim Öffnen der Tür schiebt er noch nach: »Völlig uninteressant!«

»Lass das, Leonid!« Vikas Stimme schallt durchs Foyer. »Das ist nicht nötig!«

Es ist keine leichte Aufgabe, die Kontrolle über mich zurückzuerlangen. Meine rechte Hand zerrt an meinem Gürtel, während die linke zur Faust geballt ist. Den Blick auf Vika gerichtet spüre ich, wie sich meine Wut langsam in Luft auflöst.

»War das Cappy?«, hake ich vorsichtshalber nach.

»Ja.«

»Ich glaube, allmählich begreife ich, warum ihr auf den so reagiert.«

»Hast du dich wieder beruhigt?«, will Vika wissen. »Sehr schön, dann lass uns gehen.«

Ganz habe ich mich nach meinem Ausbruch eben noch nicht wieder im Griff. Komisch, ich hätte nie erwartet, dass man mich so schnell auf die Palme bringen kann – nur durch ein paar hingeworfene Worte.

»Was ist das für einer, Vika?«

Sie spürt, dass sie nicht umhinkommt, mir auf diese Frage zu antworten.

»Niemand Besonderes. Bloß ein Typ, der glaubt, er habe das Recht, über seine Mitmenschen ein Urteil zu fällen.«

»Zum Beispiel über virtuelle Nutten?«

»Nicht nur. Ich weiß noch von etlichen anderen Orten, an denen Cappy seine Experimente durchführt.«

»Er hat etwas von Psychologie gesagt ...«

Aus unerfindlichen Gründen amüsieren Vika diese Worte. »Eine Persönlichkeit, die nicht in der Lage ist, etwas zu kreieren, sucht unweigerlich nach einer Rechtfertigung für ihr destruktives Verhalten«, führt sie aus. »Häufig neigt sie dazu, die Unzulänglichkeiten der Welt mit distanziertem Blick zu registrieren. Vor allem solche Unzulänglichkeiten wie unser Bordell.« Wir erreichen die Tür mit der lachenden schwarzen Katze und treten in Vikas Zimmer ein. »Psychologie ist im Grunde eine sehr einfache Wissenschaft: Ein Mensch, der unfähig ist, einen Nagel einzuschlagen oder ein paar Zeilen zu reimen, hegt nicht die geringsten Zweifel an seiner Fähigkeit, andere zu verstehen und zu beurteilen. Im Extremfall wird das zu seinem Lebenssinn und zur Quelle seiner Selbstbestätigung.«

»Wer bist du, Vika?«

»Eine Psychologin. Promoviert, wenn du es unbedingt wissen willst.«

Sie fegt ein paar kleine Steine von einem Stuhl und setzt sich. Nach dem Erdbeben schreit das Zimmer nach einer Putzaktion. Da es keinen zweiten Stuhl gibt, hocke ich mich neben sie.

»Und worüber hast du promoviert?«

»Über die Sublimation anomaler Verhaltensweisen im virtuellen Raum.« Fast entschuldigend fügt sie hinzu: »So wird das normalerweise ausgedrückt.«

Darum geht es also!

»Dann forschst du also über solche wie Cappy?«, bohre ich weiter. »Du bist ein echter Jäger auf der Jagd nach den falschen?«

»Nein, Ljonja, schon lange nicht mehr. Ein halbes Jahr, vielleicht ein Jahr, da ist es ganz interessant, über solche Leute zu forschen. Danach weißt du, dass sie sich alle gleichen. Cappy und Konsorten, meine ich. Das Krankheitsbild ist immer das Gleiche, und wenn du einen Psychopathen kennst, kannst du das Verhalten von Tausenden bestimmen.«

»Aber warum hast du dann ...?«

»Weil es sie gibt. Die für sie typische Destruktion fügt hier einem, schlimmstenfalls einigen wenigen Menschen Schaden zu. Im realen Leben dagegen würden sie eine Spur aus vernichteten Schicksalen, vergifteter Liebe und verratener Freundschaft hinter sich herziehen. Vielleicht sogar aus Blut. Hier können sie nichts anrichten. Ihre ganze Überheblichkeit, ihre tierischen Reaktionen, die Intrigen und ihre Eitelkeit sind hier nichts als Staub. Staub, der vom Wind davongetragen wird.«

»Aber du leidest darunter!«

»Ja und? Das ist doch kein echter Schmerz. Das ist ein virtueller Schmerz.«

»Vika!«

»Misch dich bitte nicht in die Angelegenheiten des Etablissements ein, ja! Sonst wird Madame dir den Zugang verweigern.«

Sie lächelt, und ich kapituliere. »Okay. Im Etablissement werde ich mich nicht in eure Angelegenheiten einmischen.«

»Und außerhalb?«

»Du willst ja wohl nicht meine persönliche Freiheit einschränken?«

»Wie alt bist du, Leonid?«

»Tauschen wir?«, frage ich wie aus der Pistole geschossen zurück. »Information gegen Information?«

Im virtuellen Raum hängt niemand seine persönlichen Daten an die große Glocke. Aber Vika ahnt nicht einmal, wie wenig ich normalerweise von mir preisgebe.

»In Ordnung. Ich bin neunundzwanzig.«

Noch ehe ich antworte, wird mir meine Freude bewusst. »Und ich vierunddreißig.«

»Hätt ich nie gedacht. Ich hätte dich auf höchstens Anfang zwanzig geschätzt.«

Und nie wird über meine Lippen kommen, dass ich befürchtet hatte, sie sei älter als ich.

»Im virtuellen Raum darfst du deinen Augen nun mal nicht trauen.«

»Nein. Im virtuellen Raum erstarrst du unwiderruflich, denn er ist kalt wie Eis. Deinen ersten Avatar wirst du nie wieder los. Selbst wenn du dir danach hundert Körper ausdenkst, schimmert der erste immer durch.«

»Und dein erster Avatar war die Madame?«

Vika langt nach ihrer Tasche, holt die Zigaretten heraus und zündet sich eine an. »Ja. Wir haben Gelder bekommen, um das Sexualverhalten von Menschen im virtuellen Raum zu untersuchen. Im Westen ist man völlig auf Cybersex abgefahren. Etwa ein Drittel von dem, was sich im Netz abspielte, hatte was damit zu tun. Deshalb habe ich mir die Madame einfallen lassen, eine selbstsichere, lebenserfahrene Puffmutter, die nichts erschüttern kann.«

»Die ist dir ja auch gelungen«, erwidere ich.

Vika stößt den Rauch ihrer Zigarette aus und fragt in leicht ironischem Ton: »Vielleicht bin ich ja auch wirklich so? Tief in mir drin?«

»Mir doch egal.«

Das ist gelogen. Und wie. Trotzdem erhebt Vika keinen Einwand.

»Hat Zuko dich beruhigt?«, wechselt sie das Thema.
»Fast.«
»Er versteht was von der Sache. Du kannst deinen Bekannten getrost hierherbringen.«

Ich sehe auf die Uhr. Mir bleibt noch etwas Zeit.

»Das ist nicht so einfach, Vika. Ich muss zusehen, ihn zum richtigen Zeitpunkt abzupassen.«

»Ihr seid ein komisches Völkchen, ihr Hacker«, bemerkt Vika. Das finde wiederum ich komisch. Da hält sie mich also für einen Programmierer, der den vollen Durchblick hat!

»Darf ich bei dir schlafen?«
»Was?«
»Schlafen. Ich bin jetzt beinah vierundzwanzig Stunden in der *Tiefe*. Und für diese Sache brauche ich einen klaren Kopf.«

Vika – und das ist ein Wunder! – geht ganz sachlich an die Frage ran. »Soll ich dich wecken?«

»Ja, in zwei Stunden.«
»Dann schlaf! Fühl dich wie zu Hause. Ich weck dich nachher.«

Sie verwuschelt mir die Haare, eine Geste, die eher zu Madame passen würde, mir aber trotzdem gefällt. Sie nickt zum Bett rüber und verschwindet durch die Tür, die in ihr Körperlager führt. Eine Minute später dürfte Madame ihr Zimmer verlassen und sich daranmachen, ihren Mädchen Anweisungen zu geben.

Ich selbst lasse mich zu einer kleinen unfairen Aktion hinreißen, indem ich meiner Jackentasche eine Rolle mit einem Faden entnehme, an dessen einem Ende ein Senkblei befestigt ist.

Da der Wind nicht eine Minute nachlässt, schwingt der Faden unablässig hin und her. Trotzdem gelingt es mir, ihn bis zum Ende abzurollen. Als das Senkblei aufschlägt, zähle ich die roten Markierungen nach, die es jeden Meter gibt.

Siebeneinhalb Meter. Mit einem einzigen Laken wäre es nicht getan. Aber im Puff gibt es bestimmt Seile, zumindest in den Zimmern für die Sadomasos.

Ich werfe die Rolle aus dem Fenster. Mir ist nicht ganz wohl in meiner Haut, aber ich tröste mich mit dem Gedanken, dass Vika diesem kleinen Unterfangen bestimmt zugestimmt hätte.

Schließlich hat sie gesagt: Fühl dich wie zu Hause!

Ich lasse mich auf das schmale Bett fallen, direkt auf die Tagesdecke und schließe die Augen. Doch bevor ich einschlafe, verlasse ich noch einmal den virtuellen Raum, um Windows Home zu befehlen, mich in zwei Stunden zu wecken.

Der Schlaf lässt nicht auf sich warten. Irgendwie hoffe ich, ich würde wieder eine Geschichte oder einen prophetischen Traum träumen, genau wie beim letzten Mal, als Alex den Loser erschossen hat. Aber ich träume nur Quatsch zusammen.

Von einem Regenbogen, der über Deeptown leuchtet. Von blendenden Explosionen, fast wie beim Deep-Programm. Allerdings besteht dieser Regenbogen aus Stufen. Es ist die biblische Himmelsleiter. Ich gleite sie hoch, fast wie der Computermagier in seinen geflügelten Pantoffeln. Die Stufen sind von unterschiedlicher Dichte, bei den violetten und blauen breche ich ein, bei den grünen kann ich den Fuß leicht aufsetzen, bei den gelben fest auftreten. Die Stadt leuchtet hell und feierlich, ich kann sie durch den bunten Nebel hindurch sehen.

Im Traum weiß ich sogar, warum ich in den Himmel wandere. Irgendwo dort oben befindet sich nämlich die Kristallkuppel der *Tiefe*, die die Welt in zwei Hälften teilt. Und die muss ich zerschlagen, mit Maniacs Waffe oder mit bloßen Händen, je nachdem. Dann wird das Kristall klirrend wie blendender Sternenregen auf die Stadt rieseln. Denn Sterne sind aus Kristall, das steht außer Frage. Aus scharfem Kristall, das das Licht unserer Augen spiegelt.

Und es wird etwas passieren. Vielleicht verbrennen die Sterne uns. Vielleicht werden sie kalt und segeln auf den ausgestreckten Handteller. Ich weiß nicht, was mir lieber ist.

Hauptsache, ich mache keinen Fehler und schlage rechtzeitig zu. Denn die Zeit, wo ich diese Barriere in Millionen von Kristallsternen verwandeln kann, ist bereits festgesetzt. Und sie ist fast gekommen, diese Zeit.

»Es ist Zeit ... Leonid, Zeit für dich ...«

Durch das Flüstern von Windows Home geweckt öffne ich die Augen. Es vergehen ein paar Sekunden, bevor ich weiß, wo ich bin.

Und noch ein paar, bevor Vika eintritt. »Bist du wach?«

Ich nicke, setze mich in dem zerwühlten Bett auf und reibe mir die Stirn. Ich habe einen entsetzlich schweren

Kopf. Entweder hätte ich noch länger schlafen müssen oder mich gar nicht hinlegen dürfen.

»Ich mach uns einen Kaffee«, sagt Vika.

Gegen die Holzwand gelehnt beobachte ich Vika. Sie holt aus einem schwarzen – nicht schmutzigen, sondern alten – Büfett einen Leinenbeutel mit Kaffeebohnen, die sie in einer kleinen Handmühle aus funkelnd poliertem Kupfer mahlt. Mit einer routinierten Handbewegung zündet sie den Herd an.

Es riecht nach trockenem Kiefernholz und gebrühtem Kaffee. Und nach einer abstrakten, nicht-medizinischen Sauberkeit ... wie das Wasser eines Bergbachs oder wie heißer Sand unter der Sonne.

Es riecht gut.

Ich könnte jetzt mein Verslein aufsagen und mich in die Realität absetzen.

Dort echten Kaffee kochen und ihn sogar mit den Resten des Kognaks veredeln. Mich mit kaltem Wasser waschen.

Aber ich soll verflucht sein, wenn ich das tue.

Denn all das hier ist viel echter: die saubere Luft, das sprudelnde Wasser, der Kaffeesatz am Boden der Tasse, der fürsorgliche Blick Vikas. Außerhalb der *Tiefe*, da gibt es nur ein chaotisches, verstaubtes Zimmer, Feuchtigkeit und das faule Wasser aus dem Hahn.

In letzter Zeit packt mich dieser selbstmörderische Wunsch ziemlich oft: so zu sein wie alle ...

»Willst du einen Kognak?«, fragt Vika. Sie gießt mir ein kleines Glas Achtamar ein.

»Ich habe noch fünf Minuten«, teile ich ihr mit. »Dann ... muss ich los.«

»Und wenn du wiederkommst, bist du nicht allein?«
»Das hoffe ich jedenfalls.«
»Nimm deinen Freund bei der Hand, wenn du das Etablissement betrittst. Dann kriegt er auch einen privilegierten Status. Ich werde den Magier bitten, sich darum zu kümmern.«
»Danke.«
»Dank lieber Madame. Schließlich hat sie hier das Sagen.«
»Madame und ich, wir sind alte Freunde, deshalb erlaubt sie mir das auch«, erwidere ich lächelnd.
Am Ende trinke ich doch noch zwei Tassen Kaffee und zwei Gläschen Kognak, bevor es wirklich Zeit für mich wird.
Höchste Zeit.
Als ich gehe, fängt Vika an aufzuräumen. Unwillkürlich fallen mir jene Ersatzfamilien ein, die in der letzten Zeit immer öfter in Erscheinung treten. All diese Pärchen, die in unterschiedlichen Städten leben und sich in Deeptown eine gemeinsame Wohnung mieten. Angeblich lieben sie ihre häuslichen Pflichten, das Staubsaugen und das Wäschewaschen – als würde ihre Verbindung real, sobald sie einen gemeinsamen Alltag imitieren.

Haben Sie Familie?

Ja. Meine Freundin ist Prostituierte, wir haben eine kleine Berghütte im Puff. Kommen Sie doch mal vorbei, sie macht einen wunderbaren Kaffee. Bei uns ist immer alles hübsch sauber und gemütlich, selbst nach einem Erdbeben!

Dass ich bei dieser Vorstellung nicht ausflippe, jagt mir einen Schrecken ein.
Die Situation muss geklärt werden. Wie auch immer.

Auf dem Weg zum Eingang des Labyrinths komme ich an dem kleinen Pavillon einer Luftfahrtgesellschaft vorbei, wo sich der Systemadministrator langweilt. Neben dem Pavillon kauert ein Bettler. Auch das ist ein neues Phänomen, Schnorren im virtuellen Raum, vor einem Monat hat es so was noch nicht gegeben.

Der Bettler wirkt gepflegt, auch wenn er nur Lumpen trägt und klapperdürr ist. Seine Figur flackert leicht und bringt lediglich abgehackte Bewegungen zustande. Auf diese Weise will er die geringe Leistungsfähigkeit seines Modems und die Dürftigkeit seiner Software demonstrieren.

»Help me!«, stöhnt der Bettler.

»Gott wird dir helfen«, verspreche ich ihm.

»Herr Hacker, wenigstens einen Dollar«, jammert der Bettler mir nach.

Angeblich sind die meisten dieser Bettler Russen. Angeblich braucht niemand von ihnen wirklich Geld. Das ist nur ein Spaß, den sich die reichen »Neuen Russen« erlauben, eines ihrer seltenen Vergnügen. Betteln und als Armer herumlaufen. Ich nehme an, es handelt sich um eine relativ effiziente Psychotherapie, die gerade up to date ist. Maniac behauptet jedenfalls, er habe einem dieser Bettler mal einen Marker angeheftet – und dieser habe sich als Direktor einer großen Bank herausgestellt.

»Ich habe für Microsoft gearbeitet«, brummt der Bettler, der mir hinterherstapft. »Einmal habe ich Windows ein unausgegorenes Programm genannt und OS/2 gelobt. Am nächsten Tag hat mich Bill Gates höchstpersönlich rausgeschmissen und auf die schwarze Liste gesetzt. Dabei war ich ein Hacker, dem du nichts vormachen konntest ... bevor ich so auf den Hund gekommen bin ...«

»Welchen IRQ belegt dein Modem?«, nehme ich ihn ins Verhör, nachdem ich mich abrupt zu ihm hingewandt habe. »Wovon hängt es ab, ob in Windows Home die Zeile *Drücken Sie diese Taste, um die Arbeit zu beginnen* erscheint? Was sind die drei zuverlässigsten Möglichkeiten, um Windows zum Absturz zu bringen? Wer hat OpenGL entwickelt? Was ist das beste Protokoll für Modems der Firma ...«

Der Bettler ergreift die Flucht.

Vermutlich hat Maniac nicht gelogen.

Zumindest sind diese Albernheiten harmloser als jene waghalsigen Autorennen, die bei den Neureichen vor einem Jahr in Mode gewesen sind. Ihretwegen ist damals der Gebrauch von Privatautos verboten worden, so dass der Deep-Explorer triumphierend dieses Segment der Perso nenbeförderung übernommen hat.

Nach der Begegnung mit dem Bettler ist meine trübe Stimmung wie weggeblasen. Stattdessen bin ich, als ich den Eingang zum Labyrinth erreiche, wild entschlossen zum Kampf.

Wie immer drängt sich vor dem Torbogen eine Riesenmenge. Noch funktioniert das Labyrinth, also habe ich bisher alles richtig berechnet. Doch die Angst, vor verschlossener Tür zu stehen, will selbst jetzt nicht weichen. Hastig drängle ich mich zwischen den Spielern durch.

Und erst als ich mein Passwort eingebe und das dreiunddreißigste Level betrete, beruhige ich mich wieder.

Dann mal los!

Denn ich bin der Revolvermann!

110

Wind fegt durchs Level. Ein schaukelnder Metallwagen der Achterbahn quietscht, kippt halb aus den Gleisen und hängt direkt über dem Kopf des Losers.

Wunderbar! Eine weitere Todesart!

»Hey!«, rufe ich, als ich mich ihm nähere. »Ich bin's!«

Der Loser hebt den Kopf. Ob das ein gutes Zeichen ist?

»Wie sieht's aus, langweilst du dich schon?«

Kaum setze ich mich neben ihn, nimmt der Loser seine Gasmaske ab. Er sieht mich mit müdem und hoffnungslosem Blick an.

»Bist du ein Programm oder ein Mensch?«, packe ich den Stier bei den Hörnern. Der Loser schüttelt den Kopf. Ich durfte mir wohl selbst aussuchen, worauf ich die Verneinung bezog.

»Du weißt, dass man dich Loser nennt?«, fahre ich fort. »Aber gegen dich ist sogar Hiob ein Glückspilz! Dein Pech ist einfach einmalig!«

»Das ist nicht ... nur mein Pech«, bringt er endlich ein Wort heraus.

»Willst du damit sagen, deine Retter taugen nichts?«

Ich bin so munter und geschwätzig, als hätte ich ein Gläschen zu viel getrunken. Andererseits muss ich den Loser ja ein bisschen auf Trab bringen. Hauptsächlich, um mich davon zu überzeugen, dass er kein Programm ist. So blöd das auch klingt.

»Meine Retter haben gute Arbeit geleistet. Die Sache ist die, dass niemand diese Hürde nimmt.«

»Welche Hürde?«

»Die des Bewusstseins.«

Der Loser gibt seine Erklärungen geduldig ab – bringen tun sie trotzdem nichts. Jedenfalls sehe ich auch jetzt nicht klarer.

»Lass uns lieber aus der Gefahrenzone verschwinden«, schlage ich vor und deute mit dem Blick auf den schwankenden Wagen. »Und eigentlich sollten wir aufbrechen.«

»Du wirst es auch nicht schaffen, mich zu retten«, haucht der Loser, rückt aber brav zur Seite.

»Das werden wir ja sehen!«

Irgendwie warte ich auf etwas, auch wenn ich selbst nicht weiß, auf was. Auf die Maßnahmen, die Urmann angekündigt hat? Auf die Schließung des Levels?

»Loser ... ich darf dich doch so nennen, oder? Magst du Gedichte?«

Schweigen.

Ein Programm kann ein Gespräch imitieren, indem es die Antworten aus meinen eigenen Worten generiert.

Aber Programme sind nicht kreativ.

»Mein Oheim handelt recht und billig«, zitiere ich. »Na, mach mal weiter! Oder ist das zu viel verlangt, Loser?«

»Da Krankheit ihn gebannt ans Haus.« Er sieht mich mit einem Ausdruck so voller Ironie an, dass mir ganz anders wird. »Sag mal, Revolvermann, können alle russischen Diver nur Puschkin auswendig?«

»Ist Anatole dir auch mit ihm gekommen?«

»Ja. Aber er nicht mit *Jewgeni Onegin*, sondern mit einem Gedicht, in dem es um zauberische Sekunden ging.«

Im Grunde ist unsere Naivität zum Brüllen komisch. Wie sehr wir doch den Klischees entsprechen. Trotzdem stelle ich ausgerechnet die Frage, die etwas in mir – vielleicht jene verdammte Hürde, vielleicht aber auch den gesunden Menschenverstand – kaputtgehen lässt. »Und was hat Dick vorgetragen? Shakespeare?«

»Carroll«, antwortet jemand hinter mir.

Dick steht ganz in unserer Nähe, Anatole etwa fünf Meter entfernt, mit der BFG im Anschlag.

»Ich habe genauso neben ihm gesessen«, berichtet Dick. »Ich habe da gesessen ...« Er setzt sich vor den apathischen Loser und sagt:

»'Twas brillig, and the slithy toves
Did gyre and gimble in the wabe.«

Wie gebannt lauere ich darauf, was jetzt passiert. Der Loser fährt fort:

»All mimsy were the borogoves,
And the mome raths outgrabe.«

Weit, weit weg von mir schlägt Windows Home Alarm. »Das ist unübersetzbar!«, flüstert Vika. »Das findet sich nicht im Grundwortschatz. Das ist unübersetzbar!«

Dick sieht mich an. »Du glaubst also, dass der Loser Russe ist?«, will er wissen.

Auch Urmann hat sich ja besonders für die Nationalität interessiert ...

»Wer bist du?«, wende ich mich an den Loser. Der lächelt und steht auf. »Wer bist du?!«, schreie ich.

»In sich gekeimt, so stand er hier:
Da kam verschnoff der Zipferlak.«

So viel zu der Antwort vom Loser.

Anatole bricht in Lachen aus.

»Mit Flammenlefze angewackt
Und gurgt' in seiner Gier!«,
setzt er fort.

Was für ein Irrenhaus! In dem allerdings ich der durchgeknallteste Insasse bin!

»Verschwinde von hier, Diver!«, befiehlt mir Dick. »Hör auf, noch länger den Lebensretter zu spielen! Die ganze Geschichte ist nämlich wesentlich ernster, als du es dir vorstellst.«

Wie zur Bestätigung seiner Worte hallt plötzlich lautes Sirengeheul durchs Level, das mir beinahe das Trommelfell platzen lässt. Dann wird wieder alles still, nur die aufgebrachten Monster stöhnen, fiepen und jaulen. Irgendwann legt sich über ihr Gejammer eine Frauenstimme, die vom Himmel verkündet: »Attention! Achtung! An alle, die sich im dreiunddreißigsten Level vom Labyrinth des Todes aufhalten! Räumen Sie unverzüglich die Spielfläche! Das ist eine offizielle Aufforderung! Sie haben dreißig Sekunden Zeit, um die Spielfläche zu verlassen! Sie können Ihre Waffen nutzen, um Selbstmord zu verüben und in den Säulensaal des Labyrinths zurückzukehren. Dort wird Ihnen alles erklärt und Sie erhalten Schadensersatz! Achtung! An alle ...«

»Brauchst du Hilfe?«, fragt Anatole und richtet die BFG auf mich. »Oder schaffst du das allein?«

»Mit dem Ding erledigst du den Loser gleich mit«, sage ich, worauf Anatole die BFG fallen lässt und den Granatwerfer von der Schulter reißt.

Inzwischen ziehe ich jedoch den Ledergürtel des Revolvermanns aus dem Schutzoverall. Es ist ein stinknormaler Gürtel – solange er sich an meinem Körper befindet.

In meiner Hand wird das Lederband jedoch unter Getöse länger und schmaler und sprüht blaue Funken. Maniac hat den Warlock 9000 als Peitsche designt.

Ich hole aus, und das Peitschenende fällt gierig über Anatoles kugelsichere Weste her.

Ein blauer Feuerbach schießt über die Peitsche auf Anatoles Körper zu und dringt in ihn ein. Der Warlock ist eine Angriffswaffe, für ihn spielt es keine Rolle, ob er auf einen Panzer oder auf nacktes Fleisch trifft. Der violette Flammenwirbel schluckt den Diver und bohrt sich in die Erde, gibt aber keine Ruhe, sondern heult weiter und gewinnt zunehmend an Größe.

»Du!«, brüllt Dick. »Du hast ein Virus angeschleppt!«

Auf unseren Gesichtern liegt ein blauer Widerschein. Der Loser beobachtet fasziniert den wachsenden Wirbel. Ich nicke. Wozu das Offensichtliche aussprechen?

»Noch fünfzehn Sekunden«, gibt die Stimme am Himmel bekannt.

»Du hast Anatole angegriffen! Du hast den Diverkodex verletzt!« Dick greift nicht nach seiner Waffe – was mich freut, schließlich will ich ihn ja nicht ermorden.

»Die ganze Geschichte ist verdammt ernst«, halte auch ich jetzt fest.

Neue Geräusche erreichen uns: von zersprungenem Glas, von Mauern, die bersten, von Metall, das klirrt.

Aus blutroten Wolken fällt ein silberner Ring zu Boden. Gleich darauf versinkt das Level in Dunkelheit. Als sei ein gigantisches Glas darüber gestülpt worden. Vermutlich würde ich das Ganze tatsächlich als Einkapselung des Labyrinths interpretieren – würden sich nicht Panik und Verzweiflung auf Dicks Gesicht spiegeln.

Das kann nur eins heißen: Al Kabar ist auf den Plan getreten.

Und offenbar gibt Dick mir die Schuld daran. Als er das Gewehr anlegt, reagiere ich rein instinktiv. Die Peitsche knallt über seinen Hals und köpft ihn mit der Begeisterung eines arbeitslosen Henkers.

»Mit eins! und zwei! und bis aufs Bein!
Die biffe Klinge ritscheropf!«,
deklamiert der Loser.

Ich packe ihn bei den Schultern und schiebe ihn auf die Feuersäule zu, die zuvor Anatole verschluckt hat. Hinter uns lodert gerade ein zweiter Wirbel über dem Körper von Crazy Tosser auf.

»Warum hast du das getan?«, fragt der Loser.

Wir müssen uns beeilen. Wenn die Jungs vom Labyrinth und von Al Kabar sich erst mal ums dreiunddreißigste

Level kloppen, sollten wir besser weit weg sein. Und der Warlock ist ja eben nicht bloß ein Killer – er ist auch ein Tunnel, der sich durch die *Tiefe* bohrt.

»Um nach Hause zu kommen!«, schreie ich und stoße den Loser in die blaue Flamme. Sofort springe ich ihm hinterher.

Um uns herum ist Feuer.

Wir fallen.

Eine Spirale aus blauem Feuer bildet die Wände des Tunnels, ein violetter Nebel seinen Körper.

Unter uns liegen neblige Spiegel, die wir im Fallen zerschlagen. Unsere Gesichter wirken in diesen Spiegeln wie Schatten, die virtuellen Räume wie blasse Aquarelle.

Der zerstörte Bahnhof des ersten Levels. Das Krankenhaus im einundzwanzigsten. Die Kirche im fünfzigsten! Ich kann sogar die Fratze mit den gebleckten Zähnen des Prinzen der Außerirdischen erkennen, erhasche einen Blick auf die Flamme, die aus seinem Granatwerfer schießt, dann sind wir aber schon weitergestürzt.

Eine Straße in Deeptown, die Gesichter der Fußgänger, ein Taxi, eine Reklame *Byte into an* ...

Eine Buchhandlung mit dem Regenbogen an Covern, eine Frau mit Brille, die eine Zeitschrift durchblättert, das Rascheln der Seiten, das wie Donner dröhnt, der Mann an der Kasse ...

Blaue Blitze zucken über meine Hände.

Der Loser wird von einer Wolke aus einer türkisfarbenen Flamme umhüllt.

Der Supermarkt. Direkt vor uns funkelt eine Dose mit Orangenmarmelade. Sie ist leer.

Eine Tierhandlung. Ein weißes Kaninchen in einem Käfig ...

Ob man in der *Tiefe* halluzinieren kann?

Allmählich müsste der Warlock sich wieder beruhigen. Er hat einen eingebauten Zähler für alle Räume, durch die wir gekommen sind, aber Maniac wusste nicht, ob der auch wirklich funktioniert. Er hatte ja keine Möglichkeit, das Virus vorher zu testen.

Eine Ebene, unvorstellbar flach und ausgebrannt, vier Autos, die darüber kriechen ...

Es folgen Wolken, vielleicht auch ein Meer aus weißen Federn, Kristallbäume, die sich bis zum Horizont erstrecken, ein silberhaariger Alter in einem weißen, antiken Überwurfmantel, der uns einen verzweifelten Blick nachschickt, Harfenklänge ...

Dann ein rot-schwarzer Wirbel, ein tiefes Heulen, Schwefelgestank und das Funkeln von Stahl in der Dunkelheit ...

Blaue Entladungen peitschen durch uns hindurch, jedes Härchen auf der Haut knistert und piekst, als wachse es in den Körper hinein.

Eine grüne Lichtung, über die ein kleiner Welpe tobt, der vor Begeisterung und Energie platzt. Sein Bellen hallt uns nach ...

Stopp, Warlock, stopp!

Meeresbrandung, Sterne zwischen Wolken, der Geschmack von Sonne auf den Lippen, eine winzige Jacht, die von einer Welle überspült wird, in der Takelage am Bug hängt ein Junge mit nacktem Oberkörper und einer Harpune in der Hand ...

Danach herrscht Halbdunkel, ein runder Saal, Wände, die aus Bildschirmen bestehen, ein Sessel, der eher wie ein Thron aussieht ...

Und dieser Spiegel zerspringt nicht, er saugt uns in sich ein – um uns auf kalten Marmorboden auszuspeien. Wir haben keine Zeit, um unsere Knochen zu betasten.

Ich springe auf und hole mit der Peitsche zum Schlag aus.

Aber anscheinend droht von nirgendwoher Gefahr. In dem Sessel oder Thron sitzt ein korpulenter Mann in mittleren Jahren, dessen Kleidung teils orientalisch, zum anderen Teil paramilitärisch anmutet. Seine Brust ist mit Orden gespickt. Er scheint uns überhaupt nicht wahrzunehmen, seine ganze Aufmerksamkeit gilt einem Wesen auf dem größten Monitor. Diese Kreatur erinnert an eine riesige rote Ameise.

»Wir müssen unsere Kräfte vereinen«, erklärt der Mann. »Wenn unsere Völker gemeinsam ...«

Ich helfe dem Loser auf die Beine. Wir sind auf dem Server von irgendeinem Spiel gelandet. Nicht schlecht.

»Als ob die Menschen ihre verlogene Natur nicht längst gezeigt hätten!«, brüllt die Ameise. »Wir werden noch die Erinnerung an euch in den Staub treten!«

Daraufhin wird der Bildschirm dunkel. Der Mann presst die Hände vors Gesicht und wiegt seinen Oberkörper hin und her.

»Was ist das?«, fragt der Loser.

»Ein Spiel«, antworte ich und halte nach dem Ausgang Ausschau. Es gibt zwar eine Tür, aber die sieht nicht so aus, als ließe sie sich öffnen. Der ganze Raum erinnert an eine Kommandozentrale in einer Raketenabschussbasis, wie man sie aus dem Kino kennt. Das akkurate Interieur wird nur durch das Loch gestört, das unser Tunnel in die Decke gerissen hat und durch das immer noch fliederfarbener Nebel quillt und Glassplitter rieseln, die sich sofort in Staub verwandeln. Der Warlock ist noch aktiv, hängt aber an einigen Servern in der Nähe fest.

»Und was ist das für ein Spiel?«

»Krieg der Sterne.«

Ich nähere mich dem Mann. Die Stufen hoch zum Thron bestehen aus Kristall. So rutschig, wie die sind, ist es wahrlich kein Vergnügen, sie zu erklimmen.

»Hey du Retter der Menschheit!« Ich klopfe dem Spieler auf die Schulter.

Er richtet sich im Sessel auf. In seinen Augen schimmern verstohlen die Tränen eines Mannes. »Deneb, bitte kommen«, befiehlt er. Der Bildschirm lodert auf, jetzt ist ein Offizier auf ihm zu sehen, der es von der Zahl seiner Orden sogar mit dem Spieler aufnehmen könnte. »Oberst! Schicken Sie ein Geschwader zu Solo!«

»Aber, Imperator! Dann wäre unser Planet schutzlos ...«

»Jetzt kommt es allein darauf an, die Heimat der Menschen zu schützen!«, rattert der Imperator herunter.

Der Oberst nickt. »Zu Befehl, Imperator«, bringt er mit gequältem Gesichtsausdruck heraus.

Ich schiebe meine Hand vor das Gesicht des Imperators. Vielleicht sieht der uns ja gar nicht? Aber der Mann stößt meine Hand weg. »Immer diese Störungen«, mault er. »Was für eine miserable Verbindung!«

Scheiße! Das hat mir gerade noch gefehlt! Eine Deep-Psychose in voller Blüte. Der Mann will uns nicht sehen, denn wir passen nicht in das einfache Rasters eines Strategiespiels.

»Wie kommen wir hier raus?«, brülle ich. »Sag schon, wo ist der Ausgang!«

Er streckt die Hand aus und drückt irgendeinen Knopf. Sein Bewusstsein registriert uns nicht mal, aber sein Unterbewusstsein ist bereit, alles zu tun, um Störungen zu beseitigen. Seine Bewegungen sind pflaumenweich und unsicher. Er hockt garantiert seit mindestens vierundzwanzig Stunden in der *Tiefe*. Hinter mir öffnet sich mit einem Heulton die Tür.

»Was ist mit ihm?« Der Loser kommt näher.

»Er hat eine Deep-Psychose.«

Ich drehe mich nach der Tür um. Wir müssen uns beeilen. Der Warlock hat Spuren hinterlassen, die früher oder später entdeckt werden. Und das arme Schwein von Imperator hat ganz bestimmt seinen Timer eingeschaltet ...

»Gehen wir jetzt?«, will der Loser wissen.

Okay, ich habe den Diverkodex verletzt, indem ich meine Waffe gegen Anatole und Dick eingesetzt habe. Trotzdem bin und bleibe ich ein Diver. Der Hüter der *Tiefe*.

Wenn ich nicht interveniere, wer dann?

»Vika!«, befehle ich.

»Ljonja?« Die Stimme von Windows Home klingt dumpf und monoton. Der PC ist voll ausgelastet, die Software hat keine Kapazitäten mehr, um für Schönheit zu sorgen.

»Das Ausrüstungsset, in der Standardvariante!«

Es folgt eine Pause. Eine sehr lange Pause. Doch dann werden meine Taschen langsam schwer.

Ich streife die Reste des Schutzoveralls ab. Ob es den beim Fall durch die Spiegel zerfetzt hat? Als ich in der Kleidung des Revolvermanns dastehe, rolle ich die Peitsche ein. Die verwandelt sich wieder in einen Gürtel.

»Was hast du vor?«

Der Loser ist die Neugier in Person.

»Ich will den hier rausholen!«

Jetzt muss ich den Kanal finden, der den Spieler mit seinem Rechner zu Hause verbindet. Dann bräuchte ich bloß noch sein Sicherheitssystem zu knacken, aber das dürfte vermutlich nicht schwer sein, denn offenbar habe ich einen typischen Newbie vor mir. Danach beende ich entweder sein Deep-Programm oder stelle seinen Timer auf null.

Aus meiner linken Tasche hole ich eine Sonnenbrille und setze sie mir auf. Die Dunkelheit ist fast undurchdringlich, nur am Fuße des Throns funkelt ein orangefarbener Faden, der sich vom Stuhl wegschlängelt. Der Kanal! Ich sehe mich im Raum um. Da verläuft auch meine eigene »Nabelschnur«, die zum Tunnel führt, den der Warlock genagt hat. Scheiße! Das bedeutet, dass wir nicht über den Server des Spielers laufen, sondern von wer weiß woher in diesen Raum gekommen sind. Mein Kanal kann sich über Kontinente ziehen, von Satellit zu Satellit hüpfen oder per Faseroptik über den Meeresgrund geleitet werden. Wir haben zu viele virtuelle Räume durchkreuzt, um vom Labyrinth hierherzugelangen. Einige von ihnen müssen sich sogar in unmittelbarer Nähe befinden, schließlich bemerke ich im Tunnel einen Lichtschimmer. Außerdem spuckt er immer wieder glimmende Fadenenden aus.

Vom Loser geht tatsächlich kein Signal aus. Oder vielleicht doch – aber dann ist es zu gut getarnt für meinen simplen Scanner. Jedenfalls mache ich nur eine dunkle reglose Silhouette aus, die meine Arbeit beobachtet.

Aus meiner rechten Tasche hole ich ein Döschen und öffne es. Auf dem weichen Futter bewegt sich etwas: Eine funkelnde smaragdgrüne Wanze wackelt mit den Beinchen. Ich nehme sie in die Hand, doch sie befreit sich energisch und stürzt sich auf meinen eigenen Kanal. So haben wir nicht gewettet, Freundchen! Du hast ein anderes Ziel!

Ich setze das Insekt vor dem Thron ab, wo es sogleich mit dem Kopf ruckt, um sich dann in den orangefarbenen Faden zu fressen.

Jetzt können wir nur warten und hoffen, dass der Rechner des Imperators lediglich über die gängigen Antiviren-Programme verfügt.

»Hallo?«

Im ersten Moment halte ich es für die Stimme vom Loser. Sie ist genauso gleichmäßig und ohne Gefühle. Als ich mich jedoch umdrehe, sehe ich, dass wir inzwischen zu viert im Saal sind – sofern man den Imperator überhaupt als vollwertigen Partizipanten einstufen kann.

Aus dem Loch in der Decke baumelt ein funkelnder weißer Faden, an dessen Ende eine lange, sich in Schmerzen windende Figur hängt. Ihre Konturen sind verschwommen, die Bewegungen abgehackt und planlos. Der Mann dreht zwar den Kopf in die eine und in die andere Richtung, aber ich glaube nicht, dass er sieht, was um ihn herum passiert. Wo kommt der denn her? Und wie hat er den Sturz durch den Tunnel überlebt? Der Warlock hat ganze Arbeit geleistet, ohne Frage!

»Was hast du denn hier verloren, du Hampelmann?!«, blaffe ich so aggressiv wie möglich. Wenn der Unbekannte ein simpler User ist, kann er mir nicht in die Quere kommen.

Aber unserem Gast will meine Reaktion so gar nicht gefallen. Er streckt beide Arme aus – und ein elastisches funkelndes Kabel schießt auf mich zu. Genauer gesagt, nicht auf mich, sondern auf meinen Verbindungskanal.

Gleich lach ich mich kaputt! So was könntest du dir nie im Leben ausdenken: Da willst du einen mysteriösen Mister X aus dem Labyrinth rausholen, hast unterwegs die Idee, irgendeinen Idioten mit Deep-Psychiose zu retten, und triffst dann auf einen Hacker mit einer netten Auswahl an Programmen im Gepäck.

Ich kann von Glück sagen, dass sein Kanal ziemlich eng und deshalb kurz vorm Abnippeln ist. Ich krame meine Handschuhe heraus, streife sie über, fange das Kabel ab und verknote es. »Verpiss dich!«, empfehle ich dem Eindringling. »Ich bin ein Diver!«

Normalerweise funktioniert das tadellos. Dieser Gast hält sich jedoch entweder für den coolsten Typen in der gesamten *Tiefe* oder er glaubt mir nicht.

»Und wenn du Geppetto wärst!«, antwortet er. Die zweite Peitsche ist schneller und wendiger. An ihrem Ende klimpern kleine Klammern. Ich erwische sie erst kurz vorm Kanal und presse sie genüsslich zusammen. Die Handschuhe würgen das Programm ohne Probleme ab.

Am liebsten würde ich das Gleiche auch mit meinem Hackerfreund machen, doch mit den Handschuhen halte ich ihn nicht auf, und den Warlock will ich gegen ihn nicht einsetzen, dazu ist das Virus viel zu stark.

Inzwischen umrundet der Loser, der jedes Interesse an mir verloren hat, den Hacker. Der bemerkt ihn nicht, anscheinend greift er ebenfalls auf einen Scanner zurück und behält einzig und allein die Verbindungskanäle im Blick.

»Was willst du?«, frage ich. »Du störst mich bei der Arbeit!«

»Du mich auch.«

Die hölzerne Stimme meines Gegenübers bringt mich zur Weißglut. Dabei grenzt es im Grunde geradezu an ein Wunder, dass ich ihn überhaupt höre, so eng wie sein Kanal ist. Die Figur bewegt sich immer abgehackter, jetzt fällt ihm der Kopf auf die Seite, und die Nase rutscht zur Wange, während die Arme länger und länger werden. Ein völlig bescheuerter Anblick – der dazu führt, dass meine Wut verpufft.

»Hör mal, du Mistkerl ... Dich muss bestimmt auch mal jemand aus dem virtuellen Raum abschleppen! Also zieh Leine! Der Newbie hier kratzt mir sonst ab!«

Endlich begreift der Typ, dass das hier kein Spaß ist. Er hört auf, meinen Kanal anzugreifen, zieht so was wie eine

Taschenlampe heraus und leuchtet damit den Imperator an. Das muss eine Art semiaktives Scanprogramm sein. Von mir aus! Soll er ruhig zugucken, meine Methoden sind kein Geheimnis.

»Das System des Abonnenten ist unter unserer Kontrolle«, teilt mir Windows Home im Flüsterton mit.

Du weißt nie, wie das Innenleben eines fremden Rechners aussieht, solange du ihn nur aus der *Tiefe* betrachtest. Deshalb wähle ich den simpelsten Weg. Ich gebe dem Newbie einen Schubs, der rutscht vom Thron und landet ausgesprochen unelegant auf dem Boden. Daraufhin nehme ich seine Stelle ein, ziehe die Handschuhe aus, greife mit bloßen Händen nach dem orangefarbenen Faden und ziehe daran.

»Vika! Das Terminal!«

Der Wirt-Navigator baut sich auf. Im Prinzip kein schlechtes Betriebssystem, wenn auch gedacht für Leute mit gutem Selbsterhaltungsinstinkt, nicht für Newbies voller Experimentierfreude. Denn jedes Kind kann bei ihm den Timer ausstellen.

Was der verhinderte Herrscher der Galaxis auch getan hat, er ist seit achtundzwanzig Stunden im virtuellen Raum!

Da ich keine Lust habe, mich mit dem Timer herumzuschlagen, suche ich die Datei, die für einen Notausgang aus der *Tiefe* sorgt, und öffne sie. Das Deep-Programm zickt anfangs noch und fragt nach einer Bestätigung. Und so was nennt sich »Notausgang«!

Der Imperator stöhnt leise und fasst sich an den Kopf. Er will zur Tür gehen.

Ich springe vom Thron, schließe das Terminalfenster, packe den Mann beim Kragen und stoße ihn zum Thron. »Setz den Helm ab!«, befehle ich ihm. »Fahre den Rechner runter!«

»Ich ... das wollte ich nicht ...«, jammert der Imperator.

»Ich schick dir die Rechnung für deine Rettung«, blaffe ich. »Und jetzt raus hier! Sofort!«

Die Hände des Mannes bewegen sich zum Kopf hoch, er schlägt unsicher auf die Luft ein, bis seine Figur dann verblasst und das orangefarbene Kabel erlischt. Ich nehme die Brille ab.

Der Hacker unter dem Loch in der Decke ist fast körperlos. Wie in Zeitlupe dreht er den Kopf hin und her. So entstehen die Legenden über Diver, die Wunder vollbringen.

»Gehen wir«, sage ich zum Loser. Der rennt nach wie vor um den Hacker herum und späht in den Tunneleingang hinauf, aus dem noch allerlei Müll fällt. »Los!«

Ich muss ihn bei der Hand fassen und wie ein Kind hinter mir herziehen. Den Hacker hält seine Neugier im leeren Saal zurück. Da sich das Loch in der Decke langsam schließt, wird sein Kanal in zehn Minuten gekappt sein. Aber mit diesem Problemchen darf er sich selbst befassen, wo er doch so cool ist!

Die Tür führt in einen kleinen Saal, in dem es wiederum sieben Türen und einen Fahrstuhlschacht gibt. In der Nähe träumt wahrscheinlich der Anführer der roten Ameisen auf seinem Thron und die Gebieter der intelligenten Quallen und andere Spieljunkies brüten fiese Pläne aus ...

»Warum bist du die ganze Zeit um den Hacker herumscharwenzelt?«, frage ich den Loser im Fahrstuhl. Aber der schweigt.

Soll er. Ich werde mir nicht länger den Kopf über seine Macken zerbrechen.

Das Einzige, was zählt, ist, dass ich ihn aus dem Labyrinth herausgeholt habe! Ihn zwei großen Konzernen vor der Nase weggeschnappt habe!

Der Fahrstuhl bringt uns zu einer Straße in Deeptown. Ich muss mich erst mal orientieren. Da drüben sind die Türme von AOL, da die langen Reihen der Hotels, und der grüne Park – das sind die Gärten von Elbereth Sternentfacherin. Alles klar. Wir befinden uns an der Grenze zwischen dem russischen, dem europäischen und dem amerikanischen Sektor der Stadt. Hätte schlimmer kommen können.

Der Loser hebt den Kopf. »Sterne und Planeten: Der Herr von Sirius!«, deklamiert er.

Ich folge seinem Blick. Über dem Gebäude, aus dem wir gekommen sind, leuchtet grell eine Reklametafel. *Stars & Planets: Master of Sirius!*

Ein guter Laden. Denen sollte ich meine Dienste als Diver anbieten! Wäre eine simple Arbeit, bei festem Gehalt!

»Was ist deine Muttersprache, Loser?«, will ich wissen.

»Die kennst du nicht«, weicht er aus.

»Vielleicht Basic?«, schlage ich vor.

Wir lachen beide.

»Okay«, sage ich. »Du bist ein Lebewesen. Du bist nicht das Produkt eines intelligentes Rechners.«

»Danke.«

»Aber wer bist du?«

Der Loser zuckt die Achseln. Er betrachtet alle, die an uns vorbeigehen, mit der Neugier eines Menschen, der zum ersten Mal im virtuellen Raum ist.

»Nimm die Gasmaske ab«, rate ich ihm und ziehe ihm selbst das Atemgerät herunter. »Sonst erschreckst du noch die Leute!«

»Gehen wir noch irgendwohin?«, erkundigt sich der Loser.

Ehrlich gesagt, weiß ich das selbst nicht genau. Ich hatte Angst vor einer hitzigen Treibjagd, der wir nur knapp und stark verletzt entkommen würden. In dem Fall hätte ich aber immerhin gewusst, was zu tun ist: Wir wären in die *Vergnügungen jeder Art* geflüchtet.

»Wir gehen einfach ein bisschen spazieren«, improvisiere ich. »Bist du schon mal in den Elfengärten gewesen?«

»Nein.«

»Dann lass uns da hingehen, das lohnt sich!«, sage ich. Aber offenbar sollte es mir heute nicht vergönnt sein, in die Rolle des Fremdenführers zu schlüpfen.

Ein Regenbogen flammt am Abendhimmel auf, der die Sterne verschattet. Irgendwo klirrt es kristallen. Auf diese Weise wird eine Durchsage angekündigt, die im ganzen Netz zu hören ist. Wenn ich mich nicht irre, hat es so was erst fünf-, sechsmal gegeben.

Und ich ahne, was jetzt kommt.

»Taxi!«, schreie ich und reiße die Hand hoch. Gleich darauf hält ein Auto an, ich schiebe den Loser hinein und drängle mich ihm nach. Hinterm Steuer sitzt eine junge Schwarze mit krausem Haar, die sich lächelnd zu uns umdreht.

Meinen Revolver habe ich nicht dabei. Deshalb streife ich die Handschuhe über und breche mit einem Fausthieb die Abwehr der Frau. Zum Glück protestiert der Loser nicht.

»Zum Puff *Vergnügungen jeder Art*!«, befehle ich. Die Frau gehorcht.

Das Auto rast los.

»Bürger Deeptowns!«

Die Stimme erschallt von überallher. Du entkommst ihr weder in einem Auto noch innerhalb der eigenen vier Wände.

»Zu Ihnen spricht Jordan Raid, Kommissar vom Sicherheitsdienst der Stadt ...«

Ich kenne Jordan. Er ist ein anständiger Kerl, wenn auch ein Ami. Einer von denen, die sich nicht zu fein sind, Diver zu kontaktieren und bei kleineren Verbrechen ein Auge zuzudrücken – damit das Netz leben kann.

»Es folgt eine wichtige Mitteilung«, sagt die Schwarze. »Es wird um Ihre Aufmerksamkeit gebeten.«

Ich bin sowieso Auge und Ohr.

»Vor etwa einer halben Stunde ist im Labyrinth des Todes ein Verbrechen begangen worden, das die Existenz ganz Deeptowns gefährdet«, verkündet Raid.

Mamma mia! Was soll das denn? Spinnen die?

»Zwei Menschen, von denen einer ein Diver ist, haben eine Viruswaffe eingesetzt, die von der Moskauer Konvention verboten worden ist. Es handelt sich dabei um ein polymorphes Virus, das die Bezeichnung Warlock 9000 trägt und sich uneingeschränkt verbreiten kann ...«

Was soll der Schwachsinn? So ein Virus hätte mir Maniac nie im Leben gegeben!

»Eine Besonderheit dieses Virus besteht darin, dass es sich vollständig der Kommunikationstechnik bemächtigt. Zu den Leidtragenden gehören bislang der Konzern Al Kabar und das Labyrinth des Todes selbst.«

Alles klar. Sobald die beiden erbitterten Gegner begriffen hatten, dass ihnen die Beute durch die Lappen gegangen war, haben sie sich zusammengetan. Und jetzt hängen sie mir jeden nur denkbaren Mist an, das Chaos im dreiunddreißigsten Level inbegriffen.

Scheiße. Ich würde nie beweisen können, dass der Warlock bloß einen Tunnel für uns gebohrt und sich dann still und leise verabschiedet hat, genau wie es sich für ein anständiges und zulässiges Virus gehört. Selbst wenn ich der Polizei den Quellcode des Virus zur Verfügung stellen würde, dürfte mich das kaum entlasten. Nicht wenn das Labyrinth hinter der Sache steckt!

»Verflucht«, zische ich.

»Stimmt was nicht?«, fragt der Loser.

»Das ist noch milde ausgedrückt.«

Ich lange über die Schulter der Schwarzen zum Armaturenbrett, nehme mir das Handy und gebe Guillermos Nummer ein.

»Hier sehen Sie die Avatare, in denen die Verdächtigen im Labyrinth agiert haben«, fährt Jordan fort. »Wir fordern die betreffenden Personen auf, sich freiwillig zur Zentrale des Sicherheitsdienstes in Deeptown zu begeben. Alle, die diese beiden Männer kennen, bitten wir, sich mit uns in Verbindung zu setzen.«

Am Himmel lodern unsere Porträts auf. Anschließend werden der Loser und ich in voller Größe und in Bewegung gezeigt.

Das ist recht beeindruckend, vor allem als ich Dick mit der Peitsche köpfe.

»Diese Schweine!«, knurre ich und reiße mich vom Fenster los.

Nach zehn Sekunden kriege ich eine Verbindung.

»Hello!«

»Hallo, Willy«, begrüße ich ihn. »Wie soll ich das verstehen?«

Es folgt eine Pause. »Revolvermann? Wo sind Sie?«

»Im Taxi.«

Damit gehe ich kein Risiko ein, denn das durch den Fausthieb ausgeknockte Transportprogramm kann seinen Standort nicht preisgeben.

»Hier liegt ein Missverständnis vor«, versichert Guillermo rasch. »Kommen Sie einfach vorbei, dann klären wir das.«

»Ziehen Sie zuerst die Anklage zurück.«

»Revolvermann«, setzt Willy mit einem Seufzer an. »Das liegt nicht in meiner ... äh ... Macht.«

»Das ist höchst bedauerlich. Ich werde mich noch einmal mit Ihnen in Verbindung setzen«, verspreche ich und beende das Gespräch.

Als wir das Bordell erreichen, sehe ich mich einem neuen Problem gegenüber. Was soll mit dem Taxi passieren? Das Programm vollständig zu zerstören ist nicht so einfach. Aber wenn ich den Wagen weiterfahren lasse, wird Deep-Explorer früher oder später Kontakt zu ihm aufnehmen und die Route feststellen.

Da muss ich wohl den Deep-Explorer selbst um Hilfe bemühen ...

Ich hole das Döschen mit der smaragdgrünen Wanze und die Brille aus der Tasche. »Steig aus, Loser«, verlange ich.

Ich folge ihm, schmeiße das blöde Insekt ins Auto und schlage die Tür zu. Das Ergebnis lässt nicht lange auf sich warten.

Der Deep-Explorer kümmert sich nicht sonderlich um den Schutz seiner Wagen, sondern nimmt lieber Gemeinheiten wie meine unbezahlte und unregistrierte Fahrt in Kauf. Trotzdem scheitert mein Versuch, auf den Server zuzugreifen. Mit derart primitiven Programmen wie der Wanze lässt sich der Deep-Explorer dann doch nicht überlisten.

Er reagiert, indem er das Taxi einfach in Luft auflöst, also schlicht und ergreifend den Verbindungskanal kappt, sobald irgendein Ungeziefer versucht, sich auf dem Computer einzunisten.

»Gehen wir«, fordere ich den Loser auf und packe ihn am Arm. Bleibt nur zu hoffen, dass wir im Foyer nicht erwartet werden.

Aber wir haben Glück: Hier ist niemand. Nicht einmal die Security-Typen.

»Das ist ein Puff«, teile ich dem Loser vorsichtshalber mit. »Wenn du willst, kannst du die Alben durchblättern.«

Er schüttelt den Kopf.

»Warum wundert mich das jetzt nicht weiter?«, murmle ich. »Gehen wir!«

Wir rennen beinah durch den Gang. Ich rechne damit, dass die Frauen wieder zu den Türen herausspähen, aber ringsum herrscht absolute Stille. Hier ist überhaupt niemand! Als wäre das Bordell ausgestorben.

Als ich die Tür zu Vikas Zimmer aufstoße, bin ich mir fast sicher, dass auch sie nicht da ist. Der Loser bleibt hinter mir.

»Dann darf man dir wohl gratulieren, Leonid?«, zischt Vika mit eisiger Stimme.

In der Berghütte blitzt und strahlt es, als hätte es hier nie ein Erdbeben gegeben. Ich weiß nicht, wie es anderen geht, aber ich ziehe derartige Putzaktionen nur durch, wenn ich total aufgewühlt bin. Auf dem Tisch steht ein kleines Tonbandgerät. Vika hat sich umgezogen, sie trägt jetzt graue Jeans und ein Sweatshirt in der gleichen Farbe.

Abgesehen davon lässt ihr Ton darauf schließen, dass sie eine Erklärung erwartet.

»Du hast gehört, was der Kommissar gesagt hat?«

»Wer hätte das nicht?« Vika steht auf, und ich weiche sofort zurück. Einer wütenden Frau sollte ein Mann besser nicht in die Quere kommen. »Du hast deinen Freund also ... gerettet. Hat er dich gerettet, mein Junge?«

Der Loser zuckt die Achseln, lächelt, und Vika kommt leicht aus dem Konzept.

»Wie heißt du?«

»Loser.«

»Verstehe. Dann pass auf, mein Freund, fordere dein Schicksal nicht heraus, sondern stell dich ans Fenster und rühr dich nicht vom Fleck!«

Der Loser tut, was sie verlangt, und Vika geht auf mich zu. Sie ist in den falschen Avatar geschlüpft: Das hier ist nicht Vika – das ist Madame!

»Du hast ihn also gerettet, ja? Und? Bist du jetzt mit Al Kabar und dem Labyrinth quitt?«

»Vika, die lügen!«, versichere ich. »Der Warlock 9000, das ist ein lokales Virus, das allen Anforderungen der Konvention entspricht!«

»Und das mit dem Diver – ist das auch eine Lüge?«, schreit Vika. Da wird mir klar, weshalb sie auf hundertachtzig ist. »Na? War das eine Lüge? Denn irgendjemand lügt hier, entweder die eine Seite ... oder die andere!«

Meine Erfahrungen in puncto eingefangener Ohrfeigen sind ziemlich begrenzt. Ich stehe wie zur Salzsäule erstarrt da und halte mir die brennende Wange. Der Loser sieht brav aus dem Fenster – aber den Schlag wird er ja wohl gehört haben!

»Bist du ein Diver?« Vika kocht immer noch vor Wut. »Ja? Und ich verdammte Idiotin habe dir auch noch Hilfe angeboten! Hättest du mir das nicht sagen können, dass du ein Diver bist?«

»Nein«, hauche ich.

»Warum nicht? Traust du mir nicht?«

Nichts wird mich je dazu bringen zu glauben, Gott habe die Frau aus Adams Rippe geschaffen. Nein, er hat sie aus Lehm geschaffen, genau wie den Mann. Nur aus völlig anderem Lehm.

Dazu sind die Gründe, die uns ausrasten lassen, einfach zu verschieden.

»Ich habe Angst gehabt, dich zu verlieren.«

»Das ist doch ...«, setzt Vika an, verstummt dann aber.

»Man kann einen Menschen nicht lieben, der die *Tiefe* ohne jede Illusion betrachtet. Ich weiß das, Vika, ich habe das schon zu oft erlebt. Es geht immer gleich aus. Irgendwann hättest du angefangen, mich zu hassen. Ohne es selbst zu merken. Du hättest nicht einmal begriffen, woher dein Hass plötzlich kommt ...«

Ich rede weiter, obwohl mir längst klar ist, dass nichts mehr zu retten ist. Wir können Freunde bleiben, mehr nicht. Keine Frau der Welt liebt einen Mann, der ihr Gesicht als Mosaik aus bunten Pixeln wahrnimmt.

»Ja, ich hätte es dir sagen müssen«, flüstere ich. »Sofort. Aber ich konnte es nicht. Tut mir leid. Hättest du den Mut gehabt, mir zu sagen, dass du ein Diver bist?«

Vika schweigt. Tränen treten ihr in die Augen, Tränen, die eigentlich gar nicht vorhanden sind. Von nun an trennt uns eine Wand. Für immer.

»Nein«, sagt sie leise. »Ich konnte es auch nicht. Weil ... ich Angst hatte, dich zu verlieren.«

Anscheinend bin ich soeben verrückt geworden.

Aus dem einfachen Grund, dass es keine Mauer zwischen uns gibt, wenn ich Vika umarmen möchte.

»Meine Arbeit ... ihr habe ich das zu verdanken. Es ist so widerlich, wenn alles echt ist. Ich weiß nicht, wie es passiert ist ... mich hat alles angekotzt ... und ich habe Angst gekriegt. Da bin ich aus der *Tiefe* gefallen ...«

»Wir nennen das *auftauchen*.«

»Da bin ich aufgetaucht.«

Der Loser betrachtet die Berge. Er ist wirklich in Ordnung. Wenn's sein muss, würde er sich den ganzen Tag nicht nach uns umsehen.

»Ich tauche immer auf. Deshalb übernehme ich ja auch die größten Arschlöcher, ich krieg's ja eh nicht mit.«

Eine Frage liegt mir auf der Zunge, die ich aber niemals stellen werde. Doch Vika antwortet von sich aus.

»Aber beim Fluss, da bin ich nicht aufgetaucht. Zum ersten Mal in meinem Leben bin ich dageblieben. Ehrlich.«

Ich glaube ihr, wie es alle Männer von Anbeginn der Zeiten an getan haben.

Denn die einzige Wahrheit in dieser Welt ist unser Glaube.

III

Vika kocht Kaffee, was sogar den Loser aus seiner Starre reißt. Wir setzen uns an den Tisch, in einem Kännchen steht frische Sahne bereit, im Zuckerdöschen häuft sich ein ganzer Berg weißer Kristalle, eine volle Flasche Achtamar wartet auf ihren Einsatz – und Vika schenkt den Kognak auch prompt ein, noch vor dem Kaffee.

»Auf deinen Erfolg, Ljonja«, sagt sie.

»Der wird mich noch teuer zu stehen kommen«, erwidere ich.

»Warum das?«

»Im ganzen Netz fahndet man nach mir.«

»Und das heißt?«

»Ich muss abhauen. Dieser Avatar hat zu viel Aufmerksamkeit auf sich gezogen, und der Revolvermann ist hier gesehen worden.«

»Von wem?« Vika scheint nicht ganz zu begreifen, wie vertrackt meine Situation ist. »Von meinen Mädchen?«

»Zum Beispiel.«

»Sie werden ganz bestimmt niemandem was sagen. Oder glaubst du etwa, dass virtuelle Prostituierte Mitleid mit den Mächtigen des virtuellen Raums haben? Vergiss nie, dass wir die alle schon ohne Hosen gesehen haben. Die Konzerndirektoren genauso wie die Firmenpräsidenten. Mit Männern, die es aufgeilt, eine Frau auszupeitschen, bevor sie mit ihr ins Bett gehen, hat man kein Mitleid.«

»Du hörst dich an, als seien alle eure Kunden pervers.«

»Nein, das natürlich nicht.« Vika lächelt. »Aber an die miesen denkst du natürlich immer zuerst. Keines von unseren Mädchen wird den Revolvermann verpfeifen. Schließlich hast du hier keine Orgie gefeiert und warst dir auch nicht zu schade, mit uns zusammenzusitzen.«

»Bist du sicher?«

»Ljonja, unser gesamtes Personal kommt aus Russland, der Ukraine, Weißrussland und Kasachstan. Glaubst du etwa, in diesen Ländern hegt man eine besondere Liebe für die Regierung oder die großen Konzerne?«

»Bisher ist mir eine derartige Abartigkeit nicht aufgefallen.«

»Eben! Also, auf deinen Erfolg!«

Wir trinken Kognak. Der Loser schließt sich uns an, doch er verzieht nicht mal ansatzweise das Gesicht, es ist fast so, als trinke er Tee.

»Was ist mit Cappy?«, frage ich. »Der erinnert sich garantiert an mich!«

»Der ist nicht der Typ für so was! Der lebt in seiner eigenen Welt!«

»Wenn du mich fragst, ist dem alles zuzutrauen.«

»Jetzt hör mir mal zu, Ljonja!« Vika trommelt mit den Fingern auf den Tisch. »Cappy nimmt immer das rote

Album. Das ist eine besondere Gruppe, in der alles erlaubt ist. Nicht bloß Ketten, Peitschen und die kleinen Gemeinheiten der Sadisten, sondern echte Bestialität. Mord, Körperzerstückelung ... muss ich fortfahren?«

»Nein.«

»Auf all das steht Cappy aber nicht. Er kommt hierher, um zu reden.«

»Und damit macht er jede Frau fertig?«

»Ljonja, wenn ein dicker Onkel das rote Album bestellt, ein Mädchen in den Keller führt, ›Ich bin ein Vampir!‹ kreischt und ihr dann in den Hals beißt, ist das ekelhaft und widerwärtig, aber verständlich. Der ist einfach krank. Wenn aber ein völlig unscheinbarer junger Mann vor so einem Mädchen sitzt und anfängt, vom Leder zu ziehen ... wenn er Geld dafür ausgibt, um ihr ein oder zwei Stunden lang zu beweisen, dass sie ein Miststück ist, ein dreckiges Tier, das es nicht verdient, auf dieser Erde zu leben, dann ist das viel schlimmer, glaub mir.«

»Warum?«, mischt sich der Loser überraschend ins Gespräch.

»Weil es ein Fluch ist. Das Recht zu urteilen und das Recht zu herrschen. Das Recht auf Wahrheit. Mit einem Idioten oder einem Tier kommst du leicht klar. Ganz im Gegensatz zu jemandem, der sich für einen Übermenschen hält, für klug, rein und makellos. Zum Beispiel ein General, der für Frieden kämpft, ein Herrscher, der gegen Korruption vorgeht, ein Perverser, der Pornografie verurteilt. Wir alle kennen solche Leute. Vielleicht hängt ja ein Fluch über den Menschen? Und du musst mit Chaos rechnen, wenn sie versprechen, Ordnung zu schaffen. Mit dem Tod, wenn sie das Leben verteidigen. Und mit der Verwandlung eines Menschen in ein Tier, wenn sie die Moral hochhalten. Jemand braucht bloß zu sagen: Ich bin höher, ich bin reiner, ich bin besser – und du darfst getrost das Schlimmste annehmen. Nur diejenigen, die keine Wunder versprechen und sich nicht auf ein Podest stellen, bringen der Welt wirklich etwas Gutes.«

Ich spüre, dass die beiden völlig ernst bei der Sache sind.

»Stopp!«, rufe ich. »Vika, verzichten wir auf jede Diskussion über das Gute und das Böse! Sonst erklären wir am Ende noch Mörder und Diebe zu Heiligen!«

»Du bist selbst ein Dieb«, gibt Vika zurück.

»Ich sorge lediglich dafür, dass sich Informationen verbreiten.«

»Und ein Taschendieb sorgt nur dafür, dass die Menschen besser aufpassen. Die Frage ist, ob die Mutter einer ganzen Schar Kinder diese Lektion wirklich braucht? Und ob man sie ihr erteilen muss, indem man ihr das Portemonnaie mit ihrem ganzen Geld klaut.«

Dagegen ließe sich eine Million Argumente vorbringen. Ich könnte klarstellen, dass meine Arbeit nicht in erster Linie darin besteht, Daten zu klauen. Ein Hacker, der nicht in den virtuellen Raum eintritt, gäbe da einen viel besseren Dieb ab. Davon abgesehen besteht ein Unterschied zwischen dem *Diebstahl* und dem *Kopieren* von Dateien. Ich hinterlasse ja keinen leeren Rechner zurück. Und welche Rolle spielt es für die Menschheit schon, wer als Erster ein neues Shampoo oder ein Mittel gegen Erkältung auf den Markt wirft?

Aber ich will mich nicht mit Vika streiten.

»Tut mir leid.« Sie berührt meine Hand. »Das hätte ich mir sparen können.«

»Schon gut. Ich habe nur bekommen, was ich verdient habe.«

»Aber es tut mir wirklich leid.« Dann wendet sie sich an den Loser. »Weißt du, wir befinden uns in einer rein digitalen Welt. In einer Welt, in der alles gestattet ist. Du kannst in ihr kämpfen, huren und randalieren. Die Gesetze sind nicht auf diese Welt vorbereitet, aber – und das ist noch wichtiger – auch die menschliche Psyche ist nicht auf diese Welt vorbereitet. In der *Tiefe* gibt es praktisch keine Sanktionen, selbst wenn du aus dem Netz exkommuniziert wirst, hindert dich niemand daran, es unter einem anderen Namen wieder zu betreten. Möglicherweise kriegst du Schwierigkeiten, wenn du Daten klaust, aber die Rechtslage ist auch hier erbärmlich. Versuch einmal, zwölf Geschworene davon zu überzeugen, dass ausgerechnet Mister John Smith das neue Spiel vom Server von Microprosa geklaut hat, es an Wanja Petrow weitergegeben hat und dieser es mit Hilfe von Wang Ho als Raubkopie zum Verkauf angeboten hat. Es ist eine Welt der unbeweisbaren Verbrechen und der unechten Tode. Nur der Schmerz in der Seele bleibt echt. Aber wer kann schon den Schmerz messen, der durch die Kabel kriecht und dir das Herz zermalmt? Uns ist nichts geblieben außer der Moral. Einzig und allein die komische, althergebrachte Moral. Und offenbar ist es wesentlich bequemer, ein Mistkerl oder ein Heiliger zu sein als ein Mensch. Einfach ein richtiger Mensch.«

»Und was ist das – ein Mensch?«, fragt der Loser. »Ein richtiger Mensch?«

»Ich würde es dir erklären«, antworte ich. »Wenn ich Gott wäre. Hören wir auf damit, ja?«

»Aber das interessiert mich.« Der Loser spricht zwar nach wie vor mit ruhiger, ja, sogar gleichgültiger Stimme, aber in seinen Augen lodert das Feuer eines Spielers.

»Du bist ein Mensch.«

»Warum?«

Ja, warum eigentlich? Schließlich bin ich noch vor gar nicht allzu langer Zeit bereit gewesen, ihn lediglich für ein abgefahrenes Programm zu halten. Ich bin völlig aus dem Konzept, aber Vika blickt mich auch an, als erwarte sie eine Antwort.

»Ich weiß es nicht«, gestehe ich. »Du hast die Leute im Labyrinth nicht erschossen und einen inexistenten Jungen gerettet. Obwohl das echt idiotisch war ... Du zitierst Carroll, aber der Mensch ist ja nicht bloß ein eingetrichterter Vorrat an Wissen. Du bist seit drei Tagen in der *Tiefe*, aber das macht dir nichts aus, du hältst durch.«

Vika sieht den Loser verblüfft an.

»Wie du in den virtuellen Raum eingetreten bist, ist völlig unklar. Und das spricht leider auch nicht dafür, dass du ein Mensch bist ...«

Er wartet geduldig.

»Wahrscheinlich liegt es an uns selbst«, fahre ich zu meiner eigenen Überraschung fort. »Für mich bist du eben ein Mensch ... einfach weil ich gern dein Freund sein möchte.«

Anscheinend verwirrt das den Loser.

»Hier, in der *Tiefe*, tragen alle eine Maske. Vielleicht ist das besser so. Richtiger. Ich weiß es nicht. Vielleicht bist du in der realen Welt ja ein ziemlich mieser Typ. Aber hier und heute halte ich dich für einen Menschen. Besser erklären kann ich das nicht.«

»Womöglich sollte ich dann nicht in die Realität gehen?«, gibt der Loser zu bedenken. Er schaut Vika an und lächelt verlegen. »Schließlich bin ich kein Mensch.«

Na toll!

Der Wahnsinn, Teil zwei.

Vika lächelt und mustert den Loser, während in mir drin alles gefriert.

»Vika ... er sagt die Wahrheit. Er lügt nie«, beteuere ich und stehe auf. »Wenn er nicht antworten will, schweigt er einfach.« Ich fasse nach ihrer Hand und ziehe sie vom Tisch weg. Der Loser beobachtet uns traurig und völlig unaufgeregt.

»Ist das ein Witz?«, wendet sich Vika an den Loser.

»Nein.«

»Er ist überhaupt nicht imstande, Witze zu machen«, bekräftige ich die Antwort des Losers. »Kannst du die *Tiefe* verlassen?«

»Nein.«

»Bist du ein Mensch?«

»Nein.«

»Wer bist du dann?«

Schweigen.

»Siehst du?!« Ich brülle fast. »Wie ich gesagt habe!«

»Vor einer Minute hast du behauptet, ich sei ein Mensch«, erinnert mich der Loser. »Du hast sogar hinzugefügt, dass du mein Freund sein möchtest. Hast du da gelogen?«

Jetzt bin ich dran mit Schweigen.

»Du hast gesagt, dass hier und heute genau das gilt«, fährt er fort. »Dass in der *Tiefe* jeder er selbst sein kann, ohne Maske. Da gibt es nur die Seele ... wenn man an die Seele glaubt.«

»Nein!«, presse ich heraus. »Nein! Ich habe nicht gelogen!«

»Was hat dir dann solche Angst eingejagt? Dass ich gesagt habe, ich sei kein Mensch?«

Ich nicke. Als Vika sich an mich schmiegt, spüre ich, dass sie zittert.

Ich hätte nicht erwartet, dass ihr das derartige Panik einjagt.

»Warum bist du nicht schon eher damit herausgerückt?«, schreie ich.

»Ich habe immer ausreichend Antwort gegeben, Leonid.«

Plötzlich fängt Vika an zu lachen. Aus vollem Hals. »Ihr seid ja verrückt! Alle beide! Du willst kein Mensch sein?« Sie reißt sich von mir los und geht zum Loser, um nach seiner Hand zu fassen. »Antworte!«

»Was verstehst *du* unter dem Begriff *Mensch*?«

»Einen Zweibeiner ohne Federn!«

»Dann bin ich kein Mensch.«

Der Alptraum nimmt kein Ende. Der Loser spielt seine eigenen Spielchen, Vika ist fertig, und ich weiß nicht, wie ich diese Kette aus Unausgesprochenem und Rätseln zerreißen soll.

Eine digitale Intelligenz gibt es nicht! Dafür ist es noch zu früh! Aber mir fehlt die Kraft, die Worte des Losers als Lüge abzutun.

Das Klingeln, das die Stille durchschneidet, ist geradezu eine Wohltat.

Vika geht zum Büfett und öffnet die Türchen. Zwischen Dosen, Tüten und Schachteln liegt dort ihr Handy.

»Ja?«, sagt sie, den Blick fest auf den Loser gerichtet.

Die Stimme am anderen Ende ist so laut und selbstsicher, dass sogar ich sie höre – und auf Anhieb erkenne.

»Geben Sie mir den Revolvermann!«

»Wen?« Vika schafft es, sich sehr überzeugend zu wundern.

»Den Revolvermann. Sagen Sie ihm, dass der Mann Ohne Gesicht ihn sprechen möchte.«

Ich nehme Vika das Telefon aus der Hand. »Ja!«

»Meinen Glückwunsch, Revolvermann. Das zum einen. Und zum anderen würde ich vorschlagen, dass Sie herauskommen.«

»Niemals!«, antwortete ich kurz und bündig.

»Revolvermann, das ist nicht die Zeit für Spielchen. Ich stehe direkt vorm Haus. Und ich habe nur wenige Minuten Vorsprung vor meinen Konkurrenten. Al Kabar dürfte Ihre Spur ebenfalls entdeckt haben. Kommen Sie heraus!«

»Und dann?«

»Sie erhalten die versprochene Belohnung. Und ich kriege den Loser.«

Das ist ein lautes – ein sehr lautes – Telefon. Ich sehe den blonden Jungen an, der glaubt, er sei kein Mensch. Und ich sehe Vika an, die die Stirn runzelt.

»Ich habe nicht den Eindruck, dass er mit Ihnen mitgehen will«, antworte ich. »Tut mir leid.«

»Revolvermann! Wir haben eine Abmachung!«

»Die nicht besagt, dass ich Ihnen den Jungen übergebe. Nach dieser Abmachung sollte ich ihn lediglich aus dem Labyrinth herausholen. Alles andere geht Sie nichts an.«

»Sie maßen sich viel an, Diver.«

»Einer muss ja eine Entscheidung treffen.«

»Gut! Sie haben Ihre Entscheidung also getroffen.«

Aufgelegt. In der nächsten Sekunde federt der Boden und wirft uns an die Decke. Die Holzwände knirschen und verbiegen sich. Ein Bild mit einem Wasserfall fällt mir auf den Kopf – und das Tosen des Wassers an meinem Ohr bringt mich zur Besinnung.

Ich rapple mich hoch und krieche über den Boden, der sich immer weiter nach oben bäumt. Das ist kein Erdbeben – hier stürzen ausschließlich die Wände des Bordells ein. Hier wird der Schutz zerstört, den mir der Computermagier in seiner Naivität in den höchsten Tönen angepriesen hat.

Wobei: In Anbetracht der Tatsache, dass bisher niemand die Berghütte gestürmt hat, kann der Schutz gar nicht so miserabel sein.

»Vika!«

Ich helfe ihr auf. Ihr Gesicht ist blutverschmiert, die Ärmel ihres Sweatshirts zerrissen.

»Diese Schweine!«, zischt sie.

Nur der Loser ist nicht gefallen. Gegen die Wand gelehnt steht er mit ausgebreiteten Armen da, um das Gleichgewicht zu halten.

»Ich gehe jetzt da...«, setzt er an, aber das Krachen der nächsten Explosion übertönt seine Worte. »Das ist besser.«

»Du willst aufgeben?«

»Nein, aber ...«

»Dann rühr dich nicht vom Fleck!« Ich packe Vika bei den Oberarmen. »Gibt es hier Seile?«

Sie schüttelt verzweifelt den Kopf.

»Wir brauchen Seile!«

Vika richtet den Blick aufs Fenster. Sie hat verstanden wofür. »Vielleicht können wir springen ...«

»Das sind siebeneinhalb Meter! Das wäre Selbstmord!«

Zum Glück achtet Vika nicht auf die genaue Zahl, sonst würde sie wahrscheinlich ein Fass aufmachen – und dafür haben wir jetzt keine Zeit. Wie gesagt, Frauen sind nun mal aus anderem Lehm geformt.

»Im zweiten Stock ist ...«, beginnt sie, doch da fliegt die Tür auf. Ich reiße den Gürtel aus der Hose, der sich zischend in eine Peitsche verwandelt. Aber in der Tür steht nicht der Mann Ohne Gesicht, auch nicht seine Schläger. Da schwebt auf seinen geflügelten Latschen der Computermagier. Der Gang hinter ihm ist in buntes Licht getaucht, das von den Explosionen stammt. Kaum blicke ich in dieses karnevaleske Feuerwerk hinein, passiert etwas mit mir: Meine Bewegungen verlangsamen sich, verlieren ihre Präzision ...

»Oh! Der Warlock 9000!«, ruft der Magier entzückt beim Anblick der Peitsche in meiner Hand. Er schwebt ins Zimmer und knallt die Tür hinter sich zu – woraufhin sich meine akute Paralyse verflüchtigt. »Vika, wo ist Madame?«

»Ich vertrete sie heute!«

»Unser kleines Bordell wird angegriffen!«, fährt der Magier vergnügt fort. »Das Parterre ist zu Kleinholz zerlegt worden! Und obwohl der CPU-Killer ganz vorzüglich funktioniert, dringen die Kerle immer weiter vor!« Er kommt zu mir geflogen, packt mich beim Arm und fragt aufgeregt: »Ist dir diese Illumination aufgefallen? Ich füttere ihr Modem mit derart vielen überflüssigen Daten, dass jeder Computer darin ertrinkt! Bis auf die ganz guten natürlich ... Vika, wo ist Madame?«

»Werden wir das überstehen?«, fragt Vika.

»Natürlich nicht! Blöde Frage! Wir haben es hier mit Profis zu tun! Aber keine Sorge! Wir setzen eine Beschwerde auf, die sich gewaschen hat! Wo ist Madame? Ohne ihren Befehl starte ich die Angriffsprogramme nicht!«

Vikas Körper flimmert, sie legt an Brust und in den Hüften zu, ihr Gesicht zerfließt wie Wachs. So sieht es also aus, wenn ein Diver die *Tiefe* verlässt und seinen Körper wechselt.

»Starte alles, was wir haben«, befiehlt Madame.

»Hu! Ha!« Der Magier reißt in gespielter Verwunderung die Augen auf. Oder ist sie am Ende echt? »Hab ich mir's doch gedacht!«

Unterdessen holt er bereits eine Fernbedienung aus der Tasche und fängt an, irgendwelche Befehle einzugeben.

»Aber wir werden das trotzdem nicht überstehen, Madame Vika!«

»Wir müssen hier weg, Magier.«

»Madame!« Der Magier presst die Hände ans Herz. »Hier kann ich nicht helfen! Hier ist ein Diver nötig!«

»Ein Diver bringt gar nichts!«, brülle ich und zeige aufs Fenster. »Wir brauchen ein Seil!«

»Willst du dich aufhängen?«, fragt der Magier lachend. Er presst die Beine zusammen, landet auf dem Fußboden und zieht seine Pantoffeln aus. »Stellt euch vor, was gerade im zweiten Stock passiert ist«, schnattert er. »Da ist dieser Blödmann, der gern einen flotten Dreier schiebt und nie ein Wort von sich erzählt, vor lauter Schiss aus dem Fenster gesprungen! Er ist im Pool gelandet, hat gestrampelt und geschrien, dass er nicht schwimmen kann und Abgeordneter der Staatsduma ist und jemand ihn retten muss.« Er wirft mir die Latschen zu. »Fang! Die Dinger haben keine Gewichtsbeschränkung! Damit schafft ihr es zu dritt nach unten! Madame, warum hast du mir nicht verraten, dass du auch Vika bist? Du weißt, wie ich schweigen kann! Ich hätte niemandem ein Sterbenswörtchen gesagt!«

Ich ziehe mir die Latschen an. Die Flügel bewegen sich aufgeregt auf und ab und trommeln auf meine Zehen ein! Für den Magier ist Vika eine Maske von Madame. Für mich ist es genau umgekehrt.

»Ha, was für Schlagzeilen unser Etablissement machen wird! Und du, mein Lieber, wer bist du eigentlich?«

Der Loser antwortet nicht. Vielleicht ergeht es ihm wie mir und ihm dreht sich alles im Kopf? Der Computermagier scheint ein multitaskfähiges Betriebssystem zu sein, das gleichzeitig mit irgendwelchem Unsinn und ernster Arbeit beschäftigt ist.

Dergleichen kriege ich nie hin.

»Danke«, sage ich, während ich versuche aufzustehen. Der Magier fasst mich am Ellbogen und stützt mich, so dass ich durch die Luft balancieren und mich an die Bewegung gewöhnen kann. Es ist ein verdammt merkwürdiges Gefühl, nicht wie bei einem Jet Pack, den es in einigen Levels des Labyrinths gibt, sondern tatsächlich so, als wandere ich durch die Luft.

»Stell dir vor, du steigst eine Treppe hoch«, schärft mir der Magier ein. »Stufe für Stufe.«

»Wie viel Zeit bleibt uns noch, Magier?« Madame sieht sich konzentriert in der Hütte um, hängt sich Vikas Tasche über die Schulter, holt ein paar Dosen und Tüten aus dem Büfett und schleudert sie mit aller Kraft aus dem Fenster. Ich glaube zwar nicht, dass wir Zeit haben werden, sie einzusammeln, sage aber kein Wort.

»Nur noch für einen Abschiedskuss!«

»Den verschieben wir auf unser Wiedersehen! Halt sie so lange auf, wie du kannst, Magier! Bitte! Indem du sie ... irgendwie zutextest!«

»Ich werde tun, was in meinen Kräften steht.« Zu meiner Überraschung verliert der Magier seine Selbstsicherheit. »Aber ... ich weiß nicht ... ich kann so was doch nicht.«

»Vika, komm in deinen bisherigen Körper zurück«, bitte ich sie angesichts der üppigeren Ausmaße Madames. Dann gehe ich zum Loser, der immer noch an der Wand klebt.

»Hör zu, Kumpel, mir ist völlig egal, wer du bist. Ein Mensch oder ein Programm. Mir ist beides recht!«

Er sieht mir schweigend in die Augen.

»Ich will dich diesen Dreckskerlen nicht ausliefern. Ich möchte dich retten. Glaubst du mir das?«

Der Loser schweigt.

»Ich möchte immer noch dein Freund sein«, versichere ich. »Egal, wer du bist.«

Er kommt einen Schritt auf mich zu.

»Bitte!«, füge ich hinzu. »Wir wollen diesen Ärschen doch nicht die Freude gönnen, dass sie uns schnappen!«

Anscheinend habe ich da was Falsches gesagt.

»Ist das der Kampf Gut gegen Böse?«, will der Loser wissen.

»Was denn sonst?«, mischt sich der Magier in unser Gespräch ein. Er lässt sich in den Sessel plumpsen, schlägt die Beine übereinander und wird plötzlich ernst. »Ohne diesen Kampf hätte das Ganze doch keinen Sinn.«

Der Loser sagt nichts, tritt aber brav mit mir zusammen zum Fenster. Vika – nicht Madame, sondern tatsächlich Vika – ist bereits aufs Fensterbrett geklettert und sieht mit einem Gesichtsausdruck in die *Tiefe*, den ich nicht zu deuten vermag.

»Was ist?«, frage ich. »Hast du etwa Höhenangst?«

»Trödelt hier nicht rum!«, schreit der Magier hinter uns. Ich drehe mich um: Seine Finger hacken auf die Fernbedienung ein. Im Gang heult etwas auf, das an die Turbinen einer startenden Boeing erinnert. Dieses Heulen wird beinahe von einem Schrei erstickt. Flammenzungen schießen über die Holztür.

»Was ist mit dir, Magier?«

Der Computermagier lächelt und holt aus seiner Tasche etwas heraus, das noch am ehesten wie ein Hühnerei aussieht. »Ich habe das hier.«

»Was ist das?«

»Das werdet ihr schon sehen«, verspricht der Magier.

Vika und der Loser hängen sich gleichzeitig an meine Schultern, so dass ich sie gar nicht erst dazu auffordern muss. Ich schwinge ein Bein übers Fensterbrett und stelle den Fuß in der Luft auf.

Und die Luft hält uns.

Der Wind schlägt mir in die Seite, weit unter mir tost der Fluss. Mir wird schwindlig. Ich muss raus, raus aus der *Tiefe*.

Nur ... ich will Vikas Gesicht nicht in bunten quadratischen Pixeln sehen.

Mein erster Plan war, auf den Pfad hinunterzuschweben, aber jetzt wird mir klar, dass das überhaupt nichts bringen würde, denn der ist von Geröll versperrt. Dieses verfluchte Erdbeben!

Deshalb stapfe ich in der Luft über die Schlucht und den tosenden Bergfluss zur gegenüberliegenden Seite, die dicht mit Bäumen bewachsen ist.

»Ich habe sogar in Flugzeugen Angst«, haucht Vika. Mit einiger Anstrengung reiße ich den Blick von dem Abgrund unter mir los, um sie anzusehen. »Halte durch, Süße!«

»Bist du ... aufgetaucht?«

»Nein!«

Sie schließt kurz die Augen. »Ljonja, tauch auf!«, verlangt sie. »Quäle dich doch nicht so!«

Das könnte dir so passen! Aber ich bin aus anderem Lehm!

»Gute Reise, Freunde!«, schreit der Magier uns nach. Wahrscheinlich lehnt er sich gerade aus dem Fenster.

»Gute Reise!«, empört sich Vika. »Ihr Männer, ihr seid doch alle gleich!«

»Vikotschka, ich schicke dir tausend und einen halben Kuss!«, ruft der Magier weiter.

Jetzt bin ich über seine Geschwätzigkeit ganz froh.

Ich werfe einen Blick nach links. Im Gesicht des Losers tut sich etwas. Er sieht mit kindlicher freudiger Neugier in den Abgrund unter uns. Er hätte sich die geflügelten Latschen anziehen sollen!

Warum hat Vika sich eigentlich so klein gemacht und Sigsgaard über den grünen Klee gelobt? Ihr virtueller Raum ist nicht schlechter als seiner.

Vielleicht sogar realer.

Die Kiefernzweige peitschen mir ins Gesicht, vor meinen Augen schimmert ein violetter Zapfen auf. In dem Moment bin ich überzeugt davon, dass es in der Natur auch solche Dinger gibt.

Indem ich eine Spirale um eine Kiefer beschreibe, setze ich zur Landung an. Die kleine Berghütte haben wir auf der anderen Seite der Schlucht gelassen, der Magier guckt längst nicht mehr zum Fenster raus.

»Ljonka«, flüstert Vika, als uns nur noch anderthalb Meter von der Erde trennen. Sie breitet die Arme aus. Das war ein Fehler. Sie springt zwar einigermaßen gut ab, aber der Loser und ich verlieren dadurch die Balance. Ich kippe auf die linke Seite, strample krampfhaft in der Luft herum, kann uns aber nicht mehr halten.

Toll!

Bin ich heute nicht schon oft genug gestürzt? Noch dazu in diesem chinesischen Sensoranzug, der einen Schlag nur geringfügig abmildert?

Ich streife die Latschen ab, steh auf, ringe nach Luft und reibe mir die Seite, auf der ich aufgeschlagen bin. Der Loser hockt sich stöhnend hin.

Vika sieht uns verlegen an. »Tut es sehr weh?«

»Nein, alles bestens!«, knurre ich und helfe dem Loser hoch. Auf der einen Seite ragt dichter grüner Wald auf, auf der anderen liegt fünf Meter von uns entfernt eine Schlucht. Das Tosen des Wasser übertönt das Knirschen der Kiefernnadeln, über die wir laufen. Wie angenehm es doch ist, festen Boden unter den Füßen zu haben.

»Ljonja ...«

»Wir haben es ja geschafft«, falle ich ihr ins Wort. Erst jetzt mache ich mir klar, was sie in ihrer Höhenangst durchgestanden hat. Ich selbst hatte ja in der *Tiefe* auch nicht über die Brücke in Al Kabar gehen können.

Und wir haben es wirklich geschafft! Wir sind aus dem Bordell entkommen. Wir sind nicht mehr in dem virtuellen Raum, den die Schergen des Mannes Ohne Gesicht angreifen. Um uns herum sind jene Berge, die Vika zu ihrem eigenen Vergnügen geschaffen hat. Berge, in denen nie zuvor ein Menschen gewesen ist. Ein Raum im Raum, eine geheime Welt, die nach eigenen Gesetzen lebt. Und nur durch Vikas Berghütte gelangt man in diese Welt.

Da schlägt eine dicke orange-schwarze Flamme aus dem Fenster der Hütte. Die Balken der Wände gehen sofort in grelles Feuer auf.

Das werdet ihr schon sehen, hat der Magier gesagt. Und er hat Recht behalten, die Wirkung dieser Datenbombe ist kaum zu übersehen. Vor unseren Augen verbrennt gerade der einzige Ausgang in die normale *Tiefe*.

»Ich hoffe, du steckst da mitten drin ... du Mann Ohne Gesicht«, gifte ich.

»Was hat er dir für den Loser angeboten?«, will Vika wissen.

Ich linse zu demjenigen hinüber, der nicht zum Objekt eines Handels geworden ist. »Den Orden der Allmächtigkeit«, antworte ich.

»Was?«

»Hast du etwa noch nie davon gehört? Dibenko hat ihn bekommen, als er die *Tiefe* geschaffen hat. Er gibt dir das Recht, im virtuellen Raum jede x-beliebige Handlung vorzunehmen.«

Vika grinst.

»Das ist mehr als alles Geld«, fahre ich fort. »Das ist ein Ablassbrief für alle Sünden.«

»Dann bist du übers Ohr gehauen worden, Ljonja.«

»Warum?«

»Ljonja, der Orden der Allmächtigkeit ist gerade deshalb so einmalig, weil es davon nur ein Exemplar gibt. Jede Kopie gilt als Fälschung und wird eingestampft. Ich weiß das, weil ich ... weil ich mal mit einem Typen zusammen war, der so eine Kopie machen wollte.«

Das Komischste ist, dass ich mich nicht mal ansatzweise darüber wundere. Ich zwinkere nur dem Loser zu und sage: »Du bist wirklich ein hohes Tier«, bemerke ich. »Wenn sogar Dimka Dibenko seinen größten Schatz für deinen Kopf herausrückt.«

»Nein, kein hohes Tier.« Der Loser schüttelt den Kopf. »Ich bin noch viel wichtiger.«

VIERTER TEIL

Die Tiefe

Von den Sachen, die Vika aus dem Fenster geworfen hat, sind wie zum Spott auf sämtliche Gesetze der Physik nur ein Glas mit Marmelade und ein Päckchen Cracker ganz geblieben. Der Rest ist in der Schlucht gelandet oder auf Felsen zerschlagen. Meiner Ansicht nach ist Proviant zwar völlig überflüssig, trotzdem nehmen wir beides mit.

Wahrscheinlich zollen wir damit unserm sonst so trägen Bewusstsein Tribut: Denn der Verstand entwickelt plötzlich eine panische Angst zu verhungern, sobald man sich in der wilden Natur befindet.

»Hast du einen Plan?«, frage ich Vika.

»Wieso sollte ich den haben? Du hast doch vorgeschlagen, durchs Fenster zu fliehen«, hält sie völlig zu Recht dagegen.

»Es gab ja wohl keinen anderen Ausweg.«

»Doch. Du bist schließlich Diver.«

»Und er?« Ich nicke in Richtung des Losers. »Was wäre dann aus ihm geworden?«

Es hat nur eine Stunde gedauert, da hängt Vika diese Frage schon zum Hals raus. Wir setzen uns ins weiche

Gras, in den Schatten der Bäume. Über der ausgebrannten Hütte quillt noch immer weißer Rauch auf.

Schweigend sehen wir den Loser an. Der stapft über den Hang, betatscht die Kiefern, sammelt ihre Nadeln sowie Steine von der Erde auf. Ein Städter, der zum ersten Mal in die Natur kommt. Ein Gefangener, der aus dem Château d'If hat entfliehen können.

»Leonid, ich habe vielleicht etwas zu enthusiastisch von einem intelligenten Computer gesprochen«, räumt Vika ein. »Aber der Loser ist ein Mensch. Ein ganz normaler Mensch, der dich allerdings völlig kirremacht.«

»Er ist seit drei Tagen in der *Tiefe*.«

»Dann nimmt er entweder Aufputschmittel. Oder er ist ebenfalls ein Diver.«

»Es sieht so aus, als habe er überhaupt keinen Verbindungskanal.«

»Der ist nur gut getarnt.«

»Zwei große Konzerne und Dibenko sind hinter ihm her.«

»An Idioten hat es noch nie gemangelt.«

Ockhams Rasiermesser ist schon eine feine Sache. Es kappt jede Mystik. Samt Fleisch.

»Vika, du bist Psychologin ... Gibt es Tests, um festzustellen, ob jemand ein Mensch ist?«

»Nein, natürlich nicht.« Sie kichert leise. »Dazu bestand bisher keine Notwendigkeit.«

»Ich habe mal in einem Science-Fiction-Roman von einem solchen Test gelesen ...«

»Du glaubst doch nicht etwa, dass das, was sich ein Schriftsteller bei einer Tasse Kaffee ausgedacht hat, in der Realität funktioniert?«

»Wir könnten es doch zumindest probieren«, beharre ich. »Schließlich gibt es auch Institute, die sich mit künstlicher Intelligenz beschäftigen. Die müssen doch entsprechende Tests haben. Überhaupt denkt sich immer wieder jemand, der fest an diese Sache glaubt, solche Tests aus. Für den Fall der Fälle. Pass auf, ich verlasse die *Tiefe* kurz und recherchiere das im Internet.«

»Und wie kommst du zurück? In diesen Raum gibt es keinen Zugang mehr.« Vika lacht bitter. »Ich fürchte sogar, er ist unwiderruflich vernichtet. Diese Berge werden nur noch als geschlossenes System auf einem Rechner weiterleben.«

»Ein guter Hacker wird mir schon Zugang verschaffen können.«

»Nein, du würdest in einer anderen Welt landen. Die Berge werden sich nämlich bis zum Schluss gegen einen solchen neuen Zugang wehren. Schließlich verlieren sie ihre Freiheit, wenn man sie anbohrt.«

Ich verstehe sie, sehr gut sogar, aber ich hasse diesen vorauseilenden Pessimismus.

»Du designst ganz bestimmt neue.«

»Beim nächsten Mal werde ich mir das Meer vornehmen«, erwidert Vika nur. »Das Meer, den Himmel und Inseln.«

»Vergiss dann aber nicht wieder den Notausgang.«

»Räume leben nach ihren eigenen Gesetzen.« Vika steht auf. »Möglicherweise gibt es einen Ausweg, Ljonja. Als ich diese Berge geschaffen habe, da habe ich das Programm auf allen offenen Servern nach anderen Landschaften suchen lassen. Ich habe hier und da ein paar Brocken geklaut ...« Sie lächelt verlegen. »Und damit Schlupflöcher hinterlassen. Winzige Dinger allerdings nur. Sollten wir eines von ihnen finden, kämen wir hier weg.«

»Das klingt schon besser.«

Und schlimmstenfalls habe ich ja immer noch den Warlock. Auch wenn ich den nur ungern einsetzen würde: Unsere Feinde könnten die Spur des Virus entdecken.

»Und jetzt sollten wir zusehen, die Hütte möglichst weit hinter uns zu lassen«, übernimmt Vika das Kommando. »Bis zum Einbruch der Dunkelheit bleiben uns noch rund fünf Stunden. Falls es unsere Feinde nämlich doch schaffen sollten, das Häuschen wiederaufzubauen, wäre es klüger, nicht mehr in der Nähe zu sein.«

01

Wir machen erst Halt, als die Sonne hinter den Bergen verschwindet und der orangefarbene Widerschein der Wolken erlischt. Gut zehn Kilometer haben wir zurückgelegt. Das dürfte reichen. Und nachts sollten wir lieber nicht durch die Berge klettern, das ist nur was für Selbstmörder.

Wir brauchen eine Viertelstunde, um Holz zu sammeln. Davon gibt es zum Glück genug, schließlich befinden wir uns an der Grenze von Wald und Bergwiesen. Der Loser und ich, wir schleppen eine vom Wind entwurzelte kleine Kiefer heran, brechen – auch wenn wir uns dabei die Arme aufkratzen – die Äste ab und errichten daraus eine Art Unterstand.

»Das reicht, Jungs«, entscheidet Vika. Sie zündet sich eine Zigarette an und entfacht anschließend geschickt das Feuer.

Das Abendessen ist rein symbolisch, Himbeermarmelade und Cracker. Dem Loser ist das jedoch schnurzegal, er kaut alles mit dem Appetit eines elektrischen Fleischwolfs. Mir dagegen bleibt jeder Bissen im Halse stecken.

Ich würde gern ein ordentliches Stück gebratenes Fleisch mit scharfer Soße und grünen Erbsen essen und dazu ein paar Fläschchen kaltes Bier trinken. Schließlich ist das alles zum Greifen nah! Ich bräuchte nur die *Tiefe* zu verlassen und erneut in sie einzutauchen – und schon könnte ich in den *Alten Hacker* oder die *Drei kleinen Schweinchen* gehen.

Wortlos wechseln Vika und ich einen beredten Blick.

Keine Ahnung, ob sie von Schweinebraten und Bier oder von Forellen und Weißwein träumt. Aber ganz bestimmt träumt sie nicht von Crackern mit Marmelade. Wir taugen nun mal nicht zum Karlsson auf dem Dach.

»Schmeckt's dir, Loser?«, erkundigt sich Vika.

»Mhm.«

»Was isst du denn sonst?«

»Alles Mögliche.«

Daraufhin platzt ihr die Hutschnur. »Hör mir jetzt mal gut zu!«

Der Loser zieht die Hand von dem Päckchen mit Crackern weg und sieht sie fragend an. Vika und ich sitzen auf einer Seite des Lagerfeuers, er auf der anderen. Eine konfrontative Verteilung.

»Wir haben ein Problem«, beginnt Vika. »Und dieses Problem bist du. Vielleicht begreifst du nicht, was hier eigentlich vor sich geht ... deshalb werde ich es dir jetzt erklären. Wenn ich etwas Falsches sage, korrigier mich, ja?«

Der Loser nickt. Wenn du auf jemanden Druck ausübst, ist es das Wichtigste, ihm die Möglichkeit zum Einspruch zu lassen. Wenigstens formell.

»Du bist im Labyrinth gelandet und konntest es nicht mehr verlassen. Stimmt's? Leonid hat eine Unmenge Zeit und Geld geopfert, um dich da rauszuholen. Und er hat es ja auch geschafft. Stimmt's?«

Nicht ganz, denn das Labyrinth hat meine Arbeit ja anfangs noch bezahlt. Aber ich schweige – und der Loser nickt brav.

»Ljonja hat dich gerettet und zu mir gebracht. Er hätte eine Belohnung bekommen, eine sehr große sogar, wenn er dich ausgeliefert hätte, aber das hat er nicht. Daraufhin ist er zum Verbrecher erklärt worden, nach dem jetzt im ganzen Netz gesucht wird. Bei dem Versuch, dich zu schnappen, haben unsere Feinde mein Etablissement in Schutt und Asche gelegt. Die Software lässt sich zwar relativ leicht neu installieren, aber die Reputation der *Vergnügungen* ist für immer futsch. Ich muss also nochmal bei null anfangen.«

»Das tut mir sehr leid«, bemerkt der Loser leise. »Ich ... ich wollte euch nicht solche Probleme bereiten.«

»Ich bin noch nicht fertig! Wir sind nach wie vor auf der Flucht. Und falls du es bisher noch nicht verstanden haben solltest: Aus diesem Raum kommen wir mit den üblichen Methoden nicht raus. Vielleicht gibt es Ausgänge, aber ob wir die in den nächsten Jahren finden, ist fraglich. Ljonja und ich sind Diver. Wir könnten hier jederzeit weg. Allerdings könnten wir nicht hierher zurückkehren, so dass du allein dasitzen würdest. Wahrscheinlich für immer. So also stellt sich unsere Situation aus ... aus moralisch-ethischer Sicht dar.«

»Das tut mir sehr leid«, wiederholt der Loser.

»Und nun zu dir. Schließlich bist du irgendwie der Grund für all das.«

Der Loser zuckt zusammen, sagt aber kein Wort.

»Du bist entweder ein Mensch oder ein computergeneriertes Wesen. Letzteres erscheint mir sehr zweifelhaft. Wenn du ein Mensch bist, dann bist du vermutlich imstande, selbstständig in die *Tiefe* ein- und wieder aus ihr aufzutauchen. Wie die Diver, sogar auf eine noch coolere Weise. Stimmt's? Sonst wärst du nach über drei Tagen im virtuellen Raum nämlich nicht mehr so munter. Hast du dazu etwas zu sagen?«

Stille.

»Das ist mein Ernst. Ich schließe nicht aus, dass du dazu imstande bist«, fährt Vika fort. »Schließlich sind anderthalb Kilo Hirnmasse ein wesentlich größeres Rätsel als ein Gramm Silicium in einem Mikrochip. Ich kann mir also durchaus einen Menschen vorstellen, der ohne VR-Helm, Modem und Deep-Software in den virtuellen Raum geht. Ich kann mir sogar seine Euphorie vorstellen ... und den leichten Schock nach einem derartigen Eintritt. Und warum sollte er seiner Umwelt nicht was vormachen? Warum sollte er sich nicht mit einer geheimnisvollen Aura umgeben? All das ist durchaus nachvollziehbar. Du solltest dabei nur eins nicht vergessen: Inzwischen ist das kein Scherz mehr, sondern man will uns ernsthaft ans Leder. Und mit jeder Minute wird es schwieriger, diese Situation zu klären. Abgesehen davon können wir uns nicht ewig mit dir beschäftigen!«

»Ich ... ich bin müde ... einfach müde ...« Der Loser sieht mich an, als erwarte er Hilfe von mir.

Aber da hat er sich verrechnet.

»Bleibt die Frage, wie weiter?«, ergreift Vika wieder das Wort. »Noch länger blindlings zu fliehen wäre idiotisch. Das Ganze auf die lange Bank zu schieben bringt nichts. Wenn du dich nicht outen willst, uns nicht vertraust oder deine schöne Legende nicht platzenlassen willst, dann sag es uns – und schon sind wir weg. Die Newbies werden danach mit Vergnügen das Märchen verbreiten, dass du in der *Tiefe* verlorengegangen bist ... Aber wenn du uns vertraust, dann verrat uns, wer du bist und warum du das alles machst. Damit hast du zwei Möglichkeiten – nicht schlecht, finde ich.«

Sie verstummt. Ich nehme ihre Hand und drücke sie sanft. Ich wäre nie resolut genug, um eine Situation so klar darzulegen, sie an den Punkt »entweder – oder« zu bringen.

»Ich ...«, der Loser stockt und stiert ins Feuer. Das Holz knistert, Funken sprühen und steigen in den dunklen Himmel auf. »Das ist alles meine Schuld. Ich war müde, müde von der Stille ... Trotzdem hätte ich das nie tun dürfen.«

»Wovon redest du da?«, fragt Vika in einem wahrscheinlich zu scharfem Ton. Aber der Loser hängt seinen eigenen Gedanken nach und ist völlig am Ende.

»Es war immer viel zu ruhig ...«, murmelt er. »Das machst du dir vorher einfach nicht klar, niemand tut das. Wie die Geräusche sterben, die Farben verblassen. Jede Sekunde ist wie ein Jahrhundert. Wie eine Milliarde von Jahrhunderten. Man hat mich zwar gewarnt, aber das habe ich nicht geglaubt.«

Er ringt nach Luft und streckt die Hand zum Feuer aus. Die Flamme berührt seine Finger.

»Mir ist nichts geblieben, kein Schmerz, keine Freude. Nur die ewige Stille. Überall. Das ewige Nichts. Und das Nichts hat keine Grenze. Das habe ich nicht mehr ausgehalten.«

Seine Hand streichelt sanft die Flamme.

»Ich kann euch das nicht erklären. Also geht!«

Ich sehe Vika an. Jetzt würde sie ihm doch sicher ordentlich den Marsch blasen, oder? Aber nein, in Vikas Augen mache ich nur den Widerschein des Feuers, die schwarze Nacht und die rote Flamme aus. Die *Stille*, von der der Loser gesprochen hat, hat sie berührt. Genau wie mich neulich.

Ich stehe auf und ziehe den Loser vom Feuer weg. Die Autosuggestion ist eine starke Kraft. Wenn du dich in der *Tiefe* verbrennst, kannst du deshalb sogar mit echten Brandblasen rechnen. Vorsichtshalber überrede ich ihn dazu, zu dem Bach in der Nähe zu gehen und seine Hand in das kalte Wasser zu halten.

»Folgender Vorschlag«, entscheide ich. »Jetzt schlafen wir erst mal. Wir legen uns einfach hin, statt uns länger gegenseitig aufzustacheln. Vika und ich tauchen auf, denn wir müssen etwas Richtiges essen. Wir kappen aber unsere Verbindung nicht, damit wir wieder hierher zurückkommen können. Und du ... du tust, was du für richtig hältst. Morgen klären wir dann, wie weiter.«

Der Loser schweigt und fährt mit der Hand durchs Wasser.

Ich gehe zu Vika. Sie hat sich bereits wieder im Griff, aber ihr Widerspruchsgeist ist irgendwie verflogen.

»Kann man dich hypnotisieren?«, frage ich sie. Vika schnaubt verächtlich. Das ist eine rhetorische Frage, denn kein Diver kann hypnotisiert werden. Wenn wir nicht mal der Droge des Deep-Programms erliegen, wird man uns allein mit Worten nicht packen können. »Eben«, sage ich. »Doch selbst wir Diver können uns dumm stellen. Aber wie sieht es mit der Stille aus? Können wir in die gestoßen werden?«

»Ich bin auch müde«, flüstert Vika. »Noch eine Stunde, und ich fasel einen derartigen Blödsinn zusammen, dass selbst der Loser vor Neid erblasst.«

»Wir tauchen auf, essen was und legen uns dann schlafen. Hast du was im Haus?«

»Selbstverständlich.«

»Bestens. Du isst etwas und legst dich hin. Morgen früh treffen wir uns wieder hier und sehen weiter.«

Der Plan überzeugt sie. Zusammen mit dem Loser schaffe ich noch drei Armvoll Kiefernzweige heran, die wir neben dem Feuer ausbreiten.

Dieses Bett stellt sich als so bequem heraus, dass ich mich zwingen muss, nicht auf das Essen zu verzichten.

Tiefe ... Tiefe ... ich bin nicht dein ...

Meine Lider waren bleischwer, ich bekam sie kaum auseinander. Auf den Displays tanzte das Feuer, in den Kopfhörern rauschten die Kiefern. Vika drehte sich um und legte sich bequemer hin.

»Ljonja, willst du die Verbindung trennen?«, fragte Windows Home.

»Nein!«

Ich nahm den Helm ab und sah auf die Uhr.

Es war schon spät, aber noch nicht so spät, um nicht noch bei meiner Nachbarin vorbeizuschauen. Das Bier musste noch ein wenig warten.

Ich zog das Kabel vom Sensoranzug heraus, beruhigte den aufgebrachten PC und betrachtete mich im Spiegel.

Ein Clown. Mit einer Schnittstelle am Gürtel. Wir wollen doch nicht die alte Oma erschrecken, oder?

Im Korb mit der Dreckwäsche lag noch ein Trainingsanzug. Den zog ich über den Sensoranzug, das Kabel rollte ich ein, steckte es hinter den Gürtel und schob es unter die Jacke. Okay, das ging schon eher, das sah aus wie ein normaler, wenn auch etwas dicklicher Typ.

Im Treppenhaus klampfte jemand leise auf einer Gitarre. Ich linste durch den Spion, ehe ich die Tür aufschloss.

Die üblichen Teenies drückten sich auf dem Treppenabsatz zwischen zwei Stockwerken herum. Einer spannte gerade die Saiten. »Einsamer Vogel, du fliegst hoch«, sang er.

Sobald sie mich sahen, wurden sie verlegen, warum auch immer. Nur mein Nachbar von über mir haute mich prompt an: »Ljonja, haben Sie eine Zigarette?«

Ich schüttelte den Kopf. Mir entging nicht, wie der Junge auf die Trainingshose schielte, die sich seitlich ausbeulte. Genau mit den Maßen einer Schachtel Kippen. Was er wohl sagen würde, wenn er wüsste, dass manche Menschen mit einer Schnittstelle am Gürtel lebten?

Ich klingelte an der Nachbartür und wartete auf die schlurfenden Schritte sowie das alarmierte: »Wer da?« Allein dem Spion und den eigenen Augen traute die Alte nie.

»Ljudmila Borissowna, entschuldigen Sie bitte vielmals«, ratterte ich an die Tür gewandt los. »Dürfte ich vielleicht Ihr Telefon benutzen? Meins ist kaputt.«

Nach einem ganz kurzen Zögern klackerten die alten Türschlösser.

Kaum hatte ich mich durch den engen Spalt gequetscht, fiel hinter mir die Tür wieder ins Schloss.

»Sitzen diese jungen Männer wieder da draußen?«, wollte Ljudmila Borissowna wissen. Die Alte war schon über siebzig und mied jeden offenen Streit mit einer Horde Jugendlicher.

»Ja.«

»Du musst mal mit denen reden, Ljonja! Man hat ja keine Ruhe mehr!«

In die Wohnung drang kein Geräusch vom Treppenhaus herein, die Alte hatte eine solide Tür, aber natürlich machte ich sie nicht darauf aufmerksam.

»Ich werde sie mir ganz bestimmt mal vorknöpfen, Ljudmila Borissowna.«

»Und was soll das heißen, dein Telefon ist kaputt? Du hast wohl mal wieder die Rechnung nicht bezahlt, stimmt's? Da haben sie es dir abgeschaltet, oder?«

Ich nickte brav und völlig begeistert, wie pfiffig sie war.

»Du hängst zu oft an der Strippe«, brummte die Alte. Früher hatten wir uns einen Anschluss teilen müssen, aber das war natürlich kein Leben gewesen. Deshalb hatte ich die Kosten für einen Nebenanschluss auf mich genommen und finanzierte meine Nachbarin sogar heute noch zum Teil mit, denn diese Variante kam sie wesentlich billiger. Wahrscheinlich hielt sie mich für einen ausgemachten Idioten.

Dafür lebten wir seitdem in schönstem Einvernehmen.

»Telefonier schon, aber nicht zu lange!« Ljudmila Borissowna nickte zum Apparat. Sie machte nicht die geringsten Anstalten zu verschwinden.

Neugier ist aller Nachbarschaftlichkeit Ende ...

Ich wählte Maniacs Nummer, wobei ich versuchte, die dreckige Wählscheibe und den klebrigen Hörer zu ignorieren.

»Hallo?«

»Guten Abend, Schura.«

»Ah!«, erwiderte Maniac mit zufriedener Stimme. »Da ist er ja ... unser Ganove.«

»Schura, die ...«

»Schon gut, ich kümmer mich darum. Ich habe eine Lizenz zur Herstellung von lokalen Viren, darum brauchen wir uns also keine Sorgen zu machen.«

»Hast du den Warlock registrieren lassen?«

»Was denkst du denn? Bei Losinski persönlich. Der Quellcode entspricht der Moskauer Konvention, die können uns gar nichts.«

Allmählich beruhigte ich mich. Wenn das Virus nicht bei einem der Hersteller von Antiviren-Programmen registriert worden wäre, hätte Maniac mit enormen Schwierigkeiten rechnen müssen. Mich könnte man natürlich immer noch des unerlaubten Waffengebrauchs und der Sachbeschädigung anklagen – aber dafür müssten die mich erst mal finden!

»Hat sich schon jemand bei dir erkundigt, wer das Virus gekauft hat?«

»Klar. Ich habe ihnen deine Adresse gegeben. Die älteste.«

Vor zwei Jahren, als ich gerade anfing, mich in jener Grauzone der Legalität zu bewegen, hatte mir einer der Diver geraten, mir ein paar Adressen zuzulegen, die ich nie benutzen sollte. Diesen inexistenten Kameraden hängte ich alle Viren an, die ich von Maniac bekam.

»Ich habe behauptet, dass du pro Virus tausend Dollar hingeblättert hast«, fuhr Maniac fort.

»Es wäre ja nur gerecht, wenn ich ...«

»Vergiss es! Ich habe schon fünf Interessenten, die den Warlock für genau diesen Preis kaufen wollen.« Maniac lachte zufrieden. »Mann! Für diese Reklame bin ich sogar bereit, Jordan ein Bierchen zu spendieren. Ganz Deeptown redet von nichts anderem.«

»Und der Verkauf ist nicht verboten?«

»Bisher nicht. Die sind nämlich voll und ganz mit dem Quellcode beschäftigt. Und jetzt erzähl mir lieber mal, wo du vor anderthalb Stunden gewesen bist?«

»Also ... wie immer.«

Ljudmila Borissowna hüstelte leise. Ihre Neugier kämpfte mit ihrem Altersgeiz. Der Zeittakt ist der erbittertste Feind aller Computerfreaks und Schwatzschnäbel.

»Alles klar, in der *Tiefe*. Ich bin nämlich bei dir vorbeigekommen. Ich wollte ein Bierchen mit dir trinken.« Mit einem Mal wurde Maniac verlegen. »Hast du mal ... hinter der Tür nachgeguckt?«

»Wozu das?«

»Ich habe geklingelt, aber du hast nicht aufgemacht, da hab ich mich auf das Bänkchen vor dem Haus gesetzt und ein Bier getrunken. Irgendwann bin ich nochmal zu dir hoch und hab nochmal geklingelt. Daraufhin habe ich vor deiner Tür zwei Flaschen Holsten hinterlassen. Helles. Stehen die da noch?«

Ich stieß einen Laut aus, der an das Fiepen eines alten Diskettenlaufwerks erinnerte. »Was ist denn mit dir los, Schurka? Ist heute morgen vielleicht der Kommunismus eingeführt worden?«

»Guck einfach mal nach, ob sie noch dastehen«, knurrte Maniac.

»Nein, das tun sie nicht! Wär mir aufgefallen, ich rufe nämlich von meiner Nachbarin aus an.«

»Egal«, sagte Schura. »Zum Teufel mit ihnen.«

Manchmal kapitulierte mein Hirn einfach vor echten Hackern. Ob Schura die Realität mit der *Tiefe* verwechselt hatte, wo man für ein Bier nur einen symbolischen Preis zahlte?

»Hör mal, du nimmst mich doch auf den Arm! Ich glaub dir kein Wort von der Story!«

»Dann frag die, die das Bier getrunken haben«, maulte Maniac.

»Kannst du morgen früh um zehn zu mir kommen?«, bat ich ihn nun. »Wir müssen über was reden.«

»Dann vergiss aber nicht, vorher aufzutauchen. Bis dann.«

»Tschüss, Schurka.«

Ich legte auf und sah Ljudmila Borissowna verlegen an. »War das zu lange?«

»Schon gut, halb so wild.« Die Alte winkte ab. »Wenn ich es richtig verstanden habe, war das geschäftlich, oder? Mit was handelst du denn?«

»Mit Bier«, sagte ich aufs Geratewohl.

»Ich habe früher ja auch gern ein Bierchen getrunken. Aber wer kann sich das bei den heutigen Renten schon leisten?«

»Ljudmila Borissowna, darf ich Sie dann vielleicht zu einem Bier einladen?«, schlug ich ihr aufgeräumt vor. »Ich habe gerade zufällig ein paar Proben im Haus!«

Etwas Besseres konnte mir gar nicht passieren. Andernfalls würde mich die Alte nämlich garantiert belagern und irgendwann mein Telefon benutzen wollen, zum Ausgleich für den erlittenen Schaden. Aber Leute mit schwachen Nerven sollten meine Wohnung besser nicht betreten.

»Ein Fläschchen könnt mir schon schmecken«, antwortete die Alte munter.

Als ich ihr eine Flasche Oranienbaum brachte, schickte mir die Jugend vom Treppenabsatz einen gierigen Blick hinterher. Kein Wunder! Die beiden Flaschen von Maniac dürften den vier kräftigen Kerlen wie Limo die Kehle runtergeronnen sein!

10

In den Schneehöhlen des Kühlschranks fand ich ein steinhartes Würstchen. An Konserven war nur noch eine Dose Sprotten da, die ich in einer Phase völliger Armut oder in einem nostalgischen Anfall gekauft haben musste.

Obwohl ich mich am liebsten sofort aufs Ohr gehauen hätte, machte ich mir erst noch das einsame Würstchen warm, kramte den Dosenöffner raus und baute zwei Flaschen Pilsener Urquell vor mir auf. Ein echtes Candlelight-Dinner, denn gerade flackerten Kerzen auf dem Monitor. Mein Bildschirmschoner. Und auch das Knistern des Lagerfeuers aus den Kopfhörern, das ich selbst jetzt noch vernahm, passte bestens.

Zum Teufel mit ihr, dieser *Tiefe*! Zum Teufel mit dem Loser! Nun, in der realen Welt, kam mir die ganze Geschichte völlig absurd vor. Wenn der Loser die Karten morgen früh nicht auf den Tisch legte, würden Vika und ich den Raum mit den Bergen verlassen. Für immer. Sollte er doch den Hängen und Kiefern seine Märchen erzählen, die würden die bestimmt zu schätzen wissen.

Ich trank einen Schluck kaltes Bier und stieß ein leises, genussvolles Schnaufen aus. Dann machte ich mich über die Sprotten her. Penibel trennte ich den Deckel ab, um die Dinger mit der Gabel aufzuspießen ...

Und wäre beinahe vom Stuhl gekippt.

Hundert Fischköpfe glotzten mich vorwurfsvoll an.

In der virtuellen Welt hätte mich so was nicht gewundert, aber hier, in der realen Welt ...

Ich stocherte in den in Tomatensoße schwimmenden Köpfen herum und versuchte, wenigstens einen ganzen Fisch zu entdecken. Vergeblich. Da war jemand höchst akkurat ans Werk gegangen. Ich stellte mir eine Fischfabrik vor, direkt auf einem Kutter. Oder wurden die Sprotten erst am Ufer eingedost? Ein Fließband voll minderwertiger Ware. Die Arbeiterinnen, die vom Gestank der Fische und der stumpfsinnigen Tätigkeit schon halbverblödet waren. Da klaubte eine von ihnen eine leere Dose vom Band und fing an, sie ausschließlich mit Fischköppen vollzustopfen. Als Scherz.

Ich musste wirklich lachen, als ich die Dose erschaudernd wieder schloss. Das war's dann wohl mit meinem Abendbrot. Trotzdem nahm ich der unbekannten Arbeiterin die Sache nicht krumm. Im Gegenteil. Irgendwie passte das.

Ich setzte die Flasche an und leerte sie in einem Zug.

Du willst ein Wunder, mein Junge? Einen intelligenten Rechner? Menschen, die direkt in den virtuellen Raum eintreten können?

Wach auf, mein Freund! Hier sind sie, die Wunder, die deine Welt zustande bringt! Bier, das dir vor der eigenen Tür weggeklaut wird, Sprottenköpfe, die dich mit stieren

Augen anglotzen, die Wohnung von der Alten nebenan, die gotterbärmlich mieft, die minderjährige Bande, die auf dem Treppenabsatz rumlungert, der Wasserhahn in der Küche, der ständig tropft.

Das ist das Leben. So banal und langweilig es auch sein mag. In deinem Helm, da erlebst du nur ein computer- und bewusstseinsgeneriertes Märchen. Nichts anderes als elektronischen Eskapismus.

Ich öffnete die zweite Flasche Bier, schnappte mir die Fischdose, ging auf den Balkon und kippte den Inhalt auf die Straße. Die streunenden Katzen würden heute Nacht ein Gelage haben.

»Wie unfein!«, tadelte ich mich selbst. Mein Hirn hatte genauso wie Windows Home abgespeichert, dass man Müll nicht aus dem Fenster werfen sollte.

Aber im Unterschied zu Computern konnten wir Menschen auf Verbote pfeifen. Vom Balkon aus.

Mit dem restlichen Bier ging ich zum Klo. Ich knöpfte den Sensoranzug auf und linste in die Flasche. Durst hatte ich keinen mehr.

»Wozu dieser lange und mühselige Prozess?«, stellte ich mir selbst eine dieser Fragen und kippte den Rest des Biers ins Klo.

Ich trottete zum Sofa und schaltete das Licht aus. Wie lange konnte man wohl über den Tisch gebeugt schlafen, mit einem elektronischen Kochtopf auf dem Kopf? Es war leise, sehr leise. Sogar die Teenies auf der Treppe hatten es aufgegeben, ihre Gitarre zu malträtieren.

Nur der Rechner surrte noch, und auf dem Bildschirm leuchteten die Kerzen.

Ich drehte mich um und vergrub das Gesicht im Kopfkissen. Aber der Schlaf wollte nicht kommen. Dort, in der *Tiefe*, lag der reglose, tote Körper des Revolvermanns. Ob er sich ohne mich langweilte? Dem Ganzen haftete zumindest ein Hauch von Verrat an.

»Ein letztes Mal!«, stöhnte ich und stand wieder auf. Ich stülpte mir den Helm über und stöpselte den Sensoranzug ein. Meine Finger legten sich auf die Tastatur.

Deep.

Enter.

Im Schlaf schmiege ich mich an Vika. Sie brummt etwas und dreht sich auf die andere Seite. Obwohl ihre Stimme kaum zu hören ist, wache ich auf.

Sie schläft also auch in der *Tiefe*.

Das Lagerfeuer ist mittlerweile runtergebrannt. Bestimmt tagt es bald, auch wenn es noch ziemlich dunkel ist. Der Loser liegt völlig reglos etwas abseits. Soll ich dir mal einen richtig schönen Tritt verpassen, Kumpel? Um herauszukriegen, ob du bei uns bist oder ob du die *Tiefe* verlassen hast und dich in deinem warmen weichen Bett ausschläfst?

Ich sehe hoch zum Himmel, dieses schwarze funkelnde Kristall. Was habe ich zu Vika gesagt? *Der virtuelle Raum hat uns den Himmel genommen.*

Jawohl. Genommen. Geklaut. Und je größer die Zahl der Menschen in der *Tiefe*, desto weiter weg sind die Sterne.

Dabei geht es natürlich im Grunde nicht um die Sterne. Was ist denn mit all denen, die sich die *Tiefe* überhaupt nicht leisten können? Depressive Jugendliche, die keine Arbeit finden, die Frauen aus der Fischfabrik ... Am Anfang stehen Fischköpfe, die sie reihenweise in eine Dose stopfen. Ein Scherz? Oder ein lautloser Schrei? Ein Protest? Am Anfang stehen Fischköpfe. Aber dann rollen Menschenköpfe.

Müssen wir mit einem neuen Maschinensturm rechnen? Einem Aufstand gegen die Rechner, die für normale User immer mysteriöser und erschreckender werden? Oder werden wir doch noch eine Lösung für dieses Dilemma finden?

Ich drehe mich um und starre auf den Loser. Wenn du eine netzgenerierte Intelligenz bist, wenn du ein Mensch bist, der die virtuelle Welt bezwungen hat, dann kannst du uns diese Lösung aufzeigen. Dann kannst du die Barrikade durchbrechen, dann kannst du für uns einen Ausweg aus der Sackgasse finden. Und Dibenko – falls es sich bei dem Mann Ohne Gesicht wirklich um ihn handelt – hat genau das verstanden.

Soll ich da wirklich weiter den edlen Retter spielen und den Loser schützen?

Wo er unsere Rettung ist?! Wo er eine Fusion der Welten ermöglicht?!

Keine Ahnung. Ich bin nur ein stinknormaler Mensch, der zufällig mit dieser idiotischen Immunität gegenüber der Deep-Software geschlagen ist. Damit verdiene ich mir mein täglich Brot, manchmal sogar ein nettes Stück Butter und Kaviar dazu. Aber ganz bestimmt bin ich nicht derjenige, der die Welt rettet, der entscheidet, was für diese Welt gut ist und was schlecht.

Denn ich habe nichts außer dieser komischen, althergebrachten Moral, über die Vika die Nase rümpft. Und mit der Moral muss man tatsächlich vorsichtig sein: Sie gibt dir nie eine Antwort, im Gegenteil, sie hindert dich, eine zu finden.

Es ist viel leichter, ein Heiliger oder ein Dreckskerl zu sein als ein richtiger Mensch.

Ich fühle mich klein und verloren. Wahrscheinlich kommt sich ein Sportler aus der Provinz, der in die Olympiamannschaft aufgenommen worden ist und gegen Champions kämpfen soll, genauso vor. Diese Aufgabe ist einfach eine Nummer zu groß für mich.

Plötzlich hört man einen Laut am Himmel.

Ich drehe mich auf den Rücken, um zu dem schwarzen Kristall hochzuspähen. Er hat einen Riss bekommen, so dass sich ein blauer Streifen übers Firmament zieht. Ein blendender, gerader Pfeil, der in die Tiefe saust.

»Was ist das, Ljonja?«

Vika hat sich bereits aufgesetzt und streift sich die Haare aus dem Gesicht. Wann ist sie aufgewacht?

Und wann bin ich eingeschlafen?

Was ist um uns herum, Traum oder Wirklichkeit?

»Ein Meteorit«, antworte ich Vika.

Der blaue Pfeil wandert immer weiter nach unten. Der dünne Triller bildet den Schweif, ein Flammenknäuel am Ende die Spitze.

»Da fällt ein Stern«, stellt Vika sehr ernst fest. In dem Moment begreife ich, dass ich immer noch schlafe.

Der Loser rührt sich nicht.

Nun erreicht der Meteorit die Erde und bohrt sich in sie hinein. Der blaue Streifen erlischt, denn der Himmel versteht es, seine Wunden zu heilen. Nur dort, wo der Stern die Berge berührt hat, lodert noch ein fahles Feuer.

»Du hast versprochen, dass wir den Stern suchen«, bringt Vika heraus.

Wie einfach im Traum alles ist. Ich stehe auf und strecke ihr die Hand entgegen. Wir steigen über den Loser und klettern den Hang hinunter. Irgendwie ist das alles verkehrt, weil du die Sterne doch oben suchen müsstest, aber mit deinen Träumen legst du dich besser nicht an.

Die blaue Flamme funkelt im Gras, setzt aber nichts in Brand und wirft keinen Schatten. Der Stern ist in einen Talkessel zwischen zwei Hügeln gefallen. Etwas weiter hinten beginnt eine Felsformation, die völlig fremd wirkt und aus einer anderen Welt gerissen zu sein scheint. Das ist aus irgendeinem Grund sehr wichtig, doch momentan haben wir nur Augen für den Stern.

Die reine Flamme, eine flauschige Feuerkugel, die so klein ist, dass sie in deine Faust passt.

Ich strecke beide Hände aus, berühre den Stern und spüre seine Wärme. Es ist eine zarte Wärme, fast als hätte ich meine Hände der Frühlingssonne dargeboten.

»Jetzt weiß ich, was die Sterne sind«, sagt Vika. »Es sind Splitter des Taghimmels.«

Als ich den Stern aufheben will, hält Vika mich zurück. »Nicht. Er ist sowieso schon müde.«

»Wovon?«

»Von der Einsamkeit, von der Stille ...«

»Aber jetzt sind wir doch da.«

»Noch nicht. Wir sind hierhergelangt, aber das ist erst der halbe Weg. Lass ihm Zeit, uns zu vertrauen.«

Ich zucke die Achseln, ich kann mich einfach nicht mit Vika streiten. Ich möchte sie anlächeln, aber sie ist schon nicht mehr da. Nur ihre Stimme ist geblieben.

»Ljonja! Wach auf!«

Was soll das! Wieso soll ich ...?

»Ljonja! Der Loser ist weg!«

Ich reiße die Augen auf.

Es ist Morgen.

Im Osten schimmert rosafarbenes Licht.

Vor mir sehe ich Vikas erschrockenes Gesicht.

Der Loser ist nicht mehr am Lagerfeuer. Der Schlaf ist ein ausgezeichneter Falschspieler.

»Scheiße!«, schimpfe ich und springe auf. »Wann ist er abgehauen?«

Vika streicht ihre Haare zurecht, mit der gleichen Geste, die ich im Traum gesehen habe.

»Ich weiß es nicht, Ljonja. Ich bin eben erst aufgewacht, da war er schon weg.«

»Wie kann er es wagen?«, zische ich, während ich mich umsehe. »Wie kann er ...?«

Der Loser ist geflohen. Er hat sich einfach aus der *Tiefe* davongemacht. War also alles umsonst?

Nein, nicht alles. Denn seinetwegen habe ich Vika getroffen.

»Er hat uns zusammengebracht«, spricht sie aus, was ich denke. »Wenigstens dafür sollten wir ihm dankbar sein!«

Ich umarme sie, vergrabe mein Gesicht in ihrem Haar. Wir stehen lange so da, inzwischen wird es immer heller, die Schneemütze jenes einzelnen Riesengipfels funkelt und zerteilt den Himmel. Hier gibt es keine Vögel, wahrscheinlich hat Vika vergessen, sie zu designen. Aber die Berge sind auch ohne sie lebendig, sind erfüllt vom Rauschen des Windes, dem Rascheln der Blätter und Gräser.

»Ich werde für diese Berge Vögel zeichnen«, flüstere ich. »Falls es uns gelingen sollte, deine Hütte wiederaufzubauen ...«

»Ich will die Berge nicht ändern, sie sind frei!«, widerspricht Vika prompt.

»Vögel sind auch frei. Ich setze sie einfach ins Fenster und sage ihnen: Seid fruchtbar und mehret euch!«

»Na, von mir aus.« Vika lacht leise. »Du kannst es ja mal probieren!«

»Was heißt hier probieren?«, kontere ich. »Ein einfaches Programm, ein paar Studien von Brehm und ein Algorithmus für ihr Verhalten. Als Erstes zeichne ich Finken und Spatzen, dann kommen Geier. Eine ganze Biogeozönose ... so heißt es doch, oder? Ich hab's vergessen, aber ich glaube, in der fünften Klasse haben wir das gehabt, in Naturkunde.«

»An dir ist ein Biologe verlorengegangen. Und, werden die Pantoffeln des Magiers auch in deinem Ökosystem herumflattern? Ljonja, lass uns auftauchen! Und uns in irgendeinem Restaurant wiedertreffen. Bist du schon mal im *Rose-Atoll* gewesen?«

»Nein.«

»Das ist nett. Schulz und Brandt haben es designt. Ich lade dich ein.«

»Okay. Aber erst müssen wir ...«

»Was?«, fällt Vika mir scharf ins Wort.

»Den Loser suchen.«

»Er hat die *Tiefe* verlassen, geht das nicht in deinen Schädel rein?!«

»Doch. Trotzdem können wir ihn doch suchen, oder? Vielleicht ist er nur mal pinkeln gegangen – und dabei in eine Felsspalte gefallen?«

»Würde ihm recht geschehen!«, knurrt Vika, obwohl sie einwilligt.

Als Erstes laufen wir die nähere Umgebung ab und spähen in alle Ritzen und Winkel. Danach nimmt sich Vika die linke Seite des Bachs vor, ich die rechte. Unwillkürlich sucht mein Blick jenen Talkessel, wo ich im Traum den Stern gefunden habe. Irgendwo mache ich dann tatsächlich eine komische Felsformation aus.

Aber darum kann ich mich jetzt nicht kümmern. Zunächst muss ich mich vergewissern, dass der Loser weg ist.

Dafür klettere ich sogar den Hang ein Stück rauf, pirsche mich auf unseren Spuren zurück. Was man nicht alles für ein ruhiges Gewissen tut …

In einer schmalen Ritze, über die wir gestern im Tageslicht mühelos drüber gesprungen sind, finde ich den Loser.

Schweigend stehe ich da und fixiere ihn von einem Felsvorsprung aus, der drei Meter über ihm liegt. Zwei Minuten verstreichen, ehe der Loser mich bemerkt und den Kopf hebt. »Guten Morgen, Revolvermann.«

Ich hülle mich weiter in Schweigen. Selbst für einen Wutanfall fehlt mir die Kraft.

»Im Dunkeln sieht man nicht so gut«, hält der Loser einen in seiner Genialität und Novität erstaunlichen Gedanken fest.

Im Grunde war es gar nicht so hoch, er hat einfach Pech gehabt. Selbst von hier oben sehe ich, dass sein rechtes Bein geschwollen ist. Der Loser sitzt auf dem Boden und versucht, es möglichst nicht zu bewegen.

Ich lange nach den Latschen des Magiers, die hinter dem Gürtel stecken, ziehe sie an und schwebe hinunter.

»Tut mir leid«, entschuldigt sich der Loser, als ich ihn hochhebe und mit ihm aus der Felsspalte aufsteige.

»Weshalb hast du das getan?«, will ich wissen.

»Um euch die Entscheidung abzunehmen. Ich kann euch sowieso nichts erklären.«

»Du bist ein Idiot. Nachts klettern nur Selbstmörder durch die Berge ... oder der Schwarze Alpinist.«

»Ich bin noch nie in den Bergen gewesen. Und wer ist dieser Schwarze Alpinist?«

Bis zu unserem Rastplatz ist es ein ganzes Stück. In der Zeit schaffe ich es, dem Loser das Märchen vom Schwarzen Alpinisten und von jener Gesellschaft zu erzählen, die in Ballkleidern und Smokings in die Berge gezogen ist. Zum Nachtisch kriegt er sogar noch ein paar Geschichten aus der Realität serviert.

Als wir Vika erreichen, ist mein gesamter Vorrat an Berglegenden erschöpft. Unter ihrem frostigen Blick setze ich den Loser auf den Kiefernzweigen neben dem Lagerfeuer ab. »Was ist besser als eine Tour durch die Berge ohne Ausrüstung?«, knurre ich. »Wohl nur ein Bergspaziergang mit einem Verletzten auf dem Arm!«

Ich bin sehr gespannt, wie sie darauf reagieren wird.

»Gib mir den Gürtel«, befiehlt Vika.

Diese Aggressivität hätte ich nicht von ihr erwartet.

»Vika, wenn du den Warlock einsetzt ...«

»Quatsch! Du minderbemittelter Diver! Ich brauche einen Riemen!«

Da ich mein Hemd angesichts der tückischen Bergsonne nicht unbedingt in Streifen reißen möchte, gebe ich Vika das schwarze Halstuch.

Während sie am Bein des Losers herumhantiert, schüttelt sie jedes Mal finster den Kopf, sobald er bei der leisesten Berührung aufstöhnt.

»Ein Unterschenkelbruch«, diagnostiziert sie. »Offenbar ohne Dislokation. Komisch.«

»Bist du nebenbei auch noch Ärztin?«

»Nein. Krankenschwester, mit Berufserfahrung. Wir brauchen noch einen Riemen.«

Also muss ich, auch wenn es schlechter Stil ist, das Jackett auf nackter Haut zu tragen, mein Hemd doch opfern, damit wir eine Schiene für das Bein vom Loser basteln können.

»So ein Idiot ist mir noch nie untergekommen!«, zischt Vika nun in ihrer Wut. »Kein Blödmann auf der Welt hat es bisher geschafft, sich im virtuellen Raum das Bein zu brechen! Wie sieht das jetzt in der Realität aus, Loser? Na? Hast du dir da auch das Bein gebrochen?«

»Nein«, murmelt der Loser.

»Wenigstens etwas.«

Wir sehen einander an. Von unserer gestrigen Entschlossenheit ist kein Funke mehr übrig. Es ist eine Sache, einen Falschspieler in der virtuellen Welt seinem Schicksal zu überantworten – und eine ganz andere, einen Verwundeten in den Bergen zurückzulassen. Und die Tatsache, dass die Berge nicht echt sind, ändert daran nicht das Geringste.

»Gehen wir zu der Formation da drüben«, schlage ich vor.

»Von der habe ich heute Nacht geträumt«, sagt Vika.

Uns reicht ein Blick, um uns zu verständigen.

Die Irrealität kennt keine Gesetze.

Traum oder Wirklichkeit – wir beide steigen gemeinsam zu dem gefallenen Stern hinunter.

11

Die Felsformation passt wirklich nicht zu diesem Tal. Ein Gletscher mag einen Rollstein verschieben, aber nicht einen solchen Koloss.

»Sieht fast aus, als sei das ein Ausgang in einen anderen Raum«, bemerkt Vika und sieht mich an. »Schaffst du es noch bis dahin?«

Ich nicke, auch wenn ich kaum noch die Kraft habe, den Loser zu tragen. Aber auf diese Kleinigkeiten nehme ich jetzt keine Rücksicht.

»Wenn das Programm an dieser Stelle auf einen anderen Server zugreift«, überlegt Vika, »dann ist das ein Kanal in nur eine Richtung. Gut, damit können wir diesen Raum verlassen ... aber ob das auch ein günstiger Fluchtweg ist?«

»Notfalls haben wir ja noch den Warlock«, werfe ich ein. Aber selbst ich höre aus meiner Stimme keine Überzeugungskraft heraus. Ich will nicht wieder durch blaue Tunnel fallen. Dazu habe ich unterwegs zu seltsame Bilder gesehen.

»Gut, versuchen wir's. Vielleicht täuschen wir uns und es gibt hier überhaupt keinen Ausgang.« Vika seufzt und geht voran. Ich stapfe ihr hinterher. Der Loser schweigt. Vielleicht fühlt er sich ja – zu Recht! – schuldig, vielleicht will er uns bloß nicht nerven. Auch das wäre ein kluger Gedanke seinerseits.

Wir wandern einen Pfad hinunter, der immer enger wird. Irgendwann lege ich den Kopf in den Nacken, um mir über die Höhe der Felsformation klarzuwerden. Sie ist wesentlich höher, als ich bisher vermutet habe.

Was mir Hoffnung gibt.

Schon bald können wir nicht mehr nebeneinander laufen. Ich gehe jetzt seitlich weiter, damit sind die Chancen größer, dass das gebrochene Bein des Losers nicht über den Felsen schrammt. Vielleicht hätte ich die geflügelten Latschen anziehen sollen, eine Idee, die mir jedoch zu spät kommt, denn inzwischen kann ich mich nicht mehr bücken. Vor mir schimpft Vika halblaut vor sich hin, auch für sie ist es nicht leicht. Gemein, wie ich bin, schießt mir der Gedanke durch den Kopf, dass Madame mit ihrer etwas üppigeren Figur längst feststecken würde.

Es wird immer kälter. Von irgendwoher dringt eisiger Wind in die Felsspalte. Das ist gut! Das ist verdammt gut!

»Ljonja!«, presst Vika heraus. »Da!«

Vor uns schimmert ein Lichtpunkt, dann schiebt sich Vikas Silhouette davor. Sie macht einen Schritt – und ist weg. Ich gehe hinterher. Bei den letzten Schritten reibe ich doch noch mit dem Körper des Losers über die Felsen, worauf dieser leise aufstöhnt.

Der Felsspalt führt uns an einen seltsamen Ort.

Auch hier sind Berge, aber andere, völlig verwilderte. Als ob es in ihnen früher einmal Leben gegeben hätte –

das dann vernichtet worden ist. Dämmerlicht empfängt uns. Wahrscheinlich ist es Tag, doch am Himmel hängen bleischwere Wolken. Schneeregen geht träge nieder. Verödung und ein stummer Schmerz prägen das Ambiente. Weiter unten schlängelt sich zwischen den schwarzen Reißzähnen der Felsen ein Pfad entlang.

»Wo sind wir?«, fragt Vika leise. »Was meinst du, Ljonja?«

Ich sehe mich um. Okay, wir sind mit Sicherheit in einem anderen Raum gelandet. Und ich glaube, ich kenne ihn.

»Elben«, antworte ich. »Das ist ein Server für ein Rollenspiel. Sie spielen hier.«

»Wie im Labyrinth?«, mischt sich der Loser ein.

»Nein, anders.«

»Wir kommen garantiert nicht weit«, knurrt Vika. »Entweder erfrieren wir oder die Elben erschießen uns im Vorbeigehen.«

»Ich erfriere mit Sicherheit gleich«, murre ich. Mein Hemd ist für die Riemen draufgegangen, mein Jackett habe ich in einem Anfall von Leichtsinn weggeschmissen.

»Stell dich nicht so an! Immerhin beschert uns dein nackter Oberkörper einen unvergesslichen Eindruck«, stichelt Vika. Sie hat gut reden, schließlich hat sie ihr Sweatshirt an. Und der Loser steckt in einem Tarnanzug, der hält ebenfalls ziemlich warm.

»Wenn es hier jemanden gäbe, den ich beeindrucken könnte.« Ich strecke die Hand aus. »Siehst du den Pfad da unten, Vika? Lass uns da hin. Vielleicht finden wir da Menschen.«

»Elben.«

»Menschen, Elben oder Zwerge. Wen auch immer.«

Der Schnee reicht mir fast bis zu den Knien, so dass wir nur langsam vorankommen.

»Ich verstehe nicht, was das ist«, flüstert der Loser schuldbewusst.

»Weißt du, wer Tolkien ist?«

»Ein Schriftsteller.«

»Du brauchst jetzt nicht den ganzen *Herrn der Ringe* vorzutragen. Das hier ist ein virtueller Raum, den seine Fans für ein Rollenspiel kreiert haben. Sie treffen sich hier, schlüpfen in die Körper der Figuren aus dem Buch und spielen verschiedene Szenen nach. Von Tolkien oder von anderen Autoren.«

»Dann ist das also ein Theater«, schlussfolgert der Loser.

»In gewisser Weise ... ja.«

Zufrieden mit dieser Erklärung schweigt der Loser. Ich dagegen bin weit davon entfernt, durchzublicken.

Was ist das für ein Server?

Welche Gesetze gelten in dieser Welt?

Wo befinden sich die offiziellen Ausgänge, durch die wir den Loser herausbringen können?

An das, was uns im Anschluss daran erwarten könnte, will ich noch nicht mal denken.

Der Pfad ist gut gestampft, als sei hier vor kurzem eine große Armee lang marschiert. Sobald der Schnee darauf fällt, schmilzt er. Da steckt bestimmt ein Zauber dahinter. Die Welt der Rollenspieler lebt schließlich nach ihren eigenen Gesetzen, die auch Magie vorsehen.

»Wohin gehen wir jetzt?« Mit dieser Frage übergibt Vika mir das Kommando. Dieses Vertrauen ehrt mich, logisch. Wenn ich es jetzt auch noch rechtfertigen könnte ... Ich versuche, mir die Karten der Räume für Rollenspiele in Erinnerung zu rufen, gebe das Vorhaben aber gleich auf: Derjenige, der sonst nichts Besseres zu tun hat, designt sie.

Da höre ich hinter einem der Felsen ein schwaches Klackern. Entweder stapft da ein wahnsinniges Pferd mit Kastagnetten an den Beinen durch die Gegend oder wir treffen gleich auf einen Riesen, dessen Zähne vor Kälte klappern.

Zeit, darüber nachzudenken, haben wir nicht.

»Hierher!«, flüstere ich und schlage mich in ein spärliches Tannenwäldchen. Ich setze den Loser im Schnee ab und lege den Finger an die Lippen: »Pst!«

Vom Pfad aus sind wir nicht zu sehen. Breitbeinig baue ich mich auf dem Pfad auf und ziehe den Gürtel heraus. Zischend verwandelt sich der Warlock in eine Feuerpeitsche.

Ich dürfte ziemlich beängstigend aussehen. Ein Kerl mit nacktem Oberkörper und schneebedeckten Schultern. Außerdem hat der Revolvermann einen sehnigen und muskulösen Körper gekriegt, bei dem auf den ersten Blick klar ist, dass es sich um einen erfahrenen Kämpfer handelt. Dann noch die funkelnde Peitsche in der Hand ... Da muss doch jeder Troll Reißaus nehmen.

Das Klackern kommt immer näher.

Ich verziehe das Gesicht zu einem blutdürstigen Grinsen und warte.

Hinter den Felsen taucht eine kleine Figur auf, die mir mal gerade bis zur Brust reicht.

So viel zum Riesen mit den klappernden Zähnen!

Vom Gesicht und Körperbau erinnert der Wanderer an ein Kind. Nur scheint mit seinen Hormonen etwas nicht zu stimmen, denn die nackten Unterschenkel und die gewaltigen Füße sind mit dichtem Fell bewachsen. Kein Wunder, dass er damit barfuß durch den Schnee laufen kann! Um den Hals des Wanderers baumelt eine kleine Trommel, die er mit Stöcken bearbeitet.

Ein Hobbit.

Gut.

Bei meinem Anblick bleibt der Halbling stehen, als sei er festgefroren. Er lässt sogar einen der Trommelstöcke in den Schnee fallen.

»Grr, grr!«, stoße ich aus.

Daraufhin fängt der Hobbit tatsächlich an, mit den Zähnen zu klappern.

»Wer bist du?«, knurre ich ihn an und richte den Warlock auf ihn. Die Peitsche entrollt sich gierig, so dass ich sie zurückreißen muss.

»Harding, S-Sir!«, flüstert der Hobbit.

»Wer?«, hake ich nach, diesmal in normalem Ton. Der arme Hobbit ist jedoch bereits derart in Panik geraten, dass er nicht mal versucht, seinen kleinen Dolch zu ziehen, den er lässig hinter den Gürtel gesteckt hat.

»H-Harding, guter Sir. S-Sam hat Frodo gezeugt, Frodo hat Holfast gezeugt, Holfast hat Harding gezeugt ...«

»Also dich?«

»Mich, guter Sir!«

»Das war ein Fehler!«

»Ja, guter Sir«, pflichtet mir der Hobbit unterwürfig bei.

»Ich bin kein Sir!«, brülle ich. »Und schon gar kein guter! Ich ...« Da kommt mir ein Einfall. »Ich bin Conan! Der kühne Cimmerier Conan!«

Von Conan hat der Hobbit schon gehört, er nickt eifrig und fragt nicht, wie die Figur Howards in die Welt Tolkiens geraten ist. Aber Rollenspieler gehen sowieso in ihrem Tun auf, derartige Nebensächlichkeiten kümmern sie nie. Ich hätte mich auch als Koschtschei der Unsterbliche ausgeben können, nur hätte ich dafür älter und hässlicher sein müssen.

»Wohin willst du?«, setze ich das Verhör fort, wobei ich um den Hobbit herumgehe. Der dreht sich um sich selbst und versucht, mich im Auge zu behalten.

»Ich jage eine Armee.«

»Welche Armee?«

»Die Elbenarmee. Wir ziehen gegen die Orks und Zwerge!«

»Weshalb?«

»Die sind doch böse!«

Ich hege den immer stärkeren Verdacht, dass im Körper dieses Hobbits ein Kind hockt. Ein Erwachsener hätte sich doch ein besseres Argument einfallen lassen. Und sich außerdem längst in den Kampf gestürzt.

»Die Armee ...«, brumme ich nachdenklich. »Ach ja, jetzt fällt's mir wieder ein! Ja, die ist hier lang gekommen.«

In den Augen des Hobbits spiegelt sich blankes Entsetzen wider. Er linst auf die Feuerpeitsche und zweifelt nicht im Geringsten an dem traurigen Schicksal, das die Elbenarmee ereilt hat.

»Ich habe gehört, dass ihr Hobbits Beuteltiere seid«, fahre ich fort. »Ist das richtig?«

Der Hobbit schüttelt heftig den Kopf und presst die Hände vor seinen Bauch.

»Hast du was zu futtern?«

Der kühne Hobbit reicht mir seinen Rucksack. Ich entdecke in ihm ein Fladenbrot, eine Flasche und ein Stück Dörrfleisch. Das stimmt mich milder.

»Du hast dir einen hübschen Vorrat zugelegt, Hobbit ... Und was ist das?«

Aus den Tiefen des Sacks befördere ich ein Snickers zutage.

Der Hobbit fängt prompt an zu heulen. Keine Frage, das ist mit Sicherheit ein Kind.

Mit den Zähnen reiße ich die Verpackung des Schokoriegels auf, beiße die Hälfte ab und gebe die andere Hälfte dem Halbling zurück. Daraufhin hört er auf zu weinen.

»Was meinst du, werdet ihr die Zwerge vernichten?«, widme ich ihm wieder meine Aufmerksamkeit. Ich kann ihn schließlich nicht einfach ausrauben und dann stehenlassen. Ich muss doch wenigstens mit ihm reden, oder?

»Unbedingt!«, antwortet der Hobbit. »Sie machen Pfeile aus Eibenholz, aber Eibenholzpfeile taugen nichts! Außerdem bauen sie unterirdische Hallen, und unterirdische Hallen taugen auch nichts.«

Ich verspüre nicht den leisesten Wunsch, genauer in die Details der Unstimmigkeiten zwischen Elben und Zwergen einzudringen.

»Ist es weit bis zur Stadt?«

»Lórien ist fünf Meilen entfernt.«

Irgendwas stimmt bei denen mit der Geografie nicht ... Aber das kann mir auch egal sein. Ich muss wissen, wie der Server heißt.

»Und wer herrscht in euerm Land?«

»Der edle Elb Legolas!«

Sehr schön, diese Info dürfte reichen.

»Geh!«, sage ich und schultere den Rucksack des Hobbits.

Harding protestiert nicht gegen den Diebstahl. Mehr noch, er fragt schüchtern. »Darf ich vielleicht mit euch mitkommen, Conan? Die Zwerge kriegen auch ohne mich ihr Fett ab!«

Das hätte mir gerade noch gefehlt. Sofort setze ich wieder eine fiese Miene auf. »Ist dir eigentlich klar, dass ein Hobbit nicht nur wertvolles Fell bedeutet?«, fauche ich. »Sondern auch noch dreißig, vierzig Kilo leckeres, gut verdauliches Fleisch?«

Die Bücher lügen nicht. Hobbits können wirklich sehr schnell rennen. Nur die behaarten Füße flimmern noch im Schneestaub auf.

Als ich zu Vika und dem Loser zurückkehre, bin ich bester Laune. Die beiden haben das Gespräch mitangehört, ich brauche ihnen also nicht alles zu erzählen.

»Hier ist was zu essen.« Ich reiche dem Loser den Rucksack. »Vika und ich bereiten dir jetzt ein Lager und verlassen dann die *Tiefe*. Aber wir kommen wieder, über Lórien, ganz legal und mit normaler Ausrüstung. Dann holen wir dich hier raus. Abgemacht?«

Der Loser nickt.

»Wenn du hier drei, vier Stunden auf uns wartest ...«, überlege ich. »Das ist doch nicht schlimm, oder?«

Selbst wenn, wir haben keine andere Wahl. Halbnackt würde ich ihn keine fünf Meilen durch den Schnee schleppen können.

Unter einer alten Tanne richten Vika und ich ein Lager aus Zweigen für den Loser her und betten ihn darauf. Ich hole die Flasche aus dem Rucksack. Sie enthält Alkohol, wenn auch keinen hochprozentigen. Bei echtem Frost würde er niemanden wärmen, aber bei virtuellem dürfte es schon klappen.

»Tauchen wir auf?«, frage ich Vika. »Treffen wir uns in drei Stunden ... sagen wir am Eingang zu Lórien.«

Sie nickt. Und schon im nächstem Moment schmilzt ihre Figur in der Luft.

»Bis gleich, Loser«, sage ich.

Tiefe, Tiefe, ich bin nicht dein ...

100

Länger hätte ich mir mit dem Auftauchen nicht Zeit lassen dürfen. Die Uhr zeigte Viertel vor zehn morgens.

»Schließe Deep!«, befahl ich Windows Home, bevor ich einen Überfall auf den Kühlschrank startete. Der nichts brachte, logisch.

»Ich habe Mails für dich«, teilte mir der PC mit.

Nachdem ich mich in aller Eile umgezogen hatte, verließ ich das Haus. In dem Laden um die Ecke war zum Glück fast niemand, so dass ich um zehn wieder zu Hause war.

Gerade rechtzeitig, um Maniac auf die Schulter zu klopfen, der traurig an meiner Tür klingelte.

»Willst du frühstücken?«, fragte Schurka.

»Mhm. Du nicht?«

»Doch, aber später.« Maniac zwängte sich an mir vorbei in die Wohnung. Während ich mir die Schuhe auszog, setzte er sich schon an die Kiste. Als ich zu ihm kam, fuhrwerkte er längst mit dem Cursor im Norton Commander herum, um verschiedene Dateien zu markieren.

»Was machst du da?«, fragte ich perplex.

»Ich versuch, dich vor dem Schuldturm zu retten«, erwiderte Maniac, während er etliche Programme löschte. »Der Warlock ist rehabilitiert worden. Das ist ein sauberes Virus, das sich weder vermehrt noch Daten löscht. Es ist zur Anwendung im virtuellen Raum freigegeben. Auf eigenes Risiko natürlich.«

Mein Rechner büßte erneut ein paar Dateien ein. Anscheinend mussten auch die geflügelten Latschen dran glauben ...

»Dafür haben dir das Labyrinth und Al Kabar eine Schadensersatzklage in Höhe von 2,5 Millionen Dollar angehängt.«

Als ich die Summe hörte, konnte ich nicht anders: Ich musste lachen.

»Warum verlangen die nicht gleich 'ne Milliarde? Hätte doch auch keinen Unterschied gemacht, so viel werde ich nie verdienen ... und auch nie zusammenklauen.«

»Auch eine Milliarde wäre drin gewesen«, bestätigte Maniac, der mit der Maus übers Pad wackelte. »Wann hast du eigentlich das letzte Mal deine Maus gereinigt? Also, pass auf: Der Revolvermann existiert nicht mehr. Und er hat auch nie existiert, jedenfalls nicht auf deiner Kiste. Wenn's geht, lass dir für Figur Nr. 7 was anderes einfallen. Und sieh zu, dass du dir ein Alibi besorgst. Was hast du denen nur getan, Ljonka?«

»Ich habe ihnen einen Jungen unter der Nase weggeschnappt. Gerettet.«

»Dagegen lässt sich natürlich nichts sagen ...«

Maniac schob eine Diskette ins Laufwerk und startete von dort aus irgendein Programm.

»Jetzt wollen wir mal deine Festplatten reinigen, damit auf der physischen Ebene keine Spuren zurückbleiben«, kündigte er an. »Noch besser wäre es, du würdest die Dinger vertickern und dir neue kaufen. Oder du schmeißt sie von einer Brücke aus in die Newa.«

Allmählich wurde mir mulmig zumute. Maniac geriet nicht ohne Grund in Panik.

»Hast du Wodka?«, fragte Schura.

»Kognak.«

»Geht auch, obwohl Wodka besser wäre«, brummte er.

Ich reichte ihm die Flasche und wappnete mich innerlich für den Moment, wo Schura den Alkohol in den Rechner kippen würde. Um die Sache perfekt zu machen. Aber nein, er nahm selbst ein Schlückchen, holte dann die Kugel aus der Maus, hauchte sie an, rieb sie am Ärmel ab und setzte sie wieder ein.

»Wir können den Verkauf von drei Viren feiern«, verkündete er. »Du hast gute Reklame für den Warlock gemacht.«

»Schura, ich muss nochmal in die *Tiefe* ...«

»Vergiss es, Diver«, entgegnete Maniac grinsend. »Du wirst schön zu Hause hocken bleiben!«

»Das geht nicht. Auf gar keinen Fall.«

Mit einem Achselzucken gab er sich geschlagen. »Die Festplatten musst du aber unbedingt loswerden«, insistierte er.

»Ich will die Kiste sowieso aufrüsten ...«

»Ja? Dann verkauf lieber gleich das ganze Ding. Oder schenk es einem Jugendclub. Viel kriegst du für die Kiste nicht, und bei den Kids ist sie in einer Woche im Arsch. Die kann danach nie wieder jemand reparieren.«

In Erinnerung daran, wie ich den Hobbit beklaut hatte, deutete ich ein Nicken an.

Vielleicht beglückte ich die Jugend ja wirklich mit meinem alten Rechner?

Dabei war ich so stolz auf ihn gewesen, als ich ihn gekauft hatte! Ein Pentium! Mit richtig gutem Grafikspeicher!

»Wie kannst du nur mit so 'ner Grafikkarte leben?«, riss mich Schurka aus meinen Erinnerungen. »Ich fass es nicht! Damit kannst du nicht mal fernsehen, oder?«

Die nächsten fünf Minuten hörte ich mir einen Vortrag über die aktuellen Entwicklungen im Bereich der Hardware an. Anschließend schickte Maniac mich in die Küche, damit ich Frühstück machte, er selbst reinigte derweil den Rechner weiter.

Ich bereitete Rührei zu, vermutlich das zehntausendste Rührei in meinem Leben. Es wurde Zeit, mein Jubiläum als Single zu feiern: Tausend Konservendosen, hunderttausend Wurstbrote …

»Schura, ich habe nur zweieinhalb Stunden!«, schrie ich aus der Küche. »Auf mich wartet Arbeit!«

»Nur keine Panik!«

»Und ich muss noch eine neue Figur designen.«

»Was für eine?«, wollte Maniac wissen.

»Eine Fantasy-Figur. Einen Elben oder einen Zwerg … Nein, besser einen Elben. Ein Zwerg wird sofort angegriffen.«

»Seit wann fährst du auf Rollenspiele ab?«

»Das gehört zu meinem Job«, sagte ich, als ich die Pfanne neben die Tastatur stellte. »Ich muss einen ihrer Server benutzen.«

»Was um alles in der Welt willst du diesen Hungerleidern denn klauen?« Maniac schüttelte den Kopf. »Die Texte der Elbenhymnen? Die Geheimnisse zur Anfertigung von Holzschwertern?«

»Also ... ich hab was bei ihnen vergessen.«

»Ah!« Maniac nickte. Offenbar glaubte er, der Warlock habe einen Durchgang zum Server der Rollenspieler gegraben. »Aber benimm dich anständig ihnen gegenüber, ja! Auch weil sie ein putziges Völkchen sind.«

»Hast du ihren Schutz aufgebaut?«

»Ich? Denen? Also echt!«, bemerkte Schurka. »Die haben selbst genug gute Entwickler.«

Das schmeckte mir gar nicht.

»Wie sieht der Warlock eigentlich im Einsatz aus?«

»Also ... da sind ein blauer Strudel, Funken und Spiegel unter dir. In denen siehst du andere virtuelle Räume.«

»Gab es denn keinen Fahrstuhl?«, fragte er und sah mich verwirrt an.

»Was für einen Fahrstuhl?! Da war ein Loch im Boden ...«

»Immer dasselbe! Du denkst dir was aus und dann ...«, knurrte Schurka. »Scheiße! Hast du wirklich nur Kognak?«

Wir schenkten uns beide noch etwas ein, stießen an und tranken auf ex. Im Rechner summten immer noch Schurkas Programme.

»Ich habe das gestern mal versucht ... mit deinem Spruch«, gesteht Maniac nach dem zweiten Glas. »Dieses *Tiefe, Tiefe* ...«

Ich fragte nicht nach dem Resultat. Wenn Maniac die *Tiefe* verlassen könnte, dann hätten wir das längst gefeiert.

»Ljonja, wenn du irgendwann herausfindest, wie das funktioniert ...«, setzte Schurka an.

»... erfährst du es als Erster.«

»Hast du von dem Krawall gestern Abend gehört? In einem Puff«, wechselte Maniac das Thema. »Kam in den Netnews.«

Das brachte mich aus dem Konzept. »Nein.«

»Ein paar Rowdies haben versucht, den Schutz vom *Vergnügungen jeder Art* zu knacken. Den Puff müsstest du kennen!« Schurka setzte einen versonnenen Ausdruck auf.

»Sie haben es versucht?«

»Ja. Sie waren schon beinahe durch, als die Sicherheitssoftware des Puffs kurzerhand alle Verbindungskanäle gekappt hat. Bis dahin soll es aber ziemlich heiß hergegangen sein, falls Zuko nicht mal wieder maßlos übertreibt.«

»Wer?«

»Im Grunde war's das auch schon«, schließt Schura, ohne auf meinen Zwischenruf zu reagieren.

»Du kennst Zuko? Den Computermagier?«

»Als ob du ihn nicht kennen würdest!«

»Nur aus der *Tiefe*.«

»Glaubst du?« Schurka schüttelte den Kopf. »Hör mal, das ist doch Serjoga. Der früher bei der Bank gearbeitet hat.«

Wer hätte das gedacht?

Serjoga kannte ich seit ewigen Zeiten, früher hatte er in der gleichen Firma für PC-Spiele gearbeitet wie ich. Und jetzt sollten dieser einsilbige, phlegmatische Entwickler und der geschwätzige Computermagier ein und dieselbe Person sein?

»Hinter Zuko steckt Serjoga?«

»Ja.«

»Das nenn ich Tarnung«, brachte ich nur heraus.

»Würdest du etwa überall herumposaunen, dass du in einem Puff arbeitest? Eben! Deshalb tischt er bis heute allen das Märchen auf, dass er noch für die Bank Programme schreibt.«

»Sag ihm nicht, dass ich ich bin«, bat ich Schurka rasch.

»Mach ich nicht.«

»Der Warlock!«, rief ich entsetzt. »Zuko hat dein Virus erkannt!«

»Mhm, stimmt, ich hab ihm das Ding vor einem Monat gezeigt.« Schurka runzelte die Stirn. »Scheiße!«

»Meinst du, er plaudert?«

»Nein.« Maniac schüttelte den Kopf. »Aber irgendwo sickert immer was durch. Irgendeine kleine Unachtsamkeit, ein Zufall wie dieser ... Am Ende kriegen die dich.«

»Dann müssen sie mir erst mal was beweisen.«

»Ljonja, wenn du denen derart auf die Füße getreten bist, dann werden die sich mit Beweisen nicht lange aufhalten. Von mir hast du nichts zu befürchten. Aber irgendjemand wird wissen, dass der Revolvermann und Leonid identisch sind. Jemand wird dahinterkommen, dass Leonid ein Diver ist. Irgendjemand wird vermuten, dass Leonid ein Russe ist. Die virtuelle Welt lebt von Informationen. Von der Wahrheit, von Gerüchten und Vermutungen. Und jeder kann sich spielend leicht jede Information beschaffen und sie bearbeiten, vergiss das nicht. Wer wirklich Interesse daran hat, kriegt irgendwann alles raus!«

»Und was soll ich deiner Meinung nach jetzt tun?«

»Untertauchen!«, erwiderte Schurka, während er die Reste des Kognaks verteilte. »Mir würde es nämlich gar nicht passen, wenn wir nie wieder ein Bierchen zusammen trinken könnten. Und noch viel weniger würde es mir passen ... wenn du tot wärst. Verdammt nochmal, was hast du da bloß angerichtet?«

»Ich habe einen Menschen gerettet.«

»Nur kann dich das deinen eigenen Kopf kosten!«

Ich nickte. Maniac hatte ja Recht. In seinen Worten lag die Logik eines normalen Hackers, nicht die eines arroganten Divers, der aus der *Tiefe* auftauchen kann.

Allerdings: Wohin wollte ich abtauchen, wenn ich in der realen Welt gejagt werden würde?

Alle Besucher der virtuellen Welt haben Minderwertigkeitskomplexe wegen ihrer Körperkraft: Wenn du dich in der virtuellen Welt wie ein Gott fühlst, ist es in der realen nur um so niederschmetternder, bloß ein Durchschnittspinsel, bloß einer unter einer Milliarde zu sein. Deshalb lieben wir alle die Kampfkünste und die Kriegsspiele, kaufen uns Gas- und Druckluftpistolen, stiefeln hartnäckig in Fitnessstudios und wirbeln Abend für Abend mit dem Nunchaku herum. Denn auch im realen Leben wollen wir uns – und zwar unbedingt – so unverletzlich fühlen wie in der Welt hinterm Monitor. Nur dass das nie klappt.

Wie oft hatte ich in der *Tiefe* schon etwas gehört wie: »Weißt du noch? Wie die Kerle auf ihn los sind ... hat sich dann mit gepanschtem Wodka vergiftet ... ist aus dem Fenster gesprungen, ohne einen Brief zu hinterlassen ... hatte die Mafia am Hals ...«

Ja, wir erinnern uns daran, ja, wir wissen Bescheid.

Aber nur in der Welt hinterm Monitor sind wir Götter.

»Ich brauche vermutlich noch vierundzwanzig Stunden«, presste ich leise heraus. »Danach verdrücke ich mich ... nach Sibirien oder in den Ural.«

»Und sag niemandem, wohin du gehst«, beschwor mich Maniac. »Nicht mal mir.«

Die Gläser waren leer. »Soll ich uns noch was besorgen?«, fragte er.

»Ich muss noch die Figur designen.«

»Schade. Okay, dann start mal den Bioconstructor!«

Kurz darauf saßen wir vorm PC, entrissen uns gegenseitig die Maus und hämmerten auf die Tastatur ein. Der erste Avatar wanderte in den Papierkorb, der war zu auffällig. Ein zwei Meter großer Muskelprotz mit einem Langschwert am Gürtel. Auf den würden sich sofort sämtliche Abenteurer stürzen, wie Schurka völlig zu Recht einwandte.

Die nächste Figur war harmlos und sogar mitleiderweckend. Ein abgerissener, alter Bettler. Dem würde bestimmt niemand Schwierigkeiten machen, aber er würde den Loser auch keine fünf Meilen schleppen können. Diesmal legte ich ein Veto ein, ohne es näher zu begründen.

Der dritte Versuch klappte.

Der Typ auf dem Bildschirm war recht kräftig, hatte dabei aber ein so naives Jungengesicht, dass ich beinahe kotzen musste. Wir steckten ihn in einen hellgrünen Mantel und hängten ihm eine Leinentasche über die Schulter.

»Ein Heiler!«, stellte Maniac zufrieden fest. »Ein Mensch, der heilt. Ohne triftigen Grund wird dir da niemand querkommen, weder ein Elb noch ein Ork. Medizin brauchen schließlich alle.«

Er stopfte allerlei Dosen, Fläschchen und getrocknete Blätter in die Tasche, die er im Katalog für Accessoires auswählte.

»Und? Werde ich in der Welt der Rollenspiele tatsächlich heilen können?«

»Selbstverständlich. Bei denen ist es so, dass du als Figur mit ganz bestimmten Fähigkeiten in ihre Welt eintrittst. Zum Beispiel kannst du dich durch Kampfkunst oder Weisheit oder eben die Gabe zu heilen auszeichnen. Je länger du dich dann in dieser Welt bewegst, desto ausgeprägter treten deine Fähigkeiten hervor. Wenn du dich Heiler nennst, kannst du also von Anfang an kleinere Wunden, Brüche und Verrenkungen heilen.«

»Interessant«, bemerkte ich und betrachtete meine neue Persönlichkeit. Allmählich entwickelte ich Sympathie für sie. »Danke. Ich hätte bestimmt einen Kämpfer designt.«

»Und dann von irgendeinem eingefleischten Spieler ein Schwert über den Schädel gezogen bekommen.«

»Und als wer trittst du in dieser Welt auf?«

»Du verrätst es auch niemandem?«, fragte er nach einer Weile zurück.

»Bestimmt nicht.«

»Ich bin die Elbenherrscherin Ariel.«

»Bitte?«

»Das ist wegen Goromir.«

Kurz verschlug es mir die Sprache. Okay, das ging mich nichts an, aber ...

»In Goromir steckt eine Frau«, erklärte Maniac. »Bei denen geht es drunter und drüber, Frauen schlüpfen oft in Männerrollen und umgekehrt. Ich war ein halbes Jahr hinter Goromir her ...«

»Und dann?«

»Nichts. Goromir hat sich mit Dianel eingelassen.«

Ich verkniff mir die Frage, wer Dianel in Wirklichkeit war, ein Mann oder eine Frau.

»Wenn du Goromir triffst, richte Grüße von Ariel aus«, bat Schurka noch. »Wir sind Freunde geblieben. Leider nicht mehr.«

»Ich muss zu dem Server, über den die Stadt Lórien läuft, in der Legolas herrscht. Treibt sich dein Goromir da rum?«

»Nicht *dein*, sondern *deine*!«, fuhr mich Schurka an. »Keine Ahnung, ich bin schon lange nicht mehr bei den Rollenspielern gewesen. Na komm, suchen wir erst mal den Server.«

Er startete Windows Home und durchforstete übers Terminalfenster die Server. Fünf Minuten später hatte er einen Treffer gelandet.

»Da! ›Der edle Legolas ruft die weisen Elben, die kühnen Menschen und die flinken Hobbits in die ruhmvolle Stadt Lórien, da die Tage der letzten Schlacht zwischen den Kräften des Guten und den Orks und Zwergen angebrochen sind!‹ Man wird dich mit offenen Armen empfangen!«

»Das ist nun auch nicht gerade nötig.«

»Wie wär's dann stattdessen mit einem Bierchen? Du hast noch anderthalb Stunden!«

Bier auf Kognak? Aber ich hatte wirklich noch massenhaft Zeit, weil ich mit Schuras Hilfe den Avatar ziemlich schnell designt hatte.

»Okay«, ließ ich mich breitschlagen.

101

Ich schloss die Tür hinter Schurka ab und legte sehr sorgfältig die Kette vor. Ein Blick in die Küche überzeugte mich, dass das Gas ausgeschaltet war.

Den Alkohol spürte ich eigentlich nicht. Vier Flaschen Bier, das war doch gar nichts. Und den einen Kognak durfte ich ja wohl erst recht außer Acht lassen.

Auf dem Weg zu meiner Kiste stolperte ich ständig über irgendwelche Kabel, alte Hausschuhe und Bücher, die aus den Regalen gefallen waren. Ob Schurka vielleicht das Gleichgewicht verloren und an einem Regal Halt gesucht hatte? Aber weshalb hätte ihm das passieren sollen?

»Vika, habe ich Post?«, fragte ich.

»Ich habe dich nicht verstanden, Leonid.«

»Ob ich Post habe?«, wiederholte ich langsam.

»Ja.«

Waren zwei Liter dunklen Biers, die ich im Eiltempo in mich reingekippt hatte, vielleicht doch nicht so wenig? Wenn Vika meine Stimme nicht mehr erkannte, dann ...

Ich schluckte den Anflug von Reue hinunter und checkte die Mails.

Bloß Mist.

Mal sehen, was das Pinboard brachte.

Natürlich kannte keiner meiner Auftraggeber meine echte Adresse. Wenn jemand mit dem Diver Leonid Kontakt aufnehmen wollte, dann gab es nur einen Weg: Er musste eine Nachricht am Schwarzen Brett hinterlassen. Ein Code erlaubte es, die richtigen Depeschen zu finden, Chiffres nahmen Lamern die Möglichkeit, fremde Mitteilungen zu fälschen, und die nebulösen Formulierungen selbst begriff nur der Adressat. Komplette Anonymität und Zuverlässigkeit. Da sollte mal jemand versuchen, zwischen all dem Liebesgeplänkel, leeren Geschwätz und den Verkaufsangeboten eine geheime Nachricht herauszufischen.

Am Pinboard entdeckte ich nicht oft etwas für mich. Aber heute gab es gleich zwei Nachrichten.

Iwan! Ich warte heute Mittag auf dich, da, wo wir uns letztes Mal getrennt haben. Der Graue.

Das war Romka. »Getrennt« hatten wir uns letztes Mal in den *Drei kleinen Schweinchen*.

Unversehens wurde ich nüchtern. Wieso suchte Romka mich? Noch dazu so dringend? Die Mail hatte er letzte Nacht geschrieben. Aus eigener Initiative? Oder weil jemand ihn gezwungen hatte? Der Mann Ohne Gesicht zum Beispiel?

Mit der zweiten Nachricht hatte ich gerechnet.

77. Üblicher Ort, alles wie gehabt. Die Brüder.

77 – das war meine Nummer. Die anderen Diver waren stinkwütend auf mich ...

Unser Kodex hatte verlangt, dass ich Crazy Tosser und Anatole meinen Divernamen nannte (der übrigens auch mein richtiger war).

Unser Kodex hatte ferner verlangt, dass sie sich über mich beschwerten. Ich war in ihr Arbeitsgebiet vorgedrungen und hatte von einer Waffe Gebrauch gemacht.

Dergleichen wird nicht verziehen.

»Loser, Loser«, murmelte ich. »Verdammte Scheiße aber auch! Mit dir habe ich mir echt was eingebrockt!«

Verflucht sei der Augenblick, wo ich auf den Orden der Allmächtigkeit reingefallen bin und mich aufgeschwungen habe, den Retter zu spielen!

»Vika, wir gehen in die *Tiefe*«, befahl ich. »Mit der Figur Nr. 7. Dem Heiler.«

Ich kenne drei Persönlichkeiten von Romka. Mit dem Wolf sogar vier. Aber heute tritt er in einer neuen in Erscheinung: Vor mir steht ein dürrer junger Typ mit Brille und Zottelmähne. Er lehnt mit unstetem Blick an der Bar und erinnert in keiner Weise an den gepflegten Roman. Ich erkenne ihn nur, weil er in einem Zug sein Glas mit Pfefferwodka leert.

»Romka?«

»Ljonja?«

Wir begrüßen uns per Handschlag.

»Willst du was trinken?«, fragt Romka.

»Nein. Hab ich schon ... in der Realität.«

»Du Alki«, murmelt Romka. Der hat's nötig! So wenig, wie ihm der Wodka zusetzt, ist ja wohl eher er ... »Du weißt, dass du in der Scheiße steckst, Ljonka?«

»Ja. Was genau meinst du?«

»Jemand hat sich über dich beschwert. Ein gewisser Anatole und Crazy Tosser. Die Details der Anklage sind noch nicht bekanntgegeben worden.«

»Davon hab ich schon gehört«, erwidere ich.

»Heißt das, du hast noch andere Schwierigkeiten?«

»Millionen andere.«

Wir arbeiten häufig zusammen. Ich mag den Werwolf, er mich offenbar auch.

»Ljonja, was läuft hier?«

»Als ob du das nicht wüsstest.«

Roman verzieht das Gesicht und nimmt nervös die Brille ab. »Geht der Warlock etwa auf dein Konto?«, flüstert er.

»Richtig.«

»Das heißt ... das Labyrinth ...«

»Pst!« Schurkas Worte fallen mir ein, darüber, dass Informationen immer durchsickern würden. »Es ist nicht nötig, das hier auszubreiten.«

Romka ruft den Barkeeper – heute ist es kein echter Mensch, sondern eindeutig ein Programm – und lässt sich das Glas nachfüllen.

»Das ist total abgefahren, Ljonka«, murmelt er. »Aber du steckst in der Scheiße. Und zwar bis über beide Ohren.«

Da begreife ich, dass meine Schwierigkeiten Roman überhaupt nicht beunruhigen. Er leidet auch nicht mit mir mit. Nein, die ganze Geschichte begeistert ihn! Er ist fasziniert von den geballten Leidenschaften, davon, dass ein Abglanz des skandalösen Ruhms auch auf ihn fällt.

Falls wir, Egoisten bis ins Mark, fähig sein sollten, einen anderen Diver zu unserem Idol zu erklären, dann hat Roman genau das gerade mit mir gemacht.

»Wenn du meine Hilfe brauchst«, bietet er mir an, »dann bin ich für dich da! Und nicht nur ich!«

Vielleicht könnte ich sie brauchen. Vielleicht würde ich sie sogar kriegen. Roman kennt einen Haufen Leute, und in dem kleinen Kreis der Werwölfe unter den Divern ist er sozusagen das Alphatier.

»Zu spät«, gestehe ich offen. »Ich muss weg. Für lange.«

»Wie meinst du das?« Roman blinzelt heftig. »Kommst du nicht mehr ins Netz? Ist es so schlimm?«

Noch viel schlimmer.

Ich nicke.

»Wie willst du das aushalten?«, fragt Romka irritiert.

Nur wir Bewohner der virtuellen Welt verstehen einander.

Wie kann man ohne die *Tiefe* leben?! Ohne die rasanten Ortswechsel vom kühlen Restaurant zum heißen Sandstrand?! Ohne den designten Dschungel und die fiktiven Berge?! Ohne den endlosen kochenden Datenstrom?! Ohne die uralten Witze und die im Netz entstandene Literatur?! Ohne Verkleidung und falsche Körper, ohne Hunderte, Tausende von Freunden und Bekannten, die in allen Ecken der Welt leben?!

Wie?!

Du musst in Deeptown gewesen sein, um zu verstehen, was du verlierst.

»Ich weiß es nicht, Romka. Aber das Labyrinth und Al Kabar ...«

Er nickt. Logisch, so schwer ist das ja nicht. Und nur im Märchen haben Elefanten Angst vor Mäusen. Für diese beiden Konzerne sind wir jedoch noch nicht mal Mäuse – für die sind wir Blattläuse.

»Ljonja, wenn du Geld brauchst«, setzt Romka überraschend an. »Ich kann dir meinen Anteil zurückgeben. Du hast fast die ganze Arbeit allein gemacht. Und du steckst in der Tinte. Wenn du untertauchst, kannst du es bestimmt brauchen.«

Ich schüttle den Kopf.

Auf Romka ist Verlass – aber auf diese Art der Selbstaufopferung kann ich verzichten.

»Wenn es geht ... würde ich dich lieber um was anderes bitten.«

»Was immer du willst!«

»Ich muss wirklich abtauchen. Und falsche Fährten auslegen. In ein Hotel will ich nicht ... Wenn ich vielleicht ein, zwei Monate bei dir wohnen könnte, bis wieder alles ruhig ist ...«

Ich weiß selbst nicht, warum ich ihn überhaupt darum bitte. Vielleicht, weil ich meine Verbindung zur *Tiefe* nicht vollends kappen will? Um wenigstens mit Romkas Augen an der virtuellen Welt Anteil zu nehmen? Das Schlagen des elektronischen Pulses zu spüren, Daten zu schlucken ...

»Ich fall dir bestimmt nicht zur Last«, beteuere ich.

Aber auf Romkas Gesicht spiegelt sich bereits wider, was er von dem Vorschlag hält.

»Schade«, sage ich achselzuckend. »Aber ich kann dich verstehen.«

Am Ende haben wir eben doch Angst voreinander. Es fällt uns leichter, Unsummen zu opfern und damit unser Gewissen zu beruhigen – als unsere Identität preiszugeben.

»Du verstehst überhaupt nichts«, knurrt Romka. »Soll ich dir meine Adresse nennen? Die echte? Stadt, Straße und Hausnummer?«

»Das ist nicht nötig.«

»Ich kann dich einfach nicht bei mir unterbringen.« Er blickt zur Seite. »Das gäbe ... Probleme zu Hause.«

Wie konnte ich das vergessen?! In der *Tiefe* bauen wir uns Paläste, richtig. Aber wie sieht es in der echten Welt aus?

Gut, ich könnte wohl einen Gast aufnehmen, obwohl meine Wohnung klein ist. Aber was, wenn Romka im gleichen Raum seine Frau, die Schwiegermutter und drei rotznasige Gören unterbringen muss?

»Schon gut.« Ich lege ihm die Hand auf die Schulter. »Wirklich. Ich bin nicht sauer.«

Trotzdem blickt Romka weiter zur Seite.

»Dann werd ich mal«, bringe ich heraus.

»Kommst du zu unserer Versammlung?«

»Klar.«

»Und wohin gehst du jetzt?«

Die Versuchung, mich in nebulöses Schweigen zu hüllen, ist groß. Außerdem wäre es das Vernünftigste, was ich tun könnte. Trotzdem antworte ich: »Elben erschrecken. Ich muss los, Romka. Wir sehen uns.«

Als ich die *Drei kleinen Schweinchen* verlasse, bestellt er ein weiteres Glas Wodka. Der ist garantiert ein Alki! Oder ist er ein so starker Diver, dass er von virtuellem Schnaps nicht besoffen wird?

Die Rollenspieler machen keine Werbung für sich. Es gibt Ausnahmen wie die *Elfenwiesen*, aber das ist eher eine Touristenattraktion, mit der die Adepten der Fantasy-Welt ihr täglich Brot verdienen – genauer gesagt, ihren täglichen Strom und die Telefonkosten.

Der Server, über den Lórien läuft, gehört einem Russen. Das ist alles, was ich auf legalem Wege habe herausfinden können. Die meisten Spieler sind ebenfalls Russen.

Natürlich kann ich Legolas auch als Tourist verkleidet aufsuchen, aber es ist doch klar, wozu das führt! Letztlich wäre es, als ob ein Christ nach Mekka kommt und in Schuhen, mit einem Hut auf dem Kopf und einem Goldkreuz um den Hals in die Kaaba prescht.

Nein, besser ich mime den Frischling, der gerade erst Tolkien, Howard, Perumow und all die anderen Schriftsteller verschlungen hat, die der Romantik von Schwertern und Drachen ihren Tribut zollen!

Ich steige bei einer einstöckigen, windschiefen Bruchbude aus dem Taxi. Das Haus ist wirklich fabelhaft auf verfallen getrimmt. Armut und Ödnis zu imitieren ist nämlich viel schwieriger als Reichtum und Luxus.

Übrigens ist die ganze Straße ziemlich heruntergekommen. Fensterlose Bauten, Lager, geschlossene Bürogebäude, die auf bessere Zeiten warten. Wie gesagt, Rollenspieler meiden den großen Lärm.

Vika ist noch nicht da. Am Eingang drückt sich nur ein Elb herum, ein ätherisches goldhaariges Wesen unbestimmten Geschlechts und Alters. Es trägt salatgrüne Leggins und eine grüne Jacke. Überm Rücken lugen ein Bogen und ein Köcher mit Pfeilen hervor.

Ich warte vor der Tür. Der Elb linst zu mir herüber, irgendwann verschwindet die Hand im Ausschnitt der Jacke, um eine Zigarette und ein Feuerzeug herauszuholen. Er zündet sich eine an und stößt den Rauch aus.

Rauchende Elben, so was sieht man nicht alle Tage. Nach dem ersten Zug scheint der Elb sein Leben auszuhauchen – und damit höchst anschaulich zu demonstrieren, wie schädlich Nikotin ist. Hol mich doch der ...!

»Vi...«, setze ich an und verstumme. Was, wenn sie das nicht ist?

»Vi, vi!«, trillert der Elb fröhlich. »Vivi und Pfiffi! Ljonja?«

Vikas Stimme klingt auch anders, wahrscheinlich läuft nebenher das Programm zur Stimmkorrektur. Jedenfalls könnte man glatt denken, Robertino Loretti habe den virtuellen Raum betreten.

»Bist du das?«, frage ich sicherheitshalber doch.

Vika kapiert meine Zweifel.

»Ist dir eigentlich klar, dass ein Hobbit nicht nur wertvolles Fell bedeutet!«, deklamiert sie amüsiert. »Kommt dir das eventuell bekannt vor?«

»Warum ausgerechnet ein Elb?«

»Wir wollen immerhin in ihr Territorium. Da ist es am sichersten. Abgesehen davon bin ich nicht elbischer, sondern elfischer Natur.«

»Und wie heißt du?«

»MacKrele.«

»Wie?«

»Klingt das etwa nicht wie ein Elfenname? Ich bin von den Elfen aus Schottland.«

Ich habe den leisen Verdacht, dass Vika sich auch etwas Mut angetrunken hat.

»Und was bist du? Ein Er oder eine Sie?«

»Diese Details habe ich nicht designt, dazu war keine Zeit«, tut Vika alias MacKrele die Frage ab. Sie wirft die Zigarette weg. »Das entscheiden wir dann spontan.«

Uns noch weiter vor dem Gebäude herumzudrücken wäre pure Zeitverschwendung. Als wir die Bruchbude betreten, erwartet uns ein schmaler, dunkler Gang. Die Wände sind mit Schlachtlosungen beschmiert. Am Ende des Ganges schimmert ein weißes Licht, hinter dem die Figur eines Menschen zu erahnen ist.

»Wer seid ihr?«, spricht uns die Figur an.

»Wir haben den Ruf des edlen Legolas vernommen und sind herbeigeeilt, ihm zu helfen!«, antworte ich.

»Bleibt, wo ihr seid! Wie lauten eure Namen?«

»MacKrele von den lichten Elfen am See Loch Ness!«, stellt Vika sich vor.

»Der Heiler Sedativum aus dem Lande Tranquillien.«

Vika boxt mich in die Seite, aber da ist es schon zu spät. Der Name ist ausgedacht und ausgesprochen.

Der Mann, der sich hinter dem Licht versteckt, denkt nach. »Ihr seid gemeinsam hergekommen?«

»Ja«, antwortet Vika. Sie übernimmt jetzt das Kommando, was mir nur recht ist. Ich bin nicht in der Verfassung, mir etwas auszudenken und unserem Gegenüber nach Strich und Faden das Hirn zu pudern.

»Wie kommt es, dass ein lichter Elf ... eine Elfin ... ein Elfenwesen und ein Heiler der Menschen Freunde sind?«

»Ich wurde im Kampf gegen die Orks von einem Eibenpfeil schwer verwundet!«, ruft Vika. Sie gibt ihr Geschlecht nach wie vor nicht preis. »Wenn die wundertätige Kraft Sedativums nicht gewesen wäre, dann würde ich jetzt nicht vor dir stehen, Unbekannter!«

Es kostet mich enorme Mühe, keine Miene zu verziehen.

»Und du, Sedativum? Warum hältst du dem Elfen die Treue?«

»Jene Bande fieser Zwerge, die die unterirdischen Hallen gebaut hat, hat mich hinterhältig überfallen!«, fabuliere ich in Erinnerung an die Geschichte des kleinen Hobbits. »Wenn MacKrele nicht so kühn gewesen wäre, dann ... dann ...«

Da ich nicht weiß, wie ich den Satz zu Ende bringen soll, schlage ich die Hände vors Gesicht. Ein lautloses Lachen ist leicht mit Weinen zu verwechseln.

Ein alter Mann tritt aus dem Licht in den Gang. Seine Bewegungen sind jedoch so forsch, seine Stimme so jung, dass er höchstens zwanzig sein kann.

»Ich freue mich, den weisen Heiler und den kühnen ... die kühne ...« Er gerät ins Stottern. »... den kühnen Elf willkommen zu heißen! Ihr seid nun außer Gefahr!«

»Vielen Dank«, flüstere ich.

»Du, weiser Sedativum, bekommst zehn Skill-Punkte, dazu je fünf für Ausdauer und Stärke«, teilt mir der Alte mit. »Und du ... äh ... MacKrele bekommst zehn

Skill-Punkte, dazu je zehn in Ausdauer, Stärke und Tapferkeit.«

»Warum bekomme ich keine für Tapferkeit?«, empöre ich mich.

»Als ob du, ein Mensch, überhaupt Tränen vergießen könntest!«, höhnt der Alte. Doch da macht sich MacKrele für mich stark, an der (oder dem) der Hüter offenbar Gefallen gefunden hat.

»Sedativum hat heiße Tränen um seinen älteren Bruder Analgetikum geweint, als dieser durch die dreckigen Pfoten der Zwerge gestorben ist!«

Puh! Jetzt übertreibt Vika aber!

Zum Glück hat der junge Greis keinen blassen Schimmer von Pharmakologie. Oder er hat Humor.

»Gut, du sollst fünf Tapferkeitspunkte erhalten«, billigt er mir großherzig zu. »Begebt euch jetzt in die ruhmreiche Stadt Lórien und sammelt Kraft für die alles entscheidende Schlacht.«

Auf seine Geste hin treten wir in das Licht ein. Nun bemerken wir am Ende des Ganges auch eine massive Eisentür.

»Einen älteren Bruder hab ich also auch noch, ja?«, flüstere ich hinter Vika.

»Reg dich jetzt bloß nicht auf!«

Dann gehen wir durch die Tür hinaus nach Lórien.

Geschlagene zwei Minuten sehe ich mich einfach bloß um. Das ist wirklich verdammt schön!

Gigantische Bäume mit schneeweißer Rinde. Blätter von dunklem Grün und purpurrotem Gold. Die Wege sind mit weißen Steinen gepflastert. In den Bäumen sind Hütten errichtet, die durch hölzerne Leitern und Brücken miteinander verbunden sind.

»Keine schlechte Arbeit«, merkt Vika aus Profisicht an. »Und wenn du bedenkst, dass sie das alles aus purem Enthusiasmus geschaffen haben!«

Ich könnte erwidern, dass sie ihre Welt mit den Bergen ebenfalls aus purem Enthusiasmus kreiert hat, aber an dieses Land, das möglicherweise für immer verloren ist, will ich sie lieber nicht erinnern.

»Wir müssen zum Stadttor«, hält Vika fest.

Wir schlendern die weißen Wege entlang und erfreuen uns an der Landschaft um uns herum. Die Luft ist frisch und angenehm, ein leichter Frost zwickt mich. Allerdings schneit es nicht, offenbar vertreibt die Elbenmagie die Wolken. Kaum hörbar dringt mittelalterliche Musik zu uns herüber. Schade, dass wir kaum jemandem begegnen. Anscheinend sind bereits alle aufgebrochen, um die Orks und die Zwerge fertigzumachen.

Unter einem der schneeweißen Bäume hat jemand ein Lagerfeuer gemacht und einen Schleifstein aufgestellt. Ein kräftiger Mann mit Bart versucht gerade, unter dem strengen Blick eines Elben ein Schwert zu schärfen.

»Geht nicht vorbei, Wanderer!«, ruft uns der Elb zu. Wir bleiben stehen. »Seid ihr zum ersten Mal hier?«

Vika nickt.

»Sind wir nicht zufällig verwandt, o Hochgeborener?«, will der Elb von Vika wissen.

»Nein, verehrter Bruder, denn ich bin elfischer Natur«, entgegnet Vika. »Kannst du uns sagen, wie wir zum Stadttor gelangen? Wir müssen der Armee nachjagen.«

»Euer Können ist nicht sehr hoch«, gibt der Elb mit düsterer Miene zu bedenken. »Lernt besser erst von mir, wie man ein Schwert schleift. Das dauert nur drei Stunden, würde euch aber fünf Skill-Punkte einbringen!«

Toll! Einen inexistenten Schleifstein zu bewegen, um ein inexistentes Können zu erlangen!

»Wir haben es eilig«, lehnt Vika ab.

»Dann klettert auf den Malorne hier.« Der Elb deutet mit dem Kopf auf einen der Bäume. »Sechs Stunden auf den Leitern, und ihr kriegt je sieben Punkte für Stärke und Ausdauer!«

Vermutlich langweilt sich der Elb einfach. Sein Schützling am Schleifgerät dürfte seine fünf Skill-Punkte bald erworben haben, danach wird der Elb wohl allein hier rumsitzen müssen.

»Deine Rede zu hören ist ein Vergnügen, o hochwohlgeborener Elb«, tönt Vika. »Doch müssen wir uns unverzüglich in den Kampf stürzen!«

»Dann geht halt hier lang!« Der Elb winkt missmutig mit der Hand ab und fällt über den Schützling am Schleifstein her. »Und das nennst du schärfen? Hä? Was soll das werden, ein Tafelmesser? Das lass ich nicht gelten!«

Wir verdrücken uns schnell in die genannte Richtung. Die haben hier knallharte Regeln.

Dadurch hat der Zauber Lóriens etwas gelitten.

»Und ich hab gedacht, die würden hier nur mit den Schwertern fuchteln«, flüstert Vika erstaunt.

»Nein. Sie lernen auch noch die Elben- und die Zwergensprache, schärfen Schwerter und Dolche, studieren die Wirtschaft des Mittelalters, schaffen Balladen und Legenden.«

»Sind ja echt nützliche Kenntnisse!«

»Du willst den Rollenspielern doch wohl nicht die Freiheit absprechen, sich mit diesen Dingen zu beschäftigen?«, stichle ich.

»Nein, natürlich nicht, das ist ihr gutes Recht.« Vika geht nicht auf die Provokation ein. »Aber schade ist es doch. Schon wieder nur Kaugummi fürs Hirn.«

»Was erwartest du eigentlich von einer Subkultur? Immerhin spritzen die hier kein Heroin und zetteln keine Revolution an.«

»Ljonja, ich träume ganz bestimmt nicht davon, dass alle gleich sind. Soll jeder dem Hobby nachgehen, das ihm Spaß macht. Nur warum endet es immer im Eskapismus? In einer Flucht vor dem Leben?«

»Als ob das Sammeln von Briefmarken, Pokern, die große Politik oder die kleinen Kriege mit den Nachbarn nicht auch eine Flucht vor dem Leben wären! Es gibt eben keine allgemein anerkannten Werte mehr in unserer Welt. Deshalb muss man sich winzig kleine Ziele stecken. Und ihnen sein Leben opfern.«

»Wie beim Kommunismus?«

»Warum nicht? Das ist ein schönes und großes Ziel. Und sein Leben dafür zu opfern hat Tradition.«

Der kühne Elf MacKrele sieht mich mit traurigem Blick an. »Sag mal, Ljonja ... Sedativum ... hast du ein Ziel in deinem Leben? Wenigstens irgendeins? Nicht bloß ein-, zweitausend Dollar zu machen oder mit Freunden in einem Restaurant deinen Spaß zu haben – sondern wirklich ein Ziel?«

»Ja«, antworte ich.

»Und welches? Oder ist das ein Geheimnis?«

Ich schweige kurz. »Ich würde gern nach Hause kommen und nicht den Schlüssel aus der Tasche holen müssen.«

Vika weicht meinem Blick aus.

»Das ist ein sehr kleines und absurdes Ziel«, gebe ich zu. »Das ist noch weniger, als inexistente Schwerter zu schleifen ... oder Psychopathen im virtuellen Raum zu studieren. Vom Kommunismus und der Weltrevolution ganz zu schweigen. Aber ich würde einfach gern an der Tür klingeln ... und dann macht mir jemand auf.«

»Das wünsche ich mir auch manchmal«, rückt Vika nach langem Schweigen mit der Sprache heraus. »Allerdings habe ich das schon mal erlebt. Und das war auch nicht immer angenehm.«

So sieht die Sache also aus, Diver.

Was hast du denn gedacht?

»Gehen wir, Ljonja!«, verlangt der kühne Elf MacKrele. »Wir müssen den Loser finden!«

Schließlich erreichen wir die Mauer, die Lórien umgibt.

Hier gibt's schon mehr Leute. Unter der Aufsicht der elbischen Weisen erwirbt ein Dutzend Frischlinge Stärkepunkte, indem es mit dem Schwert kämpft und Pfeile auf eine Zielscheibe abfeuert. An den Läden, in denen Händler ihre Skill-Punkte erarbeiten, schlendern Käufer vorbei. Auch sie sammeln Punkte. Ein zerlumpter Künstler fertigt auf Wunsch Porträts an, ein Zauberkünstler, vermutlich ein niederer Magier, jongliert mit Feuerkugeln. Das Leben brodelt. Ein Junge, ein Mensch in grüner Elfenkleidung, spielt Gitarre und singt dazu:

Ein fahrender Barde am Tore Einlass begehrt,
Den die junge Dienerin ihm auch nicht verwehrt.

Da die kleine Gruppe von Zuhörern sich nicht sonderlich begeistert zeigt, bricht der Barde die Ballade ab, lässt seinen Blick über die Menge schweifen und stimmt einen Spottvers an:

Ein Elb mit Namen Legolas,
Tritt dem Nazgûl auf die Nas'!
Der Nazgûl kurz noch winkt,
Bevor er dann im Fluss ertrinkt.

Dieses schlichte Liedlein gefällt der Menge schon wesentlich besser. Lachend applaudiert sie dem Barden und wirft ihm kleine Münzen zu.
Wir spazieren weiter.
»Brauchen wir noch was?« Vika blickt in Richtung der Läden.
»Hast du denn Geld?«
»Guck mal in deine Taschen.«
Ich stecke die Hand in die Jackentasche – und stoße in der Tat auf fünf Münzen.
»Die kriegst du automatisch, sobald du Lórien betrittst«, erläutert mir Vika. »So habe ich es jedenfalls gehört.«

In einem der Läden kaufen wir nach einer hitzigen Feilscherei mit dem Händler zwei Flaschen des hiesigen Weins und zwei Kurzdolche. Wir haben zwar nicht die geringste Absicht, uns in den Kampf zu stürzen, könnten also auf Schwerter, Lanzen und Hellebarden, die überall verkauft werden, getrost verzichten. Trotzdem verlangt es mich nach Waffen. Wahrscheinlich ist das bei Männern genetisch bedingt. Vika wirft mir einen tadelnden Blick zu und verlässt den Laden. Ich inspiziere noch die Vitrinen, in denen jene Gerätschaften ausgestellt sind, mit denen meinesgleichen sich ausrottet. Es herrscht Halbdunkel, nur in den Vitrinen brennen neben den Waffen Kerzen. Auf den Schneiden spiegelt sich ihr blutroter Widerschein. Mir fallen die Blumenhändler ein, die im Winter Kerzen in ihre Aquarien mit Blumen stellen.

Leben und Tod – sie sind sich so ähnlich, ihre Gewänder kaum zu unterscheiden.

In einer Ecke des Ladens sitzen an einem Tisch zwei Männer. Da ich sie nicht kenne, gehe ich erst an ihnen vorbei, bleibe dann aber abrupt stehen.

Der gedrungene Kerl in weißer Kleidung erinnert mich an jemanden ...

»Ist doch zum Kotzen!«, poltert er hinter mir. »Nur billiger Schund! Schrott! Wo man hinguckt, alles verkommt!«

Ein solcher Ekel hat mich zuletzt in meiner Kindheit gepackt, als ich in einem Fluss gebadet habe und beim Auftauchen direkt vor meinen Augen am Ufer eine dicke, fette Kröte gesehen habe.

Ich drehe mich um. Der Kerl rückt das auf die Augen gerutschte Basecap zurecht. Und zieht weiter vom Leder!

»Früher waren deine Rollenspiele noch was Besonderes! Da steckte ein gesunder Kern in ihnen. Aber heute! Da kommt erst das Fressen – und dann kommt gar nichts mehr!«

»Hör mal, jetzt übertreibst du aber!«, verteidigt sich der Typ, der neben Cappy sitzt. »Man muss der Jugend schließlich auch was bieten.«

»Ich sage immer, was ich denke. Und ich sage die Wahrheit«, erklärt Cappy unumstößlich. Mit einem Mal wird mir klar, dass das nicht nur dahergesagt ist. Das ist keine Phrase, Cappy glaubt das wirklich. Er meint, er habe die Wahrheit gepachtet.

Puh!

»Genau deswegen hast du auch keine Freunde«, erwidert der andere.

»Pah! Freundschaft ist sowieso eine Lüge. Das begreifst du, sobald du einmal die Dynamik ihrer Entstehung unter die Lupe nimmst.«

Da ich neben einer der Vitrinen stehen geblieben bin, stiefelt jetzt der Händler auf mich zu und deutet mit dem Finger auf das Schwert. »Das ist eine sehr, sehr gute Waffe! Aber Sie können sie nur kaufen, wenn Sie bereits einhundert Skill-Punkte haben!«

Cappy gibt nach wie vor keine Ruhe. »In diesem Spiel geht es doch nur noch um völlig banale Dinge. Alle wollen kaufen, aber niemand kümmert sich mehr um seine Rolle. Es zählen nur noch Stärkepunkte, dann überall diese

Barden und Zauberkünstler ... Ist doch alles Schrott! Das musst du doch selbst zugeben!«

»Wollen Sie das Schwert einmal ausprobieren?«, fragt mich der Händler freundlich.

Ich werfe einen Blick auf Cappy. Sein Gesprächspartner ist anscheinend eine Autorität unter den Rollenspielern. »Was schlägst du denn stattdessen vor?«, will er gerade wissen.

»Mir ist völlig klar, was in dieser Situation zu unternehmen ist«, kanzelt Cappy ihn ab. »Aber was ist mit dir? Weißt du, was zu tun ist?«

»Nein, danke«, wende ich mich dem Händler zu. »Mich trennt noch ein langer Weg von den hundert Punkten.«

Ich verlasse den Laden und gehe zu Vika, die ihren einstigen Kunden nicht bemerkt zu haben scheint.

»Was hast du denn da drinnen noch gesucht?«, erkundigt sie sich.

»Das Leben.«

»Und? Hast du es gefunden?«

Ich zucke die Achseln.

»Also nicht.«

Als wir an dem nächsten Barden, einem weiteren Zauberkünstler und an fechtenden Frischlingen vorbeikommen, wird mir etwas klar.

In dem, was Cappy den Mädchen im Puff oder hier den Elben in Lórien sagt, steckt doch ein wahrer Kern. Denn Wahrheit ist nichts anderes als Zynismus in Tarnkleidung.

Vermutlich ist auch das ein Ziel. Sich vorzunehmen, ausschließlich die Wahrheit zu sagen. Und so ziehst du durch die *Tiefe* und streifst dir angewidert den Dreck der menschlichen Unzulänglichkeiten von den weißen Manschetten. Leidest für die Wahrheit und entlarvst die Lüge.

Und all das aus einem einzigen Grund.

Weil du unfähig bist, die Menschen zu lieben.

Sicher, auch ich muss lachen, wenn ich sehe, wie die Jungen in dieser Welt virtuelle Schwerter schleifen, die Zwergensprache lernen und mit Leere handeln. Aber Cappy geht noch einen Schritt weiter. Einen ganz kleinen nur. Er liebt nicht. Niemanden.

Weder den geheimnisvollen Loser noch den dummen kleinen Hobbit, die virtuelle Nutte Vika, den Händler im Laden, den Barden mit der Gitarre, den Werwolf Romka oder den Mann Ohne Gesicht.

Niemanden.

Und wer wollte ihm das verübeln? Bei all den Fehlern, die sie haben. Du findest immer einen Grund, auf jeden einzelnen von ihnen sauer zu sein. Genauer gesagt, nicht sauer zu sein, sondern ihn einfach nicht zu lieben.

Es kommt mir vor, als habe ich eine schmale und schwere Tür geöffnet und würde durch sie in eine andere Welt spähen. Eine Welt in sterilem Weiß, herabgefahren auf den absoluten Nullpunkt. Eine tote und saubere Welt – genau wie ein Prozessor im Rechner.

»Vika«, flüstere ich. »Vika …«

Warum wollen wir den Loser retten? Wozu dieser ganze ermüdende Aufwand?

»Vika …«

Sie sieht mir in die Augen, und ich blicke durch ihre Elfenmaske hindurch, blicke hinter das von goldenen Locken gerahmte, blasse feingliedrige Gesicht.

Und erblicke die normale, die echte Frau.
Meine Vika.
Der ich nichts zu erklären brauche.
»Sag: Ich liebe!«, fordert sie mich auf.
Ich schüttle den Kopf. Das schaffe ich nicht, denn noch hänge ich dort, in diesem kalten Weiß einer absurden Wahrheit, fest. Und Wahrheit und Liebe – sie sind unvereinbar.
»Sag: Ich liebe!«, insistiert Vika. »Du kannst es.«
Da treffe ich meine Wahl.
»Ich liebe«, flüstere ich kaum hörbar.
»Meine Freunde und meine Feinde ...«
»Meine Freunde und meine Feinde ...«, spreche ich ihr nach.
»Und ich liebe dich«, sagt Vika.
Lórien ist eine ruhmreiche Stadt.
Hier lacht niemand über einen Menschen und einen Elfen, die sich am Stadttor umarmen.

110

Was gibt es Schöneres, als über einen schneebedeckten Weg zu wandern, über den vor dir eine ganze Armee gezogen ist?

Wenn du dich garantiert nicht verlaufen kannst?

Wenn es überall dezente Hinweise auf chaotisches Leben um dich herum gibt?

Hier eine Kiefer, die mit Pfeilen gespickt ist. Vielleicht haben die Elben den Baum für einen Spion gehalten, vielleicht ist aber auch ein Streit entbrannt, wessen Blick schärfer, wessen Hand ruhiger ist. Wohl eher Letzteres.

Ein paar Spuren führen vom Weg ab. Da sind auch zwei kleine Häufchen Tabakasche. Sofort hast du zwei Alte vor Augen, die sich zurückgezogen haben, um ein Pfeifchen zu schmauchen, während die Armee vorbeimarschiert ist. Einer war vermutlich ein Magier, mit einem Stab in der Hand, der andere ein Schwertkämpfer, denn da finden sich auch die Spuren der Waffen, runde vom Stab und schmale von der Scheide.

Und hier hat die Truppe Rast gemacht. Links vom Weg ist der Schnee festgestampft, rechts nur leicht berührt. Klar, Elben! Die haben einen derart leichten Gang, dass sie kaum Spuren hinterlassen. Bestimmt haben die beiden Teile der Armee hier ihre Instruktionen erhalten.

In der Realität wäre der Weg von fünf Meilen ziemlich lang. Da Rollenspieler jedoch nicht unbegrenzt viel Geld haben, um die Strom- und Telefonkosten zu stemmen, und daher nicht ihren Feinden erst monatelang hinterherrennen können, ist die Strecke mit wundersamer Schnelligkeit überwunden.

Wahrscheinlich haben sich die Rollenspieler darauf geeinigt, dem Phänomen einen Zauber zuzuschreiben.

Wir klettern an den Felsen hoch und wandern den geschlängelten Pfad entlang. Ein paarmal meine ich schon, die Stelle wiederzuerkennen, wo ich vor kurzem den Hobbit erschreckt habe, aber nein, Fehlanzeige. Der Weg ist bloß ziemlich schlampig designt, seine Einzelelemente mehrfach verwendet.

Irgendwann entdeckt Vika Spuren, die vom Weg in einen kleinen Tannenwald hineinführen. Wir haben den Loser schlecht versteckt. Jeder Soldat, der etwas hinter der Armee zurückgeblieben wäre, hätte ihn entdecken können. Ohne uns abzusprechen, legen wir einen Zahn zu. Was, wenn er nicht mehr da ist?

Aber der Loser ist da – und nicht allein.

Er sitzt gegen einen Baumstamm gelehnt, spricht mit dem kleinen Hobbit und nimmt einen Schluck aus der Flasche. Der Hobbit hockt vor ihm und lacht aus vollem Hals. Bei unserem Anblick springt er auf und zieht seinen kleinen Dolch.

Alle Achtung. Dieser kleine Kerl ist mutig. Zumindest wenn hinter ihm ein hilfloser Mensch sitzt.

»Wir sind Freunde!«, versichert Vika und hebt die Hände. »Wir kommen in friedlicher Absicht!«

»Ich bin der Heiler Sedativum«, unterstütze ich sie. Ob der Loser uns erkennt?

»Hallo, Ljonja«, sagt er und lächelt.

»Ich bin Harding!«, erklärt der Hobbit und steckt sein Schwert weg. »Habt ihr zufällig Conan gesehen? So ein großer Kerl mit einem Feuerschwert.«

»Dieser Conan hat den Jungen ausgeraubt«, weiht uns der Loser in ernstem Ton ein.

»Also, so schlecht ist er nun auch wieder nicht!«, ergreift der Hobbit überraschend für Conan Partei. »Immerhin hat er dem Alien all meine Vorräte gegeben! Er hat nämlich begriffen, dass er sie dringender braucht!«

»Wem?«, fragen Vika und ich unisono.

»Dem Alien«, wiederholt der Hobbit arglos. »Ihm hier. Er hat sich das Bein gebrochen.«

Hört, hört.

Ich gehe zum Loser, nehme ihm die Schiene ab und breite den Inhalt meiner Heilertasche im Schnee aus. Wie ich in dieser fiktiven Welt etwas heilen soll, ist mir schleierhaft.

»Du heißt also Alien?«, frage ich. Der Loser schweigt.

Als ich eine der Dosen öffne, schlägt mir der Gestank einer Salbe entgegen. Ich schiebe das Hosenbein hoch und schmiere den Loser dick mit der grünen Paste ein. Nach kurzer Überlegung packe ich noch trockene Blätter aufs Bein. »In fünf Minuten ist der Bruch wieder zusammengewachsen«, verkünde ich.

Die ganze Sache ist im Grunde ausgesprochen simpel: Ich verfüge in dieser Welt über die Fähigkeit, Wunden zu heilen, und der Loser hat ein gebrochenes Bein. Nachdem ich also die Tasche geöffnet und einen Teil ihres Inhalts für das Bein des Losers geopfert habe, muss der Rechner, über den Lórien und Umgebung laufen, den Avatar vollständig wiederherstellen.

»Und wenn es nicht hilft?«, fragt Harding neugierig.

»Dann werden wir ... deinen Freund ... bis zur Stadt tragen.«

»Danke«, sagt der Hobbit ehrlich erleichtert. »Ich habe nur drei Stärkepunkte, da würde ich das nicht schaffen.« Er zögert kurz, dann fragt er: »Schafft ihr das denn?«

»Natürlich.«

»Kann ich dann gehen? Zurück in die Stadt? Ich bin nämlich schon ziemlich lange hier, sonst kriege ich noch einen Rüffel.«

Mit Sicherheit ist das ein Kind.

»Lauf nur«, fordere ich ihn mit leicht schlechtem Gewissen auf.

Harding trabt den Pfad entlang. »Aber hütet euch vor Conan!«, ruft er noch. »Mit dem ist nicht zu spaßen!«

»Conan, der Schrecken aller Hobbits!«, flüstert mir Vika ins Ohr.

»Hör auf!«, bitte ich sie. »Mir ist das schon peinlich.«

Schweigend lassen wir die fünf Minuten verstreichen. Wir müssen erst mal das Ergebnis der Behandlung abwarten, bevor wir mit dem Loser darüber reden, wie es weitergeht.

»Steh mal auf!«, verlangt Vika.

Der Loser belastet unsicher das Bein und steht auf. Er macht erst einen Schritt, dann noch einen.

»Tut es weh?«, frage ich mit der Neugier eines echten Arztes.

Er schüttelt den Kopf.

»Dann lass uns in die Stadt gehen.«

»Und dann?« Der Loser schielt zu Vika hinüber, die jedoch nichts antwortet.

Also bleibt das an mir hängen. »Da wirst du eine Entscheidung treffen müssen. Die Zeit, wo du aus dir ein großes Geheimnis machen konntest, ist jedenfalls vorbei.«

Unsere Rückkehr nach Lórien wird nicht gerade als Triumph gefeiert. Die Wachposten am Stadttor blicken uns verächtlich an, schließlich sind wir erst vor ein paar Stunden aufgebrochen und haben es offenbar nicht geschafft, die Armee einzuholen. Obwohl sie sich jeden bissigen Kommentar verkneifen, setze ich doch zu einer Erklärung an: »Er hat uns überredet, noch ein wenig zu üben«, sage ich und deute mit dem Kopf auf den Loser. »Bisher sind wir ja nicht von großem Nutzen.«

Diese Erklärung ist nicht schlechter als jede andere auch. Sollen sie uns ruhig für eingebildete Newbies halten – die gerade noch rechtzeitig Reue gezeigt haben.

»Ist das Lórien?«, erkundigt sich der Loser, als wir an den schneeweißen Bäumen vorbeigehen, in denen sich Leitern dahinziehen wie Girlanden in einem Weihnachtsbaum.

»Genau. Wir kommen jetzt gleich auf eine Straße, und da treffen wir dann eine endgültige Entscheidung«, bemerke ich beiläufig.

»Ich kann euch nichts erklären«, erwidert der Loser.

»Dann müssen wir uns trennen. Ernsthaft, mein Freund.« Das ist keine Lüge und auch kein Erpressungsversuch. Ich muss untertauchen. Muss mich für lange und öde Zeiten in die tiefste Provinz absetzen, in irgendein Kaff, wo man Rechner Compis nennt. Und Vika muss ihr Geschäft wiederaufbauen.

Vika linst mich an, sagt aber kein Wort. Sie weiß und versteht, dass ich weggehen muss.

Der Loser legt den Kopf in den Nacken, um den von Malornen durchbohrten Himmel zu betrachten.

»Wenn du willst, bleib hier«, schlage ich vor. »Du musst ja nicht demnächst die Telefonrechnung bezahlen, oder?«, frage ich.

»Nein.«

»Und du brauchst auch nicht in die Realität zurückzukehren, um etwas zu essen, oder?«

Er hüllt sich in Schweigen.

»Du sammelst jede Menge Punkte und wirst ein cooler und respektierter Spieler«, überlege ich laut. »Irgendwann komme ich doch mal vorbei und sage: ›Wo finde ich denn den weisen Alien?‹ Vielleicht bist du dann bereit, mir zu sagen, wer du bist.«

»Ich habe auch nicht viel Zeit, Leonid.«

»Erzähl mir doch nichts! Was sind für dich schon ein oder zwei Jährchen? Nach hundert Jahren ... *Stille?*«

Der Loser bleibt stehen. Wir messen uns mit Blicken.

»Ihr habt irgendwie vergessen, mich in diese Geschichte einzuweihen, Jungs«, durchbricht Vika das Schweigen.

»Oh, Vika, das ist ganz einfach. Wenn du das Unmögliche ignorierst, muss das Unwahrscheinliche wahr sein.«

Selbst der Loser ist perplex.

Irgendein Glied fehlt noch in dieser langen Kette von Bedingungen, die ihn zum Sprechen bringen.

»Hauen wir hier ab«, verlange ich. »Wir wollen doch die armen Elfen nicht in Verlegenheit bringen ... denn wir werden nie ein Teil ihres Märchens.«

Lórien verlässt du durch den gleichen Gang, durch den du es betrittst. Nur dass der Greis uns diesmal keine Frage stellt.

»Triff eine Entscheidung, Loser«, sage ich, als ich die Tür öffne. »Das war kein Witz! Diese Geheimniskrämerei hängt mir echt zum Hals raus!«

Und erst als wir hinausgehen, begreife ich, dass die Entscheidung doch ich treffen muss.

Der Mann Ohne Gesicht wartet fünf Meter vorm Ausgang auf uns. Er hat die Arme vor der Brust verschränkt und glotzt uns mit dem Nebel unter seinem aschgrauen Haar an. Der schwarze Mantel schlappt auf das dreckige Straßenpflaster.

Und er ist nicht allein.

Drei Bodyguards mit MPs in der Hand stehen hinter ihm, zwei weitere schweben in etwas größerer Entfernung in der Luft. Ihren Flug verdanken sie nicht einer so ironischen Methode wie den geflügelten Latschen des Magiers, sondern schlicht den Jet Packs auf ihrem Rücken. Sie befinden sich höchstens zwei, drei Meter überm Boden, die Szene erinnert mich an ein altes Spiel aus prävirtueller Zeit.

»Bravo, Diver«, bringt der Mann Ohne Gesicht heraus.

Vika hat sich als Erste wieder im Griff.

»Waren das deine Schergen, die mein Geschäft zerlegt haben?«, fragt sie aggressiv.

Der Nebel unter dem Kragen des schwarzen Mantels wabert in Vikas Richtung. »Wirf erst mal einen Blick in deine Bücher, Kleines, dann kannst du entscheiden, ob du Grund zur Klage hast.« Abermals bewegt sich der Nebel, und das inexistente Gesicht dreht sich mir zu. »Das Lager, wo wir zum ersten Mal miteinander gesprochen haben, liegt in der Duke-Nukem-Straße 42. Dort können Sie sich abholen, was ich Ihnen versprochen habe.«

Wie dreist.

Zuckerbrot und Peitsche.

Sehr, sehr süßes Zuckerbrot.

Der Mann Ohne Gesicht macht einen Schritt auf uns zu, er streckt die Hand nach dem Loser aus. »Gehen wir. Wir haben viel zu besprechen. Ich weiß, wer du bist.«

Der Loser rührt sich nicht.

»Wir werden uns bestimmt einig werden. Das müssen wir einfach. Ich weiß nicht, welche Bedingungen du stellst, aber wir werden für alles eine Lösung finden«, redet der Mann Ohne Gesicht hypnotisierend auf den Loser ein. Uns nimmt er gar nicht wahr, wir sind gekauft und damit aus dem Spiel.

Seiner Meinung nach, logisch. Plötzlich wird mir alles klar.

»Du bist zu lange nicht in Russland gewesen, Dima«, sage ich, und der Mann Ohne Gesicht erstarrt. »Häng dir deinen Orden übers Klo.«

»Willst du damit sagen, dass du nicht käuflich bist, Leonid?«

Damit sind wir quitt. Auch er kennt meinen Namen, eventuell sogar meine Adresse.

»Ja.«

»Verzichte lieber auf Selbstmordaktionen. Ich ziehe es vor, für gute Arbeit zu zahlen. Und diese Lektion lernst du nicht in Russland, nebenbei bemerkt.«

»Ich habe nicht für dich gearbeitet. Im Übrigen gehst auch du ein Risiko ein.«

»Und welches, wenn ich fragen darf?«

»Was, wenn ich dich an Urmann ausliefere? An Friedrich Urmann persönlich? Der ist nämlich ebenfalls hinter dem Loser her!«

»Das ist nicht dein Ernst, Diver!« Der Mann Ohne Gesicht bricht in Lachen aus. »An Urmann persönlich, ja? Und den kennst du, ja?! Pah! Keiner von den Leuten seines Ranges beschäftigt sich mit Angelegenheiten in der virtuellen Welt! Dafür existieren Referenten. Sekretäre, Doppelgänger, Faksimiles, was immer du willst. Gut instruierte Assistenten, die mit der Geschäftsführung im virtuellen Raum betraut werden.«

Ich stecke den Schlag weg, obwohl er gesessen hat. An diese Feinheiten habe ich nicht gedacht. Ich habe immer angenommen, Geschäftsleute würden sich genauso eifrig in die *Tiefe* stürzen wie normale Menschen. Trotzdem stecke ich den Schlag weg – eine andere Möglichkeit gibt es nicht.

»Was spielt das schon für eine Rolle, Dibenko? Ich könnte auch Al Kabar über dich informieren. Du aber kannst mir gar nichts anhaben, denn ich bin ein Diver.«

»Auch Diver haben ihre Achillesferse.«

Er blufft. Was sonst? Ich drehe mich zum Loser um. »Willst du mit ihm mitgehen?«, frage ich ihn.

»Das musst du entscheiden«, antwortet der Loser. Er ist der Einzige, der im Moment nicht den geringsten Funken Angst erkennen lässt. Nein, falsch, für Dibenkos Hackfressen gilt das ebenfalls, wenn auch aus einem anderen Grund.

»Dann gehen wir«, sage ich und nehme den Loser bei der Hand. So komisch das klingt, aber ich bin mir völlig sicher, dass Dibenko uns nicht aufhält. Schließlich ist er kein Idiot! Wenn er weiß, worum es hier geht ...

»Tötet die beiden anderen!«, befiehlt der Mann Ohne Gesicht.

Wir drei stehen jedoch zu eng beieinander, deshalb fangen die Bodyguards nicht an zu schießen. Anscheinend haben sie Befehl, den Loser um jeden Preis zu schonen. Die beiden Schläger in der Luft schweben weiter, die drei anderen stürzen sich auf uns.

Was können ihnen zwei unbewaffnete Menschen schon entgegensetzen? Sie werden uns ein paar Schläge mit dem Kolben verpassen, unseren Kisten also ein paar Viren bescheren – und wir sind erledigt. Selbst wenn uns die kühnen Elfen Lóriens beobachten sollten, werden sie sich nicht einmischen. Ihnen reichen die eigenen Auseinandersetzungen vollends.

Doch uns beobachten nicht nur die Elfen.

Ich weiche dem ersten Schlag aus, stelle dem Angreifer ein Bein, so dass er fällt, denn in Deeptown gelten für alle die gleichen Gesetze. Ich versuche, ihm die MP zu entreißen, in der zarten Hoffnung, dass die Kollektion an Viren als autonomes Dateiobjekt modelliert ist, als plötzlich ...

... vom Dach der elbischen Bruchbude ein langer grauer Schatten springt.

Der Wolf klaubt einen der fliegenden Bodyguards aus der Luft und schleudert ihn so mühelos aufs Straßenpflaster, als sei er ein Hampelmann aus Pappe. Die Kiefer des Wolfs knirschen, als er zubeißt, danach rührt sich der Mann nicht mehr. Der Wolf jagt gerade noch rechtzeitig weiter, denn nun ballert der zweite Flieger in seine Richtung.

Die Kugeln zerschneiden den schlaffen Körper seines Flugpartners, der langsam nach oben aufsteigt, weil der Jet Pack ja noch immer funktioniert.

Der Wolf rast auf uns zu, der Mann Ohne Gesicht weicht mit einer geschmeidigen Bewegung zur Seite aus. Doch nicht auf ihn hat es der Wolf abgesehen, sondern auf einen unserer Angreifer, dem er unversehens an die Kehle geht. Die Zeit scheint sich irgendwie zu verdichten. Ich sehe, wie der dritte Bodyguard gegen Vika kämpft – und stoße meinen Gegner auf Vikas Angreifer.

Mit einem einzigen Biss trennt der Wolf seinem Opfer den Hals durch und springt auf das noch verbliebene Pärchen am Boden zu. Der Werwolf ist zu sehr mit dem

Kampf beschäftigt, um das authentische Verhalten des Tiers zu imitieren, so dass er die Feinde mit den Zähnen zerreißt und wie eine Katze mit den Pfoten auf sie einschlägt. Irgendwann rieselt funkelnder grüner Staub von seinen Krallen: Er hat eine Viruswaffe aktiviert.

Direkt vor mir liegt eine MP, die ich aufnehme, doch das Programm ist natürlich imstande, seinen Benutzer zu identifizieren. Der Abzug rührt sich kein Stück unter meinen Fingern. Daraufhin schleudere ich die Waffe einfach gegen den auf mich zufliegenden Bodyguard. Der fängt automatisch an zu schießen, allerdings ohne zu zielen.

Das ist nicht ungefährlich. Die Salve prasselt auf die sich überschlagende Waffe ein, der Schutz des Angriffsprogramms hält nicht stand. Die MP explodiert, und das ganze Virenpaket, das in ihr steckte, wird freigesetzt. Da der unglückselige Flieger diesem Spektakel am nächsten ist, trifft es ihn. Er geht in Flammen auf und zerfällt in der Luft zu formlosen Fetzen.

»Lauft!«, schreit der Wolf und springt von den reglosen Körpern runter. Von seinen Fängen tropft blutiger Speichel, sein Fell ist gesträubt. Ich gehe zu Romka und lege eine Hand auf seinen Rücken. »Danke«, flüstere ich.

Der Mann Ohne Gesicht ist der Letzte, der noch am Leben ist. Er steht gelassen da und beobachtet die Vernichtung seiner Garde.

»Lauf!«, schreit der Wolf noch einmal, ohne den Blick von Dibenko zu wenden.

»Ist das die Brüderlichkeit der Diver?«, spöttelt der Mann Ohne Gesicht. »Damit hätte ich nun wahrlich nicht gerechnet.«

Er ist zu gelassen. Ich nicke Vika und dem Loser zu, und die beiden ziehen sich brav zurück. Roman und ich bleiben. Damit heißt es zwei gegen einen.

Aber dieser Eine zeigt sich wenig beeindruckt.

»Denk noch einmal in Ruhe über alles nach, Leonid«, schlägt mir Dibenko vor.

»Hau doch endlich ab!«, zischt mir der Wolf zu, der mit seinen grünen Menschenaugen funkelt. Dann fällt er den Mann Ohne Gesicht an.

Ein guter Sprung, er ist sogar schneller und präziser als der vom Dach. Er beißt sich an Dibenkos Hals fest und zerkratzt ihm mit den Vorderpfoten die Brust. Obendrein ist der Wolf, wenn er auf den Hinterbeinen steht, wesentlich größer als sein Gegner.

»Du Welpe«, haucht der Mann Ohne Gesicht bloß.

Mit einer Hand packt er den Wolf beim Fell und pfeffert ihn gegen die Bruchbude der Elben. Romka knallt mit einer derartigen Wucht gegen die Wand, dass sie einkracht und der Wolf halb im Gang landet. Er rappelt sich jedoch sofort wieder hoch und greift Dibenko an. Der Schlag hat allerdings noch eine besondere Überraschung bereitgehalten: Das Wolfsfell lodert nun mit einem fahlen Licht.

Romka hat sich ein Virus eingefangen. Vermutlich hat er seinen Schutz nicht aktiviert, um sich schneller und präziser bewegen zu können. Doch selbst jetzt, wo sich das Virus durch seinen Rechner frisst, kämpft er weiter.

Ich renne. Alles andere wäre mein sicherer Tod. Und Romka – wie hat er es nur geschafft, mich zu finden? –

stürzt sich für mich in den Kampf, damit ich eine Chance habe.

Diese Chance nicht zu nutzen wäre dumm.

Zehn Meter weiter vorn hält Vika am Straßenrand ein Taxi vom Deep-Explorer an, schiebt den Loser hinein und bedeutet mir, mich zu beeilen. Plötzlich spiegelt sich blankes Entsetzen auf ihrem Gesicht wider.

Mit einem kläglichen Heulen, das schon im nächsten Moment wieder verstummt, kratzt mich etwas am Rücken. Unmittelbar darauf packt mich der Mann Ohne Gesicht am Arm. Wie willst du auch einem Menschen davonlaufen, der zu Hause den allerneuesten Rechner stehen hat? Bereits nach dem ersten Schlag liege ich auf dem Pflaster. Der Mann Ohne Gesicht, der sich die *Tiefe* ausgedacht hat, beugt sich über mich.

»Ich bin sehr geduldig mit dir gewesen«, hält er fest.

Ich spucke in die graue Nebelmaske. Es ist eine rein symbolische Geste, denn die Möglichkeit, einen virtuellen Körper anzuspucken, ist nicht vorgesehen. Vielleicht sollte ich den Computermagier mal auf das Problem ansetzen ...

Dibenko fährt sich ungerührt mit der Hand über sein fehlendes Gesicht, fast als wische er den Speichel ab. Dabei schöpft er eine Handvoll Nebel und presst ihn wie dreckigen, städtischen Schnee zusammen.

»Fang, Diver!«, ruft er. »Und träum was Schönes!«

Der Schneeball fliegt auf mein Gesicht zu und verwandelt sich unterdessen in ein überdimensionales Tuch. Er ist auch nicht mehr grau, sondern bunt, funkelnd, spiegelnd, prachtvoll und ornamentiert.

Zu spät begreife ich, woran mich diese Farbenpracht erinnert.

Tiefe, Tiefe ...

Viel zu spät.

Das Deep-Programm hat sich über mich gestülpt, selbst *ich* entkomme ihm jetzt nicht mehr.

Tiefe, Tiefe ...

Nichts.

Das Tuch funkelt immer noch, macht nicht die geringsten Anstalten zu erlöschen, wie es sich doch für das ehrliche, folgsame Deep-Programm gehören würde.

Tiefe, Tiefe ...

Ich sinke immer tiefer, tauche in den farbenfrohen Abgrund, in die unendliche Kette falscher Spiegelbilder, in das bunte Labyrinth, in Wahnsinn und Ohnmacht ein.

Auf meiner Kiste habe ich keinen Timer installiert. Und niemand hat für mein Zuhause einen Schlüssel.

Tiefe, Tiefe ...

Der bunte Farbstrudel schluckt mich, ich kann nicht mehr auftauchen.

Tiefe, Tiefe ...

III

Jetzt heißt es: Ruhe bewahren!
Angeblich ist das auch das Motto eines unserer Kosmonauten. Nur wer erinnert sich heute noch an die Helden von gestern?

Ruhe bewahren.

Panik bringt dich schneller um als eine Kugel.

Ich schwebe durch ein endloses Kaleidoskop. Durch einen Regenbogen, ein Feuerwerk, das laufende Deep-Programm. Wie einfach das ist. Und wie überraschend. Ein Diver kann auftauchen. Nur was tut er, wenn das Wasser schneller auf ihn einstürzt, als er sich nach oben strampeln kann?

Noch weiß ich es nicht.

Ich versuche einen Schritt zu machen, und das gelingt sogar. Die Welt hat ihre Realität eingebüßt, sie ist zum abstrakten Bild eines wahnsinnigen Malers geworden. An mir schießt ein sich drehendes, orangefarbenes Band vorbei, rollt sich zu einem Ring ein und legt sich auf meinen Kopf. Als ich es runterreiße, sehe ich meine Hände nicht, doch immerhin fliegt das Band beleidigt davon. Unter meinen Füßen, die ebenfalls nicht vorhanden sind, pulsieren Fontänen aus weißem Staub. Ein smaragdgrüner Regen setzt ein, jeder Tropfen ist ein winziger Kristall, der mich schmerzhaft piekst.

Und dann ist da noch die Stille, diese tote Stille, die beinahe der gleicht, von der der Loser gesprochen hat.

Ruhe bewahren.

Wo bin ich jetzt? Stolpere ich über eine Straße Deeptowns, die Hände vorgestreckt und blind ins Nichts blickend? Oder bin ich auf Dibenkos Rechner gelandet? Womöglich breite ich mich ja auch wie eine mythische Gestalt über das ganze Netz aus?

Ruhe bewahren.

Entscheidend ist doch: Ich bin zu Hause. An meiner alten Kiste. Mit meinem VR-Helm auf dem Kopf und im Sensoranzug. Vor mir liegt die Tastatur, etwas rechts davon die Maus. Wenn ich die Tastatur ertasten könnte, könnte ich den Befehl zum Verlassen eingeben ...

Mhm, das klappt nicht. Und zwar nicht, weil ich die Tasten unter meinen Fingern nicht spüre, schließlich ist mein Bewusstsein seit Ewigkeiten daran gewöhnt, Bewegungen zu *imitieren*. Ich brauche die Hand nicht auszustrecken, sondern nur kurz zu zittern, ich brauche nicht zu springen, sondern mich nur leicht vom Stuhl zu erheben, nicht zu gehen, sondern nur unterm Tisch ein Bein vors andere zu stellen. Illusionen reichen. Das ist die *Tiefe*.

»Vika!«, rufe ich. »Vika! Austritt aus dem virtuellen Raum! Vika, ich will auftauchen! Vika!«

Null Wirkung.

Die Möglichkeit, mit Windows Home selbst aus der *Tiefe* heraus zu kommunizieren, ist für mich immer eine

Selbstverständlichkeit gewesen. Ich habe sie hingenommen, habe Dateien übertragen, die *Tiefe* verlassen und mich für die freien Ressourcen meines Rechners interessiert. Wenn das alles so einfach wäre – was wäre dann das Besondere an Divern? Die Frage erübrigt sich jetzt, wo ich nur noch ein normaler User bin.

Ich spüre die reale Welt nicht mehr.

Ich kann niemand um Hilfe rufen.

Ich ertrinke.

Ruhe bewahren!

Ich versuche, den Helm abzunehmen, den ich nicht spüre. Vergeblich. Ich renne und zappel, in der Hoffnung, das Kabel herauszuziehen.

Wahrscheinlich rühre ich mich höchstens einen Meter vom Fleck, wenn überhaupt.

Ich schließe die Augen. Ich muss mich vom Deep-Programm abkoppeln. Ich darf es nicht sehen. Ich darf nicht noch tiefer tauchen.

Tiefe, Tiefe, ich bin nicht dein. Tiefe, Tiefe, gib mich frei ...

Unablässig wiederhole ich diesen Spruch, wie ein schlechter Schüler in der Diver-Schule, der hundertmal ein und denselben Satz in sein Heft schreiben muss.

Tiefe, Tiefe, ich bin nicht dein. Tiefe, Tiefe, gib mich frei ...

Null Veränderung.

Dort, in der unendlich fernen echten Welt, sitzt mein starrer Körper vorm Rechner, spiegeln sich in seinen offenen Augen die tödlichen Regenbögen.

Dibenko hat mich erwischt.

Ob er zufällig auf diese Falle gestoßen ist? Vielleicht, als er lernen wollte aufzutauchen? Oder hat er einen Rettungsring erfinden wollen – und dabei ist dieses Zementfass für die Füße herausgekommen? Oder wollte er am Ende genau das: Nicht aus allen Usern Diver, sondern aus uns Divern normale User machen?

Vielleicht werde ich es nie erfahren.

Was ist mit Romka passiert? Hat Vika sich noch ins Auto retten können? Oder stolpert sie jetzt auch durch diesen vielfarbigen Sturm? Und geht der Loser brav und schweigend mit Dibenko davon?

Um eine Antwort auf all diese Fragen zu erhalten, müsste ich zurückkehren.

Die Welt um mich herum beruhigt sich ein wenig. Entweder wirbeln die Farben jetzt nicht mehr wild durcheinander oder ich habe mich an dieses Gestöber gewöhnt. Nehmen wir zur Orientierung mal an, dass der smaragdgrüne Regen von oben kommt. Versuchen wir zu gehen. Ganz langsam und ruhig. Wenigstens bis zu diesem orangefarbenen Band, das sich schon wieder stur vor mir dreht ...

Gerade lässt es mich dicht an sich heran, dann fliegt es davon. Ich registriere nur noch, wie der smaragdgrüne Regen auf das Band einpeitscht und die Ränder ruiniert. Es ist zu einem Möbius-Knoten verschlungen, als ob ... als ob es völlig unabhängig vom Raum sei, der es umgibt!

Das ist irgendwie viel zu anspruchsvoll fürs Deep-Programm ...

Erneut bewege ich mich auf das Band zu, erneut kriege ich es nicht zu fassen, es wird davongetragen.

Was geht hier eigentlich vor sich? Existiert diese wahnsinnige Welt wirklich? Oder erlaubt sich mein Unterbewusstsein bloß einen Scherz?

Ich folge dem Band. Jede Richtung kann stimmen, falls es hier überhaupt Richtungen gibt. Der Regen nimmt zu, die kleinen Kristalle werden spitzer und verwandeln sich in Nadeln. Ich beuge den Kopf, schütze die Augen und gehe weiter. Aus irgendeinem Grund freue ich mich über das, was passiert. Es bedeutet, dass irgendwo ein Kampf stattfindet.

Es bedeutet, dass noch eine Chance besteht.

Es gibt weder Entfernungen noch Zeiten. Alle Maße sind miteinander verschmolzen. Vielleicht ist eine Stunde vergangen, vielleicht bin ich drei Kilometer gelaufen.

Vielleicht ist der Wahnsinn da.

Das Band flattert vor mir, aber seine Bewegungen werden immer langsamer und unbestimmter. Inzwischen hat der Regen es zerfetzt, so dass es nur noch ein orangefarbenes Netz ist. Noch einmal prasselt er auf das Band ein, dann fällt es nach unten und lässt einen Geysir aus weißem Staub aufschießen.

Ist nun alles aus?

Ich stehe über den Resten meines seltsamen Lotsen. Was jetzt? Wo jeglicher Orientierungspunkt fehlt. Ich schließe die Augen – und höre einen schwachen Laut in der Ferne.

Das Deep-Programm arbeitet nicht mit akustischen Signalen! Es heißt – aber vielleicht sind das nur Gerüchte –, auf dem Rechner von Dima Dibenko sei keine Soundkarte installiert gewesen.

Ich gehe weiter.

Der Laut wird stärker, aber nicht klarer. So murmelt ein Bach im Wald, brandet ein Meer in der Ferne, knistert eine Kerzenflamme. Egal! Selbst wenn ich nur das Echo des Big

Bangs höre, ich brauche diesen Laut – denn er ist das Gegenteil von Stille!

Ein Schritt, noch einer.

Selbst durch die geschlossenen Lider spüre ich: Es hat sich etwas verändert.

Schließlich öffne ich die Augen. Die Welt scheint geradezu verblasst. Der smaragdgrüne Regen hat seine grelle Farbe verloren, ist fahler geworden, da rieseln schon keine Smaragde mehr vom Himmel, sondern nur dreckiges Flaschenglas. Der weiße Staub unter mir ist kaum noch zu erkennen.

Aber vor mir leuchtet ein blauer Stern.

Ein Splitter des Taghimmels.

Vielleicht ist er gewachsen, vielleicht bin ich kleiner geworden, jedenfalls überragt mich die funkelnde Feuerkugel. Ich strecke die Hände aus, um die warmen Strahlen zu berühren.

Und falle in den Stern.

Wind.

Kalter Wind, von vorn.

Ich stand von der schneebedeckten Erde auf. Wohin ich auch blickte, nichts als eine tischflache Ebene. Kein Horizont, nirgends. Gleitende, ineinander verflochtene orangefarbene Fäden am Himmel, in diesem Netz blaues Licht.

Über der Erde Nebelströme, mal heller, mal dunkler, mal mehr, mal weniger dicht, die dem Wind und dem orangefarbenen Himmelsgitter entgegenwaberten.

Ich klopfte mir den Schnee von den Knien und betrachtete meine Hand. Was für seltsamer Schnee! Die Kristalle waren zu groß, zu bröckelig, sie verklumpten nicht. Fauchend landeten sie auf meiner Hand, nur um sogleich wie leichter Rauch davonzufliegen.

»Es freut mich, dass du es bis hierher geschafft hast, Ljonja«, sagte der Loser hinter mir. Kaum wollte ich mich umdrehen, schrie er jedoch: »Nein! Nicht!«

Eine Ebene, in Nebel gehüllt, kalter Wind, Flugschnee.

Ich schluckte den Frosch im Hals hinunter. »Ich danke dir ... Loser.«

»Ich musste dir doch helfen«, antwortete er sehr ernst. »Es wenigstens versuchen. Schließlich hast du mich gerettet.«

»Nur dass es nicht ganz geklappt hat.«

»Aber du hast mich da herausgeholt. Und mir ist es ... dort ... wirklich schlechtgegangen.«

»Kann ich mir vorstellen. Aber du hättest das Labyrinth in einer Stunde durchqueren können ... in zehn Minuten ...«

»Ljonja ...«

»Du hättest es einfach verlassen können. Oder alle Rekorde brechen.«

»Nein, das konnte ich nicht.«

»Warum das denn nicht?«

»Hast du das etwa immer noch nicht begriffen?« In seiner Stimme schwang leichte Verwunderung mit.

»Weil du nicht töten wolltest?«

»Richtig.«

»Aber das ist doch nicht echt!«, rief ich.

»Für dich nicht.«

»Ich könnte nie so sein wie du.«

»Das ist auch nicht nötig, Revolvermann.«

»Weißt du was?« Ich kämpfte mit der Versuchung, mich umzudrehen. »Einen Moment lang ... also wirklich nur ganz kurz ... habe ich geglaubt ... dass du der Messias bist. Komisch, nicht wahr?«

»Nein, Leonid«, entgegnete der Loser ernst. »Ich würde auch nicht gern euer Gott sein wollen. Keiner von all den Göttern, die ihr euch ausgedacht habt. Sie sind alle sehr grausam.«

»Wie wir.«

»Wie ihr«, bestätigte der Loser, und seine Stimme klang traurig.

»Ist das ein Traum?«, fragte ich nach kurzem Schweigen. »Alles, was um mich herum passiert?«

Er schwieg extrem lange, derjenige, der da hinter mir stand und mich gebeten hatte, mich nicht umzudrehen. »Nein, Ljonja. Und falls es doch ein Traum sein sollte, dann ist es nicht deiner.«

Das verstand ich. »Danke.«

Mir war nicht kalt, wahrscheinlich weil er es so wollte. Der graue, körnige Schnee unter mir versengte mich nicht und die Nebelströme verbrannten mich nicht zu Asche. Vielleicht war das für ihn eine Kleinigkeit, vielleicht bedurfte es aber auch unvorstellbarer Anstrengungen. Keine Ahnung.

»Seid ihr entkommen?«, erkundigte ich mich.

»Ja. Wir fahren gerade durch die Stadt. Vika nennt dem Fahrer eine Adresse nach der nächsten. Ich glaube, sie weiß nicht, was sie tun soll.« Einen Augenblick verstummte der Loser, dann fuhr er fort: »Und sie weint.«

Orangefarbene Bänder am Himmel. Ein endloser Tanz unter einer heißen blauen Sonne. Auch das eine Form von Schönheit ...

»Sag ihr, dass mit mir alles in Ordnung ist.«

»Stimmt das denn?«

»Ich weiß nicht. Kannst du mir helfen, von hier wegzukommen?«

Der Loser antwortete nicht.

»Werde ich von hier weggehen können?«

»Ja. Vielleicht.«

»Sag Vika, dass alles gut ist.«

»Das wird sie nicht glauben.«

»Doch. Sie hat fast so viel verstanden wie ich. Im russischen Viertel von Deeptown gibt es eine Immobiliengesellschaft namens Poljana. Ihr gehört nur ein einziges Haus. Ein hässlicher elfstöckiger Betonklotz. Wartet dort auf mich, am zweiten Eingang, genau in einer Stunde.«

»Sonst noch was, Leonid?«

»Nein, das ist alles.«

»Das wird nicht leicht für dich werden, Revolvermann.« Der Loser zögerte. »Du bist daran gewöhnt, gegen die *Tiefe* zu kämpfen. Mit aller Kraft und Entschlossenheit. Du bist ein guter Schwimmer, du bist immer aus dem Strudel aufgetaucht. Aber jetzt funktioniert das nicht mehr.«

»Willst du damit behaupten, du vertraust nicht auf die Kraft?«

»Es kommt darauf an, welche Kraft du meinst, Revolvermann.«

Etwas berührte sanft meine Schulter. Wie zum Abschied. Oder um mich zu ermuntern.

Und der Himmel aus orangefarbenen Fäden stürzte auf die schneebedeckte Erde ...

Ich stehe auf. Um mich herum ist alles voller Farbkleckse. Ich schwebe durch ein Kaleidoskop von Funken. Das Deep-Programm läuft. Doch meinen Körper sehe ich nach wie vor nicht.

In mir lebt einzig und allein die kaum spürbare Erinnerung an eine Berührung.

Noch erinnere ich mich an jene Welt, noch lebe ich in ihr. In diesem fremden, fernen Traum ...

»Was richtest du hier bloß an, Dibenko?«, hauche ich in die wahnsinnige Stille hinein. »Das geht doch nicht ... du darfst ihn nicht wie einen von uns behandeln.«

Doch er hört mich nicht, dieser zufällige Schöpfer der virtuellen Welt, weil er noch immer dem Loser nachjagt, weil er noch immer hinter seinem Wunder her ist. Deshalb muss ich ihn unbedingt finden und ihm erklären, welchem Irrtum er aufsitzt.

Ich schließe die Augen und breite die Arme aus. Durch die geschlossenen Lider registriere ich die Farbexplosionen. Das Deep-Programm will mein Hirn einnebeln.

Jetzt heißt es: Ruhe bewahren! Einem Programm haftet nichts Dämonisches an. Ein Programm ist nur funkelnder Firlefanz, den ein Hypnotiseur vor den Augen seines Patienten dreht. Auch hinter dem Deep-Programm, diesem Firlefanz des elektronischen Zeitalters, steckt nicht mehr. Es gibt keine Grenze zwischen Traum und Traum im Traum. Alle Barrieren baue ich selbst. Und nur ich selbst bin es, der mir einredet, ich würde ertrinken.

Aber jetzt ist es Zeit aufzutauchen.

»*Tiefe* ...«, flüstere ich fast zärtlich. »*Tiefe, Tiefe* ...«

Wir haben sie gebaut, indem wir die Ziegelsteine der Rechner mit dem Zement der Telefonverbindungen zusammengefügt haben. Wir haben eine sehr große Stadt aufgebaut. Eine Stadt, in der es weder Gut noch Böse gegeben hat – bis wir gekommen sind.

Wir haben Probleme mit der Realität gehabt. Dort, wo niemand versteht, wie man sich tagelang im Hack eines fremden Programms, sich monatelang im Schreiben eines eigenen verbeißen kann. Dort, wo niemand über den Preissturz bei Festplatten spricht, sondern nur über den Preisanstieg für Brot. Dort, in jener Welt, wo man richtig tötet. In jener Welt, wo *alle* es schwer haben, Sünder, Heilige und einfache Menschen.

Wir haben uns eine Stadt gebaut, die keine Grenzen kennt. Wir haben daran geglaubt, dass sie echt ist.

Es ist Zeit aufzutauchen.

Wir haben Wunder gewollt, deshalb haben wir Deeptown mit Wundern vollgestopft. Mit Elfenwiesen und Marswüsten, Labyrinthen und Tempeln, mit den fernen Sternen und den *Tiefen* der Meere. Für alles fand sich ein Platz.

Aber jetzt ist es Zeit aufzutauchen.

Wir waren müde, an das Gute und die Liebe zu glauben, wir haben uns das Wort »Freiheit« aufs Banner geschrieben – in dem naiven Glauben, dass die Freiheit über der Liebe steht.

Es ist Zeit, erwachsen zu werden.

»*Tiefe, Tiefe, gib mich frei*«, flehe ich. »*Tiefe, Tiefe ... ich bin dein.*«

FÜNFTER TEIL

Der Loser

00

Zunächst war alles dunkel.

Die Welt hatte sämtliche Farben in einem einzigen Augenblick eingebüßt.

Ich hatte nicht einmal bemerkt, wann und wie das vor sich gegangen war. Eben lief noch das Deep-Programm, jetzt gab es rein gar nichts mehr.

Ob Diver auf diese Weise sterben? Indem sie auf den Grund des virtuellen Raums fallen? Indem ihr Hirn verbrennt und sie nichts mehr aufnehmen?

Doch da zersplittert die Dunkelheit mit einem Mal in ein Gitter aus winzigen Quadraten und verzieht sich. Auch die Farben kehren zurück.

Ich stehe an einer Mauer, die Stirn gegen sie gepresst. Es ist die gezeichnete Mauer eines gezeichneten Hauses.

Seltsam. Als ob ich in den virtuellen Raum eingetreten wäre, ohne das Deep-Programm zu starten. Außerdem blicke ich nicht auf die Displays des Helms, sondern scheine tatsächlich in dieser Welt zu sein! Nur dass diese Welt nicht mehr echt wirkt. Es ist eine designte, eine Zeichentrickwelt.

Sobald ich von der Wand wegtrete, verschmelzen die Quadrate und verwandeln sich in braune Ziegelsteine. Ich spähe in den Himmel hinauf, der nur dunkles Blau und wenig Sterne zeigt. Die Straße ist voller Häuser und Paläste, die wie von Kinderhand gezeichnet wirken: klare Umrisse, alles ausgemalt. Dieses Haus ist aus Ziegelstein, dieser Zaun aus Holz. Hier stehen Tannen. Es gibt Stahlröhren mit gelben Flecken an der Spitze, das sind Laternen. Alles ist Vereinbarung, pure Vereinbarung. Die besseren Bezirke sind etwas aufwendiger designt, aber im Moment befinde ich mich irgendwo am Stadtrand, wo alles auf einfachen Programmen basiert und über schwache Rechner läuft.

Das Absurdeste ist, dass ich hundertprozentig echt bin. Mit meinem Hemd, dessen Ärmel im Kampf zerrissen worden ist, und den zerkratzten Händen. Ich halte mir eine Hand vors Gesicht: Da ist jedes Härchen, da ist der Dreck unter den Fingernägeln und die an den Knöcheln abgeschürfte Haut zu erkennen.

Ein Mensch, der in einen Zeichentrickfilm geraten ist.

Ich fange an zu zittern. Das ist etwas Neues, dergleichen hat es noch nie gegeben. Was hat das Deep-Programm mit mir gemacht, als es in dieser unendlichen Schlaufe gelaufen ist?

Was habe ich mit ihm gemacht, als ich aus dem Wahnsinn aufgetaucht bin?

Hinter mir höre ich ein Geräusch. Ich drehe mich um. Ein Bus fährt über die Straße, ein großes Vehikel, fast ganz aus Glas. Er ist ziemlich sorgfältig designt, sogar die Räder drehen sich. An den Fenstern kleben die karikaturhaften

Gesichter von Erwachsenen, Kindern und Alten, an der Seite prangt das Logo vom Deep-Explorer.

Ich stehe da, atme tief ein und betrachte die reglosen Gesichter. Klar, wie sollte es auch anders sein? Mimik kriegen nur die hoch entwickelten, für feste Klienten gedachten Programme zustande. Das hier sind jedoch Touristen.

Der Bus hält an, die Leute steigen ungelenk aus. Zuerst ein Typ in einem knallroten Overall. Das ist der Fremdenführer. Die Männer gleichen einander wie ein Ei dem anderen und tragen Anzug und Krawatte, nur der einzige Schwarze in der Gruppe hat eine Jeans und eine Weste an. Die Gesichter sind genauso aufgesetzt harmlos wie bei den zweitrangigen Schurken in Zeichentrickserien für Kinder. Die Frauen warten mit Schmuck und prachtvollen Kleidern auf, die wesentlich besser designt sind als ihre Gesichter. Es folgt eine Herde von karikaturhaften Kindern mit Kulleraugen und schließlich die Gruppe der Greisinnen und Greise in Shorts und mit Fotoapparaten.

Als Letztem wird einem Jungen im Rollstuhl herausgeholfen.

»Hey!«, ruft mir der Fremdenführer zu und winkt mich herbei. Sein Mund öffnet und schließt sich, Mimik bringt er aber nicht zustande.

»Hallo!« Ich ringe mir ein Lächeln ab.

Der Mitarbeiter des Deep-Explorers, mit dieser Begrüßung zufrieden, dreht sich zu seinen Schutzbefohlenen um. »What attracts you most?«

Ein leises Zischen, danach ist der Fremdenführer kaum noch zu verstehen. Stattdessen erhebt sich nun eine schnarrende, irgendwie bekannte Stimme: »Was interessiert Sie in diesem Viertel, in diesem Teil Deeptowns am meisten? Wir können ein tolles ...« Eine Pause. »... bekanntes, berühmtes Zentrum des Buchhandels ansehen, in dem jede Art von Literatur ...« Eine weitere Pause. »... Büchern, Zeitschriften, Zeitungen und Printmedien, die noch aus der Epoche, Zeit ...«

Ich reiße die Augen auf wie ein Kind, das seinen geliebten Plüschteddy aufgeschlitzt und in seinem Innern schmutzige Lappen, zerknülltes Papier und eine ungewaschene Socke gefunden hat.

Was habe ich das Übersetzungsprogramm von Windows Home immer geschätzt! Wie begeistert bin ich von der Schnelligkeit und Präzision gewesen, mit der es zwischen den fünf Sprachen in Deeptown wechselt!

Schnell ist es, das stimmt. Aber die Präzision garantieren allein unsere Hirne, die aus dem Wortbrei die Schlüsselwörter filtern.

»Dann gibt es noch, sind hier gelegen die tollen, beliebten Restaurants, Gaststätten *Artus' Schwert* und *Vier – Zehn*. Wenn wir einhundert Meter oder ein bisschen mehr durch die 43. Straße gehen, laufen, dann kommen wir zum Vergnügungsviertel für Erwachsene, Volljährige.«

Unter den Touristen macht sich ein leichter Aufruhr breit, den man wohl als begeistertes Lachen interpretieren soll.

»Sie haben zwei Stunden freie Zeit«, verkündet der Fremdenführer.

Ich glaube, mir ist klar, wo ich bin. Diese nichtssagende graue Kuppel da hinten, das ist sicher die tolle, bekannte, berühmte Buchhandlung. Sie trägt den Namen eines amerikanischen Präsidenten, der den Bau gesponsert hat.

Wenn ich in der 43. Straße bin, befinde ich mich am anderen Ende der Stadt. Das wird ja ein hübscher Spaziergang! Doch als ich erschrocken auf die Uhr sehe, verflüchtigt sich meine Panik.

Das Elbenreich haben wir vor gerade mal zwanzig Minuten verlassen!

Die Touristen zerstreuen sich. Familien besuchen Restaurants, Alleinstehende fast ausnahmslos die Amüsierviertel für Erwachsene. Der Junge im Rolli sucht in Begleitung einer grauhaarigen Alten und des Schwarzen die Buchhandlung auf. Der Fremdenführer holt eine Zigarre von beeindruckender Größe heraus, die garantiert teuer war und viel besser gezeichnet ist als sein Gesicht. Er beißt die Spitze ab, raucht sie an und schlendert auf mich zu.

Sieht so meine Zukunft aus?

Habe ich *diesen* Sieg über die *Tiefe* gewollt?

Nein.

Ich bin gern bereit, mich weiterhin zu täuschen. Eine Stadt und Menschen zu sehen, nicht diese Kombination aus Kinderzeichnung und primitivem Zeichentrickfilm. Ich richte nicht über diese Welt, beobachte sie nicht gleichgültig von außen. Ich bin ein Teil der *Tiefe*, Fleisch vom Fleische Deeptowns.

Ich bedecke mein Gesicht mit den Händen und spähe ins Dunkel. Ich weiß nicht, wen ich bitten soll, die *Tiefe* oder mich selbst. Trotzdem bitte ich.

Tiefe, Tiefe, sei mein ...
»Willst du eine Zigarre, mein Freund?«, fragt mich der Fremdenführer freundlich.

Lächelnd hält er mir eine Zigarre hin. Sein roter Overall ist halb aufgeknöpft, aus der Brusttasche lugen ein Kugelschreiber und ein Notizblock heraus. Ich könnte schwören, dass die eben noch nicht da gewesen sind. Das Gesicht wirkt offen, einnehmend und gut. So sehen Leute aus, die unerfahrene Newbies in die *Tiefe* geleiten.

»Danke, ich rauche nicht.«

Es ist alles in Ordnung, es ist alles genau wie früher.

Sogar besser.

Ich bin dein, *Tiefe*. Ich kann ein echter Mensch im echten Deeptown oder ein echter Mensch in einer Zeichentrickstadt sein. Vielleicht kann ich auch eine Zeichnung sein, die zwischen den echten Bewohnern Deeptowns herumläuft.

Danke, Dimotschka Dibenko. Du wolltest mich aus dem Spiel werfen. Vielleicht sogar umbringen.

Aber irgendwas ist schiefgegangen.

Ich ahne sogar, was. Das war der Loser. Er hat mir einen Teil jener Kraft gegeben, über die er selbst gebietet.

Also gilt mein Dank eigentlich ihm.

»Dann nicht.« Der Fremdenführer nimmt mir die Ablehnung seines Angebots nicht übel. Er steckt die Zigarre zurück in die Tasche. »Du bist ein alter Hase im virtuellen Raum, oder?«

»Richtig«, gebe ich zu.

»Ich bin Kirk«, stellt er sich mir vor. »Und? Sehe ich ihm ähnlich?«

Vermutlich denkt er an eine bestimmte Spielfigur. Oder jemanden aus der modernen Folklore. So oder so, für die schlicht gestrickte amerikanische Massenkultur habe ich mich nie interessiert.

»Nicht sehr«, antworte ich deshalb aufs Geratewohl.

»Genau das war meine Absicht!«, frohlockt Kirk. »Es kommt nämlich nur auf die Ähnlichkeit der inneren Werte an.« Er schickt einen Rauchstrahl gen Himmel und befördert die Zigarre lässig von einem Mundwinkel in den anderen. »Ich bin aus Seattle«, outet er sich weiter, obwohl ich mich nicht mal vorgestellt hatte.

»Ich aus St. Petersburg.«

»Kenn ich!« Kirk klatscht mir begeistert auf die Schulter. »Da bin ich schon gewesen!«

Ich bin angenehm überrascht – bis ich die Fortsetzung höre.

»Schönes Städtchen«, teilt mir Kirk seine Eindrücke mit. »Ich war damals mit 'ner Freundin unterwegs ... einem ziemlich prüden Mädchen! Es kam, wie es kommen musste, der Vergaser ging kaputt. Natürlich abends, gerade als wir Petersburg erreicht haben. Was sollten wir tun – da mussten wir ja in einem Hotel übernachten ...«

Er zwinkert mir verschwörerisch zu.

Ich würde wirklich gern mal die Heimat von Tom Sawyer besuchen, aber diese Arroganz bringt mich auf die Palme.

»Ich bin aus einem anderen Petersburg. Aus dem in Russland.«

»Russland!«, ruft Kirk angenehm überrascht aus. »Da gibt es auch ein Petersburg?«

»Ja. Und wo ist dieses Seattle?«, frage ich. »In Kanada? Oder in Mexiko?«

Kirk kaut auf seiner Zigarre, unfähig zu entscheiden, ob ich mir einen Scherz erlaube oder tatsächlich noch nie von seiner sensationellen Stadt gehört habe. »In Amerika!«

»In Südamerika? Oder in Lateinamerika?«

Obwohl er durch und durch Ami ist, ist er kein schlechter Kerl. Er fängt an zu lachen und boxt mich in den Bauch.

»Hey! Du gefällst mir! Ich werd euch mal besuchen kommen. Später. Mit fünfundvierzig will ich mir Europa ansehen, dann mach ich einen Abstecher zu euch.«

»Tu das.«

Das Deep-Programm hat mich derart ausgelaugt, dass ich mit Vergnügen etwas herumtrödle und dieses belanglose Gespräch führe.

»Ich bring Touristen hierher«, berichtet Kirk. »Hab das Geschäft von meinem Vater übernommen! Macht Spaß! Wir sind durch die Stadt gefahren, ein Mädchen hat mir ständig in den Ohren gelegen, ihr einen Diver zu zeigen. Ich habe dann auf irgendeinen Typen gedeutet und gesagt: ›Der da, das ist ein Diver!‹ Der Autobus wäre beinahe umgekippt, weil alle auf eine Seite gestürmt sind, um den Diver zu begaffen.«

Wir lachen beide.

»Hierher kommen wir nur selten.« Kirk nuckelt geräuschvoll an der Zigarre. »Aber Sam wollte unbedingt in die Buchhandlung, deshalb haben wir hier einen Stopp eingelegt. Da hat er es nicht weit zu den Büchern, gleichzeitig sind die Restaurants in der Nähe. Genau wie alles andere. Sam, das ist der lange Kerl da, der in Jeans und kurzärmligem Hemd.«

»Der Schwarze, oder was?«

Kirk erstickt fast an diesem unverhüllten Rassismus. Wie kann man einen Schwarzen freiheraus einen Schwarzen nennen?

»Okay, ich muss weiter, die Arbeit ruft«, nuschelt er und marschiert schnurstracks und ohne sich zu verabschieden auf den Bus zu. Ich zucke die Achseln. Ach, ihr Bürger dieses so mächtigen Landes! Wenn ihr wüsstet, wie absurd und dumm eure Komplexe sind!

Aber auch für mich wird es Zeit. Kaum hebe ich die Hand, rauscht ein freies Taxi um die Ecke.

»Die Gesellschaft Deep-Explorer freut sich, Sie begrüßen zu dürfen!«, sagt der Fahrer sein Sprüchlein auf. Und als hätte ich es eigens verlangt, ist es ein Farbiger. Leise kichernd steige ich ein.

01

Die Fahrt dauert ziemlich lange. Der Deep-Explorer muss sich erst über diverse Hosts mit der Immobiliengesellschaft Poljana in Verbindung setzen. Mein Rechner ist zu lahm, als dass das ganze Haus, in dem ich mir selbst eine Wohnung gemietet habe, über ihn laufen könnte, Poljana ist da auf die Unterstützung eines zweiten Servers in Weißrussland angewiesen. Das ist nicht sehr teuer, aber trotzdem zuverlässig. Selbst wenn ich mir einen neuen Rechner zulegen sollte, will ich daran nichts ändern.

Unterwegs vergnüge ich mich damit, dass ich mir die Welt mal als richtige, mal als virtuelle ansehe. Inzwischen strengt mich das nicht einmal mehr an, ja, mit der Zeit kriege ich es sogar hin, die Wahrnehmung des Raums lediglich bei einzelnen Fragmenten zu ändern. Ein gezeichnetes Auto überholt unser echtes. Eine echte Frau geht über eine gezeichnete Straße. Zwei Männer unterhalten sich, ein echter und eine Zeichentrickfigur.

Wenn das Wahnsinn ist, dann gefällt er mir.

Ich lasse den Volvo, in dem wir sitzen, für mich als Zeichnung erscheinen und schiebe die Hand durchs Glas des Fensters. Nach einem leichten Druck auf der Haut spüre ich an der Hand den Fahrtwind.

Unvorstellbar!

Für die Welt um mich herum sind doch andere Server zuständig, bin ich hier doch nur auf Durchreise! Möglicherweise kommst du auf normalem Wege nicht mal hierher! Und da kann ich jederzeit raus aus dem Raum oder den fahrenden Wagen verlassen?! Etwas hat sich geändert, etwas spielt völlig verrückt. Denn ich tauche nicht mehr nur in die *Tiefe* ein – ich lebe in ihr!

Einen Block vor meinem Haus bitte ich den Fahrer anzuhalten. Dieser Bezirk ist mir gut bekannt, er gehört ein paar russischen Großbanken. Inoffiziell natürlich. Die Finanzleute sehen keinen besonderen Sinn in dieser Art Kapitalanlage, aber ihre Programmierer haben sich hier auf Firmenkosten Wohnungen gebaut. Welcher dieser neureichen Banker käme auch schon auf die Idee, dass über seinen Computer nicht nur Soll und Haben verwaltet werden, sondern auch ein Teil Deeptowns läuft?

Kein Ort ist so geeignet wie dieser, um mich von meinen neu erworbenen Fähigkeiten zu überzeugen.

Hier, im Stadtzentrum mit seinen Wohnhäusern und Vergnügungsparks, gibt es ziemlich viele Leute. Ich laufe den Bürgersteig hinunter und halte nach einem ruhigeren Eckchen Ausschau.

Da! Das müsste klappen. Eine kleine Grünanlage mit einem Springbrunnen und ein paar Bänken, die vor der Brandmauer eines Hochhauses liegt. Sie ist schlicht, aber mit Geschmack gestaltet. Unter Missachtung des Schilds »Hunde verboten!« führt ein rotblondes Mädchen ihre

Katze an der Leine spazieren. Gut, eine gewisse Logik kannst dem nicht absprechen, schließlich gilt das Verbot nicht für Katzen. Die Katze hat der Leine offenbar den Kampf angesagt, denn sie bleibt ständig stehen und versucht, sie mit der Pfote abzureißen. Ich erwidere den ernsten Blick des Mädchens mit einem Lächeln – und muss mich nur ganz kurz konzentrieren, um aus ihr eine Zeichnung zu machen.

Die Katze lasse ich echt. Ihr Fell ist sonnenrot, genau wie das Haar der Besitzerin, sie ist frech und quirlig. Virtuelle Tiere machen einen der einträglichsten Geschäftszweige in Deeptown aus, nach den Spielprogrammen. Japaner sind völlig verrückt nach Tieren. Vielleicht weil sie in ihren winzigen Wohnungen keine echten halten können? Davon abgesehen legen sich natürlich auch all jene bedauernswerten Wesen gern eine designte Katze oder einen designten Hund zu, die Tiere lieben, aber unter einer Allergie leiden.

Ich setze mich auf eine Bank, neben ein leise flüsterndes Pärchen. Unter dem Rauschen des Springbrunnens starre ich auf die blinde Betonwand. Wenn ich Recht habe, geht der Kasten – ha, ha! – aufs Konto einer großen Bank.

Ob ich die Probe aufs Exempel machen soll?

Warum nicht? Frisch gewagt ist schließlich halb gewonnen. Und bei all dem, was ich bereits auf dem Kerbholz habe, macht dieser kleine Einbruch den Kohl auch nicht mehr fett.

Mit diesen Perlen aus dem Schätzkästlein der Volksweisheiten sporne ich mich an, kann mich aber trotzdem nicht zur Tat aufraffen. Das Pärchen umarmt sich, ohne auch nur im Geringsten auf mich zu achten. Zu gern würde ich glauben, dass es Verliebte sind, die in der Realität durch Tausende von Kilometern getrennt werden, nicht bloß Leute auf der Suche nach einem schnellen Abenteuer.

Vor dem Haus toben Kinder herum, ein Mädchen und zwei Jungen. Mit farbiger Kreide beschmieren sie die Wand eifrig mit ihren Kritzeleien. Ich höre ihre fröhlichen Schreie: »Aber Andrjuschkas Monster sieht monströser aus, Janka!«, »Komm schon, Sewka, gib mir mal die rote Kreide!« Anscheinend hat jemand seine Rasselbande auf einen Ausflug in den virtuellen Raum mitgenommen. Irgendwann geben die Kinder endlich Ruhe und gehen völlig in der Malerei auf. Das Mädchen zeichnet einen Samurai mit einem Schwert. Das Schwert ist fast echt. Der pummelige Brillenträger Sewa bringt eine Art Riesenschlange auf die Mauer, die einen Elefanten gefressen hat. Dann kriegt die Schlange jedoch einen Lauf – und ich begreife, dass es nur ein Panzer ist. Der magere dunkelhäutige Andrej schnaubt gewaltig, als er ein unvorstellbares Monster zeichnet. Vielleicht hat er sich dieses Viech ausgedacht, vielleicht sollte es aber auch ein Mensch werden.

Ich stehe auf und gehe zu den Kindern hinüber.

»Sagt mal, könnt ihr eine Tür zeichnen?«, frage ich die drei.

Sie wissen offenbar nicht recht, wie sie auf diese Bitte reagieren sollen, beratschlagen sich dennoch und fangen schließlich an, den Auftrag auszuführen. Sie zeichnen mit

Leidenschaft, reißen sich gegenseitig die Kreide aus der Hand und streiten lauthals über die Frage, ob ein Türschloss nötig ist.

Ich warte geduldig. Irgendwann sind die jungen Talente fertig und blicken mich erwartungsvoll an: Würde ich ihr Werk zu schätzen wissen?

»Klasse«, sage ich ehrlich begeistert. »Vielen Dank!«

Die Tür ist wirklich gut. Sie liegt zwischen dem Rüssel des Elefanten – pardon, dem Kanonenrohr des Panzers – und dem Samuraischwert. Es gibt ein Türschloss, eine Klinke und sogar Angeln.

»Ihr habt mir sehr geholfen«, versichere ich.

Die Kinder scheinen hartnäckig auf etwas zu warten.

Daraufhin mache ich aus der Straße für mich eine Zeichnung. Ich atme tief ein, entspanne mich und verwandle die designte Tür in eine echte.

Alles ist Illusion, nur Illusion, was denn sonst ...

Ich strecke die Hand aus und rüttle an der Klinke. Einmal, zweimal.

Nichts. Was um alles in der Welt habe ich denn erwartet?

Voller Wut trete ich gegen die echte Tür in der virtuellen Wand. Da geht sie auf.

Die Tür öffnet sich nach innen ...

Wow! Es funktioniert!

Die Kinder hinter mir schreien auf, jedoch nicht erschrocken oder verblüfft, sondern eher begeistert. Von ihrem Geschrei begleitet gehe ich durch die undurchdringliche Mauer.

Und gelange in ein Bad.

Die alten Römer, die etwas von diesen Dingen verstanden haben, die sparsamen Finnen und auch die leidenschaftlichen Russen würden bei dem Anblick vor Neid platzen. Ein riesiger Marmorsaal, eine Glaskuppel mit einer dünnen Schneedecke, durch die die kalte Wintersonne scheint. In der Mitte des Raums liegt ein rundes Becken, in dem sich gerade zehn Männer nach dem Saunagang abkühlen. Durch die Fenster blicke ich auf Berge und einen Abhang, über den weitere, offenbar kühnere Männer rennen und Fontänen weißen Pulverschnees aufwirbeln. Eine schwere Holztür fliegt auf, und ein magerer Typ stürmt schreiend aus dem Dampf herein, um ins Becken zu springen. Der Mann hüpft auf der Stelle, bis das Wasser spritzt. An einer Bar trinkt ein kahler Fettsack mit einem Handtuch um die Hüfte Bier und sieht mit arrogantem Gesichtsausdruck zum Becken hinüber.

Die Versuchung, aus den Hosen zu steigen und ebenfalls ins Becken zu springen, ist groß. Alle Achtung, meine Herren Programmierer, die ihr für diese Bank schuftet! Das habt ihr wirklich gut hingekriegt. Mich würde allerdings interessieren, ob all den Leuten hier in der Realität der Schweiß ausbricht, wenn sie sich nach dem Aufguss mit den Reisigbündeln peitschen.

Zu viel solltet ihr euch aber nicht darauf einbilden – immerhin bin ich ohne weiteres hereingekommen!

Noch verbergen mich die Säulen am Becken vor den Blicken anderer, aber das dürfte sich bald ändern. Ein angezogener Mann in einer Sauna fällt auf. Als ich mich umdrehe, ist die Tür nicht mehr da.

Aber auf die kann ich getrost verzichten.

Ich gehe durch die Wand. Eine russische Sauna ist ja eine feine Sache, aber mich interessiert etwas anderes. Etwas, das ich in der virtuellen Welt noch nie gesehen habe ...

Anscheinend bin ich jedoch schon wieder am falschen Ort gelandet. Ein finsterer, leerer Raum mit einer Reihe von Bottichen in der Mitte, in denen Wasser gluckert. An ihnen führt ein Fließband vorbei, aus Löchern in der Decke rieselt etwas in die Kübel, das wie Waschpulver aussieht.

Das Ganze erinnert an eine abgefahren-automatisierte Waschküche aus einem Steampunk-Roman. Gerade als ich weitergehen will, neigt sich einer der Bottiche nach vorn und gießt seinen Inhalt aufs Fließband.

Viel Dreckwasser und ein paar Kilogramm Geld.

In meiner Verblüffung springe ich mit einem Mal aus dem virtuellen Raum, ohne dabei meinen Zweizeiler von der *Tiefe* zu murmeln.

Auf den Displays des Helms waren nur Ziffern. Akkurate Zahlensäulen, Tabellen, unverständliche Codes. Ich nahm den Helm ab.

Klar! Wozu sollte man den Prozess des Geldtransfers von einem Konto auf ein anderes denn auch grafisch darstellen? Von der Geldwäsche ganz zu schweigen. Das hatte lediglich mein schlaues Unterbewusstsein besorgt, das nun mal an Bilder gewöhnt war!

Ich hatte wahnsinnige Kopfschmerzen. Ob ich die dem Deep-Programm in der Dauerschleife zu verdanken hatte? Oder bekam ich jetzt die Folgen der Überanstrengung zu spüren? Doch was spielte das schon für eine Rolle ...

Nachdem ich eine angebrochene Packung Analgin aus dem Schreibtisch gekramt hatte, inspizierte ich den Kühlschrank. Eine Dose Cola war noch da. Ich zerkaute die Tabletten und spülte sie mit der Coke runter. Du musst noch ein Weilchen durchhalten, mein armer Organismus! Denn uns steht noch einiges bevor!

Ehe ich in die Waschküche zurückkehrte, guckte ich auf die Uhr: Viertel vor zwei mittags. Ich sollte was essen.

Jetzt senken sich Bleuel in die Bottiche, um das Geld auszuschlagen. Übers Fließband wandern Dollar, Deutsche Mark und Rubel. Wie gebannt starre ich auf den endlosen Strom, hinter dem der Schweiß, vielleicht sogar das Blut von jemandem steckt.

Was wohl passiert, wenn ich mir ein paar Millionen vom Fließband fische? Irgendwie bin ich mir sicher, dass sie auf mein Konto eintrudeln würden. Vielleicht würde ich ja, ohne es selbst zu merken, ans Intranet der Bank angeschlossen und über die Tastatur den Befehl für den Geldtransfer eingeben. Vielleicht würden die Rechner der Bank aber auch alle Operationen automatisch durchführen, einfach auf meinen mentalen Befehl hin.

Denn ich bin nicht länger nur ein Dieb, der gegen die hypnotische *Tiefe* immun ist. Ich bin die *Tiefe* selbst. Ein Teil von ihr ...

Ich beuge mich vor und klaube einen Hundertdollarschein vom Band. Wahrscheinlich könnte ich mir sogar seine Nummer merken. Wahrscheinlich könnte ich es so einrichten, dass er in den Dokumenten der Bank niemals auf diesem Fließband gewesen ist.

Alles ist jetzt möglich. Oder fast alles.

Ich schnippe den Schein zurück aufs Band und gehe zur Wand. Ein Schritt noch – und die Welt trübt sich, fällt nach unten, verwandelt sich in einen Chip, in ein riesiges, in der Leere ausgebreitetes Blech. Ich fliege darüber hinweg und betrachte die Fäden der Straßen.

Da unten ist mein Haus.

Ich tauche zu ihm hinunter, bohre mich durch den Chip und spüre den Asphalt unter meinen Füßen. All das kostet mich keine Mühe, ich muss die *Tiefe* nicht mehr mit einem Zweizeiler beschwören, brauche sie nicht mehr zu bitten. Ich bitte ja auch meinen Körper nicht zu atmen!

Vika und der Loser stehen vor dem Haus und unterhalten sich. Als Vika mich bemerkt, verstummt sie verwirrt.

Winkend nähere ich mich den beiden. Doch da stürzt Vika schon auf mich zu.

10

Ich hantiere lange am Schloss herum, um die Haustür hinter uns abzuschließen. Da Vika immer noch meine Hand hält, muss ich alle Sicherheitsprogramme mit einer Hand starten, was ziemlich schwierig ist.

Schließlich ringe ich mich dazu durch, der Tür einfach mental zu befehlen, sich zu schließen. Im Schloss klackert etwas, danach leuchtet das Lämpchen der Alarmanlage auf. Der Loser reißt den Kopf hoch. Anscheinend hat er etwas gespürt.

»Was hat er mit dir gemacht?«, will Vika wissen. Erst jetzt, in der Sicherheit des Hausflurs, beruhigt sie sich. Vermutlich war es ein Fehler, nicht gleich zu ihr zu eilen.

»Das Deep-Programm«, antworte ich. »Er hat es in einer Dauerschleife über mich laufen lassen, so dass ich nicht mehr auftauchen konnte.«

Vika blickt finster drein, denn sie begreift, was das bedeutet.

»Ich habe es einfach nicht geschafft.«
»Aber wie ...«

»Ich habe einen Umweg gefunden«, falle ich ihr mit einem Blick auf den Loser ins Wort. »Wie hat das von außen ausgesehen, Vika?«

»Dibenko hat etwas auf dich geworfen.« Sie versucht krampfhaft sich zu erinnern. »Eine Art Tuch oder so ... Du hast dich darin verheddert. Es sah aus, als hätte dich ein sehr starkes Virus erwischt.«

»Was ist mit Romka?«

Vika sieht mich verständnislos an.

»Der Wolf. Das ist Romka, ein Diver und Werwolf. Mein Freund ...«

»Dibenko hat ihn verbrannt. Mit Haut und Haar. Er hat ihn einfach bei der Kehle gepackt, und schon stand der Wolf in Flammen.«

Ich hülle mich in Schweigen. Wozu etwas sagen? Schließlich kommt es nicht darauf an, wie dieses Spektakel ausgesehen, sondern einzig und allein darauf, was das Virus in Romkas Kiste angerichtet hat. Ich bin immer davon ausgegangen, dass Romka nur einen genauso lahmen Rechner hat wie ich, vielleicht sogar ohne MO-Laufwerk. Schon bei einem etwas fieseren Virus dürfte er die ganze Software neu installieren müssen.

»Ljonja ...«

Ich nicke nur. Für Mitleid fehlt uns die Zeit.

Aber eigentlich fehlt die immer.

»Gehen wir!« Ich nicke ihr und dem Loser zu. »Ich wohne im zehnten Stock.«

»Wer wohnt hier sonst noch?«

»Niemand. Im Moment jedenfalls nicht«, antworte ich, als ich mich in den Fahrstuhl zwänge. Ich drücke den Knopf, es ruckt, und wir rumpeln nach oben. Vika entgleiten die Gesichtszüge. Sie hat wirklich Höhenangst. Selbst hier.

»Und früher?«

»Nun ja ... irgendwie ...« Ich bleibe vage. Die Fahrstuhltüren gleiten auseinander, wir gehen ins Treppenhaus hinaus. Der Loser sieht sich neugierig um.

»Das ist mein Palast. Herzlich willkommen!«, verkünde ich und schließe die Wohnungstür auf. Dann wende ich mich an den Loser: »Wie sieht es aus? Lädst du mich auch mal zu dir ein?«

Er nickt.

Vika geht als Erste rein. An der Schwelle zögert sie, als überlege sie, ob sie sich die Schuhe ausziehen soll. Doch ein Blick reicht, um zu verstehen: natürlich nicht.

»Rechts sind das Bad mit Klo und die Küche, links ist das Zimmer mit Balkon«, erkläre ich.

Vika linst ins Zimmer. Ihr Blick huscht über die verblassten Tapeten, bleibt am Computertisch hängen und wandert dann weiter zum Sofa, dem Kühlschrank und dem Schrank. Ich nehme an, sie ist enttäuscht. Wie sollte es auch anders sein?

»Schon komisch«, murmelt sie. Ich spüre, dass sie die *Tiefe* kurz verlässt, um sich mein Zuhause ungefiltert anzusehen.

Von mir aus. Allerdings kann ich selbst getrost darauf verzichten, ihr in Pixeln gegenüberzustehen.

»Komm mit!« Ich ziehe den Loser an der Hand fort. »Ich zeig dir, wie man Kaffee kocht.«

Daraufhin geht der Loser wortlos in die Küche, kramt zielsicher unter den Päckchen mit Kaffeepulver das teuerste und in dem Fall auch beste heraus, nimmt sich eines der größeren langstieligen Kupfergefäße und – bewaffnet sich mit dem Salzstreuer.

»Schon kapiert«, bringe ich heraus.

»Auf Hunderten von Servern liegen Rezepte«, erklärt der Loser. »Vor fünf Minuten hat eine Frau aus Rostow ein weiteres ins Netz gestellt. Ein ziemlich interessantes. Ob wir es wagen, es auszuprobieren?«

Wie idiotisch von mir, darauf zu hoffen, dass ich ihm noch etwas beibringen kann – von der Fähigkeit, Menschen zu erschießen einmal abgesehen.

Ich hege jedoch den Verdacht, dass er überhaupt nicht imstande ist, sich dieses Können anzueignen.

»Nur zu«, ermuntere ich ihn und kehre ins Zimmer zurück. Vika sitzt auf dem Sofa und starrt aufs Bücherregal. »Da bin ich wieder«, teile ich ihr mit.

Vika schließt ganz kurz die Augen, um in die *Tiefe* zurückzukehren.

»Wirklich komisch«, wiederholt sie. »Irgendwie habe ich ...«

»... einen Palast erwartet?«

»Nicht unbedingt. Aber doch etwas ...«

»Etwas wie deine Berghütte?«

Sie nickt bloß. Ich verstehe ihre Verwirrung gut, schließlich ist sie sicher gewesen, ich sei ebenfalls ein Raumdesigner. Und dann diese ärmliche Wohnung! Okay, sie ist ordentlich designt – aber sie verdient es weiß Gott nicht, in der virtuellen Welt verewigt zu werden.

»Komm, ich zeig dir was«, fordere ich sie auf. »Loser, wir sind mal kurz weg! Wenn was ist, du findest uns im Treppenhaus!«

Vika folgt mir ohne Widerspruch.

Auf dem Treppenabsatz ist es sauber und ruhig. »Pst!« Ich lege den Finger an die Lippen. »Wir wollen doch niemanden stören!«

»Aber du hast doch gesagt, hier ist niemand«, flüstert Vika.

»Und wenn doch?«, antworte ich geheimnisvoll. Ich gehe zur Tür gegenüber und ziehe einen gebogenen Draht aus der Hosentasche. Ungefähr so stelle ich mir einen Dietrich vor.

Vika beobachtet mich gespannt.

Ich stochere mit dem Draht im Schloss herum. Natürlich gibt es nach, denn genau daran habe ich gedacht. Wir treten ein.

Es ist eine große Dreizimmerwohnung. An der Garderobe hängen Mäntel und Jacken, an der Wand lehnt ein Kinderfahrrad, daneben stehen kreuz und quer Schuhe. Ich reiche Vika ein Paar Hausschuhe und ziehe mir selbst welche an. »Bei ihnen ist es üblich, Pantoffeln anzuziehen«, erkläre ich. »Hier wohnt eine große Familie, mit vier Kindern, man würde sonst den ganzen Dreck reinbringen. Außerdem sind die Böden kalt.«

Schweigend akzeptiert Vika die Spielregeln.

Ich spähe in die Küche. Eine alte polnische Einrichtung, noch aus Sowjetzeiten. Jede Menge Einweckgläser mit Gemüse und Marmelade. Auf dem Herd kocht ein Topf mit Borschtsch, in einer Pfanne brutzeln Hacksteaks. Durchs Fenster ist eine ruhige grüne Gasse zu erkennen. Vika presst sofort ihre Stirn gegen die Scheibe. Auf dem Spielplatz toben Kinder, eine Frau führt direkt vorm Haus ihren alten, schwerfälligen Pudel spazieren.

»Wer wohnt hier?«, fragt Vika.

»Ich kenne nur ihre Namen. Viktor Pawlowitsch und Anna Petrowna. Die älteste Tochter heißt Lida, sie macht gerade ihren Schulabschluss. Dann sind da noch die drei Jungen, Oleg, Kostja und Igor.« Nach kurzem Zögern füge ich hinzu: »Ihr Pudel heißt Gerda. Ich mag es ja eigentlich nicht, wenn man einem Hund einen Menschennamen gibt, aber sie wollten es so.«

»Und was ist das für eine Stadt?«

»Wizebsk. Glaube ich jedenfalls.«

Vika wendet sich von mir ab. »Dreh dich nicht um«, verlangt sie streng.

Sie verlässt die virtuelle Welt, um die Küche zu begutachten. Dann taucht sie erneut in die *Tiefe* ein und sieht mich an. »Und so ist es überall?«

Ich nicke.

»Wohnungen, die leben, in denen es aber keine Menschen gibt?«, flüstert Vika. »Ein Hemd über der Stuhllehne, Spielzeug auf dem Boden, ein verstopfter Wasserhahn und Müll ... den ein Junggeselle unters Sofa geschoben hat? Ist es das, was du willst?«

Ich hülle mich in Schweigen.

»Ist mit dir eigentlich alles in Ordnung, Ljonka?«, fragt sie leise. »Ich habe Berge geschaffen, die nie ein Mensch betreten hat und auch nicht betreten sollte. Das ist vermutlich auch etwas merkwürdig. Aber ich mag Menschen nun mal nicht besonders.«

»Das ist gelogen«, widerspreche ich.

»Aber du hast ein Haus gebaut, in dem nie ein Mensch wohnen wird. Nein, ein Haus, in dem es aussieht, als ob ein Mensch darin wohnt. Denn im Aschenbecher qualmt eine Pfeife und auf dem Herd kocht der Teekessel. Was ist das, ein Plattenbau à la *Mary Celeste*? Wozu brauchst du das, Ljonja?«

»Ich hatte nicht das Recht, hier tatsächlich Menschen einzuquartieren. Mir ihre Charaktere und Figuren, mir ihren Kummer und ihre Freude auszudenken. Deshalb soll es ruhig so sein. Nur mit Sachen. Sie erzählen schließlich auch eine Menge.«

Da ich fürchte, dass sie mich nicht versteht, jedenfalls nicht hundertprozentig, platze ich heraus: »Ein Stockwerk unter mir wohnt ein junger Typ, ein Musikfan. Er ist aus Podolsk. Manchmal vergisst er alles um sich herum und dreht seinen CD-Player derart auf, dass ich auf den Boden klopfen muss. Aber er ist kein schlechter Junge, er macht die Musik dann sofort leiser. Er hat eine vorzügliche Sammlung, Kassetten und Vinyl und CDs, von allem etwas, aber hauptsächlich Vinyl. Platten sind jetzt ja spottbillig, die will ja niemand mehr, und sein alter Plattenspieler, ein Wega, läuft noch einwandfrei. Und im fünften Stock, da lebt ein ziemlich merkwürdiger Typ, ich glaube ein Ingenieur, der in einer Fabrik in Tula arbeitet, die früher Waffen hergestellt hat, heute aber Konsumgüter. Er träumt davon, Liebeskrimis zu schreiben, dieses Genre hat er sich ausgedacht ... Er schreibt sie sogar tatsächlich, jeden Abend tippt er eifrig, aber er zeigt seine Werke niemandem. Er weiß selbst, dass sie nicht gut sind. Das ist ein seltener Typ von Schreibwütigem, denn er nervt keinen mit seinem Kram. Hin und wieder lese ich seine Manuskripte. Sie sind wirklich schlecht, aber sehr rührend und naiv. Er hätte im 18. Jahrhundert leben müssen.«

Vika antwortet nicht, so dass ich fortfahre, obwohl ich bereits weiß: Ich habe einen Fehler gemacht, ich hätte ihr diese leere Wohnung nicht zeigen, geschweige denn von den anderen reden sollen. Sie kann mit diesem Unding nichts anfangen, mit diesem Alptraum, an dem ich über zwei Jahre gebastelt habe.

»Im zweiten Stock lebt eine alte Frau ganz allein in einer Dreizimmerwohnung. Sie hat es nicht leicht, das weiß ich. Eigentlich kommt sie aus der Ukraine, ich glaube aus Charkow. Sie stellt den Fernseher nur an, wenn eine Seifenoper läuft, und auch dann nimmt sie die Farbe etwas raus, weil sie meint, das verbrauche weniger Strom und schone die Bildröhre. Aber sie hat Angst, einen Untermieter aufzunehmen oder die Wohnung zu wechseln, und vielleicht hat sie sogar Recht damit. Ich gehe nur selten bei ihr vorbei, schließlich kann ich ihr sowieso nicht helfen, und es tut mir weh zu sehen, wie sie lebt. Vor allem, wenn ein Feiertag bevorsteht. Denn die Armut ist am schlimmsten, wenn sie Silvester feiert. Ihre Kinder haben sie längst vergessen, vielleicht hat sie auch nie welche gehabt oder sie sind im Krieg gestorben, bei ihr an der Wand hängt nämlich ein Foto von einem jungen Mann in russischer Uniform.«

Vika schweigt.

»Im ersten Stock wohnt ein Pärchen, die sind ziemlich komisch. Beide kommen aus Ufa. Sie sind erst ein Jahr verheiratet, streiten und vertragen sich ständig, manchmal ist das sogar im Treppenhaus zu hören. Doch selbst wenn sie Geschirr zerschlagen und derart laut mit den Türen knallen, dass der Putz von den Wänden kommt, glaube ich nicht, dass sie sich scheiden lassen werden. Irgendwas schweißt sie zusammen, vielleicht ein Geheimnis oder doch die Liebe, vielleicht auch beides. Denn die Liebe ist auch ein Geheimnis. Die Dreizimmerwohnung nebenan steht leer ... völig. Da hat mal eine jüdische Familie gelebt, aber sie ist weggegangen, die Wohnung hat sie einer Firma verkauft, und die findet keinen Nachmieter. Womöglich verlangt diese Firma zu viel, immerhin, eine Wohnung in Moskau, in einem guten Bezirk ...«

Ich ersticke in dieser Stille, in ihrem Schweigen.

»Ganz unten lebt ein alter Invalide, er geht an Krücken. Vielleicht ist er der lauteste und giftigste Kerl in ganz Kursk. In jedem Geschäft macht er einen Aufstand und pöbelt die Nachbarn an. Ich husche immer durchs Parterre, denn ich habe Angst, mit ihm aneinanderzugeraten. Im Grunde weiß ich, dass das ungerecht ist, schließlich kann er nichts dafür, dass er so geworden ist. Daran ist das Leben schuld. Das Leben ...«

Ich begreife selbst, wie blöd diese Worte klingen.

Das Leben? Welches denn? Das in den leeren Wohnungen eines designten Hauses, in diesen Betongräbern, wo nur Dinge an Menschen erinnern. Eine Neutronenbombe würde Gefallen an mir finden, aber keine lebende Frau!

Nein, ich bin wohl tatsächlich ein Idiot. Ein klinischer Fall. Was soll's? Damit hat Vika ein neues Forschungsobjekt.

»Ljonka«, presst sie heraus. »Mein Gott, Ljonka, was ist bloß mit dir passiert?«

Wären wir also bei der Frage ...

»Ich bin doch wirklich eine Idiotin«, sagt Vika. »Da jammere ich dir die Ohren voll wegen meiner Arbeit mit diesen Psychopathen ... wegen all diesen Schweinehunden ... aber im Vergleich zu dir ...«

»Vika ...« Ich begreife gar nichts mehr.

»Hat dich jemand verlassen? Oder verraten? Hast du deine Ideale verloren, an die du geglaubt hast? Hast du die Hoffnung verloren?«, fragt sie leise. »Meinst du, dass du überflüssig bist, weil du für niemanden etwas tun kannst? Fürchtest du, nie im Leben etwas Gutes zu vollbringen? Bist du deshalb hierhergeflohen, in die *Tiefe*, in ein Märchen? Dabei kannst du lieben. Du hast nur Angst vor der Liebe.«

»Hier kann ich tatsächlich helfen. Aber nur hier. Indem ich diejenigen aus der virtuellen Welt heraushole, die sich in ihr verlaufen haben. Weißt du eigentlich, warum sie untergehen? Eben nicht, weil sie nicht schwimmen können, sondern weil sie keine Kraft haben, am Ufer zu bleiben. Aber das Ufer ... entzieht sich meiner Macht.«

»Und in der Realität gibt es nichts ... was dir Hoffnung macht?«

»Jetzt schon. Jetzt, wo der Loser aufgetaucht ist.«

»Ljonja, du verschweigst mir doch was! Du weißt, wer er ist, oder?«

»Ja. Deshalb gibt es ja noch Hoffnung. Wenn sie so werden konnten, können wir es auch.«

»Und wer sind *sie*?«

Wie soll ich Vika das erklären? Wie soll ich sie dazu bringen, an das Unmögliche zu glauben, an etwas, für das die Boulevardpresse zuständig ist?

»Im Grunde hat er es selbst gesagt. Bei den Elben. Ihre Rechner unterstützen kein Englisch, weil das eine rein russische Veranstaltung ist. Und da hat er sich Alien genannt. Fremder.«

Vika schüttelt den Kopf. Sie weiß, worauf ich abziele, will und kann aber nicht daran glauben.

»Er ist ein Alien, Vika. Ein Außerirdischer. Er stammt nicht von der Erde.«

»Er ist ein Mensch ...«

»In gewisser Weise schon, ja. Sogar mehr als wir alle. Denn er ist besser als wir. Wahrscheinlich werden wir nie so sein wie er.«

»Woher willst du all das eigentlich wissen, Ljonja?«

»Er hat hier ... nicht mal einen Körper. Er ist hierhergeflogen, auf ganz banale Weise hergeflogen. Von einem Stern zum anderen. Erinnerst du dich noch an seine Worte über die Stille?«

Vika erschaudert.

»Für uns ist allein die Vorstellung schrecklich, aber er hat in ihr gelebt. Hunderte, Tausende von Jahren hat er nichts als Leere, Stille und Finsternis um sich gehabt. Einen Raum, in dem es nichts gibt. Ich glaube, selbst sein Schiff hat keine materielle Form ...«

Vika schüttelt heftig den Kopf, erstarrt aber mitten in der Bewegung. Ich drehe mich um. Der Loser steht in der Diele.

»Ich habe euch gerufen«, sagt er. »Ich bin ins Treppenhaus gegangen und habe euch gerufen. Und weil die Tür offen stand, bin ich reingekommen.«

Wir schweigen beide.

»Du bist kein Mensch, oder?«, fragt Vika schließlich.

»Stimmt, ich bin kein Mensch. Kommt, der Kaffee ist fertig.«

11

Wir trinken Kaffee. Das Rezept von der Frau aus Rostow begeistert mich nicht gerade. Allerdings ist es komisch, dass ich überhaupt Geschmacksnuancen wahrnehme.

»Das ist nur für Kenner«, urteilt der Loser und schiebt die Tasse weg. »Nehme ich an.«

»Schmeckst du denn etwas?«, will Vika wissen.

»Ja.«

»Wie das? Wenn du im virtuellen Raum etwas schmeckst, heißt das bloß, dass dein Gedächtnis auf deine Erfahrungen in der realen Welt zurückgreift! Wenn du kein Mensch bist, wie ...«

Obwohl mir nicht entgeht, wie Vika sich in ihre Aggressivität reinsteigert, kann ich nichts dagegen unternehmen.

»Ich versuche mir vorzustellen, ob diese Menge Salz den Geschmack des Kaffees verbessert. Ich glaube es nicht.«

»Hast du früher mal etwas probiert, das sich mit Kaffee vergleichen lässt?«

»Nur, als ich bei euch zu Besuch war. Ich ...« Der Loser sieht mich an, zögert. »Im Grunde esse und trinke ich überhaupt nicht.«

Anscheinend ist damit der Punkt erreicht, wo Vika die Geduld verliert.

»Du lügst!«, stellt sie kategorisch fest. »Wie gedruckt! Damit solltest du zum Norbert-Wiener-Platz gehen, in den Club der Ufologen! Die werden dich mit Kusshand aufnehmen! Und dir jedes Wort glauben!«

»Ich habe nicht darum gebeten, dass ihr mir glaubt«, erwidert der Loser leise.

»Stopp!« Ich springe auf. »Schluss jetzt! Alle beide! Vika, ich glaube ihm.«

»Ljonja, du redest dir da was ein!« Vika ignoriert den Loser geflissentlich. »Du bist kein Profi für Computertechnologie. Du hast bei ihm kein Signal feststellen können? Gut. Aber musst du allein deswegen jedes Wort von ihm für bare Münze nehmen?! Was ist bloß in dich gefahren? Er ist ein Mensch, er weiß alles, was ein Mensch weiß, er verhält sich wie ein Mensch! Er ist ein Mensch! Oder kannst du mir das Gegenteil beweisen?«

Der Loser glotzt die Wand an.

»Ich nicht. Er schon.« Ich suche den Blick vom Loser. »Sag es ihr! Bitte! Beweise es ihr!«

»Ich kann nichts beweisen.«

»Du hast mir geholfen, aus Dibenkos Falle herauszukommen«, flüstere ich. »Ich weiß nicht, wie, aber du hast mir einen Teil deiner Fähigkeiten gegeben, deiner Kraft. Das hast du ja wohl nicht vergessen, oder? Kannst du das nicht auch für Vika tun?«

Endlich erwidert der Loser meinen Blick. »Leonid, ich habe dir nichts gegeben. Ich habe nicht das Recht, mich in euer Leben einzumischen.«

»Aber ...«

»Du hast das selbst geschafft. Allein. Du hast früher nur nicht daran geglaubt, dass es möglich ist. Du brauchtest ein Ziel, für das es sich zu kämpfen lohnt. Als du mich getroffen hast, da hast du dieses Ziel gefunden. Mit einem Mal hast du geglaubt, dass die Zukunft noch offen ist, dass die Welt kein Kartenhaus ist, dass sie nicht in die *Tiefe* stürzt. Ich habe dir lediglich geholfen, zu diesem Glauben zu gelangen.«

Ich schüttle den Kopf. Nein, das stimmt nicht! Allein hätte ich das nie im Leben geschafft!

Der Loser hält meinem Blick stand.

»Du verdankst mir nichts, Leonid. Nichts, außer Schwierigkeiten. Tut mir leid. Aber ich habe nicht das Recht, solche Geschenke zu machen.«

»Hör mal, Freundchen, bring ihn nicht auf die Palme!«, interveniert Vika in scharfem Ton.

»Loser ... Alien ...« Ich lege ihm die Hand auf die Schulter. »Irgendwann musst du sowieso mit der Sprache herausrücken. Du musst sagen, wer du bist, und zwar nicht uns, sondern Wissenschaftlern und Politikern ...«

Ich verstumme mitten im Satz.

Der Loser schüttelt den Kopf. »Das muss ich keineswegs. Das ist sinnlos und unnötig.«

»Aber der Kontakt ...«

»Der Kontakt?« Er lächelt. »Meinst du nicht, dass dafür ein funkelndes Raumschiff nötig ist, das auf der Wiese vorm Weißen Haus landet? Eine langbeinige Blondine, die einem violetten Krokodil im Raumanzug Blumen überreicht? Mit Rechnern und Geräten vollgestopfte Laderäume, eine galaktische Enzyklopädie, die in den tausendundersten synthetischen Diamanten graviert ist? Ein Mittel gegen Krebs und eine Technik, um das Wetter zu beherrschen? Oder nein, ich glaube dieser Kontakt sollte doch anders aussehen. Da sollten fliegende Untertassen ganze Städte verbrennen, und die Menschheit einen Partisanenkrieg gegen intelligente Quallen führen. An dieses Szenario würdet ihr vermutlich eher glauben, oder, Leonid? Denk nur an diesen Mann, der die interstellaren Armeen kommandiert hat! Denk ans Labyrinth! Also, was ist ein Kontakt? Ein Kontakt ist, wenn du daran glaubst. Du hast an mich geglaubt. Du hast mich für einen Außerirdischen gehalten. Du hast daran geglaubt, dass es einen Kontakt gegeben hat ...«

»Aber wenn du zu uns gekommen bist«, schreie ich, »dann ja wohl, weil du uns etwas zu sagen hast!«

»Nein.«

Das war's. Es hat keinen Sinn, diese Diskussion fortzusetzen.

»Ich bin nur gekommen, um eine Weile hier zu leben. Du ahnst ja nicht einmal, wie verschieden wir sind, Leonid. Ich betrete die Erde nie, denn ich habe nichts, womit ich auftreten könnte. Ich reiche dir nicht die Hand, denn ich habe keine Hände.«

»Trotzdem bist du in dieser Welt ein Mensch!«, insistiert Vika.

»Natürlich. Denn wenn du wissen willst, was der Himmel ist, musst du zum Himmel werden. Wenn du wissen willst, was ein Stern ist, musst du zu einem Stern werden.« Der Loser schielt zu mir herüber und lächelt. »Und wenn du wissen willst, was die *Tiefe* ist, musst du zur *Tiefe* werden. Ich bin zu einem Menschen geworden – soweit mir das möglich war.«

»Und das ist deine Methode, etwas zu begreifen?«, fragt Vika ironisch.

»Ja.«

»Aber wieso solltest du uns überhaupt verstehen wollen, wenn wir so verschieden sind? Wenn wir einander sowieso nicht brauchen?«

»Weil ich müde war. Weil ich zu lange allein war.« Das klingt, als entschuldige der Loser sich. Oder als wolle er Vika endgültig überzeugen. »Ich brauchte Erinnerungen ... wie die an die Stadt und die Menschen, den Geschmack von Kaffee und den Geruch eines Lagerfeuers. Das war fremd für mich, wird jetzt aber für immer meins bleiben. Genau wie dein Unglaube und Leonids Glaube. Oder diejenigen, die mich getötet haben, und diejenigen, die mich gerettet haben. Ich wollte euch keine Schwierigkeiten machen und mich nicht in euer Leben einmischen. Das ist eine feste Regel ... keinen Schaden anrichten.«

»Deine Regel ...«, bemerke ich.

»Ja. Ihr lebt nach anderen Gesetzen. Ich maße mir nicht an zu entscheiden, welche besser sind.«

»Du hättest keinen besseren Ort für deinen Besuch auf der Erde wählen können«, murmele ich. »Hier hast du Freiheit, hier mischt sich niemand in deine Angelegenheiten ein. Du findest alle Farben des Lebens, von Schwarz bis Weiß.«

»Natürlich.«

»Nur dass ich auf etwas anderes gehofft habe«, bringe ich heraus. »Dass du nicht nur nimmst ... riechst und schmeckst, Wörter und Farben speicherst, sondern uns auch etwas beibringst ... Nein, natürlich nicht, wie man die Wolken vertreibt oder eine Grippe behandelt ... sondern: gut zu sein.«

»Leonid, *gut*, das ist nur ein Wort. Wenn ich kein Lebewesen umbringe, liegt das weniger an meiner Moral, als vielmehr an meiner Physiologie.«

Das war's nun endgültig.

Immer habe ich eine Antwort gesucht, ein Ideal, wollte ich Wunder entdecken, für die es auf der Erde schon seit langem keinen Platz mehr gibt. Und mir war scheißegal, ob es sich bei diesem Wunder um einen Außerirdischen von einem anderen Stern oder um ein Produkt des Netzes handelt. Der Mann Ohne Gesicht hat das vermutlich ganz genau gewusst, als er mich ins Labyrinth geschickt hat.

Nur dass Wunder sich einen Dreck um uns scheren. Ein Wunder, das ist sozusagen der Alien unter den Aliens. Es kann gut sein, es kann aber auch einen satten Rülpser ausstoßen.

»Wenn ich versuchen würde, euch meine Ethik zu erklären«, sagt der Loser, »dann müsste ich auf physikalische Gesetze und mathematische Formeln zurückgreifen. Aber wenn ich euch unsere Wissenschaft erklären wollte, müsste ich Gedichte und Gemälde schaffen. Ist dir die Tragweite dessen klar? Wir unterscheiden uns eben nicht dadurch, dass wir unterschiedlich weit entwickelt sind.

Wir unterscheiden uns *grundsätzlich*. Wir können nichts voneinander lernen. Das, was ich bei euch bekommen habe, sind nur Erinnerungen. Emotionen. Aber du glaubst doch nicht etwa, dass sie in der Form erhalten bleiben, die ihr Menschen kennt?«

»Doch, das habe ich eigentlich angenommen.«

»Dann hast du dich geirrt, Leonid. Ich werde euch bald verlassen, und dann werden diese Erinnerungen sich ändern. Genau wie ich selbst und mein Gedächtnis.«

Ich gehe zum Fenster hinüber und blicke hinaus. Da unten funkeln die Lichter Deeptowns. Was sagst du dazu, Mann Ohne Gesicht? Haben wir Menschen wirklich nichts von dem Loser zu erwarten? Ich habe Erwartungen an ihn gehabt. Und? Wurden sie erfüllt?

»Nehmen wir einmal an«, ergreift Vika hinter mir das Wort, »dass du die Wahrheit sagst, Loser. Dass du wirklich ein Alien bist. Ein Außerirdischer von einem anderen Stern. Den rein gar nichts mit uns Menschen verbindet. Dann erklär mir doch mal ...«

Vielleicht fängt selbst Vika nun langsam an, ihm zu glauben, auch wenn sie sich noch hinter der Wendung »nehmen wir einmal an« versteckt und den Loser erst zu seiner Ethik und Kultur, zur Konstruktion seines Schiffs und den Prinzipien des interstellaren Reisens befragen muss.

Gut, wenn das ihr Weg ist ...

»Ich lasse euch kurz allein«, teile ich ihnen mit, ohne mich umzudrehen.

Vika protestiert nicht, vermutlich glaubt sie, ich wollte die *Tiefe* verlassen.

Weit gefehlt ...

Ich schiebe die Hand erst durch die designte Wand, dann durch das designte Fenster, mache einen Schritt – und finde mich über der Stadt wieder. Über den Gebäuden, Reklamen, Fußgängern und Autos.

Mich gibt es nicht mehr, mein Körper hat sich aufgelöst. Ich gleite einfach durch die Luft.

Als wären sämtliche Hacker-Träume und Fantasien von Hollywood-Regisseuren in Erfüllung gegangen. Das ist die virtuelle Welt, wie sie sein soll. Freiheit der Richtungen und Formen.

Vorwärts!

Ich beschreibe einen Kreis über einem der Paläste von Microsoft, einem monströs angeschwollenen Bau voller Fenster. Im Flug gehe ich tiefer und peile den Eingang nach Lórien an.

Dafür muss ich hier entlang, diese Straße ...

Ich nehme an, die Menschen, über deren Köpfe ich dahinschieße, sehen mich nicht. Indem ich von Server zu Server springe, bewege ich mich schneller als die Taxis des Deep-Explorers fort.

Was suche ich eigentlich? Spuren jenes Kampfes, der hier vor ein paar Stunden getobt hat? Als ob die virtuelle Zeit nicht verknäult wäre! Als ob du ohne weiteres ein einzelnes Ereignis aus ihr herausfischen könntest! Trotzdem muss ich es versuchen.

Da!

Die Bruchbude der Elben. In der leeren Straße leuchtet weit hinten ein Taxi, das gerade davonfährt.

Ich lande auf dem Gehsteig und verwandle mich in einen Menschen.

Die Leichen von Dibenkos Bodyguards sind bereits verschwunden. Entweder sind sie weggebracht worden oder zerfallen. Da, wo der Werwolf gegen den Mann Ohne Gesicht gekämpft hat, ist der Asphalt noch immer geschmolzen und eingedrückt. Das ist der einzige Hinweis.

Was soll mir der bringen?

Ich gehe um die Stelle herum und überlege, mir von zu Hause Suchmaschinen runterzuladen, um den Raum zu sondieren. Aber nein, mit denen käme ich auch nicht weiter. Die üblichen Methoden versagen hier.

Aus einer Gasse zuckelt ein Taxi heran. Es fährt viel zu langsam, als dass es ein Zufall sein könnte, denn die Schnelligkeit des Deep-Explorers ist legendär.

Na gut, mit diesem Hinterhalt hätte ich wohl rechnen müssen.

Ich bin mir so sicher, dass Dibenko im Wagen sitzt, dass ich den Mann, der aussteigt, nicht gleich erkenne.

»Revolvermann? Nicht wahr?«, ruft Guillermo fröhlich, als er auf mich zusteuert. »Sie sind es doch, Revolvermann, oder?«

Ich hülle mich in Schweigen. Der Chef vom Sicherheitsdienst des Labyrinths ist mir immer noch sympathisch – was sehr ärgerlich ist.

»Sie sind doch der Revolvermann?«, versichert sich Guillermo. »Sagen Sie schon!«

»Hallo, Willy«, erwidere ich.

»Hallo!« Ein strahlendes Lächeln. »Hab ich's doch gewusst.« Guillermo linst auf den geschmolzenen Asphalt und schnalzt mit der Zunge. »War ein heißer Kampf? Oder?«

»Ja.«

»Revolvermann ...« Willy breitet die Arme aus. »Die ganze Geschichte ist mir entsetzlich peinlich, ehrlich! Ich war dagegen, Sie auf Schadensersatz zu verklagen! *Dort* ...« Ein beredter Blick nach oben. »... war man allerdings der Ansicht, man müsse Ihnen eine Lektion erteilen. Aber so geht das doch nicht!«

»Und jetzt?«

Guillermo schnauft und setzt sich ungeachtet seines teuren Anzugs auf den Asphalt. Ich hocke mich neben ihn. Vor uns haben wir die Reste des Feuers, in dem Romka verbrannt ist. Wahrscheinlich wirken wir wie zwei Hippies aus unterschiedlichen Generationen: Der eine hat sich bereits ausgetobt, sich seine Toleranz aber dennoch bewahrt, der andere ist gerade in der Hochphase seiner Protesthaltung.

»Ich habe vermutet, dass Sie in diesen ... Vorfall verwickelt waren«, bemerkt Willy. »Ein höchst ungewöhnlicher und blutrünstiger Kampf. Ich habe übrigens auf ... äh ... eigene Faust gehandelt, als ich hier auf Sie gewartet habe.«

»Wozu?«, frage ich. »Wollen Sie mich festhalten? Das wird Ihnen nicht glücken. Das hätte früher schon nicht geklappt, aber jetzt wird daraus erst recht nichts.«

Guillermo horcht alarmiert auf, verzichtet aber auf Nachfragen. »Ich bitte Sie, Revolvermann! Ich bin mir sicher, dass Ihnen kein Vorwurf zu machen ist. Wahrscheinlich liegt ein Missverständnis mit Al Kabar vor. Wer weiß?«

Er zwinkert mir verschwörerisch zu. Worauf ist er nun schon wieder aus? Auf einen klammheimlichen Aufstand gegen die Chefetage des Labyrinths?

»Ich würde unsere Zusammenarbeit gern erneuern, Revolvermann. Schließlich haben Sie als Erster vermutet, dass mit dem Loser etwas nicht stimmt. Daraus darf man Ihnen keinen Strick drehen!«

»Danke.«

»Aber auch wir müssen zusehen, unser Schäfchen ins Trockene zu bringen. Immerhin ist es unser Territorium, in das der Loser eingedrungen ist! Die Rechtslage ist sehr kompliziert, da wäre es einfacher, wir würden uns gütlich einigen ... wie vernünftige Menschen. Denn schließlich sind wir das: Menschen!«

Dieses Vorpreschen überrascht mich nun doch! Offenbar hat man im Labyrinth schnell kapiert, worum es geht.

»Willy«, sage ich. »Das würde überhaupt nichts bringen. Haben Sie immer noch nicht begriffen, woran das scheitern würde?«

»An Al Kabar?«, fragt Guillermo rasch. »Oder an diesem Mister X?«

»Nein. Willy. Wir alle wollen etwas vom Loser. Ich habe vom Glück für die ganze Menschheit geträumt. Sie wissen schon, ein allumfassendes, abstraktes Glück, das er uns bringen könnte.«

Mit einem Nicken signalisiert Guillermo, dass er meinen Gedankengang nachvollzieht.

»Sie allerdings sind vermutlich ebenso auf Ruhm erpicht wie auf Ihren Anteil an dem Geschäft mit der Technologie, die er uns bringen könnte.«

Er gestikuliert protestierend: Ich bitte Sie, das Labyrinth ist doch nicht auf Profit aus! Ja, ja, die Märchen kennen wir.

»Aber der Loser hat nicht die geringste Absicht, mit uns zu kommunizieren, Willy! Er braucht uns nämlich gar nicht.«

Damit scheine ich einen Treffer gelandet zu haben.

»Er braucht uns nicht?«, ruft Guillermo aus.

»Absolut nicht. Er hat hier nur einen Halt eingelegt, um zu verschnaufen. Jetzt plant er, seinen Weg durch die Sterne fortzusetzen.«

»Seinen Weg durch die Sterne?«, hakt Guillermo nach.

»Ja.«

»Welche Sterne?«

Offenbar reden wir aneinander vorbei.

»Willy, der Loser ist eine fremde Lebensform, ich glaube, eine rein energetische. Sein Verstand unterscheidet sich grundsätzlich von dem unseren.«

Ich verstumme.

Wie lächerlich das klingt!

Jetzt, wo der Loser nicht in der Nähe ist, bin ich genauso skeptisch wie Vika.

»Eine energetische Lebensform«, wiederholt Guillermo so sanft, als spreche er mit einem Kranken. »Ach ja, interessant.«

Wer von uns beiden ist jetzt der größere Idiot?

»Willy, lassen Sie uns doch unsere Informationen austauschen. Als ersten Schritt in unserer Zusammenarbeit.«

»Ich glaube, ich kenne Ihre Informationen bereits.« Willy blinzelt verschlagen. »Und?«

»Dafür kann ich mich jederzeit mit dem Loser treffen und mit ihm reden. Und?«

»Er ist bei Ihnen?«

Ich hülle mich in Schweigen.

»Um Ihnen zu beweisen, wie sehr uns an einer Zusammenarbeit gelegen ist ...«, knurrt Willy. O nein, er ist nicht aus eigenem Antrieb gekommen! Oder wenigstens nicht nur! Die Leitung vom Labyrinth berät in eben diesem Moment voller Panik, ob er mit offenen Karten spielen darf oder nicht.

»Ich kann auch gehen«, werfe ich ein.

»Einverstanden!« Willy hebt die Arme. »Ich kapituliere! Sie haben gewonnen, Revolvermann! Wie immer haben Sie gewonnen!«

Ich ignoriere das Kompliment, doch Willy hat sowieso nicht mit einer Reaktion gerechnet.

»Wir haben das Phänomen Loser anfangs falsch eingeschätzt«, gibt er zu, wobei er sich die Nasenwurzel reibt. »Das war ein großer Fehler. Da hat sich dann zum Glück die Aufmerksamkeit, die das Labyrinth seinen Spielern angedeihen lässt, ausgezahlt ... Als Ihre Bemühungen und die Anstrengungen unserer Diver nichts brachten, haben wir angefangen, den Kanal zu suchen, über den der Loser zu uns gekommen ist ... Wir haben gesucht und gesucht ... und nichts gefunden.«

Langsam wird's spannend!

»Sind Sie mit der Theorie der Parallelwelten vertraut, Revolvermann?«, fragt Guillermo.

»Aus der Science Fiction.«

»Das ist eine durch und durch seriöse Theorie, Revolvermann. Parallel zu unserer Welt können noch andere Welten existieren. Unsichtbare, unerreichbare ... aber völlig reale. Bislang stand es uns nicht zu Gebote, mit ihnen vernünftig zu kommunizieren. In der virtuellen Welt sieht die Sache jedoch ganz anders aus. Datenströme leben nach ihren eigenen Gesetzen. Nichts in der Geschichte der Menschheit hat die Entropie bisher derart effizient verringert wie das Computernetz. Unabhängig von unserem Willen und von unseren Wünschen nimmt es zudem Einfluss auf die physikalischen Gesetze der Welt. Die Datenströme fließen durchs Netz, sammeln sich und bilden Zentren an Orten, an denen sich die Natur des Universums selbst verändert.«

»Daten können die Gesetze der Natur nicht verändern«, werfe ich ein.

»Nicht? Wenn sich in einem begrenzten Raum eine komplexere Struktur herausbildet, wirkt sich das auf das ganze Universum aus. Sehr schwach natürlich nur. Trotzdem gerät das Weltengebäude aus dem Gleichgewicht. Jeder Gegenstand, der durch die Hand des Menschen geschaffen wurde, trägt eine positive und eine negative Ladung in sich. Die Keule, die aus einem Baumstamm herausgehauen wurde, war eben nicht nur eine Waffe! Nein, nein und nochmal nein! Sie war eine abweichende Erscheinung, eine klare Struktur in einer chaotischen Welt. Sie hatte jedoch ihren Preis – und sei es nur ein Haufen Späne und Sägemehl. Das Buch war schon eine komplexere Erscheinung. Als es geschaffen wurde, standen sich das Wissen und das Chaos bereits nicht mehr gleichgewichtig gegenüber. Und auch das Buch hat seinen Preis – und seien es nur die Bäume, die für die Papierherstellung gefällt wurden. Dass die meisten Bücher der Bäume noch nicht einmal wert sind, steht auf einem anderen Blatt. Nehmen wir jetzt einmal die Bücher unter die Lupe, die unser Wissen in seinen Grundfesten erschüttern. Damit meine ich nicht Enzyklopädien, die bekanntes und meist unnützes Wissen beinhalten, sondern jene Bücher, die eine neue Ethik und ein neues Weltverständnis hervorbringen. Sie beeinflussen das Leben der Menschen, führen zu einer größeren Informationsdichte und zerstören das Alte. Das ist eine Art Fluch: Je informativer ein Buch ist, desto stärker erschüttert es die Welt. Der Mensch ist nicht in der Lage, Ordnung zu schaffen, ohne dabei Chaos in die Welt zu bringen. Ganz anders verhält es sich dagegen mit Computern. Sie bedeuten reine Information. Diese Information strömt in verschiedene Richtungen auseinander, sammelt sich an, vermehrt sich. Und sie verschwindet niemals spurlos. Deshalb ist es etwas völlig anderes, ob man eine Datei, einen Edelstein oder ein geliebtes Buch aus der Hand gibt. Informationen durchdringen den Raum des Universums, zerstören das Gleichgewicht von Ordnung und Chaos.«

Guillermo atmet erst mal tief durch. Er ist aufgewühlt, er will jetzt unbedingt weiterreden.

»Immer dann, wenn die Menschen zu einem neuen Verständnis der Welt gelangen, wenn sich ihr Blick auf das Leben ändert, geschieht etwas Ungewöhnliches. Dann fällt die Grenze zwischen den Welten, dann vollzieht sich ein Wunder. Und dann kann ein Wesen aus einer anderen Welt – vielleicht ein Mensch, vielleicht aber auch nicht – zu uns vorstoßen. Es wird sich mit unserer Moral, unserer Kultur und unseren Träumen konfrontiert sehen, es wird das Wissen des Netzes in sich aufnehmen ... erschrecken und erstarren.«

Wie soll ich darauf antworten?

Vielleicht, indem ich meinen Traum von dem fallenden Stern erzähle?

»Soweit ich es verstehe, hat der Loser Ihnen erklärt, er sei ein Außerirdischer von einem anderen Stern?«, will Guillermo wissen.

Ich nicke.

Auch wenn das nicht ganz stimmt. Er hat es mir ja nicht explizit gesagt, er hat nur meine Worte nicht zurückgewiesen.

»Hat er Ihnen das mit eigenen Worten versichert? Oder hat er lediglich Ihre Hypothese bestätigt?«

»Letzteres«, murmele ich.

»Also das übliche Muster«, bemerkt Guillermo. »Sie geben zu, hier fremd zu sein, locken uns dabei aber auf eine falsche Fährte. Zu Recht, denn sie haben allen Grund uns zu fürchten. Ihre Zivilisation dürfte vermutlich friedliebend sein, während wir ja nicht gerade die sanftmütigsten Wesen sind.«

Es war lange her, dass mich jemand so vorgeführt hatte.

»Wir haben verschiedene Theorien diskutiert«, erläutert Guillermo weiter. »Auch mit der Version von Al Kabar haben wir uns auseinandergesetzt. Sie gehen von einem intelligenten Rechner aus, von einer Mutation, die ein Zwitter aus Mensch und Computer hervorgebracht hat. Unsere Spezialisten haben dafür ... nur ein Lächeln übrig. Selbstverständlich haben wir auch an einen Außerirdischen von einem anderen Stern gedacht. Das ist schön ...

und wohl zu schön, um wahr zu sein. Für uns arbeiten erstklassige Psychologen und hervorragende Programmierer. Beide Gruppen haben sich intensiv mit dem Problem beschäftigt. Und bislang scheint die Theorie von den Parallelwelten am überzeugendsten. Al Kabar hat zu wenig mit Menschen zu tun, daher ist ihr Herangehen rein mechanisch. Obendrein versteht Urmann nicht viel von moderner Technologie. Glauben Sie mir, wir haben es hier weder mit einem intelligenten Rechner noch mit einem Menschen, der mit einem Computer verwachsen ist, zu tun. Vielleicht ...« Ein arrogantes Lächeln. »... mit einem Außerirdischen. Vielleicht ...« Jetzt setzt Guillermo ein ernstes Gesicht auf. »... aber auch mit einem Wesen aus einer Parallelwelt. Lassen Sie uns versuchen, das Problem gemeinsam zu lösen. Ohne Machtspielchen. Ohne ... Kämpfe.« Guillermo deutet angewidert auf den geschmolzenen Asphalt. »Setzen wir uns zusammen und reden in alle Ruhe miteinander. Vergessen wir, was in der Vergangenheit zwischen uns vorgefallen ist. Lassen Sie uns lieber gemeinsam diesem Wesen klarmachen, dass wir keine Ungeheuer sind, dass er uns nicht fürchten muss. Reichen wir ihm die Hand.«

Er hält mir seine Hand hin. Ich erwidere jedoch kein Wort und ignoriere die Hand.

Wer auch immer der Loser sein mag, er hat versucht mir zu helfen.

Er war – und ist – besser als die meisten echten Menschen.

»Tut mir leid, Willy, aber ich muss Ihr Angebot ablehnen«, sage ich. »Möglicherweise haben Sie völlig Recht, wenn Sie ihn zur Kooperation überreden wollen. Allerdings habe ich nicht das Recht, das zu entscheiden.«

»Und wer hat dann dieses Recht, Revolvermann?«, fragt Guillermo leise.

»Nur er selbst. Der Loser. Er will uns nichts sagen. Er hat sich als Alien bezeichnet, als Besucher, den die Einsamkeit müde gemacht hat. Jetzt möchte er wieder gehen. Das ist sein Recht. Das ist seine Entscheidung. Er hat niemandem geschadet, er hat sich bloß in unserer unglückseligen Welt verlaufen. Ich habe ihm geholfen herauszukommen. Ich habe ihm ... wie ich hoffe ... gezeigt, dass die *Tiefe* nicht allein aus blutigen Kämpfen besteht. Wenn das nicht genug ist, kann ich es nicht ändern. Dann mag er gehen. In seine Parallelwelt oder zu fernen Sternen. Er ist genauso frei wie wir.«

Guillermo scheint wie vor den Kopf geschlagen. Er sieht mich mit schmerzhaftem, müdem Blick an. Wahrscheinlich hat er die Wahrheit gesagt. Vermutlich will er dem Loser wirklich nichts Böses. Wir packen die Sache einfach unterschiedlich an.

»Wollen Sie ihn tatsächlich gehen lassen, Revolvermann?«, fragt er. »Wollen Sie wirklich zulassen, dass dieses Geheimnis für lange Zeit, vielleicht sogar für immer ungelöst bleibt? Dass wir nie erfahren, wer der Loser war?«

»Das ist Freiheit, Willy.«

»Ihr Russen habt den Staat und die Gesellschaft doch immer über den einzelnen Menschen gestellt«, erläutert Guillermo. »Das ist zwar falsch, aber bitte!«

»Nur bin ich ein Bürger Deeptowns. Und in der *Tiefe* gibt es keine Grenzen, Willy.«

Guillermo nickt und steht langsam und unbeholfen auf. Er betrachtet das wartende Taxi. In ihm sitzen sicher auch ein paar Kraftbolzen aus Al Kabar und womöglich meine Freunde Anatole und Dick.

»Hat der Loser wenigstens etwas für Sie ganz persönlich getan, Revolvermann?«, erkundigt sich Willy.

»Wahrscheinlich schon.«

»Dürfte ich erfahren, was?«, fragt er mit überraschender Schüchternheit. »Oder zeigen Sie es mir?«

Ich sehe ihn an, ehe ich mich über die eingedrückte Stelle im Asphalt beuge.

Vor gut zwei Stunden ist hier der Diver und Werwolf Roman, mein unglücklicher Partner, gestorben. Ich habe nicht gesehen, wie das geschehen ist, aber ich kann es mir vorstellen.

Die Flamme hüllt den Wolfskörper ein, das Virus des Mannes Ohne Gesicht frisst sich durch Romkas Computer. Die Festplatte vibriert, als die Daten und sämtliche Software gelöscht werden. Die Verbindung reißt, und Romka fällt aus der *Tiefe*, wird aus seinem verzweifelten und hoffnungslosen Kampf geschleudert.

Ich rieche das verbrannte Fell, sehe das fahle Feuer, mein Körper krümmt sich in einem Krampf ...

Und ich verschwinde, sacke durch den virtuellen Asphalt, in den inzwischen verstopften Verbindungskanal.

100

Ich fliege.

Ein Funkenregen prasselt auf meinen Körper ein.

Spiralförmige Blitze peitschen mir ins Gesicht.

Ich spüre Schmerzen, und zum ersten Mal im virtuellen Raum sind es Schmerzen, die ich nicht imaginiere. Es ist ein schwaches Echo jener Qualen, die mein Körper in der echten Welt erträgt. Das ist der Preis dafür, dass ich etwas mache, was ein Mensch nicht tun kann, nicht tun darf: Ich trete in direkten Kontakt mit den Rechnern. Ich bewege mich durchs Netz, indem ich auf längst beendete Programme zugreife.

Das tut weh, doch ich muss es aushalten.

Ich glaube, ich stöhne. Ich schreie, presse meine inexistenten Hände gegen die Stirn. Glühende Nägel bohren sich mir in die Augen, meine Haut wird abgeschmirgelt.

Das ist der Preis für das Unmögliche ...

Als ich wieder zu mir komme, sehe ich vor mir eine Tür. Ich liege in einem langen und tristen Gang, von dem hundert solcher Türen abgehen. Bin ich in einem der VR-Hotels?

Die Schmerzen haben sich noch nicht verzogen, aber etwas nachgelassen. Ich kann immerhin vorsichtig aufstehen. Dann muss ich mich allerdings gleich wieder mit der Stirn gegen die kalte Holztür lehnen.

Kommst du also auch von verschiedenen Adressen in die virtuelle Welt, ja, Romka?

Ich stoße die Tür auf, ohne auch nur einen Gedanken daran zu verschwenden, dass sie abgeschlossen sein könnte, und stolpere ins Zimmer. An die Wände sind Poster von halbnackten Schönheiten gepinnt, vor einer Wand steht ein Tisch voller Drinks. Irgendwie reichlich albern. Ein unbekannter Mann sitzt mit dem Rücken zu mir vorm Rechner, hämmert auf die Tastatur ein und trällert gotterbärmlich vor sich hin. Eine halbleere Flasche Gin und ein Ascher mit Kippen leisten ihm Gesellschaft. Gerade stürzt er ein Glas mit billigem Hogarth runter.

»Hallo, Romka!«, brumme ich, ehe ich gegen die Wand sinke. Der Mann fährt herum, springt auf, packt mich und zieht mich zum Sessel.

Nun darf ich endlich in Ohnmacht fallen.

Romka hält mir ein volles Glas Gin an die Lippen. Der Geruch des Wacholders bringt mich endgültig zurück in die Realität.

»Nimm das weg ... sonst kotz ich ...« Ich schiebe seine Hand zur Seite.

»Bist du das, Ljonka?«, fragt der Diver entgeistert.

»Mhm.«

»Trink das, dann geht's dir gleich besser!«

»Du Alki«, knalle ich ihm das an den Kopf, was ich immer gedacht, mich aber nie auszusprechen getraut habe. »Puren Gin kriegst nur du runter.«

»Ach, du willst Tonic dazu?«, erkundigt sich Romka. »Mir schmeckt er so ja ganz gut.«

Kurzerhand schüttet er einen Großteil des Gins auf den Boden, um das Glas mit Tonic aufzufüllen. Als er mir den Drink erneut hinhält, lehne ich nicht ab, sondern trinke und spüre, wie sich eine wohlige Wärme in meinem Körper ausbreitet.

»Wie bist du reingekommen?«, fragt Romka. »Die Tür war doch abgeschlossen!«

Es würde zu weit führen, ihm zu erklären, warum verschlossene Türen für mich kein Hindernis mehr darstellen. Deshalb fege ich die Frage mit einer lässigen Handbewegung gleichsam vom Tisch und leere das Glas.

»Und wie hast du mich gefunden?«

»Also ... da habe ich mir was einfallen lassen«, antworte ich vage. Zum Glück freut sich Romka zu sehr über mein Auftauchen, als dass er nachhaken würde.

»Bist du diesem Dreckskerl entwischt?«, will er wissen.

»Mhm.«

»Dieses Schwein«, poltert Romka. »Der hat mir ordentlich was verpasst!«

»Und? Wie bist du mit dem Virus fertiggeworden?«

»Das Ding war okay, alles im Rahmen der Konvention. Meine Kiste ist abgestürzt, aber nach dem Rebooten war das Virus runter. Fies war's trotzdem!« Romka lacht gezwungen. »Tolle Feinde hast du dir da ausgesucht, Ljonja!«

»Neidisch?«

»Klar«, gesteht Romka. »Aber ich habe wirklich Angst gehabt, dass ihr es nicht schafft abzuhauen.«

»Doch, haben wir.«

»Deine Freundin ist klasse.« Romka zwinkert mir zu.

Ich nicke und sehe mich nun aufmerksamer um.

Es ist wirklich etwas merkwürdig, wie Romka haust. All diese Playmates an den Wänden, der ganze Alk und die Zigarren auf dem Tisch, die neuesten Nummern des *Playboy* und die Musikmagazine für Teenies auf dem Bett ...

Romka wendet den Blick ab.

»Stör ich eigentlich?«, frage ich.

Der Werwolf schielt zum Rechner, über dessen Bildschirm die Zeilen eines einfachen Programms laufen.

»Nein ... ich bereite mich auf eine Prüfung vor ... halb so wild.«

»Was für eine Prüfung?«

»In Informatik.«

»Wie alt bist du, Romka?«, frage ich.

»Fünfzehn.«

Ich kriege einen Lachanfall und schere mich nicht mehr darum, dass der Mann mir gegenüber finster die Zähne aufeinanderbeißt. Ich kann überhaupt nicht mehr aufhören. Romka steht auf, zündet sich eine Zigarre an und gießt sich Gin ein. »Was ist daran so komisch?«, fragt er schließlich.

»Romka ...« Ich weiß, wie mies dieses Gelächter ist, aber ich kann es einfach nicht unterdrücken. »Hast du je gläserweise Wodka oder puren Gin in dich reingeschüttet?«

»Nein.«

»Dann versuch es auch gar nicht erst. Ich bin ein Idiot, dass ich das nicht gleich begriffen habe. Du ... du verhältst dich viel zu männlich, um ein erwachsener Mann zu sein!«

»Dann merkt man mir also an, dass ich erst fünfzehn bin?«, will Romka bedrückt wissen.

»Nicht sehr. Allerdings ist es irgendwie ungewöhnlich ...«

»Wieso das? Unter den Werwölfen gibt es etliche, die noch zur Schule gehen.«

»Woher weißt du das?«

»Also ... wir sind untereinander wahrscheinlich offener. Wer über achtzehn ist, kann in der Regel nicht in einen Tierkörper schlüpfen. Für uns ist das aber überhaupt kein Problem.«

Die Elastizität. Das liegt an der Elastizität ihrer Psyche. Ich sehe Romka an und begreife mit einem Mal, dass unter meinen Diverfreunden vermutlich viele Teenies sind. Sie sind so begeistert, wenn sie dreckige Witze erzählen und ihre Coolness zur Schau tragen. In diesem Alter überwindest du die Hürden des Deep-Programms viel selbstverständlicher. Außerdem sind diese Teenies mit Filmen und Büchern über die virtuelle Welt groß geworden, sie wissen, dass Deeptown nicht nur mit dem Kopf, sondern auch mit dem Herzen gezeichnet ist. Deshalb ertrinken sie nicht.

Vielleicht wird es in Zukunft mehr von ihnen geben, vielleicht werden wir Diver uns dann nicht mehr verstecken.

»Gehst du von deinem Rechner aus in den virtuellen Raum, Romka?«

»Von dem meines Vaters. Ich kriege immer was zu hören, wenn sie mich in der virtuellen Welt erwischen. Mein Vater denkt, dass es hier nur wilden Sex und Schlägereien gibt. Deshalb muss ich immer mit einem Bein in der Realität bleiben, um mitzukriegen, was um mich herum passiert oder ob jemand nach Hause kommt.«

»Jedenfalls freue ich mich, dass du so glimpflich davongekommen bist.«

»Und ich erst!«, erwidert der Werwolf. »Ich hab zwar einen Streamer, trotzdem war es schwer, wieder alles hinzukriegen. Bist du extra gekommen, um zu sehen, wie ich den Kampf überstanden habe?«

Ich würde zu gern Ja sagen, aber das wäre gelogen. »Nicht nur. Ich wollte auch einen Rat von dir ...«

»Aber jetzt hast du es dir bestimmt anders überlegt?«

Das habe ich – nur geht das nach diesen Worten nicht mehr.

»Ich bin da in eine sehr seltsame Geschichte reingeschlittert, Romka.« Ich stehe auf, gieße mir zwei Fingerbreit Gin ein und fülle das Glas mit Tonic auf. »Ich bin im Netz auf einen Menschen gestoßen ... der nicht hundertprozentig ein Mensch ist.«

Romka wartet geduldig.

»Inzwischen weiß ich nicht mehr, was wahr ist und was gelogen«, gestehe ich. »Vielleicht ist er ein Außerirdischer von einem anderen Stern, vielleicht ein Besucher aus einer Parallelwelt oder das Produkt eines intelligenten Rechners. Vielleicht ist er aber auch ein Mutant, der selbstständig ins Netz geht, ohne jeden Computer. Jedenfalls wird der Mann gejagt. Mindestens zwei große Konzerne sind hinter ihm her.«

Der Werwolf signalisiert mit einem Nicken, dass er im Bilde ist: klar, das Labyrinth und Al Kabar.

»Plus Dmitri Dibenko.«

»Dibenko?«

»Höchstpersönlich. Alle drei wollen diesen Mann für ihre Zwecke einspannen. Er jedoch will uns wieder verlassen. Für immer.«

»Und jetzt fragst du dich, ob du ihn ausliefern sollst?«, vermutet Romka.

»Wenn er gehen will, kann ihn niemand daran hindern, da bin ich sicher. Trotzdem ... Romka, er kommt aus einer anderen Welt. Er verfügt über ein anderes Wissen, steht für eine andere Kultur. Wenn wir ihn überreden könnten zu bleiben ... damit wir wenigstens etwas von alldem erfahren. Ein Krümelchen seines Wissens könnte die Menschheit auf eine höhere Entwicklungsstufe katapultieren!«

»Schon möglich«, stimmt Romka mir zu.

»Er hat es ... wie auch immer ... geschafft, etwas in mir zu verändern. Ich verfüge jetzt über gewisse Fähigkeiten, und nur ihretwegen konnte ich dich überhaupt finden. Habe ich da wirklich das Recht, zu schweigen und ihn zu verstecken.«

»Und da bittest du mich um Rat?«, fragt Romka irgendwie ängstlich. »Ja?«

»Genau. Und ich bitte dich gerade deshalb, weil du noch jung bist. Ich selbst bin nämlich längst ein alter Zyniker. Also, Romka, hat ein einzelner Mensch das Recht auf ein Wunder?«

»Nein.«

Ich nicke. Mit dieser Antwort habe ich gerechnet. Aber Romka ist noch nicht fertig.

»Niemand hat das Recht auf ein Wunder. Denn ein Wunder ist etwas, das unabhängig vom Menschen existiert. Genau deshalb ist es ja ein Wunder.«

»Danke«, sage ich und stehe auf.

»Bist du sauer auf mich?«, fragt Romka.

»Im Gegenteil! Aber ich muss los. Und ich bin wirklich froh, dass bei dir alles in Ordnung ist.«

Als ich schon fast durch die Tür bin, bleibe ich nochmal stehen. »Übrigens: Trink nicht so viel«, sage ich noch. »Du bist auch ohne Alkohol längst erwachsen, Romka, du brauchst gar nicht so dick aufzutragen. Viel Glück bei deiner Prüfung!«

»Danke!«, erwidert Romka.

Ein Wunder ist etwas, das unabhängig vom Menschen existiert.

Ich gehe den Gang in diesem Hotel hinunter und lächle, als ich an Romkas Worte denke.

Unser ungeduldiger Verstand! Unsere Gier, die keine Ruhe gibt!

Immer müssen wir alles verstehen, erklären und bezwingen!

Ein Wunder muss handgerecht und dienstbar sein. Wir haben sogar aus Gott einen Menschen gemacht, erst danach waren wir bereit, an ihn zu glauben. Jedes Wunder müssen wir auf unser Niveau herabziehen.

Vermutlich hat aber selbst das noch etwas Gutes. Sonst säßen wir wahrscheinlich immer noch in Höhlen und würden jene rote Blume mit Reisig füttern, die von einem Blitz entzündet worden war.

Du bist ein erstaunlicher Junge, Romka. Du bist auf dem falschen Weg zur richtigen Antwort gelangt. Als ob du durch ein Spiegellabyrinth gelaufen, gegen das Glas gerannt wärest – und trotzdem den Ausgang gefunden hättest. Mir ist noch nicht ganz klar, warum du Recht hast, aber Recht hast du, das steht fest.

Ich gehe an dem gleichgültigen Mann hinterm Rezeptionstresen vorbei und verlasse das Hotel. Eine Straße in Deeptown, Menschen, Autos und Leuchtreklamen. Ich weiß etwas, das imstande wäre, die Welt zu ändern. Ich könnte der Welt ein Wunder geben.

Aber ich habe nicht das Recht dazu, denn dieses Wunder ist ein Lebewesen.

Und es gehört nur sich selbst. Unser Leben, unsere Freude und unser Leid interessieren dieses Wunder nicht. Was trennt mich denn vom Loser? Die Kälte des Kosmos oder der unvorstellbare Abgrund eines anderen Raums? Pah! Was für eine Rolle spielt das schon? Da er ein Lebewesen ist!

Ich gehe die Straße hinunter, ohne ein Taxi des Deep-Explorers anzuhalten. Ich bin im russischen Viertel, das ich in- und auswendig kenne, ich werde zu Fuß nach Hause gehen. Bevor der Loser uns verlässt, muss ich ihn verstehen. Bis in die kleinste Einzelheit hinein. Um das richtige Wort, die richtige Geste zu finden.

Das Kirchenviertel mit seinen vergoldeten Kuppeln der orthodoxen Kirchen, den Gotteshäusern der Katholiken, den bescheidenen Synagogen und den Moscheen der

Moslems. Aber auch mit der filigranen Kirche der Tjuriner, der schwarzen Pyramide der Satanisten und der höhnisch alles überragenden Leuchtreklame eines Pubs, in dem sich eine Sekte von gutmütigen und zu Fettleibigkeit neigenden Pichelbrüdern trifft.

Wie viel hätte ich dir zeigen können, Loser. Zoos, in denen Stellersche Seekühe und Mammuts leben, Leseclubs, in denen über kluge und gute Bücher gestritten wird, Ausstellungen von Raumdesignern, in denen neue Welten entstehen, eine Konferenz, bei der die Ärzte aus der ganzen Welt zusammenkommen, um einen Kranken aus dem hintersten Fleckchen unserer Erde zu behandeln. Man hätte uns natürlich nicht ohne weiteres eingelassen, aber ich hätte einfach die Tür aufgebrochen, wir hätten uns ganz ruhig verhalten und bloß zugeschaut, wie der amerikanische Anästhesist und der russische Chirurg über die Operation eines schwarzen Kumpels aus Zaire diskutieren ... Ich hätte dich in eine Oper mitnehmen können, wo jeder Musiker aus einem anderen Land stammt, und zu einer Theateraufführung, wo jeder Zuschauer am Stück teilnimmt. In den Kirchen hätten wir uns vor allen Göttern verbeugt und vergessen, dass sie, die Götter, grausam sind. Wir hätten kleinen Kindern zugucken können, die in »echten« Rennwagen herumkurven, und Mitleid mit den Leuten von Greenpeace haben können, die auf den europäischen Autobahnen Igel retten. Einen ganzen Monat hätten wir allein in der Gemäldegalerie Deeptowns verbringen können, so lange brauchst du nämlich, wenn du dir die Eremitage, den Prado, die Tretjakow-Galerie und den Louvre ansehen willst. Da hättest du doch wenigstens einen Tag opfern können – statt immer nur unter dem purpurroten Himmel vom Labyrinth zu hocken. Im Studentenviertel hättest du einem Erstsemestler aus Wologda helfen können, die Geheimnisse der Festigkeitslehre zu durchdringen, während ich einem kanadischen Künstler erklärt hätte, warum er einen Herbstwald nicht mit hoher Auflösung gestalten sollte. So schlecht ist sie nicht, diese Welt. Diese *Tiefe*. Es gibt in ihr nicht nur »wilden Sex und Schlägereien«. Bin ich vielleicht schuld daran, dass dein Weg dich durch die Kampfarenen und Bordelle geführt hat, dass du gejagt worden bist und nicht wusstest, was dir als Nächstes bevorsteht?

Gut, wahrscheinlich war das kein Zufall. Schließlich hast du deinen Weg selbst gewählt. Das Labyrinth, Stars & Planets, die *Vergnügungen jeder Art* und das Lórien der Elben. Du hast die *Tiefe* in dich aufgenommen, um mir – nicht dir – zu demonstrieren, wie sie wirklich ist. Um die Intoleranz, Dummheit und Aggressivität zu entlarven, die wir in uns tragen. Dabei weißt du genauso gut wie ich, dass die virtuelle Welt nicht nur aus diesen Komponenten geschaffen ist.

Trotzdem behältst du am Ende leider Recht, Loser. Man darf eine Welt nicht allein anhand ihrer Qualitäten beurteilen. Sonst wäre der Faschismus nur die Blütezeit der Technik, der schnittigen Flugzeuge und mächtigen Motoren – und nicht auch der rauchenden Schornsteine in den Konzentrationslagern und der Seife aus dem Fett der Menschen.

Du hast dein Urteil gefällt und erklärt, dass unsere Welt schlecht ist.

Dürfen wir dir das übelnehmen?

Dürfen wir uns wirklich an die Brust schlagen und ausrufen: »Wir sind gut«?

Aber du kannst – du darfst – nicht nur diesen Eindruck mitnehmen! Du darfst dich nicht nur an den menschlichen Schmutz, die Schönheit menschenleerer Berge und die Technologie, die dem Laster Vorschub leistet, erinnern! Was hätte unser Leben in der *Tiefe* denn dann für einen Sinn? Was wären wir denn dann wert?

Ich stehe vor der Tür einer katholischen Kirche, einem prachtvollen und erdrückenden, großartigen und lächerlichen Bauwerk. Ich könnte hineingehen und mich an jenen alten Gott wenden, den es nicht gibt. Oder ich könnte nach Hause zurückkehren und dem Loser die Hand zum Abschied drücken.

Keine der beiden Entscheidungen wäre richtig.

»Leonid?«

Auf mich kommt ein Mann zu, den ich nicht kenne. Er ist klein und hat ein Durchschnittsgesicht, trägt alte Jeans und ein schlabbriges Sweatshirt. Ein Allerweltstyp, der im virtuellen Raum nichts verloren hat, sondern besser nach einem billigen Shigulewskoje anstehen sollte. Aber er kennt meinen Namen. Also ist er ein Feind.

»Wer sind Sie?«, frage ich. »Schickt Al Kabar Sie?«

»Leonid, du hast mich schon in einer anderen Hülle gesehen.« Der Mann blickt mir unverwandt in die Augen. »Ohne Gesicht.«

»Dmitri?«

»Ja. Es ist doch in Ordnung, wenn wir uns duzen?«

»Du Arschloch!« So lässt sich die Frage auch beantworten.

»Leonid, ich möchte mit dir reden. Nur fünf Minuten.«

Ob Dima Dibenko tatsächlich so aussieht? Ich kenne ein altes Foto von ihm, aber da war er noch ziemlich jung. Sollte er wirklich nur ein unscheinbarer Durchschnittstyp sein? Ein Milchbubi? Und so einer hat sich das Deep-Programm ausgedacht und die Welt in die *Tiefe* versenkt? Millionen gescheffelt und sich einen Anteil an Microsoft und AOL gesichert? Dieser Typ soll als Erster verstanden haben, dass der Loser nicht von unserer Erde stammt?

»Aber nur fünf Minuten.«

»Lass uns ein Stück gehen, Leonid!«

Seine Stimme passt irgendwie nicht zu seinem Äußeren. Falls er je bitten konnte, hat er es inzwischen verlernt.

Wir umrunden die Kirche, und Dibenko schließt mit einem Schlüssel von bizarrer Form eine Pforte auf, die in den Garten führt. Hier ist es ruhig und friedlich. Weiden, Pappeln, gepflegte Wege, Steine, die mir bekannt vorkommen.

»Scheiße«, brumme ich.

»Ja, ein Friedhof«, murmelt Dibenko. »Ich ... ich bin gern hier. Dieser Ort beruhigt mich irgendwie ... animiert mich zum Philosophieren.«

Wahrscheinlich ist das gar nicht so ungewöhnlich. Ich lasse meinen Blick über die Grabsteine und die Wege zu einer Frau gleiten, die weiter hinten vor einer kleinen Büste im Gras sitzt und die Hände vors Gesicht presst. Sie leidet nicht wirklich, ihre Tränen sind designt, sie bildet das elektronische Äquivalent zu den marmornen Engeln.

Die virtuelle Welt, das ist das Leben. Aber Leben ist ohne Tod nicht möglich. Hier begraben User ihre Freunde, die nie wieder in die *Tiefe* eintauchen, den VR-Helm nie wieder aufsetzen.

»Er hat an ein Wunder geglaubt« lautet die knappe Inschrift auf einem Grabstein in der Nähe. Es klingt wie ein Fluch.

Verzeih, du Unbekannter. Du hast an ein Wunder geglaubt und bist in die Farbenpracht der virtuellen Welt gesprungen. Nun ruht die Erinnerung an dich hier, während irgendwo in der echten Welt Unkraut dein Grab überwuchert. Deine Freunde opfern einen halben Dollar und kommen hierher, die Erde, die deine Asche aufgenommen hat, gebiert neues Leben. Doch vielleicht sollten deine Freunde lieber ein oder zwei Stunden ihres Lebens opfern, um Wodka an deinem richtigen Grab zu trinken?

Das ist Freiheit. Und ich habe nicht darüber zu richten.

»Also, Dima, was willst du?«, komme ich zur Sache.

Dibenko hat rote Augen, als sei er übermüdet, sein Gesicht wirkt verknittert. Er hat mich in ein Wunder reingezogen, das mich gar nicht braucht, er ertränkt Diver wie junge Katzen. Aber er hat diese Welt geschaffen, und deshalb bin ich es ihm schuldig, ihm zuzuhören.

»Ich frage dich gar nicht erst, wie du entkommen bist, Ljonja«, fängt Dibenko an. »Offenbar hat am Ende doch jemand etwas springenlassen ...«

»Ach ja? Und wofür?«

»Für deinen Verrat.« Dibenko sieht mir fest in die Augen. »Das hörst du nicht gern, was? Wie würdest du das Ganze denn bezeichnen? Du hast uns alle, alle Menschen, die heute leben, verraten! Dabei hattest du es schon geschafft! Du bist sein Freund geworden! Ich habe gewusst, dass du dazu imstande bist. Nur deshalb habe ich dich angeheuert! Dich und niemanden sonst! Anscheinend war das ein Fehler. Sicher, ich konnte dir nicht viel bieten ...«

»Ist dir eigentlich klar, wofür die virtuelle Welt steht?«

»Für Freiheit!«

»Was wirfst du mir dann vor? Wir haben nicht das Recht, etwas vom Loser zu verlangen! Geht das nicht in deinen Kopf?!«

»Warum nicht?« Dibenko lehnt sich gegen den Grabstein des Wundergläubigen und grinst. »Gut, auf Formeln und Skizzen können wir verzichten ... ebenso auf Impfstoffe und Rezepte für eine gerechte Gesellschaft. Aber er hätte uns doch wenigstens Hoffnung geben können! Uns! Allen! Seine Ankunft heißt doch: Alles wird gut! Seine Existenz heißt doch: Wir werden nicht in der Freiheit ertrinken!«

Irgendwie verstehe ich nicht, worauf Dima abzielt.

»Glaubst du vielleicht, mir war klar, was ich da getan habe?«, fährt er fort. »Mit Sicherheit nicht! Ich war besoffen! Sternhagelvoll! Ich habe vor der Kiste gesessen, wollte nicht schlafen und nicht spielen und hatte die Schnauze voll von der Arbeit. Da habe ich einfach die Farbpalette aufgerufen, einen Rhythmus angeklickt ... ich wollte das Ganze unbedingt mit Musik unterlegen, dabei hatte meine Kiste nicht mal 'ne Soundkarte!«

Also ist das kein Märchen.

»Keine Ahnung, wie ich das hingekriegt habe!«, schreit Dibenko. »Der Rechner selbst wollte das! Dieses ›*Tiefe, Tiefe* ...‹ lief durch mich hindurch und gelangte in die Welt! Ich habe es gespürt – aber ich habe es nicht geschaffen! Ich bin nur ein Medium, eine Feder, die von einer anderen Hand geführt wurde! Von weit her, durch Stille und Dunkelheit hindurch, griff diese Hand nach mir und zwang mich, das zu tun! *Es* zu schreiben! Das Deep-Programm!«

Eine Gänsehaut rieselt mir über den ganzen Körper, und zwar nicht, weil Dibenko von der Stille gesprochen hat. Sondern weil auch ich dieses Gefühl kenne. Das Entsetzen desjenigen, der etwas kreiert hat, aber nicht versteht, was und wie.

»Die einen nennen mich Genie ...« Der Mann mit den tiefen Schatten unter den Augen greift nach meinen Händen. »... die anderen ein blindes Huhn, das ein Korn gefunden hat! So ein Quatsch! Die *Tiefe* ist durch mich hindurch in die Welt gekommen. Also hätte sie irgendjemand gebraucht! Vielleicht nicht jetzt ... sondern später ...«

Dibenko sieht mich mit fiebrigem und triumphierendem Blick an. »Er hat dir doch bestimmt etwas gesagt?«, flüstert er. »Wenigstens eine Andeutung gemacht ... woher er kommt? Was ihn von uns trennt? Ein Jahr, hundert, tausend?«

»Dima«, murmele ich. »Wieso glaubst du ...«

»Als du geflohen bist ...«, flüstert Dibenko. »Du bist in eine Falle geraten, du hättest nicht aus meiner Kiste ausbrechen können. Aber du hast es geschafft ... Hast einfach auf meine Daten zugegriffen und bist abgehauen! Hat er dir das beigebracht, Diver? Ja?«

Ich sehe ihn mitleidig an. Ich habe was gegen Mitleid, es tötet nicht schlechter als Hass, trotzdem muss ich Dibenko bemitleiden.

Wenn da nicht seine Stimme wäre! Die passt nicht. Mit einer solchen Stimme spricht ein exzellenter Schauspieler eine tragische Rolle ...

»Du kannst dir nicht vorstellen«, haucht Dibenko, »was ich in diese Aktion investiert habe! Was ich riskiert habe ... meine Stellung im Aufsichtsrat von Al Kabar, die Tarnung meiner Agenten im Labyrinth ... Du kannst das nicht verstehen, ihr in Russland seid dazu einfach noch nicht in der Lage ... Aber jetzt ... bist du erledigt! Ich habe deinen Kanal gefunden! Ich weiß, wer du bist! Ich kenne deine Adresse in Deeptown! Die Immobiliengesellschaft Poljana, Wohnung 49. Ich hab dich in der Hand, Leonid! Deine echte Adresse kann ich ohne weiteres auch rauskriegen! Aber ich will dir gar nicht drohen! Ich will dich bitten ... mit mir zusammenzuarbeiten!«

Es war, als laufe die Zeit im Kreis, nur dass mir diesmal nicht Guillermo, sondern Dibenko die Hand entgegenstreckt.

»Die anderen blicken überhaupt nicht durch«, wispert er. »Die schwimmen völlig! Außerirdische aus Parallelwelten, Aliens, ein intelligenter Rechner! Pah! Außer uns gibt es nichts und niemanden! In Vergangenheit und Zukunft gibt es nur uns!«

Allmählich schwant mir, worauf er hinauswill.

»Man kann daran glauben, man kann darüber lachen!« Dibenko haut mit der Faust auf den armen Grabstein. »Aber das Einzige, das keine Grenzen hat, ist die Zeit. Das Computernetz lebt und wird leben, die Erinnerung an diesen Jungen wird uns alle überdauern! Für Informationen existieren keine zeitlichen Einschränkungen. Der Loser hat in die Vergangenheit der Menschheit geblickt – von jener herrlichen Zukunft aus, die wir nicht mehr erleben werden. Von der Zukunft der Erde ist er in die Kindheit der virtuellen Welt zurückgekehrt. Von mir aus soll er uns alle für unzivilisiert und ungebildet halten! Trotzdem könnte er uns doch etwas verraten?! Uns ... etwas geben, woran wir glauben können ...«

»Wie kommst du auf diese Theorie, Dmitri?«

»Ich weiß es einfach!« Dibenko sieht mir unverwandt in die Augen. »Es kann kein Zufall gewesen sein, dass ich das Deep-Programm geschrieben habe! Sonst könntest du auch daran glauben, dass es Zufall ist, wenn du mit verbundenen Augen tausendmal ins Schwarze triffst! Ich bin kein Genie, ich bin ein ganz normaler Mensch. Nein! *Da*, in der Zukunft, hat man entschieden, die virtuelle Welt zu erschaffen. Vielleicht war das bereits vorbestimmt. Vielleicht brauchten sie aber auch einen Vorposten ... eine Aussichtsplattform, um unsere Welt zu erkunden. Jedenfalls bin ich ... die Feder in ihrer Hand gewesen ...«

»Ein Vorposten?«, frage ich zurück. »Ein Vorposten bedeutet Krieg.«

»Genau! Und im Krieg muss man töten! Und Gefangene machen.«

»Du weißt, wie viele Versionen darüber existieren, wer der Loser ist?«

»Ja.«

»Was, wenn er nicht aus der Zukunft ist? Sondern aus einer Parallelwelt?«

»Na und? In dem Fall müssen wir ihn uns doch wohl erst recht vorknöpfen! Er ist in unserer Welt! Hier gelten unsere Gesetze! Er muss uns sagen, wer er ist!«

Was will er eigentlich von mir?

Ich sehe Dibenko an. Seine Lippen zittern, seine Augen blicken müde, er macht einen heruntergekommenen Eindruck. Worauf ist er so erpicht? Dass ich die Sache überdenke? Ihm den Loser ausliefere? Letzteres liegt sowieso nicht in meiner Macht. Wir vergeuden hier nur unsere Zeit ...

Zeit ...

Er kennt meinen Namen und meine Adresse. Er weiß, wo ich in der virtuellen Welt lebe.

Er hat es sogar geschafft, meine Spur bis zu Romka zu verfolgen.

Und jetzt spielt er auf Zeit.

Ich weiche zurück, stürze zur Pforte. Dibenko sieht mir nach, versucht aber nicht, mich aufzuhalten. Auf seinem Gesicht zeichnet sich ein Lächeln ab: das zufriedene Lächeln eines Schauspielers, der nach seinem Auftritt den Applaus einstreicht.

101

Das Taxi fährt an mir vorbei. Als habe es in Deeptown keine Bedeutung mehr, wenn ich den Arm hebe. Ich stürze dem Wagen nach, fuchtle noch einmal mit der Hand ...

Vergeblich.

Das ist Krieg.

Wie hat Dibenko es geschafft, mich aus dem Transportsystem zu schmeißen? Ob er auch am Deep-Explorer einen Anteil hält?

Nur dass ich kein Taxi mehr brauche ...

Das mittlerweile vertraute Gefühl macht sich in mir breit, als sich die Stadt in einen Chip verwandelt. Ich schwebe über ihr, dehne mich im Raum aus und gelange über fremde Rechner zu meinem Haus.

Wo ich gegen die Mauer knalle.

Ich sehe das Haus, dieses von Dingen bewohnte Ungetüm – kann es aber nicht betreten. Etwas hat sich im Raum selbst verändert.

Ich mache mich wieder real, allerdings nicht im Haus, sondern notgedrungen auf der Straße vor ihm.

Mein Haus lodert.

Es steht jedoch nicht in Flammen, eher ist das eine noch nie dagewesene Illumination. Die Mauern wechseln ihre Farbe und ihre Helligkeit, jedes Sandkorn funkelt wie ein Edelstein, so dass mein Haus wie ein grober Brillantquader im Scheinwerferlicht wirkt.

Davor drängen sich sehr viele Menschen. Ich mache die Uniformen der Sicherheitsorgane Deeptowns, die Security-Leute vom Labyrinth und die Wachposten von Al Kabar aus. Scharfschützen mit Gewehren, MP-Schützen hinter transparenten Schilden und in der Luft schwebende Männer mit Jet Packs auf dem Rücken haben eine Kette ums Haus gebildet. Ich bin mitten in dieser Umzingelung gelandet. Sofort richten sich hundert Waffen auf mich.

Die Spinnen haben sich verschworen und weben ihr Netz nun gemeinsam.

»Leonid! Nehmen Sie die Hände hoch und kommen Sie näher!«, dröhnt eine Stimme. Hinter dem Sicherheitskordon stehen im regenbogenfarbigen Schimmer der Lichter Urmann, Willy, der Mann Ohne Gesicht und Kommissar Jordan Raid.

'ne Nummer kleiner war wohl nicht drin!

Da hat der arme Diver es doch weit gebracht! Die offiziellen und inoffiziellen Herrscher der *Tiefe* beehren ihn zu Hause!

»Leonid, kommen Sie langsam näher!«, wiederholt Raid. Das Echo seiner Stimme hallt durch die Straße.

Zumindest versuchen sie, den Anschein von Legalität zu wahren und lassen die Operation von der Polizei durchführen.

Als ich auf meine Bekannten zugehe, behalten mich die Schützen im Visier, wird jeder meiner Schritte durch Hunderte von Computern ausgewertet, strömt jedes Datenbyte unter unsichtbarer Aufsicht durch den Raum ...

Die Kette vor mir öffnet sich, damit ich durchtreten kann. Guillermo weicht meinem Blick aus. Urmann – der eigentlich nur Urmanns Sekretär ist – grinst verschlagen. Dibenko verschanzt sich wieder hinter seiner undurchdringlichen Nebelmaske.

Ich ignoriere sie alle, indem ich mich an Raid wende. »Was geht hier vor?«

»Sie werden angeklagt, illegal in einen fremden virtuellen Raum eingedrungen zu sein, Gebrauch von Waffen gemacht zu haben, erheblichen Sachschaden verursacht und Informationen unterschlagen zu haben, die für Deeptown von existenzieller Bedeutung sind«, rattert Jordan los. »Bis zur weiteren Klärung der Umstände sind Sie verhaftet.«

»Und wofür wird mein Haus angeklagt?«, will ich wissen.

»In ihm wird nach Hinweisen gefahndet«, antwortet Raid unerschütterlich.

Ich betrachte das lodernde Haus. Sie fahnden in ihm? Wohl kaum! Die konservieren es. Frieren es ein. Die stopfen alle Kanäle mit Daten zu. Ob der Loser diesem Angriff etwas entgegenzusetzen vermag? Oder übersteigt diese Attacke selbst seine Kräfte?

»Ich kapituliere«, sage ich. »Ich bekenne mich in allen Punkten schuldig. Dafür bitte ich ... das hier einzustellen.«

Jordan schüttelt mit leicht mitleidigem Blick, aber dennoch voller Entschiedenheit den Kopf. »Sie brauchen gar nicht zu versuchen, sich in der Realität zu verstecken«, warnt er mich. »Wir haben bereits Interpol gebeten, Sie zu verhaften.«

Die Angst überwältigt mich, raubt mir den Willen, erstickt meine Kräfte. Vielleicht stehen ja dort, in der Realität, längst ein paar finstere Gestalten der OMON-Truppen in schwarzen Hasskappen hinter mir.

Ein echtes Gefängnis, ein echtes Verhör – das lässt sich in keiner Weise mit einem virtuellen Kampf vergleichen, nicht mal mit einem besonders hitzigen. Echter Knast – das bedeutet eine verfaulte Matratze und eine dünne Plörre zum Mittag, deren Rezept seit Stalins Zeiten unverändert ist, das bedeutet ein winziges Fenster mit Gittern davor und einen stumpfsinnigen Aufseher.

Oder hat die Polizei meiner Heimat – bei aller Bereitschaft, einen russischen Staatsbürger gegen ein Dutzend ausrangierter Funkgeräte auszutauschen – doch noch nicht gelernt, schnell zu reagieren?

Ich müsste *Tiefe, Tiefe* ... murmeln und fliehen!

Stattdessen starre ich in die designten Gesichter, glotze auf die Security-Leute mit den Waffen. Wer nicht alles einem Wunder nachjagt! Aus allen Ecken der Erde sind sie in die *Tiefe* getaucht, um ein kleines Häppchen dieses Geheimnisses – wie auch immer es in unsere Welt gekommen sein mag – an sich zu reißen!

Da packt mich Wut.

»Jordan! Ich gebe Ihnen zehn Sekunden«, fauche ich. »Ihnen allen. Zehn Sekunden, um zu verschwinden.«

»Kommen Sie zur Besinnung, Leonid!« Das ist Raid.

»Revolvermann, lassen Sie uns einen Kompromiss finden ...« Und das Willy.

»Auch deine Kräfte sind nicht unbegrenzt.« Der Mann Ohne Gesicht.

Die haben Angst! Angst vor mir! Vor einem, der allein gegen alle kämpft, erschöpft ist, nur eine alte Kiste und keine einzige Waffe hat!

Warum?

»Mir ist schleierhaft, wieso du Widerstand leistest«, setzt Dibenko an, »aber ...«

»Noch fünf Sekunden«, verkünde ich.

Die ersten Schüsse knallen. Entweder gab es vorher keinen Befehl oder ich habe es nicht gehört.

Feuer und Schmerz fallen über mich her.

Alles, was in den Jahren, seit die *Tiefe* existiert, ersonnen worden ist, sowohl erprobte als auch geheime Waffen – all das habe ich nun die Ehre kennenzulernen.

Das Feuer schluckt mich. Auf den Gesichtern um mich herum spiegelt sich Angst, selbst im grauen Nebel des Mannes Ohne Gesicht spiegelt sich Angst ...

Warum bin ich immer noch hier, warum bleibe ich in der virtuellen Welt, warum nehme ich nicht vor dem grauen Bildschirm meines abgestürzten Rechners den Helm ab?

Ich dehne mich im Raum aus, bis ich die Security-Leute packen kann, und zwar nicht mit den Händen, sondern nur mit dem Blick. Ihre Körper werden zerknautscht wie eine Stoffpuppe, auf die jemand tritt, zerfallen zu Asche, steigen als Dampf in die Luft auf, erstarren, schrumpfen zu einem Punkt zusammen und lösen sich in Luft auf. Als werfe ihnen mein Blick wie ein Spiegel all die Gemeinheiten entgegen, die sie mir auf den Hals gehetzt haben.

Als die fünf Sekunden, die ich meinen Feinden eingeräumt habe, verstrichen sind, ist die Straße leer. Bis auf mein Haus, das noch lodert. Bis auf diejenigen, die es in Flammen gesetzt haben.

»Nur in der *Tiefe* bist du ein Gott«, bemerkt der Mann Ohne Gesicht. Er droht mir nicht, er ruft mir etwas in Erinnerung ...

»Ach ja?« Ich trete näher an ihn heran. »Raid! Die Computer der Steuerpolizei werden darüber informiert, dass du ein paar Millionen unterschlagen hast! Urmann! Alle Daten Al Kabars sind frei zugänglich! Willy! Das Labyrinth ist tot! Die Levels sind gelöscht, die Karten verloren, die Monster in alle Himmelsrichtungen auf und davon! Dima! Deine Fingerabdrücke stammen von einem Serienmörder!«

Ich gebe ihnen ein paar Sekunden, um das sacken zu lassen. »Noch eine Minute«, drohe ich, »und ich mache Nägel mit Köpfen!«

Ich weiß nicht, ob dergleichen möglich ist. Ich kann meine Kräfte nicht einschätzen, weiß nicht, aus welcher Quelle sie sich eigentlich speisen.

Aber sie glauben mir.

»Was willst du, Diver?«, brüllt Urmann. Raid stößt ihn zur Seite und verlangt: »Deine Bedingungen!«

Ob ich mit den Steuern nicht ganz danebenlag?

»Ihr stellt die Jagd ein.«

Das Wunder ist zum Greifen nah. Aber sie haben genug zu verlieren.

Urmann und Guillermo wechseln Blicke, der Direktor von Al Kabar nickt.

»Wir ziehen die Anklage zurück, Jordan«, verkündet Willy ihre Entscheidung. »Es bringt nichts ... Interpol einzuschalten.«

Er nickt mir kaum merklich zu. Wollten die mir damit etwa bloß Angst einjagen?

Das glaub ich nie im Leben.

Aus den Augenwinkeln heraus beobachte ich, wie Menschen durch die Straße näher kommen. Einfache Bewohner Deeptowns, die jetzt, da die Kette aufgelöst ist, ihre Neugier stillen können.

Gönnen wir ihnen das Schauspiel.

»Haben Sie das gehört?« Jordan packt Dibenko bei der Schulter und schüttelt ihn sanft. »Die Operation ist abgeblasen! Das war's! Schließen Sie sämtliche Programme!«

Also hat Dmitri das Haus eingefroren? Ob die Kräfte der Polizei nicht ausgereicht haben?

Der Mann Ohne Gesicht schüttelt den Kommissar ab. Er hat nur Augen für mich. Er ist der Einzige, dem meine Drohung schnurzegal ist. Und zwar nicht, weil er sie glaubt oder bereit ist, es mit dem amerikanischen Rechtssystem aufzunehmen, das ohne Computertechnologie am Arsch ist.

Nein, er ist einfach nicht bereit, auf sein Wunder zu verzichten. Wir sind eben doch Landsleute. Beide auf eine höhere Idee versessen, wenn auch auf unterschiedliche Weise. »Du verrätst die ganze Welt«, kommt es aus der Nebelmaske.

»Ich rehabilitiere die ganze Welt.«

»Du willst bloß nicht teilen, Diver. Du hast dich kaufen lassen ... und uns verraten. Okay, vergiss nicht, dir den Orden zu holen! Damit es sich auch wirklich für dich lohnt!«

Ich erinnere mich an das Lager, die Kartons mit Software und den Tisch, auf dem der Orden der Allmächtigkeit liegen geblieben ist.

Ich strecke mich aus, überwinde den Raum, der für mich nicht mehr existiert. Prompt liegt der Button in meiner Hand.

Ich betrachte ihn kurz. Ein weißer Hintergrund und eine regenbogenfarbene Kugel. Das Spinngewebe des Netzes, umgeben von Unschuld und Reinheit.

»Der gehört dir«, sage ich und schnippe dem Mann Ohne Gesicht den Orden zu. Der Button berührt den schwarzen Stoff des Mantels und bleibt daran kleben. Gefällt mir. »Ich verdiene ihn nicht. Du schon. Du hast die *Tiefe* geschaffen. Und komm mir nicht wieder damit, dass du das gar nicht gekonnt hast. Das hast du. Ganz allein. Und dafür bin ich dir dankbar. Aber glaub ja nicht, dass wir dir deswegen irgendwas schulden. Diese Welt wird leben, sie wird hinfallen und lernen aufzustehen. Diese Welt zwingt niemanden dazu auszusprechen, was er verschweigen möchte. Sie stopft niemandem den Mund, der reden möchte. Und vielleicht wird sie sogar besser ...«

Ich drehe mich um und gehe auf mein Haus zu.

Dibenko hat die Programme immer noch nicht geschlossen, die das Haus mit einer Diamantkruste überzogen haben. Ich habe jedoch nicht die Absicht, ihn darum zu bitten. Ich öffne die Tür und betrete mein Haus, das funkelt wie Aladins Höhle.

Sofort erlischt hinter mir die Illumination. Ich zerfetze fremde Software, erobere mir Schritt für Schritt mein Haus zurück.

Ich gehe zu Fuß nach oben. Sind ja nur zweihundertundfünfzig Stufen.

Hinter jeder Tür raschelt und lärmt es. In meine designten Wohnungen kommt Leben, kaum dass ich an ihnen vorbeigehe. Hinter mir vernehme ich nun Fetzen von Musik, das unverständliche Gemurmel von Gesprächen, das Klappern von Geschirr, das rhythmische Klopfen eines Hammers, das Schlurfen nackter Füße und das Kreischen einer Bohrmaschine.

Ich kann mich nicht mal mehr erinnern, wann und was ich alles programmiert habe, als ich mich mit inexistenten Nachbarn umgeben habe. Ich bin schon ein merkwürdiger Typ. Wie alle Menschen.

Obwohl ich weiß, dass ich mein Haus auf einen Schlag auftauen könnte, wenn ich mich entsprechend konzentrieren würde, verzichte ich darauf. Alles soll ruhig langsam vonstattengehen, Schritt für Schritt. Mit jeder Stufe nach oben weicht der falsche Glanz von den Wänden, erwachen die leeren Wohnungen zum Leben. Ich werde dieses Haus nie wieder betreten.

Das Weinen eines Kindes und das Tropfen eines kaputten Wasserhahns, das Bellen eines Hundes und der Klang von Gläsern bei einem Toast. Ich habe nichts, woran ich mich erinnern könnte, und nichts, dessen Verlust ich beweinen müsste. Das hier sind meine Krücken gewesen, aber inzwischen habe ich gelernt, ohne sie zu gehen.

Die letzte Biegung der Treppe. Ich bleibe kurz vor meiner Tür stehen, die aus Diamantkörnern besteht. In jedem einzelnen von ihnen spiegelt sich mein winziges Gesicht. Eines von meinen vielen Gesichtern, die ich mir in der *Tiefe* aufsetze.

Ich hauche gegen die Tür. Die Diamanten werden trübe, verblassen, verwandeln sich in Eisbrocken und tropfen zu Boden. Weine um mich, *Tiefe*. Denn ich habe nichts, worum ich weinen könnte.

Schon beim Betreten der Wohnung registriere ich, dass alles unverändert ist. Hier haben Dibenkos Programme versagt.

Der Loser und Vika stehen am Fenster und blicken auf die Straße hinunter.

Ich trete an sie heran. Vika greift schweigend nach meiner Hand, zu dritt verfolgen wir, was sich in Deeptown tut.

Die Straße quillt über von Menschen. Eine dichte, zu einem einzigen Klumpen verschmolzene Menge. Etwas abseits stehen wie erstarrt die Taxis des Deep-Explorers. Immer mehr Menschen strömen herbei, um dann reglos zu verharren und auf das Haus zu gaffen.

Nur an einer Stelle direkt unterm Fenster bleibt ein Kreis frei. Er umschließt den Mann Ohne Gesicht, der ebenfalls hinaufspäht, fast als könne er uns sehen. Ich wünschte, dem wäre so.

»Eigentlich ist er nicht böse«, sage ich zum Loser. »Das ist nur seine Ungeduld.«

»Ich klage niemanden an«, versichert mir der Loser.

»Dann geh jetzt«, bitte ich ihn. »Es wird höchste Zeit.«

110

Er sieht mich sehr lange an, derjenige, der im Körper vom Loser in die *Tiefe* gekommen ist. Als wolle er bis zu meinem echten Gesicht durchdringen, um zu verstehen, was ich gerade fühle.

»Bist du sauer?«, fragt er schließlich.

»Nein. Enttäuscht schon, aber das ist etwas anderes.«

»Ich habe Angst gehabt, dass du sauer bist. Immerhin habe ich deinen Traum zerstört.«

»Welchen?«

»Du hast davon geträumt, dass der virtuelle Raum die Welt ändert. Sie besser macht. Den Menschen Freiheit und Kraft gibt. Dafür hast du alles akzeptiert, was dich gestört hat, über alles gelacht, was dich auf die Palme gebracht hat.«

Der Loser streckt die Hand aus und legt sie auf die verschränkten Hände von Vika und mir.

»Du hast daran geglaubt, dass es einen Augenblick ... einen einzigen Augenblick geben kann, der alle Sünden und Fehler aufwiegt. Diesen Glauben habe ich zerstört.«

Es amüsiert mich sogar, seine Worte zu hören. Sieht er das wirklich so?

Habe ich das wirklich geglaubt?

»Es geht nicht um die *Tiefe*, Loser«, sage ich. »Nicht um diese *Tiefe*.«

Er nickt.

»Erinnerst du dich noch an das Spiegellabyrinth, Leonid?«

Blöde Frage.

»Die *Tiefe* hat euch Millionen von Spiegeln gegeben, Diver. Zauberspiegel. In ihnen kannst du dich selbst betrachten. Oder die Welt, jeden einzelnen Winkel von ihr. Du kannst deine Welt designen, sie erwacht zum Leben, sobald ihr sie in diesen Spiegeln erblickt. Das ist ein wunderbares Geschenk. Aber Spiegel sind zu beflissen, Diver. Zu beflissen und zu verlogen. Irgendwann wird die aufgesetzte Maske zum eigentlichen Gesicht. Das Laster mutiert zur Raffinesse, der Snobismus zur Elite, das Böse zur Aufrichtigkeit. Eine Reise durch die Welt der Spiegel ist kein Spaziergang. Es ist nämlich sehr leicht, sich zu verlaufen.«

»Ich weiß.«

»Gerade deshalb sage ich es dir: Weil du es weißt. Ich würde auch gern dein Freund sein, Leonid.« Er lächelt traurig, bevor er hinzufügt: »Aber das wäre eine sehr bizarre Freundschaft ...«

»Ein Alien und ein Russe, Brüder fürs ganze Leben?«, stichelt Vika.

Also hat der Loser sie nicht überzeugt. In keinem Punkt. Für sie ist er ein Mensch, ein gerissener Hacker, der allen das Hirn pudert.

Obwohl mir zum Heulen zumute ist, bringe ich heraus: »Ich frage dich nicht, wer du bist. Ob du es glaubst oder nicht, aber mir ist das egal. Von mir aus kannst du ein Außerirdischer von einem anderen Stern oder aus einer anderen Dimension sein, aber auch ein intelligenter Rechner. So oder so weißt du mehr als wir. Kannst du uns da nicht verraten, was vor uns liegt?«

»Das hängt davon ab, in welchen Spiegel du guckst, Diver.«

»Dann werde ich meine Wahl treffen, Loser. Und sehr penibel dabei sein. Aber jetzt geh!«

Er zieht seine Hand von unseren weg.

Zunächst passiert gar nichts. Doch irgendwann krümmt sich die Wand hinter ihm und formt einen Trichter.

Der Loser geht einen Schritt rückwärts, tritt in den glitzernden Tunnel hinein, der ins Unbekannte führt. Zu einer blauen Sonne, unter der orangefarbene Bänder dahinschießen. In seine Welt.

Sein Körper zittert und zerfließt. Kaskaden bunter Funken stieben von seiner Haut auf. Ganz kurz glaube ich, dass ich ... denjenigen sehe, der in unsere Welt gekommen ist.

Aber wahrscheinlich will ich dem Wunder nur einen Namen geben.

»Vergiss uns nicht!«, rufe ich den verschwimmenden Lichtreflexen nach. »Behalt uns so in Erinnerung, wie wir sind!«

Das Haus fängt an zu beben. Die Wände werden erst durchsichtig, dann blassgrün, dann zu Ziegelsteinen, dann zu Papier. Die Decke kriecht nach oben und wölbt sich zu einer Kuppel. Der Boden verwandelt sich in einen Spiegel, das Licht im Fenster funkelt in allen Farben des Spektrums und brennt unsere Silhouetten auf die Papierwand.

Die Wohnung ist ein riesiger Saal, der in alle Himmelsrichtungen extrem gedehnt scheint.

Der Tunnel schließt sich sehr langsam. Noch könnte ich es schaffen. Noch könnte ich dem Loser hinterherspringen und mir ansehen, woher er gekommen ist. Dem Wunder die Maske vom Gesicht reißen.

»Ljonja, was ist das?!«, schreit Vika.

»Das sind Daten«, antworte ich. Durch die Wohnung weht mit einem Mal Wind, auf dem Fensterbrett erblüht in einem Blumentopf ein Zimmergranatapfel, der Stapel CDs auf dem Regal fängt an, alle Songs gleichzeitig zu spielen. »Er lädt Daten! Um alles mitzunehmen, was er hier erlebt hat!«

Halbtransparente Schatten wabern durch uns hindurch. Da stürmt Alex mit dem Gewehr im Anschlag vorwärts, krabbelt die Riesenspinne, ein Bein vors andere setzend, durch unsere Körper, da verschwindet jene fiktive Familie im Tunnel, die wir im Labyrinth gerettet haben. Sich wie ein Propeller drehend fliegt ein gigantischer Baum in den Trichter, der Hobbit trippelt ihm mit erschrockenem Blick hinterher. Mit gewaltigen Sprüngen folgt einer der Bodyguards des Mannes Ohne Gesicht, auf dessen Rücken ein Jet Pack Feuer speit.

Schließlich wandern auch Vika und ich in den Tunnel. Wir halten uns bei den Händen.

»Vergiss uns nicht!«, sage ich. »Behalt uns so in Erinnerung ...«

Der Tunnel wird enger und enger, genau wie die Blende eines Fotoapparats. Im letzten Moment quetschen sich, mit den kleinen Flügeln schlagend, die Latschen des Computermagier hinein.

Dann verwandelt sich das Zimmer zurück.

»Ich glaube trotzdem nicht, dass er ein Alien ist«, sagt Vika. Unsicher, aber stur. »Wenn er ein guter Hacker ist, kann er so was ...«

Sie verstummt, als ich sie umarme.

»Lass doch, Vika«, bitte ich sie. »Er ist weg. Für immer. Da müssen wir uns doch nicht mehr seinetwegen streiten. Jetzt können wir einfach an ihn glauben.«

Auf der Straße bricht Lärm aus, es wird lautstark diskutiert. Haben die Leute da unten auch nur ein Bruchteil dessen gesehen, was wir beobachtet haben? Egal. Die *Tiefe* hat soeben eine neue Legende hervorgebracht.

»Er ist weg, aber wir sind noch da«, hält Vika fest. »Und du wirst nach wie vor gejagt.«

Ich nicke, löse mich vorsichtig aus unserer Umarmung und trete ans Fenster, um nach unten zu spähen. Der Mann Ohne Gesicht will sich immer noch nicht vom Fleck rühren.

»Der Diver Leonid sollte ebenfalls gehen«, sage ich.

»Tut es dir um dein Haus leid?«, erkundigt sich Vika. Was für eine Wohltat, wenn du nichts zu erklären brauchst.

»Ein bisschen. Wie um mein Dreirad.«

Ich drehe mich ihr wieder zu und umarme sie. Ihre Lippen finden meine.

Und das ist das, was für immer bleibt.

Tiefe ... rufe ich schweigend.

Als der Server im fernen Minsk diesen Befehl empfängt, erbebt das Haus zum zweiten Mal. Der Magnetkopf setzt sich in Bewegung und löscht die Daten.

Eine Umdrehung – und das Parterre mit dem jähzornigen Rentner existiert nicht mehr. Eine weitere – und der fünfte Stock mit dem stillen Schreiberling ist weg, noch eine – und es erwischt den neunten Stock mit dem Sammler von Vinylplatten.

Nun übernimmt mein Rechner das Kommando, und die Wände der Wohnung verblassen. Obwohl ich nicht zum Bildschirm hinüberschiele, weiß ich, dass mir dort die designte Vika zulächelt. Zum letzten Mal. Programme weinen nicht, wenn sie gelöscht werden. Menschen weinen, aber ich habe keine andere Wahl. Wenn du dich in einem Spiegellabyrinth verläufst, zerschlage die Spiegel. Damit du wieder ans Licht gelangst.

Die Menge stößt Schreie aus, als mein Haus in der Luft schmilzt. Garantiert muss der arme Jordan beweisen, dass das nicht sein Werk ist.

Wir schweben über Deeptown, umarmen uns und sehen uns in die Augen.

»Klasse«, flüstert Vika.

»Ich weiß selbst nicht, wie ich das mache.«

»Du weißt nicht, wie du küsst?«, fragt sie erstaunt.

O nein, die Logik der Frauen werde ich nie begreifen.

In der Nähe des Supermarkts, da, wo das ukrainische und das baltische Viertel aufeinandertreffen, entdecke ich zwischen einem Telefonhäuschen und einem Springbrunnen ein ruhiges Plätzchen. Hier würden wir uns trennen. Natürlich nicht sofort.

»Du löschst deine Spuren?«, will Vika wissen.

Ich nicke schweigend.

»Und du glaubst, dass sie dich dann nicht finden?«

»Das hoffe ich jedenfalls. Vielleicht können sie die Stadt rauskriegen, was ihnen aber eigentlich kaum was bringt. Trotzdem sollten die sie besser nicht kennen.«

»Und? Verrätst du sie mir?«

»Petersburg«, sage ich. Nichts würde ich jetzt lieber hören, als dass sie auch von da ist. Aber Vika runzelt die Stirn.

»Piter also.... Dann warte mal kurz, ja?«

Klar. Sie läuft in den Supermarkt, und ich trete nochmal mit dem Server in Minsk in Kontakt, um zu checken, ob auch wirklich alle Spuren beseitigt sind. Anschließend gehe ich die Reserveadressen durch, sogar die, die ich nie benutzt habe, und lösche erbarmungslos sämtliche Daten von Streamern und dem MO-Laufwerk, von den Datenträgern aus dem Bernoulli-Laufwerk und den optischen Disketten. Zum Abschluss formatiere ich die Festplatte meines Internetproviders. Das war's. Jetzt bin ich niemals in der *Tiefe* gewesen.

Vika kommt zurück.

»Stell dir vor, ich musste anstehen«, lacht sie.

»Musstest du noch schnell etwas besorgen?«

»Nur eine einzige Sache.«

Sie wedelt vor meiner Nase mit einem Flugticket herum, das sie vorsorglich zusammengefaltet hat. Ich erkenne nur ihr Reiseziel.

»Hast du morgen früh schon was vor?«

»Du hast doch Flugangst.«

»Was will man machen, mit dem Zug dauert es zu lang. Holst du mich ab?«

»Welche Maschine?«

»Warte um zehn Uhr morgens am Infoschalter auf mich.«

Wir kokettieren mit unserer Unabhängigkeit, denn ich könnte jetzt ohne weiteres den Rechner der Fluggesellschaften im Supermarkt danach durchforsten, wer von wo einen Flug nach Piter gebucht hat.

Aber das lasse ich natürlich hübsch bleiben.

»Wie erkenne ich dich?«

»Weiß ich noch nicht«, erwidert Vika sorglos. »Und wie erkenne ich dich?«

»Ich werde eine rote Rose zwischen den Zähnen haben«, teile ich ihr mürrisch mit.

Ich verstehe Vika ja. Es ist eine Sache, sich in der virtuellen Welt in jemanden zu verlieben, aber eine völlig andere, ihn in der Realität zu treffen. Auch wenn es mir nicht schmeckt, das zugeben zu müssen.

Außerdem bin ich mir gar nicht sicher, ob ich den Mut gehabt hätte, ein Treffen vorzuschlagen.

»Also um zehn am Infoschalter«, hält Vika fest. »Wir werden uns schon irgendwie erkennen.«

»Abgemacht.«

»Dann gehe ich jetzt, ja?«, teilt sie mir in halb fragendem Ton mit. »Ich muss noch packen.«

»Bei uns ist es schon verdammt kalt«, warne ich sie.

»Bei uns auch.«

Vika wird halb durchsichtig und zerfällt zu einem Funkenregen. Was für ein Austritt aus der *Tiefe*!

Auch für mich wird es höchste Zeit.

Ich zwinkere einem Mann zu, der mehr oder weniger stehen geblieben ist, um Vikas Abgang zu beobachten. Dann verschwinde ich aus dem virtuellen Raum.

Auf den Displays war alles dunkel. Völlig dunkel.

Ich nahm den Helm ab.

Auf dem Bildschirm leuchtete der goldene Hintergrund von Windows Home. Vika existierte nicht mehr. Ich hatte lange genug designte Menschen geliebt.

Dann wollen wir mal aus dem Internet austreten. Natürlich manuell.

Ich öffnete ein Fenster des Terminalprogramms und starrte perplex auf die blinkende Zeile.

No dial tone!

Allmählich sollte ich mal meine Telefonrechnung bezahlen.

Trotzdem presste ich mir den Hörer ans Ohr und lauschte auf die Stille. Dann checkte ich die Logs: Mein Telefon war vor drei Stunden abgeschaltet worden. Genau am Ende des Arbeitstages, wie üblich bei dieser Gesellschaft.

Hatte der virtuelle Sekretär Friedrich Urmanns also doch Recht: Es war möglich, ohne jede technische Unterstützung in die *Tiefe* einzutreten.

Ich zog den Sensoranzug aus und schleppte mich zum Sofa.

III

Der Fernseher weckte mich. Obwohl ich in eine Decke gehüllt war, fror ich, denn die Heizung war noch nicht angestellt worden. Eine Weile lauschte ich dem Nachrichtensprecher. Politik, Wirtschaft, Devisenkurse, bla, bla, bla. Ob der gestrige Aufruhr in der virtuellen Welt es wohl in die Nachrichten schaffte? Vielleicht. Irgendwo zwischen den Beitrag über die Ankunft eines Rockstars in Piter und die Sportmeldungen. Ins Vermischte. Das Fernsehen liebte Reportagen aus Deeptown. Die Leute amüsierten sich, wenn sie die Comiclandschaften und die designten Menschen sahen. Wahrscheinlich war es ganz gut, wenn sie über uns lachten. Wenn sie uns nicht fürchteten ... nicht beneideten ... nicht hassten ...

Ich hob den Kopf und sah ängstlich auf die Uhr. Sie war stehen geblieben, offenbar schon gestern. Typisch! Ständig vergaß ich, sie aufzuziehen. Ich tastete auf dem Fußboden nach der Fernbedienung und blendete die Zeit auf dem Fernsehbildschirm ein.

Sieben. Bestens. Das reichte.

Mein ganzer Körper schmerzte, mein Kopf war schwer wie immer, wenn ich etliche Stunden ein- und aufgetaucht war. Im Grunde ist der Mensch überhaupt nicht für die virtuelle Welt geeignet. Vielleicht würde für alle Bürger Deeptowns in ein oder zwei Jahren die Stunde kommen, wo sie die Quittung dafür präsentiert bekamen: in Form von Lähmungen, Blindheit und Infarkten. Dann würde Dibenkos Name in den Dreck gezogen werden, sämtliche Konzerne, die auf die virtuelle Welt gesetzt hatten, pleitegehen und alle seriösen Wissenschaftler behaupten, sie hätten diese Entwicklung seit langem prophezeit und unermüdlich vor ihr gewarnt.

Warten wir's ab. Auf jeden Fall dürfte ich die Chance haben, diese Konsequenzen als einer der Ersten zu spüren.

Vielleicht würde jedoch auch das Gegenteil eintreten, jener Durchbruch, von dem ich geträumt und mit dem Dibenko fest gerechnet hatte. Dann würde das, was ich gestern geschafft hatte, allen möglich sein. Dann würden die beiden Welten, die virtuelle und die reale, zu einer verschmelzen. Du wärest mit einem einzigen Schritt in der *Tiefe*. Ohne jede Krücke ...

Ich stand auf und machte das Bett, schrubbte den Boden, wischte Staub, holte alle Sachen aus dem Schrank und kramte fünf Minuten darin herum, um etwas einigermaßen Passables zum Anziehen zu finden. Es ist nicht so einfach, auf deine Garderobe zu achten, wenn du daran gewöhnt bist, dir von der Badehose bis zum Smoking alles zu designen.

Jeans und ein Pulli. Das ging.

Nachdem ich mich angezogen hatte, inspizierte ich nochmal die Wohnung, schielte auf den Rechner, der die ganze Nacht gelaufen war. Über den Bildschirm kroch langsam die Zeile: Ljonja, die *Tiefe* wartet!

Soll sie.

Okay, meine Versuche aufzuräumen mussten als gescheitert betrachtet werden. Der saubere Fußboden und der aus dem Blickfeld geräumte Kram unterstrichen nur das grundsätzliche Chaos. Egal. So war ich halt. Und wenn Vika nur ab und an mit Hackern zu tun hatte, würde sie das nicht abschrecken.

Ich schaltete den Rechner aus. Beim Verlassen der Wohnung fiel mir ein, dass ich die Küche von meiner Putzaktion völlig ausgenommen hatte. Aber nein, diese Heldentat ginge nun wirklich über meine Kräfte.

Rasch schloss ich ab und rief den Fahrstuhl. Der Plastikknopf, der von einer Zigarette angekokelt worden war, hätte mir beinahe den Finger verbrannt, im Fahrstuhl selbst roch es irgendwie verräuchert.

Die Realität war längst nicht so schön wie die *Tiefe*, logisch.

Der Aufzug rumpelte nach unten, die ganzen zehn Stockwerke runter, vorbei an den Nachbarn in diesem Betonkasten, die ich nicht kannte und die ich auch gar nicht kennenlernen wollte. Schließlich konnte ich mir ja fremde Schicksale ausdenken, über inexistente Menschen weinen oder lachen. Und es kostete solche Mühe, echte Menschen kennenzulernen, wenigstens einen Schritt auf sie zuzugehen.

Vielleicht würde Vika ja gar nicht kommen? Vielleicht hatte sie es sich im letzten Moment überlegt, weil sie das

Gleiche empfand wie ich: Man darf diese beiden Welten nicht vermischen.

Ich stellte mir vor, wie ich am Flughafen rumstehen würde. Verloren, ein Flüchtling aus der virtuellen Welt, der in der Welt der lebenden Menschen Asyl suchte. Ein käseweißes Gesicht, bequeme Klamotten und rote Augen wie ein Junkie. Und dann käme eine schöne und schlanke Vika, nach der letzten Mode gekleidet. Oder, noch schlimmer, eine bucklige Brillenschlange in einem Sack, den sie als Kleid ausgab, und einem Mantel, der vorletztes Jahr up to date gewesen war.

Ich stöhnte leise und nahm damit die Verlegenheit und Enttäuschung vorweg, die uns beide unweigerlich einholen würde. In dem Moment glitten die Türen des Fahrstuhls auseinander, und ein kleines Mädchen mit einem Airedale Terrier an der Leine wich erschrocken einen Schritt zurück.

Sogar die Kinder hatten Angst vor mir ...

Ich zwängte mich an dem übermütigen Hund vorbei und stiefelte nach unten zur Haustür.

»Guten Morgen!«, rief mir das Mädchen leise nach.

Ich hatte schon vergessen, dass man sich begrüßt ...

»Guten Morgen«, erwiderte ich, lächelte, wenn auch zu spät, und stürmte aus dem Haus.

Der Loser hätte bestimmt daran gedacht, ihr einen guten Morgen zu wünschen, davon war ich überzeugt. Obendrein hätte er garantiert noch den Hund gestreichelt, der sich daraufhin vor Vergnügen auf dem Boden gewälzt hätte.

Obwohl ich inzwischen genug Geld hatte, um stolz erhobenen Hauptes mit dem Taxi zum Flughafen zu fahren, verzichtete ich darauf. Ich wollte mich nicht beeilen, denn ich hatte Angst zu warten. Verdammte Angst. Deshalb frühstückte ich an irgendeinem Kiosk erst mal ein paar Hamburger, die zwar heiß, aber bestimmt nicht frisch waren. Ich hätte gern ein Bier getrunken, entschied mich aber angesichts des arroganten Blicks vom Verkäufer lieber für eine Limo.

Der Flughafenbus war fast leer. Nur eine müde Gruppe mit riesigen Taschen und ein paar nach der aktuellen Mode grell geschminkte Frauen fuhren mit. Ich stand hinten und blickte auf das davonkriechende Band der Straße.

Vielleicht sollte ich nicht fahren ...

Um Viertel vor zehn erreichte der Bus den Flughafen. Ich stieg mit dem Optimismus eines zum Tode verurteilten Mannes aus und blieb noch ein Weilchen im Nieselregen stehen, ehe ich ins Gebäude ging.

Vielleicht war ja kein Flugwetter ...

In der Halle war es warm und laut. Kinder tobten voller Vorfreude um ihre Eltern herum, kleine Privathändler schoben ihre Importware finster vor sich her, vor dem Schalter für einen Flug in den Süden checkten Touristen in Sommerbekleidung ein. Ich studierte die Nummern auf der Tafel, kein Flug war gecancelt worden.

Vielleicht hatte Vika es sich anders überlegt ...

In der letzten halben Stunde waren vier Maschinen gelandet. Vika konnte aus Taschkent, aus Riga, aus Chabarowsk und aus Moskau gekommen sein. Wenn sie unser Treffen jedoch absichtlich so gelegt hatte, dass ihr genug Zeit nach der Landung blieb, käme ganz Russland und fast das gesamte Ausland infrage.

Ich ging zum Infoschalter. Da standen ein paar Menschen, aber keine Vika, das spürte ich auf den ersten Blick.

Wie unterschiedlich die Gesichter waren. Hässlich, müde und besorgt. Dergleichen gab es in der *Tiefe* nicht. Vielleicht war das ein Fehler.

Gegen die Wand gelehnt wartete ich. Meine äußerste Toleranzschwelle gegenüber der weiblichen Unpünktlichkeit war eine halbe Stunde. Für Vika würde ich jedoch eine Ausnahme machen, sie sollte eine Stunde bekommen. Oder zwei. Ich würde mit dieser Wand festwachsen, bis die Miliz mich losschälen würde.

Ein Notebook mit Funkmodem wäre jetzt von Vorteil. Dann würde ich das Deep-Programm starten, in die *Tiefe* tauchen, die Buchungen durchgehen ...

Ich schloss die Augen.

Die *Tiefe* lag vor mir.

Schwarzer Samt, ein bodenloser Abgrund, durchbohrt von bunten Fäden. Die kleine Erdkugel im neuen Kleid. Die *Tiefe* wartete. Ich sah die Funken der Flugzeuge, die starteten und landeten, die Datenstrudel, die von den Rechnern verarbeitet wurden, machte in der Ferne die Gebäude Deeptowns aus. Ich bräuchte mich bloß im Raum auszudehnen und wäre dort. Ich konnte auf meine Kiste verzichten.

Irgendwo im Flughafen trieb jemand Missbrauch mit seinem Computer. Ging über ihn in die *Tiefe*. Ich stellte mich kurz hinter ihn, um mir das Bild mit seinen Augen anzusehen.

Das war meine Welt.

Eine reiche und grenzenlose Welt, eine laute und chaotische Welt. Die Welt der Menschen. Wenn wir nur daran glaubten, würde sie besser werden, würde sie sich gemeinsam mit uns ändern. Wieso solltest du dich in einem Labyrinth verlaufen, wenn der Ausgang vor dir liegt? Wieso solltest du dich in Spiegelbilder verlieben, wenn es neben dir echte Menschen gibt?

Vielleicht wäre dann der nächste Gast aus der *Tiefe* nicht mehr der einzige Loser, der außerstande ist, auf Menschen zu schießen.

Ich tauchte auf. Auf der digitalen Uhr hatten sich die Ziffern geändert. Es war Punkt zehn.

»Und wo ist die rote Rose?«

Noch nie hatte ich solche Angst gehabt: Wenn ich mich jetzt umdrehte, stünde Vika vor mir. Das verlangte mir mehr ab als alle Heldentaten in der virtuellen Welt.

Sie war genau die Frau, die ich designt hatte. Die, die mir morgens von meinem Bildschirm zulächelte. Die, die in meinen Träumen lebte.

Nur die Haare waren etwas heller und kürzer. Außerdem lächelten ihre Augen nicht, sondern spiegelten ihre Angst wider. Genau wie meine Augen in diesem Moment. Das war sie also, meine Vika. Eine zu Tode erschrockene Frau in Jeans und leichter Jacke, mit einer Tasche über der Schulter.

Wir beide waren in unserem eigentlichen Körper in die *Tiefe* getaucht. Die beste Maske auf der Welt ist nun mal das eigene Gesicht.

»Die muss erst noch gezüchtet werden«, sage ich.

»Und ich habe schon befürchtet«, erwidert sie bereits weniger verkrampft, »du würdest auf die Idee kommen, sie zu zeichnen.«

»Bloß nicht«, flüstere ich. »Designte Blumen hängen mir allmählich zum Hals raus.«

Ich fasse nach ihrer Hand. Eine Sekunde lang stehen wir nur da und sehen uns in die Augen.

Dann gehen wir nach Hause.